国家社科基金重大项目(16ZDA172)阶段性研究成果

诗经与礼制研究

（第一辑）

邵炳军　主编

上海大学出版社
·上海·

图书在版编目(CIP)数据

诗经与礼制研究.第一辑/邵炳军主编.—上海：
上海大学出版社,2019.7
ISBN 978-7-5671-3663-2

Ⅰ.①诗… Ⅱ.①邵… Ⅲ.①《诗经》-诗歌研究②
礼仪-制度-研究-中国-古代 Ⅳ.①I207.222
②K892.9

中国版本图书馆 CIP 数据核字(2019)第 160025 号

责任编辑 贾素慧
出版统筹 邹西礼
封面设计 柯国富
技术编辑 金 鑫 钱宇坤

诗经与礼制研究
(第一辑)
邵炳军 主编
上海大学出版社出版发行
(上海市上大路 99 号 邮政编码 200444)
(http://www.shupress.cn 发行热线 021-66135112)
出版人 戴骏豪
*
南京展望文化发展有限公司排版
上海颛辉印刷厂印刷 各地新华书店经销
开本 710mm×1000mm 1/16 印张 19.5 字数 328 千
2019 年 8 月第 1 版 2019 年 8 月第 1 次印刷
ISBN 978-7-5671-3663-2/I·543 定价 120.00 元

学术顾问：
蒋　凡　庄亚洲(中国台湾)　董乃斌　陈戍国　谢维扬

主编： 邵炳军

学术委员会主任委员： 韩经太

学术委员会副主任委员： 周启荣(美国)

学术委员会委员：
张懋镕　　徐志啸　　李笑野　　周　锋
王　锷　　罗立刚　　邓声国
林素英(中国台湾)　　陈　致(中国澳门)
田中和夫(日本)　　　方秀洁(加拿大)
劳悦强(新加坡)　　　潘碧华(马来西亚)

编辑委员会：
邵炳军　徐正英　王　锷　罗家湘　马银琴　宁镇疆　朱　承

责任编辑： 邹西礼　贾素慧

执行编辑： 刘加锋

封面题签： 刘　石

序

王长华

上海大学邵炳军教授主持的国家社科基金重大项目"《诗经》与礼制研究",自 2016 年 11 月立项以来研究工作推进顺利,课题组不断推出高水平的阶段性成果,这些成果也陆续产生了积极的学术影响和良好的社会效果。据课题组统计,截至目前该项目已出版学术著作 1 部,发表学术论文 50 篇。其中,30 篇刊发在《哲学研究》《历史研究》《学术月刊》《江海学刊》《中州学刊》《广东社会科学》《清华大学学报》《中国人民大学学报》《郑州大学学报》及《光明日报》等颇具影响力的报刊上,8 篇被《新华文摘》《中国社会科学文摘》《高等学校文科学术文摘》《文学研究文摘》《中国古代、近代文学研究》《先秦、秦汉史》等刊物全文转载或文摘、摘要,3 篇入选全国社科规划办国家社科基金重大项目中期检查阶段性成果代表性论文。日前,课题组拟将 25 篇代表作,以重大项目名称"《诗经》与礼制研究"为题结集出版。邵炳军教授嘱余作序,不能推辞,下面略谈个人的阅读体会。

从总体上看,目前已经取得的这些成果,能够恪守从经验实证到理性思辨的方法论原则,以《诗经》礼制类诗歌研究为切入点,通过对《诗经》与先秦礼制相融互渗现象的深入考辨,探寻《诗经》的创作、结集、传播历程与先秦礼制的生成、定型、流变历程之间的共生互动关系,探究华夏"诗礼文化"的历史内涵、生成机制、传播方式及其流变规律,发掘其在当代思想文化建设方面的独特价值,在一定程度上回应了"中国传统礼制的生成、定型、流变与诗礼文化的当代传承"这一重大问题。具体地说,内容主要包括以下三个方面:

一、中国传统礼制的生成、定型及流变

礼制是构成华夏礼乐文明的核心元素。它既包括国家层面的制度建设,也包括民间层面的风俗习惯,涉及祭祀、丧葬、朝觐、会同、聘问、田猎、饮食、婚冠、

燕飨、养老、优老、讽谏、教育等多方面的礼仪规范,具有"经国家,定社稷,序民人,利后嗣"(《左传·隐公十一年》)的功能。其作为社会上层建筑中的重要因素,影响着经济基础,促进生产力发展,推动人类进步与社会文明。因此这一研究层面属于本项目的基础性研究内容。如邵炳军《春秋政治生态变迁与诗歌创作政治化倾向演化》(《中州学刊》《中国古代、近代文学研究》《高等学校文科学术文摘》《文学研究文摘》《学术界》),旨在通过分析春秋时期不同历史阶段政治化倾向关注点的不同,反映出诗礼互动内涵不断演化的历史进程,进而揭示诗礼文化创新性传承与创造性发展的内在动力;《"德"观念的嬗变与春秋时期诫勉诗的演化》(《上海大学学报》),从自西周初期开始"德"观念逐步完成了由"天德"向"人德"的转变视角,来探讨春秋时期诫勉诗演化的历史轨迹,认为"敬德"思想观念成为诫勉诗创作动机生发的思想根基,"诰教"与"慎独"方法则分别对他诫类诗歌与自诫类诗歌创作动机的生发产生了直接影响。

马银琴《诗乐互动中的〈诗〉》(《光明日报》),从周代《诗》与礼关联互动关系入手,探讨"诗礼文化"生成、定型、流变的基本路径;《风、风声、风刺以及〈风〉名的出现》(《清华大学学报》《新华文摘》),从探讨有关"风"的诸多概念发生流变的视角,认为"风"与"音""律"关联而具有指向歌声、曲调的意义,再由"风言""风听""风议"产生了"风刺"——不着痕迹、委婉曲折的言说方式,从而产生了最早的"风"诗。这对于探讨"风"诗与礼制的共生互动关系是很有价值的。

王锷《周礼与〈诗经〉关系探析》(《广东社会科学》),旨在说明《诗经》是一种艺术化的礼制,由此在"诗礼相依"的双向动态运动中构成了"诗礼文化",并成为华夏文化的核心内核之一;罗姝《从春秋贵族诗人群体构成形态看诗歌创作方式的转变》(《中州学刊》),从西周时代的"献诗""采诗"制度由服务于"辨妖祥"的宗教目的,至春秋时期逐步转变为服务于"听于民"的政治目的入手,来讨论与这一转变相伴而生的由诗、乐、舞三因素合一,逐渐向诗与乐、舞二因素脱离的转变,诗歌创作方式随之开始由集体创作逐渐转化为个人创作。

二、《诗经》与"五礼""五伦"的共生互动

就《诗经》的社会功能而论,"诗可以兴,可以观,可以群,可以怨。迩之事父,远之事君"(《论语·阳货》),故为治国之本、立身之基、人伦之要;就其与礼乐关系而论,"诗之所至,礼亦至焉"(《礼记·孔子闲居》载孔丘语),即诗为礼的表现

形态，礼为诗的精神内核，故"不学诗，无以言""不学礼，无以立"（《论语·季氏》载孔丘语）。而《诗经》所具有的仪式乐歌作用、礼乐文饰作用，以及诗教功能都缘于其与礼的密切关系。其中"吉礼""凶礼""宾礼""军礼""嘉礼"等所谓"五礼"，属于周代礼仪制度规范的核心内容；"君（王）臣""父（母）子""兄弟""夫妇""朋友"等所谓"五伦"，属于周代伦理道德规范的核心内容。故该研究层面属于本项目关键性研究内容。

本书所收论文中如邵炳军《从〈椒聊〉〈蟋蟀〉〈山有枢〉看春秋前期晋国礼仪制度规范的基本态势》（《广东社会科学》），旨在从礼仪制度规范层面的"五礼"，来探讨特定区域在特定时段内"诗礼文化"构成的核心元素；徐正英《"风"与"礼"》（《光明日报》），以"风"诗为例，以"嘉礼"为个案，探究周代《诗经》与礼仪制度规范层面的礼制——"五礼"之间的共生互动；罗家湘、王璠《饥饿体验与荒礼救护——〈诗经〉凶礼研究之一》（《郑州大学学报》《中国古代、近代文学研究》），通过对《诗经》作品中透露出来的"荒礼"信息，展示出周人通过"荒礼"以"聚万民"的基本状况，进而说明礼仪规范对于安定人心与稳定社会秩序的社会功能；杨秀礼《〈周易〉"丧马"为"反马"婚俗考论》（《郑州大学学报》），将《周易》"丧马"与"反马"勾连，展现了周人婚礼过程中的"反马"婚俗——将新妇所乘之马返还娘家，此正与《诗经》《左传》相印证；吕树明《〈诗经〉"吉礼"类农祭乐歌的叙事结构形态发微》（《中州学刊》），从《诗经》"吉礼"类农祭乐歌叙事结构多元化形态的生成视角，来讨论该类诗歌作品通过思想内容与艺术形式的丰富性来强化沟通与协调天人关系的社会功能，从一个侧面揭示出诗礼文化生成的艺术路径。

宁镇疆《也论"余一人"问题》（《历史研究》），从结构解析、卜辞用例及其含义、泛称与专称等层面，讨论传世文献与出土文献文本中的"余一人"问题，不仅还原了西周时期"王臣"伦理关系的特定内涵，也为我们如何历史地、科学地解读诗礼文献文本提供了一个范例；《由清华简〈芮良夫毖〉之"五相"论西周亦"尚贤"及"尚贤"古义》（《学术月刊》），将出土文献和传世文献结合，来讨论周人处理"王臣"人伦关系的基本准则，认为周人既重视血缘关系方面的"尊亲"，更注重人格品德方面的"尚贤"，使得出身异族或身份低贱者也能够入仕，逐步形成了与世族世官制度并从的举能荐贤制度。郝建杰《从〈魏风〉〈唐风〉军礼、嘉礼类诗歌看河汾文化区的孝道观》（《江海学刊》《中国古代、近代文学研究》），则从微观角度来回应"父子"伦理关系这一问题，认为春秋时期河汾文化区伦理道德规范层面"父子"伦理关系的孝道观，开始由宗亲之"孝"向君臣之"忠"转化，形成了以"孝"为体、以"忠"为本的"忠""孝"一体孝道观,并逐渐上升为整个华夏民族的一种文化精神和社会风尚。

另外,除了礼仪制度规范层面的"五礼"与伦理道德规范层面的"五伦"之外,广义的"礼制"还包括都邑制度、服饰制度、车马制度、官爵制度等其他制度规范。宁镇疆《早期"官人"之术的文献源流与清华简〈芮良夫毖〉相关文句的释读问题》(《出土文献》),从传世文献研读与出土文献释读入手,为研究周代官制奠定了扎实的文献基础,进而探究了西周春秋时期"官人"之法的源流;叶铸溦《〈诗经·鄘风·定之方中〉春秋城建礼制管窥》(《人文论丛》),以春秋中期卫文公重新营建都邑这一重大事件为个案,从一个侧面反映了春秋中期诸侯国"大役礼"的基本状况,进而探讨了春秋时期"军礼"与城建礼制对于维系国家与社会稳定的重要功能。

三、"诗礼文化"的生成、流传与当代传承

"诗"与"礼"共生互渗是先秦时期重要的社会文化现象,在《诗经》和周礼盛行的两周时代尤其如此。《诗经》是先秦诗性文化的艺术总结,礼制是先秦礼乐文明的核心元素,二者自西周初期开始,日益密切联系、交融发展,形成宗周礼乐文明中诗礼相成的特殊文化现象——"诗礼文化"。因此本项目研究不仅要分析"诗礼文化"生成、流传的历史规律,阐发其蕴含的文化精神;而且还要研究对"诗礼文化"创新性传承与创造性发展的基本路径。该研究层面既属于理论性总结,更属于现实性回应。

其中,邵炳军《从〈诗经〉与礼制的共生互动关系看诗礼文化的生成》(《江海学刊》《中国社会科学文摘》),从宏观视野探讨和回应诗礼文化的生成问题,认为在"五礼""五伦"定型化过程中,周人通过建构"诗教""礼教""乐教"体系而逐渐形成了"诗礼文化",经由历代王族宗子、公族宗子与家族宗子的大力倡导而不断完善,进而经由历代上自庙堂下自民间的创新性传承与创造性转化,逐渐成为华夏礼乐文明与中华优秀传统文化的精神内核。

朱承《论朱熹哲学中的"公共性"思想》(《哲学研究》),从"道"的公共性特质、公共性原则的伦理表现、个体修养的公共化路径、公共生活的基本规则等层面,探讨"公共性"范畴,为阐释"五礼""五伦"如何由个体行为转化为群体行为,进而成为全社会成员必须恪守的礼仪制度规范与伦理道德规范,提供了坚实的学理

依据;《"君子"观念的理论反思》(《学术界》),则从人性论基础出发,讨论"君子"的功夫论意味与信念论价值,进而阐释其政治哲学意蕴,为阐释"君子"如何成为诗礼文化行为主体与传播主体,提供了基本的理论依据;《儒家政治哲学的人格指向:以君子人格为例》(《探索与争鸣》),则从"君子"的个体修养指向和公共生活要求,来探讨"君子"价值指向的哲学意义。这些研究为诗礼文化生成、流传与当代传承奠定了哲学思想根基。

罗姝《王族宗子:文学创作的行为主体与诗礼传家的责任主体——以春秋时期周王室诸王作家群体为中心》(《广东社会科学》)、《公族宗子在诗礼文化生成与传播过程中的主体性——以春秋时期齐公室诸君的文学创作为中心》(《郑州大学学报》),旨在从王族、公族"宗子"的文学创作活动入手,来探讨宗法制度社会背景下"诗礼文化"生成与传承的主要渠道与内在机制;梁奇《〈孟子〉对虞舜孝行的书写与"忠""孝"一体的理论构设》(《中国人民大学学报》),以《孟子》为个案,探讨战国中期儒家学者对诗礼文化中"忠"和"孝"这两个重要理论范畴所进行的理论总结,以弘扬西周春秋时期诗礼文化精神的基本状况;杨秀礼《诗礼相成》(《光明日报》),以《诗》为个案,梳理春秋时期"诗礼相成"的演化历程,进而说明对西周传统"诗礼文化"创新性传承和创造性转化的基本途径。

还有宁镇疆、龚伟《由清华简〈子仪〉秦穆之歌诗说秦文化之"文"》(《中州学刊》),将出土文献与传世文献结合,探讨秦文化受周文化影响而彰显出来的人文性特色,构拟出诗礼文化区域性传承的个案,从一个侧面展示出诗礼文化是如何由一种部族性、区域性文化,逐渐融合成为一种全民性、社会性文化,并成为华夏文化核心要素构成的基本路径。

以上是我粗读《〈诗经〉与礼制研究》第一辑的一些体会,很可能仁者见仁、智者见智,不同的读者一定会有不同的感受。但无论如何,通过《诗经》文本研究,努力还原周代礼制,不仅是当前《诗经》研究中的一个重要课题,也是今天借鉴、传承古代优秀传统文化为我所用而不断创新发展的重要问题。因此,我不仅乐见这个国家重大项目的立项,也乐见这项研究的顺利进展,更期待这项重大课题在首席专家邵炳军教授的带领下取得高质量、令人信服的最终研究成果。

是为序。

目　录

序 ………………………………………………………………… 王长华 / 001

· 上编　中国传统礼制的生成、定型及流变 ·

春秋政治生态变迁与诗歌创作政治化倾向演化 …………………… 邵炳军 / 003
"德"观念的嬗变与春秋时期诫勉诗的演化 ………………………… 邵炳军 / 025
周礼与《诗经》关系探析 …………………………………………… 王　锷 / 040
礼乐互动中的《诗》 ………………………………………………… 马银琴 / 050
风、风声、风刺以及《风》名的出现 ……………………………… 马银琴 / 054
从春秋贵族诗人群体构成形态看诗歌创作方式的转变 …………… 罗　姝 / 071

· 中编　《诗经》与"五礼""五伦"的共生互动 ·

从《椒聊》《蟋蟀》《山有枢》看春秋前期晋国礼仪制度规范的
　　基本态势 ………………………………………………………… 邵炳军 / 085
"风"与"礼" ………………………………………………………… 徐正英 / 095
也论"余一人"问题 ………………………………………………… 宁镇疆 / 099
由清华简《芮良夫毖》之"五相"论西周亦"尚贤"及"尚贤"
　　古义 ……………………………………………………………… 宁镇疆 / 116
早期"官人"之术的文献源流与清华简《芮良夫毖》相关文句的
　　释读问题 ………………………………………………………… 宁镇疆 / 136
饥饿体验与荒礼救护
　　——《诗经》凶礼研究之一 …………………………… 罗家湘　王　璠 / 151
从《魏风》《唐风》军礼、嘉礼类诗歌看河汾文化区的孝道观 …… 郝建杰 / 159

《周易》"丧马"为"反马"婚俗考论 ………………………… 杨秀礼 / 171
《诗经》"吉礼"类农祭乐歌的叙事结构形态发微 …………… 吕树明 / 182
《诗经·鄘风·定之方中》春秋城建礼制管窥 ………………… 叶铸漩 / 191

·下编 "诗礼文化"的生成、流传与当代传承·

从《诗经》与礼制的共生互动关系看诗礼文化的生成 ……… 邵炳军 / 203
由清华简《子仪》秦穆之歌诗说秦文化之"文" ………… 宁镇疆 龚 伟 / 214
论朱熹哲学中的"公共性"思想 ………………………………… 朱 承 / 224
"君子"观念的理论反思 ………………………………………… 朱 承 / 237
儒家政治哲学的人格指向：以君子人格为例 ………………… 朱 承 / 249
王族宗子：文学创作的行为主体与诗礼传家的责任主体
　　——以春秋时期周王室诸王作家群体为中心 …………… 罗 姝 / 260
公族宗子在诗礼文化生成与传播过程中的主体性
　　——以春秋时期齐公室诸君的文学创作为中心 ………… 罗 姝 / 271
《孟子》对虞舜孝行的书写与"忠""孝"一体的理论构设 …… 梁 奇 / 282
诗礼相成 ………………………………………………………… 杨秀礼 / 293

跋 ………………………………………………………………………… / 297

上编
中国传统礼制的生成、定型及流变

春秋政治生态变迁与诗歌创作政治化倾向演化

邵炳军

摘　要　春秋时期政治生态由"王权"政治向"霸权"政治、"族权"政治、"庶人"政治的渐次变迁,促使诗歌创作内容由以祭祀活动为主向以现实生活为主转变,从而使这一时期不同历史阶段的诗歌主旨具有明显的政治化倾向:前期以"王权"为中心,关注点为王室兴亡;中期以"霸权"为中心,关注点为公室兴衰;后期以"族权"为中心,关注点为大夫专权;晚期以"庶民"为中心,关注点为"陪臣执国命"。这种政治化倾向在不同历史阶段关注点的不同,正好反映出诗礼互动内涵不断演化的历史进程。诗歌创作政治化倾向与礼制变革现实性关照的有机结合,正是诗礼文化创造性传承与创造性发展的内在动力。

关键词　春秋时期　政治生态　诗歌创作　政治化倾向　演化

　　所谓文学创作的政治化倾向,是指政治生态环境——由政治、经济、文化等相互联系的诸要素共同构成的一种政治体系运行现状和发展趋向的动态社会环境,对文学创作过程与创作内容发生影响后形成的一种文学现象。春秋时期,随着政治格局由"天子守在四夷"向"诸侯守在四邻""守在四竟(境)"(《左传·昭公二十三年》)[1]的渐次转变,政治生态由"礼乐征伐自天子出"向"自诸侯出""自大夫出""陪臣执国命"(《论语·季氏》)的渐次变迁,即由"王权"政治向"霸权"政治、"族权"政治、"庶人"政治的变革[2],那些身处社会变革大潮中的贵族诗人乃至平民诗人、奴隶诗人,自然会更加关注政治生态环境变迁进程中的重要政治事

---

① 本文所引《毛诗正义》《春秋左传正义》《尚书正义》《礼记正义》《论语注疏》文本,皆据:阮元.十三经注疏[M].北京:中华书局,2009.不再逐一标注页码。
② 笔者此所谓"庶人",亦称"庶民",指士之庶子无爵者,包括担任王室与公室府、史、胥、徒之属者及大夫家臣者。其虽可入仕在官,但并非由天子、国君任命。故就社会阶层而言,属于平民阶层。

件,其诗作自然会更加强调干预社会现实生活的政治功能。据笔者考证,这一时期传世诗作凡229篇,主要有今本《诗经》所载诗歌183篇,传世文献所载贵族佚诗32篇、平民与奴隶歌谣14篇。其中,直接或间接与政治事件相关者就有177首,比例高达77%。当然,由于不同历史阶段政治生态环境构成要素的差异性,导致政治文化介入诗歌创作的方式与程度不同,这种政治化倾向的表现形态自然会呈现出时代特征。

一、"王权"政治生态与诗歌政治化倾向的基本特征

春秋前期(前770—前682)①,尽管王权受到严峻挑战,但政治格局依然是"天子守在四夷",政治生态依然是"礼乐征伐自天子出",即政治思想、政治制度、政治格局、政治风气和社会风气综合状态与环境依然是以王权为中心。在"王权"政治生态环境中,诗歌创作形成了独特的文学景观:"正雅"息,"变雅"盛;"正风"歇,"变风"兴。这一历史阶段传世的诗歌作品凡135首(含逸诗2首),占春秋时期诗歌总数229篇的59%。其政治化倾向主要表现在以下五个方面:

1. 怨刺先王覆亡宗周

幽王十一年(前771),骊山之难、西周覆灭②。这是周王室发生的重大政治事件,彻底改变了西周立国以来的政治生态环境。故像王室"三公"摄司寇卫武公和、卿士凡伯、宰夫家父(家伯父)及佚名之王室大夫等贵族诗人,其笔触多集中于此。

他们或闵宗周颠覆——"悠悠苍天,此何人哉"(《诗·王风·黍离》),或伤骊山之难——"先祖匪人,胡宁忍予"(《小雅·四月》),或刺幽王以戒平王——"家父作诵,以究王讻"(《节南山》),或刺幽王听信谗言而伤贤害忠——"谗人无极,构我二人"(《青蝇》),或刺幽王宠信褒姒以致灭国——"艳妻煽方处"(《十月之交》),或刺幽王致使宗周灭亡——"赫赫宗周,褒姒灭之"(《正月》),或刺幽王友戎狄而仇诸侯以灭国——"舍尔介狄,维予胥忌"(《大雅·瞻卬》),都从不同侧面对西周覆亡的诸种社会原因进行了深刻反思,以便从历史往事中总结出沉痛的

---

① 笔者将春秋时期分为前期(前770—前682)、中期(前681—前547)、后期(前546—前506)、晚期(前505年—前453)四个历史阶段。详见:邵炳军.春秋文学系年辑证·绪论[M].高等教育出版社,2013:9-11.
② 本文列举史实,除特别标注者外,皆出自《春秋》《左传》《国语》《论语》《礼记》《韩非子》《孔子家语》《史记》《列女传》《吴越春秋》,不再逐一标注出处。

经验教训。这种以史为鉴的文化精神,表现出诗人对"王权"政治的高度关注①。

比如,《瞻卬》首章"瞻卬昊天,则不我惠。孔填不宁,降此大厉。邦靡有定,士民其瘵。蟊贼蟊疾,靡有夷届。罪罟不收,靡有夷瘳",写亡国之象——天降灾祸而士民忧患;五章"天何以刺?何神不富?舍尔介狄,维予胥忌。不吊不祥,威仪不类。人之云亡,邦国殄瘁",写亡国之因——夷狄入侵而贤者离居;六章"天之降罔,维其优矣。人之云亡,心之忧矣。天之降罔,维其几矣。人之云亡,心之悲矣",抒忧伤之情——天降灾害而国家危殆;卒章"觱沸槛泉,维其深矣。心之忧矣,宁自今矣?不自我先,不自我后",言离乱之苦——天灾泛滥而生不逢时。足见诗人在上述四章中,侧重写骊山之难后的亡国之象。次章"人有土田,女反有之;人有民人,女覆夺之",则侧重反映了西周末期土地关系的转变——土地兼并现象,天子将贵族们的土地与民人皆占为己有;三章"哲夫成城,哲妇倾城。懿厥哲妇,为枭为鸱。妇有长舌,维厉之阶。乱匪降自天,生自妇人!匪教匪诲,时维妇寺",选取恶声、不孝、恶灵之鸟"枭""鸱"来经营意象,象征褒姒乱政祸国。足见上述两章揭示出幽王之所以亡国的政治与经济双重原因。正是诗人具有大胆批判现实的精神,表面上说"哲妇倾城",似极言女祸之害,实际上批判矛头直指最高统治者"哲夫"——幽王宫涅。

2. 诫勉与颂美时王中兴王室

幽王身死而西周覆亡之际,王室卿士虢公翰拥立幽王庶子余臣为王(史称"携王"),与先前在西申(姜姓申侯之国,为幽王太子宜臼嫡母申后宗国,地在今陕西省宝鸡市眉县附近)僭立为王的废太子宜臼(史称"天王",即周平王),形成了"二王并立"的政治格局。面对这一政治格局,在依然恪守王位嫡长子承袭制这一宗法背景下,像卫武公和、晋文侯仇、郑武公滑突、秦襄公等大国诸侯及王室中的许多佚名公卿大夫,大都选择了支持"天王"。尤其是卫武公、晋文侯、郑武公、秦襄公夹辅周室、不废王命,帅师护送平王自镐京(位于今陕西省咸阳市沣水东岸)东迁雒邑(即"王城",地在今河南省洛阳市王城公园一带,位于瀍水以西)。他们之所以成为"天王"政治营垒的股肱之臣,自然是冀望其能够中兴王室;当然,"天王"自己亦有中兴王室之志。故像周平王、卫武公及佚名之王室大夫等贵族诗人,其笔触多集中于此。

---

① 关于本文所涉诗篇的作者、诗旨与创作年代,笔者《春秋文学系年辑证》有关部分与已发表的相关论文有详细考证,可参。

他们或美平王燕群臣典乐之盛大——"是曰既醉,不知其秩"(《小雅·宾之初筵》),或美平王自西申归镐京之仪态——"其容不改,出言有章"(《都人士》),或美平王在镐京宴享群臣之欢乐——"王在在镐?岂乐饮酒"(《鱼藻》),或美平王东迁途中先养后教之明王形象——"饮之食之,教之诲之"(《绵蛮》),或美武士送平王东迁途中不畏劳苦之武士精神——"武人东征,不皇(遑)朝矣"(《渐渐之石》),或美平王在雒邑策命燕享有功诸侯礼节之隆重——"钟鼓既设,一朝飨之"(《彤弓》),或祈愿平王东迁雒邑后能修御备保其家邦——"韎韐有奭,以作六师"(《瞻彼洛矣》),或诫勉平王东迁雒邑后能以史为鉴中兴王室——"质尔人民,谨尔侯度,用戒不虞"(《大雅·抑》),都以不同方式表达出诗人对幽王继任者平王的崇敬之意,寄托了对平王中兴王室的殷殷之情。

比如,《抑》首章"抑抑威仪,维德之隅",告诫平王敬慎威仪以显德;次章"无竞维人,四方其训之;有觉德行,四国顺之",告诫平王潜心修德以治国;六章"无言不雠,无德不报。惠于朋友,庶民小子,子孙绳绳,万民靡不承",告诫平王要使王令中理以明德;九章曰"其维哲人,告之话言,顺德之行",告诫平王听受善言是敬慎威仪的直接体现。可见,诗人以富有哲理的语言,委婉娴雅的风格,从潜心修德、敬慎威仪、乐闻善言、政令中理四方面反复诫勉,循循善诱,字里行间透露出卫武公对周平王中兴王室的殷切期望。

3. 赞美与诫勉时君文德武功

这一时期的诸侯国君大多为贤明之君,文德懿美、武功卓著,如卫武公和"箴儆于国"(《国语·楚语上》),晋文侯仇"克慎明德"(《书·周书·文侯之命》),郑武公滑突"善于其职"(《诗·郑风·缁衣》毛《序》),秦襄公"将兵救周",秦文公"以兵伐戎"(《史记·秦本纪》),等等;诸侯国君夫人大多为贤惠之君[①],芘亲之阙、妇道肃雍,如齐桓夫人王姬(共姬)"敬事供上"(《逸周书·谥法解》),卫庄夫人庄姜"淑慎其身"(《邶风·燕燕》),等等。故周平王及周大夫、卫大夫、郑大夫、齐大夫、秦大夫、召南人(国人)、卫人、齐人、秦人、秦宫女等许多佚名贵族诗人与平民诗人,多赞美与诫勉之。

他们或美王姬下嫁齐桓公时之盛大场面——"之子于归,百两御之"(《召南·鹊巢》),或美王姬下嫁桓公时之敬和情态——"曷不肃雍,王姬之车"(《何彼秾矣》),或赞卫武公修身治学精益求精之盛德——"如切如磋,如琢如磨"(《卫

---

① 国君夫人,《左传》称"小君",《论语》《礼记》称"寡小君"。则其亦为"君",社会地位与其夫同。

风·淇奥》),或美卫庄姜初嫁时清秀、素淡之形象——"硕人其颀,衣锦褧衣"(《硕人》),或美郑武公以好贤而立国之功德——"适子之馆兮,还,予授子之粲兮"(《郑风·缁衣》),或美郑武公有明德、有才华、有礼节——"我心写兮""维其有章""乘其四骆"(《小雅·裳裳者华》),或美齐襄公出猎时和蔼友好之风致——"其人美且仁""美且鬈""美且偲"(《齐风·卢令》),或美鲁庄公朝齐狩禚时射仪之巧——"四矢反兮,以御乱兮"(《猗嗟》),或诫勉秦襄公立国后应"其君也哉""寿考不亡(忘)"(《秦风·终南》),或赞美秦襄公命为诸侯后礼乐之隆盛——"既见君子,并坐鼓瑟"(《车邻》),或赞美襄公命为诸侯后武备之强大——"驷驖孔阜,六辔在手"(《驷驖》),或赞美襄公求贤尚德之执着——"溯洄从之""溯游从之"(《蒹葭》),或赞美秦文公大败戎师于岐——"王于兴师:修我戈矛,与子同仇"(《无衣》)。这些对在位诸侯国君文德武功的赞美,不仅洋溢着诗人热烈的爱国情感,更寄予了诗人期望诸侯国君辅佐天子中兴王室的政治情怀。

比如,《终南》首章选取"终南何有?有条有梅"这一客观事象起兴,以终南山上长满了长寿之楸树与珍贵之楠树,兴"君子至止,锦衣狐裘。颜如渥丹,其君也哉",言襄公服饰华丽显贵而色彩斑斓,脸色光泽红润而气度不凡;卒章选取"终南何有,有纪有堂"这一客观事象起兴,以终南山上遍地是实用之杞柳与健体之棠梨,兴"君子至止,黻衣绣裳。佩玉将将,寿考不亡(忘)",冀望襄公封为诸侯后,不忘励精图治,治国安邦,振兴秦族。足见诗人正是选取富有政治文化象征意味的西周王室望山终南山(即王畿岐丰地区之南山)作为兴象,通过凸显其景色幽美而物产丰富之特征来经营自己的文学意象,以象征秦人建国初期的壮阔气象与襄公封侯之后的伟岸形象。平王分封,襄公受爵,秦人始国,霸业之基始定,实乃秦国发展史上具有里程碑意义的大事。故此诗为秦大夫对襄公立国的礼赞之歌,洋溢着秦人的喜庆气氛与愉悦之情。当然,诗人在赞颂之中,更寓诫勉之意。

4. 讽谏怨刺时王不德行为

西周覆亡之后,王室与诸侯大夫皆担心王室继续衰微,冀望时王能够中兴王室;然正是继立者的不德行为,反而使王室更加衰微。如平王宜臼东迁时"弃其九族"(《王风·葛藟》毛《序》),携王余臣"奸命"(《左传·昭公二十六年》),桓王林"构怨连祸"(《王风·兔爰》毛《序》),等等。故周大夫、郑大夫及携王近侍之臣、平王戍南申(周宣王自西申徙封申伯之国,即今河南省南阳市北二十里之故申城)士卒等许多佚名贵族诗人与平民诗人,讽谏而怨刺之。

他们或刺平王东迁雒邑时弃其九族——"终远兄弟,谓他人父"(《王风·葛藟》),或刺平王劳王师而守侯国——"彼其之子,不与我戍申"(《扬之水》),或刺平王用兵不息——"何人不将?经营四方"(《小雅·何草不黄》),或担忧平王东迁雒邑后王室衰微而诸侯不朝——"心之忧矣,不可弭忘"(《沔水》),或刺平王与携王兄弟骨肉相残——"相怨一方"而"受爵不让"(《角弓》),或刺携王斗筲用事而治乱乏策——"谋夫孔多,是用不集"(《小旻》),或怨刺携王使功者获罪——"曷予靖之,居以凶矜"(《菀柳》),或表达怨尤携王小朝廷之情绪——"正大夫离居,莫知我勚"(《雨无正》),或怨桓王以王师及诸侯之师伐郑——"忘我大德,思我小怨"(《谷风》),或刺桓王使出者为谗人所毁——"一日不见,如三岁兮"(《王风·采葛》)。这些诗篇正是通过刺平王与携王兄弟相争而恩泽不施于民,通过刺桓王失信诸侯而构怨连祸于国,表达出诗人对天子未能中兴王室的失望之情。

比如,幽王十一年(前771),平王宜臼借助西申侯之力,依靠西戎之师,弑父而灭宗周,与携王余臣兄弟相及,骨肉相残。这不仅为万民所知晓,而且亦为万民所效仿,诸侯乃至国人自然形成了水火不容的两大政治营垒。这种"二王并立"的政治格局持续了12年之久,王室内战不断;直到晋文侯弑携王,平王方成一统,王室得以安宁。故周大夫作《角弓》以怨刺之。其首章选取"骍骍角弓,翩其反"这一客观事象作为兴象,以两端镶嵌牛角之弓不可松弛,正兴"兄弟昏姻,无胥远矣",言同姓兄弟之族与异姓婚姻之族皆不可相互疏远;次章"尔之远矣,民胥然矣。尔之教矣,民胥效矣",则纯用"赋"体,言王若以美德教化骨肉亲族则民将化于善;三章"此令兄弟,绰绰有裕。不令兄弟,交相为瘉",再用"赋"体,言同姓兄弟绝不可同室操戈而同归于尽;四章"民之无良,相怨一方。受爵不让,至于已斯亡",亦用"赋"体,言同姓兄弟连接受爵位都不谦让;五章连续选取"老马反为驹""食宜饇""酌孔取"3个事象作为喻体,取喻多奇,正反结合,喻义多用:一喻小人不知优老,二喻小人须知养老;六章选取"毋教猱升木,如涂涂附"这一客观事象作为喻体,以既教猱攀援上树而又用泥涂树使其不能攀升,正喻"君子有徽猷,小人与属",言切不可既欲人向善而又自坏规矩;七章选取"雨雪瀌瀌,见晛曰消"这一客观事象作为兴象与喻体,以积雪再多一旦日出则会融化,反喻"莫肯下遗,式居娄骄",言小人若遇王之清明善政则自然会溃败;卒章选取"雨雪浮浮,见晛曰流"这一客观事象作为兴象与喻体,以积雪遇日自然会消融,反喻"如蛮如髦,我是用忧",言王不能明察小人之行而视宗族骨肉如夷狄。可见,全诗8章,前4章重在刺王不亲同姓兄弟,后4章重在刺小人谗佞得逞。

5. 讽谏怨刺时君不德行为

这一时期的诸侯国君中,亦有不德者,如桧仲"骄侈怠慢"(《国语·郑语》),晋昭公伯"不能修道以正其国"(《唐风·山有枢》毛《序》),陈桓公鲍恃"有宠于王"而纳弑卫桓公之公子州吁(《左传·隐公四年》),宣公杵臼"多信谗"(《陈风·防有鹊巢》毛《序》),郑庄公寤生"小不忍以致大乱"(《郑风·将仲子》毛《序》),昭公忽"先配而后祖"(《左传·隐公八年》),齐襄公诸儿政令"无常"(《左传·庄公八年》),卫庄公扬"使贤者退而穷处"(《卫风·考槃》毛《序》),庄公庶子公子州吁"弑桓公而立"(《左传·隐公四年》),宣公晋"烝于夷姜(宣公庶母)"(《左传·桓公十六年》),惠公之母宣姜"与公子朔构急子(宣公太子伋)"(《左传·桓公十六年》),宣公庶长子公子顽(昭伯)"烝于宣姜"(《左传·闵公二年》),惠公朔"骄而无礼"(《卫风·芄兰》毛《序》),等等。故卫庄姜、宣夫人、公子职(右公子)、公子职孺人及卫大夫、伶官、士卒、国人,郑大夫、国人,齐大夫、国人妻女,晋大夫、国人,陈大夫,桧大夫、国人等许多贵族诗人与平民诗人,多有讽谏怨刺之作。

他们或刺卫庄公使夫人庄姜失位——"绿衣黄里""绿衣黄裳"(《诗·邶风·绿衣》),或伤庄公不见答于已——"谑浪笑敖,中心是悼"(《终风》),或刺庄公废教——"硕人俣俣,公庭万舞"(《简兮》),或怨庄公宠公子州吁——"胡能有定?宁不我顾"(《日月》),或刺卫公子州吁会诸侯之师伐郑——"从孙子仲,平陈与宋"(《击鼓》),或刺庄公使贤者退而穷处自乐——"独寐寤言,永矢弗谖"(《卫风·考槃》),或刺宣公夺其太子伋之妻(宣姜)——"燕婉之求,蘧篨不鲜"(《邶风·新台》)、"母也天只,不谅人只"(《鄘风·柏舟》)、"女子有行,远父母兄弟"(《蝃蝀》),或怨宣公夺媳乱伦以误国——"人之无良,我以为兄"(《鹑之奔奔》),或伤宣公使盗杀太子伋——"愿言思子,不瑕有害"(《邶风·二子乘舟》),或刺宣公助周伐郑——"人涉卬否,卬须我友"(《匏有苦叶》),或刺宣公暴政威虐致使贤者离居——"惠而好我,携手同行"(《北风》),或刺公子顽烝于庶母宣姜——"中冓之言,不可道也"(《鄘风·墙有茨》),或刺宣公夫人宣姜淫乱而失事君子——"子之不淑,云如之何"(《君子偕老》),或刺惠公骄而无礼——"虽则佩觿,能不我知"(《卫风·芄兰》),或刺郑庄公不胜其母武姜以害其弟共叔段(大叔段)——"岂敢爱之?畏我父母"(《郑风·将仲子》),或美共叔段厚道谦让而勇敢英武以刺庄公——"洵美且仁""洵美且好""洵美且武"(《叔于田》)、"执辔如组,两骖如舞"(《大叔于田》),或刺昭公不能与贤人图事——"彼狡童兮,不与我言兮"(《狡童》),或刺昭公不婚于齐以失大国之助——"彼美孟姜,德音不忘"(《有女同车》），或刺昭公不择臣以乱政事——"不见子都，乃见狂且"（《山有扶苏》），或刺昭公君臣不倡而和——"叔兮伯兮，倡予和女"（《萚兮》），或闵昭公无忠臣良士——"无信人之言，人实迋女"（《扬之水》），或思见正于大国以止乱——"子不我思，岂无他人"（《褰裳》），或思见君子以止乱——"既见君子，云胡不喜"（《风雨》），或刺齐襄公政令无常——"颠之倒之，自公召之"（《齐风·东方未明》），或刺襄公通于其妹文姜（鲁桓公夫人姜氏）——"彼姝者子，在我室兮"（《东方之日》），"既曰归止，曷又怀止"（《南山》）、"齐子归止，其从如云"（《敝笱》）、"鲁道有荡，齐子发夕"（《载驱》），或刺襄公不修德而求诸侯——"无思远人，劳心忉忉"（《甫田》），或刺晋昭公封其叔父公子成师（桓叔、曲沃伯）于曲沃（即今山西省临汾市曲沃县）——"彼其之子，硕大无朋"（《唐风·椒聊》），或刺昭公政荒民散将以危亡——"宛其死矣，他人入室"（《山有枢》），或刺昭公不恤其民——"羔裘豹袪，自我人居居"（《羔裘》），或讽劝昭侯要居安思危——"无已大康，职思其居"（《蟋蟀》），或密告昭公潘父欲结桓叔以叛晋——"素衣朱襮，从子于沃"（《扬之水》），或刺晋侯缙时行役之苦——"王事靡盬，不能蓺稷黍"（《鸨羽》），或刺陈桓公弟公子佗（陈佗）淫佚无形——"夫也不良，国人知之"（《陈风·墓门》），或刺桧仲逍遥游燕以失道——"羔裘逍遥，狐裘以朝"（《桧风·羔裘》），或嗟叹国破家亡而民逃——"夭之沃沃，乐子之无室"（《隰有苌楚》）。足见这些诗作从不能修身、齐家、治国诸方面，来抨击在位国君的不德行为，表现出诗人疾恶如仇、忧国忧民的政治情怀。

比如，平王二十六年（前745），昭公初即位，晋始乱，故封桓叔于曲沃，以靖侯之孙栾宾傅之。时昭公都绛（亦曰"翼""故绛"，在今翼城县东南），桓叔居曲沃，两大都邑相距不足百里。正是晋自昭公时出现的这种"大都耦国"（《左传·闵公二年》）畸形状态，严重破坏了周初分封制所规定的"天子→诸侯→卿大夫→士"宝塔式统治网络系统，成为导致其后公室小宗吞并大宗的社会根源之一故晋大夫作《椒聊》以怨刺而儆诫之。其首章选取"椒聊之实，蕃衍盈升"这一客观事象为兴象，以花椒嘟噜蔓延多子满升，兴"彼其之子，硕大无朋。椒聊且！远条且"，喻桓叔子孙敷衍盛大而德馨弥广，暗示曲沃大都耦国将并晋；卒章选取"椒聊之实，蕃衍盈匊"这一客观事象，以花椒嘟噜蔓延多子满匊，兴"彼其之子，硕大且笃。椒聊且！远条且"，喻桓叔子孙繁衍盛大而德馨笃厚，暗示曲沃厚施得众将并晋。

要之，这一时期诗人的政治话语中心，实际上依然聚焦于王室与周王身上。

这正是"礼乐征伐自天子出"政治生态环境影响使然。因为"礼乐征伐自天子出"政治生态,本质上就是"王权"政治生态。故诗人的政治话语自然会是以"王权"为中心,诗歌创作的关注点依然为王室兴亡之政治态势。

二、"霸权"政治生态与诗歌政治化倾向的基本特征

春秋中期(前681—前547),奴隶主贵族内部矛盾加剧,霸主取代天子成为天下诸侯共主,政治格局由"天子守在四夷"转变为"诸侯守在四邻",政治生态由"礼乐征伐自天子出"转变为"礼乐征伐自诸侯出",即政治思想、政治制度、政治格局、政治风气和社会风气综合状态与环境逐渐由以王权为中心转变为以霸权为中心。在这一政治生态环境之中,诗歌创作形成了独特的文学景观:"变雅"息,"变风"盛,"变颂"兴。这一历史阶段传世的诗歌作品凡69首(含逸诗12首),占春秋时期诗歌总数229篇的30%。其政治化倾向主要表现在以下五个方面:

1. 赞美时君文德武功

这一时期的诸侯霸主虽弃"王道"而行"霸道",但依然有尊王攘夷之德与继绝存亡之功;其他一些诸侯国君虽惟霸主马首是瞻,但依然可以修身勤政以中兴公室。他们大多为贤明有为之君,文德武功卓著。如齐桓公小白"帅诸侯而朝天子"(《国语·齐语》),晋武公称"尽并晋地而有之"(《史记·晋世家》),文公重耳"勤王"以"求诸侯"(《左传·僖公二十五年》),卫文公毁"授方任能"(《左传·闵公二年》),鲁僖公申"能复周公之宇"(《鲁颂·閟宫》毛《序》),楚庄王熊旅(一作"侣")倡导"武有七德"(《左传·宣公十二年》),周灵王太子晋(王子乔)主张遵从"前哲令德之则"(《国语·周语下》)①,等等。故秦康公䓨,鲁公子鱼(奚斯)、里克(里革、太史克),楚优孟,晋介推(介之推、介山子推)、师旷(子野)及卫大夫、晋大夫、曹大夫等许多佚名贵族诗人与平民诗人,多赞美与诫勉之作。

他们或美齐桓公城楚丘(即今河南省安阳市滑县)以封卫——"永以为好"(《卫风·木瓜》),或美卫文公使国家殷富——"秉心塞渊,騋牝三千"(《鄘风·定之方中》),或美晋武公请命于天子之使为晋侯——"岂曰无衣,七兮"(《唐风·无

---

① 昭十一年《春秋》之"蔡世子有",即《左传》之"隐大子",楚大夫申无宇称其为"诸侯"。则天子之"太子"与诸侯之"世子",其社会地位与天子、诸侯同。

衣》),或美武公好贤求士——"中心好之,曷饮食之"(《有杕之杜》),或美文公自秦返晋为君——"我送舅氏,曰至渭阳"(《秦风·渭阳》),或美文公称霸后复曹共公——"其仪不忒,正是四国"(《曹风·鸤鸠》),或颂鲁僖公文治之化与武功之德——"既作泮宫,淮夷攸服"(《泮水》),或颂僖公兴祖业、复疆土、建新庙之功德——"路寝孔硕,新庙奕奕"(《鲁颂·閟宫》),或颂僖公能遵伯禽之法养马众多以富国强兵——"驷驷牡马,在坰之野"(《鲁颂·駉》),或颂僖公燕饮群臣——"夙夜在公,在公载燕"(《鲁颂·有駜》),或谏晋文公能以富贵有人——"一蛇羞之,桥死于中野"(逸诗《龙蛇歌》,见《吕氏春秋·介立篇》),或谏楚庄王加封孙叔敖之子——"念为廉吏,奉法守职"(《优孟歌》,见《史记·滑稽列传》)、"廉洁不受钱"(《慷慨歌》,见宋洪适《隶释》卷三著录《楚相孙叔敖碑》),或美周太子晋为古之君子——"修义经矣,好乐无荒。"(《无射歌》,见《逸周书·太子晋解》)。我们可以从这些对诸侯国君的赞美诗,尤其是从对霸主的热情赞美之中,看到诗人们对"霸权"政治具有很强的认同感。

比如,惠王十七年(前660),狄入卫,懿公赤被杀,戴公申立,遂南渡黄河而寄居漕邑(即今河南省安阳市滑县西南之白马故城);十九年(前658),齐桓公率诸侯城楚丘以封卫,国人欢悦,卫国忘亡,诸侯称仁。故卫大夫作《木瓜》以美之。其首章"投我以木瓜,报之以琼琚。匪报也,永以为好也",言欲以琼琚报木瓜,以永结其好;次章"投我以木桃,报之以琼瑶。匪报也,永以为好也",言欲以琼瑶报木桃,以永继其好;卒章"投我以木李,报之以琼玖。匪报也,永以为好也",言欲以琼玖报木李,以永续其好。足见全诗三章皆用"比"体,借男女相赠答之辞,以赠微物而报重宝之意,极力赞美春秋首霸桓公封卫之德,表现出卫人思欲厚报之情,表达了卫、齐两国"永以为好"之愿。

2. 赞美大夫仁德贤能

这一历史阶段虽然"王道"废而"霸道"兴,但王室与公室大夫逐渐成为一个不可小觑的社会阶层,他们皆为仁德贤能之臣,在内政外交方面显露出自己的政治才干。像陈公子完(敬仲)"以君成礼"(《左传·庄公二十二年》),郑公子詹(叔詹、郑詹)、堵叔(洩堵寇、洩堵俞弥)、师叔(孔叔)"三良为政,未可间也"(《左传·僖公七年》),秦百里奚(五羖大夫)"爵禄不入于心"(《庄子·田子方篇》),晋师旷(子野)"信而有征"(《左传·昭公八年》),等等。故周太子晋(王子乔)、陈懿氏孺人、秦百里奚孺人及卫大夫、郑大夫等许多佚名贵族诗人,多赞美之。

他们或美卫文公多贤才——"彼姝者子,何以畀之"(《鄘风·干旄》),或美郑叔詹为政之善——"舍命不渝""邦之司直""邦之彦兮"(《郑风·羔裘》),或美陈公子完将得齐——"有妫之后,将育于姜"(逸诗《凤皇歌》,见《左传·庄公二十二年》),或诫秦百里奚富贵不忘发妻——"今日富贵忘我为"(《琴歌》,见宋郭茂倩《乐府诗集》卷六十),或诫晋师旷早日自周归晋——"绝境越国,弗愁道远"(《峤歌》,见《逸周书·太子晋解》)。在大夫之"家"与诸侯之"国"融为一体的政治架构中,仁德贤能的大夫是维护公室利益的一支重要政治势力。故诗人们从不同侧面对其赞美之、称颂之。

比如,襄王二十三年(前630),晋文公伐郑求杀叔詹,詹固请往,晋人将烹之,詹视死如归,文公乃命弗杀,厚为之礼,使归之。故郑大夫作《羔裘》以美之。其首章"羔裘如濡,洵直且侯。彼其之子,舍命不渝",言羔裘色泽滋润光亮,形态顺直绚丽,以"美其存心"——当国家有危难之时,能舍弃生命而不变节,得守身之道;次章"羔裘豹饰,孔武有力。彼其之子,邦之司直",言羔裘以豹皮饰袖缘,显得威武有力,以"美其从政"——当国君有过失之时,能正其过阙而不掩饰,尽事君之道;卒章"羔裘晏兮,三英粲兮。彼其之子,邦之彦兮",言羔裘柔暖鲜盛,三排豹饰鲜明,以"美其为人"(元朱公迁《诗经疏义会通》卷四)——当服朝服以朝之时,能位称其服而堪为楷模,有持身之道。全诗三章皆用"赋"笔,由物及人,铺陈描写;述服之美,称人之善,极力夸饰。

3. 怨刺讽谏时君不德无为

这一历史阶段的诸侯霸主与其他诸侯国君或有不德之行者,或有荒淫无道者,像晋武公称"兼其宗族"(《唐风·有杕之杜》毛《序》)、献公诡诸"好攻战"(《唐风·葛生》毛《序》)、惠公夷吾"重赂秦以求入"(《左传·僖公九年》),秦穆公任好"以人从死"(《秦风·黄鸟》毛《序》)、康公罃"弃其贤臣"(《秦风·晨风》毛《序》),陈宣公杵臼"多信谗"(《陈风·防有鹊巢》毛《序》)、灵公平国"通于夏姬"(《左传·宣公九年》),卫惠公朔"骄而无礼"(《卫风·芄兰》毛《序》)、懿公赤"鹤有乘轩者"(《左传·闵公二年》),曹昭公班"好奢而任小人"(《曹风·蜉蝣》毛《序》)、共公襄"远君子而好近小人"(《曹风·候人》毛《序》),等等。故陈公子完、晋士蒍(子舆)、虢舟侨(舟之侨)及黎大夫,卫大夫,晋大夫、国人,舆人(攻木之工),秦大夫、国人,陈大夫,曹大夫等许多佚名贵族诗人、平民诗人与奴隶诗人,皆怨刺而讽谏之。

他们或责卫懿公不能救黎(黎侯之国,都邑即今山西长治市西南三十里黎侯岭)——"叔兮伯兮!何多日也"(《邶风·旄丘》),或劝黎侯自卫归于黎——"微君之躬,胡为乎泥中"(《邶风·式微》),或刺惠公、懿公无礼仪——"人而无礼,胡不遄死"（《鄘风·相鼠》），或刺晋献公尽灭桓、庄之族群公子——"人无兄弟，胡不佽焉"（《唐风·杕杜》），或刺秦穆公以大夫子车氏三子为殉——"彼苍者天，歼我良人"（《秦风·黄鸟》），或刺康公弃其贤臣——"如何如何？忘我实多"（《秦风·晨风》），或刺康公忘先君之旧臣——"于嗟乎！不承权舆"（《秦风·权舆》），或忧陈宣公多信谗贼——"谁侜予美？心焉惕惕"（《陈风·防有鹊巢》），或刺灵公淫其叔父公孙御叔夫人夏姬——"彼美淑姬，可与晤歌"（《陈风·东门之池》）、"昏以为期，明星煌煌"（《陈风·东门之杨》）、"月出皎兮，佼人僚兮"（《陈风·月出》）、"匪适株林，从夏南"（《陈风·株林》），或刺曹昭公好奢而任小人——"心之忧矣，于我归处"（《曹风·蜉蝣》），或刺共公远君子而近小人——"彼其之子，三百赤芾"（《曹风·候人》），或刺晋献公不能修德以固宗子——"狐裘龙茸，一国三公"（逸诗《狐裘歌》，见《左传·僖公五年》），或刺惠公背内外之赂——"得国而狃，终逢其咎"（《舆人诵》，见《国语·晋语三》），或刺惠公改葬共世子（太子申生）——"贞为不听，信为不诚"（《恭世子诵》，见《国语·晋语三》），或刺文公爵禄不公使君子失所——"一蛇耆乾，独不得其所"（《龙蛇歌》，见《说苑·复恩篇》）。足见诗人们不仅对那些荒淫无道之君以辛辣笔触展开批判，即就是像晋献公、文公与秦穆公这样的有为之君，对其不德行为亦毫不留情地进行讥讽。

比如，《黄鸟》首章选取"交交黄鸟，止于棘"这一客观事象起兴，以咬咬鸣叫之黄鸟栖止于酸枣树上是不得其所，兴"谁从穆公？子车奄息。维此奄息，百夫之特"，言子车奄息为穆公殉葬是不得其死；次章选取"交交黄鸟，止于桑"这一客观事象起兴，以黄鸟栖息于桑树上是不得其所，兴"谁从穆公？子车仲行。维此仲行，百夫之防"，言子车仲行为穆公殉葬是不得其死；卒章选取"交交黄鸟，止于楚"这一客观事象起兴，以黄鸟栖息于荆条上是不得其所，兴"谁从穆公？子车鍼虎。维此鍼虎，百夫之御"，言子车鍼虎为穆公殉葬是不得其死。全诗通篇言黄鸟应以时往来而得其所，人亦应以寿命终而得其所，然三良与黄鸟一样皆不得其所，因而三章结句遂反复咏叹"临其穴，惴惴其栗。彼苍者天，歼我良人！如可赎兮，人百其身"，写三良临穴恐惧之状，诅上天杀尽善人之罪，抒发愿百死以赎之情，足见惜善人之甚。穆公生前称霸西戎，功业盖世；然其薨后，秦人却以"良人"殉葬。故秦国人作此诗以刺之。

4. 怨刺大夫不德之行

这一历史阶段王室与公室大夫，亦多有不德之行者，如周王子颓"奸王之位"（《左传·庄公二十年》），郑高克"师溃"而"奔陈"（《左传·闵公二年》），晋里克

(季子)"弑二君与一大夫"(《左传·僖公十年》),宋皇国父"妨于农功"(《左传·襄公十七年》),卫孙蒯"越竟(境)而猎"(《左传·襄公十七年》杜《注》),鲁臧孙纥(臧纥、武仲)"干国之纪"(《左传·襄公二十三年》),等等。故郑公子士("士",一作"素")、晋优施及周王室乐工、魏国人妻女、晋国人、鲁国人、曹重丘人、宋筑台者等许多佚名贵族诗人、平民诗人与奴隶诗人,皆怨刺之。

他们或刺周王子颓僭立乐祸——"其乐只且"(《诗·王风·君子阳阳》),或刺郑高克危国亡师——"左旋右抽,中军作好"(《郑风·清人》),或刺魏贵妇人心胸狭窄——"维是褊心,是以为刺"(《魏风·葛屦》),或刺晋大夫用非其人——"美如玉,殊异乎公族"(《魏风·汾沮洳》),或刺里克不能事小君骊姬——"人皆集于苑,己独集于枯"(《暇豫歌》,见《国语·晋语二》),或刺鲁臧孙纥狐骀(邾地,即今山东省滕州市东南二十里之狐骀山)之败——"朱儒朱儒,使我败于邾"(逸诗《朱儒诵》,见《左传·襄公四年》),或刺卫孙蒯父子逐其君献公衎——"亲逐而(尔)君,尔父为厉"(《訽孙蒯歌》,见《左传·襄公十七年》),或刺宋皇国父为平公筑台而妨于农收——"泽门之皙,实兴我役"(《诅祝歌》,见《左传·襄公十七年》),都从不同侧面对王室与公室大夫的不德行为进行批判,表露出诗人对他们乱政祸民的极大愤慨。

比如,《君子阳阳》首章"君子阳阳,左执簧,右招我由房。其乐只且",以"赋"笔写舞师左手执簧演奏得得意洋洋,右手招呼我以笙奏燕乐房中之乐,言君子之乐在音乐,刺王子颓观赏音乐时欢乐之状;卒章"君子陶陶,左执翿,右招我由敖。其乐只且",以"赋"笔写舞师左手执翿跳得陶陶自乐,右手招呼我以钟鼓奏舞曲骜夏之乐,言君子之乐在舞蹈,刺王子颓观赏舞蹈时和乐之貌。惠王二年(前675),芮国、边伯、詹父、子禽、祝跪五大夫奉惠王阉叔父王子颓以伐惠王,王子颓遂于王城僭立为王;三年(前674),惠王处于栎(郑邑,地在今河南省禹州市),王子颓享五大夫,遍舞六代之乐。故王室乐工作此诗以刺之。

5. 抒发爱国情怀

这一历史阶段,由于"王道"废而"霸道"兴,诸侯国各阶层贵族的国家意识形态逐渐强化。在他们心中,"天子"之"天下"已经不再那么重要,而"诸侯"之"国家"才是至关重要的,自然绝不能让他国"倾覆我国家"(《左传·成公十三年》)。于是,"礼"被赋予"经国家,定社稷,序民人,利后嗣"(《左传·隐公十一年》)的全新含意,"德"自然而然地被视为"国家之基"(《左传·襄公二十四年》)。即就是那些出嫁他国的公室贵族女性,她们虽已为他国国君之夫人,亦将其"宗国"视为

"根本"。故自然出现了像宋桓夫人、许穆夫人等一批富有爱国情怀的贵族女性诗人,创作了一些抒发爱国主义思想的诗作。

她们或自伤狄入卫而己力不能救宗国——"有怀于卫,靡日不思"(《邶风·泉水》),或提出引大国以救宗国之策——"控于大邦,谁因谁极"(《鄘风·载驰》),或忧狄伐卫而望宋救宗国——"谁谓宋远?跂予望之"(《卫风·河广》),或抒发宗国为狄所破之忧——"驾言出游,以写我忧"(《卫风·竹竿》)。宋桓夫人与许穆夫人为姊妹,乃卫宣公晋之孙,公子顽(昭伯)之女,戴公申、文公毁之妹。故她们在宗国危亡之际,自然表现出强烈的爱国主义情怀。

比如,惠王十七年(前660),狄入卫,懿公赤被杀,戴公申立,遂南渡黄河而寄居漕邑。当许穆夫人得知宗国覆亡的消息,心里极为难过,不顾许大夫的极力反对和百般阻挠,即刻快马加鞭赶赴漕邑慰问,以筹划联齐抗狄方略,并愤而作《载驰》以明志。其首章"载驰载驱,归唁卫侯。驱马悠悠,言至于漕。大夫跋涉,我心则忧",言自许归卫之故——"归唁卫侯";次章"既不我嘉,不能旋反。视尔不臧,我思不远。既不我嘉。不能旋济。视尔不臧,我思不闷",言许人不许归唁卫侯之非——"既不我嘉";三章"陟彼阿丘,言采其虻。女子善怀,亦各有行。许人尤之,众稚且狂",言许人尤之之非——"众稚且狂";四章"我行其野,芃芃其麦。控于大邦,谁因谁极",言欲引大国自救之策——"控于大邦";卒章"大夫君子,无我有尤。百尔所思,不如我所之",言我遂往之志——"无我有尤"。全诗五章皆用"赋"笔,铺陈描写了自己"归唁卫侯"之行,提出了自己"控于大邦"之策。未几,齐桓公使其庶子公子无亏(武孟)帅车300乘、甲士3 000人以戍漕。足见齐桓公在遵循"尊王攘夷"争霸方略的过程中,不仅对诸侯有"存亡继绝"之功,而且维持了东部地区相对稳定的政治局面。

要之,这一时期诗人的政治话语中心,实际上聚焦于公室与国君身上。这正是"礼乐征伐自诸侯出"政治生态环境影响使然。因为"礼乐征伐自诸侯出"政治生态,本质上就是"霸权"政治生态。故诗人的政治话语自然会是以"王权"为中心转变为以"霸权"为中心,诗歌创作的关注点自然由王室兴亡之政治态势转变为公室兴衰之政治态势。

三、"族权"政治生态与诗歌政治化倾向的基本特征

春秋后期(前546—前506),诸侯国奴隶主贵族内部矛盾加剧,卿大夫取代

国君而专国政,政治格局由"诸侯守在四邻"转变为"守在四竟",政治生态由"礼乐征伐自诸侯出"转变为"自大夫出",即政治思想、政治制度、政治格局、政治风气和社会风气综合状态与环境逐渐由以霸权为中心转变为以族权为中心。在这一政治生态环境之中,诗歌创作形成了独特的文学景观:"雅乐"衰,"新声"兴①。这一历史阶段传世的诗歌作品仅9首(含逸诗8首),占春秋时期诗歌总数229篇的5%。其政治化倾向主要表现在以下四个方面:

1. 诸侯燕享之乐歌

天子与诸侯行朝聘之礼时,主人需对宾客行"燕享之礼"。期间,还需行"投壶之礼",即"主人奉矢,司射奉中,使人执壶"(《礼记·投壶》)。至春秋后期,由于"族权"逐渐取代了"王权"与"君权",当时诸侯朝聘天子之礼基本上形同虚设,但诸侯间相互朝聘时举行燕享投壶之礼制度依然未废。此类作品主要有逸诗《投壶歌》2首(见《左传·昭公十二年》)。

比如,景王十五年(前530),齐景公杵臼、卫灵公元、郑定公宁如晋朝嗣君,昭公夷享诸侯,以景公宴,上军将(第三卿)荀吴(中行吴、中行穆子)为傧相,行投壶礼,遂作《投壶歌》。其开篇"有酒如淮,有肉如坻"两句,连用两个明喻,以晋国美酒像淮水一样多、鲜肉像坻山(山名,今地阙)一样高,比喻今晋国军帅强御而卒乘竞劝;结尾"寡君中此,为诸侯师"两句,直言今晋君德不衰于古,齐不事晋,将无所事,表露出荀吴依然有维系晋国中原霸权之心(《左传·昭公十二年》)。实际上,昭公在位期间(前531—前525),"六卿强,公室卑"(《史记·晋世家》),则荀吴所谓"为诸侯师",实乃自夸溢美之辞。故晋司功(掌司仪之大夫)士匄(文伯、伯瑕)讥其"失辞"。当然,从傧相荀吴取代主人(昭公)作《投壶歌》以明晋志可知,即就是在诸侯国君之间行朝聘之礼时,晋君仅一道具而已。这从一个侧面折射出"君权"衰微而"族权"强盛的政治生态。

2. 赞美大夫武功文德

此时,虽然整体政治格局为大夫专权,但像晋下军佐(第六卿)荀跞(知伯、文子)、郑执政卿(位在次卿而执国政)公孙侨(子产)等,则武功文德卓著者。故曹国人、郑舆人(都鄙之人)等皆作诗以美之。

他们或美晋荀跞纳周敬王于成周(《诗·曹风·下泉》),或美子产推行田制改革(逸诗《子产诵》之二,见《左传·襄公三十年》)。这些诸侯国士、平民及奴隶

---

① "新声",亦称"新乐",是一种有别于"雅乐"(古乐)的新型世俗性流行乐歌。至春秋后期,陆续由民间进入公室,逐渐形成了"秦声""郑声""晋音""卫音""齐音""鲁音""宋音"等多种音乐形态。

等对卿士的赞美诗,实际上就是对大夫取代国君专权政治生态环境的一种颂扬。这从一个侧面反映出那些出身于社会下层的诗人,他们对"族权"政治具有更强烈的文化认同。

比如,景王二十五年(前520),王子朝(王子晁)作乱,晋籍谈、荀跞帅师纳悼王猛(王子猛)于王城,悼王猛卒,敬王匄即位;敬王元年(前519),敬王出居狄泉称"东王",王子朝僭立王城称"西王";四年(前516),王子朝奔楚,敬王入成周;九年(前510),晋会诸侯城成周。故曹国人作《下泉》赞美荀跞纳王之功。其首章选取"冽彼下泉,浸彼苞稂"这一客观事象为兴象,以寒冷的下泉(即"翟泉",又称"狄泉""泽邑",即洛阳城内大仓西南池水,位于王城之东)将丛生的稂(莠草)根淹泡湿腐而死,反兴"忾我寤叹,念彼周京";次章选取"冽彼下泉,浸彼苞萧"这一客观事象为兴象,以寒冷的下泉将丛生的蒿草(荻蒿、牛尾蒿)淹泡湿腐而死,反兴"忾我寤叹,念彼京周";三章选取"冽彼下泉,浸彼苞蓍"这一客观事象为兴象,以寒冷的下泉将丛生的蓍草淹泡湿腐而死,反兴"忾我寤叹,念彼京师";卒章选取"芃芃黍苗,阴雨膏之"这一客观事象为兴象,以黍苗之所以生长得茂盛是因为时常有阴雨滋润,正兴"四国有王,郇伯劳之"。此诗四章皆用"兴"笔,异章变文,重章叠句,反复咏叹,貌似空空说"念",实则含意固深:慨叹我一旦醒来就怀念成周(即"周京""京周""京师",在今河南省洛阳市东约四十里,位于瀍水之东,与王城相距四十里)之情,极力凸显王子朝之乱使王室受害程度之重;卒章方画龙点睛,以颂郇伯之贤。

3. 讽刺大夫专权乱政

这一时期,晋韩氏、中行氏、知氏、魏氏、士氏、赵氏所谓"六卿",郑罕氏、驷氏、丰氏、游氏、印氏、国氏、良氏所谓"七穆",鲁仲孙氏(孟孙氏)、叔孙氏、季孙氏所谓"三桓",宋皇氏、乐氏、灵氏所谓"三族",齐国氏、高氏、陈氏"三族",陆续开始专权共政,君权(诸侯国君)与族权(卿大夫)之间的矛盾冲突日益严重。这种政治现象,在郑大夫、国人、舆人所创作的诗歌中多有反映。

他们或刺国遇乱世学校废而不修(《诗·郑风·子衿》),或刺子产推行田制改革(逸诗《子产诵》之一,见《左传·襄公三十年》),或刺子产推行丘赋改革(《丘赋歌》,见《左传·昭公四年》)。这些诗作从不同侧面反映出在由"君权"政治向"族权"政治变迁过程中,必然会引发剧烈的社会矛盾冲突。因为,这一社会政治生态环境的深刻变革,不仅会从根本上剥夺那些旧贵族的既得利益,也会在短时间使那些原来依附于旧贵族的下层民众的利益受到一定危害。故以士大夫为主体的下层贵族与平民、奴隶等,自然会通过作诗来发泄自己的不满情绪。

比如,《子衿》首章曰:"青青子衿,悠悠我心。纵我不往,子宁不嗣音?"此以"青青子衿"——学子所服之服饰借代学校,责其不寄问;次章曰:"青青子佩,悠悠我思。纵我不往,子宁不来?"此以"青青子佩"——学子所佩之玉佩借代学校,责其曾不来学;卒章起句以"挑兮达兮,在城阙兮"——在城门楼上独往独来,比喻学子独学而无友、孤陋而寡闻;结句以"一日不见,如三月兮",自言思念之切。春秋后期,大夫专权,学校不修,惟郑子产不毁乡校而已。故郑大夫有《子衿》"城阙之刺"(宋王应麟《困学纪闻》卷三)。

4. 诫刺家臣乱家政

"家臣"取代"公臣"秉国政,虽然形成于春秋晚期,然其肇始于春秋后期。特别是鲁叔孙豹庶子牛(竖牛)乱叔孙氏之室,季氏费邑(即今山东省临沂市费县)宰南蒯(南氏)以费叛季氏,实开后世阳虎以"陪臣执国命"的政治态势之先。故费乡人(居于乡里之奴)笔触多集中于此。他们或诫南蒯将叛季氏(逸诗《南蒯叹》)、或刺南蒯将叛季氏(《南蒯歌》,俱见《左传·昭公十二年》),都表现出对由于家臣乱政而引发社会动乱的无限担忧。

比如,景王十年(前535年),鲁季孙意如(平子)继祖父职为卿,不礼于南蒯,故南蒯以"臣欲张公室"(《左传·昭公十四年》)为借口,实则欲"以费为公臣"(《左传·昭公十二年》),遂依靠自己所掌握的采邑家兵武装,与公室卿士公子憖(子仲)及叔孙氏小宗叔仲小(叔仲穆子、叔仲子)谋出季氏;十五年(前530),南蒯将适费,饮乡人酒,乡人遂作《南蒯歌》以刺之。其选取"我有圃,生之杞乎"这一客观事象作为兴象,以原本种植蔬菜的园圃却生长出枸杞来,正兴"从我者子乎,去我者鄙乎,倍其邻者耻乎!已乎已乎!非吾党之士乎"(《左传·昭公十二年》),言南蒯在费欲为乱不合时宜,实为鄙贱之行、耻恶之事,表达了费人对南蒯以费叛季氏如齐极其失望之情。

5. 反映吴楚争霸政治态势

此时中原诸侯皆无力继续争霸,争霸的主要战场转移到南方吴、楚之间。这一政治态势,在楚申勃苏(申包胥)及吴渔夫等佚名诗人的作品中,都有所反映。他们或在吴入郢(即今湖北省江陵市荆州镇北五里故纪南城)后赴秦以歌乞师(《吴为无道歌》,见《吴越春秋·阖闾内传》),或歌咏伍员(子胥)自楚奔吴(《渔夫歌》,见《吴越春秋·吴太伯传》)。

比如,《吴为无道歌》以"封豕长蛇"比喻吴王阖闾以师入郢,以"寡君出在草泽"比喻楚昭王熊轸奔随(姬姓国,地在今湖北省随州市随县南),皆以形容吴楚争霸的严重态势。敬王十四年(前506),吴楚柏举(楚邑,在今湖北省麻城市东北)之战,楚师败绩,吴师入郢,楚昭王自郢奔郧(楚邑,地在今湖北省孝感市京山县、安陆市一带),又奔随,昭王使申包胥如秦乞师。其鹤倚哭于秦庭,七日七夜,口不绝声,哭已,遂作此歌以谏秦哀公出师救楚,秦师乃出。

要之,这一时期诗人的政治话语中心,其聚焦点不再是公室之"国",而是大夫之"家",实际上聚焦于大夫身上。这正是"礼乐征伐自大夫出"的政治生态环境影响使然。因为"礼乐征伐自大夫出"政治生态,本质上就是"族权"政治生态。故诗人的政治话语自然会由以"君权"为中心转变为以"族权"为中心,诗歌创作的关注点自然由公室兴衰之政治态势转变为大夫专权之政治态势。

四、"庶人"政治生态与诗歌政治化倾向的基本特征

春秋晚期(前505年—前453),政治生态的基本特征由礼乐征伐"自大夫出"转变为"陪臣执国命",即政治思想、政治制度、政治格局、政治风气和社会风气综合状态与环境逐渐由以族权为中心转变为以庶人为中心。在这一政治生态环境之中,诗歌创作形成了独特的文学景观:"新声"盛,"徒歌"兴①。这一历史阶段传世的诗歌作品凡15首(全为逸诗),占春秋时期诗歌总数229篇的6%。其政治化倾向主要表现在以下4个方面:

1. 讽刺国君与大夫无德无形

此时诸侯国君及其大夫,多有无德无形者。如卫灵公元薄德厚色而"无道"(《论语·宪问》),庄公蒯聩欲使人"杀其母"(《左传·定公十四年》),齐景公杵臼"繁于刑"(《左传·昭公三年》),安孺子荼"置群公子于莱"(《左传·哀公五年》),简公壬家臣阚止(子我)"有宠"而"使为政"(《左传·哀公十四年》),吴王夫差"好罢民力以成私好"(《国语·楚语下》),鲁季孙斯(桓子)受齐女乐"三日不朝"(《论语·微子》),等等。故鲁孔丘、公孙有山、吴申叔仪及齐国人、莱人、宋野人(居于郊外鄙野之奴)、吴童稚等佚名诗人,皆作诗以刺之。

他们或刺卫灵公为其夫人南子召宋公子朝(宋朝)——"既定尔娄猪,盍归吾艾豭"(逸诗《娄猪歌》,见《左传·定公十四年》),或刺卫庄公无信无道——"登此

---

① "徒歌",亦称"谣""俗谣",是一种即兴创作的无须音乐伴奏、舞蹈扮演之诗歌,其形式犹如今之"清唱"。

昆吾之墟,绵绵生之瓜"(《浑良夫噪》,见《左传·哀公十七年》),或刺齐安孺子使群公子失所——"师乎师乎,何党之乎"(《莱人歌》,见《左传·哀公五年》),或刺齐公室弃民不恤而国政将归于陈氏——"妪乎采芑,归乎田成子"(《采芑歌》,见《史记·田敬仲完世家》),或刺吴王夫差不恤下——"佩玉蕊兮,余无所系之"(《庚癸歌》,见《左传·哀公十三年》),或刺吴王夫差不与士卒共饥渴——"梁则无矣,粗则有之"(《赓歌》,见《左传·哀公十三年》),或刺吴王夫差筑别馆以淫逸——"梧宫秋,吴王愁"(《吴王夫差时童谣》,见《述异记》卷上),或刺鲁季孙斯受齐女乐——"彼妇之谒,可以死败"(《去鲁歌》,见《史记·孔子世家》)。实际上,这些诗作从不同侧面揭示出"庶人"政治形成的社会原因:正是诸侯国君及其大夫无德无形,终于导致"君权"与"族权"相继衰微而"庶人"强势,形成了"陪臣执国命"的政治生态。

比如,敬王二十四年(前496),卫灵公为夫人南子召宋朝,会于洮(卫邑,即今河南省濮阳市西南之颛顼城),太子蒯聩献盂(卫邑,今地阙)于齐,过宋之野(郊外鄙野之地),宋野人遂作《娄猪歌》以刺之。此歌采用连喻方式,以"娄猪(求子母猪)"喻宋女南子,以"艾豭(老公猪)"喻旧通于南子之公子朝,言其淫逸之甚,讽刺何其辛辣!

2. 诫勉国君奋发有为

与上述无德无行之君相比,越王句践则是一位奋发有为之君。其提出"内政无出,外政无入"(《国语·吴语》)之说,倡导"进则思赏,退则思刑"(《越语上》)之论,奉行"诛强救弱"(《史记·仲尼弟子列传》)之策,卧薪尝胆,励精图治,终于灭吴,成为春秋时期最后一位霸主。故越大夫文种等皆作诗以诫勉之。此类作品现存有逸诗《祝辞》二首(见《吴越春秋·勾践入臣外传》)。

比如,敬王二十六年(前494),越王句践与大夫文种、范蠡入臣于吴,群臣皆送至浙江(即今钱塘江)之上,临水祖道(祭祀道神以钱行),军阵固陵(即今浙江省萧山市西之西兴渡,为吴越通津),文种前为祝,遂作《祝辞》二首以诫勉之。其一曰:"皇天祐助,前沉后扬。祸为德根,忧为福堂。威人者灭,服从者昌。王虽牵致,其后无殃。君臣生离,感动上皇。众夫哀悲,莫不感伤。臣请荐脯,行酒三觞。"此以祝酒歌形式,言上天必定会佑助大王变祸忧为德富以复兴国家。

3. 哀怨乱世无道

此时"君权""族权"衰微,"家臣"主政,世间既无圣王之瑞,又无文明之祥,一派德衰无道、礼崩乐坏的乱世景象。故鲁孔丘、楚陆通(楚狂接舆)等皆作诗以哀怨之。

他们或哀乱世无祥瑞之兆——"凤鸟不至,河不出图"(《凤鸟歌》,见《论语·子罕》),或讥大夫不能隐为德衰——"今之从政者殆而"(《凤兮歌》,见《论语·微子》),或怨自己生于乱世——"伤予道穷,哀彼无辜"(《陬操》,见《孔丛子·记问》),从不同侧面揭示出"庶人"政治生态环境中的"无道"之像,抒发了诗人们的哀婉之情。

比如,《凤兮歌》曰:"凤兮!凤兮!何德之衰?往者不可谏,来者犹可追。已而,已而!今之从政者殆而!"此歌开篇以呼告与比喻手法,言凤有道则见,无道则隐,以喻孔子;谓今天下德衰无道,则依然尚可隐去;然子却欲仕于殆政而不隐以避世。敬王三十一年(前489),孔子在楚,楚狂接舆遂作此歌以讽谏之。

4. 慨叹人生短促

此时,由于万物变化不息,世事变化无常,吉凶之兆相倚,致使许多士大夫感叹人生短促,韶光易逝。故他们通过作诗来抒发这种复杂情感,以求自我宽慰,进而转化为一种深沉的生命意识。这种珍惜生命价值的思想意识,不像前代鲁仲孙羯(孟孝伯)所谓"人生几何,谁能无偷"(《左传·襄公三十一年》)那样悲凉无奈,更像叔孙豹(穆叔)所谓"大上有立德,其次有立功,其次有立言"(《左传·襄公二十四年》)一样积极进取,唯有表现视角有所不同而已。此类作品现存有《泰山歌》(见《礼记·檀弓上》)1首。

此歌选取"泰山其颓乎!梁木其坏乎"这两个客观事象作为兴象与喻体,以众山所仰之泰山下坠了,众木所依之栋梁腐朽了,比兴"哲人其萎乎",言众人所敬之哲人生病了。全诗透露出英雄末路、壮志未酬之惋惜情愫。敬王四十七年(前479),孔子早作,负手曳杖,消摇于门,作此歌以叹;既歌而入,当户而坐,寝疾七日而没。足见此为孔子绝笔。

要之,这一时期诗人的政治话语中心,实际上聚焦于大夫与陪臣之间的权利斗争方面。所以,诗歌创作主要以贵族佚诗与平民歌谣为主,出现了处于乱世的个人抒怀之作。这正是"陪臣执国命"政治生态环境影响使然。因为"陪臣执国命"政治生态,本质上就是"庶民"政治生态。故诗人的政治话语自然会是以"族权"为中心转变为以"庶民"为中心,诗歌创作的关注点自然由大夫专权之政治态势转变为"陪臣执国命"之政治态势。

综上所述,春秋诗歌的政治化倾向,既指在诗歌创作过程中,政治思想、政治势力、政治人物对其进行控制和制约并产生了重大影响;又指作为创作主体的诗人,直接为了某种政治目的进行创作,或者作品题材直接涉及有关政治活动的创作。这是春秋时期一个十分重要的文学现象与突出特征。实际上,这种政治化倾向,代表了春秋诗歌创作的主旋律,是这一时期礼乐文化的重要元素。而正是由于政治生态由"王权"政治向"霸权"政治、"族权"政治、"庶人"政治的渐次变迁,促使诗歌创作内容由以祭祀活动为主向以现实生活为主转变,从而使这一时期的诗歌主旨具有明显的政治化倾向。当然,由于不同历史阶段政治生态环境的差异性,这种政治化倾向就诗人的政治话语及其关注的政治态势而言,自然表现出阶段性特征:前期以"王权"为中心,关注点为王室兴亡;中期以"霸权"为中心,关注点为公室兴衰;后期以"族权"为中心,关注点为大夫专权;晚期以"庶民"为中心,关注点为"陪臣执国命"。而这些阶段性特征,则构成了春秋时期诗歌创作的总体特征:创作题材的现实性与内容的真实性,创作动机的尊德性与民本性,建构方式的叙事性与事象性,诗学观念的言志性与社会性。这些具有政治化倾向的诗歌,对后世的诗歌创作乃至整个文学创作产生了深远影响。这种政治化倾向在不同历史阶段关注点的不同,正好反映出诗礼互动内涵不断演化的历史进程。诗歌创作政治化倾向与礼制变革现实性关照的有机结合,正是诗礼文化创造性传承与创造性发展的内在动力。

[《中州学刊》(CSSCI)2018 年第 3 期,第 136—147 页,2.1 万字;《中国古代、近代文学研究》(CSSCI)2018 年第 7 期,第 17—29 页,全文转载;《高等学校文科学术文摘》(CSSCI)2018 年第 4 期,第 134—135 页,文摘;《学术界》(CSSCI)2018 年第 4 期,第 218—219 页,摘要;《文学研究文摘》(CSSCI)2018 年第 3 期,第 30—32 页,文摘]

作者简介:

邵炳军,男,1957 年 10 月生,甘肃省定西市通渭县人。西北师范大学文学博士(2000 年),南京师范大学博士后(2002 年)。为享受国务院政府特殊津贴专家(2016 年)、国家社科基金重大项目"《诗经》与礼制研究"首席专家(2016 年)、二级教授(2016 年)、曾获上海市"四有"好教师(教书育人楷模)提名(2018 年)、宝钢教育基金优秀教师奖(2018 年)。现任教育部高等学校中华优秀传统文化传承基地——"上海大学中华古诗文吟诵和创作基地"主任、上海大学诗礼文化研究院院长、博士生导师、博士后合作导师、中国古代文学学科带头人、《诗礼文化研究》主编、《诗经研究丛刊》编委,兼任中国诗经学会副会长等职,主要研究先秦两汉文学与诗礼文化。

自1982年1月入职高校以来,共主持在研或完成国家社科基金重大项目"《诗经》与礼制研究"(16ZDA172)、上海市社科规划重大项目"两周文研究"(2015DWY001)等科研项目17项,在《文史》《文学遗产》《"国立"中正大学学报》(台湾)《诗经研究》(韩国)《中国古典研究》(日本)等海内外期刊发表学术论文130篇(其中有15篇被《中国社会科学文摘》《高等学校文科学术文摘》《文学研究文摘》《中国古代、近代文学研究》等刊物转载),出版《德音斋文集·诗经卷》(2017年)《春秋文学系年辑证》(2013年)等学术著作13部,科研成果获教育部"高等学校科学研究优秀成果著作奖二等奖"(2015年)、中国大学出版社协会"中国大学出版社图书奖优秀学术著作一等奖"(2015年)、上海市"哲学社会科学优秀成果奖著作类一等奖"等科研奖励12项。

"德"观念的嬗变与春秋时期诫勉诗的演化

邵炳军

摘　要　春秋时期传世的比较典型的诫勉诗,主要有《诗·邶风·谷风》《卫风·氓》《齐风·鸡鸣》《秦风·终南》《大雅·抑》及逸诗《睱豫歌》《祝辞》(2首)等8首。就诫勉对象而言,可分为他诫与自诫两大类;就诫勉内容而言,关注点聚焦在天子、诸侯、卿士、大夫、士等不同社会阶层贵族之"德"上。这是因为是否有"德",是关系到国家存亡与个人祸福的重要因素。由于自西周初期开始,"德"观念逐步完成了由"天德"向"人德"的转变,"敬德"思想观念相伴而生,成为诫勉诗创作动机生发的思想根基。而作为实现"敬德"基本途径的"诰教"与"慎独"方法,则分别对他诫类诗歌与自诫类诗歌创作动机的生发产生了直接影响。

关键词　"德"观念　嬗变　春秋时期　诫勉诗　演化

所谓"诫勉诗",就是以诗歌形式,对自己或他人的思想品德、行为言辞诸方面,提出告诫勉励的诗篇。目前学术界研究成果表明,春秋时期传世的诫勉诗大致有32首[①]。据笔者初步考订,比较典型的主要有《诗·邶风·谷风》《卫风·氓》《齐风·鸡鸣》《秦风·终南》《大雅·抑》及逸诗《睱豫歌》(见《国语·晋语二》)、《祝辞》(2首,见《吴越春秋·勾践入臣外传》)等8首。本文拟从"德"观念嬗变视角,来讨论春秋时期诫勉诗演化的基本状况与历史规律,以求教于方家。

---

① 参见:邵炳军.周大夫家父《节南山》创作时世考[J].文献,1999(2):23-41,169;邵炳军,赵逵夫.卫武公《抑》创作时世考论[J].河北师范大学学报,2000(1):64-67;林庆.家训的起源和功能——兼论家训对中国传统政治文化的影响[J].云南民族大学学报,2004年(3):72-76;邵炳军.《诗·秦风》创作年代考论(上)——春秋诗歌创作年代考论之十一[J].西北大学学报,2011(6):50-56;艾新强.从《诗经》四篇诗看卫武公——国学研究系列之三[J].广西社会主义学院学报,2015(5):75-80,112;韩高年.《秦风》秦人居陇诗篇考论[J].兰州学刊,2016(2):5-11.

一、春秋时期诫勉诗的基本类型与社会功能

春秋时期诫勉诗,根据其诫勉对象,可区分为"他诫"与"自诫"两大基本类型。而"他诫"者的对象,包括天子、国君、卿士、大夫、士等不同社会阶层的贵族,其具体功能自然有所不同。故根据诫勉对象与社会功能的不同,区分为以下5种基本类型来分析。

1. 诫勉天子

比如,《抑》为周王室司寇卫武公诫勉平王(嗣王)以史为鉴而中兴王室之作,作于周平王元年(前770)①。全诗凡12章。其中,次章"有觉德行,四国顺之",三章"颠覆厥德,荒湛于酒",从正反两方面来告诫平王潜心修德以治国;首章"抑抑威仪,维德之隅",八章"辟尔为德,俾臧俾嘉",九章"温温恭人,维德之基",此告诫平王敬慎威仪以显德;次章"吁谟定命,远犹辰告",九章"其维哲人,告之话言,顺德之行",此告诫平王听受善言是敬慎威仪的直接体现;五章"慎尔出话,敬尔威仪",六章"无言不雠,无德不报"②,又从正反两个方面告诫平王王令中理以显德。足见诗人诫勉平王特别强调以"德"为"本"。

另外,周王室宰夫家父的《节南山》(见《诗·小雅》),创作年代与《抑》同时。就诗歌内容而言,为刺幽王重用太师尹氏乱政覆国之作;但就创作动机而论,则为戒平王知古以鉴今之作:"家父作诵,以究王訩。式讹尔心,以畜万邦。"即希望平王能以史为鉴,任用贤臣,畜养万邦,中兴周室。尽管此诗文本中未出现"德"字,然像"民言无嘉,憯莫惩嗟",谓"曾无一恩德止之者",故"天下之民"自然就"无一嘉庆之言"(郑《笺》)了。

实际上,这种以周天子,特别是以年幼嗣王为诫勉对象的诫勉诗,早在西周前期就已经出现了。像《大雅·公刘》为周王室太保摄太史召公奭戒成王(嗣王)"以民事"之作(毛《序》),《泂酌》为召公奭戒成王"亲有德"之作(毛《序》),《卷阿》为召公奭戒成王"求贤用吉士"之作(毛《序》);《周颂·敬之》为群臣戒成王"敬天"而"显德"之作(孔《疏》)。

---

① 本文所涉诗篇之作者、诗旨及创作年代,详见:邵炳军.春秋文学系年辑证[M].北京:高等教育出版社,2013.不再逐一标注出处。
② 本文所引《毛诗正义》《论语注疏》《春秋左传正义》《礼记正义》《春秋公羊传注疏》《春秋穀梁传注疏》《尚书正义》《周易正义》《孟子注疏》《周礼注疏》文,皆见:阮元.十三经注疏[M].北京:中华书局,2009.不再逐一标注版本与页码。

值得注意的是,无论是《抑》明言之"德",还是《节南山》暗示之"德",都与《公刘》《泂酌》《卷阿》《敬之》一样,指称的是"天子之德"。这正好与春秋前期(前770—前680)以王权为中心的政治生态环境是相吻合的。也就是说,在"礼乐征伐自天子出"(《论语·季氏》)的时代,人们的聚焦点自然是"天子之德"。

2. 诫勉国君

《秦风·终南》为秦大夫戒襄公励精图治、治国安邦而振兴秦族之作,作于周平王元年,即秦襄公八年。全诗凡两章。其中,首章言从上见其裘,见其颜;卒章言从下见其裳,见其步①。诗中这位"锦衣狐裘""颜如渥丹""黻衣绣裳""佩玉将将"之"君子",是指"襄公受命服于天子而来也"(宋李樗、黄櫄《毛诗集解》卷十四)②。当然,我们可以从通篇"秦人美其君之词"(宋朱熹《诗集传》卷六)③中,看出诗人"诫其君之意":结句谓"寿考不亡"——告诫襄公"君当务崇明德"(孔《疏》)而"自此以往,至老不可忘主恩"(《诗总闻》卷六)④,实则冀望襄公封为诸侯后,不忘以修德称高位,不忘以盛德配显服。此即周内史所谓"君违不忘谏之以德"(《左传·桓公二年》)者。

《祝辞》2首为越大夫文种、范蠡陪同越王句践入臣于吴时,文种诫勉句践自吴返越后务必要卧薪尝胆而强兵富国之作,作于周敬王二十六年(前494),即越王句践三年。其一祝辞中虽有"皇天祐助""感动上皇"等称颂"天德"的内容,但重点依然是称颂"人德":"祸为德根,忧为福堂"。其二祝辞虽有"乾坤受灵,神祇辅翼"等称颂天帝神灵之"德"的内容,但只不过是时王(君)之"德"的映衬而已:"大王德寿,无疆无极""德销百殃,利受其福"。当然,二祝辞称颂句践之"德"的根本目的,就是诫勉其"去彼吴庭,来归越国"。故句践答辞曰:"孤承前王余德,守国于边,幸蒙诸大夫之谋,遂保前王丘墓。"⑤

值得注意的是,《终南》文本中无一"德"字,但在诗人诫襄公务必要使"盛德"与"显服"相称时,暗含了"国君之德";然"显服"乃平王所赐,则平王有"天子之德"。足见诗中所暗含之"德",既包括"天子之德",又包括"国君之德"。故诗人在赞美"国君之德"的同时,告诫国君不能忘记"天子之德"。这与春秋前期以王权为中心的政治生态环境是相一致的。而文种《祝辞》中"祸为德根""大王德寿"

---

① 陈子展. 诗经直解[M]. 上海:复旦大学出版社,1983:389.
② 李樗,黄櫄. 毛诗集解[M]. 扬州:江苏广陵书社,2007:348.
③ 朱熹. 诗集传[M]. 长沙:岳麓书社,1989:87.
④ 王质. 诗总闻[M]. 北京:中华书局,1985:115.
⑤ 赵晔. 吴越春秋辑校汇考[M]. 上海:上海古籍出版社,1997:113.

"德销百殃"之"德",皆指句践之"德",即在位"国君之德";而句践答辞中"孤承前王余德"之"德",则指"前王(先君)"之"德",即"祖考之德"。足见此时越人将先君"祖考之德"与在位"国君之德"并提,惟不及"天子之德"。这表明春秋晚期(前505—前453),中原诸侯经历了由"王权""君权""族权"到"陪臣执国命"(《论语·季氏》)的巨大变革;而位于南方的越国,在继楚国和吴国僭称"王"后,政治生态环境依然以"王权(君权)"为中心,以周王室"王权"为中心的"天子之德"自然早已荡然无存了。

3. 诫勉卿士

《暇豫歌》为优施诫勉卿士里克辅助晋献公夫人骊姬杀太子申生而立其子公子奚齐为太子之作,作于周惠王二十一年(前656),即晋献公二十一年。其歌辞曰:"暇豫之吾吾,不如鸟乌。人皆集于苑,己独集于枯。"①此以鸟择良木而栖,告诫里克应辅助骊姬立奚齐为太子。于是,里克乃定既不阿献公与骊姬,又不助申生的中立之策。

值得注意的是,此歌虽不言及"德",但暗示助骊姬杀太子申生而立奚齐为有"德";而我们可以从里克定中立之策行为中看出,里克以既不阿君又不助太子为有"德"。尽管优施所谓"德",与里克所谓"德"的具体含义不同,但都认为此即"卿士之德"。春秋中期(前681—前547)这种以求自保为"卿士之德"观念的出现,与当时以霸权(君权)为中心的政治生态环境是相一致的。里克(前?—前650)所处的年代,在外齐桓公已经称霸,在内晋献公欲诛灭公族。面对如此政治生态环境,作为公室卿士,里克自然以求自保为"德"。尽管他不像献公托孤之臣荀息(奚齐之傅)一样具有"竭其股肱之力,加之以忠贞"(《左传·僖公九年》)的"卿士之德",为信守诺言而宁愿赴死,但最终平定骊姬之乱者依然为里克。从这个意义上来看,里克以求自保为"德",是一种韬光养晦而无可厚非的"卿士之德"。

4. 诫勉大夫

《鸡鸣》为齐大夫妻戒其夫勿留恋床笫而违礼之作,作于周桓王二十二年(前698)顷,即齐僖公三十三年。全诗凡三章,全部通过对话联句形式,描写夫妇俩黎明时分枕边絮语:男子淹恋枕衾床笫之乐,而不愿闻鸡之鸣;夫人催其丈夫早起,以免误了上朝:"鸡既鸣矣,朝既盈矣""东方明矣,朝既昌矣""会且归矣,无庶

---

① 国语[M].上海:上海古籍出版社,1998.

予子憎",从而彰显出"夙夜警戒相成"(毛《序》)之旨。

诗人何以"鸡鸣"开篇呢?"鸡鸣"本指鸡鸣叫之声,后逐渐成为指称一日丑时(凌晨1~3点)之名。鸡鸣时分,起床欲朝,驾车欲战,乃为春秋常礼。当然,更值得注意的是其丰富的文化内涵。汉韩婴《韩诗外传》卷二:"君独不见夫鸡乎?首戴冠者,文也;足榑距者,武也;敌在前敢斗者,勇也;得食相告,仁也;守夜不失时,信也。鸡有此五德,君犹日瀹而食之者何也?则以其所来者近也。"① 唐徐坚《初学记·鸟部》引焦赣《易林》:"巽为鸡,鸡鸣节时,家乐无忧。"又引宋均注《春秋说题辞》:"鸡为积阳,南方之象;火阳精,物火上,故阳出鸡鸣,以类感也。"② 足见鸡具有"文""武""勇""仁""信"所谓"五德"之征,故"鸡鸣"象征阳刚之气,具有呵护"家乐无忧"的社会功能。于是,"五德"便由"物之德",转化为"人之德",亦即"大夫之德"。

5. 诫勉自身

《邶风·谷风》为卫弃妇诉苦自勉之作,作于周桓王二十年(前700)顷,即卫宣公十九年。全诗凡六章。首章"德音莫违,及尔同死",言己之"德音"有可取之处;次章"宴尔新昏,如兄如弟",羡彼新婚之乐;三章"宴尔新昏,不我屑以",言其夫诬己品德浊乱而弃之;四章"凡民有丧,匍匐救之",言己平日以勤家睦邻为德;五章"既阻我德,贾用不售",言其夫以德为仇;卒章"宴尔新昏,以我御穷",言昔同乎苦而今反弃乎乐③。诗人于追思中显出怨恨,于怨恨中露出留恋,于怨夫中寄寓自诫。真是痛定思痛,痛何如哉!

《卫风·氓》为卫弃妇追悔自勉之作,亦作于周桓王二十年(前700)顷。全诗亦凡六章。首章"来即我谋""秋以为期",言初恋而约定婚期;次章"以尔车来,以我贿迁",言自携财物往嫁;三章"于嗟女兮,无与士耽",言自悔爱此男子;四章"士也罔极,二三其德",言男子无德而变心;五章"兄弟不知,咥其笑矣",言己被弃而兄弟不谅;卒章"反是不思,亦已焉哉",自伤其婚变。

值得注意的是,《谷风》作者何以选取"谷风(东风)"这一客观物象来起兴呢?这是因为"阴阳和而谷风至,夫妇和则室家成,室家成而继嗣生"(《谷风》毛《传》)。足见"和"为"夫妇之德"的具体内涵。所以,"如为夫妇者,不可以其颜色

---

① 屈守元. 韩诗外传笺疏[M]. 成都:巴蜀书社,1996:192.
② 徐坚. 初学记[M]//董治安. 唐代四大类书:第3册. 北京:清华大学出版社,2003. 按:今本《焦氏易林》无此文.
③ 陈子展. 诗经直解[M]. 上海:复旦大学出版社,1983:104-109.

之衰,而弃其德音之善。但德音之不违,则可以与尔同死矣"(宋朱熹《诗集传》卷二)①。当然,《谷风》中"德音莫违""既阻我德"之"德",在强调自己有"妇德"的同时,暗示其夫无"夫德";《氓》中"士也罔极,二三其德"之"德",在强调其夫无"夫德"的同时,反衬自己有"妇德"。就男主人公的社会地位而言,此二诗中所谓"夫德",属于"士之德"。

当然,"自诫"类诗篇亦有"他诫"之旨,像《氓》"士之耽兮,犹可说也;女之耽兮,不可说也"之类;"他诫"类诗篇亦有"自诫"之旨,像《抑》诫平王"亦以自警也"(毛《序》)之类。此皆即现在所谓"共勉"者。另外,有些诗通篇虽非以"诫勉"为旨,但诗中有一些"诫勉"内容。像《小雅·十月之交》为周大夫刺幽王宠信褒姒以致覆国之作,然其七章"黾勉从事,不敢告劳"两句,则为贤者自勉之辞。

上述诫勉诗中,无论是他诫类型,还是自诫类型,都具有明显的功利目的,自然就具有一定的社会功能。《礼记·郊特牲》:"社祭土而主阴气也……是故丧国之社,屋之,不受天阳也。"《公羊传·哀公四年》:"蒲社者何? 亡国之社也。"《穀梁传·哀公四年》:"亳社者,亳之社也。亳,亡国也。亡国之社以为庙,屏戒也。"韩婴《韩诗外传》卷十:"故亡国之社,以戒诸侯;庶人之戒,在于桃茢。"②刘向《说苑·敬慎》:"存亡祸福,其要在身。圣人重诫,敬慎所忽……夫不诫不思而以存身全国者亦难矣。"③谷永《举方正对策》:"臣闻灾异,皇天所以谴告人君过失,犹严父之明诫。畏惧敬改,则祸销福降;忽然简易,则咎罚不除。"④班固《白虎通义·社稷》篇:"王者、诸侯必有诫社者何? 示有存亡也。明为善者得之,为恶者失之。"⑤足见周人别立"亡国之社""丧国之社"以为"诫社",就是通过"示贱"的做法,达到"重诫""明诫"的政治目的。正是因为"诫"与"思"是关系到"存亡祸福""存身全国"之大事,故无论"王者""诸侯",还是"圣人""庶人",都必须"重诫""明诫",都必须"畏惧敬改",否则"咎罚不除"。当然,这种"重诫""明诫"传统,正源于《诗经》:"蹙国减土,经有明诫。"(《后汉书·西域传》载陈忠《上疏》)⑥。所以,"诫勉诗"自然就具有关系"存亡祸福"而"存身全国"的重要社会功能了。

要之,《谷风》《氓》《鸡鸣》《终南》《抑》及逸诗《暇豫歌》《祝辞》(2 首)等诫勉

---

① 朱熹.诗集传[M].长沙:岳麓书社,1989:25.
② 屈守元.韩诗外传笺疏[M].成都:巴蜀书社,1996:858.
③ 向宗鲁.说苑校证[M].北京:中华书局,1987:240.
④ 班固.汉书[M].北京:中华书局,1962:3450.
⑤ 陈立.白虎通疏证[M].北京:中华书局,1994:86.
⑥ 范晔.后汉书[M].北京:中华书局,1965:2912.

诗,就诫勉对象而言,可分为他诫与自诫两大类;就诫勉内容而言,尽管涉及面非常广泛,但关注点聚焦在天子、诸侯、卿士、大夫、士等不同社会阶层贵族之"德"上。这是因为是否有"德",是关系到国家与个人"存亡祸福""存身全国"的重要因素。

二、"敬德"——诫勉诗创作动机生发的思想文化根源

《诗经》中的"诫勉诗",大多包含着丰富的文化意蕴。它的发生、发展及其流变,具有深厚的历史渊源。其中,"德"观念的嬗变,是其最重要的思想文化根源。

1. 由"天德"向"人德"转化的历史轨迹

目前研究成果表明,大致在神话传说时期的"五帝"时代,已经为"德"观念的发生奠定了基础。至迟在商代,"德"观念已经出现,成为一种意识形态。就"德"观念的嬗变轨迹而言,大致经历了以下四个历史阶段:

一是天帝之"德",即"德"为天命观念的一种表达,进而赞美天命的赐予(得)。如"皋陶迈种德,德乃降"(《左传·庄公八年》引《夏书》);"王德方帝授我[又(佑)]"(《甲骨文合集》6737)[1];"上帝降懿德大甹(屏),匍(抚)有(佑)上下"(《集成》10175 著录西周中期器史墙盘铭)[2];"天生德于予,桓魋其如予何"(《论语·述而》);等等。这表明在夏商周三代,"天道观"依然是主流意识形态,"天意政治"自然一直占据着主导地位。

二是祖考之"德",即"德"为神意观念的一种表达,进而赞美祖先的赐予(得)。如"肆上帝将复我高祖之德,乱越我家"(《书·商书·盘庚下》);"於乎不显,文王之德之纯"(《诗·周颂·维天之命》);"(禹)降民监德……民好明德,顾在天下"(北京保利艺术博物馆藏西周中期器遂公盨铭)[3];"朕斉(文)考鄘(懿)弔(叔),亦帅刑(型)濾(法)则,先公正惪(德),卑(俾)乍(作)司马于滕"(《山东金文集成》著录战国早期器司马椒镈铭)[4][5];等等。尤其值得注意的是,上述祖考

---

[1] 郭沫若.甲骨文合集[M].北京:中华书局,1978—1982.
[2] 中国社科院考古所.殷周金文集成:第7册[M].北京:中华书局,2007:图5484,释文5485.
[3] 杨善群.论遂公盨铭与大禹之"德"[J].中华文化论坛,2008(1):5-8.
[4] 山东省博物馆.山东金文集成[M].济南:齐鲁书社,2007:图104,释文108.
[5] 董珊.试说山东滕州庄里西村所出编镈铭文.[EB/OL].[2008-04-24]. http://www.gwz.fudan.edu.cn/Web/Show/408.

之"德",不仅有"王德",亦有"臣德"与"民德",即卿大夫之"德"与庶民之"德"。这种自商周之际出现的由"天德"向"人德"的过渡,尽管"人德"依然与"天命"密切相关,但毕竟表明"人道观"意识形态出现了,"天意政治"已逐渐开始向"神意政治"转变。

三是制度之"德",即"德"为制度(分封制与宗法制)建设的一种重要表现形式,是礼仪制度规范的基本内涵。如"惟乃丕显考文王克明德慎罚……以修我西土"(《书·周书·康诰》);"自成汤至于帝乙,罔不明德恤祀"(《多士》);"召穆公思周德之不类,故纠合宗族于成周而作诗"(《左传·僖公二十四年》);"异姓则异德,……同姓则同德"(《国语·晋语四》);等等。自西周初期出现的这种由"天德""人德"向"政德"的转变,表明以"德"为政治国的思想观念开始出现。

四是人格之"德",即"德"为个人的一种品德与操守,是道德伦理规范的基本内涵。如"(郑公子曼满)无德而贪,其在《周易·丰之离》,弗过之矣"(《左传·宣公六年》);"大上有立德,其次有立功,其次有立言"(《左传·襄公二十四年》);"用亯(享)用德,眆(畯)保其孙子"(《考释》著录春秋前期器晋姜鼎铭)①;"(仁、义、礼、智、圣)五行之德"(战国郭店楚简《五行》)②;等等。自春秋时期出现的这种"人德"由"逝者之德"向"生者之德"的转变,表明以"德"修身齐家治国平天下的思想观念,逐渐成为"德"观念的主流意识形态。

由此可见,在先周时期相当长的历史阶段内,"德"都没有能够摆脱"天道"观念的影响。至西周时期"德",才开始走出了天命神意的迷雾;到了春秋战国时期,"德"才逐渐深入到人的心灵层面。当然,即就是到了战国中晚期,人们依然认为人格之"德"为"天道"(《郭店楚墓竹简·五行》第 20 号简)③。这表明,尽管"祖考之德""制度之德"与"人格之德",已经逐渐从"天帝之德"中剥离出来,但依然时隐时现地出现"天帝"的影子,足见"天命论"对不同形态"德"观念的影响之大。诚然,正是由于西周时期"德"观念由"天德"向"人德"的转向,才使得制度之"德"与人格之"德"有了出现的可能;于是,"德"不仅成为共公社会治理的基本准则,而且成为个体人格修养的道德规范。

特别值得注意的是,在《抑》中,无论"维德之隅""有觉德行""辟尔为德""维德之基""顺德之行"之有"德",还是"颠覆厥德""回遹其德"之无"德",都是特指

---

① 郭沫若.两周金文辞大系图录考释(增订本)[M].北京:科学出版社,1958:229.
② 荆门市博物馆.郭店楚墓竹简·五行:第 1—4 号简[M].北京:文物出版社,1998:149.
③ 晁福林.先秦时期"德"观念的起源及其发展[J].中国社会科学,2005(4):192-204.

时王的"天子之德",正好与《泂酌》《卷阿》相似;而《节南山》暗示先王幽王无"天子之德",正好与《公刘》《敬之》相似。尽管时王的"天子之德",与先王的"祖先之德",是有着根本差别的,但所言皆为"人德"而非"天德"。同时,春秋初期的"天子之德",已经具有制度之"德"与人格之"德"双重含义;也就是说,此时的"德",已经开始具有公共社会治理基本准则与个体人格修养道德规范双重属性。

2. "敬德"思想观念是诫勉诗创作动机生发的思想文化渊源

在"德"观念由天命神灵深化到个体内在心灵的过程中,直接影响"诫勉诗"创作的思想文化渊源,最重要的便是儒家所倡导的"敬德"思想观念。

西周立国初期,由"尊神"——"率民以事神,先鬼而后礼",向"尊礼"——"事鬼敬神而远之,近人而忠焉"(《礼记·表记》)的转变,实际上就是由"神本"向"人本"的转变,由"祭祀文化"向"礼乐文化"的转变,自然是由"神权政治"向"伦理政治"的一种巨大转变①。这无疑是上层建筑领域的一场深刻革命,标志着华夏人文精神的初步建立。由于"敬慎威仪,以近有德"(《诗·大雅·民劳》),"礼、乐,德之则也;德、义,利之本也"(《左传·僖公二十七年》),"道之以德,齐之以礼,有耻且格"(《论语·为政》),故"尊礼"自然要"敬德"。

而"敬德"一词,首先是在由周王室太师摄冢宰周公旦提出来的:"天亦哀于四方民,其眷命用懋,王其疾敬德……王敬作所,不可不敬德……肆惟王其疾敬德,王其德之用,祈天永命"(《书·周书·召诰》);"小人怨汝詈汝,则皇自敬德、厥愆"(《无逸》);"其汝克敬德,明我俊民在让"(《君奭》)。其"敬德"思想包括以下三个不同层面的丰富内容:

一是"德治",即"为政以德,譬如北辰,居其所而众星共之"(《论语·为政》)。这强调的是要以德化万民的方式来治理国家,属政治范畴。

二是"德性",即"君子尊德性而道问学"(《礼记·中庸》)。这是一个纯粹的内生性概念,指称"德"的内在向度,属人性论范畴。

三是"德行",即"君子以制数度,议德行"(《易·节卦·象辞》)。这是"德性"的外化性概念,指出"德"的外在表现,属道德教育范畴②。

而"敬德"的根本宗旨与基本归宿,就是"保民"。故是否能够"保民",自然成为周天子是否"敬德"的重要依据,成为其政治行为的基本准则。于是,"敬德"与

---

① 王杰. 神权政治向伦理政治的转向——西周时期的敬德保民思想[J]. 理论前沿,2005(23):20-21.
② 陈继红. 从词源正义看儒家伦理形态论争——以德性、美德、德行三个概念为核心[J]. 南京大学学报,2017(3):147-156.

"保民""慎罚"三者,成为西周政治思想的三项基本原则,也是维护国家政权系统稳定的三个重要因素。

当然,将周公旦"敬德"思想观念发展成为一种思想体系,则应归功于春秋时期的卿大夫们。比如,鲁大夫众仲所谓"以德和民"(《左传·隐公四年》)说,周大夫富辰所谓"以德抚民(《左传·僖公二十四年》)说,都是对周公旦"德治"思想的创造性继承与发展;鲁君子所谓"忠""信""卑让"为"德"(文元年《左传》)说,孔丘所谓"忠""信""义""恭""俭""卑""畏""愚""浅"为"德"(《论语·颜渊》《韩诗外传》卷三)说,都是对周公旦"德性"具体表现形式的创造性继承与发展;齐大夫管夷吾所谓"德""刑""礼""义"为诸侯霸主应有之"盛德"(《左传·僖公七年》)说,周卿士单超(襄公)所谓"敬""忠""信""仁""义""智""勇""教""孝""惠""让"为诸侯国君之"文德"(《国语·周语下》)说,都是对周公旦"德行"具体表现方式的创造性继承与发展。

诚然,即就是春秋时期的"敬德"思想观念,依然包含着"天道"与"人道"两种元素,具有"事神"与"抚民"两种倾向,只不过是轻"天道"而重"人道"、轻"事神"而重"抚民"已经成为一种时代潮流而已。

这里值得强调的是,"德治"就是一种通过道德宣教来治理社会,进而维护社会的公共利益,自然成为治国安邦、处理公共问题和维护社会秩序的基本方式。故"德性"与"德行",自然是以"德治"为根本归宿。同时,正是由于"天下之本在国,国之本在家,家之本在身"(《孟子·离娄上》),故自西周初期的周公旦,至春秋后期的孔夫子,他们都将"以德修身",作为"以德齐家""以德治国"的基本前提。

《诗经》作为周人思想文化的艺术载体,它的影响远远超过了文化的范畴,而更具有政治伦理规范与道德伦理规范的意义。如果说西周前中期创作的《小雅·小明》《大雅·文王》《思齐》《皇矣》《假乐》《荡》《周颂·维天之命》《桓》等诗歌,主要歌颂周天子受命于天而兼具"天德"与"人德"的话,那么,自西周后期以降开始创作的《小雅·节南山》《十月之交》《雨无正》《小弁》《巧言》《青蝇》《大雅·民劳》《瞻卬》等诗歌,则开始"怨天尤人","天德"自然会受到一定程度的否定,而更加注重"人德"[①]。像上文所提及,《抑》的"天子之德",《终南》《祝辞》2首的"国君之德",《暇豫歌》的"卿士之德",《鸡鸣》的"大夫之德",《谷风》《氓》的"士

---

① 王洲明.周人的"敬德"思想与《诗经》[J].河北师院学报,1996(3):34-38,77.

之德",都是在倡导"以德齐家""以德治国"的同时,更强调"以德修身"。比如,《谷风》《氓》主人公强调的所谓士阶层的"夫妇之德",就是"夫妇和""室家成""继嗣生"。具体到"妇德"的具体内涵而言,"和夫""多子""顺从""貌美""贤淑""勤劳"等等,皆是。所以诗人在自诫中强调自己恪守"妇德"的同时,讥刺其夫不能恪守"夫德"。

要之,商周时代的"德"观念,大致经历了"天帝之德""祖考之德""制度之德""人格之德"四个发展阶段,逐步完成了由"天德"向"人德"的转变。正是自西周初期开始人们开始更加关注"人德",逐渐出现了"敬德"思想观念。这便是"诫勉诗"创作动机发生的思想文化根基。

三、"诰教"与"慎独"——诫勉诗创作 动机生发的基本途径

周人在提出"敬德"思想观念之后,自然会思考如何能够做到"敬德"这一现实问题,也就是如何能够通过"树德""立德"来实现"君子以自昭明德"(《易·晋卦·象辞》)的基本途径。其中,"诰教"——培育他人的道德修养方法,"慎独"——自我完善的道德修养方法,是两大最主要的基本方法。

1. "诰教"对他诫类诫勉诗创作动机的直接影响

周公旦认为,人的"德性"与"德行",不是天生就有的,必须要通过加强后天教育而获得。故必须要"裕民"——教化而开导民众:"汝亦罔不克敬典,乃由裕民,惟文王之敬忌,乃裕民"(《书·周书·康诰》);"彼裕我民,无远用戾"(《洛诰》)。

所以,他在强调"敬德"观念时,非常关注"树德""立德"以"明德"的基本途径,倡导以"诰教"来"裕民":"文王诰教小子有正有事,无彝酒……庶士有正越庶伯君子,其尔典听朕教"(《书·周书·酒诰》);"乃惟孺子,颁朕不暇,听朕教汝于棐民彝"(《洛诰》);"古之人,犹胥训告,胥保惠,胥教诲"(《无逸》)。此所谓"诰教",即通过"教育""训诫""勉励"方式来达到"君子以常德行,习教事"(《易·坎卦·象辞》)的政治目的,亦即通过"教诲"群臣百官众民方式以实现"育德"的教化功能。这表明周公以"诰教"为培育他人实现"敬德"的重要途径。因此,他从"敬德"思想出发,"重民五教,惟食丧祭"(伪《古文尚书·武成》),即重视后天"德性"与"德行"的教育作用,以实现"德治"的社会功能。

当然,由于"多闻,择其善者而从之;多见而识之;知之次也"(《论语·述而》),即不仅"行""知"合一,而且"行"高于"知"。故就"育德"的基本范式而言,不仅要重视"知性育德"——通过系统传授知识来培育社会个体的"德性"与"德行",更要重视"生活育德"——通过现实生活实践来培育社会个体的"德性"与"德行"。所以,自西周初期开始,在逐步推行"父义""母慈""兄友""弟恭""子孝"等"五常之教"的过程中,不仅促进了以"六艺"为主要内容的学校教育的兴起,而且推动了"文教""诗教""乐教""礼教"等"诰教"基本方式的发展①。

所谓"文教",就是以散文方式进行诫勉教化。比如,成王封伯禽于鲁时,周公诫之曰:"子无以鲁国骄士……吾闻德行宽裕,守之以恭者荣;土地广大,守之以俭者安;禄位尊盛,守之以卑者贵;人众兵强,守之以畏者胜;聪明睿智,守之以愚者善;博闻强记,守之以浅者智。夫此六者,皆谦德也。"(《韩诗外传》卷三)②又如,郭沫若《两周金文辞大系图录考释》著录周康王时器大盂鼎铭记康王训诰策命盂之命词曰:"雩(诏)焚芍(经),敏朝夕入谰(谏),䡒(享)奔走,畏天畏(威)。"③此即诫勉盂要恭敬地协调纲纪,勤勉地早晚入谏,进行祭祀,奔走于王事,敬畏上天的威严。

所谓"诗教",就是以韵文方式进行诫勉教化。比如上述诫勉他人诸作:齐大夫妻《鸡鸣》"会且归矣,无庶予子憎",以戒夫勿留恋床笫,切莫因耽误上朝时间而违礼;秦大夫《终南》"佩玉将将,寿考不亡",以佩玉相击发出将将之声,劝戒襄公封为诸侯之后务必修德以副民望。另外,周太保摄太史召公奭《公刘》,以先祖公刘忠诚厚道、不贪图安乐,乃率领周人由邰(即今陕西省咸阳市武功县西南二十二里之故漦城)北迁于豳(即今陕西彬州市)这一重大历史事件,从迁徙、择地、定居三个层面赞美公刘迁豳之功,以公刘重民事而厚于民,诫勉即将莅政之成王诵(毛《序》);周执政卿芮良夫《芮良夫毖》,从敬恪毋荒、同恤患难、卫相社稷诸方面,来诫勉邦君(诸侯)及御事(卿士)④。

由于在社会伦理规范体系建构过程中,周人认识到"兴于诗,立于礼,成于乐"(《论语·泰伯》)"礼乐皆得,谓之有德"(《礼记·乐记》),所以从西周初期开始,自王室至公室,逐步建立起了比较完备的乐官体系,逐步实现了"以乐娱神"

---

① 毛礼锐,沈灌群. 中国教育通史:第1卷[M]. 济南:山东教育出版社,1985:118-142.
② 屈守元. 韩诗外传笺疏[M]. 成都:巴蜀书社,1996:318-319.
③ 郭沫若. 两周金文辞大系图录考释(增订本)[M]. 北京:科学出版社,1958:5,34.
④ 高中华,姚晓鸥. 论清华简《芮良夫毖》的文本性质[J]. 中州学刊,2016(1):140-143.

向"以乐育人"的转变。大司乐及其所属乐官,遵循典乐制度,结合典乐流程,采用歌《诗》、赋《诗》、说《诗》等多维艺术演诗形式,就是一种通过"以乐语教国子"来实施"兴、道、讽、诵、言、语"(《周礼·春官宗伯·大司乐》)多方面礼义教化的过程。其中,《诗》以"兴""道"言志,反映出典乐演诗的艺术自觉;乐官以"讽""诵""言""语"教《诗》以"兴""道",反映了《诗》的政治自觉[1]。足见当《诗》文本(歌辞)与音乐、舞蹈结合之后,"诗教"自然就与"乐教"相随而行。同时,《诗》又是一种艺术化的礼仪形式,"诗教"自然又是一种"礼教"形式。

于是,在培养"说礼乐而敦诗书"(《左传·僖公二十七年》)人才的过程中,以"诗言志,歌永言;声依永,律和声"的基本方式,收到了"八音克谐,无相夺伦,神人以和"(伪《古文尚书·舜典》)的良好功效。这种通过"文教""诗教""乐教""礼教"所彰显出来的道德教化功能,自然就具有强烈的艺术化审美意味,显示出其"义理悦心"的美学品性。

2. "慎独"对自诚类诚勉诗创作动机的直接影响

"慎独"之说,最早见于《礼记》。《中庸》:"是故君子戒慎乎其所不睹,恐惧乎其所不闻。莫见乎隐,莫显乎微,故君子慎其独也。"《大学》:"大学之道,在明明德,在亲民,在止于至善……所谓诚其意者,毋自欺也……此谓诚于中,形于外。故君子必慎其独也。"足见其"慎独"理论,主要包含三个方面的内容:

一是所谓"毋自欺"而"诚于中"者,即应该自我审视、自我满足,不能自己欺骗自己。

二是所谓"戒慎乎其所不睹"者,即扩展自己的内心体验,无论是在个人独处时,还是在众人之间时,都要力图格物致知。

三是所谓"在明明德,在亲民,在止于至善"者,即"慎独"的目的就是为了培养"德心",以彰显其内在性"德性"与外显性"德行",做到"独立不惭于影,独寝不惭于魂"(《晏子春秋·外篇下》载晏子引古语)[2],达到使人"至善"的理想境界。

由此,可以说"慎其独",即"思其心",是通过"诚其意"以"正其心"的另外一种表达方式,是人格之"德"的重要内容,自然也是实现"敬德"的重要方法。

实际上,"慎独"这个概念,虽然是由孔子后学中的思孟学派提出来的,但其思想观念则在西周初期就产生了。如伪《古文尚书·微子之命》:"恪慎克孝,肃恭神人。"伪《古文尚书·君陈》:"往慎乃司,兹率厥常。"《多方》:"罔不明德慎罚,

---

[1] 杨隽.周代乐官与典乐诗教体系[J].文学评论,2008(6):43-48.
[2] 吴则虞.晏子春秋集释[M].北京:中华书局,1962:501.

亦克用劝。"《诗·小雅·白驹》:"慎尔优游,勉尔遁思。"《大雅·桑柔》:"秉心宣犹,考慎其相。"足见战国时期思孟学派所谓"慎独",即西周时期所谓"慎",亦即春秋时期所谓"内省德"(《左传·僖公十九年》)。

春秋时期的卿大夫从"慎"与"德""仪""礼""乐""信""敬""思"之关系等方面展开讨论,创造性地继承并发展了西周时期的"慎独"说。比如,鲁卿士叔孙得臣曰:"小国受命于大国,敢不慎仪。"(《左传·文公三年》)再如,周卿士单超曰:"夫正,德之道也;端,德之信也;成,德之终也;慎,德之守也。"(《国语·周语下》)① 又如,吴公子札曰:"子为政,慎之以礼。"(《左传·襄公二十九年》)又如,晋大夫羊舌肸曰:"若奉吾币帛,慎吾威仪。"(《左传·昭公五年》)

自孔子开始的后世儒家,都很重视"慎独"说,并逐渐发展成一个理论体系。比如,孔子将"德"与"天命"进行区分,把"思"作为"修德"的重要手段,提出"九思"说,"视思明,听思聪,色思温,貌思恭,言思忠,事思敬,疑思问,忿思难,见得思义"(《论语·季氏》)。再如,孟子则将"德"从"天"中彻底剥离出来,提出了"四端"说,"恻隐之心,仁之端也;羞恶之心,义之端也;辞让之心,礼之端也;是非之心,智之端也"(《孟子·公孙丑上》)。又如,战国中期郭店楚简《五行》提出"天德"可以通过"人心"内省活动,转变成为人内心的"德之行",即所谓"五(仁、义、礼、智、圣)和胃(谓)之悳(德),四行和胃(谓)之善"②。

可见,所谓"慎独",是指人们凭着高度自觉,按照一定的道德规范行动,进行个人道德修养的重要方法,也是评定一个人道德水准的关键性环节。道德存在于人们的内在心灵,表现于人们的外在行为。所以,不管外界事物如何变化,不管世人如何褒贬,"大丈夫"务必应该将"富贵不能淫,贫贱不能移,威武不能屈"(《孟子·滕文公下》)的美好品德,坚贞不拔地存在于自己的内心之中。因此,"慎独"是一种情操,是一种修养,是一种自律,是一种坦荡。

思孟学派认为,在传世《诗经》中,《邶风·燕燕》《曹风·鸤鸠》是表现"慎独"思想的代表性诗篇。如郭店战国楚简《五行篇》经文第17号简认为:"能为'鼺(一)',肰(然)句(后)能为君子。君子慹(慎)其蜀(独)也……能'差沱(池)其翆(羽)',肰(然)句(后)能至哀(袁,远)。君子慎其[独也]。"③又如,马王堆汉墓帛书《五行篇》第185—186行认为:"能'赸(差)池其羽',然[后能]至哀(袁,远)。

---

① 国语[M].上海:上海古籍出版社,1998:98.
② 荆门市博物馆.郭店楚墓竹简·五行:第1—4号简[M].北京:文物出版社,1998:149.
③ 荆门市博物馆.郭店楚墓竹简·五行:第1—4号简[M].北京:文物出版社,1998:149-150.

君子慎其独也。"①事实上,如果说"慎独"是为了"明德"而"至善"的话,那么,上述自诚类中的《谷风》强调自己有"妇德",《氓》讥刺其夫无"夫德",自然是"慎独"思想的艺术再现。也就是说,"慎独"思想是自诚类诗歌创作的重要思想源泉。

比如上述诫勉自己诸作:卫弃妇《谷风》"采葑采菲,无以下体",以"下体"(根部)喻德美,以茎叶喻色衰,既警诫前夫,又以自勉;卫弃妇《氓》"于嗟鸠兮,无食桑葚",以"斑鸠"借喻"士",以"桑葚"借喻"女",告诫天下女子不要像自己年轻时一样过分沉溺于恋爱生活之中不可自拔,警戒他人,又以自勉②。足见诗人由追思而自悔,由自悔而自诫,富有哲理,令人深思!

可见,周人认为"诰教"与"慎独"是实现"敬德"的基本途径。其中,"诰教"作为培育他人的道德修养方法,对他诫类诗歌创作动机的生发产生了直接影响;"慎独"作为自我完善的道德修养方法,对自诫类诗歌创作动机的生发产生了直接影响。

总之,春秋时期的诫勉诗,就诫勉对象而言,可分为他诫与自诫两大类;就诫勉内容而言,关注点聚焦在天子、诸侯、卿士、大夫、士等不同社会阶层贵族之"德"上。这是因为是否有"德",是关系到国家存亡与个人祸福的重要因素。由于自西周初期开始,"德"观念逐步完成了由"天德"向"人德"的转变,"敬德"思想观念相伴而生,成为诫勉诗创作动机发生的思想根基。而作为实现"敬德"基本途径的"诰教"与"慎独"方法,则分别对他诫类诗歌与自诫类诗歌创作动机的生发产生了直接影响。

[《上海大学学报》(CSSCI)2018 年第 5 期,第 55—66 页,1.5 万字]

---

① 马王堆汉墓帛书整理小组.马王堆汉墓帛书:壹[M].北京:文物出版社,1980:17-18.
② 程俊英,蒋见元.诗经注析[M].北京:中华书局,1991:90-97,169-177.

周礼与《诗经》关系探析

王 锷

摘 要 "六经"是西周春秋时期教育学生、教化民众之教材。其中,《诗经》言简意赅,大多押韵,便于诵读,可谱曲演唱;赋《诗》言志,是贵族高雅之举,在燕飨聘问、宗庙祭祀之时,参与者常征引《诗经》,传递情感,表达礼义。故将《诗》、礼与乐三者合而为一,使《诗》与乐不仅是行礼之重要环节,也是周礼之组成部分,成为周代礼乐文明的核心元素。

关键词 诗经 周礼 礼制 经学

一、《诗》礼教化

礼不仅指礼制,即以周王朝为代表的国家礼仪制度,也涵盖百姓日常生活、起居、交往之准则,涉及社会的方方面面。春秋时期自王室到公室的卿大夫,对此多有精辟论述。比如,"礼,经国家,定社稷,序民人,利后嗣者也。"(《左传·隐公十一年》)"周礼,所以本也。"①(《左传·闵公元年》)"礼,国之干也。"(《左传·僖公十一年》)"夫礼,国之纪也"(《国语·晋语四》)②"礼以纪政,国之常也。"(《晋语四》)此谓"周礼"是治国理政的准则与纲纪。所以,如果"干大礼",必将会"自取戾"(《左传·文公四年》)。如《礼记·曲礼上》谓,道德仁义,非礼不成;教训正俗,非礼不备;分争辨讼,非礼不决;君臣上下,父子兄弟,非礼不定;宦学事师,非礼不亲;班朝治军,莅官行法,非礼威严不行;祷祠祭祀,供给鬼神,非礼不

---

① [晋]杜预注、[唐]孔颖达等正义:《春秋左传正义》;[汉]郑玄注、[唐]孔颖达等正义:《礼记正义》;[三国魏]何晏等集解、[宋]邢昺疏:《论语注疏》;[汉]郑玄注、[唐]贾公彦疏:《仪礼注疏》;[汉]毛公传、[汉]郑玄笺、[唐]孔颖达等正义:《毛诗正义》。俱见:阮元.十三经注疏[M].北京:中华书局,2009.不再逐一标注。

② 俱见:国语[M].清嘉庆二十三年黄丕烈刻士礼居仿宋刻明道本.上海:上海古籍出版社,1998.不再逐一标注。

诚不庄。是以君子恭敬、撙节、退让以明礼。可见，礼不仅可倡导仁义道德、教化正俗，而且还能在区别争讼、确定名分、为官之道、尊敬师长、朝廷班位、将帅治军、祭祀鬼神等方面发挥重要作用。

《诗经》305 篇实际是春秋中期以前的一部诗歌选集，经过孔子整理，被纳入儒家经典，与《书》《礼》《乐》《易》《春秋》合称"六经"，成为教化百姓的重要文献。孔子说："《诗》三百，一言以蔽之，曰'思无邪'！"（《论语·为政》）"《诗》，可以兴，可以观，可以群，可以怨。迩之事父，远之事君。"（《论语·阳货》）孔子如此称道《诗经》，重点是在强调《诗经》的教化意义，并将《诗经》纳入儒家礼教的范畴。孔子教育儿子孔鲤（伯鱼）说："不学《诗》，无以言……不学礼，无以立。"（《论语·季氏》）此将《诗》与礼并重。端木赐（子贡）在引用《诗经》向孔子请教礼制问题时，孔子告诫他说："未若贫而乐，富而好礼者也。"并赞扬他说："赐也，始可与言《诗》已矣！告诸往而知来者。"（《论语·学而》）此以礼解《诗》。

《论语·述而》记载说："子所雅言：《诗》《书》、执礼，皆雅言也。"足见孔子在诵读《诗经》《尚书》和主持礼仪活动时，都用当时通行的普通话。实际上，在孔子之前，人们已经将《诗》与礼并称，并强调二者的道德教化功能。比如，襄王二十年（前633），晋国出兵解救宋国之围，选取郤縠为中军将（即中军元帅，上卿）。当时，赵衰（成子）在推荐郤縠时评价其"说礼、乐而敦《诗》《书》。"并进一步指出："《诗》《书》，义之府也；礼、乐，德之则也。德、义，利之本也。"（《左传·僖公二十七年》）赵衰何以认为郤縠爱好礼、乐而崇尚《诗》《书》就可以担当执掌国政之大任呢？这是因为：《诗》《书》是义理的府库，礼、乐是德行的准则，德行与义理是获得成功的根本条件。

《礼记·经解》载，入其国，其教可知也。其为人也温柔敦厚，《诗》教也；疏通知远，《书》教也；广博易良，《乐》教也；洁静精微，《易》教也；恭俭庄敬，《礼》教也；属辞比事，《春秋》教也。故《诗》之失，愚；《书》之失，诬；《乐》之失，奢；《易》之失，贼；《礼》之失，烦；《春秋》之失，乱。其为人也：温柔敦厚而不愚，则深于《诗》者也；疏通知远而不诬，则深于《书》者也；广博易良而不奢，则深于《乐》者也；洁静精微而不贼，则深于《易》者也；恭俭庄敬而不烦，则深于《礼》者也；属辞比事而不乱，则深于《春秋》者也。

孔子在此强调"六经"之道德教化功能：《诗》教可以使人温柔敦厚，《礼》教可以使人恭简庄敬，《乐》教可以使人广博易良；《诗》教之失是愚蠢，《礼》教之失是烦琐，《乐》教之失是奢侈。从这些文献记载，我们能够感觉到，在西周春秋时期,尤其是孔子及其弟子的观念中,《诗》与礼密切相关,《诗》与记录周礼之《礼》书,皆是教化民众之重要经典文献。学礼与学《诗》,都是为人之本。

二、《诗》乐礼合一

孔子说:"兴于《诗》,立于礼,成于乐。"(《论语·泰伯》)足见孔子将《诗》、礼、乐三者功能联系在一起了:兴起在于《诗》,立身在于礼,完成在于乐。

《礼记·经解》曰:"礼之于正国也,犹衡之于轻重也,绳墨之于曲直也,规矩之于方圆也。故衡诚县,不可欺以轻重;绳墨诚陈,不可欺以曲直;规矩诚设,不可欺以方圆;君子审礼,不可诬以奸诈。是故隆礼由礼,谓之有方之士;不隆礼、不由礼,谓之无方之民。敬让之道也……孔子曰:'安上治民,莫善于礼。'"此所谓"安上治民,莫善于礼",正是孔子对礼的价值判断。

《礼记·乐记》曰:"是故先王之制礼乐,人为之节;衰麻哭泣,所以节丧纪也;钟鼓干戚,所以和安乐也;婚姻冠笄,所以别男女也;射乡食飨,所以正交接也。礼节民心,乐和民声,政以行之,刑以防之,礼乐刑政,四达而不悖,则王道备矣。"此将礼乐并举,强调先王制礼作乐的目的就是为了节制人欲和治国理政:用礼节制民心,用乐调节民性,用政令加以推行,用刑法加以防范,礼乐刑政互相配合发挥作用,就可以形成王道之政了。《乐记》认为礼乐之教的目的就是:"乐由中出,礼自外作。大乐必易,大礼必简。乐至则无怨,礼至则不争。揖让而治天下者,礼乐之谓也。"《乐记》认为礼、乐、德之间的关系是:"知乐则几于礼。礼乐皆得,谓之有德,德者得也。"而这三者之间的关系,则是由乐与人心之关系而来:"乐者,音之所由生也,其本在人心之感于物也。是故其哀心感者,其声噍以杀。其乐心感者,其声啴以缓。其喜心感者,其声发以散。其怒心感者,其声粗以厉。其敬心感者,其声直以廉。其爱心感者,其声和以柔。六者,非性也,感于物而后动。是故先王慎所以感之者。故礼以道其志,乐以和其声,政以一其行,刑以防其奸。礼乐刑政,其极一也;所以同民心而出治道也。""凡音者,生人心者也。情动于中,故形于声。声成文,谓之音。是故治世之音安以乐,其政和。乱世之音怨以怒,其政乖。亡国之音哀以思,其民困。声音之道,与政通矣。"此谓人心受外物触动就会发声,声排比为曲即为音。正是由于"乐者,所以象德也""可以善民心,其感人深,其移风易俗易",所以"先王著其教也"。

《诗》言志,心之所之曰志。所以,《诗》与乐一样,都是表达人之情性的最佳方式,《诗》也就顺理成章地成为乐的重要组成部分。礼作于情,情生于性,礼又是节制人之情性之准则,礼乐皆关乎情性,礼之与乐,一动一静,调节情性,故圣人"曰礼乐云"。在从事礼乐教化之时,不仅要奏乐,还要颂歌。黄帝、尧、舜、禹时期,有《咸池》《大章》《韶》《夏》等乐歌。魏文侯与子夏讨论古乐时,子夏明确提出"德音之谓乐",郑卫之音是"溺音",于德有害,祭祀弗用(《礼记·乐记》)。孔子与宾牟贾谈论周武王之《武》乐,孔子谓"《武》之备戒之已久""咏叹之,淫液之"(《礼记·乐记》)。足见《武》是歌、乐、舞三位一体的。故在诸侯行射礼时,天子以《驺虞》伴奏,诸侯以《狸首》伴奏,卿大夫以《采苹》伴奏,士以《采蘩》伴奏(《礼记·射义》)[①]。可见,起码在西周初年,《诗》之部分篇目,已经与周礼配合,出现在礼仪活动中了。

景王元年(前544),吴国公子札(季札)到鲁国聘问时:"使工为之歌《周南》《召南》,曰:'美哉! 始基之矣,犹未也,然勤而不怨矣。'为之歌《邶》《鄘》《卫》,曰:'美哉,渊乎! 忧而不困者也。吾闻卫康叔、武公之德如是,是其卫风乎!'为之歌《王》,曰:'美哉! 思而不惧,其周之东乎!'为之歌《郑》,曰:'美哉! 其细已甚,民弗堪也。是其先亡乎!'为之歌《齐》,曰:'美哉,泱泱乎! 大风也哉! 表东海者,其大公乎! 国未可量也。'为之歌《豳》,曰:'美哉,荡乎! 乐而不淫,其周公之东乎!'为之歌《秦》,曰:'此之谓夏声。夫能夏则大,大之至也,其周之旧乎!'为之歌《魏》,曰:'美哉,沨沨乎! 大而婉,险而易行,以德辅此,则明主也。'为之歌《唐》,曰:'思深哉! 其有陶唐氏之遗民乎! 不然,何其忧之远也? 非令德之后,谁能若是?'为之歌《陈》,曰:'国无主,其能久乎!'自《郐》以下,无讥焉。为之歌《小雅》,曰:'美哉! 思而不贰,怨而不言,其周德之衰乎? 犹有先王之遗民焉。'为之歌《大雅》,曰:'广哉,熙熙乎! 曲而有直体,其文王之德乎!'为之歌《颂》,曰:'至矣哉! 直而不倨,曲而不屈,迩而不逼,远而不携,迁而不淫,复而不厌,哀而不愁,乐而不荒,用而不匮,广而不宣,施而不费,取而不贪,处而不底,行而不流。五声和,八风平。节有度,守有序,盛德之所同也。'见舞《象箾》《南籥》者,曰:'美哉! 犹有憾。'见舞《大武》者,曰:'美哉! 周之盛也,其若此乎!'见舞《韶濩》者,曰:'圣人之弘也,而犹有惭德,圣人之难也。"见舞《大夏》者,曰:'美哉! 勤而不德,非禹,其谁能修之?'见舞《韶箾》者,曰:'德至矣哉,大矣! 如天之无不帱也,如地之无不载也。虽甚盛德,其蔑以加于此矣,观止矣。若有他

---

① 《狸首》是逸诗;《驺虞》《采蘋》《采蘩》,皆是《召南》诗篇。

乐,吾不敢请已。'(《左传·襄公二十九年》)"鲁国乐工依次为季札演奏《诗·周南》《召南》《邶风》《鄘风》《卫风》《王风》《郑风》《齐风》《豳风》《秦风》《魏风》《唐风》《陈风》《郐风》《小雅》《大雅》《颂》等,季札逐一评价,等观看完《象箾》《南籥》《大武》《韶濩》《大夏》等舞蹈后,他认为这些乐舞所表达之盛德,无以复加,尽善尽美!季札观乐展示给我们的是,《诗经》中几乎所有的诗篇是可以吟唱的,吟颂《诗经》是周代礼乐活动的重要组成部分,故《诗经》才得以广泛流传,并广为人知。

《仪礼·乡饮酒礼》《乡射礼》《大射》《燕礼》等篇记载,在举行礼仪活动时,乐工歌唱《诗经》。比如,《燕礼》记载诸侯招待大臣时,瑟工在堂上鼓瑟演唱《鹿鸣》《四牡》《皇皇者华》,笙工在堂下吹笙演奏《南陔》《白华》《华黍》①;此后又有间歌:"乃间歌《鱼丽》,笙《由庚》;歌《南有嘉鱼》,笙《崇丘》;歌《南山有台》,笙《由仪》。遂歌乡乐:《周南·关雎》《葛覃》《卷耳》,《召南·鹊巢》《采蘩》《采蘋》。大师告于乐正曰:'正歌备。'"此所谓"间歌",就是堂上瑟工歌唱与堂下笙工吹笙交替进行。"歌乡乐"即合乐,即堂上鼓瑟歌唱、堂下吹笙以及钟磬之声俱作,也就是合奏演唱。据《仪礼》记载可知,在举行乡饮酒礼、乡射礼、大射礼和燕礼时,都需要鼓瑟吹笙,歌唱和演奏《诗经》。

《论语·八佾》曰:"三家者以《雍》彻。子曰:'相维辟公,天子穆穆',奚取于三家之堂?"②此谓鲁国卿士在祭祖时,僭天子之礼,唱着《雍》诗撤除祭品;故受到孔子的批评。由此可见,祭礼中也是唱《诗》的。《乐记》记载子贡问乐于师乙,师乙回答说:"宽而静、柔而正者,宜歌《颂》;广大而静、疏达而信者,宜歌《大雅》;恭俭而好礼者,宜歌《小雅》;正直而静、廉而谦者,宜歌《风》;肆直而慈爱,商之遗声也,商人识之,故谓之《商》;齐者,三代之遗声也,齐人识之,故谓之《齐》。"师乙又说:"故歌之为言也,长言之也。说之,故言之;言之不足,故长言之;长言之不足,故嗟叹之;嗟叹之不足,故不知手之舞之,足之蹈之也。"子贡所问,师乙所答,皆言《诗》与人的情性之关系,如何唱,唱什么,都是为了很好表达情感,合乎礼制。

要之,在周代,《诗经》是周礼礼仪的主要内容之一,在举行相关礼仪活动时,不仅要歌唱《诗经》,还要演奏《诗经》。

---

① 《鹿鸣》《四牡》《皇皇者华》,是今《小雅》篇名;《南陔》《白华》《华黍》,也是《小雅》篇名,但已亡佚。
② 此"三家",指鲁国的季孙氏、仲孙氏和叔孙氏。《雍》即《雝》,是《诗经·周颂》之一篇,是周天子祭祀周文王撤馔时所歌唱之诗。

三、引《诗》证礼

在周代礼制中,鼓瑟吹笙,吟诵《诗经》,成为整个礼仪中非常重要的一环,除了《诗经》押韵,朗朗上口,便于谱曲吟唱之外,还在于《诗经》中之诗句,关乎人情人性,发乎情,止乎礼,直接表达礼义,故常被征引,阐明礼制。

比如,灵王二十五年(前547)七月,齐景公、郑简公去晋国为卫献公求情,晋平公用享礼招待他们;晋平公赋《嘉乐》之诗,此取义"嘉乐君子,显显令德,宜民宜人,受禄于天",表示对齐、郑二君之欢迎;国弱(景子)为齐景公相礼,赋《蓼萧》,此取义"既见君子,我心写兮。燕笑语兮,是以有誉处兮""既见君子,孔燕岂弟。宜兄宜弟令德寿岂",谓晋国、郑国是兄弟之国,为卫国求情;公孙舍之(子展)为郑简公相礼,赋《缁衣》,此取义"适子之馆兮,还,予授子之粲兮",希望晋国答应齐国、郑国之请求。然而羊舌肸(叔向)却故意误会其意,让晋平公答谢说:"寡君拜谢齐君安定我国先君宗祧也,拜谢郑君之不贰也。"

国景子感到非常无奈,便让晏婴(平仲)私下拜见叔向,叔向通过赵武(文子)报告晋平公说:晋君是盟主,逮捕诸侯不合礼;晋平公又数说卫献公之罪状,并使叔向知会齐、郑二君。国景子赋《辔之柔矣》诗,此取义"马之刚矣,辔之柔矣。马亦不刚,辔亦不柔。志气麃麃,取予不疑。"谓"宽政以安诸侯,如柔辔之御刚马"①;子展赋《将仲子兮》,此取义"岂敢爱之,畏人多言,仲可怀也,人之多言,亦可畏也",谓人言可畏,卫侯尽管有罪,但不应该拘捕诸侯。于是,晋平公才释放了卫献公②。

上述整个事件,都发生在齐君、郑君聘问晋国过程中。晋平公、国景子、子展先后赋颂《嘉乐》《蓼萧》《缁衣》《辔之柔矣》《将仲子兮》等诗,就是因为可以借助这些诗篇中部分诗句表达自己的诉求,每首诗包含哪些礼义,当时的士大夫阶层是十分清楚的。因此,聘享之时赋诗,不仅能文雅地表达自己所想,也成为聘礼的重要环节。

---

① 《左传·襄二十六年》杜注:"逸诗,见《周书》。"按:《逸周书·太子晋篇》引此诗。见:黄怀信,张懋镕,田旭东.逸周书汇校集注(修订本)[M].上海:上海古籍出版社,2007:1029.
② 事见《左传·襄公二十六年》。按:六月,晋人利用卫献公到晋国赴会的机会将其拘捕。诸侯聘礼待宾,有飨礼、食礼、燕礼之别;此享礼即飨礼,有太牢有酒,级别最高;食礼主于吃饭,无牢无酒,飨礼、食礼行于庙;燕礼以饮酒为主,行于寝。《嘉乐》是《大雅》之篇名,又作《假乐》;《蓼萧》是《小雅》诗篇;《缁衣》《将仲子兮》皆是《郑风》篇名。

又如,灵王二十六年(前546),齐国庆封(庆季)来鲁国聘问,所乘车子十分华美,孟孙羯对叔孙豹说:"庆季之车,不亦美乎!"叔孙说:"豹闻之:'服美不称,必以恶终。'美车何为?"叔孙豹设便宴招待庆封,庆封却不恭敬;叔孙豹为此赋颂《相鼠》,此取义"人而无仪,不死何为""人而无止(耻),不死何俟""人而无礼,胡不遄死",意思是庆封不讲礼,还不如死去呢!结果,庆封竟然都不知道是在讽刺自己①。叔孙豹赋《相鼠》,也是在招待来鲁国聘问之庆封的宴会上,虽然是讽刺庆封,但目的与做法,与鲁襄公二十六年国景子、子展等赋诗并无二致。

《礼记·礼运》篇记载,孔子在谈到礼时,也征引《相鼠》,证明礼之重要。孔子说:"夫礼,先王以承天之道,以治人之情。故失之者死,得之者生。《诗》曰:'相鼠有体,人而无礼;人而无礼,胡不遄死?'"此谓礼具有"承天之道,治人之情"之功能,故"得之者生,失之者死";而人如果不讲礼,还不如去死了算了!

尽管孔子也强调学《诗》的重要性,但更强调学礼的重要性。因为,只有《诗》与礼二者都精通,才能担当大任。孔子说:"诵《诗》三百,授之以政,不达;使于四方,不能专对;虽多,亦奚以为?"(《论语·子路》)"颂《诗》三百,不足以一献。"(《礼记·礼器》)孔子在此把学习《诗经》,作为学习周礼的一个步骤、一个阶段,即学习《诗经》是为践行周礼服务的。所以,在《礼记》等文献中,大量引用《诗经》,只是为了证明周礼之重要性而已。

《礼记·祭义》讲周文王祭祀双亲时,敬事亡魂就像他们活着在世一般,思念死者非常悲伤,祭祀十分虔诚;然后征引文王之《诗》曰:"明发不寐,有怀二人。"这是《小雅·小宛》之诗句,意思是周文王为了祭祀双亲,直到天亮还睡不着,可见思念之深。《经解》曰:天子者,与天地参,故德配天地,兼利万物,与日月并明,明照四海而不遗微小。其在朝廷,则到仁圣礼义之序;燕处,则听《雅》《颂》之音;行步,则有环佩之声;升车,则有鸾和之音。居处有礼,进退有度,百官得其宜,万事得其序。《诗》云:"淑人君子,其仪不忒。其仪不忒,正是四国。"此之谓也。此谓周天子德配天地,与日月并明,故在燕处之时,听《雅》《颂》之音②,以便动静合礼,进退有度。正如《诗经·曹风·鸤鸠》所言:"淑人君子,正是国人。正是国人,胡不万年。"此谓周天子是仁善君子,言行合礼,是国人之榜样。

《礼记·坊记》曰:子云:"觞酒豆肉,让而受恶,民犹犯齿。衽席之上,让而

---

① 事见《左传·襄公二十七年》。按:《相鼠》是《卫风》篇名。
② 此所谓《雅》乐,是朝廷演奏的乐曲;《颂》乐,是宗庙祭祀之时演奏的乐曲。故《雅》《颂》就成为高雅音乐的代称。

坐下,民犹犯贵。朝廷之位,让而就贱,民犹犯君。"《诗》云:"民之无良,相怨一方;受爵不让,至于已斯亡。"子云:"利禄先死者而后生者,则民不偝;先亡者而后存者,则民可以托。"《诗》云:"先君之思,以畜寡人。"以此坊民,民犹偝死而号无告。从上引之文可知,孔子认为:一杯酒,一盘肉,互相谦让,君子接受不好的一份,就这样还有人僭越长者;宴席之上,互相谦让,君子才坐下,如此还有人僭越尊者;朝廷班位,让来让去,君子坐于贱位,如此还有人僭越君上。这正如《诗经·小雅·角弓》所说:"民之无良,相怨一方;受爵不让,至于已斯亡。"同时,孔子还认为:利益和荣誉先给死者,后给生者,百姓就不会背弃死者;好处先给在外为国奔走者,后给国内之人,百姓就会信任国君。这正如《诗经·邶风·燕燕》所言:"先君之思,以畜寡人。"尽管如此,老百姓还会背弃死者而导致死者家属哭告无门的。《坊记》如此征引《诗经》,就是为了进一步阐明怎样做,更合乎常理,合乎周礼。《礼记》中《孔子闲居》《孔子燕居》《中庸》《表记》《缁衣》《大学》等篇,均大量征引《诗经》,阐述周礼之内涵,类似例子,不胜枚举。

《礼记·仲尼燕居》记载孔子与颛孙师(子张)、端木赐(子贡)、言偃(言游)三人讨论礼制功能时,孔子曰:"礼乎礼!夫礼所以制中也。"礼何以能让人做事做到恰到好处呢?孔子解释说:"礼也者,理也;乐也者,节也。君子无理不动,无节不作。不能《诗》,于礼缪;不能乐,于礼素;薄于德,于礼虚……制度在礼,文为在礼,行之,其在人乎!"也就是说:礼就是道理,乐就是节制;没有道理的事,没有节制的事,君子自然就都不应该去做;如果不能赋《诗》言志,行礼自然就会出错;礼仪中不能恰当用乐配合,礼仪就显得朴素无华;如果行礼者本身道德浅薄,行礼就徒有虚名。这是因为各种制度都是由礼制规定的,各种文饰行为也是礼决定的;但执行得如何,关键还在于人!孔子在此将礼、乐、《诗》三者关联起来,表达三层含义:一是礼、乐、《诗》皆关乎人情,缺一不可;二是行礼不能颂《诗》言志,不能配合乐,则礼仪不彰;三是礼由人作,亦人践行,寡德之人,不能行礼。所以,在孔子思想中,《诗》配合乐,就成为周礼的重要组成部分,也是践行礼仪之重要环节。

及至汉代,汉朝政府重视儒家经典,立《五经》博士,《诗经》正式成为政府承认的教材。《毛诗序》将《诗经》的教育意义,提高到十分重要的位置:"《关雎》者,后妃之德也,《风》之始也,所以风天下而正夫妇也。故用之乡人焉,用之邦国焉。《风》者,风也,教也,风以动之,教以化之。"《毛诗序》继承《礼记·乐记》之思想,进一步阐述了声、音、乐和诗之间的关系,强调《诗经》具有"经夫妇,成孝敬,厚人伦，美教化，移风俗"的重要功能，说明《诗》之风、赋、比、兴、雅、颂六义，正是观察王道盛衰、礼仪兴废、政教得失、国家殊俗的准则。自汉代以来，在长达两千多年的中国古代社会中，《诗经》不仅是历代政府教化百姓的重要文献，科举考试的必读书，成为《五经》之首，更是成为历朝政府敦化风俗、以礼治国的经典。"《诗》礼传家"也成为中国传统文化中治国安民的核心思想观念。

结　语

《诗经》以及记载周代礼仪制度的《仪礼》《礼记》等经典文献，不仅是儒家学者孔子等人教育学生、教化民众的重要书籍，也是记录儒家礼乐文明的重要载体。《诗经》可颂可歌，谱以乐曲，即可在燕飨、射礼、祭祀等礼仪活动中演唱，鼓瑟吹笙，表达礼义。整个周代，在国与国交往、互相聘问燕饮之时，或周代贵族言谈之间，吟诵《诗经》，赋诗言志，表述心声，也是常态。不能颂《诗》，词不达意，行礼必谬，会受人耻笑！《诗经》既是周代贵族子弟必读之书，也是周代之乐曲，颂《诗》是践行周礼之重要环节和核心内容之一。所以，《诗经》就与礼乐相伴而行，承担着教化民众、敦厚风俗之重要功能。

[《广东社会科学·诗礼文化研究》(CSSCI)2018年第2期，第146—152页，0.8万字]

作者简介：

王锷，男，1965年11月生，甘肃省天水市甘谷县人。西北师范大学文学博士(2004年)，国家社科基金重大项目"《诗经》与礼制研究"子课题负责人(2016年)。现为南京师范大学教授、博士生导师，中国历史文献研究会秘书长，山东大学儒学高等研究院兼职教授，上海大学校聘兼职教授，中国香港岭南大学《岭南学报》编委、山东大学《国学季刊》和《国学茶座》编委，江苏文脉整理与研究工程"文献编"经部主编，学礼堂堂主。曾师从李庆善、赵逵夫等先生，主要从事中国经学、礼学和文献学研究与教学工作，出版有《三礼研究论著提要》《〈礼记〉成书考》《陇右文献丛稿》等著作，整理《礼记郑注汇校》《礼记注》《五礼通考》(合作)等古籍，编纂《曲礼注疏长编》等。先后在《文史》《中华文史论丛》《国学研究》《文献》等刊物发表学术论文百余篇。主持国家社科基金、教育部和全国高校古籍整理研究与工作委员会项目多项,目前正在主持国家社科基金重点项目"明清时期《礼记》校勘整理与主要刻本研究"(2017AZW008)的工作。在南京师范大学文学院、山东大学尼山学堂开设《周礼》导读、《论语》导读、《礼记》导读、中华礼乐文明等课程。

礼乐互动中的《诗》

马银琴

摘 要 《诗》是周代礼乐制度的产生和组成部分。周王朝建立之初，配乐与歌颂的仪式需要推动了仪式乐歌的创作，康王三年"定乐歌"的活动中产生了的仪式乐歌文本，为后世诗文本的发展奠定了基础。西周中后期，在各种典礼仪式乐歌走向丰富的同时，讽刺、哀叹的内容也通过"采诗入乐"成为仪式乐歌的内容。讽谏功能的彰显进一步强化了诗文本独立于仪式与音乐的德义价值，经过春秋时代的"赋诗言志"，《诗》与《书》被并称为"义之府也"。春秋之后，礼崩乐坏，孔子主动承担起传承与弘扬礼乐文化的责任，《诗》在儒家的代代传承中走上了与"礼"结合的德义化之路。西周时代以"乐"的形态与"礼"共生互动之《诗》，在与"乐"分离之后重新依附于"礼"，在《诗》与"礼"的关联互动中，最终涵汇为最具中华民族精神特质的诗礼文明。

关键词 《诗》 乐歌 礼乐 仪式 讽谏

近100年前，胡适、闻一多等前辈学人为"恢复"《诗经》的文学面目而奔走呼号，"明明一部歌谣集，为什么没人认真地把它当文艺看呢？"（闻一多《匡斋尺牍》）经过近百年的宣传与引导，《诗经》是中国"最早的文学总集"的观念深入人心。然而正如前些日子传播于微信朋友圈的一篇文章所言："把《诗经》当成文学作品来读，你永远都在门外。"因为无论从作品创作、结集的目的，还是传承、使用的方式而言，《诗经》都与后世的文人诗歌有着本质的差异：它们不仅仅只是作为诗歌的存在，《诗经》是诗（歌辞）、乐、舞与礼结合的产物，其中承载着整个的周代礼乐文明。作为周代礼制度之产物与组成部分的《诗经》，它的创作、结集以及传承的整个历史，始终与周代礼乐制度的发展演变息息相关。

商朝末年，居住于豳地的周族，因受戎狄部落的挤压，在古公亶父率领下举族迁徙。他们沿渭水西行至于周原岐山一带，在漆水、沮水旁觅得可居之地，于是平田整地、筑室造屋,设"五官有司"而开启了走向文明的新生活。周民族最早的史诗《大雅·绵》,详细记录了古公迁岐、建都的完整过程,具有典型的史官叙事的特点。武王克殷,举行祭祀文王的典礼之后,立政并追王烈祖,形成了体系完备、职责分野相对明晰的职官体系。武王克商后使用于仪式的《大雅·大明》,同样被视为周民族的史诗性作品,却表现出了与《绵》专注于记史相区别而专注于颂赞的特征。稍后出现的《文王》,以"商之孙子,侯服于周""无念尔祖,聿修厥德"等话语,表现出了浓重的陈诫意味。《绵》之记史、《大明》之颂赞、《文王》之陈诫,十分典型地说明了早期乐官职能由记史向仪式颂赞与陈诫的转移。之后出现的《皇矣》《生民》《文王有声》《棫朴》等《大雅》作品,在歌颂的向度上,极大地推动了仪式乐歌的发展。

礼乐相须为用是周代礼乐文化的基本特征。西周初年被剥离了记史职责的乐官,除了仪式颂赞与陈诫的功能之外,还有一项极为重要的职责,就是为仪式典礼配备歌乐。因此,除了《大明》《文王》这些或歌功颂祖、或陈诫时王的乐歌之外,还有一批满足仪式配乐需求的乐歌。西周早期是祭祖礼率先发展的时代,《诗经》中时代最早的仪式配乐之歌,便均与祭祖礼直接关联,如《周颂·清庙》《维天之命》《维清》《我将》《桓》《武》《思文》《有瞽》等。这些祭祀乐歌与仪式颂赞、陈诫乐歌相配合,初步呈现出了周礼"郁郁乎文哉"(《论语·八佾》)的礼乐特征。康王三年"定乐歌"(今本《竹书纪年》卷下),将这批乐歌得以记录和编辑,由此产生了周代文化史上第一个有迹可循的仪式乐歌文本。这个文本,一方面成为后世诗文本继续编辑的基础;另一方面,它又被用作国子乐语之教的课本,通过"兴、道、讽、诵、言、语"为内容的"乐语"之教(《周礼·春官宗伯·大司乐》),为后世《诗》成为"义之府"(《左传·僖公二十七年》)奠定了基础。

到西周中期,随着射礼、燕礼的成熟,《大雅·行苇》《既醉》《凫鹥》等以燕射过程为内容的乐歌进入诗文本,由此开创了中国燕乐文化的先河。至宣王中兴时期,效法先祖、重修礼乐,为更多仪式乐歌的创作提供了条件,《小雅·鹿鸣》《南山有台》《湛露》《彤弓》等一系列配乐之歌因之出现。这一批以燕乐为主题的诗歌,一个非常引人注目的特点是对"和乐"的感受和强调。《礼记·燕义》在解释燕礼的用途时说过这样一句话:"和宁,礼之用也。"只有经历过"天降丧乱,灭我立王"(《大雅·桑柔》)的厉王之乱后,周人才会格外重视只有太平安宁时才有的燕饮活动,而燕饮场合饮食、歌乐之"和",为"和实生物,同则不继,以他平他"这一哲学层次上"和"观念的产生奠定了基础(《国语·郑语》)。

宣王初年对朝政的反思，不仅表现在重视协调君臣上下关系的燕射之礼上，还表现在把那些为规劝厉王、讽刺朝纲大坏的"变大雅"用于仪式讽诵以警示时王上。这实际上是对"正大雅"中《文王》所创仪式陈诫传统的创造性继承。只是由于历史环境与朝政状况的巨大差异，与《文王》一诗的诫语多针对"商之孙子"不同，《民劳》《板》《荡》等诗说的是"柔远能迩，以定我王""曾是莫听，大命以倾"，规劝与讽刺的对象直接指向周王及其执政大臣。这一类诗歌被用于仪式讽诵，从根本上突破了仪式陈戒类乐歌的题材界限，为宣王后期至幽王时代讽刺类乐歌的蓬勃出现创作了条件。

需要格外注意的是，厉王"变大雅"进入仪式，除了讽谏目的的"采诗入乐"（《通志·职官略一》）之外，还存在一种为仪式配乐目的的"采诗入乐"，即取时人感怀之作配入音乐，作为仪式之歌。正是因为这种"采诗入乐"的存在，在犒劳使臣的燕饮仪式上，才会出现与仪式无直接关联的思念父母、感慨"王事靡盬"的《小雅·四牡》；在"遣戍役"的仪式上，才会出现出征狁的戍边将士于归途所作《采薇》。《四牡》《采薇》的内容与相应的仪式的确存在关联，但不可否认的是，其中出现了不属于仪式的哀伤与感喟。这些哀叹之情，与厉王"变大雅"一起，改变了仪式歌唱颂圣歌辞一统天下的局面，使仪式乐歌在自周初以来由《大雅·大明》《文王》所示范的歌颂与陈诫之外，出现了直接针对周王与执政者的讽刺和抒发个人情怀的哀叹。这些内容，反过来又强化了仪式乐歌原有的陈戒、讽谏功能，推动了两周之际讽刺类乐歌的创作。此后，诸侯风诗也在"王者所以观风俗、知得失、自考正"（《汉书·艺文志》）的名义下被纳入周乐体系。至此，西周初年以来为仪式目的而产生并依附于乐的"歌"，变成了"吟咏性情以讽其上"的"诗"（《经典释文·序录》）。于是，"采诗入乐"带来的歌诗合流，丰富了仪式乐歌的内容，进一步提升了乐辞的价值。加上西周以来国子乐语之教的推动，收录仪式乐歌的《诗》就与《书》并列，成为"义之府"而备受推崇了。春秋中期晋臣赵衰"《诗》《书》，义之府也"这句话，揭示了《诗》独立于仪式与音乐的德义价值。

春秋中期，齐桓公等诸侯霸主的倡导，让周礼再次受到推崇并成为协调诸侯关系的有力工具。在这个背景下，"聘问歌咏""赋诗言志"成为一时风尚。可以说，"聘问歌咏""赋诗言志"，是周礼逐渐崩坏的社会环境中，《诗》与礼乐相互依存的特殊形态。到春秋末年，周王室共主地位完全沦落，周礼成为诸侯兼并战争的绊脚石，"聘问歌咏""赋诗言志"的儒雅风流，也就跟着销声匿迹了。

在执政者失去推行周道、重振礼乐的意识与能力时，以文王、周公后继者自居的孔子,主动承担起恢复和弘扬礼乐文化的责任。早年的从政经历,让孔子意识到在实践层面恢复周礼的不可为;于是,从学术层面通过教授弟子来传承周代礼乐文化,就成为孔子晚年唯一的选择。尤其是以礼乐方式传述《诗》:"吾自卫反鲁,然后乐正,《雅》《颂》各得其所"(《论语·子罕》);"三百五篇,孔子皆弦歌之"(《史记·孔子世家》)。然而,脱离了礼乐制度保证之《诗》,终究无法以礼乐形态继续存在。因此,在儒门弟子的传承中,彻底脱离了仪式与音乐之《诗》,不可挽回地走上了德义化的诗教之路。

总之,西周时代以"乐"的形态与"礼"共生互动之《诗》,在从重"乐教"向重"义教"的转化中,经过"聘问歌咏""赋诗言志"的挣扎与过渡,最终成为孔子诗教的课本。在儒门弟子德义化的阐释中,与"乐"分离之《诗》重新依附于"礼"。"始乎诵经,终乎读礼"(《荀子·劝学》),在《诗》与"礼"的关联互动中,最终涵汇为最具中华民族精神特质的诗礼文明,从根本上影响了中华文化的文化基因与基本走势。

(《光明日报·文学遗产》2017年10月9日第13版,0.3万字)

作者简介:

马银琴,女,宁夏隆德县人。1990~2000年,先后在宁夏大学中文系、湖北大学中文系、扬州大学中国文化研究所攻读文学学士、硕士、博士学位。2000年10至2002年10月在上海师范大学人文学院博士后流动站工作,被评为副研究员。2002年10月调入中国社会科学院文学研究所古代文学研究室,先后任副研究员、研究员。2015年7月调入清华大学中文系,现为清华大学人文学院中文系长聘教授。为国家社科基金重大项目"《诗经》与礼制研究"子课题负责人(2016年)、中国社会科学院重大项目"中华通史"子项目《中华文艺思想通史·先秦卷》主编之一,兼任中国诗经学会常务理事等。主持完成国家社科基金青年项目"周秦时代《诗》的传播史"(05CZW008)。出版有专著《两周诗史》《周秦时代〈诗〉的传播史》及古籍整理著作《韩非子正宗》《孙子兵法评注》《搜神记》等;在《文学评论》《文学遗产》《文史》《北京大学学报》《清华大学学报》等刊物发表专题论文40余篇。研究成果获得过中国诗经学会第二届优秀成果论文一等奖、第七届中国社会科学院优秀科研成果奖、中国社会科学院文学研究所优秀科研成果一等奖、中国社会科学院文学研究所第二届"勤英文学研究奖"、《文学遗产》优秀论文奖、《文学评论》(1997—2002)提名奖等。

风、风声、风刺以及《风》名的出现

马银琴

摘 要 "风"是一个内涵极为丰富的概念,它既可指自然之风,也可指风化之教;既被视为音声曲调,又被称为民歌民谣;既被视为圣王之遗化,又被当作主文而谲谏的讽刺与劝说。这诸多的义项,实际上经历了一个漫长的历史发展过程:飞鸟振翅而风生,是甲骨文以"凤"为"风"的根本原因;在商周文明发生剧烈冲突的变革时期,在类似于"大块噫气,其名曰风"的认识推动下,"凤"与"风"出现分化,在"凤"字逐渐指向神性凤鸟的同时,作为"后起本字"的"风"字出现。风为土气,土气鼓动而形成音,音乐也必然反映着风土人情,"循弦以观于乐,足以辨风"的认识中,透露出了风土之气与风俗之音之间密不可分的联系。就在"风"因与"音"、与"律"关联而具有指向歌声、曲调的意义时,由"风"之飘忽流散、托物而不着于物的特点,又引申出了用"风"来指称没有明确来源、没有具体内容、没有明确指斥对象的特殊存在状态的意义,"风言""风听""风议"等词即因此而来。而与之相关联的"风刺",便指不着痕迹、委婉曲折的言说方式;因这种进谏方式而来的作品,便是最早的"风"诗。这些"风刺"之诗,或归属于《小雅》,或分列于各国,都只是被统纳于"诗"名之下,一直到孔子删《诗》正乐时,同属乡乐的十五国诗,才被正式地归为一类,作为《诗经》作品类名的"国风"(或"风")由此产生出来。至《毛诗序》,则在集合种种"风"义并对之加以解释之余,又在"六义"的新名目下,为"风"字增添了一个影响更为深远的新义项。

关键词 凤 风 风刺 《风》

在中国文化中,"风"是一个内涵极为丰富的名词。它既可指自然之风,也可指风化之教;既被视为音声曲调,又被称为民歌民谣;既被视为圣王之遗化,又被当成主文而谲谏的讽刺与劝说。"风"字具有如此复杂的含义,可在甲骨文中,所有的"风"却是以"凤"字的面目出现的。而另一方面,《毛诗序》中又出现了内涵不同、所指各异的数量较多的风字。那么,这所指各异的"风"义究竟是如何形成的?甲骨文中的"凤"究竟是"风"的初形,还是"假凤为之"?"凤"与"风"的分化可能发生在什么时期?最初的自然之"风"如何成为音声曲调的代名词?又如何进一步演变为"主文而谲谏"的进谏方式?在言及《诗》之"六义""四始"时,《毛诗序》为什么会出现"主文而谲谏,言之者无罪,闻之者足以戒,故曰风",与"以一国之事系一人之本谓之风"这样两种貌似不同的解读?带着这些问题,笔者试图从梳理"风"字字义的演化入手,揭开"风"之所以为"风"的原因。

一、从"凤"到"风"

在甲骨文中,有"凤"字而无"风"字。"凤"字写作""等形,《甲骨文字典》解字云:"象头上有丛毛冠之鸟,殷人以为知时之神鸟,或加凡(凡)、兄(兄)以表音。卜辞多借为风字。"字典编者认为,甲骨文中"凤"有二义,其一为"神鸟名",举"于帝史凤二犬"条为例;其二"借为风",举"贞翌丙子其有凤(风)""其冓大凤(风)"以及"癸亥卜 贞今日亡大凤(风)"作为例证。[①] 说"凤"借为"风"可以理解,但以"神鸟名"解"于帝史凤二犬"中的"凤",却总是不能让人信从的。从《甲骨文合集》所收录的文字来看,甲骨文中的"凤",绝大部分都是作为"风"出现的,如:

王固曰:翟(阴),雨。壬寅不雨,风。(《合集》00685)
丙子其中亡风,八月。(《合集》07369)

意义比较不明确,被《甲骨文字典》释为"神鸟名"的"凤",除了《字典》所引例证之外,还有《甲骨文合集》14226 条"燎帝史风牛"与 20180 条的"帝风九豕"等[②]。出现在这里的"凤",显然是作为受祭的对象出现的。这个作为祭祀对象的"凤",究竟应该是神鸟之"凤",还是在人类生活中被时时感知的"风"呢?温少峰、袁庭栋在《殷虚卜辞研究——科学技术篇》,对卜辞中的"风"作了细致的分类分析,包括"风向""风力与风况""风与田和芇风""风与帝""风之预卜"五个方面,

---

① 徐中舒. 甲骨文字典[M]. 成都:四川辞书出版社,1989 年:428.
② 在《甲骨文合集释文》中,所有的"凤"均被隶写成了"风"。参见:胡厚宣. 甲骨文合集释文[M]. 北京:中国社会科学出版社,1999.

其中"风与帝"这个部分,就分析了卜辞中具有神性的"凤":

殷人对风虽有详细观察与记录的一面,但也有迷信的一面,这与对其他天象变化的认识一样,认为有风无风是由上帝的旨意决定的。卜辞云:
(290)贞:羽(翌)癸卯,帝其令风(凤)?(《合》一九五)
(291)羽(翌)癸卯,帝不令风(凤)? 夕霍(雾)。(《乙》二四五二)
此二辞十分明白,殷人认为有风或无风均系上帝所"令",亦即上帝所赐予。这较之后世"大块噫气,其名为风"(《庄子·齐物论》)的认识,当然是相当原始而迷信的认识。
(292)于帝史(使)凤(风),二犬?(《遗》九三五)
此辞称凤为"帝使",即上帝所遣之风神,也就是《周礼·春官·大宗伯》:"以槱燎祀司中司命,飌师雨师"的"飌师"(飌,即古文风字)。而"以槱燎"之祀,亦与卜辞以'二犬'为牺牲的祭祀相类。
(293)贞:帝凤(风)?(《铁》二五七·二)
(294)辛未卜:帝凤(风)? 不用,雨。(《佚》二二七)
(295)□寅卜:帝凤(风),九犬?(《人》三〇三二)
以上三辞之"帝",并非上帝之义,而应读禘祭之"禘",卜问是否用禘祭祭风也,其牺牲皆用犬,与后世磔犬祭风之记载相同。[①]

由此可知,即使是在具有神性特征的"帝凤""帝使凤"这样的语义环境中,其中的"凤"仍然无一例外地被解作"风"。因此,罗振玉"考卜辞中诸'凤'字,谊均为'风'"的判断是可信的[②]。

除此之外,在甲骨学界,罗振玉在上述说法之后提出的甲骨文"假'凤'为'风'矣"的说法也在学界产生了深刻的影响。上文引述温少峰、袁庭栋对"帝与凤"的讨论,也是建立在这个认识的基础上的:"甲骨文之凤字作𡘛,或加凡作声符为𡘛,借为'风'字。此当与古人关于凤鸟飞翔、鼓翅成风的认识有关。《庄子·逍遥游》中的'鹏',也即是凤,它能'怒而飞,抟扶摇而上者九万里',正是凤

---
① 温少峰,袁庭栋. 殷墟卜辞研究——科学技术篇[M]. 成都:四川社会科学院出版社,1983:158-159. 引文引用甲骨著录资料对应的全称见此书第389-391页。
② 罗振玉. 增订殷虚书契考释[M]//宋镇豪,段志洪. 甲骨文献集成:第7册. 成都:四川大学出版社,2001:106.

飞成风的意思。《韩诗外传》载天老对黄帝之言,谓凤'延颈奋翼,五彩备明,举动八风,气应时时,都可以与甲文中借凤为风相互证。'"①但是,正如过常宝先生所指出的,"风作为一种常见的自然现象,与人们的日常生活有密切的联系,它不可能不立即被人类意识把握"②,因此,人们不去创造一个专门的字来表示"风",却要"借"指向神鸟的"凤"字来指事的做法,总有一些扞格难通的地方。尤其是作为神鸟的"凤"较自然之风更难为人所把握的前提下,人们为什么还要先造一个指代神鸟的"凤"字,然后再假"凤"为"风"呢?因此,说甲骨文中的"凤"是"假'凤'为'风'"的说法,总有一些让人难以让人信服的问题。

实际上,在甲骨学界,也并非所有的学者都支持甲骨文"假'凤'为'风'"的说法。徐协贞在《殷契通释》中说:"𠂤或作𠂤片,古风字。𠂤后世仍为凤。罗氏云:'风古借凤为之。'语似倒置。"③从这段话可知,徐协贞已经怀疑"风古借凤为之"的说法很可能是一种颠倒事实的说法。从造字的顺序以及字义演变的规律而言,与人们生活密切关联的事物总是首先为人所把握,因此,与作为神鸟的"凤"相比,自然之风应该也更容易为人类意识所把握,借"凤"以指"风",从根本上而言,并不符合文字演变的规律。而从甲骨文中"凤"皆宜作"风"的情况来看,

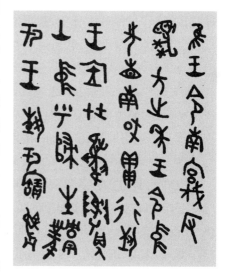

"凤"之为"风",或许并非前人所争论的借音或者借义,而是风字的初形就是"𠂤",只是在后世的文字分化中,随着"后起本字""風"的出现,"𠂤"字才成为凤凰之专名。古人造字,以象形指事为主,风作为可感而无形之物,很难用有形之物来表达。而飞鸟振翅而风生,以现实中并不存在而具有鸟形的"凤"字指代和飞鸟一样飘飞于空中的"风",也正符合古人相似联想的思维特点。

那么,"风"与"凤"的分化究竟出现在什么时期呢?根据甲骨文研究者的成果,在第一期卜辞中,"风"多写作"𠂤""𠂤"等

---

① 温少峰,袁庭栋.殷墟卜辞研究——科学技术篇[M].成都:四川社会科学院出版社,1983:155-159.
② 过常宝."风"义流变考[J].北京师范大学学报,1998(3).
③ 徐协贞《殷契通释》云:"𠂤或作𠂤片,古风字。𠂤后世仍为凤。罗氏云:'风古借凤为之。'语似倒置。"宋镇豪,段志洪.甲骨文献集成:第34册[M].成都:四川大学出版社,2001:299.

形,自第二期以后,大量出现了加"㞋"为偏旁的"㵞""㵞"等形①。在目前可考的甲骨文、金文资料中,尚没有发现从"虫"的"風"字。之后,在相传为周昭王时期的《中鼎》铭文中,出现了一个与甲骨文中的"㵞"指向不同的"㵞"字:

> 隹王令南宫伐反虎方之年,王令中先,省南国贯行䢔王居在夔𨟭山。中乎归生凤于王,䢔于宝彝。

铭文中的"㵞"字,大多数学者都释为"凤"。郭沫若在《两周金文辞大系》中说:"此与卜辞風字之作㵞者同,乃从奇鸟形,凡声,本即凤字,卜辞假为风。本铭言'生凤',自是活物。"②则此"生凤",即活凤凰。马承源主编《商周青铜器铭文选》中,注"生凤"云:"当系周人称凤的方言。"③亦以凤指凤凰。由此可知,虽然在卜辞中出现的"凤"均宜作"风",但出现在西周早期金文中的"凤",则已经明确地指向了具有神性的凤鸟。而在《逸周书·王会解》中就有"西申以凤鸟,凤鸟者,戴仁抱义掖信,归有德"的记载。结合历史上流传的"文王之时,凤鸣于岐山"的传说,具有神性的"凤鸟"的出现,至晚在周文王之前。换句话说,在卜辞中指向自然之风的"凤"字,在西周建立之前,就已经具备了指代神性凤鸟的涵义。也就是说,"凤"与"风"的分化,很可能就发生在商代晚期商周文化的冲突与变革时期。《山海经·南山经》载凤凰云:"丹穴之山,其上多金玉。丹水出焉,而南流注于渤海。有鸟焉,其状如鸡,五采而文,名曰凤皇,首文曰德,翼文曰义,背文曰礼,膺文曰仁,腹文曰信。是鸟也,饮食自然,自歌自舞,见则天下安宁。"④这一段文字,最为显著的特点就是把"凤"与"德""义""礼""仁""信"统为一体,因此表现出了非常鲜明的周礼文化的特点。由此而言,明确的"凤"崇拜,极有可能是古远的鸟崇拜文化在商周之际的文化斗争中才真正形成的。

也许就是在"凤"字越来越明晰地指向"凤鸟"的过程中,作为"后起本字"的"风"字产生出来。《说文解字》收录了"㵞"字,许慎说:"八风也。东方曰明庶风,东南曰清明风,南方曰景风,西南曰凉风,西方曰阊阖风,西北曰不周风,北方曰广莫风,东北曰融风。从虫凡声。风动蟲生,故蟲八日而化。凡风之属皆从

---

① 谢信一.甲骨文中的凤、颷、飓说[M]//宋镇豪,段志洪.甲骨文献集成:第12册.成都:四川大学出版社,2001:282.
② 郭沫若.两周金文辞大系[M]//郭沫若全集·考古编:第8卷.北京:科学出版社,2002:53-54.
③ 马承源.商周青铜器铭文选:第3卷[M].北京:文物出版社,1988:76.
④ 袁珂.山海经校注[M].上海:上海古籍出版社,1980:16.

风。𠙊,古文风。"①对于"风"字为何从"虫",语言文字学家进行了多方面的讨论。但是,正如曾宪通所指出的"'風'字何以从虫?其古文何以从日?这个问题,自许慎以来似乎还没有人说得清楚,尽管有人怀疑《说文》'风动蟲生,故蟲八日而化'的解释,想从先秦文字中找到反证,可以,长沙楚帛书中却偏偏出了个从虫凡声的'𦎧'字,可见《说文》所收的篆文确有所本。问题在于对風字的结构如何解释。"②实际上,除了"从虫凡声"的"𦎧"字之外,新出竹简中的"风"字,也有写作"𠙊"的,与《说文》近似。而除此之外,《汗简》中还收录有"𩘹""𩘫"诸形,并无"虫"形。因此,在诸家围绕"风字何以从虫"的种种争议之外③,林义光的看法非常值得关注。在《文源》一书中,他就对许慎风字"从虫"的说法提出了质疑:"从虫于风义不切。𠙊象形,非虫字。(犹曰象兒头田象木果之列——小字注)𠂊象穴。(泉小篆作𠂊,𠂊亦穴形——小字注)𠃊象风出穴形。(宋玉《风赋》云:"空穴来风。"——小字注)与𠃉(云)𩂩(雷)同意,凡声。"④林义光敏锐地发现了"𩘹""𩘫"诸形与云气之间的关联,除去表声的"凡"形,这两个"风"字的构形,前者象云气之出穴,后者象见日而气升,《说文》收录的这两个"风"字形体,以及实质上都表达了"风"与"气"的密切关联。而《汗简》中保存的"𩘹""𩘫"诸形,以及作为风字异形的"颪"字,也都传达出了古人对"风"作为流动气体这一特质的认识与把握。由此而言,《庄子·齐物论》中"大块噫气,其名为风"的解释,早就阐明了"风"字的造字之义。

二、风声与音律

《庄子·齐物论》不仅借子綦之口给风定名,而且对各种不同形态的"风"作了详细的描述:

夫大块噫气,其名为风。是唯无作,作则万窍怒呺。而独不闻之翏翏乎?山林之畏佳,大木百围之窍穴,似鼻,似口,似耳,似枅,似圈,似臼,似洼者,似污者;激者,謞者,叱者,吸者,叫者,譹者,宎者,咬者,前者唱于而随者

---

① 许慎.说文解字[M].北京:中华书局,2013:286.
② 曾宪通.楚文字释丛(五则)[J].中山大学学报,1996(3).
③ 参见:尹荣方."风"字和它的文化蕴意解析[J].汉字文化,2011(4);陆忠发."风(風)"从"虫"辨[J].杭州师范大学学报,2015(1).
④ 林义光.文源[M].上海:中西书局,2012:109.

唱喁。泠风则小和,飘风则大和,厉风济则众窍为虚。而独不见之调调、之刁刁乎?①

所谓"大块",即指大地。"大块噫气,其名曰风",意即"大地吐出的气,就是风"。这一段文字中对于"万窍怒呺"的描述,突出地体现了风、土气、孔穴以及音声的密切关联。元人陈师凯在《书蔡氏传旁通》卷四中说:"《庄子》风生于土囊之口,及'大块噫气,其名为风'证之,风为土气,岂不章章明矣乎?"②陈师凯的论说,揭明了古人以"风"为土气、藉土囊之口而吐纳的文化观念。三国时吴人陆绩在《周易注》中说:"风,土气也。巽,坤之所生,故为风。"③由此而言,风为土气,因地之孔穴而发为声音。因风之鼓气作声而产生的音与律,恰恰构成了早期"风"文化的重要内涵。

首先,最古老的音乐乃是对以风声为代表的自然之音的模拟。《吕氏春秋·古乐篇》云:"惟天之合,正风乃行,其音若熙熙凄凄锵锵。帝颛顼好其音,乃令飞龙作乐效八风之音,命之曰《承云》,以祭上帝。""帝尧立,乃命质为乐。质乃效山林溪谷之音以作歌。"④这里所说的"八风之音""山林溪谷之音",也就是《齐物论》所称"地籁"与"天籁",而"地籁"的"万窍怒呺",则直接启发了吹管乐器的制作:"昔黄帝令伶伦作为律。伶伦自大夏之西,乃之阮隃之阴,取竹于嶰溪之谷,以生空窍厚钧者,断两节间,其长三寸九分而吹之,以为黄钟之宫。"这里所说的"律",即律管。伶伦之为律,可视为吹管乐器制作的开始。正是因为律管的制作缘于对风出孔穴而作声的模仿,因此,在早期的文化观念当中,风、气与律便具有了天然而密切的联动关系:"大圣至理之世,天地之气,合而生风,日至则月钟其风,以生十二律……天地之风气正,则十二律定矣。"也正是因为"风"与"律"、与音乐的密切关联,字义分化后指向神鸟的"凤",也与音乐歌舞结下了不解之缘,《山海经》中多次出现的"自歌自舞"的凤凰的鸣声,也成为后人记述伶伦制律时辨析十二律的标准:"次制十二筒,以之阮隃之下,听凤皇之鸣,以别十二律。其雄鸣为六,雌鸣亦六,以比黄钟之宫,适合。黄钟之宫,皆可以生之,故曰黄钟之宫,律吕之本。"

---

① 郭庆藩.庄子集释[M].北京:中华书局.1961:45-46.
② 陈师凯.书蔡氏传旁通[M]//景印文渊阁四库全书:第62册.台北:台湾商务印书馆,1986:370.
③ 李鼎祚.周易集解[M].北京:中华书局,2016:523.
④ 许维遹.吕氏春秋集释[M].北京:中华书局,2009:123,125.本文所引《吕氏春秋》正文,若无特别注明,均据此书。下文不再出注。

律管仿风、气吹动孔穴而制成,最初的律管,并非如今人所言首先是定音的工具,律更为重要的用途是与"历"配合以治阴阳。《大戴礼记·曾子天圆》对律的作用有如下论说:"圣人慎守日月之数,以察星辰之行,以序四时之顺逆,谓之历;截十二管,以宗八音之上下清浊,谓之律也。律居阴而治阳,历居阳而治阴,律历迭相治也,其间不容发。"卢辩注"律历迭相治也"云:"历以治时,律以候气。"①因此,律,又被称为"候气之管"②。正因为律的首要作用在于"候气",掌握着音律的音官,便在听风候气的仪式中,发挥着重要的作用:

> 古者,太史顺时覛土,阳瘅愤盈,土气震发,农祥晨正,日月底于天庙,土乃脉发。先时九日,太史告稷曰:"自今至于初吉,阳气俱蒸,土膏其动。弗震弗渝,脉其满眚,谷乃不殖。"稷以告王曰:"史帅阳官以命我司事曰:距今九日,土其俱动,王其祗祓,监农不易。"王乃使司徒咸戒公卿、百吏、庶民,司空除坛于籍,命农大夫咸戒农用。先时五日,瞽告有协风至,王即斋宫,百官御事,各即其斋三日。王乃淳濯飨醴,及期,郁人荐鬯,牺人荐醴,王裸鬯,飨醴乃行,百吏、庶民毕从。及籍,后稷监之,膳夫、农正陈籍礼,太史赞王,王敬从之。王耕一墢,班三之,庶民终于千亩。其后稷省功,太史监之;司徒省民,太师监之;毕,宰夫陈飨,膳宰监之。膳夫赞王,王歆大牢,班尝之,庶人终食。是日也,瞽帅音官以风土,廪于籍东南,钟而藏之,而时布之于农。③

出自《国语·周语上》的这段文字,是虢文公向不籍千亩的周宣王陈说籍田礼之于国家统治的重要意义及其举行方式。这场被认为关乎"民之大事"的籍田礼,是周天子在"阳瘅愤盈,土气震发"的立春时节,通过"亲耕"仪式,一方面向上天祈求丰收;另一方面表达劝农之心的盛大仪式。这场拉开春耕生产序幕的仪式活动,以"瞽告有协风至"正式开始,经过繁复的斋戒、飨醴、荐鬯等准备活动,于立春日王行籍礼时,"瞽帅音官以风土"。按韦昭注,"以风土"即指"以音律省土风",土风,实即地气,所谓"以音律省土风",即古人常说的"律以候气"。《后汉书·律历志》详细记载了古人的"候气之法":"候气之法,为室三重,户闭,涂衅必

---

① 黄怀信,孔德立,周海生.大戴礼记汇校集注[M].西安:三秦出版社,2005:628-631.
② 《礼记·月令》"律中大蔟"郑玄注云:"律,候气之管,以铜为之。"
③ 徐元诰.国语集解[M].北京:中华书局,2002:16-20.本文所引《吕氏春秋》正文,若无特别注明,均据此书。下文不再出注。

周,密布缇缦。室中以木为案,每律各一,内庳外高,从其方位,加律其上,以葭莩灰抑其内端,案历而候之。气至者灰动。其为气所动者其灰散,人及风所动者其灰聚。"①这一段记载,在神秘的气息中透露出了音乐与土气之风之间的密切关联。

风为土气,土气发动,鼓动土物之孔窍而作声;先民仿效八风之音、山林溪谷之声而作乐,从这个意义上说,风声便是音乐。"风"与"音"的密切关联,使"风"自然而然具有了指代音声曲调的含义。《诗经·大雅·崧高》中"其诗孔硕,其风肆好"之"风",《左传·成公九年》"乐操土风,不忘旧也"之"风",《左传·襄公九年》"吾骤歌北风,又歌南风"之"风",均是指音声曲调而言的。②

既然《国语·晋语八》师旷说"乐以开山川之风",乐是依风而制,那么风土各异,必然导致曲声有别。反过来,曲声之别,也相应的反映着不同的风土人情。因此,广采诗谣以观民风也就有了足够的理由。孔子说:"循弦以观于乐,足以辨风矣。"说的也正是从音乐中察知政事得失之理。

三、风言、风议与风听

"风"一方面因为与"音"、与"律"的密切关联而具有了指向歌声、曲调的意义,另一方面,由风之飘忽流散,托物而不着于物,"风"字进一步衍生出了放逸、流散之义。如《书·费誓》"马牛其风,臣妾逋逃,勿敢越逐"之"风",与《左传·僖公四年》"君处北海,寡人处南海,唯是风马牛不相及也"之"风",均被注家解作"风逸"。因此,当"风"字逐渐与"言""听""议""化""刺"等词相结合,作为这些词语的修饰语出现时,"风"就成为"言""听""议""化""刺"的一种特殊状态,如:

《逸周书·宝典》:"忠恕是谓四仪,风言大极,意定不移。"朱右曾校释:"风言,流言。"③

《诗经·小雅·北山》:"或湛乐饮酒,或惨惨畏咎,或出入风议,或靡事

---

① 范晔.后汉书[M].北京:中华书局,1965:3016.
② 《汉语大词典》"风"字条下有云:"指乡土乐曲;民间歌谣。《左传·成公九年》:'言称先职,不背本也;乐操土风,不忘旧也。'杨伯峻注:'土风,本乡本土乐调。'南朝梁刘勰《文心雕龙·乐府》:'匹夫庶妇,讴吟土风,诗官采言,乐胥被律,志感丝篁,气变金石。'"实际上,与"乡土乐曲,民间歌谣"这一词义对应的是"土风",而不是"风",就"风"字而言,仅指乐曲、歌谣而言,并不包含"乡土""民间"的含义。
③ 黄怀信,张懋镕,田旭东.逸周书汇校集注[M].上海:上海古籍出版社,2007:287.

不为。"马瑞辰《毛诗传笺通释》："风议,即放议也;放议,犹放言也。"①

《国语·晋语六》:"于是乎使诵谏于朝,在列者献诗使勿兜,风听胪言于市,辨妖祥于谣,考百事于朝,问谤誉于路,有邪而正之,尽戒之术也。"韦昭注:"风,采也,胪,传也。采听商旅所传善恶之言。"

上述三则引文中,"风言"与"风议"之"风",都具有宽泛、放任、不确定的含义。而"风听"一词,虽然韦昭注"风"为"采也",但是,就"风"字字义的演化而言,训"风"为"采",显得突兀而无所依附,这个解释显然是受"采诗以观风"的影响而来,并不符合《国语》文本本身的含义。就"风听胪言于市"这句话而言,"风听"之"风",与《北山》的"或出入风议"之"风"相类,都指一种宽泛的、没有明确对象或内容的状态。这种状态,就是郑玄在笺注《诗序》"上以风化下,下以风刺上"时所说的"不斥言",即不明言,没有明确的指斥对象。"风"之"不斥言",涵盖了没有明确来源、没有具体内容、不针对特定对象等等宽泛而不确定的状态。对于这种状态的性质与特点,何楷在《诗经世本古义》附录的《论十五国风》中有一段精彩的论述:"是故风之体,轻扬和婉,托物而不着于物,指事而不滞于事,义虽寓于音律之间,意尝超于言辞之表。《大序》所云'上以风化下,下以风刺上,主文而谲谏,言之者无罪,闻之者足以戒,故曰风'是也。"②何楷的这段话,是在讨论《诗经·国风》的文体特点。但是,他却由此揭示出了"风"之所以为"风"的根源——"托物而不着于物,指事而不滞于事",这也就是古人所说的"风之化物,其神不测"。正是基于这样一种"托物而不着于物"的特点,社会中各种具有不明确特征的言语、行为,可感而不可视的社会状态、政教方式,都被冠上了"风"名。这一类名词,除前述"风言""风议""风听"之外,"风俗""风教""风范""风尚"等等,莫不因此而来。当然,这其中也包含着首见于《毛诗序》的"风化"与"风刺"。

"风化"与"风刺"作为名词,一般认为首见于《毛诗序》:"上以风化下,下以风刺上,主文而谲谏,言之者无罪,闻之者足以戒,故曰风。"实际上,就这段话而言,"风化"与"风刺"都不成词,它们只是连属成句而已,只是郑玄在笺注这段文字时把他们并列,说"风化、风刺,皆谓譬喻不斥言也",遂演而成词。因此,虽然这两个词语出现的时代相对较晚,但"以风化下"与"以风刺上"的思想与行为,却可以

---

① 马瑞辰.毛诗传笺通释[M].北京:中华书局,1989:692.
② 何楷.诗经世本古义[M].景印文渊阁四库全书:第81册.台北:台湾商务印书馆,1986:9.

追溯至更早的时代。

《尚书·说命》有"四海之内,咸仰朕德,时及风"的说法,这里的"风",孔传释为"教也"。另外,《尚书·君陈》中又有"尔惟风,下民惟草"的说法。对于"风"和"草"的关系,孔子有更为明确地阐释,《论语·颜渊》载之云:"君子之德风,小人之德草。草上之风,必偃。"之后孟子在又做了重申与强调,《孟子·滕文公上》有云:"上有好者,下必有甚焉者矣。君子之德风也,小人之德草也,草上之风,必偃。是在世子。""草上之风,必偃",说的便是政教德行方面"以风化下"的问题。尽管《说命》与《君陈》两篇均属古文《尚书》,文字不可尽信。但由孔子、孟子的阐述来看,"风化""风教"的思想意识,的确应该在更早的时期就被施行于政治的教化之中了。

四、"风刺"与《诗》中之"风"

"风化""风教"的思想起源甚早,而《毛序诗》所言"风刺",最早则从《国语·周语上》召穆公谏周厉王的一段话中露出端倪:

> 故天子听政,使公卿至于列士献诗,瞽献曲,史献书,师箴,瞍赋,矇诵,百工谏,庶人传语,近臣尽规,亲戚补察,瞽史教诲,耆艾修之,而后王斟酌焉,是以事行而不悖。

就这段话而言,其中并未出现"风刺"一词,但将这段话与《国语·晋语六》的记载进行比较,便可得出其中的"瞽献曲"与"庶人传语",和"风刺"有密切的关联。《晋语六》范文子说:"故兴王赏谏臣,逸王罚之。吾闻古之王者,政德既成,又听于民。于是乎使诵谏于朝,在列者献诗使勿兜,风听胪言于市,辨袄祥于谣,考百事于朝,问谤誉于路,有邪而正之,尽戒之术也。"两相比较,可知《周语上》召穆公所说"庶人传语",即《晋语六》范文子所说"风听胪言于市",从听政者的角度而言为"风听",从言说者的角度而言,便是"风言""风语",《国语》称之为"传语"。就史籍的记载来看,"庶人传语"大多都通过歌曲谣谚的方式完成,这就与"瞽献曲"之间具有了某种相通性。从某种意义上说,这两种方式都不是直陈政事,前者通过对世俗民情的诉说委婉曲折地反映君德政情,后者则借助于音声与风土之俗的密切关联反映社情民意。这两种进谏方式的最大特点,就是《毛诗序》所说的"主文而谲谏,言之者无罪,闻之者足以戒",即"下以风刺上"的"风刺"。由此可知,与"赋"的"直陈其事"相区别①,"风刺"本质上应该是指不着痕迹、委婉曲折的进谏方式。

当音乐形态的"风言""风语"被王朝乐官掌握时,善于审音知政的乐官便可从中解读出君德政情的善恶。当这些音乐形态的"风言""风语"被纳入周王室的音乐体系中,其歌辞也会被编入相应的乐歌文本当中,这些乐歌,就是最早的"风刺"之诗。既然"风刺"的特点是"不着痕迹、委婉曲折"的"主文而谲谏",那么"风刺"之诗在内容上必然不会斥言朝政。因此,它们与王朝政治的关联,便只能通过"以一国之事系一人之本"的方式来实现。在《两周诗史》中,笔者曾讨论过"以一国之事系一人之本"的序诗方式,认为它是以献诗、采诗为基础的美刺理论的表现方式,其直接后果就是导致了用诗之义与歌辞本义的疏离;而这种情况,除了《国风》作品之外,在《小雅》当中也大量存在。② 由此而言,作为一种言说方式,或者在《毛诗序》中也可以具体化为序诗方式的"风",并非为《国风》所专有。《毛诗序》中的"言天下之事,形四方之风"的解释本身,就是对《雅》中有"风"的肯定。也正是这些存在于《雅》中的"风刺"之作,给后代儒者的"风体""雅体"之辩带来了诸多的麻烦。宋人严粲于《诗缉》卷一云:

> 二《雅》之别,先儒亦皆未有至当之说。窃谓《雅》之小大,特以其体之不同耳。盖优柔委曲,意在言外者,风之体也;明白正大,直言其事者,雅之体也。纯乎雅之体者为雅之大,杂乎风之体者为雅之小。今考《小雅》正经,存者十六篇,大抵寂寥短简,其首篇多寄兴之辞,次章以下则申复咏之,以寓不尽之意,盖兼有风之体。《大雅》正经十八篇,皆春容大篇,其辞旨正大,气象开阔,不唯与《国风》夐然不同,而比之《小雅》亦自不侔矣。至于变雅亦然,其变小雅中,固有雅体多而风体少者,然终有风体,不得为《大雅》也。③

在这里,严粲已然明确认识到了"优柔委曲,意在言外"是"风之体"的基本特点。但囿于传承既久的《风》《雅》之别,他只能以"纯乎雅之体者""杂乎风之体

---

① 笔者认为,"赋"是一种直陈其事的言说方式,相关论述见拙文:马银琴.从赋税之"赋"到登高能"赋"——追寻赋体发生的制度性本原[J].清华大学学报,2016(2).
② 相关论述参见拙著:马银琴.两周诗史·绪论[M].北京:社会科学文献出版社,2006:80-81.
③ 严粲.诗缉[M].景印文渊阁四库全书:第75册.台北:台湾商务印书馆,1986:16.

者"来解释《大雅》与《小雅》的区别,未能认识到"风"作为王朝政教体系下委婉曲折的言说方式的本质。《国语·周语上》与《晋语六》所记载的古天子听政的方式,以及在春秋时代赋诗言志的风气中被提及的"风",从来没有作为《诗经》作品的类名出现。而在《左传·襄公二十九年》季札观乐的记载中,诸侯国风也仅被称作《邶》《鄘》《卫》《王》《郑》《齐》等,也没有被冠上"风"名,而见于同段文字的"是其卫风乎""泱泱乎大风""八风平"之"风",则仍关乎音声曲调、气度风范,与《诗经》类名无关。由此来看,至少在鲁襄公二十九年之前,因作为言说方式的"风"而产生的"风刺"之作,尚未被直视为"风"诗。它们与时政的关联通过"以一国之事系一人之本"的方式来实现。换句话说,"风刺"之作的刺意,是由序诗者依据诗歌创作或采集时代执政者德行之高下,以及当时社会的实际状况做出的,带有浓厚主观色彩的规定与评说。假若一代之主非有德之君,产生于这一时代的作品,无论其本身的内容如何,都会因这"一人"之无德而被纳入"刺"诗的行列。西周末、东周初是"风刺"之诗大量产生的时代,这些因"风刺"之法而来的作品,或归属于《小雅》、或分列于各国,都被统纳于"诗"名之下,作为《诗经》作品类名的"风"还没有出现。

五、《风》名的出现

在春秋时代,"风"尚未具备指代《诗经》作品的类名的义项。但是,春秋之后,作为类名的"风"开始陆续出现于典籍当中。首先值得注意的《礼记·乐记》,其中"子赣见师乙"中有云:

> 宽而静,柔而正者,宜歌《颂》;广大而静,疏达而信者,宜歌《大雅》;恭俭而好礼者,宜歌《小雅》;正直而静,廉而谦者,宜歌《风》;肆直而慈爱者,宜歌《商》;温良而能断者,宜歌《齐》。夫歌者,直己而陈德也。动己而天地应焉,四时和焉,星辰理焉,万物育焉。①

在这一段文字中,与《颂》《大雅》《小雅》并列的《风》,显然就是作为《诗经》类名的"风"。我们知道,《乐记》的作者被认为是孔子再传弟子的公孙尼子,而出现

---

① 孔颖达.礼记正义[M]//阮元.十三经注疏.北京:中华书局,2009:3349.本文所引《礼记》正文,若无特别注明,均据此书。下文不再出注。

在文中的"子赣",即孔子的弟子子贡。除了与子贡和公孙尼子相关取的《乐记》文字之外,在《礼记·表记》中还出现了两例引用《国风》的例子:

> 子言之:"仁有数,义有长短小大。中心憯怛,爱人之仁也;率法而强之,资仁者也。《诗》云:'丰水有芑,武王岂不仕,诒厥孙谋,以燕翼子,武王烝哉。'数世之仁也。《国风》曰:'我今不阅,皇恤我后。'终身之仁也。"
>
> 子曰:"口惠而实不至,怨菑及其身。是故君子与其有诺责也,宁有已怨。《国风》曰:'言笑晏晏,信誓旦旦,不思其反;反是不思,亦已焉哉!'"

在这两条材料中,对《国风》的引用跟在"子曰"之后,从文献本身无法明确判断是否属于"子曰"的内容。但是,从另一方面而言,即使《缁衣》《表记》等文献中的"子曰",并非出自孔子之口,只是子思思想的一种特殊的表达方式。① 我们仍然可以据此判断,在《表记》产生的子思时代,《国风》之名也已经出现了。

除了上述三条材料之外,《左传》中也有一处"风"与《诗经》类名相关联,这就是《左传·隐公三年》记载周郑交质事件之后,"君子曰"中的一段话:"《风》有《采蘩》《采苹》,《雅》有《行苇》《泂酌》,昭忠信也。"② 这里的《风》与《雅》并列,显然是指作为《诗经》类名的《风》与《雅》。由于《左传》当中的"君子曰",本来就是一个复杂的问题。③ 就目前学界的观点而言,就有出自时贤与作者代言等不同的说法。但是由前文的讨论可知,至晚在鲁襄公二十九年季札观乐之前,作为《诗经》类名的《风》并未出现,《周南》《召南》与其他十三国风,都是与《小雅》《大雅》《颂》平行并列的。因此出现在隐公三年的"君子曰",不可能出自隐公三年的时贤君子之口,它只能是《左传》作者假托君子之口对交质事件所做的评说。而杨伯峻先生则认为,《左传》成书的年代当在公元前403—前389年之间④。

综合上述材料出现的时代来看,《风》或者《国风》之名的出现,只能发生在春秋末年到战国初年。而这一时期与诗文本的结集密切关联的重大事件只有一件,就是孔子的删《诗》正乐⑤。

---

① 参见拙文:马银琴. 子思及其诗学思想寻迹[J]. 文学遗产,2012(5).
② 杨伯峻. 春秋左传注(修订本)[M]. 北京:中华书局,2009:28.
③ 对于《左传》当中的"君子曰"的时代,学者多有争论,在"后人附益"说横行几百年之后,现当代学人从多方面论证"君子曰"当"为《左传》原书所有"。
④ 杨伯峻. 春秋左传注(修订本)[M]. 北京:中华书局,2009:41.
⑤ 关于《诗经》文本形成史的论述,参见拙著:马银琴. 两周诗史[M]. 北京:社会科学文献出版社,2006.

《仪礼·燕礼》有云："乃间歌《鱼丽》,笙《由庚》;歌《南有嘉鱼》,笙《崇丘》;歌《南山有台》,笙《由仪》。遂歌乡乐:《周南·关雎》《葛覃》《卷耳》,《召南·鹊巢》《采蘩》《采苹》。大师告于乐正,曰:'正歌备。'"①由此可知,《周南》《召南》虽然被视为周王室的"正歌"得以在正式的仪式上使用,但是,从音乐属性而言,它们和其他十三国风一样同属"乡乐"。因此,按照周代礼乐体制下四分结构的音乐观念②,把同属"乡乐"的十五国风合为一类,称为"国风",使之与《小雅》《大雅》《颂》并列,不但能使《诗》的结构与周代礼乐体制下音乐的结构更为契合,而且,这个类名还有如下两个意义:一方面,它标示出了这些作品与风土之音的密切关联及其委婉曲折的"风刺"属性;另一方面,它所涵盖的只是来自"乡乐"的"风"诗作品,并不包涵此前已经存在于《小雅》当中的"风刺"之诗。由此而言,"国风"类名的出现,与"三百五篇,孔子皆弦歌之"一样,都体现出了追求和恢复周代礼乐制度的精神倾向。因此,在战国初年作为《诗经》类名开始出现的《国风》,极有可能就是孔子删《诗》正乐的成果和表现③。

六、《毛诗序》——"风"义之集成与新变

经过漫长的历史积淀,"风"字将诸多义项汇于一身,形成了积累丰厚、意涵深远的"风"文化。而最早对"风"文化的丰富内涵做系统论述的文字,便是引来诸多争议的《毛诗序》,先录其中与"风"相关的文字如下:

> 《关雎》,后妃之德也。《风》之始也,所以风天下而正夫妇也。故用之乡人焉,用之邦国焉。《风》、风也、教也。风以动之,教以化之……故《诗》有六义焉,一曰风,二曰赋,三曰比,四曰兴,五曰雅,六曰颂。上以风化下,下以

---

① 郑玄,贾公彦.仪礼注疏[M]//阮元.十三经注疏.北京:中华书局,2009:2208.
② 参见拙著:马银琴."四始""四诗"与诗文本的结构[M].两周诗史.北京:社会科学文献出版社,2006.
③ 上博简《孔子诗论》中"邦风"一名的出现,曾在《诗经》学界掀起轩然大波。汉人为避汉高祖刘邦名讳,乃改"邦风"为"国风"的说法因此大为盛行。王刚《"邦风"问题再探:从上博〈孔子诗论〉看〈风〉诗的早期形态》一文,对于避讳说提出了有力的反驳,文章认为"将'邦风'作为《风》诗初名,认定'国风'乃汉代避讳所致,是一种错误的认知。'邦风'是战国时代与'国风'并存的《风》诗之名,只不过随着时间的推移,'国风'广为接受,'邦风'则被淘汰。"(谢建扬,赵争.出土文献与古书成书问题研究[M].上海:中西书局,2015年:198.)笔者赞同他对避讳一说做出的判断。但依据"风刺"之作早已存在于《小雅》之中的事实,以及《表记》《荀子》均称《国风》之名的情况来看,"国风"应该是《风》诗的初名,出现于《左传》与《礼记·乐记》当中的《风》,或许是对《国风》的省称,而"邦风"则是传播过程中"国风"的讹变而已。

风刺上,主文而谲谏,言之者无罪,闻之者足以戒,故曰《风》。至于王道衰,礼义废,政教失,国异政,家殊俗,而《变风》《变雅》作矣。国史明乎得失之迹,伤人伦之废,哀刑政之苛,吟咏情性以风其上,达于事变而怀其旧俗者也……是以一国之事系一人之本,谓之"风",言天下之事、形四方之风谓之"雅"。雅者,正也,言王政之所由废兴也。政有小大,故有《小雅》焉,有《大雅》焉。《颂》者,美盛德之形容,以其成功告于神明者也。是谓四始,《诗》之至也。然则《关雎》《麟趾》之化,王者之风,故系之周公。南,言化自北而南也。《鹊巢》《驺虞》之德,诸侯之风也,先王之所以教,故系之召公……①

这段文字中的"风",有作为《诗经》作品类名的"风",如"《风》之始也";有"风教""风化"之"风",如"所以风天下而正夫妇也"、如"上以风化下";有"主文而谲谏"的"风刺"之"风",如"下以风刺上",以"吟咏性情以风其上";有作为序诗方式的"风",如"以一国之事系一人之本谓之风";有作为风声、曲调的"风",如"言天下之事,形四方之风";有作为风气、风俗之"风",如"王者之风""诸侯之风"。凡此种种,几乎涵盖了以往所产生的,与音乐、诗歌相关联的所有"风"义。值得注意的是,作为"六义"之一的"风",在这里却是头一次出现。

说到"六义",必然要联系到"六诗"。《周礼·大师》云大师"教六诗:曰风,曰赋,曰比,曰兴,曰雅,曰颂。"又《瞽矇》云"掌九德六诗之歌以役大师"。在《周礼》的语境中,"六诗"直接与乐歌的传承方式相关联,大师教"六诗","以九德为之本,以六律为之音"。因此,由大师职掌教授的"六诗"之"风",当指与风土之歌直接关联的音声曲调。但是,在"六义"的序列当中,音乐已完全退场。"六义"之"风"无关音乐。因此,"六义"虽然沿袭了"六诗"的内容,但在剥离了它们和音乐与仪式的关联之后,却未对"六义"的内涵做进一步明确的解释。后人多取郑玄对"六诗"的解释来理解"六义",但是,与《周礼》语境下的"六诗"并列不同,在《毛诗序》的框架内,风、雅、颂与赋、比、兴显然不是同一个层次的概念,"六义"一名隐含着内在的矛盾。所以,到孔颖达做《毛诗正义》的时候,就对"六义"提出了新的解释:

风、雅、颂者,诗篇之异体;赋、比、兴者,诗文之异辞耳。大小不同而得

---

① 孔颖达.毛诗正义[M]//阮元.十三经注疏.北京:中华书局,2009:562-569.

> 并为六义者,赋、比、兴是诗之所用,风、雅、颂是诗之成形,用彼三事,成此三事,是故同称为义,非别有篇卷也。①

"三体三用"说意图消解"六义"说的内在矛盾,并由此建立了一个崭新的诗学体系,意义深远。但就注解《毛诗序》而言,"三体""三用"的分割,不但没有消解其中的矛盾,反而更加彰显了"六义"之名内涵的模糊。通读《毛诗序》,其主旨在于说《诗》之"义"。而对"义"的重视,自是承春秋"《诗》《书》,义之府也"的认识而来,是崇尚《诗》之德义内涵的集中体现。由此而言,《毛诗序》取《周礼》"六诗"之实而冠之以"六义"之名的做法,便折射出了一种过渡时代的特点:在这个时代,以大师"六诗"之教为主导的礼乐教化已经崩坏,但"六诗"礼乐之教的影响依然留存;"六义"所标举的重视德义之教观念已经建立,但尚未形成完备的诗教理论,只能基于旧有观念提出"新"的主张,在因循沿革中表现出了转向的趋势与努力。这样的特点,无疑和七十子活动频繁的战国初年最为相合②。而在因循革新中出现的"六义"一名,又为"风"字提供了一种新的、且更具影响力的义项。

[《清华大学学报》(CSSCI)2017年第4期,第124—134页,1.6万字;《新华文摘》2017年第18期,第165页,摘要]

---

① 孔颖达.毛诗正义[M]//阮元.十三经注疏.北京:中华书局,2009:566.
② 若如此,可为《毛诗大序》出自子夏之手的传统说法添一旁证。

从春秋贵族诗人群体构成形态
看诗歌创作方式的转变

罗 姝

摘 要 西周时代的"献诗""采诗"制度是以服务于礼乐制度为目的的,而春秋时期这种制度则由服务于"辨妖祥"的宗教目的逐步转变为服务于"听于民"的政治目的。与这一转变相伴而生的就是由诗、乐、舞三因素合一逐渐向诗与乐、舞二因素脱离的转变,使诗歌完全通过自己的语言符号所代表的语义发挥其社会政治功能,诗歌创作方式随之开始由集体创作逐渐转化为个人创作。而正是贵族诗人群体构成形态的多元化,促进了诗歌创作方式的重要变革。

关键词 春秋时期 贵族阶层 诗人群体 构成形态 创作方式

中国早期诗歌创作载体与世界各民族早期文学形态一样,经历了一个由前文字时代"口耳之言"向文字时代"书面之文"转变的漫长历程。与此伴随出现的,自然是创作方式由以集体累积型创作为主向以个体独立创作为主的转变。在这一创作方式的转变过程中,正是贵族诗人群体完成了诗歌形态由歌谣向乐歌再向徒歌的转变。而春秋时期(前770—前453)贵族诗人群体的诗歌创作,则是其中最重要的一环。这一时期,除了许多佚名诗人之外,现可考知的族属、世系、事略与作品的贵族诗人有38人,传世诗作有56首(含逸诗28首),占全部传世诗作229首的1/4。这些分布于这一时期不同历史阶段的贵族诗人,虽然其社会阶层、文化背景、诗学修养、审美理念、师学对象等各不相同,但都通过各自不断的艺术实践,为诗歌创作繁荣作出了重要贡献,也为中国后世诗歌创作逐步实现族群化、家族化、学派化、流派化奠定了坚实根基。故本文拟从春秋时期不同历史阶段贵族诗人群体构成形态的演变历程,来观察中国早期诗歌创作方式由以集体为主向以个体为主的转变历程,进而探讨中国古代贵族诗人群体与诗歌创作方式之间的互动关系。

一、春秋前期的贵族诗人群体

这一历史阶段(前770—前682)可考知族属、世系、事略与作品的贵族诗人凡 12 人,传世诗作凡 19 首(含逸诗 2 首)。具体情况如下:

平王宜臼(前？—前720),姓姬,名宜臼,帝喾高辛氏元妃姜嫄子后稷弃之裔,宣王静之孙,幽王宫涅太子,申后所出,丰王伯服(伯盘)、携王余臣之兄,太子泄父、王子狐之父。幽王八年(前774)出奔西申(在今陕西省宝鸡市眉县附近),九年(前773)僭立为"天王",十一年(前771)继立为周王,元年(前771)东迁雒邑(在今河南省洛阳市王城公园一带),在位凡五十一年(前771—前720)。其传世有《裳裳者华》(见《诗·小雅》)一诗。

家伯父,姓姬,本氏贾,别氏家,字父,行次伯,文王昌(西伯)之孙、武王发庶子唐叔虞之裔,王室宰夫(掌治朝之下大夫),历仕幽、平二王(前781—前720 在位),名、生卒年皆未详(前 770 在世)。其提出"作诵以究王讻"(《诗·小雅·节南山》)①说,传世有《节南山》(见《诗·小雅》)一诗。

凡伯,姓姬,氏凡,爵伯,文王昌之孙、周公旦庶子凡伯之后,凡国(都邑即今河南省卫辉市西南故凡城)之君,入为幽、平二王卿士,名、字、生卒年皆未详(前781—前770 在世)。其主张"犹(猷)之未远,是用大谏"(《诗·大雅·板》)②,传世有《板》《召旻》《瞻卬》(俱见《诗·大雅》)三诗。

卫武公和(前863—前766),姬姓,名和,谥武,侯爵,尊称公,季历(公季)之孙、文王昌庶子康叔封之后,顷侯之孙,僖侯之子,共伯余之弟,庄公扬、公子惠孙、公子矔之父。厉王十五年(前843)继立为君,厉王十六年(前842)摄政称王,共和十四年(前828)归政宣王静,平王元年(前770)袭祖职为王室司寇(掌刑典之卿),三年(前768)平王命之为"公",五年(前766)薨,在位凡七十七年(前843—前766)。其提出"抑抑威仪,维德之隅"(《诗·大雅·抑》)③说,主张"岂弟君子,无信谗言"(《小雅·青蝇》)④,传世有《青蝇》《宾之初筵》(俱见《诗·小雅》)、《抑》(见《诗·大雅》)三诗。

---

① 孔颖达. 毛诗正义[M]. 北京:中华书局,1980:441.
② 孔颖达. 毛诗正义[M]. 北京:中华书局,1980:548.
③ 孔颖达. 毛诗正义[M]. 北京:中华书局,1980:554.
④ 孔颖达. 毛诗正义[M]. 北京:中华书局,1980:484.

郑庄公寤生(前757—前701),姓姬,名寤生,谥庄,伯爵,僭称公,懿王囏之孙、夷王燮之子厉王胡之后,桓公友之孙,武公滑突世子,公子段(共叔段、太叔段)、公子繁(原繁、原伯)之兄,昭公忽、厉公突、公子亹、郑子(公子仪)、公子阏(子都)、公子曼伯(檀伯)、公子元、公子吕(子封)、公子语(子人)之父。武公二十七年(前744)继立为君,且袭祖职为王室司徒(掌民事之卿),在位凡四十三年(前743—前701)。其提出"天而既厌周德"(《左传·隐公十一年》)①说,传世有《大隧歌》(见《左传·隐公元年》)一诗。

苏成公,姓己,谥成(一作"信"),爵公,祝融八姓(陆终六子)氏族部落支族己姓昆吾之裔,平王、桓王之际苏国(都邑即今河南省焦作市温县西南故温城)之君,名、字、生卒年皆未详(前712在世)。其提出"作此好歌,以极反侧"(《诗·小雅·何人斯》)②说,传世有《何人斯》(见《诗·小雅》)一诗。

卫公子职(前？—前688),姬姓,名职,其后别为右公氏,季历之孙、文王昌庶子康叔封之后,武公和之孙,庄公扬之子,孝伯、桓公完、公子州吁、宣公晋、公子洩庶兄弟,宣公世子急(急子,"急"一作"伋")之傅。惠公四年(前695)与公子洩立公子黔牟为君,十二年(前688)为惠公所杀。其传世有《鹑之奔奔》(见《诗·鄘风》)一诗。

郑武姜,武其夫谥,姜其姓,南申(都邑即今河南省南阳市)侯之女,武公滑突夫人,庄公寤生、公子段之母,生卒年未详(前761—前722在世)。其传世有《大隧歌》(见隐元年《左传》)一诗。

卫庄姜,庄其夫谥,姜其姓,吕尚(太公望、师尚父、姜子牙)之后,齐成公脱(一作"说")之孙、庄公购(一作"赎")嫡女,太子得臣之妹,僖公禄甫("甫"一作"父")姊妹,卫庄公扬夫人,桓公完嫡母,生卒年未详(前753—前717在世)。其主张"终温且惠,淑慎其身"(《诗·邶风·燕燕》)③,传世有《绿衣》《日月》《终风》《燕燕》(俱见《诗·邶风》)四诗。

卫公子职夫人,宣公世子急傅母,族属、世系、姓名、生卒年皆未详(前701在世)。其传世有《二子乘舟》(见《诗·邶风》)一诗。

卫宣夫人,宣其夫谥,姜其姓,吕尚之后,齐庄公购之孙,僖公禄父之女,襄公诸儿之姊,卫宣公晋夫人,名、字、生卒年皆未详(前697在世)。其传世有《柏舟》

---

① 孔颖达.春秋左传正义[M].北京:中华书局,1980:1736.
② 孔颖达.毛诗正义[M].北京:中华书局,1980:455.
③ 孔颖达.毛诗正义[M].北京:中华书局,1980:298.

(见《诗·邶风》)一诗。

楚文夫人,即息妫,文其后夫之谥,妫其姓,陈国公室之女,初为息侯夫人,后为楚文王熊赀掠为夫人,堵敖熊囏、成王熊恽之母,名、字、生卒年皆未详(前684—前666在世)。其提出"吾一妇人,而事二夫,纵弗能死,其又奚言"(庄十四年《左传》)①说,主张"妇人不事二夫"贞节观,倡导"舞也,习戎备"(庄二十八年《左传》)②古制,传世有《大车》(见《诗·王风》)一诗。

在上述12位诗人中,就社会阶层分布而言,包括周王、王室公卿、诸侯国君与公室大夫四个阶层③:平王宜臼为周王,武公和乃卫国(都邑即今河南省鹤壁市淇县)之君入为王室"三公"摄卿事寮司寇者,庄公寤生乃郑国(都邑即今河南省新郑市)之君入为王室"三公"摄卿事寮司徒者,凡伯乃凡国之君入为王室卿事寮卿士者,家父为王室卿事寮宰夫,苏成公为苏国之君,卫庄姜、宣夫人、楚文夫人、郑武姜皆为国君夫人④,卫公子职为大夫,公子职夫人为大夫之孺人。

由此可见,这一时期由于依然是"天下有道"的社会,"礼乐征伐"依然"自天子出"(《论语·季氏》)⑤,故贵族诗人群体自然由王室与诸侯国两大部分构成,主要形成了三大诗人群体:一是以周平王宜臼、卫武公和、凡伯、家父、郑庄公寤生等为代表的王室贵族诗人群体,二是以苏成公、卫公子职等为代表的诸侯国男性贵族诗人群体,三是以郑武姜、卫庄姜、公子职夫人、宣夫人、楚文夫人等为代表的诸侯国女性贵族诗人群体。而正是这三大贵族诗人群体与许多佚名贵族诗人、平民诗人一道⑥,通过自己的创作实践,形成了这一时期诗歌创作独特的文学景观:"正雅"息而"变雅"盛,"正风"歇而"变风"兴。

这里,我们特别应该关注的是王室与公室外朝卿事寮与内朝太史寮两大系统的贵族诗人群体。在春秋中期以前(前770—前547),由于卿事寮之卿士依然具有"秉国政"之权力,他们自然是诗歌创作活动的主要群体之一;而卿事寮大

---

① 孔颖达.春秋左传正义[M].北京:中华书局,1980:1771.
② 孔颖达.春秋左传正义[M].北京:中华书局,1980:1781.
③ 据《礼记·王制》,就政治地位而言,天子"三公"相当于公爵、侯爵之诸侯国君,天子卿士相当于诸侯伯爵之国君,天子之大夫相当于子、男爵之诸侯国君。故此将王室公、卿位于诸侯国君之前。
④ 《左传》称国君夫人曰"小君";《论语》《礼记》称国君夫人为"寡小君";《仪礼》或称国君夫人曰"小君",或称曰"寡小君"。则就社会阶层而言,"夫人"亦为"君";而卿大夫之"孺人",士之"妇人",庶人之"妻",亦当与国君之"夫人"相类,社会地位皆与其夫同。
⑤ 邢昺.论语注疏[M].北京:中华书局,1980:2521.
⑥ 这一时期佚名贵族诗人包括大夫与士两个社会阶层,大夫如周大夫、周南大夫孺人、召南大夫、召南大夫孺人、卫大夫、郑大夫、齐大夫、晋大夫、秦大夫、陈大夫、桧大夫等,士如成周八师军人、周成申士卒、周成申士卒妇人等;平民诗人主要指"国人",如周南人、周南女、召南人、召南女、卫伶官、卫士卒、卫人、卫女、卫弃妇、鄘人、郑人、齐人、齐女、晋潘父随从、晋人、秦宫女、秦人、陈人、桧人、桧女等。

夫,则一直是春秋时期诗歌创作活动最为活跃的群体。这些卿事寮之卿大夫,其写作旨趣多在"人道"——关注人事,探求社会发展规律,充满人文主义伦理精神,闪耀着唯物主义思想光芒。而太史寮系统的社会地位虽有所下降,但其卿大夫则是最典型的中上层知识分子,依然是诗歌创作的主要诗人群体之一。这些太史寮之卿大夫,其写作旨趣多在"天道"——关注神事,探求自然变化法则,借"天道"以说"人道",充满宗教神学理性精神,洋溢着客观唯心主义哲学色彩。正是他们从"人道"与"天道"两个视角,把所谓"变雅"作品的创作推向了极致。足见他们无疑是促使创作方式变革的功臣。尤其值得注意的是,"诸侯夫人,大夫内子,并能称文道故,斐然有章",她们"并与男子仪文"(清章学诚《文史通义·内篇五·妇学》)①。足见贵族女性诗人群体的出现,无疑是这一时期贵族诗人群体构成形态的闪光点。

二、春秋中期的贵族诗人群体

这一历史阶段(前681—前547)可考知族属、世系、事略与作品的贵族诗人凡17人,传世诗作凡23首(含逸诗12首)。具体情况如下:

陈公子完(前705—前?),姓妫,氏陈,其后别氏敬,名完,谥敬仲,胡公满之后,桓公鲍之孙,厉公跃之子,公孙稚(稚孟夷、夷孟思)之父。本陈(都邑即今河南省淮阳市)公族,宣公二十一年(前672)奔齐(都邑即今山东省淄博市临淄区),仕为工正(掌百工之大夫),战国田齐始祖。其反对"辱高位以速官谤"(《左传·庄公二十二年》)②,传世有《防有鹊巢》(见《诗·陈风》)一诗。

晋士蒍,姓祁,本氏杜,别氏士,其后别为范氏、随氏、刘氏、士吉氏、士季氏、士弱氏、司功氏,名蒍,字子舆,杜伯之子隰叔之裔,士縠(士缺)之父。本杜(都邑即今陕西省西安市雁塔区)人,其先国灭徙居晋(都邑即今山西省侯马市),献公九年(前668)命为大司空(掌工事之卿),生卒年未详(前672—前650在世)。其提出"礼、乐、慈、爱,战所畜"(《左传·庄公二十七年》)③说,传世有《狐裘歌》(见《左传·僖公五年》)一诗。

晋优施,施名,晋俳优(乐师、舞师之属),族属、世系、生卒年皆未详(前

---

① 章学诚.文史通义校注[M].北京:中华书局,1985:531.
② 孔颖达.春秋左传正义[M].北京:中华书局,1980:1774.
③ 孔颖达.春秋左传正义[M].北京:中华书局,1980:1781.

666—前 656 在世)。其提出"知辱可辱,可辱迁重"(《国语·晋语一》)①说,传世有《暇豫歌》(见《国语·晋语二》)一诗。

晋介推(前？—前 636),即介之推(介山子推)②,氏介,名推(一作"绥"),尊称子,献公二十二年(前 655)随公子重耳(文公)出亡,文公元年(前 636)隐于绵上(晋地,在今山西省介休市东南四十里之介山下)而卒,族属、世系皆未详。其提出"言,身之文"说,反对"贪天之功以为己力"(《左传·僖公二十四年》)③,传世有《龙蛇歌》(见《吕氏春秋·介立》)一诗。

晋舟侨(前？—前 632),即舟之侨,姓秃,氏舟,名侨,祝融八姓(陆终六子)支族彭姓彭祖之别秃姓舟人后裔。本舟(秃姓国,彭祖之别,楚灭之,今地阙)人,其先国灭入虢(即西虢,都邑在今山西省运城市平陆县东北三十五里),仕为大夫,献公十七年(前 660)以其族适晋,献公二十二年(前 655)从公子重耳出亡,文公五年(前 632)为文公所杀。其提出"民疾君之侈也,是以遂于逆命"(《国语·晋语二》)④说,传世有《龙蛇歌》(见《说苑·复恩》)一诗。

郑公子士(前？—前 623),姓姬,名士(一作"素"),夷王燮之孙、厉王胡庶子桓公友之后,厉公突之孙,文公捷第四子,江嬴所生,穆公兰、世子华、公子臧之弟,公子瑕、公子俞弥、公子带之兄。仕为大夫,穆公五年(623)朝楚时被酖死。其传世有《清人》(见《诗·郑风》)一诗。

秦康公罃(前？—前 609),姓嬴,名罃,谥康,太几之孙、大骆之子非子之后,伯爵,僭称公,德公之孙,穆公任好世子,公子慭、公子弘、伯嬴、文嬴(怀嬴)、简、璧之兄,共公稻(一作"貑")之父。穆公三十九年(前 621)继立为君,在位凡十二年(前 620—前 609)。其传世有《渭阳》(见《诗·秦风》)一诗。

鲁公子鱼,姓姬,名鱼,字奚斯,季历之孙、文王昌庶子周公旦之后,惠公弗湟之孙,桓公允庶子,庄公同、公子庆父、公子牙、公子友之弟。仕为大夫,生卒年未详(前 660—前 656 在世)。其提出国君应"敬明其德,敬慎威仪,维民之则"(《诗·鲁颂·泮水》)⑤说,主张"颂"体诗创作应"孔曼且硕,万民是若"(《閟

---

① 国语[M].上海:上海古籍出版社,1998:268.
② 先秦人名多在氏与名之间用"之"字作为语气助词,像介之推、舟之侨、宫之奇、公罔之裘、庚公之斯、尹公之他(佗)、孟之反等。说参:清刘宝楠《论语正义》卷七。
③ 孔颖达.春秋左传正义[M].北京:中华书局,1980:1817.
④ 国语[M].上海:上海古籍出版社,1998:296.
⑤ 孔颖达.毛诗正义[M].北京:中华书局,1980:611.

宫》）①，传世有《泮水》《闷宫》（俱见《诗·鲁颂》）二诗。

鲁里克，姓偃，本氏理，改氏里，名克，字革，尧理官咎繇（皋陶、皋繇）之裔，理徵之后，鲁太史（掌史官之下大夫）。历仕僖、文、宣、成四君凡四十六年（前627—前573），生卒年未详（前627—前573在世）。其提出"臣杀其君"为"君之过"（《国语·鲁语上》）②说，主张史官应"以死奋笔，奚啻其闻之"（《国语·鲁语上》）③，传世有《骃》《有驷》（俱见《诗·鲁颂》）二诗。

楚优孟，其后别氏优，名孟，楚大司乐（掌乐人之中大夫），族属、世系、生卒年皆未详（前592在世）。其反对"贪吏常苦富，廉吏常苦贫"（宋洪适《隶释》卷三著录《楚相孙叔敖碑》）④不合理吏制，主张"念为廉吏，奉法守职，竟死不敢为非"（《史记·滑稽列传》）⑤，传世有《优孟歌》（见《史记·滑稽列传》）、《慷慨歌》（见宋洪适《隶释》卷三著录《楚相孙叔敖碑》）二诗。

鲁公孙婴齐（前？—前574），姓姬，别氏子叔，名婴齐，谥声伯，季历之孙、文王昌庶子周公旦后裔，文公兴之孙，公子胁（叔肸、惠伯）之子，叔老（子叔）之父，仕为大夫。其倡导"重莫如国，栋莫如德"（《国语·鲁语上》）⑥说，传世有《济洹歌》（见成十七年《左传》）一诗。

晋师旷，其后氏师，名旷，字子野，晋太师（掌乐师之下大夫），族属、世系、生卒年（前559—前534在世）皆未详。其提出"天生民而立之君"（《左传·襄公十四年》）⑦说，传世有《无射歌》（见《逸周书·太子晋解》）一诗。

周太子晋，姓姬，其后别氏王，名晋，字乔，帝喾高辛氏元妃姜嫄子后稷弃之裔，简王夷之孙，灵王泄心太子，景王贵之兄，王孙守敬（宗恭）之父。享年18岁，生卒年未详（前550在世）。其主张遵从"象天""仪地""和民""顺时""共神祇"五"令德"，以"受天之丰福，飨民之勋力，子孙丰厚，令闻不忘"（《国语·周语下》）⑧，传世有《峤歌》（见《逸周书·太子晋解》）一诗。

宋桓夫人（前694—前？），姓姬，桓其夫谥，季历之孙、文王昌庶子康叔封之后，宣公晋之孙，公子顽（昭伯）次女，宣姜所出，齐子（卫共姬）、戴公申、文公毁之

---

① 孔颖达.毛诗正义[M].北京：中华书局，1980：618.
② 国语[M].上海：上海古籍出版社，1998：178.
③ 国语[M].上海：上海古籍出版社，1998：176.
④ 洪适.隶释[M].北京：中华书局，1985：38.
⑤ 司马迁.史记[M].上海：上海古籍出版社，1997：2414.
⑥ 国语[M].上海：上海古籍出版社，1998：180.
⑦ 孔颖达.春秋左传正义[M].北京：中华书局，1980：1958.
⑧ 国语[M].上海：上海古籍出版社，1998：111.

妹,许穆夫人之姊,宋桓公御说夫人,太子兹父(襄公)之母,名、字、卒年皆未详。其传世有《河广》(见《诗·卫风》)一诗。

许穆夫人(前690—前?),姓姬,穆其夫谥,季历之孙、文王昌庶子康叔封之后,宣公晋之孙,公子顽季女,宣姜所出,齐子、卫戴公申、文公毁、宋桓夫人之妹,许穆公新臣(许男新臣)夫人,许僖公业(许男业)之母,名、字、卒年皆未详。其倡导诸侯女子"苞苴玩弄,系援于大国"(《列女传·仁智传》)①古制,传世有《泉水》(见《诗·邶风》)、《载驰》(见《诗·鄘风》)、《竹竿》(见《诗·卫风》)三诗。

陈懿氏孺人,即陈大夫懿氏之妻,族属、世系、名、字、生卒年俱不详(前676在世)。其传世有《凤皇歌》(见《左传·庄公二十二年》)一诗。

秦百里奚孺人,即秦大夫百里奚之妻,族属、世系、名、字、生卒年皆未详(前655—前627在世)。其传世有《琴歌》(见北齐颜之推《颜氏家训·书证》篇引汉应劭《风俗通义》)一诗。

齐杞殖孺人(前?—前550),即齐大夫杞殖(杞梁殖)之妻,族属、世系、名、字皆未详。其尊崇"有先人之敝庐在,下妾不得与郊吊"(《左传·襄公二十三年》)②古制,主张"外无所倚,以立吾节"(《列女传·贞顺篇》),传世有《杞梁妻歌》(见汉蔡邕《琴操》卷下)一诗。

在上述17位诗人中,就社会阶层分布而言,包括周王、王室公卿、诸侯国君、公室大夫、士5个阶层:太子晋视同周王,康公䓨、宋桓夫人、许穆夫人为诸侯国君,士蒍为诸侯之卿,舟侨、公子士、公子鱼、里克、优孟、公孙婴齐、师旷、懿氏孺人、百里奚孺人、杞殖孺人为诸侯之大夫,优施、介推为诸侯之士。

可见,这一时期"天下"由"有道"变得"无道",社会形态由"礼乐征伐自天子出"转变成为"自诸侯出"(《论语·季氏》)③,故在贵族诗人群体中,王室仅太子晋1人,其余皆集中在各诸侯国,形成了两大诗人群体:一是以陈公子完、晋士蒍、优施、介推、师旷、鲁公子鱼、里克、公孙婴齐、郑公子士、虢舟侨、秦康公䓨、楚优孟、周太子晋等为代表的贵族男性诗人群体,一是以宋桓夫人、许穆夫人、陈懿氏孺人、秦百里奚孺人、齐杞殖孺人等为代表的贵族女性诗人群体。而正是这两

---

① 刘向.古列女传[M].上海:上海书店,1985.
② 孔颖达.春秋左传正义[M].北京:中华书局,1980:1978.
③ 邢昺.论语注疏[M].北京:中华书局,1980:2521.

大贵族诗人群体与许多佚名贵族诗人、平民诗人、奴隶诗人一道①,通过自己的创作实践,形成了这一时期诗歌创作独特的文学景观:"变雅"息,"变风"盛,"变颂"兴。

这表明,从春秋中期开始,王室基本上没有什么诗人,而诸侯国中的卿士创作群体渐次为大夫创作群体所替代;特别值得注意的是,"国人"中的"士"成为诗歌创作的主要群体之一。足见诸侯国中士大夫阶层诗人群体,他们不仅是"变风"创作的主体,更是"变颂"创作的开拓者。

三、春秋后期的贵族诗人群体

这一历史阶段(前546—前506)可考知族属、世系、事略与作品的贵族诗人仅2人,传世诗作凡2首(皆逸诗)。具体情况如下:

晋中行吴,即荀吴,姓姬,本氏荀,别氏中行,名吴,谥穆,尊称子,敬称伯,季历之孙、文王昌庶子原伯后裔,荀庚(宣子、中行伯)之孙,中行偃(荀偃、伯游、中行献子、中行伯)之子,郑女所出,中行寅(荀寅、文子)之父。平公四年(前554)继父为卿,历仕平、昭、顷三公凡二十八年(前554—前520),生卒年未详(前554—前520在世)。其提出"赏善罚奸,国之宪法"(《国语·晋语九》)②说,倡导"率义不爽,好恶不愆,城可获而民知义所,有死命而无二心"(《左传·昭公十五年》)③,传世有《投壶歌》(见《左传·昭公十二年》)一诗。

齐景公杵臼(前?—前490),姓姜,氏吕,名杵臼,侯爵,僭称公,吕尚之后,顷公无野之孙,灵公环之子,穆孟姬所出,庄公光异母弟,太子牙之兄,燕姬、鬻姒、胡姬之夫,安孺子荼(晏孺子)、悼公阳生、公子嘉、公子驹、公子黔、公子鉏(南郭且于)之父。庄公六年(前548)继立为君,在位凡五十八年(前547—前490)。其主张国君应"鬻德惠施"以"争民"(《韩非子·外储说右上》)④,传世有《投壶歌》(见昭十二年《左传》)一诗。

在上述2位诗人中,就社会阶层分布而言,包括诸侯国君与卿士两个阶层:

---

① 这一时期佚名贵族诗人如黎大夫、卫大夫、郑大夫、魏大夫、晋大夫、秦大夫、陈大夫、曹大夫等,平民诗人(国人)如卫人、卫女、郑人、魏人、役人、采桑女、晋人、晋女、秦人、鲁人、曹重丘人等,奴隶诗人如魏伐木者、缝衣女、陈夏姬侍女、晋舆人、卫舆人、宋筑台者等。
② 国语[M].上海:上海古籍出版社,1998:484.
③ 孔颖达.春秋左传正义[M].北京:中华书局,1980:2077.
④ 王先慎.韩非子集解[M].北京:中华书局,1998:337.

景公杵臼属诸侯国君,中行吴属公室卿士。

可见,这一时期由于"礼乐征伐"由"自诸侯出"转变为"自大夫出"(《论语·季氏》)①,故贵族诗人群体皆为诸侯国诗人,周王室已无传世作品之贵族诗人。而正是这些诸侯国贵族诗人群体与许多佚名贵族诗人、平民诗人、奴隶诗人一道②,通过自己的创作实践,形成了这一时期诗歌创作独特的文学景观:"雅乐"衰,"新声"兴③,"逸诗"存。

四、春秋晚期的贵族诗人群体

这一历史阶段(前505年—前453)可考知族属、世系、事略与作品的贵族诗人凡7人,传世诗作凡12首(皆逸诗)。具体情况如下:

鲁孔丘(前551—前479),姓子,氏孔,名丘,字仲尼,尊称子,帝乙之裔,伯夏之孙,叔梁纥(郰叔纥、郰人纥)次子,孟皮(伯尼)异母弟,母颜徵在,孔鲤(伯鱼)之父。本宋(都邑即今河南省商丘市)公族,先祖避难迁居鲁(都邑即今山东省曲阜市),仕为委吏(主委积之吏)、乘田(主苑囿刍牧之吏)、中都(鲁邑名,地在今山东省济宁市汶上县)宰(县邑之长)、司寇(掌典刑之中大夫)。其为儒家学说集大成者,传世有《去鲁歌》(见《史记·孔子世家》)、《陬操》(见《孔丛子·记问篇》)、《泰山歌》(见《礼记·檀弓上》)三诗。

楚申勃苏,即申包胥、棼冒勃苏,姓芈,本氏熊,别氏申,其后别为包(一作"鲍")氏,名勃苏,字胥,熊咢之孙、若敖熊仪之子蚡冒熊率(熊眴、棼冒)之后。仕为大夫,生卒年未详(前522—前475在世)。其提出"夫战,智为始,仁次之,勇次之"(《国语·吴语》)④说,传世有《吴为无道歌》(见《吴越春秋·阖闾内传》)一诗⑤。

越文种(前?—前472),姓芈,本氏熊,别氏文,名种,字子禽,一字少禽,熊

---

① 邢昺.论语注疏[M].北京:中华书局,1980:2521.
② 这一时期佚名贵族诗人包括大夫与士两个社会阶层,前者如郑大夫等,后者如曹人、郑人等;奴隶诗人如郑舆人、鲁费乡人等。
③ "新声",亦称"新乐",是一种有别于"雅乐"(古乐)的流行乐歌。其本为商纣王乐师师延所作宫廷之乐,周人视之为靡靡之乐、亡国之音。故周初只在民间流传,逐渐形成一种新型世俗性乐歌;至春秋后期,陆续进入诸侯公室,形成"秦声""郑声""晋音""卫音""齐音""鲁音""宋音"等多种音乐形态。事见:《左传·襄公十一年》《国语·晋语八》《论语·微子》《论语·卫灵公》等。
④ 国语[M].上海:上海古籍出版社,1998:620.
⑤ 参见:邵炳军.楚公室族属、世系暨作家群体事略考[J].中国文化研究,2011(4):51-61.

坎(霄敖)之孙、武王熊通之子文王熊赀之后。南郢(即今湖北省江陵市荆州镇北五里故纪南城)人,仕为宛(即今河南省南阳市北郊古宛城)令,后入越(都邑即今浙江省绍兴市),仕为大夫,越王句践二十四年(前472)自杀。其主张"谋臣与爪牙之士,不可不养而择"(《国语·越语上》)①,传世有《祝辞》二首(俱见《吴越春秋·勾践入臣外传》)、《祝酒辞》二首(俱见《吴越春秋·句践伐吴外传》)诸诗。

楚陆通,即楚狂接舆,姓芈,本氏熊,别氏陆,其后别为接舆氏,省为接氏,名通,字接舆,鬻熊之后,为楚国著名耕隐之士,世系、生卒年皆未详(前489在世)。其提出"往者不可谏,来者犹可追"(《论语·微子篇》)②说,传世有《凤兮歌》(见《论语·微子篇》)一诗③。

吴申叔仪,姓芈,本氏熊,别氏申叔,名仪,本楚(都邑即今湖北省江陵市荆州镇北五里故纪南城)人,徙居吴(都邑即今江苏省苏州市),仕为大夫,生卒年未详(前842在世)。其传世有《庚癸歌》(见《左传·哀公十三年》)一首。

鲁公孙有山,即公孙有山氏,姓姬,名有山(一作"有陉"),或襄公午曾孙,或襄公午之孙,鲁大夫,生卒年未详(前482—前468在世)。其传世有《赓歌》(见《左传·哀公十三年》)一首。

卫庄公蒯聩(前?—前478),姓姬,名蒯聩,谥庄,侯爵,僭称公,季历之孙、文王昌庶子康叔封后裔,襄公恶之孙,灵公元世子,吕姜之夫,孔伯姬之弟,公子郢(子南)、公子起、悼公黚之兄,出公辄之父。庄公元年(前479)逐出公辄自立为君,二年(前478)为戎人所杀。其提出"天诱其衷,获嗣守封"(哀十六年《左传》)④说,传世有《浑良夫噪》(见《左传·哀公十七年》)一诗。

在上述7位诗人中,就社会阶层分布而言,包括诸侯国君、大夫、士三个阶层:庄公蒯聩属诸侯国君,孔丘、申勃苏、文种、申叔仪、公孙有山属公室大夫,陆通属士。

可见,这一时期以鲁孔丘、公孙有山、楚申勃苏、陆通、越文种、吴申叔仪、卫庄公蒯聩等为代表的贵族诗人群体,皆为诸侯国诗人;尽管社会形态由礼乐征伐"自大夫出"转变成为"陪臣执国命"(《论语·季氏》)⑤,但大夫阶层依然为诗歌创作主体。而正是这些诸侯国贵族诗人群体与许多佚名贵族诗人、平民诗人、奴

---

① 国语[M].上海:上海古籍出版社,1998:631.
② 邢昺.论语注疏[M].北京:中华书局,1980:2529.
③ 参见:邵炳军.阳氏、包氏、叶氏族属、世系暨作家群体事略考[J].河北师大学报,2012(5):49-52.
④ 孔颖达.春秋左传正义[M].北京:中华书局,1980:2177.
⑤ 邢昺.论语注疏[M].北京:中华书局,1980:2521.

隶诗人一道①,通过自己的创作实践,形成了这一时期诗歌创作独特的文学景观:"新声"盛,"徒歌"兴②,"逸诗"存。

总之,春秋时期贵族诗人群体由"王—公—卿—君—大夫—士"等不同社会阶层构成,比西周时期"王—公—卿—君—大夫"的构成形态涵盖面更广泛,多元化特征更明显。西周时代的"献诗""采诗"制度是以服务于礼乐制度为目的的,而春秋时期这种制度则由服务于"辨妖祥"的宗教目的逐步转变为服务于"听于民"的政治目的(《国语·晋语六》载晋士蔿言)③。与这一转变相伴而生的就是由诗、乐、舞三因素合一逐渐向诗与乐、舞二因素脱离的转变,使诗歌完全通过自己的语言符号所代表的语义发挥其社会政治功能,诗歌创作方式随之开始由集体创作逐渐转化为个人创作。这种诗歌创作方式的变革,促进了诗歌创作群体构成的多元化;而诗歌创作群体构成的多元化,则进一步促进了诗歌创作方式的变革步伐。

[《中州学刊》(CSSCI)2017年第4期,第144—150页,1.1万字]

作者简介:

罗姝,女,1975年5月生,山西省大同市天镇县人。韩国国立庆北大学文学博士(2008年),北京语言大学博士后(2010年),国家社科基金重大项目"《诗经》与礼制研究"课题组核心成员(2016年)。现为上海财经大学国际文化交流学院副教授,硕士生导师,主要研究先秦两汉文学与诗礼文化、汉语国际教育。

自2008年8月入职高校以来,主持国家社科基金一般项目"春秋世族作家群体与文学创作考论"(14BZW038)一项,参与完成省部级科研项目2项,主持完成国家汉办国际商务汉语教学与资源开发基地(南方)"中华商务文化展示中心"项目一项。在《中州学刊》《广东社会科学》《郑州大学学报》《上海大学学报》《扬州大学学报》《宁夏大学学报》《华中师范大学学报》《中国语文学》(韩国)《中国语文学论集》(韩国)等海内外期刊发表学术论文30多篇。

---

① 这一时期佚名平民诗人(国人)如齐莱人、齐人等,奴隶如宋野人等。
② "徒歌",亦称"谣""俗谣",是一种即兴创作的无须音乐伴奏、舞蹈扮演之诗歌,其形式犹如今之"清唱"。它是随着"诗"之辞、乐、舞三要素渐次分离后所产生的一种诗歌艺术形式,有别于辞、乐、舞三要素融合之"乐歌""雅歌""声诗""歌诗"等诗歌艺术形式。参见:《尔雅·释乐》《汉书·艺文志》。
③ 国语[M].上海:上海古籍出版社,1998:410.

中编

《诗经》与"五礼""五伦"的共生互动

从《椒聊》《蟋蟀》《山有枢》看春秋前期晋国礼仪制度规范的基本态势

邵炳军

摘　要　《椒聊》《蟋蟀》《山有枢》,当作于晋昭侯元年至孝侯元年期间。此三诗,暗含了祈嗣礼的相关信息,反映了燕饮礼、饮食礼、大役礼、马政礼的相关信息。由此我们可以窥视出春秋前期晋国吉礼、军礼与嘉礼的基本状态:晋国大都耦国政治格局开始形成,公室大宗渐趋式微,礼仪制度渐趋衰微,但依然没有形成"礼崩乐坏"的严重局面。这正好与当时周王室"礼乐征伐自天子出"的政治生态环境相适应,也正好与当时周王室"天下有道"而"钟鸣鼎食"的文化氛围相吻合。

关键词　唐风　诗经　吉礼　军礼　嘉礼

《诗·唐风·椒聊》《蟋蟀》《山有枢》,当作于晋昭侯元年至孝侯元年(前745—前739)期间①。本文拟从此三诗所透露出来的吉礼、军礼与嘉礼相关信息,来探究春秋前期(前770—前682)晋国礼仪制度规范的基本态势,以求教于方家。

一、《椒聊》与祈嗣礼

《椒聊》为晋大夫刺昭侯伯(文侯仇嫡子)封桓叔(穆侯庶子、文侯仇母弟公子成师)于曲沃(即今山西省临汾市曲沃县,时为晋公室宗庙所在地)之作。其诗凡二章:

椒聊之实,蕃衍盈升。彼其之子,硕大无朋。椒聊且,远条且。

---

① 详见:邵炳军.春秋文学系年辑证[M].北京:高等教育出版社,2013:94-96,105-109.

> 椒聊之实,蕃衍盈匊。彼其之子,硕大且笃。椒聊且,远条且。①

此诗首章选取"椒聊之实,蕃衍盈升"这样客观事象起兴,以一菜椒树果实就繁衍满升(两匊为升)之状态,比喻晋国小宗曲沃桓叔孙繁衍茂盛而宗族强盛,重在言"硕大无朋"——曲沃桓叔大都耦国;卒章选取"椒聊之实,蕃衍盈匊"这样客观事象起兴,以一菜椒树果实就繁衍满匊(两手为匊)之状态,比喻曲沃桓叔子孙繁衍茂盛而宗族强盛,重在言"硕大且笃"——曲沃桓叔厚施得众。可见,诗之二章均以椒兴多子确是事实,汉人以"椒房"称皇后所居,以"椒风"称昭仪所居,即皆取其多子吉祥之义。

值得注意的是,此诗正是以花椒果实串串相连——多实,来比体态丰腴女子——多子。这种对于生物界繁殖能力的赞美与向往,无疑就透露出花椒与人口繁衍之关系;那么,赤色多子的花椒菜,就与女阴(它)岩刻、女阴岩壁画、女阴彩绘木刻一样,成为女阴的象征物,与男根(且)共同构成了"性象符号",具有了与《诗经》中的"芣苢(车前草)""菡萏(莲花)""勺药"等植物一样的生殖意义,进而发展衍化为图腾崇拜文化。实际上,晋人的这种植物图腾崇拜,类似于子商民族"天命玄鸟,降而生商,宅殷土芒芒"(《诗·商颂·玄鸟》)"幅陨既长,有娀方将,帝立子生商"(《长发》)——有娀氏女简狄吞食玄鸟(燕子)之卵怀孕而生契的动物图腾崇拜。当然,晋公室属于姬周贵族,这种植物图腾崇拜,自然类似于姬周民族"厥初生民,时维姜嫄。生民如何?克禋克祀,以弗无子,履帝武敏歆,攸介攸止。载震载夙,载生载育,时维后稷"(《大雅·生民》)"赫赫姜嫄,其德不回"(《鲁颂·閟宫》)——有邰氏之女姜嫄践踏天帝之武敏(大拇指之脚印)感应而生后稷的天地神崇拜。

这里都潜藏着生殖崇拜密码,将自然现象与文化意蕴联系构成了一种隐喻系统,进而反映出周民族仲春二月举行以太牢郊祀禖(亦称"郊禖")之仪式——祭天帝于郊而以高禖配祀,以祈求子嗣繁衍而宗族茂盛:"(仲春之月)玄鸟至,至之日,以大牢祠于高禖。天子亲往,后妃帅九嫔御。乃礼天子所御,带以弓韣,授以弓矢,于高禖之前"(《礼记·月令》)。《生民》"克禋克祀,以弗无子",谓后稷之生,乃姜嫄祈祀高禖之神而得;《玄鸟》"天命玄鸟,降而生商",谓契之生,亦简狄

---

① [汉]毛公传、[汉]郑玄笺、[唐]孔颖达等正义《毛诗正义》文,[晋]杜预注、[唐]孔颖达等正义《春秋左传正义》文,[汉]郑玄注、[唐]孔颖达等正义《礼记正义》文,[汉]郑玄注、[唐]贾公彦疏《周礼注疏》文、[魏]何晏等注、[宋]邢昺疏《论语注疏》文,皆见:阮元.十三经注疏[M].北京:中华书局,2009.不再逐一标注。

祈祀高禖之神而得。足见郊禖以祈嗣之礼,在高辛氏之世(约前2480—前2345)已经出现,至迟在夏商之际(约前1600)已经趋于成熟。至西周时期(约前1066—前771),设坛立高禖之神以祈嗣,"姜嫄从帝而祠于郊禖,简狄从帝而祈于郊禖"(《月令》孔《疏》),则祈嗣之礼更加程式化、仪式化了。

同时,重视人类的生殖繁衍是周王室的一项基本国策,由此形成了一套完整的婚姻礼仪制度及与之相配套的行政管理体系:"媒氏掌万民之判。凡男女自成名以上,皆书年、月、日、名焉。令男三十而娶,女二十而嫁。凡娶判妻入子者,皆书之。中春之月,令会男女。于是时也,奔者不禁。若无故而不用令者,罚之。司男女之无夫家者,而会之。凡嫁子娶妻,入币纯帛,无过五两。禁迁葬者,与嫁殇者。凡男女之阴讼,听之于胜国之社。其附于刑者,归之于士。"(《周礼·地官司徒·媒氏》)

因为在农耕时代,人们不仅仅只注重农业生产——获取生活与生产资料,而且努力追求人类自身的生产——繁衍子孙以扩大族群。这自然会产生祈盼人丁兴旺的生殖意识,出现祈求多子多福的生殖观念。到了后代,这种生殖意识与生殖观念,依然具有强大的穿透力。汉代佛教传入中土之后,经过中西生殖文化的碰撞与交融,佛教的菩萨系列里增加了中土化的新菩萨——送子娘娘。即就是当下社会,这种生殖文化依然具有旺盛的生命力。如甘肃洮岷型"花儿"中的"求子花儿",表达出女性山民祈子的热切期望。所以,诗人选取具有善生灵性的植物图腾花椒作为兴象,由此而经营出一种象征多子的植物类文化意象,从而折射出一种生命美学意识[①]。

可见,此诗虽然没有祭祀活动的具体仪节场面描写,但在背后却隐含了植物图腾崇拜之祭祀活动。在《诗经》中与此诗相类似的诗篇,除了上面提到的《玄鸟》《生民》之外,还有《周南·螽斯》《芣苢》《麟之趾》《曹风·蜉蝣》等。同时,祈子礼是一种礼仪形式,而子孙繁衍茂盛则是这种仪式的理想结果。正由于男子所娶的那个女子"硕大无朋""硕大且笃"——身材高大而健壮得无与伦比,具有旺盛的生命力与生殖力,所以男子家族才会"椒聊且,远条且"——子孙繁衍而宗族强盛。如此说来,此诗自然暗含了郊禖祈嗣礼的相关信息,属于吉礼类中反映祈嗣礼的诗歌作品。

[①] 参见:徐燕平.《诗经》中动植物崇拜与情爱意识[J].上海师范大学学报,1990(1):111-114. 孙定辉.《诗经》原型兴象诗之一:图腾兴象诗[J].重庆师范大学学报,2011(6):72-77. 王晓云."花儿会"为先秦祭社、祭高媒节日之遗俗[J].青海民族大学学报,2012(1):127-131.

二、《蟋蟀》与燕饮礼、饮食礼、大役礼

《蟋蟀》为晋大夫讽劝昭侯伯在年终之时要居安思危之作。其诗凡三章：

> 蟋蟀在堂，岁聿其莫。今我不乐，日月其除。无已大康，职思其居。好乐无荒，良士瞿瞿。
>
> 蟋蟀在堂，岁聿其逝。今我不乐，日月其迈。无已大康，职思其外。好乐无荒，良士蹶蹶。
>
> 蟋蟀在堂，役车其休。今我不乐，日月其慆。无已大康，职思其忧。好乐无荒，良士休休。

此诗首章言"职思其居"——诫勉"良士"当行思其居；次章言"职思其外"——诫勉"良士"当内思其外；卒章言"职思其忧"——诫勉"良士"当乐思其忧。

值得注意的是本诗所反映出的以下两种礼制信息：

一是嘉礼中的燕饮礼与饮食礼

首章曰："今我不乐，日月其除。"次章曰："今我不乐，日月其迈。"卒章曰："今我不乐，日月其慆。"

《周礼·春官宗伯·大宗伯》："以飨燕之礼，亲四方之宾客。"可见，《蟋蟀》所谓"乐"者，即夏正（夏历）九月农功之事毕后于十月举行的君燕群臣之"乐"，亦即燕饮礼。当然，《蟋蟀》并不像《豳风·七月》一样，描写夏历十月豳君闲于政事而在"公堂（学校）"燕飨乡人、大夫诸群臣之盛大礼仪场面，但依然写君燕臣以"自乐"之事。惟《蟋蟀》与《七月》叙事手法不同而已：后者详叙燕饮场面，前者则只点明燕饮信息而已。

《周礼·春官宗伯·大宗伯》："以饮食之礼，亲宗族兄弟。"《礼记·月令》："（季冬之月）令告民出五种，命农计耦耕事，修耒耜，具田器。命乐师大合吹而罢。"则夏历十二月在大寝（路寝）举行的宗族内部族人之饮食礼，亦称之为"饫礼"，即所谓"私宴"。其主要功能是通过"合族"形式来达到"收族"之目的，即宗子以饮食礼亲近小宗和其他宗亲之族，序昭穆而严宗庙，以彰显"亲亲"之旨。可见，《蟋蟀》除涉及燕饮礼信息之外，亦透露出饮食礼信息，只不过是不像《小雅·棠棣》一样，描写出饮食礼的隆重场景而已。

当然，无论是属于"公宴"性质之燕饮礼，还是属于"私宴"性质之饮食礼，都必须体现中和原则，即提倡节制而反对奢华，务求做到"乐而不淫"（《左传·襄公二十九年》）。故诗人在三章结尾曰："无已大康，职思其居。好乐无荒，良士瞿瞿""无已大康，职思其外。好乐无荒，良士蹶蹶""无已大康，职思其忧。好乐无荒，良士休休"。足见此诗每章后四句，方显诗人创作旨趣。

这里需要强调指出的是：无论是燕饮礼，还是饮食礼，都是构成周代饮食文化的核心要素——"夫礼之初，始诸饮食"（《礼记·礼运》）。也就是说，在饮食习俗基础上产生并逐渐形成的饮食文化，其最重要的一个方面就是"礼"进入了饮食方式，由"礼"来规范饮食活动。于是，烹煮食物之鼎，盛放食物之盘，饭前洗手之鉴，调酒之盉，温酒之觚，喝酒之觚……这些日常饮食生活用品，便逐渐成了一种礼器，赋予其饮食文化内涵，用来凸显礼仪制度。

当然，燕饮礼与饮食礼，作为以"致亲"为核心指归的嘉礼的重要礼仪形式，是通过饮食方式与饮食程序来体现的，也是通过诗、乐、舞三位一体的艺术形式来展示的。于是，饮食与修身养生，饮食与安邦治国发生了关系。这自然便超越了果腹本义而上升到品味人生的哲学层面，被赋予了政治意义和社会意义，具有了深厚的文化内涵。这正是诗人倡导"自乐"而反对"淫乐"这一创作动机根本之所在。

二是军礼中的大役礼

卒章曰："蟋蟀在堂，役车其休。"

我们依据《书·周书·酒诰》《周礼·春官宗伯·巾车》《冬官考工记·舆人》《说文·殳部》《木部》等文献，必须首先理清楚以下两个问题：

一是"役车"与"栈车"之别。"役车"与"栈车"同属周王的"服车"，皆为"马挽"之"马车"——以马力牵引之车，用于天子祭祀、丧葬、会同、战争、田猎等。其中，"役车"为"五乘"中最低的一个等级，由庶人驾驭；"栈车"比"役车"高一个等级，由士驾驭。

二是"农事役车"与"戎事役车"之别。用于"戎事"之"役车"，为"马挽"之"马车"；而用于"农事"之"役车"为"牛挽"之"牛车"——直辕，短毂，无较轼，无装饰，以牛力牵引之车。足见"役车"并非专指用于"农事"之车。

足见名之曰"役车"者，乃侧重强调其使用功能为"役（行役）"而名之；名之曰"栈车"者，乃侧重强调其车舆形制为"栈（方棚）"而名之[①]。春秋时期，由于社会

---

① 参见：郑思虞. 毛诗车乘考[J]. 西南师范学院学报，1983(2): 95-103.

变革,"庶人"开始与"士"一样具有"执干戈以卫社稷"(《左传·哀公十一年》)之权利,则作为下层贵族之"士"与属于平民阶层之"庶人"的区别已经不太大了,故"役车"与"栈车"皆可谓"庶人所乘"之车了。

其次是"役车"与"大役礼"之关联。

西周军礼具有宗法性和军事性双重属性,既体现周人宗法结合封建制度的基本要求,又反映军事行动追求战争胜利的内在规律①。其中,作为军礼之一的大役礼,其主要功能是征集民众营筑土木工程,以备调配军队和用于军事防御。事实上,作为礼仪制度的大役礼,所体现的是经济领域的"田赋制"。役力于田与役力于兵,都是一种不同的军赋形式而已。从这个意义上来说,农功之事与兵戎之事,就都属于军礼之中的大役礼范畴。

当然,自春秋中晚期开始,随着田制整顿与改革,这种以劳役剥削为主的田赋制度受到了冲击。然而,在以实物剥削彻底取代劳役剥削之前,役力于田的农功之事,自然属于大役礼范畴了。尽管《蟋蟀》并不像《王风·君子于役》一样直接描写行役情景,也不像《小雅·杕杜》《何草不黄》一样详细描写行役场景,也不像《小雅·斯干》一样直接描写营室场面,但毕竟透露出了大役礼的信息——物候为"蟋蟀之堂"时节(夏正九月)待农功之事毕后庶人之役车方休而不行。

由此可见,《蟋蟀》不仅属于嘉礼类中反映燕饮礼与饮食礼的诗歌作品,亦属于军礼类中反映大役礼的诗歌作品。

三、《山有枢》与马政礼、燕饮礼、饮食礼

《山有枢》为晋大夫刺昭侯伯不能修道以正其国之作。其诗凡三章:

> 山有枢,隰有榆。子有衣裳,弗曳弗娄。子有车马,弗驰弗驱。宛其死矣,他人是愉。
>
> 山有栲,隰有杻。子有廷内,弗洒弗埽。子有钟鼓,弗鼓弗考。宛其死矣,他人是保。
>
> 山有漆,隰有栗。子有酒食,何不日鼓瑟?且以喜乐,且以永日。宛其死矣,他人入室。

---

① 参见:朱晓红.周代军礼考论[J].国学学刊,2015(2):44-51.

此诗首章选取"山有枢,隰有榆"——山上有刺榆而低洼处有白枌这一客观事象起兴,取其叶可养蚕缫丝以制衣之功能,旨在言"他人是愉"——自己的衣裳、车马自己活着的时候舍不得享用,却要等到自己死了以后供他人欢娱;次章以"山有栲,隰有杻"——山上有臭椿而低洼处有檍树这一客观事象起兴,取其材可作弓弩以射箭之功能,旨在言"他人是保"——自己的房屋、钟鼓自己活着的时候舍不得享用,却要等到自己死了以后由他人保管;卒章以"山有漆,隰有栗"——山上有漆树而低洼处有栗树这一客观事象起兴,取其实可磨面造酒以饮食之功能,言"他人入室"——自己的酒食、琴瑟自己活着的时候舍不得享用,却要等到自己死了以后为他人占有①。

值得注意的是诗中透露出来的以下两类礼制信息:

一是军礼中的马政礼

首章曰:"子有车马,弗驰弗驱。"

马既是农耕的主要畜力,又是车舆的主要牵引动力;马车则是祭祀、朝觐、会同、田猎、征伐的重要工具,在政治生活中发挥着重要作用。由此,周人便把养马业上升为马政——养马之政教。

据《周礼·夏官司马·校人》《礼记·月令》可知,王室于每年周正五月、九月分别颁布两次"马政"。其具体内容主要包括:

一是天子"六马"之制,即驾玉路(祭祀之车)之"种马",驾戎路(征伐之车)之"戎马",驾金路(会同之车)之"齐马",驾象路(视朝之车)之"道马",驾田路(田猎之车)之"田马",役于宫中之"驽马"。其中,前四种称为"国马"。

二是管理之制,即在卿士寮司马官署下设置"校人"来总管王室马政,下设"仆夫""马质""驭夫""趣马""巫马""牧师""廋人"及"圉师""圉人"等许多专司之官吏来分别管理具体事务,并建立了天子"考牧"制度。

三是等级之制,即上层贵族所拥有马的种类与数量多少有别:天子有十二闲(闲即厩,三百一十六匹)"种马""戎马""齐马""道马""田马""驽马"六种马匹,邦国(诸侯)有六闲"齐马""道马""田马""驽马"四种马匹,家(卿大夫)有四闲"田马""驽马"两种马匹。

四是祭祀之制,即一年四季要依次祭祀:春祭"马祖",夏祭"先牧",秋祭"马社",冬祭"马步",并分别举行"执驹""颁马攻特""臧仆""献马"与"讲驭夫"等典

---

① 参见:陈子展.诗经直解[M].上海:复旦大学出版社,1983:341-351.

礼仪式。

　　传世文献所载与出土文献所载多有相合之处。比如,据1956年在陕西省宝鸡市郿县李村出土的穆王(一说为昭王)时器盠驹尊记载,穆王亲自参与"执驹"礼仪①。

　　正由于马政成为一种礼仪制度,自然被大量反映到《诗经》作品中来,并具有了独特的社会价值和文化意义。据初步统计,在《诗经》中,有关"马"的诗篇有四十八首之多。

　　尽管《山有枢》既不像《小雅·吉日》一样,描写宣王春天田猎祭祀"马祖"场景;也不像《无羊》一样,美宣王"考牧"而牧事成功;也不像《车攻》一样,美宣王"田赋复而马政修";也不像《鄘风·定之方中》一样,美文公"劝畜牧"而"致马蕃息";也不像《鲁颂·駉》一样,美僖公"始修马政"而"牧于坰野";然其"子有车马,弗驰弗驱"两句,以"不A……不B……"否定性紧缩复句形式,表明"驰"与"驱"——走马与策马这两个相关联动作行为的不存在,进而表明乘车之事不存在,从而透露出马政礼信息,以刺晋国马政之礼废弛。

二是嘉礼中的燕饮礼与饮食礼

　　次章曰:"子有廷内,弗洒弗埽。子有钟鼓,弗鼓弗考。"卒章曰:"子有酒食,何不日鼓瑟? 且以喜乐,且以永日。"

　　这里,必须要理清楚以下两个前提:

　　一是"钟""鼓""瑟"之"乐"与"礼"的关系。

　　所谓"先君之礼,藉之以乐"(《左传·襄公四年》),所谓"兴于诗,立于礼,成于乐"(《论语·泰伯》),表明《诗》"礼""乐"是构成"诗礼文化"的基本元素;而"乐"是"礼"之艺术载体,"《诗》"——由乐器伴奏的诗(辞)、歌、舞艺术融合体则是一种艺术化的"礼"。从这个意义上来看,"钟""鼓""瑟"等乐器是器乐的物质基础和载体,器乐文化则是"诗礼文化"的基础性元素,是礼乐文明的有机组成部分。

　　据初步统计,《诗经》中涉及的乐器大致有29种之多,包括打击乐器、吹奏乐器与弹弦乐器等3种类型。其中,打击乐器中的钟、鼓,吹奏乐器中的笙、簧,弹弦乐器中的琴、瑟,是礼乐文明的象征性乐器;而"天子、诸侯备用"(《礼记·乡饮酒礼》郑《注》)之"钟鼓之乐"——编钟悬鼓之乐,则是"诗礼文化"的一种主干文

---

① 参见:何景成. 盠驹尊与昭王南征——兼论相关铜器的年代[J]. 东南文化,2008(4):51-55. 张懋镕. 新见金文与穆王铜器断代[J]. 文博,2013(2):19-26.

化类型。作为"钟鼓之乐"重要发源地之一的晋文化区,则更加如此①。

当然,在《诗经》时代,乐器在形制、大小、种类、材质、工艺及使用等方面都已经有了很大的发展。其中,琴、瑟等弹弦乐器,逐渐由宫廷庙堂走向卿大夫之家,开始融入包括"士"在内的社会各个贵族阶层;而钟、鼓等打击乐器,依然主要还是用于殿堂宴乐、宗庙祭祀、朝聘礼仪等。同时,器乐合奏相当发达,如"琴"与"瑟"组合,"钟"与"鼓"组合,如"琴""瑟"与"钟""鼓"组合,等等。如此一个由多种乐器组合而成的交响乐队进行演奏,自然强化了乐器演奏的音乐艺术效果。

《诗》文本作为可诵读与吟唱的歌乐之辞,自然重在言志陈情。但在社会生活场景描写之中,自然要直接或间接地言及乐器之名与乐器之用②。而这些不同乐器在不同场合的组合方式、演奏形式、使用数量与场合,以不同的礼义节仪形式反映出不同的礼乐文化,折射出丰富的现实生活,具有深广的社会意义。

所以,尽管《山有枢》不像《秦风·车邻》《小雅·伐木》《鲁颂·有駜》一样,有直接描写单独演奏瑟、鼓的艺术场面;也不像《小雅·彤弓》一样,直接描写燕饮场面;更不像《周南·关雎》一样,直接描写琴、瑟、钟、鼓合奏的热烈场景;而仅仅说是"子有钟鼓,弗鼓弗考""何不日鼓瑟",但从一个侧面透露出琴、瑟、钟、鼓这一乐器组合演奏方式。在诗篇中,我们自然感受不到钟声之肃穆庄严,鼓声之深厚沉雄,琴声之婉转悠扬,瑟声之余音绕梁,更感受不到钟鼓合奏之荡气回肠而气势恢宏,自然难以凸显其权力、地位象征之功能。但正是《山有枢》所透露出来的琴、瑟、钟、鼓合奏信息显示,这是一种由打击乐器与弹弦乐器为主的交响乐——嘉礼中诸侯国君燕饮礼与饮食礼之乐。足见诗人以象征公室权威与地位的交响乐之废弃,暗示公室大宗之衰微。

二是"酒食"与燕饮之礼与饮食之礼的关系。

据初步统计,《诗经》作品中直接写到酒的诗有35篇,间接写到酒(如酒器)的诗有20余首。在这些诗篇中,折射出《诗经》时代民俗文化的绚丽多姿,透过鲜活的生活气息与淳厚的艺术韵味,反映出隆礼重德的诗礼文化精神——"物皆

---

① 参见:高天麟,张岱海.山西襄汾县陶寺遗址发掘简报[J].考古,1980(1):18-31.高炜,李健民.1978—1980年山西襄汾陶寺墓地发掘简报[J].考古,1983(1):30-42.图版5.李炳海.汾神台骀与先秦钟文化[J].山西师大学报,1994(2):65-70.杨荫浏.中国古代音乐史稿[M].北京:人民音乐出版社,2001:41.
② 用乐大致可分为两大类:一是用于礼制仪式场合。"五礼"之中,"凶礼"为禁乐之礼;"吉礼""宾礼""军礼"皆用乐;"嘉礼"除"婚礼""士冠礼"不用乐之外,其他皆用乐。二是用于娱乐及巫术场景。

有俎,以乐侑食"(《周礼·天官冢宰·膳夫》)"食以礼,彻以乐"(《大戴礼记·保傅》)①。由此,在宴饮活动中,饮酒是调和人伦关系与人神关系的重要媒介。尤其是描写王室与公室举行的"燕礼"与"飨礼"类贵族饮宴活动,更体现出宗族团结、敦结亲情的礼义之道。

所以,在《山有枢》一诗中,尽管没有详细罗列出燕饮时的醴(甜酒)、冻醪(春酒)、旨酒(美酒)、清酒(玄酒)、酎酒(缩酒)、湑酒等种种酒类名称,也没有"伐木于阪,酾酒有衍。笾豆有践,兄弟无远。民之失德,干糇以愆。有酒湑我,无酒酤我。坎坎鼓我,蹲蹲舞我。迨我暇矣,饮此湑矣"(《小雅·伐木》)之类的天子燕群臣之燕饮礼节仪与场面描写,也没有"肆筵设席,授几有缉御。或献或酢,洗爵奠斝。醓醢以荐,或燔或炙。嘉殽脾臄,或歌或咢"(《大雅·行苇》)之类的天子燕九族之饮食礼节仪与场面描写,然其通过"子有酒食,何不日鼓瑟"两句白描式笔法,透露出之燕饮礼与饮食礼的信息。

诸侯燕饮礼为国君燕群臣,饮食礼为公族宗子燕九族。由此可以判定燕饮主人,必为晋君无疑。诗人正是通过燕饮礼与饮食礼之废止,来显示礼仪制度废弛,从而体现出了自己对燕饮主人——晋国之君的道德评判,进而判定晋国当时的政治态势——"他人是愉""他人是保""他人入室"——公室小宗将取代大宗。

足见《山有枢》既属军礼类中反映马政礼的诗歌作品,亦属于嘉礼类中反映燕饮礼、饮食礼的诗歌作品。

综上所述,从《椒聊》《蟋蟀》《山有枢》中透露出来的祈嗣礼、燕饮礼、饮食礼、大役礼、马政礼等相关信息,我们可以窥视出春秋前期(前770—前682)晋国吉礼、军礼与嘉礼的基本状态:晋国大都耦国政治格局开始形成,公室大宗渐趋式微,礼仪制度渐趋衰微,但依然没有形成"礼崩乐坏"的严重局面;进而就周王室政治生态环境而言,尽管出现了"郑庄小伯"对王权的严重挑战,但依然是一个"天下有道,则礼乐征伐自天子出"(《论语·季氏》)的时代,自然是一个"钟鸣鼎食"的时代。

[《广东社会科学·诗礼文化研究》(CSSCI)2018年第2期,第153—159页,0.9万字]

---

① 王聘珍.大戴礼记解诂[M].北京:中华书局,1983:255.

"风"与"礼"

徐正英

学界大多认为"二雅""三颂"与礼制具有共生互渗关系,而往往忽略了"国风"与礼制所具有的这种关系。但笔者以为恰恰正是这部分作品更具代表性,因为它们不仅是构成《诗经》的主体,其作者群体与诗歌内容也都更具有广泛性。本文仅就"风"诗与"嘉礼"的共生互渗关系举例略述,以管窥见豹。

"嘉礼"的具体功能是"亲万民",主要包括饮食礼(宴饫)、昏冠礼(含笄礼)、宾射礼、飨燕(享宴)礼、脤膰礼、贺庆礼、乡饮酒礼、养老礼、优老礼、尊亲礼、巡狩礼等11种类型,其核心为致亲(万民)。据初步统计,在"风"诗中,涉饮食礼者19首,涉婚冠礼者21首,涉其他婚礼者56首,涉宾射礼者5首,涉燕飨礼者8首,涉乡饮酒礼者7首,涉侍亲养老礼者3首,去其重复当有95首,占《诗经》中全部"嘉礼"类诗歌总数172篇的55%。

就其创作内容而言,像《周南·关雎》描写了"庙见成妇礼"仪式,且为依礼求偶的范本;《葛覃》蕴含了"归宁父母礼"信息;《汉广》为"亲迎御轮礼"与"留车反马礼"的形象描绘;《召南·鹊巢》描写了迎亲婚仪;《邶风·凯风》自责不能行"侍亲养老礼";《齐风·猗嗟》再现了"宾射礼"场景;《豳风·东山》描写了"亲迎受女结帨"仪式;《豳风·七月》则蕴含了饮食礼、婚冠礼等诸多信息,描写了"飨燕祝寿礼"场景;等等。这都彰显出"风诗"与礼制之间的共生互渗关系。

就其运用形式而言,《周南·关雎》《葛覃》《卷耳》《召南·鹊巢》《采蘩》《采蘋》等6诗,都被用在行乡饮酒礼、乡射礼、飨燕礼、敬贤礼时定期演奏,且用于王后与国君夫人的房中之乐;在《周礼》《仪礼》《礼记》中,对《召南·驺虞》用作宾射礼演奏的记载殊多。其用意是通过在礼仪场合演奏"风诗",教化民人,协调关系。尤其是从春秋前中期开始,各种重要场合兴起"赋《诗》言志"之风的同时,引《诗》以说礼之风也悄然而兴,使《诗经》与礼制得以并行传播,互渗得以深化,仅

《左传》记载引"风"诗证礼就达 30 条,其中 5 条涉及"嘉礼"。比如,襄王二十八年(前 625),鲁君子引《邶风·泉水》次章"问我诸姑,遂及伯姊"诗句,以侍亲礼"姊亲而先姑"之道,讥讽宗伯夏父弗忌长幼颠倒的"逆祀"行为①。再如,简王七年(前 579),晋大夫郤至(昭子、温季子)聘问楚国,共王用两君相见燕飨礼招待他,郤至便引《周南·兔罝》首章"赳赳武夫,公侯干城"诗句,言以燕飨礼结好邻国而慈惠其民,便"政以礼成";又引卒章"赳赳武夫,公侯心腹"诗句,言以超标燕飨礼收买人心,则适得其反②。

就其理论阐释而言,孔子在继承前贤赋《诗》言志、引《诗》说礼阐释方式的基础上,进一步将《诗》、礼、乐的关系提升到理论高度予以确认,提出了"兴于诗,立于礼,成于乐"③的三种境界:借学习《诗》之文本以体悟其所蕴含的礼制精神,由涵养礼制精神而立身,最终达到能逐一演奏"诗三百"的高度,才算真正完成了《诗经》的学习。这无疑对诗礼互渗关系的深化起到了强有力的助推作用。具体到"风"诗与"嘉礼"的互渗,孔子与端木赐(子贡)借《卫风·淇澳》讨论人格修养精益求精,早已广为人知;其解《关雎》的精髓乃"反纳于礼",亦为智慧之见,这个反纳的"礼"就是依"婚冠礼"求偶之礼;其解《周南·螽斯》为"君子",即庆贺君子依礼修身而多福,亦颇得诗心;其首肯《郑风·将仲子》女主人公"《将中》之言不可不畏也",是因为发现了对"父母之命、媒妁之言"礼制的敬畏;其喜欢《齐风·猗嗟》"四矢反兮,以御乱兮"诗句,也是因为诗句展示了宾射礼④。

可见,无论"风"诗的创作内容,还是运用方式与理论阐释,都体现出其与"嘉礼"的共生互渗关系。从道理上讲,所谓"礼者,因人之情,缘义之理"⑤,则描述日常生活风貌、抒发日常生活感情的诗歌,承载的社会生活习俗信息会更为全面而丰富,自然是最能反映社会生活习俗的诗作。我们知道,生活习俗是礼俗产生的社会基础,而礼俗则又是官方制定礼制的重要依据之一。故孔子认为"礼者,因人之情而为之节文,以为民坊者也"⑥。因此,只要"国风"产生的过程与礼制产生的过程具有共时性,其也应该和"雅""颂"一样与礼制有着密切关系。

---

① 杨伯峻.春秋左传注[M].北京:中华书局,1981:525.
② 杨伯峻.春秋左传注[M].北京:中华书局,1981:858.
③ 杨伯峻.论语译注[M].北京:中华书局,1980:81.
④ 孔子诗论.[M]//马成源.上海博物馆藏战国楚竹书:第 1 册.上海:上海古籍出版社,2001:119-168.
⑤ 黎翔凤.管子校注[M].北京:中华书局,2004:770.
⑥ 杨天宇.礼记译注[M].上海:上海古籍出版社,2004:675.

就现存 160 首"国风"作品而言,学界认为多数诗篇创作于春秋时期,但其中有些渊源于远古歌谣而其主体篇章产生于商代晚期,应当是没有问题的;有些则是在西周初年周公旦"制礼作乐"时将采集自民间的歌谣,改造配乐编纂到国家礼乐典章之中,之后又重新回归于社会而在不同礼仪场合演唱教化民众,也是没有问题的;即就是那些创作于春秋时期的讥刺"非礼"的所谓"变风"诗篇,其比照的对象正是"有礼"——周公旦"制礼作乐"时所创立的礼仪制度规范。吴公子札(季札)聘鲁观乐时,赞美"二南"为"始基之矣",称赞《豳风》为"其周公之东乎"①,即为明证;后来孔子嘱其儿子孔鲤(伯鱼)"不为《周南》《召南》,其犹正墙面而立也与"②,也大有深意。

就西周礼制形成历程而论,同样发端于远古——"殷因于夏礼,所损益,可知也。周因于殷礼,所损益,可知也"③。就其层次来看,由风俗而礼俗,由礼俗而礼制,而风俗恰恰是与人类社会相伴而生的;就其范围来看,由民间而官方,从宗教到政治。当然,上古礼制形成过程来看,是经夏商积淀而至西周礼制才得以完备的。故孔子说:"周监于二代,郁郁乎文哉!吾从周"④。这表明西周时期才真正进入了礼制时代。即便到了东周中期开始出现了"周室陵迟,礼崩乐坏"⑤的局面,但仍有大批虔诚如周内史叔过、卫执政卿宁速(庄子)、秦大夫百里视(子明)、曹大夫僖负羁、宋司马公孙固、晋大夫羊舌肸(叔向)、吴大夫公子札、齐卿士晏婴(平仲)、楚行人观射父、郑执政卿游吉(子大叔)、鲁司寇孔丘、陈芋尹盖者,都一直在不遗余力地维护并修复着它。

由此可见,"国风"的创作、结集、传播与先秦"俗"→"礼"→"礼制"的积淀、完备、推行,是大体同步的。这就为两者共生互渗关系的可信性提供了历史背景依据。西周社会的礼乐文明是《诗经》产生的历史土壤,而《诗经》又是周代礼乐文化的载体,扩大了礼乐文明在周代社会的影响。"风"诗自然也不例外。春秋开始,外交或其他场合引"风"诗以说礼,孔子教授"诗三百"借"风"诗以谈礼,进一步扩大了"风"礼互渗的途径,并深化了"风"礼互渗的程度。

综上可见,"风"诗不仅与"嘉礼"从远古至西周相伴而生,而且到东周其互渗又在不断加深,为我国传统礼乐文明的核心元素——"诗礼文化"建构奠定了坚

---

① 杨伯峻.春秋左传注[M].北京:中华书局,1981:1162.
② 杨伯峻.论语译注[M].北京:中华书局,1980:185.
③ 杨伯峻.论语译注[M].北京:中华书局,1980:21-22.
④ 杨伯峻.论语译注[M].北京:中华书局,1980:28.
⑤ 王利器.风俗通义校注[M].北京:中华书局,1981:267.

实基础,也为今天我们中华文化复兴贡献了丰厚资源。

(《光明日报·文学遗产》2017年10月9日第13版,0.3万字)

作者简介:

徐正英,男,1960年11月生,河南省濮阳市人。北京师范大学文学学士(1983年),复旦大学文学硕士班(1988年),西北师范大学文学博士(2003年),中山大学博士后(2006年)。国家社科基金重大项目"《诗经》与礼制研究"子课题负责人(2016年),国家社科基金重大项目"唐前出土文献及佚文献文学综合研究"首席专家(2017年),二级教授(2016年),中国人民大学首批"杰出学者"(2017年),"吴玉章人文社会科学优秀奖"获得者(2017年)。现为中国人民大学博士生导师、中国古典文献学学科带头人、古典文献研究中心主任,兼任复印报刊资料《中国古代、近代文学研究》主编、《古代文学特色文献研究》主编、中国先秦两汉文学学会副会长。主要从事先秦两汉魏晋南北朝出土文献文学研究。

自1983年入职高校以来,共主持在研或完成国家社科基金重大项目"唐前出土文献及佚文献文学综合研究"(17ZDA254)、国家社科基金重点项目"先秦出土文献及佚文献文学综合研究"(15AZW004)、国家社科基金一般项目"先秦出土文献及佚文献文艺思想研究"(07BZW019)、北京市社科基金重大项目"宋前出土文献及佚文献文学研究"(15ZDA13)等科研项目6项。在《文学评论》《文艺研究》《文学遗产》《文献》《北京大学学报》《复旦学报》《中国人民大学学报》《国学研究》《光明日报·文学遗产》等刊物发表学术论文80余篇(其中20余篇被《新华文摘》《中国社会科学文摘》《高等学校文科学术文摘》《社会科学文摘》等转载);出版《周礼译注》(中华书局2014年)、《先唐文学与文学思想考论——以出土文献为起点》(上海古籍出版社2015年)、《春秋穀梁传译注》(中华书局2016年)、《陶渊明诗集注评》(中州古籍出版社2016年)、《文心雕龙译注》(中州古籍出版社2017年)、《诗品译注》(中州古籍出版社2017年)等学术著作10余部。

也论"余一人"问题

宁镇疆

摘　要　殷墟卜辞及商周两代文献及铜器铭文中,常见时王自称"余(予)一人"或"我一人"。此类称谓旧说以为谦称,但自胡厚宣先生利用卜辞重加论证后,转而认为它代表了君王的"独裁"和"专制"。此说在学界影响深远,尤其是"余一人"反映了王之"独裁""专制"的观点也为很多研究商周史尤其商周王权的学者所接受。本文认为"余一人"或"一人"就其本义看,是强调国家的治理责任由王一人承担,体现了早期王权的责任意识。但王之"一人"相对万千政事无疑显得势单力孤,故其称"余一人"其实与诸侯称"孤"道"寡"义同,都是谦称,并非"专制"或"独裁"。早期文献中君王都要为民众利益勤苦自砺,侧面证明了"余一人"之为谦称及早期王权观念向"责任"而非"权力"义的倾斜,故"民本"问题是伴随王权发生即有的观念,因此也是传统政治理论的"元问题"。

关键词　余一人　谦称　责任　民本　王权

早期文献中,常见君主自称"余一人"或"予一人"的例子。胡厚宣先生曾先后有两文集中讨论此种称谓,分别是《释"余一人"》和《重论"余一人"问题》[①]。对于此种称谓的含义,胡先生两文的结论是一贯的,即认为这种称谓反映了时王"至高无上,惟我独尊。这便充分代表了这种专制暴君的独裁口吻"[②],或者说代表了"殷周奴隶制社会最高奴隶主的专制独裁"[③]。胡先生关于"余一人"称谓代表了君王"独裁""专制"的观点,与传世文献的说法完全不同。像《白虎通·号》篇说:"王者自谓一人者,谦也。欲言己才能当一人耳。"一表谦称,一为"独裁"

---

① 两文分别见:胡厚宣. 释"余一人"[J]. 历史研究,1957(1);胡厚宣. 重论"余一人"问题[C]//古文字研究:第6辑. 北京:中华书局,1981.
② 胡厚宣. 释"余一人"[J]. 历史研究,1957(1).
③ 胡厚宣. 重论"余一人"问题[C]//古文字研究:第6辑. 北京:中华书局,1981.

"专制",两说可谓迥异。但胡先生两文发表以后,因为有卜辞及铜器铭文为据,在学界引起了广泛而深远的影响,尤其是关于"余一人"反映了"独裁""专制"的观点也为很多研究商周王权的学者所接受①。相反,传统"自谦"的说法已较少为人所提及。不过,关于卜辞中"余一人"或"一人"代表"专制"或"独裁"的观点,晚近也有学者有不同意见。比如,有学者注意到卜辞中商王称"余一人"时往往都是面对祖先神灵卜问吉凶,在这些辞例中,"我们绝对看不出一个专制暴君的盛气凌人的独裁口吻,因为商王面对的是威力无比的祖先神灵,询问是否会降祸于他……"②这一意见是很敏锐的,若说"余一人"称谓要凸显"专制"和"独裁",但面对神灵要表达这种意思,岂不是找错了对象?须知,卜辞中存在大量中低阶层甚至奴隶的记录,如"众""人""小臣"等,但面对这类人的卜辞中,商王却又基本不用"余一人",甚至商王对他手下的大臣贵族,也很少使用"余一人"。然则,"余一人"本义究竟该作何解?本文希望通过对卜辞、铜器铭文及文献中的"余一人"称谓进行重新梳理和辨析,弄清"余一人"称谓之本义和实质。

一、结构解析:"余一人"与"一人"

作为君主自称的"余一人",从结构上看,其实不过是第一人称代词"余"+"一人"而已,即如很多学者指出的,这实际上是同位复指。作为商王自称的复合结构,目前卜辞中只见"余一人",虽然目前所知甲骨文中第一人称代词尚有"我""朕",但卜辞中并未见商王"我一人"和"朕一人"这样的称呼,个中原因,笔者觉得学者已从语法角度回答了这一问题。那就是在卜辞中,"我"多是表示复数的,指代殷族或殷邦③;而"朕"又多用为定语④。当然,后来由于"我""朕"含义的扩大,金文中"我一人"(《大盂鼎》《毛公鼎》),甚至"余我一人"(四十三年速鼎)的表达都已出现,但这些都是后起的例子。

---

① 可参:王宇信,徐义华.商代国家与社会[M]//宋镇豪.商代史:卷四.北京:中国社会科学出版社,2011:57;刘泽华.中国政治思想通史·先秦卷[M].北京:中国人民大学出版社,2014.尤其是刘著第一章第二节专门以"'余一人'和王权专制观念"为题,就明显是承袭胡先生之文而来。
② 李香平.重释"余一人"[J].考古与文物,2003(1).
③ 赵诚.甲骨文简明词典[M].北京:中华书局,1988:306-307;张玉金.殷墟甲骨文代词系统研究[M]//文史:第42辑.北京:中华书局,1997.既然"我"多数情况下用为复数,那就说明也有例外,学者就举非王卜辞中有时"子"自称时就用"我"字,参见:常耀华.殷墟甲骨非王卜辞研究[M].武汉:线装书局,2006:66.
④ 张玉金.殷墟甲骨文代词系统研究[M]//文史:第42辑.北京:中华书局,1997.

从功能上说,商王的自称之词,用"余"就可以了,那为何还要有"余一人"之称呢?这说明两者之间还是有差别的。这样的复指结构,说明"余"之外的"一人"有专门需要强调的内涵。比如,在有的卜辞辞例中,我们可以看到作为商王自称的"余"和"余一人"同时出现。像第五期黄组有卜辞如:

甲戌,王卜贞:舍巫九靁,蠹①盂方率伐西或(国),舁西田,卲盂方,妥余一人,余其比多田,邲正盂方,亡左自上下于歔……
——《甲骨文合集补编》(以下简称"《合补》")11242(《甲骨文合集》36181+《甲骨文合集》36523)

此例胡厚宣先生撰文时尚无缀合,仅见"余一人",且个别辞句还有误读。现与《甲骨文合集》(以下简称"《合集》")36523 缀合,较为完整,文意基本贯通。而且,缀合后出现"余其比多田(甸)"句("余其"二字恰在《合集》36523),然则"妥余一人""余其比多田",作为商王自称的"余"和"余一人"同时出现。这就说明,虽然同为商王自称,但两者还是有所区别,或者说"余一人"作为商王的自称,有超出"余"作为人称代词的功能。另外一个明显的例证是,殷墟王卜辞中商王自称"余"的例子几乎是海量的,而"余一人"(包括"一人"),虽然前举胡厚宣先生文搜集的绝对数量也是不少的,但相对商王单称"余"的数量仍然差距悬殊。这更加清晰地说明,当时"余一人"的使用是有特定场合的。这种场合或承担功能的不同,其实主要是由"余一人"中的"一人"来体现,而"一人"也正是我们理解"余一人"本义的关键。

卜辞及早期文献中,单说"一人",它既可以是实指义的数量词,即"一个人"。同时,"一人"也可以用为特指,即专指君王。当然,用为特指王的"一人",同时又有实指义,即强调王"一个人",凸显其唯一性。正因为兼具特指、实指义,所以我们看到晚至西周文献的中单称"一人"时,既可以指普通的"一个人",也可以指"王"。如《尚书·顾命》提到"一人冕,执刘",此为泛指义的"一人";又云"一人钊报告",此为特指义的"一人",即康王。当然,作为"余一人"复合结构中的"一人"显然用其特指义,即"王"的代称。因此,虽然卜辞、铜器铭文及文献中不乏与"余

---

① "蠹"字考释参:蒋玉斌.释甲骨金文中的"蠹"[C]//"出土文献与学术新知"学术研讨会暨出土文献青年学者论坛.吉林:吉林大学,2015. 又可参:刘源.周承殷制的新证据及其启示[J].历史研究,2016(2).

一人"格式类似的"女一人"(《合集》2792)、"女二人"(作册令方彝,见《殷周金文集成》(以下简称《集成》)9901)、"我二人"(《尚书·君奭》)之类称呼,但从内涵上讲,"余一人"的"一人"乃特指,但上述称谓中的"一人""二人"乃泛指,二者是不能相提并论的。这实际上还说明,"一人"作为王的特指义,是很早就凝固的。实际上,作为商王的指称,卜辞中更多的还是不加"余",而径用"一人"的例子(参见后文),于此更可见一斑。学者或注意到作为商王自称的复合结构,"余一人"从形式上讲还没有完全凝固:大盂鼎铭文中"余"与"一人"之间还可嵌入其他成分作"余乃辟一人",新出四十三年逨鼎甚至还称"余我一人"[①]。不过,虽然"余一人"结构长期没有凝固下来,但"一人"作为特称却是很早就凝固的[②]。这也说明,在"余一人"结构中,真正具有实质意义的是"一人",即作为特指义的王的代称。虽然殷墟卜辞中也有为数不少的"子卜辞",而且这些"子"自称时也用"余",但"子卜辞"中之"子"却并不自称"余一人",这既说明"余一人"结构中的"一人"的特指义,也说明作为同位复指的"余一人"称呼确实多为"王"所专有。诚然,用为王专称的"一人",同时又有实指义,就是指王"一个人",强调"唯一"性。不过,这种强调"唯一性"的"一人"究竟是要表达如胡文所说的唯我独尊的"专制""独裁",还是要彰显传统谦称意义上的"势单力孤",这才是本文要重点讨论的。

既然卜辞及上举《顾命》所见不加"余"时单纯的"一人"已经可以指"王",这还逻辑地引出另一个问题,那就是"余一人"与"一人"既然都是指"王",它们有何不同呢?对此,学者多已指出,甲骨卜辞中,作为特指义的"一人"多用为他称,是他人称呼商王[③],而"余一人",则多用为王之自称。问题是,君王称呼自己是否就一定要在"一人"前加个"余"构成"余一人"呢?前举《白虎通·号》篇云:"王者自谓一人者",甚至也可以略去"余"不计,从这里来看,王者自称,"一人"也是可以的。关于这一点,还有个很特殊的例子。《尚书·秦誓》云:"邦之杌陧,曰由一人,邦之荣怀,亦尚一人之庆。"虽然该篇主要是秦穆公的口吻,但这里的两处"一人"未必就是秦穆称呼自己。从上下文来看,此处秦穆公主要是讲一国的君主是该国祸福安危之所系,这里的"一人"在秦穆的口中实际上也变成了"他称":此处的"一人"实际上可以泛指各国的君主。当然,秦穆公的话暗示他毫无疑问也

---

① 刘怀君,辛怡华,刘栋. 四十二年、四十三年逨鼎铭文试释[J]. 文物,2003(6):20-21.
② 前揭李香平文引唐钰明先生说已指出此点。
③ 蒋玉斌先生亦有此意见,参氏著:蒋玉斌. 殷墟子卜辞的整理与研究[D]. 长春:吉林大学,2006:124. 从文献中来看,君主自称用"一人"也并非没有。《吕氏春秋·顺民》提到商汤的话,"万夫有罪,在余一人。无以一人之不敏,使上帝鬼神伤民之命",这里"余一人"和"一人"都出自汤之口。

是这种特指义的"一人"。上述讨论再次证明：在"余一人"结构中，真正具有实质意义的是"一人"：作为他称，别人用此称指代商王是没有疑义的。同样，王之自称，在特殊情况下也可以径用"一人"，加上"余"只是起到强调作用。

对于"余一人"与"一人"的区别，上举胡厚宣先生文认为有一个从早期"一人"到后来"余一人"的历时性发展过程。其实，如果我们明了"余一人"结构中"一人"才是真正具有实质意义的，那么前面加上商王第一人称的"余"，构成同位复指的结构"余一人"，本来就是很自然的，并不存在先有"一人"，然后还要经过一段时间发展才能有"余一人"这样的进化过程。何况，如前所说，"一人"与"余一人"，只是功能上二者有他称和自称的区分，而并无什么先后发展的问题①。学者则指出早期卜辞中即有"余一人"之称（《合集》20328 及《英国所藏甲骨文集》（以下简称"《英藏》"）1925 二例）②。其实，卜辞之外，传世文献中商王早期称"余（予）一人"的例子本来就有很多。如《国语·周语上》引《汤誓》云"余一人有罪，无以万夫"，《史记·殷本纪》引《汤誓》，"尔尚辅予一人，致天之罚"。《论语·尧曰》"（汤）百姓有过，在予一人"，以上都是商汤的口吻。再如《盘庚上》有"听予一人之作猷""国之不臧，则惟余一人是有逸罚"，《盘庚中》也有"暨予一人猷同心"，《盘庚下》也说"协比谗言予一人"，这些都是出自盘庚之口。上述传世文献中的商汤或盘庚称"余（予）一人"辞例，其实胡文也多有引述，不过可能是过于专注于卜辞辞例，遂致形成从"一人"发展到"余（予）一人"这种进化论理解，现在看来，无疑是需要纠正的。

二、卜辞中"（余）一人"用例及其含义

经胡先生清理，共得 34 条"一人"或"余一人"辞例。胡先生的后一文写成于 1975 年，对当时卜辞最新资料利用到了小屯南地甲骨（《小屯南地甲骨》（以下简称"《屯南》"）726）。自那以后，殷墟卜辞虽然有花园庄东地这样的大宗发现，但其中却并未见"余一人"之类材料。因此可以说胡先生对于卜辞中"一人"或"余一人"资料的搜集还是相当全面的。当然，也不排除偶有失收之例。如罗琨先生在论商代战争与军事时举出《合集》第 36514 片，实亦含"余一人"材料③，就不见

---

① 蒋玉斌先生亦有此意见，参氏著：蒋玉斌. 殷墟子卜辞的整理与研究[D]. 长春：吉林大学，2006：124.
② 李香平. 重释"余一人"[J]. 考古与文物，2003(1).
③ 罗琨. 商代战争与军制[M]//宋镇豪. 商代史. 卷九. 北京：中国社会科学出版社，2010：328.

于胡文。再如《合集》4998卜辞云:"……贞:余一人其有……"亦为胡文失收①。不过,总体上讲,能增补的并不多。且即以上举胡文失收的两例来看,亦不出我们下文将要提到的几种类型,并不影响讨论。当然,由于新材料的发现,胡文中的个别"余一人"材料也不乏能够重新缀合,因此在可通读性上也要胜过往昔,这一点下文会随文指出。由于卜辞著录条件的变化,本文所用卜辞辞例皆以目前通行的著录方式为准[如《合集》《英国所藏甲骨集》(以下简称"《英藏》")、《怀特氏等收藏甲骨文集》(以下简称"《怀特》")等]。

如果通盘考虑胡文搜辑及上述失收的卜辞"一人"或"余一人"辞例,我们会发现尽管它们都系向神灵卜问吉凶,但就场合而言,其中又显出细微的差别,根据这些差别,我们可以把上述36个用例分成四大类:

第一类,是在"有求(咎)"或有异象的前提下,卜问是否会对"一人"或"余一人"即商王有什么灾祸。或者只是泛泛地问对商王这个"一人"有无灾祸。这一类在所有用例中共有27例,占到75%的分量,比重最大,最为引人注意。

第二类,是在祭祀先祖时卜问会不会对"余一人"即商王会有什么忧咎。这一类只有3例,占8.3%。就性质上讲,这一类其实与第一类有类似性,因此可以合并讨论。

第三类,则是在某些具体的事件中,很多时候还多是商王国的对外征伐中就他人(族)与"余一人"即商王的关系进行卜问,这样的有5例,占13.9%,这一类主要见于晚期黄组卜辞。

第四类,是当商王与大臣充当贞人但出现不同占卜结果时,对于到底是不采用商王的占卜,还是不采用大臣的占卜进行卜问。这种情况只有1例,非常特殊。

(一)商王忧咎类卜辞

前两类由于所占比重最大,且性质近似,我们可以合并分析。关于在"有求(咎)"或者异象的前提下,卜问对商王有没有忧祸,其常见辞例如:

1. 乙亥,贞:有求(咎)……〔一〕人……　　　　　《合集》1067

---

① 另外,《甲骨文合集》34086旧释"癸未贞:六旬有求(咎),不于妣田(忧)",其中"妣"字实是"人"字误释,学者进而认为此处实是"一人"而漏刻"一"字,果如斯,则此条亦属"一人"辞例(以上情况可参:黄天树.殷墟王卜辞的分类与断代[M].北京:科学出版社,2007:173-174;刘源.谈一则卜辞"刮削重刻例"及一组历宾同文卜辞[J].南方文物,2015(3).为谨慎计,我们没有将此条算入"一人"辞例计数)。

2. 乙亥卜，争贞：王束有求（咎），不于〔一〕人囚（忧）。　　　　《合集》4978
3. 癸酉卜，贞：旬有求（咎），不于一人……　　　　　　　　　《合集》4979
4. 癸未卜，旬有求（咎），〔不于〕一人囚（忧）。八月。　　　　　《合集》4980
5. ……亥〔卜〕，贞：旬〔有〕求（咎），亡于一人……　　　　　《合集》4983
6. ……未，贞：……求（咎）……一人囚（忧）。　　　　　　　《合集》34085
7. 卯卜，贞：…有求（咎），才（在）……不于一人囚（忧）。　　《英藏》1557
8. 癸巳〔卜〕，㱿贞：……有求（咎），不于一〔人〕囚（忧）。九月。

《怀特》737

上述卜辞虽多有残损，但根据上下文，它们大多都应该属于"'有求（咎）'——'不（亡）于一人囚（忧）'"格式。至于泛泛地问是否对"一人"有灾祸的例子，如：

9. ……贞：其于一人囚（忧）。　　　　　　　　　　　　　　《合集》557
10. ……贞：不于一人……　　　　　　　　　　　　　　　　　《合集》4982
11. ……贞：余一人其有……　　　　　　　　　　　　　　　　《合集》4998

上述卜辞中都多用"一人"（第11条例外），这也就意味着其中的"一人"多为他称，是他人指称商王。那这些卜辞中用"一人"有什么特殊的必要性或者有什么特殊的含义吗？恐怕未必。实际上，其中的"一人"只具简单的指代功能，并无什么特殊意义。换句话说，这些辞例中的"一人"直接换成王也是可以的，如：

12. 癸卯，贞：旬有求（咎），王无囚（忧）。　　　　　　　　《合集》32970

第12例中的"有求（咎），王无囚（忧）"，与上举"'有求（咎）'——'不（亡）于一人囚（忧）'"的模式基本一致。只不过，"一人"换成了"王"而已。这也说明"一人"在"'有求（咎）'——'不（亡）于一人囚（忧）'"的模式中，仅仅是简单的指代词，并无非用不可的必要性。我们甚至可以说这些辞例中用"一人"是随机、偶发的事例。应该指出的是，上举卜辞的2.3.4.5.例干支极近，很可能系在相对集中的时间内所为，亦显示这些"一人"用例的时效及偶发性。当然，上述辞例中的

"一人"作为他称,在时人眼里没有疑问是指代商王的。而且,从这些例子中我们也看不出臣下指称"一人"商王时有什么"专制"或"独裁"的意味。因为臣下在"有求(咎)"的前提下为"一人"商王卜问吉凶,却还要凸显商王的"专制"或"独裁",实在是不合情理。如上所云,他们称"一人",只是一个简单的指代词,此外并无深义。至于祭祀先祖时卜问对"余一人"有无忧祸,则同样如此:

  13. 癸丑卜,王曰贞:翌甲寅乞酚耏自上甲衣(卒)至于毓,余一人亾囚(忧)。兹一品祀,在九月,冓(遘)示癸髜奭。　　《英藏》1923
  14. 癸未卜,王曰□:甲申□自上甲至□,余一人□□。　　《合集》41028
  15. 己酉卜,王曰贞:叀余一人自取祖乙□于止若。　　《合集》23721

关于当异象发生,卜问对"一人"有无忧祸的材料,有两例:

  16. ……卜,贞:……鸣,不……一人囚(忧)。　　《合集》4981
  17. 壬寅,贞:月又戠,王不于一人囚(忧)。　　《屯南》726

第16例中的"……鸣",当系鸟鸣之类异象,情形与《尚书·高宗肜日》"雊雉"类似,卜问在此情况下会不会对商王有什么忧咎。第17例中的"戠",胡先生释为"埴",意思是变赤,但现在多或释为月食①,总归也是一种异象。当这种异象出现的时候,又引起会不会对王这个"一人"有忧祸的卜问。上述异象发生情况下的"一人"辞例,也看不出专制或独裁意蕴,因为在异象发生时,君王往往也都是惴惴不安的,故而才会有忧祸的卜问。《尚书·高宗肜日》篇中虽没出现"余一人"或"一人",但当出现"越有雊雉"的异象时,祖己首先想到的也是训诫"王",告诫王要谨慎行事,尤其是强调要"王司敬民",我们觉得这种逻辑其实与卜辞中"有求(咎)"——"不(亾)于一人囚(忧)"的套路也是一致的。为何异象的情况只针对君王,或者只有君王"一人"害怕呢?前举胡文说:"但他作为一国之王,所关心的不是整个国家,不是全国的人民,也不是其他的那一个,而是他自己这独自一个人。用甲骨占卜,其所贞问的仅仅是他自己这一个人会不会有什么灾祸。"学者虽不同意胡文概括的"独裁""专制",但也说这反映了商王的"自私软

---

① 李学勤. 夏商周年代学札记[M]. 沈阳:辽宁大学出版社,1999:79.

弱恐惧"①,所谓的"自私""软弱"说其实与胡文的"所关心的不是整个国家,不是全国的人民……而是他自己这独自一个人"并无二致。我们认为卜辞及文献中之所以异象发生要与君王而非其他人的祸福关联,以下文献记载才是理解的钥匙:

> 余一人有罪,无以万夫;万夫有罪,在余一人。(《国语·周语上》引《汤誓》)
>
> 国之臧,则惟女众。国之不臧,则惟余一人,是有逸罚。(《尚书·盘庚》)
>
> (武王)虽有周亲,不若仁人。万方有罪,维予一人。(《墨子·兼爱中》引《传》)
>
> 汤乃以身祷于桑林,曰:'余一人有罪,无及万夫。万夫有罪,在余一人。无以一人之不敏,使上帝鬼神伤民之命。'(《吕氏春秋·顺民》)

这类记载有两个共同特点:一是这些例子中王也是多称"余(予)一人",这点与卜辞所见可谓一致;二是这些例子都是说国家有难或者出现负面情况时,总是要由王这"一个人"承担,而非什么其他的人。尤其是后者,这里的"余(予)一人",不但不是什么"专制""独裁",反而是"受气包"——总是要为"国之不臧""万方(夫)有罪"之类负面情况负责。就像《左传·庄公十一年》所记鲁国臧文仲的话:"禹、汤罪己,其兴也悖焉。"此外,《左传·宣公十五年》所谓"国君含垢,天之道也",以及《老子·七十八章》"受国之垢,是谓社稷主",可以说表达的都是这种意思。这种观念正可以解释何以卜辞中一旦"有求(咎)"或异象发生,首先是"王"要担惊受怕,并有相应的忧戚卜问:在时人的观念中,为国家治理首负其责的,正是"王"这样的"一人",而异象又正是作为国家治理不好的暗示。关于君王要为天下治理不善负责任的观念,西周铜器铭文同样有见,而且也用的是"余一人",如宋人著录之塑盨云(《集成》4469):

> ……有进退,雩邦人、正人、师氏人,有罪有故(辜),廼协俑即汝,乃绦宕,俾复虐逐厥君、厥师,廼作余一人咎……勿使暴虐纵狱……

---

① 李香平.重释"余一人"[J].考古与文物,2003(1).

此例周天子同样称"余一人"。此铭前部残缺,且文辞古奥,不易尽晓。其中的"虐逐厥君、厥师",郭沫若径释为厉王奔彘[1],过于具体。窃以为杨树达先生于此解说似更洽,杨说略谓:"若对于邦人及长官军旅之部属有罪过者宽纵不治,则彼等将益无所畏忌,进而虐逐其君长,于是乃为余一人之咎过也"[2],杨氏所释之"咎",实当释"怨"(见下)。也就是说,此处"迺作余一人怨",当理解为:臣下有过错,国家治理得不好,就会导致对周王的怨恨,这还是表明周王自己要"一个人"承担责任。类似观念还见于眉县杨家村四十三年逨鼎,其铭云:"……毋敄橐,敄橐唯有宥从,乃务(侮)鳏寡,用作余我一人怨,不肖唯死。"[3]"余我一人",显系"余一人"的繁构。其中的"怨",学者或释为"咎",但董珊先生释为"怨",裘锡圭先生同之,可从。其实,"作怨"乃古书习语。可资参照者,《尚书·康诰》云:"敬哉!无作怨",清华简《尹诰》亦云:"厥辟作怨于民",整理者以"悁"读如"怨"字,故"作悁"即"作怨",良是。《左传·僖公九年》"三怨将作"及《左传·昭公八年》"怨讟并作",均是本之"作怨"格式,而稍变其结构。益知此铭之"作余我一人怨"与上塑盨之"作余一人怨"均当为"作怨"稍显繁复的表达。尽管"乃侮鳏寡"前两句相关语词不能确识,但与"乃侮鳏寡"一样,也应该是负面的情况,也就是国家治理得不好。此时,王认为又要自己承担责任:"用作余我一人怨"。然则,从卜辞、上举铜器铭文及文献的记载看,都是说国家有难,或者治理得不好,就会给王招来怨恨,或者说首先要王这个"一人"来承担责任,商周两代的这种观念还是一贯的。反观上文的"有求(咎)——不于一人因(忧)"模式:为何"有求(咎)"的时候总是要卜问王这个"一人"有无忧患?依上述王要为天下治理负责的观念,上述卜辞的表述方式就不是偶然的。这些例子中之所以用"一人"或"余一人"指代"王",它们并不是要强调专制或独裁,主要还是想强调为治理国家负责的是"王"这样的"一人"。

(二)他人(族)与"余一人"关系类卜辞

此类多见于晚期的黄组卜辞,其典型例子如:

1. 甲戌,王卜贞:畲巫九礼,蠢孟方率伐西或(国),羿西田,㭨孟方,妥

---

[1] 郭沫若.两周金文辞大系图录考释:下[M].上海:上海书店出版社,1999:141.
[2] 杨树达.积微居金文说[M].北京:中华书局,1997:123.
[3] 刘怀君,辛怡华,刘栋.四十二年、四十三年逨鼎铭文试释[J].文物,2003(6).

余一人,余其比多田,甾正盂方,亡左自上下于毆……

《合补》11242(《合集》36181+《合集》36523)

2. 丁巳,王卜贞:舍巫九备,盠夷方率伐东或(国),东鄙东侯,晋夷方,妥余一〔人,余其〕比多侯,亡左自〔上下〕于毆,余受有佑。王占曰:大吉……,王彝在……

《合集》36182+《殷墟甲骨辑佚》(以下简称"《辑佚》")690

3. 乙亥,王卜:……眾厳方……妥余一人……自上下于毆……告于大〔邑商〕。

《合集》36966

4. ……余一人,……田,甾正盂方,自上下于毆…… 《合集》36514

上举卜辞第2条当初胡先生所据即《合集》36182,该片残损过甚,存字无多,几不成读。可喜的是,晚近《殷墟甲骨辑佚》公布之690,李学勤先生将其与《合集》36182成功缀合①,文意贯通,基本可以通读。上述4例前3例均作"妥余一人",第4例虽仅存"余一人",但从卜辞性质及上下文看,很有可能亦作"妥余一人"。然则"妥余一人"何义?上述卜辞晚近学者虽多有讨论,但于"妥余一人"却未见有说。我们认为"妥余一人"之"妥"当读为"绥"②,理解为"安定":"绥"训为"安"经籍习见,不劳烦证。而且,西周铜器铭文中亦有与"妥余一人"近似之辞例,如师询簋(《集成》4342)铭文云:"乡(向)汝及父恤周邦,绥立余小子……敬明乃心,率以乃友捍御王身。""余小子"乃铜器铭文中周王习用自称,师塑鼎(《集成》2830)且云:"惟余小子肇淑先王德,赐汝玄衮……用型乃圣祖考,事余一人,"将"余小子"与"余一人"并举③,因此这里的"绥立余小子"与卜辞的"妥余一人"可谓绝类。师询簋此处铭文是王谆谆告诫师询要辅弼、安定自己,下文的"率以乃友捍御王身"则说得则更为直白。传世文献中亦有与师询簋相近之辞例,而且亦涉"一人"辞例,如:《尚书·文侯之命》:"……曰惟祖惟父,其伊恤朕躬!呜呼!有绩予一人永绥在位。""伊恤朕躬"与师询簋的"恤周邦","予一人永绥在位"与师询簋的"绥立余小子"辞例均非常接近。特别是后一组,从句式上来讲,只不过一主谓、一动宾而已。然则,无论是卜辞还是金文、传世文献中,这种语境下的

---

① 段振美,焦智勤,党相魁等.殷墟甲骨辑佚[M].北京:文物出版社,2008:89,151.又可参:李学勤.论新出现的一片征夷方卜辞[M]//李学勤.文物中的古文明.北京:商务印书馆,2008:134.
② 前揭蒋玉斌《释甲骨金文中的"蠢"》一文已直接将此字释为"绥",良是。
③ 《逸周书·尝麦解》《祭公解》两篇中王之自称均并见"予小子"与"予一人"。

"余一人",都是说要求大臣、诸侯们要辅弼、襄助王这个"一人",这种意思是否就是"专制""独裁"呢?我们认为亦非。首先应该指出的是,铜器铭文中周王自谓"余小子",显系谦称,这其实已经为我们理解"余一人"及卜辞的所谓"妥余一人"提供了参照。其次,从上下文语境看,《合补》11242 及《合集》36182 是讲当西方的盂方和东方的人方来犯时,商王分别让西方的"多田(甸)"和东方的"多侯"帮助自己讨伐盂方和人方,所以下文又分别说"余其比多田(甸)""余其比多侯",其中之"比"即有联合、配合之义①。只有这样才能"妥余一人",意谓使我一人安定。坦率地讲,在所有涉"(余)一人"卜辞材料中,这两条材料中的"余一人"最有"专制"或"独裁"模样,因为事涉征伐,而且涉及商王与地方诸侯的关系。但细加分析,情况其实并非如此。就国土结构及国家形式上讲,虽然我们应当承认卜辞中的"多侯""多田"与商王是隶属关系,但这种隶属关系还是相对松散和脆弱的,较之郡县制下的垂直统摄无疑还有很大的距离。另外,类似卜辞"妥余一人"所表达的要求大臣、诸侯们要辅弼王这个"一人"之类意思,其实文献中还所在多有,如:《诗经·大雅·烝民》:"夙夜匪懈,以事一人。"清华简《皇门》:"夫明尔德,以助余一人忧。"清华简《祭公》:"逊揸乃心,尽付畀余一人。"清华简《周公之琴舞》:"桓称其有若,曰享会余一人②,思辅余于艰。"清华简《说命下》:"弼羕月延,复余一人。"清华简《封许之命》"以勤余一人"。这些辞例是否就能说明王是"专制""独裁"的呢?笔者以为,这些辞例之所以用"余(予)一人",主要还是想突出对国家治理负责任人数之少——只有王这样"一人",因此才需要大臣辅弼。这种意义上王自称"余一人",其实与诸侯们称"孤"道"寡"是一样的③,《老子》所谓:"侯王自谓孤、寡、不穀"(三十九章)、"人之所恶,唯孤、寡、不穀,而王公以自称"(四十二章),"孤"与"寡"明显也有"少"义。既然如此,我们觉得传统说法指"一人"或"余一人"本为谦称,还是有道理的,这种谦称除了指王"才能仅当一人"——这是客观的局限;它更主要的意思,恐怕还是想强调国之万千政事交由君王一人处理的艰巨性。面对政事之巨,君王一人无疑是势单力孤的。我们认为这才是其称"余一人"的真实背景,也是为何格外强调"一人"需要臣下辅助的

---

① 参见:林沄.甲骨文中的商代方国联盟[M]//林沄.林沄学术文集.北京:中国大百科全书出版社,1998:73.刘源.殷墟"比谋"卜辞补说[M].古文字研究:第27辑.北京:中华书局,2008:111.
② 其中"会"字原释"答",此从陈剑之释,参见:陈剑.清华简与《尚书》字词合证零札[G]//出土文献与中国古代文明——李学勤先生八十寿诞纪念论文集.上海:中西书局,2016:211.
③ 清代学者陈立即已指出,参见:陈立.白虎通疏证[M].北京:中华书局,1994:47.另外,李学勤先生也指出此点,参见:李学勤.日月又音戈[M]//李学勤.夏商周年代学札记.沈阳:辽宁大学出版社,1999:79.

原因。《逸周书·芮良夫解》还借芮良夫之口把君王"一人"之势单力孤明白揭示:"民至亿兆,后一而已,寡不敌众,后其危哉!"其中的"后",即指君王,《尚书》等文献中习见。在"后一而已,寡不敌众"的情况下,"后其危哉"明显是一种战战兢兢、如履薄冰的心态,因此"余一人"或"一人"只可能是谦称,"专制"或"独裁"则是很难想象的。而从另一方面说,既然王有势单力孤的自知之明,就需要诸侯、大臣从旁协助,因此这种需求也是很现实的,同样无关什么"专制"或"独裁"。天子知力之未足,故需要大臣分忧,而分忧实际等于分权,但天子对此却并无忌惮,这与后世专制皇权对此的警惕性不可同日而语。凡此都表明"余一人"绝不可能指"专制"或"独裁",而只可能是谦称。

(三)商王与大臣充当贞人类卜辞

如上所述,这类卜辞只有1例,,属于学者所称的"圆体类"卜辞:

壬申,弜贞:不【择】……　二　　　　　　　　　《合集》21894
壬申,唯一人贞:不择。　二　　　　　　　　　　《合集》21893

《合集》21893这条卜辞为胡厚宣先生讨论"余一人"问题时首先引用的材料,当时没有缀合,此辞不知所云。最近学者将其与《合集》21894缀合,并就分辞与读法进行了很好的分析①,甚有理据。经此缀合,这两则卜问实际形成对贞:就是卜问当"一人"即商王的占卜与贞人弜结果不同时,到底选择哪一个。在这一例中,"一人"同样仅仅是商王区别于弜的指称代词,并无什么特别的含义。不仅如此,这一例反倒说明:当商王与其他大臣作为贞人卜问时,商王的贞问并不因为他是王就特别可信,他与一般贞人的卜问是平等的,同样说不上什么"专制"或"独裁"。

综上可见,就目前所知的涉及"余一人"或"一人"的卜辞辞例看,基本看不出商王有"专制"或"独裁"之义。比重最大,占到三分之二强的"有求(咎)——不于一人田(忧)"模式,都是在负面情况时想到商王这个"一人",其实更多是证明了商代王权对国家的治理责任。黄组卜辞中涉及征伐的卜辞,其"余一人"用例也只是说明在当时商王国尚处于邦国联合体的情况下,商王需要借助其他邦国的力量才能讨伐叛乱、安定自己,同样不能说有什么"专制""独裁"的含义。因此,

---

① 蒋玉斌.殷墟子卜辞的整理与研究[D].长春:吉林大学,2006:123-126.

旧说"余一人"表谦称还是对的,其含义其实与诸侯称"孤"道"寡"类似。

三、"余一人"使用范围问题:是否是"王"的专称

既然"余一人"非"专制""独裁",仅是谦称,那随之而来的问题是:是否只有"王"可以用呢?依前举《白虎通·号》篇的说法"王者自谓一人者",似乎不是问题。但既然"余一人"本系谦称,就性质来讲与诸侯的称"孤"道"寡"并无二致,然则就使用范围来说,诸侯们是否也可以自称"余一人"呢?上文曾举《秦誓》中秦穆自比"一人",学者或以为这是秦穆僭越,言下之意,就是说这个称呼只有王可以用。就目前卜辞中所见材料看,确实只有王可称"(余)一人"。事实上,我们在甲骨卜辞中也确实没发现商王之外的什么人还可称"余一人"。子卜辞中之"子"尽管地位显赫,但同样未见用此称,这似乎能支持上述看法。不过,子卜辞中之"子"虽然地位显赫,且多与商王关系密切,但他们政治上只是臣属。换言之,他们并不承担对整个商王国的治理责任(而商王则不然),因此不用此称其实是很自然的。而"余一人"是否王之"专称"的问题真正要搞清楚的,是这一称呼对于商王下面的诸侯国国君是否适用?但目前所见商代卜辞基本上都是商王或从属于商王的"子卜辞",还未见地方邦国的类似第一手材料,所以只能就传世文献略作推阐。

学者指《秦誓》中秦穆称"一人"系僭越,可能主要源于《左传·哀公十六年》(公元前479)孔子去世,哀公作诔文称:"旻天不吊,不憖遗一老。俾屏余一人以在位,茕茕余在疚。"这里的"俾屏余一人以在位"与上举《尚书·文侯之命》的"有绩予一人永绥在位",以及《逸周书·尝麦解》的"尔执以屏助予一人"均极类。但《文侯之命》《尝麦解》中之"予一人"均是天子自称,故子贡对哀公提出批评,认为"称一人,非名也"。但更早的春秋中期的叔夷镈(钟)云:"女敷余于艰卹,虔卹不易,左右余一人。"这里的"左右余一人"与前举文献及铜器铭文中要求大臣辅弼君王,可以说又是绝类。据学者通行的看法,此器年代约在齐侯灭莱不久,而齐侯灭莱案之《春秋》《左传》,事在鲁襄公六年,即公元前567前,比鲁哀诔孔子早了将近一个世纪,此时作为诸侯的齐侯同样可以称"余一人"。至于《秦誓》撰作时间,依《书序》是秦、晋崤之战不久,而崤之战在公元前627年;如依《史记·秦本纪》,则是秦人为报崤之役而"取王官及鄀""封崤中尸"之时,事在公元前624年,无论如何,比齐灵公灭莱又要早半个多世纪,但依然可以称"一人"。而且,上

文说过,《秦誓》中的"一人"还隐指他称,然则,能称"一人"的可能不止秦,因为从理论上说诸侯国的国君都有安定、治理自己国家的责任。周代的诸侯国,虽然名义上为周王臣属,但在自己的封国内,"行使起权力来,颇有类于天子"①,实际上成为相对独立的政治单元。在诸侯国这种相对独立的政治单元内,当然是只有国君这样的"一人"才对邦国治理负有直接责任,因此他们能称"一人"可能并不值得大惊小怪。

就上述所论看,我们认为诸侯国君是否都能称"一人",并不是一个应该从礼制方面理解的问题,关键还在于商周时期特殊的国家结构形式②:"王"虽然是天下共主,但在其疆域内,依然存在不少相对独立的诸侯国。这些诸侯国一方面臣服于"王",但另一方面在其封国内又拥有最高的权力。从治理责任上说,"天下"的治理,是"王"这样的"一人",而至于诸侯国的治理责任,显然系之诸侯国君这样的"一人"。换句话说,从更大的治理范围看,尽管"王"对诸侯可称"一人",但同样不妨碍在诸侯国内国君对其臣民同样可称"一人"。上举《左传·文公三年》引《诗·大雅·烝民》云:"夙夜匪懈,以事一人。"来赞美秦国的孟明能辅佐秦穆公这样的"一人",而《烝民》一诗中的"一人"本来是指当时周宣王的,这同样凸显周王和秦穆之于"天下"和"秦国"两个不同地域的治理责任。就像前举黄组卜辞中商王对"东侯""西田(甸)"称"一人",而前举秦穆、齐灵、鲁哀等人在其封国内亦称"一人",它们只是凸显了不同地域范围的治理责任,因此就无关于什么礼制上的僭越。子贡的莫名惊诧,可能已昧于"余一人"古义,或者说将此称谓赋予明显的等级色彩其实是后来的事。回头再来看商代的非王卜辞中的"子",虽然他们身份显赫,而且还与商王有密切的关系,但却未见这些"子"可称"余一人"或"余一子",这恰好证明他们对商代国家的治理并不承担直接责任,或者说在政治上他们只是从属性的。顺便还要提到周初文献中周公亦用此称。最明显的就是《金縢》云"能念予一人",《多士》亦有"予一人唯听用德""非我一人奉德不康宁"。《尚书·君奭》也说"故一人有事于四方"。今本《金縢》的"能念予一人"未见于清华简本,学者推测乃后世史家追叙前事时所拟,当属可信③。不过,《多士》中的两处"予一人""我一人"现在多认为就是周公之自称④。关于这种现象,当然可

---

① 赵伯雄.周代国家形态研究[M].长沙:湖南教育出版社,1990:103.
② 王震中先生将此特殊形式归纳为"复合制"国家结构,参见:王震中.中国古代国家的起源与王权的形成[M].北京:中国社会科学出版社,2013:471-476.
③ 杜勇.清华简《皇门》的制作年代及相关史事问题[J].中国史研究,2015(3).
④ 可参:顾颉刚,刘起釪.尚书校释译论[M].北京:中华书局,2005:1528.

以理解为周公确曾摄政"称王"。不过,假如我们将"一人"按照上文理解的对天下国家担负起责任的"一个人",那么在武王去世,成王尚幼的情况下,周公无疑就成为对治理天下负实际责任的"那个人",如此,其称"余一人"同样是很自然的。

论及于此,笔者觉得还有必要附带提及晚近新发现西周禺簋中的"余一子"材料。关于此铭及其中的"余一子",吴振武先生最早有过讨论①。今依吴先生文将相关铭文转录于下:

朕文考其巠(经)趞姬、趞白(伯)之德言,其竞余一子。

其中明确提到"余一子"称呼,对此,吴先生分析称:"显然,'余一子'的说法和'余一人'相类似。子对父而言,自得称'子'。从器主禺能摹仿天子的口气自称'余一子'来看,器主的身份恐亦不低,推想其当是小宗之长。"吴先生文对前举胡厚宣先生文重点引述,故而对此称的意义评价很高,认为系模仿天子口气,且器主可能系小宗之长②。稍晚于吴先生文,张懋镕先生对此器亦有讨论。张先生虽亦举卜辞及金文中多见"余一人",但却认为此"余一子"当与金文中常见的"余小子"类似,乃是谦称③。从上文对"(余)一人"的讨论看,我们认为张说是。正如学者所指出的,遣伯本系周王臣属,且禺父子的地位又要低于遣伯,很难想象他去模仿周王口气,进而认为此"余一子"与商周王自称的"余一人"未必有必然联系④。由我们上文所举卜辞中特指义的"一人"多指商王,且"余一人"多为商王自称,尤其是非王卜辞如花园庄东地材料中"子"既未见称"余一人",也未见称"余一子"的情况看,我们认为将此"余一子"与商周君主自称的"余一人"作合并理解很可能并不合适。鉴于前文指出的,即便是"余一人"之称至周代也并未完全凝固,我们认为此"余一子"之称,尽管形式上整饬,但内涵上可能是散文式的,即当理解为"我这样一个小子"⑤,也就是说它本为泛称而并非特指,与商周两代君主自称的"余一人"还是不同的。尤其是,作特指义的"一人"及商周君主

---

① 吴振武. 新见西周禺簋铭文释读[J]. 史学集刊,2006(2).
② 翟胜利先生亦赞同吴说,见翟氏:翟胜利. 中国国家博物馆近藏禺鼎、禺簋试析[J]. 中国国家博物馆馆刊,2016(3).
③ 张懋镕. 遣伯盨铭考释[M]//古文字与青铜器论集:第3辑. 北京:科学出版社,2010:49.
④ 参见:耿超. 禺簋铭文与西周宗妇地位[M]//朱凤瀚. 新出金文与西周历史. 上海:上海古籍出版社,2011:286.
⑤ 耿超将此称理解为"我这一个儿子",明显也是散文式的,参上举耿文。

自称"余一人"均强调对邦国或天下直接的治理责任,而反观冉簋自称"余一子"的器主,显然与此无涉,恐怕就愈加说明此"余一子"可能并无什么深义,不能将其与特指义的"余一人"比照理解。

[《历史研究》(CSSCI)2018 年第 2 期,第 171—181 页,1.5 万字]

作者简介:

  宁镇疆,男,1972 年 5 月生,山东省临沂市郯城县人。华东师范大学历史学博士(2002 年),上海市"曙光学者"(2010 年),国家社科基金重大项目《诗经》与礼制研究"子课题负责人(2016 年)。现为上海大学历史系主任、博士生导师、博士后合作导师、中国先秦史学会理事。

  代表性专著有《〈老子〉"早期传本"结构及其流变研究》(2007 年)、《〈孔子家语〉新证》(2017 年),前者获得上海市哲社二等奖(2008 年),后者获得第二十一届华东地区古籍优秀图书奖一等奖(2017 年)。论文《〈孔子家语〉与〈礼记〉"互见"关系研究——以孔子的言论背景为中心》获得上海市社科一等奖(2017 年)。在《历史研究》《中国史研究》《学术月刊》《道家文化研究》《汉学研究》(台湾)等海内外权威刊物发表论文数十篇,并有多篇被人大报刊复印资料全文转载。

由清华简《芮良夫毖》之"五相"论西周亦"尚贤"及"尚贤"古义

宁镇疆

摘 要 《芮良夫毖》中两次出现的"五相",其实就是清华简《皇门》中的"大门、宗子、迩臣"与"元武、圣夫"这五类人,他们是商周两代主要的辅政之臣。"五相"之中,"大门、宗子、迩臣"多系"世官",而"元武、圣夫"则往往是出身异族或身份低贱的人,其实即"尚贤"。这一则说明西周"世官"制下同样强调"尚贤","尚贤"之举并不待春秋之时或墨子鼓吹而始有;另外也说明:"尚贤"就其本义来说,其实是试图于"世官"之外别辟一用人通道,而贵族仕途中那种正常的晋升其实并不属于"举贤"范畴。

关键词 芮良夫毖 五相 皇门 世官 尚贤

一、《芮良夫毖》之"五相"解

清华简《芮良夫毖》之"五相"凡两见,即所谓"五相柔訨"和"五相不疆",对于"五相"的具体含义,迄今没有让人满意的解释。两处"五相"都在晚近学者讨论比较多的所谓"绳准"一段中:涉及该篇从简18至简24,具体内容从"德刑态纼"到"民用庆尽,咎何其如台哉"①。为讨论方便计,今参考诸家意见,将该段尽量以宽式释文具列如下:

德刑态纼,民所訃訨。约结绳准,民之关闭。如关柭肩管,绳准既正,而

---

① 学者讨论这一段时,多将前面的"天之所坏,莫之能支……"几句列入,刘乐贤先生怀疑前面的"天之所坏……"几句应该与上文连读,我们认为是可信的。参:刘文. 也谈清华简《芮良夫毖》跟"绳准"有关的一段话[M]//清华简研究:第2辑. 上海:中西书局,2015:137. 下引刘说均见该文。

> 五相柔訨,適易兇心,研甄嘉惟,盭和庶民①。政令德刑,各有常次,邦其康宁,不逢庶难,年谷纷成,风雨时至。此惟天所建,惟四方所祗畏。曰其罚时当,其德刑宜利。如关枊不闭,绳准失楔,五相不疆,罔肯献言,人容奸违,民廽口皋嚣,靡所屏依。日月星辰,用交乱进退,而莫得其次,岁乃不度,民用庪尽,咎何其如台哉!

这一段词义艰涩,自《芮良夫毖》篇公布以来,学者甚至就专论此段,如沈培、刘乐贤等先生②。王瑜桢给全篇作集释,但最后仍专门论到此段③,可见问题之复杂。当然,经诸位学者从不同方面的反复推求,个人认为该段整体叙述逻辑已趋厘清。这里可以引刘乐贤先生的看法为代表。刘先生认为,此段总体上可分三个部分:"第一部分是总述,提出'约结绳准'乃是'民之关闭';第二部分是正述,从正面讲述如果'约结绳准'得当,则会出现各种和谐局面;第三部分是反述,从反面讲述如果'约结绳准'失度,则会出现各种不良后果。"厘清三部分乃总、正、反述的表述逻辑,对于理解本文将要重点讨论的"五相"的含义是非常重要的。顺便说一句,依照这种表述逻辑,正、反部分开头的"如关枊肩管,绳准既正,而五相柔訨"与"如关枊不闭,绳准失楔,五相不疆"六个词组其实都应该是互为对反的主谓格式。如"绳准既正"对应"绳准失楔",那么自然"关枊肩管"也应该与"关枊不闭"相对,这样一来,"关枊"肯定是主语,而"肩管"也应该理解为动词④。同样,"五相柔訨"和"五相不疆"也应该都是主谓词组:"五相"是主语,"柔訨"与"不疆"分别说明"五相"的情况。明确"五相"是名词性的主语,是弄清其本义的基本前提。

关于"五相"的理解,目前主要有三种意见。其一是整理者赵平安先生认为"五"通"互",故"五相"即"互相"。但诚如黄杰指出的那样,"互相"一词辞气上稍显不古⑤。另外,如将"五相"理解为"互相",那就不是名词了,显然与上面的表述逻辑龃龉。实际上,如将"五相"理解为"互相",此句还找不到主语:无论"关

---

① "盭"字之释参:王瑜桢.《清华三·芮良夫毖》"颣"字考——兼释"盭和庶民"[C]//"第二十五届中国文字学学会国际学术研讨会"会议论文.台湾中国文化大学中文系,2014.下引王说均见该文.
② 沈说见:沈培.试说清华简《芮良夫毖》跟"绳准"有关的一段话[C]//出土文献与中国古代文明——李学勤先生八十寿诞纪念论文集.上海:中西书局,2016:177.下引沈说均见该文.
③ 王瑜桢.《清华大学藏战国竹简(三)·芮良夫毖》释读[M]//出土文献:第6辑.上海:中西书局,2015:184.(下引王说均见该文)。王氏最后讨论的18—19简,正在所谓"绳准"一段中.
④ 王瑜桢已将"肩管"理解为动词.
⑤ 黄杰.清华简《芮良夫毖》补释[M]//简帛研究.桂林:广西师范大学出版社,2015.

枑"还是"绳准",作为"互相"的主语都是不合适的。第二种意见是读为"五相",理解为五位辅佐的臣佐。如马楠认为"五相盖指朝廷重臣",并引《礼记·曲礼下》"天子之五官,曰司徒、司马、司空、司士、司寇……"比况①。黄杰也认为"五相"当指五位辅政者。还举出周、召二公"二相行政""黄帝得六相而天地治"(《管子·五行》)的例子。此外,桂珍明也同意"五相"之释,但又认为"不必实指某几位或某五位"②,与沈、黄二说又微有不同。第三种意见是以沈培先生为代表,认为当把"五"读为"午",午相即"旁午交错"。此外,曹建国以为当理解为"交互""纵横",与沈氏接近③。依此说,"午相"同样不是名词,它的问题其实与第一种说法是一样的。笔者认为,从上下文的语言环境来看,"五相"确实当指辅佐君王的人,但学者或以具体的职官解之,又太过指实。其实,这里的"五相"当即清华简《皇门》之"大门、宗子、迩臣"以及"元武、圣夫"这几类人,而非具体的职官。兹试为证之。

关于《芮良夫毖》之"五相"与清华简《皇门》"大门、宗子、迩臣"及"元武、圣夫"的关联,一个关键线索就是上述"绳准"一段在讲反面情况时说"五相不疆,罔肯献言"。该句的潜台词是:正常情况下,"献言"是"五相"的重要职能,现在"罔肯献言"了,才出现国家治理方面的一系列反面情况。我们再来看清华简《皇门》的表述。该篇提到"自(釐)臣至于又贫私子,苟克有(谅),亡不䛒达,献言在王所",其中同样提到"献言"。当"自(釐)臣至于又贫私子"这些人"苟克有(谅),亡不䛒达"时就能"献言"在王所。其中"䛒达"之"䛒",学者原多释为"禀",后陈剑改释为"遂"④,鄙意以为极当。陈氏对文献中"遂""达"并举之例多有检举。联系到《皇门》此处重在讲"自(釐)臣至于又贫私子"等臣佐辅弼君王,还可以补充证据如《逸周书·月令解》:"命司马赞杰隽,遂贤良,举长大。"这里也是讲选材任能,故所谓"遂贤良",实即"贤良遂",即让"贤良"能施展抱负,与皇门的"亡不䛒达"义同。实际上,作为辅弼君王的"自(釐)臣至于又贫私子",显然应该是"贤良"之材,因此《皇门》该句的意思显然是说,当"自(釐)臣至于又贫私子"这些人"亡不遂达",即都能施展抱负时,就能很好地辅佐君王治理国家,而他们辅弼天子的一大特征就是"献言在王所",而《芮良夫毖》篇恰恰提到当"关枑不闭,绳准

---

① 马楠.《芮良夫毖》与文献相类文句分析及补释[J]. 深圳大学学报,2013(1).
② 桂珍明. 清华简"训""毖"类文献研究[D]贵阳:贵州师范大学,2017.
③ 曹建国. 清华简《芮良夫毖》试论[J]. 复旦学报,2016(1).
④ 陈剑. 清华简《皇门》"䛒"字补说[M]//战国竹书论集. 上海:上海古籍出版社,2013:385.

失稽"这样的反面情况出现时,就"五相不疆,罔肯献言"。其中之"疆",整理者认为当理解为"勤",刘乐贤先生主张解为"劝勉""勉励"义,二说实相近,而前说更优。因此,《芮良夫毖》这句的意思就是说当"五相"不能勤勉于政事、施展抱负时(即《皇门》所谓之"嚚达"),就会出现"罔肯献言"的情况,此与《皇门》篇"献言在王所"显为一事。虽然《皇门》篇周公言说的背景是"二有国之哲王"时,但周公把前朝五类人辅佐治国作为典范,其实也说明周朝这五类人同样存在。这一点,我们从后面的"我王访良言于是人""呜呼,敬哉,监于兹""朕遗父兄及朕荩臣,夫明尔德,以助余一人忧"即可推知。关于两篇文献所谓的"献言",我们认为即文献中形形色色的"言谏"。如《国语·周语上》提到,"百工谏,庶人传语。近臣尽规,亲戚补察",其中"谏""语""规""补察"之类,其实都是"言谏",尤其是"谏""语"二者还都从"言"。又如《国语·楚语上》提到白公胜举殷王武丁让傅说等贤臣"朝夕规、诲、箴、谏"①,还提到"齐桓、晋文"之所以成功,就因为"近臣谏,远臣谤,舆人诵,以自诰也"。《芮良夫毖》下文也提到,"胥训胥教,胥箴胥诲",所谓"规""训""诲""箴""谏""谤""诵""诰",它们要么是从"言",要么就是语体,其实都应该是《皇门》《芮良夫毖》篇所谓的"献言"。顺便要提到,《皇门》下文还提到"至于厥后嗣立王"时,弊政丛生,就在于"不肯惠听无辜之辞",这还是强调"献言"的重要。当然,对于"言谏",君臣双方负有不同责任。《皇门》下文称"我王访良言于是人,乃维作诟以答":所谓"访良言",即求"言",这是从君王的角度上说;而"乃维作诟以答",这是从臣下的角度上说。"诟"亦从"言",但显然是贬义的。这样的"言"就无法起到辅佐、匡政的作用,因此"俾王之无依无助"。关于谏言对辅佐君王的重要性,《国语·郑语》"择臣取谏工",所谓"谏工"其义不言自明。述盘铭文在提到"皇亚祖懿仲"时也说他能"匡谏言"②,因此就能够"匍保"孝王、夷王,这同样把谏言之于辅政的重要性,说得很清楚了。最近清华简第六辑之《郑文公问太伯》中太伯还引古人有言云:"为臣而不谏,……"就如何如何,下文还说孔叔等四人及詹父的作用是:"方谏吾君于外""内谪于中"③。无论"谏"还是"谪",都当是对于治国理政非常重要的"献言"。

既然《芮良夫毖》的"五相"和《皇门》之"自(釐)臣至于又贫私子"都职司"献

---

① 《左传·襄公十四年》云:"箴谏,大夫规诲、士传言,庶人谤。"与此类似。
② "匡"字之释参:李学勤. 眉县杨家村新出青铜器研究[M]//中国古代文明研究. 上海:华东师范大学出版社,2005:141.
③ 李学勤. 华大学藏战国竹简(六):下册[M]. 上海:中西书局,2016:119,125(甲、乙本).

言"或谏言的职能,他们要么就是同一类人,要么在职能上有类似性。《芮良夫毖》的"五相"具体到"五",比较指实,而后者的"自(鳌)臣至于又贫私子",其"自……至于……"的表达方式,从文例来看显然是指从高的"(鳌)臣"到低的"又贫私子"这样一个明显有范围概念的"一类人"或"一群人"。然则,"自(鳌)臣至于又贫私子"到底指的是哪些人呢? 兹将《皇门》篇与"自(鳌)臣至于又贫私子"有关的上下文移录于此,以窥究竟:

> 我闻昔在二有国之哲王,则不共于卿,乃隹大门、宗子、迩臣,楙扬嘉德,乞有宝(孚)以助厥辟,勤卹王邦王家。乃方求选择元武、圣夫,羞于王所。自(鳌)臣至于又贫私子,苟克有(谅),亡不遂达,献言在王所。是人斯助王共明祀,敷明刑……

从《皇门》篇的这一段来看,所谓"自(鳌)臣至于又贫私子"这样一个人群范围是紧跟在"大门""宗子""迩臣""元武""圣夫"之后的。自清代至晚近,学者无论是疏解传本《逸周书·皇门》还是简本此篇,罕有将"自鳌臣至于又贫私子"与"大门""宗子""迩臣""元武""圣夫"之间的逻辑关系讲清楚的。我们认为,从文义逻辑上看,"自鳌臣至于又贫私子"显然应该是对"大门""宗子""迩臣""元武""圣夫"的总结。试看《皇门》此段的表述逻辑:总体讲"二有国之哲王"时臣辅的积极辅佐,先说到"大门""宗子""迩臣"时云"迺隹",再说到"元武""圣夫"时则云"方求",以训诂求之,所谓"方求"即"旁求""别求",隐有扩大范围之义,而下文的"自鳌臣至于又贫私子"正是一个从高到低的范围概念①。"方求选择"之"元武

---

① 当初会议自由讨论时,冯胜君教授提出,"鳌臣"和"私子"一样,可能都是低阶层的,这样就没有等级落差。今按,"鳌臣"照目前一般的理解,都是讲成"治臣",然则与"私子"之间还是存在等级落差的。另外,像《皇门》此处"自鳌臣至于有贫私子"这样的"自……至于……"结构,笔者认为最近的辞例就是《大盂鼎》的"人鬲自驭至于庶人",其中"自驭至于庶人"修饰"人鬲",也是"自……至于……"的结构。过去由于把"人鬲"讲成奴隶,导致其中的"驭""庶人"等身份颇不易明。现在学者已大多认识到"人鬲"系赐给盂的人员总称,并非奴隶。其中的"驭"是这些人中的低等级贵族,是地位较高者,就与一般的"庶人"差异明显。(可参:裘锡圭. 说"仆庸"[M]//裘锡圭学术文集:第5册.上海:复旦大学出版社,2012:107。裘文专门指出"人鬲"是"有自驭至于庶人的不同等级";亦可参:沈长云. 释《大盂鼎》铭"人鬲自驭至于庶人"[M]//上古史探研. 北京:中华书局,2002:219。沈文对"驭"之为高于"庶人"的贵族阶层论证尤详)。明乎此,则"自驭至于庶人"同样是一个从高到低的人群范围指称,这与《皇门》的"自鳌臣至于有贫私子"可以说完全一致。另外,同样是西周"授民"材料,宜侯夨簋(《殷周金文集成》八·4320)提到在"庶人"之前,尚有"奠七伯""庐(虏)",同样是有等级落差的(参:裘锡圭. 说殷墟卜辞的"奠"——试论商人处置服属者的一种方法[M]//裘锡圭学术文集:第5册.上海:复旦大学出版社,2012:169。)。此可与《大盂鼎》"自驭至于庶人"比观。

"圣夫"属范围的扩大,文中还有一处能够证明,即他们都系"羞于王所",而讲"大门、宗子、迩臣"时并无此语。《尔雅·释诂》"羞,进也",然则"羞于王所"即从外向"王所"进献之义。而"大门、宗子、迩臣"属于王朝官员,属"内",自然不存在"进献"的问题。另外,《尚书·多士》云:"夏迪简在王庭,有服在百僚。"这是讲汤灭夏之后,夏的俊杰之士也有被任用的。所谓"简在王庭"与《皇门》的"羞于王所"辞例可谓极近,尤其是《多士》中夏人服事于商这样的背景,对我们理解《皇门》"羞于王所"背后任官范围的拓展可以说是很有力的证据。顺便说一句,《皇门》篇下文还说当"媢夫"(妒忌的小人)掩盖"善夫"(良臣)时,就堵塞了"善夫"的进用通道,这样"善夫"就"莫达在王所",同样说的是"进用"贤臣于"王所"之义。因此,从"大门、宗子、迩臣"到"元武圣夫",既是由"内"到"外"的范围扩大,而就这些人的身份等级说,则是"自釐臣至于又贫私子",也就是由"高"到"低"的范围扩大。就此来看,它们前后相承是没有疑问的。清庄述祖解释相当于简本"釐臣"的"善臣"时说:"善臣,谓元圣武夫。"陈逢衡谓"善臣,犹藎臣也"①,陈氏也以下文的"人斯"(简本作"斯人")之"人"指"元圣武夫",可以说都不够全面。程浩以为:"'是人'指代上文的'大门宗子近臣'、'元武圣夫'等,简本此句意为'这些人都助王恭明祀'"②,以我们的理解看,程说是。我们进一步也可以说,"是人"这样一个指称代词,其实与"自(釐)臣至于又贫私子"指的是同一类人:"是人"是宽泛的指称,而"自(釐)臣至于又贫私子"则是将这类人从内到外或者从高到低进行了概述。内部的是"大门""宗子""迩臣",外部的是"元武""圣夫",它们恰好是五个——考虑到"五相"之"五",二者是巧合吗?非也。

不过,"大门""宗子""迩臣"与"元武""圣夫"要符"五相"之数,有个问题需要首先澄清,那就是其中的"大门、宗子",旧注如孔晁者是理解为偏正词组的。因此"大门宗子"即"大门之宗子",遂谓"大门宗子,嫡长",如果"大门宗子"即"大门之宗子",那就是一个东西了,显然难符"五"之数。孔说影响很大,后来学者颇多因袭,清华简《皇门》的整理者亦采纳这种意见③。果如此否?王连龙则明确对

---

① 黄怀信,张懋镕,田旭东.逸周书汇校集注[M].上海:上海古籍出版社,2007:547.
② 程浩."书"类文献先秦流传考——以清华藏战国竹简为中心[D].北京:清华大学出土文献研究与保护中心,2015:55.
③ 李学勤,主编.清华大学藏战国竹简(一):下册[M].上海:中西书局2010:166.清华简《皇门》系李均明先生整理,其后来为此篇续作校读,虽释"大门"为"望族","宗子"为"嫡长子",但仍以"大门之宗子"为称(参见:李均明.周书《皇门》校读记[M]//耕耘录——简牍研究丛稿.北京:人民美术出版社,2015:21)。李先生还举孙诒让之说"盖详言之曰大门宗子,省文则曰门子,其实一也",孙氏明显也是"大门之宗子"为称。

孔晁混合"大门""宗子"为一的说法提出批评,认为"大门"与《穆天子传》的"盛门"近似,指望族。"宗子"属宗法系统,与"大门"所代表的君统有别①。王氏"宗统""君统"的区分是否恰当还可再讨论,但我们认为其将"大门""宗子"析分为二还是合理的。一个最简单的道理是,如按孔注将"大门宗子"理解为"大门之宗子"或者说即"嫡长",那么《皇门》此处就只剩下"嫡长"和"迩臣","二有国之哲王"的统治基础萎缩到只有这两项是很可疑的。此外,"大门之宗子"毕竟还是"宗子",《皇门》虽然说的是"二有国之哲王"时,但后来注《逸周书》者多以周之宗法制度比况。即以周制而论,按照《诗·大雅·板》所云"价人维藩,大师维垣。大邦维屏,大宗维翰。怀德维宁,宗子维城",可知在"宗子"之外,对于周能够"维垣""维屏""维翰"的其实还有多种角色,只云"宗子",失之于孤。而且,以目前西周史特别是金文官制研究而论,即便是小宗之宗子也有升至高位的情况②,何止于"大门之宗子"? 至于孙诒让等学者所说"大门宗子"可以省称作"门子",更是错误。因为从《左传·襄公九年》的"将盟,郑六卿公子騑、公子发、公子嘉、公孙辄、公孙虿、公孙舍之及其大夫、门子皆从郑伯",以及《左传·襄公十年》的"大夫、诸司、门子弗顺,将诛之"这两处记载看,"门子"地位并不高,甚至还要在"大夫"甚至"诸司"之下,这与《皇门》此篇对他们的期许也是不相称的。关于《皇门》的"大门、宗子、迩臣"的具体所指,特别是应该作三分理解,我们还可以举出一个侧面证据。《墨子·尚贤上》提到当圣王为政时,竞于为义的有四类人,分别是"富贵""亲者""近者"和"远者"。依墨子的表述逻辑,所谓"远者"实即属"尚贤"范畴,然则前面的"富贵""亲者""近者"可以说正相当于王朝旧官。这些旧官其实与《皇门》基本对应:"富贵"对应"大门"③;"亲者"对应"宗子",属宗法范畴;"迩臣"对应"近者","迩"即"近"也。可以说,墨子这样的三分对我们理解《皇门》的"大门宗子迩臣"基本无违碍④。总之,我们认为《皇门》此处"大门宗子迩臣"应该作三分处理,二分则有诸多不合情理处。既然三分处理作"大门、宗子、迩臣",则其与后面的"元武、圣

---

① 王连龙.《逸周书》研究[M].北京:社会科学文献出版社,2010:138.
② 可参:朱凤瀚.商周家族形态研究(增订本)[M].天津:天津古籍出版社,2004:395.另外,像西周晚期的南仲、南叔、毛叔虽出小宗,但都曾跻身王朝三有司之列,可参:刘源.从亲簋铭浅谈西周王朝三有司的任用[M]//青铜器与金文:第1辑.上海:上海古籍出版社,2017:90.
③ 《墨子》此处的"富贵"与前述王连龙的"盛门""望族"说近似。又,《国语·晋语一》有"大家邻国将师保之",其中"大家",韦注云"上卿也",位居贵宠,或与《皇门》的"大门"有关。
④ 另外,《礼记·缁衣》篇曾区分"大臣""迩臣""远臣"三者。下文将会提到,所谓"远臣"实当为举外族之贤,然则王朝官员就只剩下"大臣""迩臣"。有人可能会觉得这不是二分吗? 但请注意,除了"迩臣"对应于《皇门》外,《缁衣》仅剩的"大臣"其实是无法概括"大门宗子"的,或者说"大臣"也仅仅只对应"大门"。故"大臣"只可能是撮述或泛称,反观《皇门》的"大门宗子迩臣"还是应该作三分理解。

夫"合计就恰好为"五"：依《皇门》篇文意，当这五类人"苟克有谅，亡不遂达"，就会"献言在王所"，这样国家就治理得好；《芮良夫毖》则从反面来讲，当"五相不疆"则会"罔肯献言"，这样国家就治理不好。准此，我们认为《芮良夫毖》的"五相"说的就应该是《皇门》篇的"大门、宗子、迩臣"与"元武、圣夫"这五类人。

关于《芮良夫毖》的"五相"即《皇门》的"大门、宗子、迩臣"及"元武、圣夫"，还可以补充一些侧面证据。其一，《皇门》此段说到"大门""宗子""迩臣"的功能时是"助厥辟，勤卹王邦王家"，而下面说包含"元武""圣夫"在内的"自釐臣至于又贫私子"的功能也是"助王共明祀，敷明刑"，所谓"助厥辟""助王"，总归不离一"助"字，而"助"即"相"也。而且，诚如上文所言，《皇门》还提到反面情况：当"我王访良言于是人"时，这些人反而只能"乃维作诟以答"，于是乎就"俾王之无依无助"，"无助"即无"相"也。另外，《芮良夫毖》同样提到，当"五相不疆，罔肯献言"时，君王就"靡所屏依"，没有"屏依"，实则就是没有"助""相"之人。然则，无论从"五"者之数还是两篇上下文的文义逻辑来看，所谓"大门""宗子""迩臣""元武""圣夫"实即"五相"应无可疑。其二，《皇门》篇提到当上述辅弼天子的臣子都能在朝廷各尽其职时，就能政通人和，即所谓"百姓万民，用亡不顺比在王廷"。"百姓万民"实是对"自釐臣至于又贫私子"这一范围概念的笼统泛称，且"顺比在王廷"显与"献言在王所"义同。"顺比"之"顺"整理者读为"扰"，训为"顺"。学者多已指出此字应读为"柔"，训为"顺"①，甚是。而《芮良夫毖》该段提到在"关柭扄管，绳准既正"的正面情况时，就会"五相柔訊"，此"柔訊"显与皇门之"顺比"义同，而"五相"之所指更不待言矣。其三，作为同是芮良夫作品的《诗经·大雅·桑柔》篇，其中言"秉心宣犹，考慎其相"，这里的"相"显与"五相"之"相"同义。毛传解"相，质也"，郑笺云"相，助也"，"言择贤之审"，《正义》调合传、笺之说，以"相"即美质之臣。马瑞辰认为郑笺训助为是，且言"此对下'自独俾臧'，言无助者也"②，甚是。我们认为《桑柔》的"考慎其相"之"相"，其实即当指"顺比在王廷""献言在王所"的诸位臣佐，具体来说就是《芮良夫毖》篇的"五相"，而实指的话就是《皇门》篇的"大门""宗子""迩臣""元武""圣夫"这样五类人。之所以要以"类"为称，因为其中有些名目如"宗子""迩臣"显然不是哪一个人，"大门""元武""圣夫"之称恐怕也同样如此。就此而言，那种把"五相"简单对应五种职官的看法就不合适了，这样看来，前述桂珍

---

① 参前揭沈培先生文所引网友"海天游踪"（苏建洲）之说，另张崇礼于复旦读书会《清华简〈皇门〉研读札记》一文下的评论中亦已指出此点。
② 马瑞辰. 毛诗传笺通释[M]. 北京：中华书局 1989：970.

明所谓不宜实指的看法确有合理处。其四,清华简《说命下》武丁追述商之先王之所以能灭夏,关键在于"惟庶相之力胜"。"商之先王"恰属于"二有国之哲王",故所谓"庶相",恐怕亦是《芮良夫毖》"五相"及《皇门》"大门""宗子""迩臣""元武""圣夫"的间接证明。与"庶相"相应,《芮良夫毖》也有"众佣"之称。其文曰:"昔在先王,既有众佣。□□庶难,用建其邦。平和庶民……"这是讲"众佣"对于"先王"的重要性——所谓"用建其邦,平和庶民",简直是一片太平景象,依稀又让我们看到了"五相柔言比"时的情形。其中的"众佣",其实与清华简《说命下》的"庶相"非常接近:"庶"即"众"也,而"佣"因有佣作、服力役之义,故与作为王之佐助,且操劳王事的"相"字义近。《芮良夫毖》下文还称辅佐先王的这些人"以武及勇,卫相社稷",既是"众佣",又能"卫相",也是"佣""相"相通的佳证,故"庶相"与"众佣",均可视为"五相"的侧面证明。

由上述讨论看,"五相"之说《芮良夫毖》与《皇门》实暗通心曲:《皇门》无"五相"之词而有"五相"之实,《芮良夫毖》有"五相"之词而无"五相"之实。《桑柔》的"相",则稍为抽象和笼统,如果没有《皇门》《芮良夫毖》二篇,只能理解为宽泛的臣佐,现在有此二篇,则其所指就相对明确。《桑柔》为芮良夫作品,历来无疑义,就其中"相"字与上述二篇尤其是《芮良夫毖》的关联看,我们认为《芮良夫毖》作为芮良夫的作品同样是可以坐实的。还要提到的是,如上所言,《芮良夫毖》此段是从正反两个方面叙述,而《皇门》篇同样如此:前面言"我闻昔在二有国之哲王"时,大门、宗子、迩臣、元武、圣夫这"五相"俱在,故政通人和;而后面"至于厥后嗣立王"时则是从相反的方向说,此时"五相"不在,相反却是"以家相厥室"(仍然紧扣"相"),这样就不能很好地辅佐王,故"俾王之无依无助",而《芮良夫毖》也提到当出现"五相不疆"的反面情况时,就"民廼嚣嚣,靡所屏依"。所谓"靡所屏依"与《皇门》的"无依无助"简直绝类。再如前文提到《皇门》篇作为反面情况的"乃唯作诟以答",而《桑柔》也提到"维彼不顺,征以中垢";《皇门》云"邦亦不宁",而《芮良夫毖》亦云"自起残虐,邦用不宁",均属近似辞例。由此观之,在一些重要观念、语词及表述逻辑上,《芮良夫毖》一篇与周书之《皇门》、大雅之《桑柔》均多有印证,其为芮良夫的作品应无可疑。

二、由"五相"兼综"世官"与"尚贤"说到"尚贤"古义

《芮良夫毖》"五相"之所指及其与《皇门》的关系既明,我们还想对《皇门》篇

中"自(釐)臣至于又(有)贫私子"这样一个范围指称所蕴含的深义再作探讨。如上所言,"自(釐)臣至于又(有)贫私子"是一个从内到外的范围指称,而"自(釐)臣至于又(有)贫私子"所指又与"五相"同,"五相"的"内"显然就是其中的"大门""宗子""迩臣",而外则是"元武""圣夫"。其中的"大门""宗子""迩臣"应该是周代的世家大族,或以为是王之近臣,这一点古今学者无异辞[①];而对于向外拓展的"元武""圣夫",庄述祖云"元圣可以为公卿,武夫可以为将帅者",陈逢衡云"元圣可以资治道,武夫可以备腹心",我们认为这过于笼统,而且还不乏想当然处。在我们看来,如果说前面的"大门、宗子、迩臣"主要是指出自世家大族的"世官"的话,那么后面的"元武、圣夫"则主要是指出身异族或低贱的人。与"世官"相对,任用这些人,意味着西周从立国之初就是非常强调"尚贤"的。言及周代的选官用人制度,传统且主流的看法是"世卿世禄",似乎是铁板一块,与所谓"尚贤"格格不入。如真是这样,文献记载的那么多低阶层的人被举为上官,又如何解释呢?《周礼》虽有严密的考绩、晋升记载,但此书晚出,用其来说周制显然不够严谨。晚近学者则通过对周代第一手资料特别是铜器铭文的研究指出,所谓周代的"世官"制只是就主流或总体上言之,它同样并不排斥事功和任能[②]。我们认为《皇门》篇"五相"之"大门""宗子""迩臣"其实多是"世官",而所谓"元武""圣夫"则意在强调举贤,特别是任用那些出身异族或低贱的人,以使国家统治有一个更广泛的基础。换言之,《皇门》"自(釐)臣至于又(有)贫私子"这样一个范围指称,实际透露了周代任官从"世官"到"尚贤"的全部秘密。谨再试为证之。

首先要提到,学者在疏解传本《皇门》的"方求论择元圣武夫"之"方求"时,多引《国语·楚语上》武丁得傅说的故事,其一则曰"……又使以象梦旁求四方之贤,得傅说以来,升以为公,而使朝夕规谏",再则曰"……使以象旁求圣人。既得

[①] 这一点可以庄述祖之说为代表,其解释"势臣"时即云"大宗、门子之能左王治国者,所谓世臣也",参:黄怀信,张懋镕,田旭东. 逸周书汇校集注[M]. 上海:上海古籍出版社,2007:546.
[②] 可参:朱凤瀚. 商周家族形态研究(增订本)[M]. 天津:天津古籍出版社,2004:395,669;李峰. 西周的政体[M]. 北京:三联书店,2010.第四章对西周官职任命中"世袭"与"非世袭"因素亦有考察与讨论。杜勇先生通过考察西周井氏家族及其采邑变迁,亦指出"世卿制度本身亦有尊贤机制,是一个'亲亲'与'尊贤'相辅为用的矛盾统一体"(杜勇. 从井氏采邑看西周世卿制度的尊贤功能[C]//商周青铜器与金文研究学术研讨会论文集,郑州,2017.)。另可参:何景成. 西周王朝政府的行政组织和政治运作[M]. 北京:光明日报出版社,2013:217-237.特别是其中对官员"考绩"的讨论。另外,王治国亦于其博士论文中专辟一节讨论"西周官制中的世袭与选贤",参王治国. 金文所见西周王朝官制研究[D]. 北京:北京大学,2013.总体来看,我们认为在"世官"之外同时强调"非世",或者说"功"与"德"同样是任官考量的重要因素,可以说是晚近西周官制研究中一个越来越得到证明的共识。当然,以本文的讨论看,尽管贵族的职阶晋升中也要看他的才能,但这却并不属于"举贤"。早期对于"贤"的界定,是仅限于那些出身异族或出身低贱的人。

以为辅……"，此处也屡称"旁求"，如前所述，所谓"旁求"云云者，当即《皇门》之"方求"，这是两篇文献相关联的训诂学根据。而且，依《楚语上》，被"旁求"的傅说这类人，属于"四方之贤"。所谓"四方"，其实就意味着范围的向外扩大——这与《皇门》标示范围概念的"自（釐）臣至于又贫私子"也暗契。相对"中央"，"四方"更多地指向边裔或异族，而"贤"者正是由之而出，这表明它与正统的举材通道并不相同。其实，类似"方××"表范围扩大的辞例还可考虑逨盘的"方狄不享"与"方怀不廷"，前人对文献及铭文中的所谓"不享"与"不廷"早有定论，即指那些"不来享"或"不来王"的边裔方国或异族。"方狄不享"下句云"用奠四国万邦"，"四国"与《楚语上》的"四方"正相应。然则，所谓"方狄"与"方怀"，其实也就是"旁狄"与"旁怀"，意指讨伐①或抚柔那些"不来享"或"不来王"的边裔方国或异族，这同样是指统治范围的扩大。此与前述所谓"旁求""方求"之语近似。准此，由《皇门》的"方求"到《楚语上》的"旁求"，再到逨盘的"方狄""方怀"，文献中这种表范围扩大的辞例实不在少②，在选人、用人的辞例中，它们也多指取材范围的拓展。当然，《楚语上》此处记载更值得注意的是，被"旁求"的傅说等人是"四方之贤"，明确标举"贤"字。而且，傅说其人起于版筑之间这样的身份，最后竟升为武丁的臣佐，真的是"出自幽谷，迁于乔木"（孟子语），其非出自世官而系论贤举升，更是显而易见的。

其次，上文曾经提到，《皇门》述"元武圣夫"的出现方式是"羞于王所"，所谓"羞"即从外进献之义。与此相关，我们觉得文献中所谓"荩臣""献民""献臣"等词对我们理解"元武圣夫"系异于世官的举贤也会是很好的参照。《皇门》"朕遗父兄，罔朕荩臣"，《芮良夫毖》也有类似说法如"凡百君子，及尔荩臣"，《大雅·文王》亦谓"王之荩臣，无念尔祖"，都提到"荩臣"。《尔雅·释诂》云："荩，进也。"毛传解《大雅·文王》"王之荩臣"同此，郑笺更谓："今王之进用臣。"孔疏亦云"文王

---

① "狄"之有讨伐、征讨义，可参：裘锡圭.史墙盘铭文解释[M]//裘锡圭学术文集：第3册.上海：复旦大学出版社，2012：6. 李家浩.说"貈不廷方"[M]//安徽大学语言文字丛书·李家浩卷.合肥：安徽大学出版社，2013：12.
② 顺便指出，《逸周书·官人解》云："措身立方而能遂，曰有知者也。"（《大戴礼记·文王官人》此句作："错立方而能遂，曰广知者也。"），对于"立方"旧解或以为"立义"（参黄怀信、张懋镕、田旭东《逸周书汇校集注》，第788页引潘振说），窃以为所谓"立方"可能同样当解为"立旁"或"择旁"，其实即"别立"，也是讲任官范围的扩大。因为《逸周书》的《官人》篇主要是讲选人、用人的，其云"措身立方而能遂"才能算"有知者也"。而《尚书·皋陶谟》即云，"知人则哲，能官人"，同样将"知"与"官人"相关联，似非偶然。另外《逸周书·谥法解》亦云："官人应实曰知。"然则，《逸周书·官人》的"措身立方而能遂"，窃以为也是在讲选人用人的明智之举，那就是一则要扩大遴选范围，即"立方"，也可以说是"立旁"或"旁立"；另一方面要"能遂"，所谓"遂"即上文所谓的"遂达"之"遂"，因此"能遂"即是让有才能的人施展抱负的意思。

进臣之道",都是把"芇"理解为"进用"①。文王是如何"进用"贤臣的呢?《国语·晋语四》借胥臣之口对此有专门交代:"及其即位也,询于'八虞',而谘于'二虢',度于闳夭而谋于南宫,诹于蔡、原而访于辛、尹,重之以周、邵、毕、荣。"清华简《良臣》提到文王之"良臣"则是闳夭、泰颠、散宜生、南宫适、南宫夭、芮伯、伯适、师尚父、虢叔这样的组合②。上述文献中的散宜生、南宫、虢叔等虽系姬姓人士③,但其中同样有辛氏、尹氏、师尚父等异姓之人,还有闳夭、泰颠这样虽氏族不详④,但依《墨子·尚贤上》,却是出身"罝罔"之中的低贱身份⑤。因此,《晋语四》把这些人统为"四方之贤良",突出"四方",其实还是想强调文王用人不遗那些出身异族或身份低贱的人。尤其是,这里的"四方之贤良"与上述《楚语上》讲傅说时所说"四方之贤"可谓绝类,都强调"四方",还是指任官范围的扩大,不局限于本族或朝廷旧臣。另外,《逸周书·大戒解》云"材在四方",卢文弨谓"在四方,言野多遗贤","野多遗贤"云云,可谓近之。其实,孔晁注《逸周书·皇门》即云:"芇,进也。言我进用之臣……"同样取"进用"之义。因此,"进用之臣",实即"进献之臣"。由此而及文献与彝铭中"献民"或"献臣"之称。《尚书·大诰》"民献有十夫","民献"即《尚书·洛诰》及《逸周书·作雒》《商誓》等篇的"献民"。伪孔传解《大诰》之"民献"曰:"四国人贤者有十夫来翼佐我周",一谓"贤者",一谓"翼佐":分别点明他们的"才能"和"职能"。其中的"贤者"还是"四国人",而且云"来",依稀可见《楚语上》"四方之贤者"或《晋语四》"四方之贤良"的影子,这同

---

① 独宋朱熹《诗集传》认为:"芇,进也,言其忠爱之笃,进进无已也。"朱子虽亦取"进"之说,但由"忠爱之笃,进进无已也"来看,朱子之理解实与"进用"有别,而重在"忠爱"。这也影响了后来学者。唐大沛注《逸周书》即采其说,但却误会成"诗疏"之义(参:黄怀信,张懋镕,田旭东.逸周书汇校集注[M].上海:上海古籍出版社,2007:559.该书亦因袭了唐氏的错误,谓"当如诗疏所训",实则这根本就不是诗疏之义)。清华简《皇门》整理者亦取朱子"忠臣"之说(李学勤.清华大学藏战国竹简:(一)[M].上海:中西书局,2010:171.)。今按,朱子之说实不可信,后来说诗者多取"进用"之义而弃朱子之说,可参:林义光.诗经通解[M].上海:中西书局,2012:302;吴闿生.诗义会通[M].北京:中华书局,1959:222;高亨.诗经今注[M].上海:上海古籍出版社,2009:372. 又,马楠认为"芇"是"灰烬"之"烬"的通假,故"芇臣"其实即"遗臣",亦不可信。马说参:程浩."书"类文献先秦流传考——以清华藏战国竹简为中心[D].北京:清华大学出土文献研究与保护中心.2015:60.
② 《尚书·君奭》所举文王之臣则是虢叔、闳夭、散宜生、泰颠、南宫括。
③ "散"为姬姓,可参:陈颖飞.清华简《良臣》散宜生与西周散氏[M]//出土文献:第9辑.上海:中西书局,2016:73.
④ 李零先生最近认为闳夭可能是以"宏"为氏,而"泰颠"即"蔡颠",周之西土亦曾有蔡氏,参:李零.待兔轩读书记(二则)[J].文史,2017(1).
⑤ 《墨子·尚贤下》还说武王将闳夭、泰颠、南宫括、散宜生等人都"推而上之",言下之意,他们本来都非出身高位,这其中甚至包括了南宫、散宜生等出身姬姓的人。应该指出的是,尽管《晋语四》《良臣》所记文王之辅臣有很多人,但《尚书·君奭》所举只有虢叔、闳夭、散宜生、泰颠、南宫括这五个,恰合"五相"之数,而且其中既有虢叔、南宫这样的姬姓贵族,还有出身低贱的闳夭、泰颠,不知这是否可算"五相"的一个侧面证明。

样表明这些"贤者"非本族或朝廷旧臣。孔传解《洛诰》之"殷献民"径谓"殷贤人"。后来训诂,多将"献"训为"贤",其实是过于侧重这些人的"才能"。我们认为就这些人的出身和来源上讲,"献"可能本当训为"进献"之献,此与上述训为"进用"的"荩"字正同。《尚书·酒诰》"予惟曰:'汝劼毖殷献臣、侯、甸、男、卫;矧太史友、内史友越献臣百宗工'",孔传:"汝当固慎殷之善臣信用之。"蔡沈集传谓:"献臣,殷之贤臣。"无论是"殷之善臣"还是"殷之贤臣",都表明他们是出身于"殷",如今又"进用"于周。周任用殷人,与前述《尚书·多士》云夏人被商"简在王庭",道理是一样的。也说明由商至周,这种传统一直存在。而周人在自己同族或旧臣之外,还任用出身异族的"殷献臣",从选材范围来说其实就是《楚语上》的"旁求"或《皇门》的"方求"。还应提到的是,周厉王之𣪘簋亦云"肆余以义士、献民,䣊𢼄先王宗室",其中之"献民"应与上述"献臣"同义,指出身异族的贤者,学者或认为系"周之世族"①,依本文的讨论看,恐怕是有问题的。

最后,也是最重要的一点,那就是学者在疏解《皇门》之"方求论择元圣武夫"(简本"䢔方求选择元武圣夫时"),多不约而同地注意到《墨子·尚贤》的两处记载。其一是《墨子·尚贤中》云:

且以尚贤为政之本者,亦岂独子墨子之言哉?此圣王之道,先王之书《距年》之言也。传曰:"求圣君哲人,以裨辅而身。"《汤誓》曰:"聿求元圣,与之勠力同心,以治天下。"

其二是《墨子·尚贤下》云:

于先王之书《竖年》之言然,曰:"晞夫圣武知人,以屏辅而身。"此言先王之治天下也,必选择贤者,以为其群属辅佐。

墨子这两处引书都出自"尚贤"篇中是需要高度重视的。墨子云"以尚贤为政之本者,亦岂独子墨子之言",也就是"尚贤"不是他自己的发明,古代所谓"圣王之道,先王之书,距年之言"都明确有"尚贤"的记载了。"此言先王之治天下也,必选择贤者,以为其群属辅佐",所谓"选择贤者,以为其群属辅佐",其举贤之

---

① 王辉.商周金文[M].北京:文物出版社,2006:209.

义非常明确。墨子所引的"先王之书",一则是《汤誓》,另一则是《竖年》。《汤誓》云"聿求元圣,与之勠力同心,以治天下",而《竖年》云"晞夫圣武知人,以屏辅而身",所谓"勠力同心""屏辅而身"均强调这些贤才的辅佐作用,而这些贤才或称"元圣"、或云"圣武",其实都不过是对诸如《皇门》传世本"元圣武夫"或简本"元武圣夫"的撮述。实际上,此前学者既已注意到这一点①。孙诒让也是径引《皇门》篇来为《尚贤中》的"圣武知人"作注②。《竖年》之书不详,但《汤誓》却是明明白白的"商书",这也说明《皇门》称举"大门、宗子、迩臣"与"元武""圣夫"是"昔在二有国之哲王"时,确非虚言,甚至要说周公是在暗引《汤誓》一类书也是可能的。墨子既明言上述"元圣""圣武知人"话或出《汤誓》,或出《竖年》,则其明显非据《皇门》而来。不过,尽管墨子所引非据《皇门》,但其"元圣"或"圣武"的表述又与《皇门》绝类,而所谓"元圣"或"圣武"又仅是上述"五相"的后两项。我们推测,墨子所引《竖年》等文献中,可能不排除同样有"五相"前三项的内容,而墨子独把后两项列入"尚贤"范畴,其含义就是不言自明的:那就是只有任用这些所谓"元圣""圣武"或者说"元武""圣夫"才算"举贤"。而且,把任用"元武""圣夫"一类人列入"尚贤"举措,商周两代这种观念其实也是一贯的。

关于《皇门》中"五相"实并举"世官"与"任贤"的事实,传世文献还有两条材料可以提供侧面的证明。其一是《国语·晋语七》记载晋悼公初立时的举措,其文称:"辛巳,朝于武宫。定百事,立百官,育门子,选贤良,兴旧族,出滞赏。"所谓"立百官、育门子、选贤良、兴旧族",除了次序与《皇门》的"五相"略显参差外,内容可以说大致对应:所谓"立百官、育门子、兴旧族"大体对应《皇门》的"大门、宗子、迩臣"——"百官"③与"迩臣"对应,"门子"与"宗子"对应,"旧族"与"大门"即世家大族对应;至于其中的"选贤良",说的就更为直白了。依上文的看法,《皇门》的"元武、圣夫"就是要强调与"世官"相对的举贤,然则就与《晋语七》的"选贤良"可以说完全对应了。悼公是晋国历史上一代雄主,霸业达到极盛,其虽少年即位(14岁),但面对晋厉被弑、国内错综复杂的政治形势,其所施展的内政、外交方面的举措,很短的时间内就使国政为之一振。此处的"立百官、育门子、选贤

---

① 参:黄怀信,张懋镕,田旭东.逸周书汇校集注[M].上海:上海古籍出版社,2007:547.所引庄述祖之说。亦可参:刘师培.周书补正[M]//刘申叔先生遗书:第2册.台北:京华书局,1970:895.王连龙也指出墨子引书如"晞夫圣武知人,以屏辅而身"云云者,"应与本篇(即《皇门》,笔者按)有关",参:王连龙.《逸周书》研究[M].北京:社会科学文献出版社,2010:140.
② 孙诒让.墨子间诂[M].北京:中华书局,2001:70.
③ 《晋语七》这里的"百官"其实与《芮良夫毖》的"凡百君子"亦近。

良、兴旧族"主要涉及国内政治,这些举措兼具稳定大门世族和任贤使能两大功效,可以说十分全面。当然,从《皇门》《墨子·尚贤》等篇的记载来看,悼公的这些举措也是有着旧章可循的。另一则材料是《晋语四》提到晋文公在秦穆支持下回国,其施行的政治举措如"昭旧族,爱亲戚,明贤良,尊贵宠,赏功劳,事耇老,礼宾旅,友故旧",其中的"旧族""贵宠""故旧"无疑接近"世官",而同时依然少不了"明贤良",就此而言,这依然是"世官"与"任贤"并举的结构。顺便说一句,《晋语四》提到的"旧族"中,"胥、籍、狐、箕、栾、郤、柏、先、羊舌、董、韩,实掌近官",且"诸姬之良,掌其中官",另外,"异姓之能,掌其远官"。"中官"依韦昭注即"内官",然则其全部外朝官即划分为"近官"与"远官"两大系统。"近官"由胥、籍等11个大的旧族充任,隐约又让我们看到了《皇门》的"大门、宗子、迩臣","迩"即"近"也。充任"远官"的则是所谓"异姓之能",实际上这就是在"举贤",依上文所论,"方求""进用"的贤能之士往往多出自异族,这与"异姓"又恰相吻合。《逸周书·大戒解》还称"内姓无感,外姓无谪",陈逢衡云:"内姓无感,亲亲得其所也。外姓无谪,尊贤各有等也。"①可谓极当。与《皇门》"五相"兼举"世官"与"任贤"类似,《逸周书·大匡解》还有"六位"的说法,其构成是新、故、外、内、贵、贱。归结而言,所谓故、内、贵,其实即"世官",而新、外、贱则相当于举贤,它的构成其实与上述《晋语七》《晋语四》所谓晋悼、晋文的举措可谓惊人一致。这再次说明,此种搭配是久有渊源的。

我们上文曾论及《皇门》兼举"世官"与"任贤",就范围上说实是兼顾"内"与"外",这种"内外"关系换一种说法其实即"近远"关系。与此相应,我们也注意到古书中又经常以"远、近"或"远、迩"来概括任官的全面性,而"远"者又多意味着举贤。《左传·昭公二十八年》年晋灭祁氏、羊舌氏,魏献子主持分其地而任之官,因为任官公道而颇受孔子好评,夫子的评价是"近不失亲,远不失举","近"对应"亲",而"远"对应"举",杜注"以贤举",同样是"近——亲族""远——贤人"的搭配。再者,前面曾提到《墨子·尚贤上》述及因君王尚贤而竞欲为"义"的四类人,除了"富贵""亲者",还有"近者""远者"。如前所言,"富贵"与"亲者"其实基本对应《皇门》的"大门""宗子","近者"实对应"迩臣"。因出自"尚贤"篇中,"远者"实当即"元武、圣夫"了。因为是"远者",也恰好吻合《楚语上》《晋语四》的所谓"四方"。此外,《墨子·尚贤中》还提到"虽天亦不辩贫富贵贱,远迩亲疏","远

---

① 黄怀信,张懋镕,田旭东.逸周书汇校集注[M].上海:上海古籍出版社,2007:567.

迩"既与"亲疏"对举,其中的"远"无疑对应"疏",则其出身如何亦可推知。《墨子·尚贤中》还提到如果国家富足,那样就可以"内有以食饥息劳,将养其万民;外有以怀天下之贤人"①,相对于国内的"万民","贤人"却是"外有以怀",如此,则"贤人"出自哪里也是很清楚的。另外,《孟子·离娄下》云"武王不泄迩,不忘远",赵岐注:"不泄狎近贤,不遗忘远善。近谓朝臣,远谓诸侯。"赵氏将"迩"释为"朝臣",焦循更举武王用太公、周公、召公、毕公等人,申"迩谓朝臣"之义,都是正确的。不过赵氏的"近贤"之称则又惑于后世的贤能观念。下面会提到,从本来的意义上说,只有出身异族或低贱的人,才能称为"贤"。赵注指"远谓诸侯",焦氏更引《牧誓》"友邦冢君"及"庸""蜀"等 8 国解"远谓诸侯也"。② 其实,准确地讲应该是诸侯中贤能的人,因为《离娄上》前一句云"汤执中,立贤无方",同样也是讲举贤。以此反观前举《楚语上》评论齐桓、晋文之所以成功的"近臣谏,远臣谤"③,其中之"远臣"应当也是属举贤的范畴④。

既然《皇门》之"方求选择元武圣夫"是强调与"世官"相对的举贤,这对我们理解其中所谓"自(釐)臣至于有贫私子"中的"有贫私子"也会有所帮助。"私子",孔晁、陈逢衡都解释为"庶孽"。这种理解依然不出宗法关系的范围,作为与"世官"相对的概念,显然是有问题的。当然,孔、陈没有认识到所谓"元圣武夫"实际上是在讲举贤,这种理解也无足怪。庄述祖解释为"余子""无氏族可列者",王连龙解为"小子",我们认为也不准确。独朱右曾解为"家臣",可谓近之。晚近朱凤瀚先生认为是"贵族家族内为主家服役的家臣子弟"⑤,亦确。如上所云,居于外部的"有贫私子"对应"元武圣夫",实为举贤,而《墨子·尚贤中》的一段记载可能恰对"有贫私子"的理解不无启发性。"贫"字,整理者受传世本《皇门》影响,

---

① 王念孙以为此处"外有以"三字涉上文而衍,并举下文"内者万民亲之,贤人归之",认为"养民与怀贤皆内事非外事也"(王念孙.读书杂志[M].南京:江苏古籍出版社,2000:564.)。今按,王说可商。墨子"内有""养万民","外有""怀贤人",主要讲其财富的施用方向。关于古代国家有为怀"外"之贤人而专辟的经济或财富支出,请看《国语·齐语》的记载:"为游士八十人,奉之以车马、衣裘,多其资币,使周游于四方,以号召天下之贤士"(《逸周书·月令解》《礼记·月令》有类似记载:"(季春之月)开府库,出币帛,周天下,勉诸侯,聘名士,礼贤者"。《周礼·乡大夫》之职亦相近)。这是讲齐桓公的招贤之举。其中"车马、衣裘,多其资币""周游于四方""贤士"三项,我们觉得已经把问题讲得很清楚了。墨子下文之所以将"万民亲之""贤人归之"俱归"内者",其实是就"结果"而言——当贤者最终归附、为我所用时,自然属于内政。两者其实并不矛盾。
② 焦循.孟子正义[M].北京:中华书局,1987:571.
③ 上博五《競建内之》亦有"近臣不谏,远者不谤",与此相类,只不过从反面说而已。
④ 值得注意的是,《周礼》"乡大夫"之职有"兴贤""献贤能"的责任,《国语·齐语》《管子·小匡》也提到"乡"的长官要"进贤",甚至《礼记·文王世子》还说"凡语于郊者,必取贤、敛才焉……谓之郊人","贤"的范围多出"乡""郊"之地,恐怕也当暗合上文屡见的"远者"。
⑤ 朱凤瀚.读清华简《皇门》[M]//清华简研究:第 1 辑.上海:中西书局,2012.

主张读为"分",历来注《周书》者亦多据"分"字为说①,现今学者亦多从之②。我们认为,此字读为本字即可,恐不劳读为"分"。证据就是《墨子·尚贤中》在引《汤誓》之后,历举舜、伊挚、傅说等本微贱之人,但被尧、汤、武丁任用后却最终富贵,其中说:"此何故始贱,卒而贵?始贫,卒而富?""始贫"即对应"有贫私子"的"有贫",说明这些人原本出身微贱。至于"私子",墨子下文在提到"伊挚"的例子时又说:"伊挚,有莘氏女之私臣,亲为庖人。""私臣"即"私子"也,亦证上述朱右曾、朱凤瀚看法的正确性。由此看来,《墨子》的记载不但对我们理解《皇门》之"元武圣夫"及"尚贤"本义大有帮助,即便是"有贫私子"这样的词汇,离开了《墨子》中的相关记载也是很难索解的。长期以来,学者对战国诸子所讲遗文古事都不太当回事,往往认为他们为立说需要不免造作故事。现在看来,至少就《墨子》一书而言,我们惯常的看法实有简单化之嫌。对《墨子》一书述古的严肃及忠实,实在需要重新估量。

上述《皇门》"五相"兼举"世官"与"任贤",以及《晋语》中晋文、晋悼初立时将"兴故旧"与"明贤良"并举,都告诉我们这样一个事实,那就是周代的任官,从一开始就是"世卿世禄"与"任贤"并重的,后人往往将周代官制简单概括为"世卿世禄",可以说很不全面。学者说:"西周春秋时代世卿世禄,选贤任能不出贵族之外。"③不唯把周代的世卿制看得过于简单,对于"世卿"与"选贤"之间的关系恐怕也存在误解。学者或由《墨子·尚贤》三篇的记载,认为"尚贤"说晚至战国的墨子,甚至将"世官"与"尚贤"两种选材手段完全对立起来,更是极为错误的。关于这一问题,当初王国维在《殷周制度论》中其实已有分教,其说谓:

> 然尊尊、亲亲、贤贤,此三者治天下之通义也。周人以尊尊、亲亲二义,上治祖祢,下治子孙,旁治昆弟,而以贤贤之义治官。故天子、诸侯世,而天子、诸侯之卿、大夫、士皆不世。盖天子诸侯者,有土之君也。有土之君,不传子不立嫡,则无以弭天下之争。卿、大夫、士者,图事之臣也,不任贤,无以治天下之事。④

---

① 黄怀信,张懋镕,田旭东.逸周书汇校集注[M].上海:上海古籍出版社,2007:547.
② 李均明.周书《皇门》校读记[M]//耕耘录——简牍研究丛稿.北京:人民美术出版社,2015:21.魏慈德.从出土的《清华简·皇门》来看清人对《逸周书·皇门》篇的校注[M]出土文献:第7辑.上海:中西书局,2015:63.
③ 阎步克.士大夫政治演生史稿[M].北京:北京大学出版社,1996:134.
④ 王国维.殷周制度论[M]//观堂集林(附别集).北京:中华书局,1959:472.

王氏明确将周代任官制度概括为"尊尊""亲亲"与"贤贤"并举(兼括"世卿"与"举贤"),确为不刊之论①。其实,从前文《皇门》《墨子》等的记载看,强调"举贤",商代也是同样如此。另外,如果细加留意的话,早期文献中将"亲亲"与"贤贤"的并举的提法,是俯拾皆是的。即以《皇门》篇而论,除了上文既论证的"大门、宗子、迩臣"多系"世官",而"元武、圣夫"则属"举贤"外,其下文还谆谆告诫"朕遗父兄,罙朕荩臣","父兄"之谓显系"亲亲",而"荩臣"上文已有论证,实乃"进用"之臣,亦系举贤。然则,这同样是"亲亲"与"贤贤"并举的提法。《芮良夫毖》也有与之类似句子,"凡百君子,及尔荩臣":"百君子"多系世官,而"荩臣"则系举贤,同样是世卿与任贤并举。《国语·周语中》富辰的话还有"尊贵、明贤、庸勋、长老、爱亲、礼新、亲旧","明贤"作为一项原则,同样与"尊贵""爱亲""亲旧"等并列。类似的话,《左传·僖公二十四年》亦有云"庸勋、亲亲、昵近、尊贤,德之大者也",依然是将"亲亲"与"尊贤"并举。甚至《晋语四》借僖负羁之口,说得更加简捷明快,"爱亲、明贤,政之干也"。铜器铭文中,类似提法同样有见,如徐王子方旒钟有云"以乐嘉宾、朋友、诸贤……兼以父兄、庶士,以宴以喜"(集成182),与"诸贤"并列的,是"朋友""父兄"等人。"父兄"自不必说,"朋友"一词,前人早有明断,本出家族伦常②,因此这里仍然是将"亲亲"与"贤贤"并举之例。进而思之,后世儒家将仁、义并举,且云"仁者"是"亲亲为大",而"义者"是"尊贤为大",尤其还说"亲亲之杀,尊贤之等,礼所生也"(《礼记·中庸》语),考虑到周代官制"世官"与"任贤"并举的特点,儒家的这些说法可谓由来有自。诚所谓"文武之道,布在方策",与《墨子·尚贤》篇一样,看来述古的成分确实更多一些。

一方面西周从立国之初就是"世官"与"尚贤"并重,但另一方面,也必须指出,周代的"尚贤"(包括商)就其本义来讲,与后世还是很不一样的。从上举贤臣往往是"四方之人",或是"远者""远人",尤其还多是"进献"之臣或"异姓之能"来看,我们认为商、周"尚贤",就其本义来说,应该是想强调任用那些出身异族(邦)或身份低贱的人③。任用这些出身异族(邦)或出身低贱的人,较之"大门、宗子、迩臣"之类的世家大族或朝臣,无疑是"非常规"的选人手段。唯其如此,才

---

① 当然,王氏的所谓"任贤"已是后世泛化的概念:它也包括姬姓贵族中的有才能者。但从本文的讨论看,这其实并不符合任贤的本义。
② 参:钱宗范. "朋友"考[M]//中华文史论丛:第8辑. 上海:上海古籍出版社,1978;朱凤瀚. 商周家族形态研究(增订本)[M]. 天津:天津古籍出版社,2004:295-296.
③ 《墨子·尚贤中》所述舜、伊挚、傅说等被举之前,都曾有服"贱役"的背景。《大戴礼记·文王官人》述古代考察人才的"官人"之法,选材范围同样包括"贫穷者"(《逸周书·官人解》作"贫贱者")。

能使王朝的统治有一个更为广泛的基础。关于这一点,《史记·鲁周公世家》还以周公的口吻称"我文王之子,武王之弟,成王之叔父,我於天下亦不贱矣。然我一沐三捉发,一饭三吐哺,起以待士,犹恐失天下之贤人"①,一则云己之出身"不贱",但同时又说明自己求"贤"之渴是"一沐三捉发""一饭三吐哺",周公把"不贱"与"贤"对举,尤其是这"贤"还是"天下之贤人","天之"之称,隐与前述文献多见的"四方"之语义同——这与本文将周代"尚贤"的本义定位为任用那些异族(邦)或身份低贱人的特征也是基本吻合的。《吕氏春秋·求人》云:"先王之索贤人无不以也:极卑,极贱,极远,极劳。"其中的"贱"与"远",可以说均切"尚贤"之古义。商、周"尚贤"之古义既如此,那就意味着,官员由于成绩突出所致的正常晋升、提拔,其实本不属于"举贤"的范围。如前所述,当前的西周官制研究中,学者多已注意到周代任官并非简单的"世卿世禄",或者说"世"的因素仅意味着一种资格或可能性,贵族最终能否升至高位也和他的历练、从政成绩有关。学者或直接将这种重视才能或成绩的现象称为举贤,从本文的讨论看,这种仕途中的正常晋升现象恐怕并不符合商周"举贤"的本义。这方面一个明显的证据是,学者所举周代那些虽出身世家,后天却是由于自己的才能得到擢升的铭文材料,罕有将此举称为举贤的,甚至"贤"字根本就没有出现②。进而论之,目前铜器铭文及早期文献中"贤"字含义往往较狭窄:多表示"多于""胜过"的意思③,或者就是相对具体的含义。如《诗·小雅·北山》的"我从事独贤",毛传"贤,劳也"(亦可引申为"多")。《诗·大雅·行苇》"序宾以贤",郑笺:"以射中多少为次第。"《国语·晋语九》细数智瑶的"贤于人者五",具体为"美鬓长大则贤,射御足力则贤,伎艺毕给则贤,巧文辩惠则贤,强毅果敢则贤",所谓"美鬓长大""射御足力""伎艺毕给""巧文辩惠""强毅果敢"同样都是较具体的内容。我们耳熟能详、文献中较为常见的"贤能"一词,当已是后来泛化的结果。当然,它也是从早期"多于""胜过",甚至在某一具体技能上存在优长之义上引申出来。最后,从周代"尚贤"

---

① 关于周公不辞贱以礼贤之说,《荀子·尧问》《吕氏春秋·下贤》《尚书大传·周传》《韩诗外传》卷三、《说苑·尊贤》《孔子家语·贤君》等篇尚多有类似记载。
② 如本文所论,《皇门》的"五相"中,"大门、宗子、迩臣"相当于"世官",而"元武、圣夫"相当于"举贤",但周人当初是否就把后者称为"贤"还是缺乏材料证明的。不过,无论当初周人对后者作何指称,从《皇门》篇及《墨子》等文献来看,周人推举"元武、圣夫"之类人士是意在"世官"之外另辟一用人途径,这一则是确定无疑的。《周礼》"乡大夫"之职提到地方长官有定期从民众中"兴贤""献贤"于王的记载。《周礼》虽成书较晚,但就此强调从底层民众中举贤并献之于王的记载看,也的确符合周人在"世官"之外另辟一用人途径的制度设计。
③ 参陈剑. 柞伯簋铭补释[J]. 传统文化与现代化,1999(1).

之古义来看,"贤"与"不贤"本来都是针对"臣"的,并非君王。那些诸如"贤君"或"君贤"甚至"贤主""贤王"的概念①,都应该是后起的,或者说同样是"贤"字含义泛化的结果。

[《学术月刊》(CSSCI)2018年第6期,第121—132页,2.3万字;《先秦、秦汉史》(CSSCI)2018年第6期,第76—87页,全文转载]

---

① 《左传》"贤君""君贤"之类语词未见,《国语》中"贤君"两见,都在年代相对较晚的《越语》中。前引《墨子·尚贤中》引"传曰"所谓"圣君哲人",揆诸文意,这个"圣君"是"臣",并不是"王"。而且,"传曰"云云者,明是古代之书,与墨子年代落差明显。不过,《墨子·尚同》篇说连"天子"也是"贤可""贤良"之人,就应该是"贤"字泛化后才有的概念。《吕氏春秋》屡称"贤主""贤王",《礼记·丧服四制》亦云"武丁者,殷之贤王也",都当是晚出观念(此语为衍出之注文,详参拙文:宁镇疆.《礼记·丧服四制》篇形成研究[M]//《孔子家语》新证.上海:中西书局,2017:347)。对于君王的贤明,早期文献中倒是经常称"哲王",如《尚书·酒诰》云"在昔殷先哲王",《诗·大雅·下武》谓"下武维周,世有哲王"。《皇门》云"我闻昔在二有国之哲王",清华简《厚父》也有"在夏之哲王",《史墙盘》同样有"渊哲康王"的说法。

早期"官人"之术的文献源流与清华简《芮良夫毖》相关文句的释读问题①

宁镇疆

摘 要 早期"官人"之法,虽以《大戴礼记·文王官人》《逸周书·官人解》为渊薮,但《尚书·皋陶谟》《立政》以及《国语·齐语》《管子·小匡》《墨子·尚贤中》等篇都不乏一些"碎片化"的表述。清华简《芮良夫毖》的"必探其度,以貌其状;身与之语,以求其上"同样是讲"官人"之法。其中"必探其度"与《大戴礼记·文王官人》的"探取其志"相应,意在通过探知一个人的心智来准确地"以貌其状";而所谓"身与之语,以求其上",即通过与被考察者亲自交谈(即《逸周书·官人解》的"考言")来对其进行考核,然后举为上官。《齐语》中桓公选贤的"召而与之语"、《史记·殷本纪》武丁得傅说的"得而与之语"以及大戴、周书两篇所谓的"方与之言",甚至《墨子》的"迹其言",均是其事。《芮良夫毖》在"官人"之法上与上述文献之间的关联,对我们认识该篇的年代学特征以及早期"官人"之法的源流都是很有价值的。

关键词 官人 大戴礼记 芮良夫毖 与之语 必探其度

一

所谓"官人"之术,即古代的选贤任官之法。关于此法,最早以《大戴礼记·文王官人》和《逸周书·官人解》两篇论述最为集中和详致。稍后,其中具体的"察人"之法又散见于《庄子·列御寇》《吕氏春秋·论人》《荀子·君道》《吴越春秋》卷九等文献②,最终至曹魏时,在品鉴人物的社会风气之下,刘劭以此为基

---

① 本文承贾海生、张怀通、萧旭先生及本校中文系郑妞博士提出宝贵意见,谨致谢忱。
② 罗家湘.《逸周书》研究[M]. 上海:上海古籍出版社,2006:230-231.

础，撰成我国历史上最早系统研究人之才性及政治功用的专书《人物志》①。

关于"官人"之法，《大戴礼记·文王官人》和《逸周书·官人解》两篇所论大体相同，彼此之间的关系属于晚近学者讨论比较多的"互见"或"重文"②，而就完整性来说，尤以《大戴礼记》为甚，内容较之《逸周书》也稍多。两篇的性质，前人谓即"周家官人之法"③。具体来说，就是提出从六个方面全面考察一个人，即观诚、考志、视中、观色、观隐、揆德，也就是所谓"六征"，然后再"因方而用之，此之谓官能也"（此大戴语，《逸周书》无），正扣"官人"之题。至于这么做的目的，《大戴》后面的"任七属"中已说得很明白，即"先则任贤"，其以举贤为先④，可谓昭昭明甚。上述"六征"中的"考志"，《逸周书·官人解》作"考言"，王念孙鉴于下文言"以观其志""弱志者也"，主原本当从大戴作"考志"为是⑤。王说是正确的。除王氏所举，下文尚有"志殷以渊"⑥、"烦乱以事而志不营""志不能固"，且该段主要讲的就是一个人的诸如"有质"与"无质"以及"质静""心不移""心变易""愚赣""果敢"之类心智、品性内容，故大戴的"考志"确存其真。当然，《逸周书》的"考言"也能够解释。那就是该段种种的"考志"，是通过与被考察者的交谈来进行的⑦，该段开头即言"方与之言，以观其志"，已说得很清楚了。它揭示要准确了解一个人，必须要近距离与之交谈（"与之言"），通过近身交谈来深入了解一个人的各方面质量。后世的"听其言，观其行"约略相近。揆诸文献，这种通过交谈即"听其言"来察人、用人的"官人"之术还是多有痕迹可寻的。

我们先来看《国语·齐语》《管子·小匡》的记载。这两篇内容也大部雷同，同样是"互见"或"重文"关系。我们感兴趣的是两文中关于举荐贤才的所谓"三选"之法，为论述方便计，兹将两篇内容俱列如下：

---

① 这方面可参伏俊琏先生的两本书，即：伏俊琏. 人物志研究[M]. 兰州：甘肃人民出版社，1999；伏俊琏.《人物志》译注[M]. 上海：上海古籍出版社，2008.（该书的"前言"对于我国历史上察人之术及其文献的源流有简要的介绍。）
② 或曰"重文""同文"。
③ 黄怀信，张懋镕，田旭东. 逸周书汇校集注[M]. 上海：上海古籍出版社，2007：757. 引刘师培之说。
④ 学者或将"先"解为"先生"（王聘珍. 大戴礼记解诂[M]. 北京：中华书局，1983：197.），如此则与前面的"学则任师"，似嫌重复。其实，"先则任贤"系"任七属"的最后一项，尽管前面的六属国、乡、官、学、族、家多为名词，但最后的"先则任贤"却未必与它们属并列的关系，此处"先"当理解为"优先"，意指同等条件下要以"贤"者为先。
⑤ 黄怀信，张懋镕，田旭东. 逸周书汇校集注[M]. 上海：上海古籍出版社，2007：758.
⑥ 大戴"渊"作"渿"，"渿"实为"深"之古体，而"深"与"渊"义同。
⑦ 罗家湘先生也认为是"以言官志"，参：罗家湘.《逸周书》研究[M]. 上海：上海古籍出版社，2006：230.

《国语·齐语》：桓公令官长期而书伐，以告且选，选其官之贤者而复用之，曰："有人居我官，有功休德，惟慎端悫以待时，使民以劝，绥谤言，足以补官之不善政。"桓公召而与之语，訾相其质，足以比成事，诚可立而授之。设之以国家之患而不疚。退问其乡，以观其所能而无大厉，升以为上卿之赞。谓之三选。国子、高子退而修乡，乡退而修连，连退而修里，里退而修轨，轨退而修伍，伍退而修家。是故匹夫有善，可得而举也；匹夫有不善，可得而诛也。

《管子·小匡》：于是乎乡长退而修德进贤，桓公亲见之，遂使役之官。公令官长期而书伐以告，且令选官之贤者而复之，曰："有人居我官，有功休德，维顺端悫，以待时使，使民恭敬以劝。其称秉言，则足以补官之不善政。"公宣问其乡里，而有考验，乃召而与之坐，省相其质，以参其成功成事，可立而时。设问国家之患而不肉，退而察问其乡里，以观其所能，而无大过，登以为上卿之佐。名之曰三选。高子国子退而修乡，乡退而修连，连退而修里，里退而修轨，轨退而修家，是故匹夫有善，故可得而举也。匹夫有不善，故可得而诛也。

两篇文献关于举荐贤才的所谓"三选"，其实就是指选拔贤才要分别经过乡里推举、官长举荐、君主亲自考核等三个步骤①，显示古代于举荐贤才程序上是极严格的。值得注意的是，"三选"之中的第三选，《齐语》的表述是"召而与之语，訾相其质，足以比成事，诚可立而授之"，所谓"召而与之语"，其实即通过与贤才的交谈、察其言论来考察对方。这正是上述《大戴礼记·文王官人》《逸周书·官人解》的"方与之言"，通过"考言"来"官人"的方法。此句《管子·小匡》作"召而与之坐"，"坐"字当系"语"字之误：味同嚼蜡且流于想当然——"与之坐"是要干什么呢？其明显当系文献辗转因袭中的误讹。两篇都说"三选"的目的是"选其官之贤者"，《小匡》甚至还说"修德进贤"，准此，此法为举贤所专用是很明确的。

再来看《史记·殷本纪》的记载。该篇提到武丁得傅说的过程，其中有语云：

---

① 对于"三选"，韦注谓："谓乡长所进，官长所选，公所訾相。"陶鸿庆则认为"三选"分别是"令官长选官之贤者而复之"、公省相其质、退而察问乡里（黎翔凤.管子校注[M].北京：中华书局，2004：422.）。就"三选"所经历的范围看，无论是韦注的"乡长所进"还是陶氏的察问乡里，都说明乡一级的考察都是存在的。

武丁夜梦得圣人,名曰说。以梦所见视群臣百吏,皆非也。于是乃使百工营求之野,得说于傅险中。是时说为胥靡,筑于傅险。见于武丁,武丁曰是也。得而与之语,果圣人,举以为相,殷国大治。

其中值得注意的是"得而与之语,果圣人,举以为相,殷国大治"这样的记载,所谓"得而与之语"与《齐语》"召而与之语"的说法基本一致。尤其是武丁一开始"梦得圣人",但"所见群臣百吏皆非也",不过一旦傅说至,武丁虽曰"是也",也只是就外貌而言。而下文的"得而与之语,果圣人",一个"果"字,说明这个"与之语"的途径显然承担了考察人才的功能。我们今天已很难知道史公此处的文献来源,但就其"得而与之语"与《齐语》《文王官人》等篇表述上的一致性看,这应该不会是史公的想当然之语,而当是有着确凿之文献依据的。

与武丁得傅说类似,《说苑·尊贤》还记孔子向齐景公述秦穆公得百里奚的过程,其中有语云:

(秦穆公)亲举五羖大夫于系缧之中,与之语,三日而授之政。

其中又有"与之语"[①]!这与《殷本纪》的"得而与之语"类似,同样应该是通过"考言"来举人的"官人"之法。武丁得傅说与秦穆得百里奚这两则例子还有更值得重视的地方,那就是他们都是古代具有典范意义的"举贤"例子,这与《齐语》《小匡》说三选的目的在于"选官之贤者"正相呼应。它昭示这种"得而与之语""召而与之语""方与之言"的言论考察,几乎是早期考察贤才的必由步骤。

此外,《史记·周本纪》还记周文王能"礼下贤者",且"日中不暇食以待士",故"太颠、闳夭、散宜生、鬻子、辛甲大夫之徒皆往归之"。其中的辛甲本为纣臣,《集解》引刘向《别录》述此人由事殷到事周的转变过程:

辛甲,故殷之臣,事纣。盖七十五谏而不听,去至周,召公与语,贤之,告文王,文王亲自迎之,以为公卿,封长子。

请注意,辛甲至周接受考核的一个重要环节就是"召公与语,贤之","与语"

[①] 此事又见《史记·孔子世家》《孔子家语·贤君》,二书此处俱作"与语",大致相同。

云云者,明显也是与《齐语》《小匡》《殷本纪》《说苑》之"与之语"一致的"考言"步骤。再次说明大戴、《逸周书》两篇"官人"文献所谓"方与之言"之类的"官人"之法,是普遍存在的。

由上述例子可以看出,所谓"与之语""与之言"的"官人"之法,多出现于古代的举贤例子中。其实,说到举贤及尚贤,墨子一书更是辟有专篇,而我们在墨子关于举贤的论述中,其实也能找到上述"官人"之法的蛛丝马迹。《墨子·尚贤中》云:

> 贤者,举而上之,富而贵之,以为官长。不肖者抑而废之,贫而贱之以为徒役,是以民皆劝其赏,畏其罚,相率而为贤。是以贤者众,而不肖者寡,此谓进贤。然后圣人听其言,迹其行,察其所能而慎予官,此谓事能。故可使治国者,使治国。可使长官者,使长官。可使治邑者,使治邑。凡所使治国家、官府、邑里,此皆国之贤者也。

其中的"听其言,迹其行",也当是与《齐语》的"召而与之语"、《殷本纪》的"得而与之语"、《文王官人》的"方与之言"类似的通过考察言论来举贤之法。关于这一点,《说苑·尊贤》也有类似记载:"夫取人之术也,观其言而察其行",所谓"观其言而察其行"与墨子此处的"听其言,迹其行"可以说基本一致,都强调"考言"的重要性。还要提到的是,墨子提到"察其所能而慎予官,此谓事能",强调"能",而《大戴礼记·文王官人》下文提到"九用"时也说"因方而用之,此之谓官能也"——"事能"与"官能",其义一也。更值得注意的是,墨子还提到对考察合格的人才使用,如"可使治国者,使治国;可使长官者,使长官;可使治邑者,使治邑",而《大戴礼记·文王官人》最后讲到对于考察合格人才使用原则的"九用"中亦有"平仁而有虑者,使是治国家而长百姓;慈惠而有理者,使是长乡邑而治父子;直愍而忠正者,使是莅百官而察善否",这里的"治国家""长乡邑""莅百官"与墨子的"治国""长官""治邑"可以说完全一致(次序微有差异)①。而且,所谓"治国""长官""治邑"的三级分配,也与前述《齐语》《小匡》的"三选"约略近之。这充

---

① 《左传·襄公十五年》提到公子午等人分任令尹、右尹、大司马、左司马、右司马、莫敖、箴尹、连尹、宫厩尹,可以说从冢卿到基层官员一应俱全,因此《左传》引君子的评价说"楚于是乎能官人",亦属"官人"。《左传》所记虽是楚国官制,但就其记载官制从高到低的系统性来讲,确可佐证《大戴礼记》《墨子》中所谓"治国""长官""治邑"的说法非虚。

分证明墨子所讲,同样是以古代的"官人"之法为背景的,其与上述《国语·齐语》《管子·小匡》《史记·殷本纪》《大戴礼记·文王官人》《逸周书·官人解》的记载可以说都是相通的。这也说明,古代诸如"与之言""与之语"的"官人"、举贤之法,既可以说久有源流,也可以说流传是很广的。

当然,从史源学来讲,所谓"官人"之法,《齐语》《小匡》《墨子》《史记·殷本纪》甚至《说苑·尊贤》等书中所见不过是只鳞片爪、吉光片羽,而《大戴礼记·文王官人》《逸周书·官人解》等篇才真正是这种观念的"大本营"。《文王官人》篇中,所谓"方与之言,以观其志"仅仅是六法之一,而单是这一法的文字篇幅就达到将近五百字,详细讨论诸如"日益""日损""有质""无质""平心而固守""鄙心而假气""有虑""愚赣""洁廉而果敢""弱志""质静""始妒诬""治志"等十三种情况,分类之细,论述之委曲,都让人叹为观止。由此还要谈到《大戴礼记》与《逸周书》的"方与之言"之"方"。《国语》《管子》的"召"以及《史记》的"得"都系动词,而"方与之言"之"方"则应为副词。关于此字,有释为"并""常""遍"诸说①,笔者以为还是以释"遍"为宜,而"遍"即"广"也。所谓"遍与之言"或"广与之言",即指"与之言"之时,从多个方面对待察之人进行考核,这种考察的细致程度,可以说与上述多达十三种的复杂情况亦相符合。顺便说一句,文中笔者论及《大戴礼记》《逸周书》《国语》《墨子》《管子》《史记》《说苑·尊贤》等书关于"察言"的"官人"之法重在"举贤",我们进而认为,"官人"之法设计的初衷可能就是为了"举贤"的。当然,关于"举贤",我们还有一个和传统不太一样的认识,那就是在我们看来,早期对"贤"的界定,其实是仅限于那些出身异族或身份低贱的人,而贵族在仕途中的正常晋升,本不属于"举贤"②。正因为"举贤"对象是出自那些出自异族或身份低贱的人,相较于本族或朝廷旧官,无疑更缺乏了解,这才是"官人"之术需要从各个方面全面考察一个人的真正原因。

当然,一旦我们厘清上述文献之间的史源学关系,特别是《大戴礼记·文王官人》《逸周书·官人解》两篇才是"官人"之法的大本营,则对上述《齐语》与《小

---

① 可参:黄怀信,张懋镕,田旭东. 逸周书汇校集注[M]. 上海:上海古籍出版社,2007:765;方向东. 大戴礼记汇校集解[M]. 北京:中华书局,200;1033.
② 详参拙文:宁镇疆. 说《芮良夫毖》之"五相"兼申"尚贤"古义[C]//出土文献与传世典籍的诠释国际学术讨论会论文集. 上海:复旦大学出土文献与古文字研究中心,2017. 此文后刊于《学术月刊》2018年第6期。本文所举的例子中,傅说、百里奚可谓出身贱役,而辛甲由于本系纣臣,则明系"异族"。学者认为《逸周书·官人》系"周代对士大夫任官的观察考核",因此"士人在学习训练阶段要以这样的标准来要求",与我们的看法不同。参见:季旭升.《上博五》"毋钦毋去"解[C]//出土文献研究:第十六辑,上海:中西书局,2017:12.

匡》之间的文字歧异,也会有正确的判断。如《齐语》云"设之以国家之患而不疚",而《小匡》作"设问国家之患而不肉","疚"与"肉"差别明显。韦昭注《齐语》云:"疚,病也。豫设以国家之患难问之,不病不能也。"而学者注《管子》径自以《小匡》为是,注云:"其人既可,将立之,又时设问国家之患,以知智谋之深浅,不直相其骨肉而已。肉者,所谓皮相也。"①其实,在《逸周书·官人解》六征的第一征中有这样的话:"设之以谋以观其智。"②其第二征中又言:"设之以物而数决,敬之以卒而度应,不文而辩,曰有虑者也。"③二句俱言"设",其实即韦注所说的"豫设以国家之患难问之",或者依《逸周书·官人解》,对要考察的人,要么问之以"谋",要么问之以"物",进而考察他们的反映或回答。准此,上述《齐语》与《小匡》之间"疚"与"肉"的差异,显当以前者为是,理解为"不病不能",而《小匡》的"肉"当系误讹④,至于学者所谓"骨肉""皮相"的解释,无疑就离题万里了。

二

所谓"与之言""与之语"的"官人"之法,貌似卑之无甚高论(从大戴、《逸周书》来看,仅仅是"听其言"的"官人"之法也不是那么简单的),但从上述的文献梳理看,此法既可以说久有源流也可以说影响甚广。地不爱宝,我辈之幸,在近年刊布的新出土材料中,我们竟然也发现了与上述《大戴礼记·文王官人》《逸周书·官人解》《齐语》《小匡》《墨子·尚贤中》《史记·殷本纪》《说苑·尊贤》"与之言""与之语"类似的"官人"之法。有上述文献作为背景,对这些新材料可能就会有更为准确的理解。试看清华简《芮良夫毖》下面几句文字(宽式):

尚求有材,圣智勇力。必探其度,以貌其状。身与之语,以求其上。

---

① 黎翔凤. 管子校注[M]. 北京:中华书局,2004:417.
② 《大戴礼记·文王官人》此句作:"挈之以观其知。"
③ 《大戴礼记·文王官人》"设"字作"执",当系误讹。参王引之《经义述闻》卷十三,"大戴礼记下"之"执之以物"条及裘锡圭. 古文献中读为"设"的"埶"及其与"执"互讹之例[C]//裘锡圭学术文集:第四册. 上海:复旦大学出版社,2012:451.
④ 王念孙认为《小匡》的"肉"本字或作"宍",篆书字形作"肉",与"肉"相近而致误(王念孙. 读书杂志[M]. 南京:江苏古籍出版社,2000:446.)后瞿镛《铁琴铜剑楼藏书目录》卷十四述及曾见宋本《管子》,其字作"肉",与王说近,亦服其精于小学(此承萧旭兄赐告)。

据多位学者的看法,这几句明显也是讲举荐贤才①,其中的"徇求有材,圣智勇力"尤可证。有意思的是,在这样以举荐贤才为背景的语言环境中,我们又看到了熟悉的话,即所谓"身与之语,以求其上"。这两句没有释字疑难,但此前学者的理解却较少中肯綮者,关键还是没有找到准确的文献源头。其实,这两句同样是上面所述"官人"之法,意思是对于举荐过来的贤才,君王要亲自与之谈话,观其言论,即所谓"身与之语"。所谓"身与之语",与《国语》《史记》《墨子》《大戴礼记》《逸周书》所谓"召而与之语""得而与之""听其言""方与之言"都可谓绝类②。《芮良夫毖》还提到如果考察合格,就"以求其上","上"应该是使动词,使居上位的意思。巧合的是,前述《齐语》下文说对于"三选"合格的人,就会"升以为上卿之赞",《小匡》的"登以为上卿之佐"③,甚至前述《墨子》也说:"贤者,举而上之"。所谓"上卿之赞"或"上卿之佐",特别是前举《墨子·尚贤中》的"举而上之",以及同书《尚贤下》篇说武王将闳夭、泰颠等人"推而上之",其中之"上",已经足以昭示《芮良夫毖》"以求其上"之"上"字的意蕴了。《芮良夫毖》与上述文献的关联,再次说明古代关于举荐贤才的"官人"之法流传是很广的。

当然,一旦我们厘清《芮良夫毖》篇与《大戴礼记·文王官人》等"官人"文献之间的关系,这又会为我们理解《芮良夫毖》"身与之语,以求其上"前面尚存疑难的"必探其度,以貌其状"提供准确的文献背景。这两句尤其是前一句"必探其度",迄今没有令人满意的解释。学者或以为"探"字早期材料未见,指其相对晚出④。其实,这两句夹在"徇求有材,圣智勇力"和"身与之语"之间,同样也应该与举荐贤才的"官人"之法有关⑤。"必探其度",其中之"度"整理者原释"宅",但无说。王瑜桢认为释"宅"不确,主张释为"度",并引《左传·昭公十二年》"思我

---

① 王瑜桢曾依文义将《芮良夫毖》分成若干段,此处属王氏所划第四段,其文义即总结为"毖王与重臣应当德举贤",(参:王瑜桢.《清华大学藏战国竹简三·芮良夫毖》释读[C]//出土文献:第六辑.上海:中西书局,2015:184.)曹建国总结这几句所在的段落也说:"这段简文是说要同心协力,并求推荐贤才",参:曹建国.清华简《芮良夫毖》试论[J].复旦学报,2016(1).
② 子居认为此"身与之语"与《左传·襄公二十六年》的"左师闻之,聆而与之语"相近(参:子居.清华简《芮良夫毖》解析[EB/OL].孔子2000网站.http://www.confucius2000.com/admin/list.asp?id=5589),可以说并没有找到此处文句的准确出处,因此理解上也就存在着隔膜。
③ 李学勤先生认为《小匡》的"佐"当系对《齐语》之"赞"的"浅明"化改换,参:李学勤.《齐语》与《小匡》[M]//古文献丛论.上海:上海远东出版社,1996:176.
④ 子居.《芮良夫毖》解析[EB/OL].http://www.360doc.com/content/16/0626/12/34614342_570842178.shtml.
⑤ 后来,笔者得见:高中华,姚晓鸥.清华简《芮良夫毖》疏证(上)[C]//赵敏俐.中国诗歌研究:第十四辑.北京:中国社会社会科学文献出版社,2017.知高、姚二氏亦主"必探其度"以下四句为"古代官人铨选之法",实与拙说不谋而和,惜乎未有详论。而且,对其中"度"字,高、姚依然取王瑜桢般理解为"法度",依本文的讨论看,又未为尽善。

王度"为证,认为"简文这一段都是在说明寻求人才的条件,因此君主务必探知人才的器度才能"。所谓"器度"一语,颇为抽象,亦觉未安。其实,《大戴礼记·文王官人》的一处表述或许会对此字的释读提供参照。该篇观人六法的第一法中,有这样的句子:"探取其志,以观其情"①,所谓"探取其志"应该是与《芮良夫毖》"必探其度"最接近的辞例。但作为"探"的宾语,一则为"志",一则为"度",何者为是?《芮良夫毖》对应"宅"的字为楚文字中常见字形,目前以释"宅"和"度"较为常见,两字读音也很接近,经书中古文常作"宅",而今文多作"度"。这恐怕也是整理者释为"宅"和王瑜桢释为"度"的缘由。其实,《文王官人》的"志"读音与它们也很相近。"宅"字上古音属定母铎部字,"志"是章母之部字。声母同属舌音,韵部之、铎为旁对转。我们认为,《芮良夫毖》此字确以释"度"为佳,但王瑜桢"器度"的理解则恐又偏离了正途。其实,参考《文王官人》的"志","度"当理解为"意度"或"谋"。"志"与"谋"或"意度"均属心智语汇,明显较"器度"更近。更重要的是,古文献中"度"训为"谋"或"意度"较为多见。《书·吕刑》"何度非及"、《诗·大雅·皇矣》"爰究爰度"其中之"度",均以释"谋"为常。《大戴礼记·五帝德》:"三王用度",王聘珍亦解"度"为"意度",《楚辞·九章·惜往日》"君无度而弗察兮",前人解其中之"度"又为"心中分寸"②。《芮良夫毖》中"必探其*",作为"探取"的宾语,"*"肯定是名词,故此字仍当以释"度"为优,理解为"谋"或"意度"。我们推测,《文王官人》的"志",由于读音与"宅""度"接近,其实不过是用另一个更好理解的心智语汇"志"来代替罢了。该篇反复言之的"考志""观志""弱志""治志""诚志"等等,充分说明"志"在考察一个人过程中所起的重要作用。所谓"志",即"度"或"意度"③。《芮良夫毖》篇下文还说"不秉纯德,其度用失营",其中之"度"字与前同形,整理者释为"度",其实读为"志"亦可:前面强调"不秉纯德"之"德",后面接着说其"志"如何如何,"德"与"志",都属心智语词。整理者在注释这一句时,也引到了《大戴礼记·文王官人》篇"烦乱之而志不营"及卢辩注"营,犹乱也"④。整理者主要想解释"营"。但请注意,所谓"烦乱之而志不

---

① 《逸周书·官人》作"复征其言,以观其精",所谓"复征其言"云云,当系误讹,因为与下文的"方与之言"明显重复。
② 以上及更多辞例,可参:宗福邦. 故训汇纂[M]. 北京:商务印书馆,2003:696.
③ 这也提醒我们,出土文献中很多释为"度"的,读为"志"可能同样也是合适的。像最新的证据,清华简七《子犯子余》篇蹇叔的话有"凡民秉度端正僭忒",其中之"度"亦与上述《芮良夫毖》所谓"探取其*"之"*"同形,"度"为整理者所释(李学勤. 清华大学藏战国竹简(七):下册[M]. 上海:中西书局,2017:96.)其实,此处读为"志"同样也很合适:"凡民秉志端,正僭忒",非常明顺。
④ 李学勤. 清华大学藏战国竹简(三)[M]. 上海:中西书局,2012:152.

营",而上文提到《芮良夫毖》有语"其度用失营",如若将其中的"度"替换为"志",即为"其志用失营":一则为"志不营",一则为"志用失营",辞例可谓极为接近。总结上述讨论,我们认为《芮良夫毖》的"必探其度",其具体意思就是通过"探度"即"探志",也就是弄清一个人的内心所思、所想来来详细考察一个人,用大戴的话说即是"考志",这依然是"官人"之法。另外,由《芮良夫毖》的"必探其度"以及上文提到的古书中"宅""度"每多混用,还应该提到《尚书·立政》篇。该篇主旨即是讲"官人"、任官之法,其中所谓"立民长伯",以及任人、准夫、司徒、司马、司空等具体职官均卓然可见。值得注意的是,在这样一篇主要讲"官人"之法的篇章中,"宅"字出现达十余处,所谓"宅乃事""宅乃牧""宅乃准""宅人""三有宅、克即宅""三有宅心""克宅厥心"等等,这成为该篇用词上非常"特异"的现象。其实,既认识到该篇以"官人"为主旨,再联系到《芮良夫毖》的"必探其度"以及古书中"宅""度"每多混用,则其中"宅"字的高频率出现肯定不是偶然的。当然,《芮良夫毖》的"必探其度"之"度"本为名词,而《立政》篇的"宅"则多为动词,学者释为"度量"①,实即考量、考察。但所谓探知其心智,其实即考察之;而所谓"度量"之,又何尝不包括心智呢?篇中明云"宅心",《书·康诰》亦有"宅心知训","宅心"实即"度心",考察其心智也。《诗·大雅·皇矣》云:"帝度其心。"《清华简·祭公》亦说"唯时皇上帝度其心",均是其证。还应指出的是,《尚书·立政》不但以"官人"为主旨,而且每每以"文王"之"官人"、用人为法则,其说谓:"亦越文王、武王,克知三有宅心,灼见三有俊心。""文王惟克厥宅心,乃克立兹常事司牧人,以克俊有德。文王罔攸兼于庶言;庶狱庶慎,惟有司之牧夫是训用违;庶狱庶慎,文王罔敢知于兹"。"自古商人,亦越我周文王立政……",其以"文王"为典范是很明显的,《诗·大雅·棫朴》小序又云:"棫朴,文王能官人也。"故《大戴礼记》之言"官人"术,又径以"文王官人"为篇名,看来确有所本。大戴及《逸周书》两篇,篇首俱以"王"对"太师"之言起始,《文王官人》篇此后讲"官人"之法的主体,亦以"王曰"领起,适应"文王"官人之题,但《逸周书·官人解》此后内容却是以"周公曰"领起,《周书序》谓:"成王访周公以民事,周公陈六征以观察之,作《官人》",学者或据此谓其中的"王"为成王者。刘师培因谓:"盖此为周家官人之法,始于文王,迄于武王,成王之时作辅之臣咸举斯言相勖,惟所举之词互有详略异同,此则

---

① 可参:曾运干.尚书正读[M].上海:华东师范大学出版社,2011:261;周秉钧.尚书易解[M].上海:华东师范大学出版社,2010:249.

周公述文王言以语成王也。"所谓"周公述文王言以语成王"①,可谓近是。

"必探其度"既明,再来看下一句"以貌其状"。"貌"字整理者原释为"亲",后来陈剑改释为"暴",读为"貌"②,广为学者所引述。陈氏改释从文字学上说,证据已很充分。现在我们也可以据《大戴礼记·文王官人》篇为陈氏之说补充点文献方面的证据。此篇"官人"之法的第二条中提到:"其貌直而不侮,其言正而不私。不饰其美,不隐其恶,不防其过,曰有质者也。其貌固呕,其言工巧,饰其见物,务其小征,以故自说,曰无质者也",下文还称"多稽而俭貌"是"质静"。在第五条的"观隐"之法中又提到"面宽而貌慈"是"隐于仁质也","观忠尽见于众而貌克"是"隐于交友也",第六条的"揆德"之法中又说到"饰貌者不情"。如此种种,看来在古代的"官人"之法中,对于一个人的"貌"与其品性、质量之间的复杂关系有详尽的考虑。或者说由于"饰貌"和"隐"的原因,仅仅看一个人的"貌"还无法准确判断一个人的质量。由此我们再来看《芮良夫毖》的"必探其度,以貌其状"——如果能探知一个人内在的"意度"或"志",无疑就有利于"描绘、形容、表现出其'状'"③,可谓文从句顺。尽管《文王官人》篇之"貌"多系名词,而《芮良夫毖》的"以貌其状"之"貌"实为动词,但它们关注的问题无疑是有很大共性的。顺便说一句,《芮良夫毖》"必探其度,以貌其状。身与之语,以求其上"这样的"官人"之法,尤其是重视一个人的质量与外貌之间的复杂关系,而且非常强调考察一个人的"言",而我们发现另一篇同样打上"芮良夫"标签的文献,对此也有惊人一致的表述,《逸周书·芮良夫解》云:

> 我闻曰:以言取人,人饰其言。以行取人,人竭其行。饰言无庸,竭行有成。惟尔小子,饰言事王,寔蕃有徒。王貌受之,终弗获用。面相诬蒙,及尔颠覆。

这段文字和本文所论最相关切处有两点值得注意。其一就是所谓"以言取人,人饰其言""饰言无庸""饰言事王",既说明"言"的欺骗性,也说明察"言"的重要性。且所谓"饰言无庸,竭行有成",对于"言"与"行"的关系论述,又依稀让我

---

① 黄怀信,张懋镕,田旭东.逸周书汇校集注[M].上海:上海古籍出版社,2007:757.
② 陈剑.清华简(五)与旧说互证两则[EB/OL].复旦大学出土文献与古文字中心网站.http://www.gwz.fudan.edu.cn/SrcShow.asp? Src_ID=2494.
③ 陈剑.清华简(五)与旧说互证两则[EB/OL].复旦大学出土文献与古文字中心网站.http://www.gwz.fudan.edu.cn/SrcShow.asp? Src_ID=2494.

们看到了《墨子·尚贤中》"圣人听其言,迹其行"的影子,凡此可以说与前述察"言"的"官人"之术都不无关联。其二,可能也是更为重要的是,其中提到所谓"王貌受之",同样涉及"貌"。所谓"王貌受之",即指王受到伪饰之"貌"的迷惑而率尔任用其人,最终"面相诬蒙,及尔颠覆"。这与前述《文王官人》篇对"貌"特别是"饰貌"的讨论亦相一致,而《芮良夫毖》的"必探其度,以貌其状"——通过"探度"来"貌"即描摹一个人的"状",讨论的基本上也是此类问题。由此看来,三篇讨论的话题可以说有惊人的共性。《逸周书·芮良夫解》一般认为系芮良夫劝谏厉王之语,而《芮良夫毖》公布之后有不少学者怀疑其并非芮良夫所作,甚至指其为战国人所委托。就两篇所涉察人、"官人"之法的一致性,特别是《逸周书·芮良夫解》与《芮良夫毖》两篇关注问题的共性上看,我们认为《芮良夫毖》作为芮良夫的作品可以说是确定无疑的。另外,由《文王官人》《芮良夫毖》《芮良夫解》的多言"貌",特别是三篇文献相关内容多与"官人"内容相关,又让我们想到前述《尚书·立政》篇。如前所言,此篇同样是有关"官人"的,值得注意的是,其中有"谋面用丕训德,则乃宅人,兹乃三宅无义民"的句子。其中"谋面",尽管孔、蔡二传俱以本意解,但王引之独以"谋面"为"黾勉",并援其父之说,以"义"为"邪"①。由于王氏父子治小学的过人声望,其说虽"惊俗",但依旧影从者不绝②。其实,从"官人"的背景看,王氏之解恐怕有求之过深的嫌疑。窃以为此处"谋面"句的理解当以曾运干先生之说最为精当。曾说:"谋面,犹言以貌取人也。丕,读为不,急气言之。训,顺也。""此以观行观心为官人之法也","此以观色听言为官人之法也","文言观人者不考诸行,不审其心,徒听言观色,是谋面用不顺德"③,曾先生之解紧扣"以貌取人"及"官人之法",这与上述《文王官人》《芮良夫毖》《芮良夫解》三篇对"貌"及相关问题的关注正相呼应,也甚切《立政》篇的主旨及上下文环境,诚可谓精确不磨。曾先生并批评王引之读"面"为"勔",读"义"为"俄",都是"迂曲怪僻,不可从",我们认为也是公允的④。更值得注意的是,曾先生并指

---

① 王引之. 经义述闻[M]. 南京:江苏古籍出版社,2000:97,101.
② 可参:杨筠如. 尚书覈诂[M]. 西安:陕西人民出版社,1959:266;顾颉刚,刘起釪. 尚书校释译论[M]. 北京:中华书局,2005:1668-1669. 孙星衍虽于"谋面"以《周书·官人解》有考言观色"说之,可谓得其正解。但"义"字,依然取王氏"邪"字为说,参:孙星衍. 尚书今古文注疏[M]. 北京:中华书局,1986:470-471.
③ 曾运乾. 尚书正读[M]. 上海:华东师范大学出版社,2011:261-262. 周秉钧之说与曾先生同(如称"以面貌取人"云云,参周著第249页),但周书后出,且杨树达先生为此书作序明云其"复撷曾、杨之善说"。
④ 曾先生治《尚书》,向以精于"训诂""辞气","卓绝一时"(参《尚书正读·出版弁言》),由"谋面"之疏解从"官人"之义立论并对高邮王氏亦不苟从看,不得不佩服曾氏之精核。

《尚书·皋陶谟》之"巧言令色孔壬"亦与"官人"有关,可以说极有启发性。考《皋陶谟》"巧言令色孔壬"句前皋陶的话尚有"在知人""知人则哲,能官人"(所谓"知人",实即"察人"),此与《逸周书·谥法解》的"官人应实曰知"可谓相应,故《皋陶谟》此处确亦是讲"官人"之法,而所谓"巧言令色"云云,其突出"貌"的欺骗性,显然与《芮良夫解》的"饰言"、《文王官人》的"饰貌"又是一致的。顺便要提到,上文笔者引及《史记》所载武丁得傅说的过程,尤其是同样要经过"言论"考察之后武丁才相信他。关于傅说其人,古书所载有两点值得特别注意。其一,他身份低贱,《墨子·尚贤中》说他"被褐带索,庸筑乎傅岩"①,可谓起于贱役;其二,更重要的是,他天生异骨、长相怪异。清华简《说命上》专门提到"厥说之状,鹃肩女(如)惟(椎)"②。同样提到"状",颇应《芮良夫毖》的"以貌其状"。既出身低贱又长相怪异,要举荐这样"来路不明"的人为上官无疑是需要慎之又慎的。或者说要弄清楚傅说表面的怪异之"状"背后究竟有没有实际高人一等的才能就成为非常迫切的问题。这与《芮良夫毖》篇所讲的要通过"探""度"来"貌"其"状",以及《芮良夫解》篇所讲的"言""行"矛盾,特别是告诫王不能受"饰言"的迷惑而"貌受之",其实都是同类问题。由此,我们再来看《大戴礼记·文王官人》《逸周书·官人解》两篇关于考察人的种种繁琐、细碎甚至苛刻的规定,恐怕就更容易理解了。

还要指出的是,《芮良夫毖》"必探其度"句前,尚有"和专同心,毋有相叠"两句。其中之"力女"整理者认为当读为"负"③,学者后来结合郭店简材料主张释为"饰",意为"巧饰"④。今按,后说是。可资证明的是,《大戴礼记·文王官人》篇多处亦提到考察一个人时,要充分注意其"饰"的问题。如上举第二条中的"不饰其美""饰其见物"(亦见第五条),第五条中还有"人有多隐其情,饰其伪"、第六条还提到"饰貌者不情",最后总结时又说到"伪饰无情者可辨",均是其例。更重要的是,"揆德"一条中还提到"合志如同方,共其忧而任其难"是"交友"之道⑤。所谓"合志""同方""共其忧"与"毋有相饰"前的"合专同心"辞例可以说极为相近。然则,所谓"合专同心,毋有相饰"就是说要同心合力,不应有所伪饰。因此下面的"必探其度,以貌其状。身与之语,以求其上"不过是就如何破除伪

---

① 《墨子·尚贤下》作"衣褐带索,庸筑于傅岩之城"。
② 可参:虞万里.清华简《说命》"鹃肩女惟"疏解,胡敕瑞.读《清华大学藏战国竹简(三)》札记[C]//出土文献与中国古代文明——李学勤先生八十寿诞纪念文集.北京:中华书局,2016:165,276.
③ 李学勤.清华大学藏战国竹简(三)[M].上海:中西书局,2013:151.
④ 邬可晶.读清华简《芮良夫毖》札记[C]//古文字研究:第三十辑.北京:中华书局,2014:408.
⑤ 《大戴礼记》作"至友",此从《逸周书·官人》改。

饰,得其本真,从而达到准确选人而提出的具体的"官人"之法。

由上述所论看,古代意在"举贤"的"官人"之法,从《尚书·皋陶谟》《尚书·立政》到《国语·齐语》《逸周书·芮良夫解》《墨子·尚贤》《管子·小匡》《史记·殷本纪》,都有不同程度的记载。当然,作为"官人"之法的专篇论述,还是要以《大戴礼记·文王官人》或《逸周书·官人解》篇为"大本营"。清华简《芮良夫毖》相关文句同样也属"官人"之法,因此只有放到《大戴礼记·文王官人》或《逸周书·官人》这样"官人"文献背景下,才能获致正确的理解。如果《芮良夫毖》为西周芮良夫的作品可信,则其与《大戴礼记·文王官人》(《逸周书·官人》)、《国语·齐语》《管子·小匡》甚至《史记·殷本纪》等篇在"举贤"或"官人"之法上的关联,对于我们重新认识这些文献的材料来源及年代学特征,都是非常有价值的。晚近以来,由于出土材料研究的进展,《逸周书》一书的材料价值重获重视,但也多限于其中的《世俘》《祭公》《尝麦》《皇门》等"书"类文献,以及最新的"三训",对于《官人解》一篇可以说关注得还比较少,《大戴礼记》的《文王官人》篇亦同样如此。间有涉及者,也仅仅是从单纯的"察人"角度立论,罕有从史学的角度将其作为周代选官、举贤材料使用者。从《芮良夫毖》这样的出土材料所载"官人"之法与二篇的密相关联看,我们过去的成见恐怕应该检讨。像上述与"官人"之术关涉的文献,《皋陶谟》《立政》均属《尚书》篇目,时代非常之早。尤其是《皋陶谟》还属于《尚书》中最早的"虞夏书",其中所谓"官人""巧言令色孔壬"等明确属"官人"之术的内容更是出自大禹的话①,然则对于"官人"之术的源起及其在早期政治生活中所发挥的作用,恐怕有必要作进一步探究。另外,如上所述,《国语·齐语》《管子·小匡》)、《史记·殷本纪》《墨子·尚贤中》甚至《芮良夫毖》篇中所谓"与之语""与之言"的举贤之法都只是"官人"之术的片鳞只爪,而《大戴礼记·文王官人》或《逸周书·官人解》才是这种"官人"之术的"大本营"。但我们千万不要以为《大戴礼记》与《逸周书》这两篇是对上述"碎片化"材料的"总其成",从而在年代学上将他们拉得很靠后。实际上,无论是《芮良夫毖》,还是《国语·齐语》(《管子·小匡》)、《史记·殷本纪》《墨子·尚贤中》各篇,限于语境、言说重点、文章性质等因素,要它们面面俱到地把"官人"之术所有细节都交代出来,显然是不现实的。真相只能是:当时"官人"之术及其文献肯定广有流传,而《国语·齐语》等文献不过是具体而微或得其一偏。在目前古书年代学的研究

---

① 《论语》中孔子曾多次言及"巧言令色"并诋斥之,看来是用自古相传的成语。

中,一个常见的逻辑是:学者总习惯认为那些"碎片化"的材料是更早的,而那些"总其成"的材料则相对较晚,从本文讨论的古代"官人"之术的文献源流看,这种逻辑显然是过于简单化了。

[《出土文献》(CSSCI)第十三辑,2018年11月,第97—110页,1.5万字]

饥饿体验与荒礼救护

——《诗经》凶礼研究之一

罗家湘 王 璠

摘 要 生活总会遇到许多困难,困难会挑战人类的极限。在《诗经》中,普遍性的饥饿体验逼出了人性的底线。个体的道德尊严有助于减缓饥饿对文明的杀伤力,但只有荒礼才是稳定秩序和安抚人心的良好制度设计。《诗经》经学用荒礼解释描写荒年的诗歌,虽不尽合乎诗歌的文学面貌,但导善之意是值得尊敬的。

关键词 诗经 饥饿 荒礼 经学

人生世间,要承受死亡、饥饿、地动天变、国破家亡等大恐怖。面对不可抗拒的蛮荒之力,个人太弱小了,不只战胜不了,就连预测也难,既不知其起于何时,又难测其终于何处,我们该如何自处,如何维护人类生活的秩序?据统计,《诗经》中凶礼类诗歌共14篇,其中包括丧礼9篇,有《王风》之《大车》《唐风》之《葛生》《秦风》之《黄鸟》《桧风》之《素冠》《小雅》之《常棣》《蓼莪》《小弁》《谷风》《大雅》之《下武》;荒礼2篇,分别为《小雅》之《鸿雁》《黄鸟》;吊礼2篇为《邶风》之《载驰》和《鄘风》之《泉水》;襘礼1篇是《鄘风》之《定之方中》,这14篇分别伴随有无能为力的哀伤,有扶持帮助的温情,亦有用礼仪来收编蛮荒之力的雄心。《诗经》中同样有吉礼类诗歌共74篇,其中包括祀天神者13篇,分别为《陈风》之《宛丘》《小雅》之《吉日》《渐渐之石》《大雅》之《生民》《板》《云汉》《瞻卬》《召旻》《周颂》之《昊天有成命》《思文》《丝衣》《鲁颂》之《閟宫》《商颂》之《长发》;祭地祇者12篇,有《召南》之《甘棠》《小雅》之《甫田》《大雅》之《绵》《云汉》《烝民》《韩奕》《周颂》之《天作》《昊天有成命》《时迈》《良耜》《般》以及《鲁颂》之《閟宫》;享人鬼者有49篇,分别为《召南》之《采蘩》《采蘋》《王风》之《黍离》《采葛》《小雅》之《天保》《小宛》《巧言》《四月》《小明》《楚茨》《大雅》之《文王》《大明》《绵》《旱麓》《思齐》《皇矣》《生民》《既醉》《凫鹥》《假乐》《公刘》《抑》《江汉》以及《周颂》之《清庙》

《维天之命》《维清》《烈文》《天作》《昊天有成命》《我将》《时迈》《执竞》《振鹭》《有瞽》《潜》《雝》《载见》《闵予小子》《访落》《敬之》《丝衣》《酌》《桓》《赉》,还有《鲁颂》中《閟宫》和《商颂》五篇;最后是籍田礼诗 10 篇,即《魏风》之《伐檀》《豳风》之《七月》,《小雅》中的《楚茨》《信南山》《甫田》《大田》以及《周颂》之《臣工》《噫嘻》《丰年》《载芟》。纵观《诗经》中各类吉礼的主旨,无一不是力主用人力来影响自然,用吉祥祝福来安顿苦难人生。

在所有恐怖类型中,饥饿与人最近,对人性的考验最强,对社会管理能力的期待最高。荒礼的实施就是要在饥荒发生时与天争胜,要用人性的高贵和社会的防灾救灾手段来击溃饥荒的威胁。

一、饥饿状态与灵魂体验

在生产力低下的古代社会,即使是贵族,也都有饥饿的体验。当饿得眼睛发绿的时候,动物本能便可能彻底释放出来。在这种情况下,个体该如何保住尊严而不失人性,社会该如何守护基本的秩序而不至于崩溃,就成为极大的问题。《诗经》中关于吃的描写为我们提供了这方面的经验。

在社会生活中,吃喝从来不是一种单纯的满足生理需要的行为,它与人的情感密切相关。《小雅·天保》:"民之质矣,日用饮食。"古人的生活以吃饭为中心,他们的普遍忧虑是缺少食物。孝子之忧是父母乏食,《唐风·鸨羽》:"王事靡盬,不能艺黍稷。父母何食?悠悠苍天,曷其有极!"战士之忧是"载饥载渴"(《小雅·采薇》),征战艰难。没落贵族忧虑自己吃不饱,《秦风·权舆》:"于我乎每食四簋,今也每食不饱。于嗟乎,不承权舆。"流寓群体四处乞食,充满辛酸。《诗经》中"至少有十三篇诗歌主要表现'流寓者'或涉及流寓内容。"[①]投亲无着的流寓者,"谓他人父""谓他人母""谓他人昆"(《王风·葛藟》),却遭受冷遇和排斥,得不到接纳与帮助。失去地位的没落贵族寄寓他国,求告无门,"叔兮伯兮,何多日也"。"叔兮伯兮,靡所与同"。"叔兮伯兮,褎如充耳"(《邶风·旄丘》)。声声无助的呼唤,让人怜悯。这与《郑风·蘀兮》叫着"叔兮伯兮"邀歌邀舞的热闹场景形成强烈反差。《小雅·黄鸟》写诗人"困"于他乡,与鸟争食:"黄鸟黄鸟,无集于穀,无啄我粟!""黄鸟黄鸟,无集于桑,无啄我粱!""黄鸟黄鸟,无集于栩,无啄

---

① 郑志强.《诗经》中的"黄鸟"意象与流寓群体[J].江海学刊,2012(5).

我黍!"高亨解题说"此诗与《魏风·硕鼠》有相似的地方"①,应该是看到了二诗中人与禽兽争食的共同性。不过《硕鼠》是因为争食想离家出走,而《黄鸟》则因为在外面争食而想要回家。西周后期发生大旱,逃荒的流民震撼了诗人心灵,一方面感叹气候变化剧烈,"旱既太甚,蕴隆虫虫"。"旱既太甚,涤涤山川。旱魃为虐,如惔如焚"(《大雅·云汉》)。一方面哀叹流民"何辜"(《大雅·云汉》),怨恨"天笃降丧,瘨我饥馑"(《大雅·召旻》)。

对于饿人,谁能援之以手?"饮之食之,教之诲之,命彼后车,谓之载之"(《小雅·绵蛮》)。一饭之恩,施者未必放在心上;能救人一命,受者必思还命之报。翳桑之饿人灵辄三日不食,得赵盾分食赠肉而活,其后晋灵公欲杀赵盾,灵辄倒戟以救之。② 腹虽饥,饿人有所不受。齐大饥,饿者不食黔敖的嗟来之食而死(《礼记·檀弓下》);东方人爰旌目饿于道,有狐父之盗"下壶餐以铺之",义不食盗之食,呕吐而死(《列子·说符》)。孟子说:"一箪食,一豆羹,得之则生,弗得则死。呼尔而与之,行道之人弗受;蹴尔而与之,乞人不屑也。"(《孟子·告子上》)有饭吃的人在选择食鲂还是食鲤上犹豫(《陈风·衡门》),这与做人的尊严无关;当饿人择食之时,人性的灵光就让人赞叹了。

有吃有喝是幸福的表现,《豳风·七月》描写农家生活:"六月食郁及薁,七月亨葵及菽,八月剥枣,十月获稻。为此春酒,以介眉寿。七月食瓜,八月断壶,九月叔苴。采荼薪樗,食我农夫。"其让人艳羡处就是吃喝不愁。劝人吃喝成为优良风俗。《唐风·山有枢》:"子有酒食,何不日鼓瑟?且以喜乐,且以永日。宛其死矣,他人入室。"把酒食与死亡放在一起,一喜一忧,该如何选择,不需要他人建议了。《唐风·有杕之杜》:"中心好之,曷饮食之?"愿意把自己的食物拿出来与对方分享,这样的做法应该代表了真挚的喜爱。对远人的良好祝愿是"苟无饥渴"(《王风·君子于役》),对身边朋友的示好方式是招待吃喝。《小雅·鹿鸣》是君主招待臣子的诗,"我有旨酒,嘉宾式燕以敖"。"我有旨酒,以燕乐嘉宾之心"。《小雅·伐木》是家人酒食聚会,"伐木许许,酾酒有藇。既有肥羜,以速诸父。宁适不来,微我弗顾。于粲洒扫,陈馈八簋。既有肥牡,以速诸舅。宁适不来,微我有咎。伐木于阪,酾酒有衍。笾豆有践,兄弟无远。民之失德,干糇以愆。有酒

---

① 高亨.诗经今注[M].上海:上海古籍出版社,1980:261.
② 《左传·宣公二年》。又见于《公羊传》《吕氏春秋》《史记·晋世家》《说苑》记载,山东武氏祠左石室第五画像石有"赵盾喂灵辄"图。秦蕊、吴坤《从桑下饿人故事看〈史记〉写史存在的讹误》(渭南师范学院学报 2013 年 10 期)指出,《史记·晋世家》以桑下饿人为亓眯明,是误读古书。

湑我,无酒酤我。坎坎鼓我,蹲蹲舞我。迨我暇矣,饮此湑矣"。通过共餐,分享了食物,联络了感情。有了喜事,不大吃一顿,难以表达心中的欢喜。《小雅·车舝》:"虽无旨酒,式饮庶几;虽无嘉肴,式食庶几;虽无德与女,式歌且舞。"这是招待亲朋的婚宴,主人虽然一再谦逊地说酒菜不好,却满面红光,要大家多吃多喝,共享欢乐。

若是食物当前而吃不下去就让人着急了,《郑风·狡童》:"彼狡童兮,不与我言兮。维子之故,使我不能餐兮。"吃饭是大事,这个女子纠结于男女之情,竟无心吃饭,这是摊上大事了。

面对所讨厌的对象时,骂对方抢了自己的食物,似乎很流行。《魏风·伐檀》骂那不稼不穑、不狩不猎的人,"彼君子兮,不素餐兮?""彼君子兮,不素食兮?""彼君子兮,不素飧兮?"《魏风·硕鼠》呵斥硕鼠:"无食我黍!"表明人类也有护食的本能。为了摆脱硕鼠,甚至产生了对远方的期待:"逝将去女,适彼乐土。"

作为动物的基本价值似乎是变成食物,若连食物都做不成,那就毫无用处。《小雅·巷伯》骂进谗言的小人:"彼谮人者,谁适与谋?取彼谮人,投畀豺虎;豺虎不食,投畀有北;有北不受,投畀有昊。""豺虎不食",表明这个人连作为食物的价值都没有了,这才是真的无用啊。

二、《诗经》中"荒礼"的呈现

仅仅依靠个人的道德自觉,无法解除整个社会所面对的饥饿威胁。荒礼就是要协同我们所知道的全部力量来阻击饥饿。

《说文解字》"荒,芜也;一曰草荒地也"。荒地长杂草,代表着自然力量侵入了人类生活的领域。《小雅·小弁》"踧踧周道,鞫为茂草"。孔疏:"茂草生於道则荒。"《大雅·召旻》"我居圉卒荒",孔疏:"居谓城中所居之处,圉谓边境,以此故尽空虚,以谓虐政故也。"荒年是地里只长杂草,粮食蔬菜没有收成的年景。如何解决吃饭问题,就成为荒年最大的政务。《墨子·七患》云:"一谷不收谓之馑,二谷不收谓之旱,三谷不收谓之凶,四谷不收谓之馈,五谷不收谓之饥。岁馑则仕者大夫以下,皆损禄五分之一,旱则损五分之二,凶则损五分之三,馈则损五分之四,饥则尽无禄,禀食而已矣。故凶饥存乎国,人君彻鼎食五分之五,大夫彻县,士不入学,君朝之衣不革制,诸侯之客,四邻之使,雍食而不盛,彻骖騑,涂不芸,马不食粟,婢妾不衣帛,此告不足之至也。"《谷梁传·襄公二十四年》云:"五谷不升为大饥。一谷不升谓之嗛,二谷不升谓之饥,三谷不升谓之馑,四谷不升谓之康,五谷不升谓之大侵。大侵之礼,君食不兼味,台榭不涂,弛侯,廷道不除,百官布而不制,鬼神祷而不祀。此大侵之礼也。"凶饥之礼、大侵之礼即《周礼·大宗伯》凶礼五种里的荒礼,"以荒礼哀凶札",凶荒指无收成,大札指大疫病。以节俭为核心的救荒措施构成荒礼的主要内容。《召南·羔羊》诗序赞美受文王德化的节俭者:"召南之国化文王之政,在位皆节俭正直,德如羔羊也。"但这种节俭转换成为对他人的要求时,那就是吝啬了。《魏风》中有多篇讽刺吝啬的诗歌,如《葛屦》《汾沮洳》《园有桃》等,朱熹引广汉张氏说批评三诗中的"俭之过"是"吝啬迫隘,计较分毫之闲,而谋利之心始急矣"。① 荒年尚俭,应该是《诗经》时代的基本道德要求。

《诗经》时代多荒灾。邓拓《中国救荒史》统计,"两周八百六十七年间,最显著的灾害有八十九次。其中频数最多的是旱灾,达三十次;次为水灾,有十六次;再次为蝗螟螽蝝的灾害,有十三次。此外记载有地震九次;大歉致饥八次;霜雪七次;雹五次;疫一次"。② 蒙文通推究"周民族之南移"的原因,在于"西周末年之旱灾"③。他引用《小雅·雨无正》证厉王十四年大旱,引用《大雅·云汉》《小雅·鸿雁》证宣王时大旱,引用《大雅·召旻》《小雅·楚茨》《小雅·谷风》证幽王时大旱,引用《王风·中谷有蓷》《王风·葛藟》证平王时大旱。总之,"厉宣幽平凡历一百五十余年,而旱灾与人民之流徙不绝于诗,此国史上一大故也"。④ 除了旱灾,还有虫灾,《小雅·大田》《大雅·桑柔》《大雅·瞻卬》《大雅·召旻》都提到有"蟊贼"害我田稚。大灾之年,要维持社会秩序,不能寄希望于饿人的道德意识,只能依靠国家从上到下进行资源的再配置,财富的重分配。若天灾当前而统治集团无所作为,君子就会"思古"刺今(《楚茨》《信南山》《甫田》《大田》等诗序都道明其主旨是刺幽王而思古)。积极应对天灾、采取多种措施安抚人民的统治者会得到诗人的赞赏。《鸿雁》《云汉》之诗序赞美宣王,主要原因就是宣王主持了救荒工作。如《小雅·鸿雁》赞美周宣王救助灾民,赐饮食,起屋舍,"贫穷者欲令周饩之,鳏寡则哀之,其孤独者收敛之,使有所依附"。(郑笺)"能劳来还定安集之,至于矜寡,无不得其所焉"。

---

① 朱熹. 诗集传[M]. 北京:中华书局,1958:63.
② 邓拓. 中国救荒史[M]//邓拓文集:第二卷. 北京:北京出版社,1986:14.
③ 蒙文通. 蒙文通中国古代民族史讲义[M]. 天津:天津古籍出版社,2008:33.
④ 蒙文通. 蒙文通中国古代民族史讲义[M]. 天津:天津古籍出版社,2008:34.

具体荒礼条目见于《周礼·大司徒》的十二荒政措施：散利、薄征、缓刑、弛力、舍禁、去几、眚礼、杀哀、蕃乐、多昏、索鬼神、除盗贼①。宫长为先生指出："《大司徒》职文之'荒政'，即《大宗伯》职文之'荒礼'，彼文'以荒礼哀凶札'，也即此文'以荒政十有二聚万民'。"②这是精准的联系。《诗经》不是救荒册子，不可能全面反映救荒工作，从历代注释看，有一些关于婚姻与祭祀的诗篇与荒礼有关。

据《周礼·大司徒》郑玄注引郑司农说，在《诗经》中，《大雅·云汉》记述周宣王禳旱雩祭的情形，符合荒政的"索鬼神"措施③。"旱魃为虐，如惔如焚"。写明祭祀的原因是旱灾。"不殄禋祀，自郊徂宫"。说的是祭祀的地点有郊外有宫中。"靡神不举，靡爱斯牲，圭璧既卒，宁莫我听！"列举了祭品有玉器，有牲畜，非常丰盛。"上下奠瘗，靡神不宗。后稷不克，上帝不临。""群公先正，则不我助。父母先祖，胡宁忍予！"说明祭祀的对象包括无所不能的上帝、天上地下的自然神、从远祖后稷到死去的父母等祖先神等，非常广泛，但不临、不克、不宗、不助，一点儿效果都没有。为什么会有旱灾？"胡宁瘨我以旱？憯不知其故"。难道做错了什么？"祈年孔夙，方社不莫"。回顾以前祭神，一点儿没有欠缺，一点儿没有短少。为什么祭祀没有效果呢？"鞫哉庶正，疚哉冢宰。趣马师氏，膳夫左右。靡人不周，无不能止"。没有人偷懒，大家都尽力了，没有效果，只有问天了。"大命近止，无弃尔成。何求为我，以戾庶正。瞻卬昊天，曷惠其宁？"看这情形，老天真要逼死我们了。继续祈祷吧，期待着老天在最后时刻被我们的诚心感动。祭祀鬼神能够止旱救荒吗？大旱来临之时，也是考验古人神灵信仰的时刻。齐思和汇聚《诗经》八首诗中十七条怨天尤人的话指出，到了西周末期，"周室对于上帝之信仰，遂大动摇"。④但越是心怀疑虑，越是殷勤祈祷。当人力不能对抗天灾之时，还需要借助鬼神的力量来聚拢人心。若连鬼神也被抛弃，人们就只能赤身与天相斗。通过祭祀来抓紧鬼神，这是人类文明退守到最后的防线了。一旦放弃鬼神信仰，将寻求护佑的祈祷完全转变为对昊天"不傭""不惠"（《小雅·节南山》）、"不骏其德"（《小雅·雨无正》）的怨恨和指责，社会失序就无法阻挡了。

女性在荒年的命运，应该是用来换取粮食了。但文献里用荒年"多昏"来做

---

① 孙诒让.周礼正义[M].北京：中华书局，1987：770.
② 宫长为.说"丧荒"——《周礼》官联内容考辨之三[M]//史海侦迹——庆祝孟世凯先生七十岁文集.香港新世纪出版社，2006.
③ 孙诒让.周礼正义[M].北京：中华书局，1987：754.
④ 齐思和.中国史探研[M].北京：中华书局，1981：80-81.

了修饰。在《诗经》解说中多有凶年杀礼成婚的说法,《召南·野有死麕》写吉士以死麕诱怀春少女,这不符合用雁的婚礼传统。毛传以为是"凶荒则杀礼"[①],郑笺以为是乱世"劫胁以成昏"。孔疏调和二说,认为用麕肉是因为"世乱民贫,故思以麕肉当雁币也。"就《野有死麕》原文看,难以得出是荒年的结论。经学传统将该诗放到荒政"多昏"背景中解说。《卫风·有狐》以狐狸有皮毛起兴,反向引出"之子无裳"的忧心。诗序:"刺时也。卫之男女失时,丧其妃耦焉。古者国有凶荒,则杀礼而多昏,会男女之无夫家者,所以育人民也。"[②]如果以衣裳比妻子,则无裳即无妻。从无妻又说到男女失时,故起忧念,还可以理解。从男女失时又说到荒年"多昏",而"之子"无妻,"之子"就成为卫政失时的典型人证。这种引申过远的经学套路,因为得不到原文的支持,很难被今人采信。《小雅·我行其野》写的是一方变心引起的离婚,诗序:"刺宣王也。"郑笺:"刺其不正嫁取之数而有荒政,多淫昏之俗。"[③]孔疏从弃妇诗角度正确把握了该诗内容,以为是妻责其夫妄想更婚以得媵送之财。但遵照疏不破注的原则,只好联系更婚以批评周宣王:"今宣王之时,非是凶年,亦不备礼多昏。丰年而有此俗,故刺王也。"[④]比照经学套路,凡是急于出嫁的诗,似乎都可以放到荒政多婚的背景中讨论。如蔡邕《独断》引鲁诗说:"《葛覃》,恐其失时。"这与毛诗"归安父母"的理解思路大不一样。用荒政说,则《周南·葛覃》写女大当嫁,恐其失去出嫁的机会。这样理解符合杀礼多婚之策。《召南·摽有梅》:"求我庶士,迨其谓之。"毛传:"不待备礼也。三十之男,二十之女,礼未备则不待礼会而行之者,所以蕃育人也。"[⑤]女子"不待备礼"而嫁人,只有在荒年才能被谅解。若能把这些诗歌与具体的荒年联系起来,荒政"多昏"确实能够得到印证。但时代久远,再不能探寻到这些创作本事了,荒年多婚说只能是一种有价值的猜测。用"蕃育人"来正面理解荒年多婚,结两姓之好的婚姻还具备了联手共抗天灾的性质。

　　大荒之年,统治阶级能够主动救荒,灾民愿意积极自救,灾荒是可以战胜的。荒礼是古人总结的救荒之术,其中有些手段已经过时。但在古代的生产力水平和普遍知识水平状况下,荒礼对于稳定秩序和安抚人心是有效的。历代《诗经》注释从应对灾荒角度所作的经学解释,即使存在一些过度阐释的内容,其引导人

---

①④　孔颖达. 毛诗正义[M]. 北京:北京大学出版社,1999:98.
②　孔颖达. 毛诗正义[M]. 北京:北京大学出版社,1999:244.
③　孔颖达. 毛诗正义[M]. 北京:北京大学出版社,1999:678.
⑤　孔颖达. 毛诗正义[M]. 北京:北京大学出版社,1999:90.

心向善、维护社会稳定的用意是值得称道的。从晚清开始,《诗经》文学研究费尽洪荒之力,才摆脱经学的纠缠,把握住《诗经》作为歌咏的文学本质。刘毓庆先生却说这是"20 世纪形成的偏见",他认为,"只关注其'歌咏',关注其所谓的'文学本质',实无异于舍本逐末"。他提醒我们要注意《诗经》的双重身份,"她既是'诗',也是'经'。'诗'是她自身的素质,而'经'则是社会与历史赋予她的文化角色。在二千多年的中国历史乃至东方历史上,她的经学意义要远大于她的文学意义"。① 文学研究若只关注纯粹的文学性,最后会失去文学在社会中的立足之地。文学与社会不能分离,从文学功能角度把《诗经》文学与《诗经》礼学联系起来,重新认识《诗经》经学解释的价值,有助于文学研究的完整与健康。

[《郑州大学学报》(CSSCI)2017 年第 3 期,第 105—108 页,0.7 万字;《中国古代、近代文学研究》(CSSCI)2017 年第 10 期,第 40—44 页,全文转载]

作者简介:

  罗家湘,男,1966 年生,郑州大学文学院教授,副院长,中国古典文献学博士生导师,国家社科基金重大项目"《诗经》与礼制研究"子课题负责人(2016 年),教育部中文教学指导委员会委员,河南省古代文学研究会副会长,河南省非物质文化遗产保护工作专家委员会委员。主要从事中国古代文学文献和中原文化研究。出版有《中原文化专题十四讲》《中原文化与文学》《王安石老子注辑佚会钞》《先秦文学制度研究》《〈逸周书〉研究》《〈国语〉注译》《文心雕龙注译》等著作 10 余部,发表论文 50 余篇,现主持国家社科基金一般项目、国家社科基金重大项目子课题各两项。

  王璠,女,1990 年 10 月生,河南省驻马店市人,国家社科基金重大项目"《诗经》与礼制研究"课题组核心成员(2016 年),郑州大学中国古典文献学博士研究生,研究方向为先秦文学文献与诗礼文化,在《郑州大学学报》《华北水利水电学报》《天中学刊》发表学术论文 3 篇,其中 1 篇《中国古代、近代文学研究》全文转载。

---

① 刘毓庆. 怎样读《诗经》[N]. 中华读书报,2015 - 5 - 20(8).

从《魏风》《唐风》军礼、嘉礼类诗歌看河汾文化区的孝道观

郝建杰

摘　要　《魏风》《唐风》中"军礼""嘉礼"类诗歌,既反映了春秋时期河汾文化区礼仪制度规范层面礼制的发展趋势,又反映了伦理道德规范层面礼制的基本状况。这一文化区春秋时期的孝道观,是自尧、舜历夏、商、西周孝道观的延续和发展,具有深厚久远的经济与文化渊源。尤其是在以血缘关系为纽带的宗法制发生嬗变的大环境下,不同社会阶层孝道观呈现出极为相反的状态:一方面是贵族阶层氏族家庭内部大宗与小宗之间的权利之争,使得孝道观念逐渐淡化,并开始由宗亲之"孝"向君臣之"忠"转化;而另一方面是庶民阶层个体家庭内部成员之间日常生活中的相互依存关系,使得孝道观念得以强化,且对父母双亲之"孝"逐渐成为一种社会责任。随着生产力的进一步发展所引发的经济基础的渐次变革,上层建筑领域内的"家""国"一体观念开始形成;于是,在礼仪制度规范层面礼制与伦理道德规范层面礼制共生互动进程中,不同社会阶层的孝道观逐步整合为一,逐渐形成以"孝"为体、以"忠"为本的"忠""孝"一体的孝道观,并逐渐成为华夏民族的一种社会风尚。

关键词　诗经　魏风　唐风　军礼　嘉礼　孝道观

《诗·魏风》与《唐风》产生于今山西省运城市、临汾市一带,属于最典型、最珍贵的河汾文化区的艺术产品与文化遗存。[①] 其中,《魏风》之《陟岵》《硕鼠》《伐檀》与《唐风》之《鸨羽》《杕杜》《有杕之杜》等,属于军礼与嘉礼类诗歌。我们可以从这些诗歌所透露出的文化信息,窥视出先秦时期河汾文化区孝道观的发生、发

---

① 汾河为黄河的第二大支流,发源于忻州市神池县太平庄乡西岭村,流经忻州市、太原市、吕梁市、晋中市、临汾市、运城市等6市的28县,在运城市万荣县荣河镇庙前村汇入黄河,全长713千米,流域面积39 721平方千米。故我们将该领域称之为"河汾文化区"。

展与流变的历史轨迹,进而揭示周代礼仪制度规范与伦理道德规范演变的历史规律。

一、《魏风》《唐风》中军礼、嘉礼类诗歌基本状况及其所透露的孝道观信息

《魏风》《唐风》作为河汾文化区的艺术产品,既是春秋时期魏国与晋国礼乐文化的艺术载体,又是先周与西周时期这一文化区的文化遗存,自然最能够展现当时"国人"的精神世界。就其与该文化区孝道观的发生、发展与流变关系而言,军礼与嘉礼类诗歌所透露出来的信息最丰富,最能够反映礼仪制度规范与伦理道德规范的基本状态与演变规律。

1. 《魏风》《唐风》军礼类诗歌所透露的孝道观信息

所谓"军礼",是指与军事活动相关的礼节仪式,其基本功能是"同邦国",即震慑僭越礼制者以使诸侯和谐共处。具体内容包括"大师之礼,用众也;大均之礼,恤众也;大田之礼,简众也;大役之礼,任众也;大封之礼,合众也"(《周礼·宗伯·大宗伯》)。① 其中,所谓"大师礼",亦称"征战礼",是指与军队征伐行动相关的仪节,像出师祭祀(军队出征前祭天、祭地、告庙、祭军神等)、誓师(祭祀礼毕后出征军队举行誓师典礼)、军中刑赏、凯旋、饮至与论功行赏、师不功(军队打了败仗回国后国君以丧礼迎接吊死问伤,慰劳将士)等;"大均礼",指"均其地政、地守、地职之赋,所以忧民"(《大宗伯》郑《注》),即定期均分邦国土地以平赋税,避免因土地不均而赋税繁重使民致贫;"大田礼",亦称田猎礼,指天子与诸侯通过定期狩猎方式检查平时训练与备战状况,如"春振旅以蒐,夏拔舍以苗,秋治兵以狝,冬大阅以狩"(明王志长《周礼注疏删翼》卷八)之类;②"大役礼",指根据民力强弱安排修建都邑城郭、营造宫室、修筑堤防等土木工程;"大封礼",指勘定封疆、沟涂,树立界标,以合聚其民。另外,还有马政礼,即养马之政教,包括牧地、交配、执驹、医疗、祭祀等。像《陟岵》(大师礼)《伐檀》(大田礼)《硕鼠》(大均礼)《鸨羽》(大师礼)《杕杜》(大师礼)等,皆属涉及军礼类信息的诗歌。

---

① 本文所引《周礼注疏》《毛诗正义》《礼记正义》《春秋左传正义》《春秋公羊传》《尚书正义》,俱见:阮元.十三经注疏.[M].北京:中华书局,2009.不再逐一标注.
② 王志长.周礼注疏删翼[M].刻本.叶培恕,1639(崇祯十二年).

比如,《陟岵》为魏役人写出师行役在外而思念父母兄弟之作。① 全诗三章,其首章曰:"予子行役,夙夜无已。"次章曰:"予季行役,夙夜无寐。"卒章曰:"予弟行役,夙夜必偕。上慎旃哉,犹来无止。"此所谓"上者",是"谓在军事作部列时"(郑《笺》)。则所谓"行役",非指一般的服劳役,而是专指"从军行役在道之时"(孔《疏》)。足见诗中的"行役"者,不仅是魏国国人中响应国君号令出征士卒中的一员,而且是这个国人家庭中出生的最小的儿子。则诗歌自然为描写作为礼仪制度规范中"军礼"类中征战礼的作品。又,首章开篇曰:"陟彼岵兮,瞻望父兮。"次章开篇曰:"陟彼屺兮,瞻望母兮。"卒章开篇曰:"陟彼冈兮,瞻望兄兮。"通过描写登上"岵"(草木较多之山)"屺"(无草木之山)"冈"(山岗)来遥望居家的父母与兄长的情境,在场景的不断转换之中,不仅表现出自己对父母与兄长的思念之情,也表露出父母与兄长对自己的关切之情。诗中所写"行役",通过"国迫而数侵削,役乎大国"(毛《序》)环境描写,展示出"君臣"人伦关系,彰显的是"家""国"一体的政治情怀;我"瞻望父""瞻望母""瞻望兄"与"父曰""母曰""兄曰",通过"父母兄弟离散"(毛《序》)情境描写,展示出"父子""兄弟"人伦关系,彰显的是因国事"行役"在外而不能在家"尽孝"的人文情怀。足见诗中隐含的役人——季子与小弟,是一位既"忠君"又"孝亲"的武士。又,《礼记·祭义》曰:"孝弟发诸朝廷,行乎道路,至乎州巷,放乎獀狩,脩乎军旅,众以义死之而弗敢犯也。"孔《疏》:"此兼云'孝'者,以孝故能弟,弟则孝之次也。"则对有父母孝心,是能够对兄长有敬心的基本前提。从这个意义上来看,"兄友、弟共"之"悌",属广义之"孝亲"。足见此诗正是从广义"孝亲"角度,反映出魏国人的"孝道观"。故宋黄櫄《毛诗李黄集解》卷十二评之曰:"仁杰惟能孝于事亲,故能忠于事君。学者于《诗》而三复之,则知其所以为人子、为人弟、为人臣矣。"②

再如,《伐檀》为魏伐木者刺不劳而获的君子之作。其中,诗之三章间隔反复咏叹"不狩不猎"者,言魏国的"君子"们——上层贵族不再行田猎之礼以检阅全国兵车徒众,暗示其出现了军备废弛的衰败现象,从一个侧面揭示出因不能自强而亡国的原因。又,《国语·晋语四》载晋大夫狐偃(子犯)对文公问曰:"民未知礼,盍大蒐,备师尚礼以示之?"③桓四年《公羊传》:"诸侯曷为必田狩?一曰乾

---

① 关于本文所涉作品的作者、诗旨与创作年代,详见:邵炳军.春秋文学系年辑证[M].北京:高等教育出版社,2013.不再逐一标注。
② 李樗,黄櫄.毛诗李黄集解:第7册[M].刻通志堂经解本.扬州:江苏广陵书社.纳兰性德.1680(清康熙十九年):335.
③ 徐元诰.国语集解(修订本)[M].北京:中华书局,2002:364.

豆,二曰宾客,三曰充君之庖。"何《注》:"已有三牲,必田猎者,孝子之意以为己之所养,不如土地自然之牲逸豫肥美。"足见诸侯亲自参与田猎所获猎物,以供宗庙祭祀、燕享宾客与充君庖厨之用,为是否"尚礼"的重要标志。其中,充君庖厨者,首先在于尽"孝亲"之道。那么,我们从"胡瞻尔庭有县貆兮""胡瞻尔庭有县特兮""胡瞻尔庭有县鹑兮"反复质问之中,可以看到诗人在刺"君子"不劳而获的背后,实际上兼有刺其不能"孝亲"的用意。《硕鼠》与《杕杜》的情形与此诗大致相同,不再赘述。

2. 《魏风》《唐风》嘉礼类诗歌所透露的孝道观信息

所谓"嘉礼",是指与饮宴、婚冠、节庆活动相关的礼节仪式,其基本功能是"亲万民",即通过培养尚善社会风气来和合人际关系而使不同社会阶层和谐共处。具体内容包括:"以饮食之礼,亲宗族兄弟;以婚冠之礼,亲成男女;以宾射之礼,亲故旧朋友;以飨燕之礼,亲四方之宾客;以脤膰之礼,亲兄弟之国;以贺庆之礼,亲异姓之国"(《大宗伯》)。其中,所谓"饮食礼",亦称宴饮礼,通常专指宗族兄弟合族宴饮之"族宴",属"宴饮之私",主要有逢祭而宴与以时而宴两种形式;"婚冠礼",即婚姻冠笄之礼,主要有婚姻"六礼"、冠礼(男子成人礼)、笄礼(女子成人礼)等;"宾射礼",即诸侯朝见天子或诸侯相会时所举行之射礼以及大射礼(天子、诸侯祭祀前选择参加祭祀人所举行之射礼)、燕射礼(平时燕息之日所举行之射礼)、乡射礼(地方官为荐贤举士所举行之射礼)、投壶礼(以箭矢投入壶中为胜);"飨燕礼",亦即饮宾客之享宴礼,飨礼在太庙举行,燕礼在寝宫举行;"脤膰礼",是一种把社稷宗庙的祭肉(生曰脤,熟曰膰)分赐给同姓之国以表示同享福禄之礼仪;"贺庆礼",指改元礼(帝王告殡宫而即位)、朝礼(帝王与大臣上朝办理政务之礼)、贺礼(节日庆贺)、寿礼等;另外,乡饮酒礼、养老礼、优老礼、尊亲礼、巡狩礼以及"观象授时(天文历法)""体国经野(地理)""设官分职(官制)"、学校、科举、取士等,亦属嘉礼。像《伐檀》(饮食礼)《鸨羽》(养老礼、饮食礼)《有杕之杜》(饮食礼)等,皆属涉及嘉礼类信息的诗歌。

比如,《鸨羽》为晋国人刺五世之乱时期君子下从征役而不得养其父母之作。① 全诗三章,首章曰:"王事靡盬,不能艺稷黍,父母何怙?"次章曰:"王事靡

---

① 晋穆侯夫人姜氏生二子:嫡子文侯仇,庶子公子成师(曲沃桓叔);公子成师生二子:嫡子庄伯鱓(曲沃庄伯),庶子韩万(别为韩氏);庄伯生武公称(曲沃伯)。晋昭侯元年(前745年),昭公伯封其叔父公子成师于曲沃(即今山西省临汾市曲沃县,原为晋行政都邑,时为祭祀都邑),逐渐形成了"大都耦国"的政治局面,遂出现了孝侯平、鄂侯郄、哀侯光、小子侯、晋侯缗等五君凡六十一年(前739年—前679年)的所谓"五世之乱"。事详:《左传·桓公二年》《史记·晋世家》。

盬,不能艺黍稷,父母何食?"卒章曰:"王事靡盬,不能艺稻粱,父母何尝?"《礼记·王制》:"凡养老,有虞氏以燕礼,夏后氏以飨礼,殷人以食礼,周人脩而兼用之。五十养于乡,六十养于国;七十养于学,达于诸侯。"《祭义》:"孝有三:大孝尊亲,其次弗辱,其下能养。"《乡饮酒义》:"民知尊长养老,而后乃能入孝弟;民入孝弟,出尊长养老,而后成教;成教而后国可安也。君子之所谓孝者,非家至而日见之也,合诸乡射,教之乡饮酒之礼,而孝弟之行立矣。"足见诗人所谓"父母何怙""何食""何尝"者,所指正为养老礼与饮食礼,反映的是魏国人的孝道观。那么,"父母"何以不能"怙"、不能"食"、不能"尝"呢? 诗人在三章中采用间隔反复方式咏叹道:乃"王事靡盬"之故;正由于"我"为"王事"而征战不休,难以实行"春行秋反,秋行春来"之行役古制(《盐铁论·执务篇》),①故躭农时,以至于"不能艺稷黍""不能艺黍稷""不能艺稻粱";既然连"黍""稷""稻""粱"之类的基本食用谷物都无法按时播种,自然难居家养老以孝亲了,更不要可以举行合族宴饮了。故诗人在每章结句以呼告修辞方式连续发出慨叹:"悠悠苍天,曷其有所""悠悠苍天,曷其有极""悠悠苍天,曷其有常",强烈地表达出自己"怨天尤王"愤懑之情。这从一个侧面折射出晋国因征战频仍、违背农时而嘉礼制度崩颓的情形。

再如,《有杕之杜》为晋大夫美武公好贤求士之作。首章曰:"彼君子兮,噬肯适我? 中心好之,曷饮食之?""彼君子兮,噬肯来游? 中心好之,曷饮食之?"此"饮食",即以"亲宗族兄弟"为目的的"食宗族饮酒之礼"(《大宗伯》郑《注》),亦即宗族兄弟合族宴饮——饮食礼;则所谓应邀参加族宴之"君子"者,乃"宗族兄弟";族宴之"主人",自然或为"人君",或为"大夫士"(《大宗伯》孔《疏》),此则指晋武公称。故此所谓"招贤纳士"之"贤士",乃与晋公室之曲沃小宗具有血缘关系的贤能之士,当然包括像栾氏始祖"靖侯之孙栾宾"(桓二年《左传》)之类血缘关系较远的"宗族兄弟"。武公称虽尊称"曲沃伯",实则曲沃邑大夫。其祖父公子成师与父亲庄伯鱓一直有并晋之心而未遂,之所以能够在即位后的三十七年间(前715年—前678年)吞并大宗而以小宗为君,就是能够通过像饮食礼之类的方式来亲和宗族兄弟,形成自己以宗族兄弟为核心的政治力量。如此一来,饮食礼便成为一些有政治野心者凝聚力量的工具,自然偏离了设计的初衷,礼义内涵发生了根本变化。这里需要强调指出的是,参与"族宴"的"宗族兄弟",自然包

---

① 桓宽. 盐铁论校注(定本)[M]. 北京:中华书局,1992:455.

括同宗族中的栾氏、韩氏之类的长辈,则此诗所反映的是广义的"孝道观",即孝敬同宗族之长辈;而非狭义的"孝道观",即孝敬父母。故宋李樗《毛诗集解》卷十三论之曰:"盖能亲亲者,必能用贤;不能亲亲,未有能求贤者也。"①《伐檀》的情形与此诗相类,不再赘述。

要之,从上述所论可以看出,春秋时期河汾文化区的"孝道观"呈现出一幅鲜活图景,其大略包括如下内涵:一是同姓宗族之"家"内部大宗与小宗之间"尊亲"观念开始淡化,而同姓氏族之"家"内部"亲亲"关系逐渐加强;二是同姓氏族中庶民阶层之"家"对上层贵族之"家"的"尊亲"观念开始淡化,而同姓氏族中以家庭为单元的个体之"家"内部"亲亲"关系逐渐加强,子辈对祖辈、父辈的孝行孝德得以坚守与传承。

二、河汾文化区"孝道观"发生的经济与文化渊源

观念是礼制的内在本质,礼制只是观念的外在形态。就"孝道观"而言,实际上反映的是广义或狭义的"父子"人伦关系,体现的是一种道德伦理规范。从发生学视角来看,自然有着深厚的经济、政治与文化渊源。

1. 早期农业经济生产方式是催生河汾地区孝道观念的根本动因

《左传·哀公六年》引逸《夏书》曰:"惟彼陶唐,帅彼天常,有此冀方。"孔《疏》曰:"尧治平阳,舜治蒲坂,禹治安邑。三都相去各二百余里。"此所谓"平阳"在今临汾市西南,"蒲坂"在今永济市蒲州老城东南隅,"安邑"在今运城市夏县东北。足见古史传说中的尧舜禹三代(相当于考古学中的龙山文化中晚期),其统治中心就在今以临汾市、运城市为中心的晋南地区。这一地区,位于黄河与汾河流域相交的三角洲平原地带,土地肥沃,水源充足,适宜农耕。故《书·夏书·禹贡》有"厥土惟白壤,厥赋惟上上错,厥田惟中中"之说。足见这一地区自然条件比较优越,原始农业较其他地域更为发达。

由于生产力水平的不断提高,父系社会逐渐代替了母系社会。于是,这一地区很早就产生了与当时高度发达的原始农业相应的、以男性为主体的氏族部落家庭结构,并开始了与之相应的国家治理。这些以经营原始农业为主的家庭中,剩余产品逐步开始出现,为以氏族家庭为基本生产单元的孝道观的产生的经济

---

① 李樗,黄櫄.毛诗李黄集解:第7册[M].纳兰性德刻通志堂经解本.扬州:江苏广陵书社,1680(清康熙十九年):343.

和婚姻前提已然具备①。

西周时期，这一地区农业生产的持续发展，促成了家庭成员之间的合理分工，进而催生了氏族家庭的孝道观。《书·周书·大诰》所谓"厥父菑，厥子乃弗肯播"，《诗·豳风·七月》所谓"同我父子，馌彼南亩"，虽指周人氏族家庭成员之间互相协作生产的情况，但也适用于河汾地区。足见在以氏族家庭为基本单位的农业生产中，男性与女性之间，男性劳力之间，已经具有大致分工。

春秋时期，这一地区农业更为发达，随之出现了以从事农业生产为主的个体家庭结构形态，男女分工开始明确起来。像晋大夫郤芮（冀芮、子公）被杀后，其子郤缺（冀缺、郤成子）流落民间，沦为庶人后"冀缺耨，其妻馌之"（《左传·僖公三十三年》），反映正是这种个体家庭结构形态与家庭成员内部分工状况。家庭形态由氏族家庭向个体家庭逐渐演变，农业生产过程中的分工协作，必然加深家庭成员之间的情感。这便是孝道观形成的重要基础，也是以"孝"为标准的伦理道德规范层面的国家礼制形成的前提。

2. 早期文化基因的传承与发展是河汾地区孝道观念逐渐成熟的内在因素

河汾地区作为虞夏商三代的中心区域，其亲孝观念发生的早期文化基因，正是虞夏商的孝道观②。《礼记·祭义》曰："昔者，有虞氏贵德而尚齿，夏后氏贵爵而尚齿，殷人贵富而尚齿，周人贵亲而尚齿。虞、夏、殷、周，天下之盛王也，未有遗年者。年之贵乎天下久矣，次乎事亲也。"则虞、夏、商、周四代，虽有"贵德""贵爵""贵富""贵亲"之异，但有"尚齿"之同，足见"三代之礼一也，民共由之"（《礼记·礼器》）。当然，这也表明不同的政权对于以年齿为尚，不仅仅是一种简单的传承，而是一种创造性传承与创造性发展。于是便催生了周人以"贵亲"为基本前提"尚齿"的"孝道观"，以"孝"为标准的伦理道德规范层面的国家礼制得以持续进步和不断完善，国家礼制建设由萌发到成熟，孝道文化的枝叶也日益繁茂起来。

虞舜时期的孝道观经历了一个由个人孝德衍及民间孝道而终至于国家礼制的过程，是河汾文化区孝道观的发轫期。《尚书·尧典》："帝曰：'俞，予闻，如何？'岳曰：'瞽子，父顽，母嚚，象傲；克谐以孝，烝烝乂，不格奸。'"《舜典》："慎徽五典，五典克从……百姓不亲，五品不逊，汝作司徒，敬敷五孝，在宽。"《左传·文

---

① 参见：李根蟠. 中国农业史[M]. 台北：文津出版社，1997：5-14.
② 参见：钱穆. 周初地理考[J]. 燕京学报，1932，10：1958-1964. 李学勤. 青铜器与山西古代史的关系[M]//新出土青铜器研究. 北京：文物出版社，1990：257.

公十八年》:"(舜臣尧)举八元,使布五教于四方,父义、母慈、兄友、弟恭、子孝,内平外成。"上博楚竹简《容成氏》第十三简:"尧为善兴贤,而卒立之。昔舜耕于鬲丘,陶于河滨,渔于雷泽,孝养父母,以善其亲,乃及邦子。"①足见舜不仅以个人奉孝德而和合家庭,成为"邦子"——同姓宗族子弟的典范;而且大力推行以"父义""母慈""子孝"为基本内容的孝德之教。由此可见,舜的孝行已经由其家庭伦理功能,逐步扩展到整个宗族的道德建设,孝道便进入了国家礼制系统;同时,孝道观礼制化达到了使"百姓不亲"到"敬敷五教"的良好效果,孝道文化便由此产生。

夏后氏孝道观详细情况史料阙如,然其"贵爵而尚齿",则"尚齿"文化风尚自然上承虞舜而来。而殷人孝道观亦直承于虞舜:"契为司徒,民知孝弟尊有德"(《荀子·成相篇》),②此正与《舜典》舜命契为司徒"敬敷五孝"说相合,说明商民族始祖契早就力倡孝道。商人立国后,商王更是以身作则,奉行孝道:小乙之子武丁即位后,"乃或亮阴,三年不言"(《书·周书·无逸》),即为先父守丧三年,不言国事,孝心可鉴;武丁之子孝己"爱其亲,天下欲以为子"(《战国策·秦策》),③即率先垂范,笃行孝道,孝道遂大行于世。

殷商覆灭,天命归周。周初立国者为国家长治久安计,将孝道与礼制紧密结合,作为治国理政方略。文、武、成三王均笃行孝道,而周公旦在理论表述与制度建设方面用力尤多。《书·周书·康诰》载周公对康公曰:"封,元恶大憝,矧惟不孝不友……曰:乃其速由文王作罚,刑兹无赦!"《君陈》:"王若曰:'君陈,惟尔令德孝恭。惟孝友于兄弟,克施有政。命汝尹兹东郊,敬哉!'"足见周公认为不孝是首恶,故应对不孝之行施以刑罚;同时,将推行孝道作为国家治理的重要手段,作为颁布政令的前提,委官任职的条件。正是他们以宏大气魄进行顶层设计,将孝道观纳入礼乐制度之中,逐步实现了孝道观念的礼乐制度化。上引《礼记·王制》等礼书中关于养老礼等,可见一斑。

魏、晋两国作为周初姬姓封国,上承历史,下顺时势,自然会非常重视以孝道观为基本元素的礼制建设。一方面,上承前代孝道礼制化遗绪,效仿前代"不迁居,不易民"而"不出河东"之法(《诗谱·魏谱》孔《疏》引服虔《注》),即通过稳定土著族群以维护文化基因,从而保证了本土孝道文化建设的持续性和稳定性。

---

① 马承源.上海博物馆藏战国楚竹书(二)[C].上海:上海古籍出版社,2002:259.
② 王先谦.荀子集解[M].北京:中华书局新编诸子集成,1988:463.
③ 范祥雍.战国策笺证[M],上海:上海古籍出版社,2006:218.

另一方面,分封者以新主身份入驻河汾地区,必然大力推行王朝礼制,从制度文化上蕃屏周室。于是,土著族群的孝道文化与外来周人的孝道文化便顺势媾和,河汾文化区的孝道观由此而形成。

要之,自尧、舜以降迄至春秋,魏国、晋国所居的河汾地区,孝道文化一脉相承,孝道礼制化绵延不绝,这正是河汾诗歌中孝道观的深厚渊源。

三、春秋时期河汾文化区孝道观的传承、演变与转化

春秋时期,随着政治生态由"有道"向"无道"渐次演进,孝道观及礼制化情势不断演变。就河汾文化区而言,孝道观出现了贵族宗族家庭与庶民个体家庭之分野。

1. 贵族宗族家庭由宗亲之"孝"向君臣之"忠"转化

《逸周书·谥法解》:"五宗安之曰孝,协时肇享曰孝,秉德不回曰孝,大虑行节曰孝。"[①]则西周时期之"孝",就其范围而言,主要存在于五世之内的宗族之间,即血缘关系在"五服"宗亲之内;就其功能而论,主要是使宗亲和谐、祭礼协调、家庭和睦。足见在西周礼制系统中,以血缘关系为纽带、以"尊尊""亲亲"为核心的宗法制,是这种尊亲孝道观存在的基本前提。故其在血亲基础上有效地调节了贵族宗族家庭内部的利益关系,作用至大,功劳至伟。

《礼记·祭义》载曾参曰:"孝有三:大孝尊亲,其次弗辱,其下能养……居处不庄,非孝也;事君不忠,非孝也;莅官不敬,非孝也;朋友不信,非孝也;战阵无勇,非孝也。"则春秋时期之"孝",就其范围而言,不仅存在于宗亲之间,也存在于君臣与朋友之间;就其功能而论,不仅要协调使宗族关系,而且要调节君臣与朋友关系。足见在宗族与政治趋于一体的政治体制中,"孝"的内涵开始泛化,即孝道观开始由宗亲之"孝"向君臣之"忠"转化。于是,"忠""孝"一体的泛化孝道观开始形成。

造成贵族宗族孝道观嬗变的主要原因是王族与公族大宗与小宗之间矛盾的不断加剧。自西周穆王时期诸侯小宗开始不亲睦天子大宗事件开始,终至幽王废太子宜臼而立少子伯服,表明王族宗法制开始动摇,"尊尊""亲亲"之道已衰,王室的孝道观自然也由此落魄失路。于是,导致上行下效,各诸侯国破坏宗法制

---

① 黄怀信,张懋镕,田旭东.逸周书汇校集注(修订本)[M].上海:上海古籍出版社,2007:650-651.

的事件时有发生。而晋国则是宗法制较早失守的国家。西周晚期,晋穆侯卒,穆侯弟殇叔自立,穆侯太子仇出奔,此即诸侯公室小宗取代大宗嫡长子自立为君者;春秋前期,周王使虢公命武公(曲沃伯)以一军为晋侯,此即诸侯公室小宗灭掉公室大宗立国者。特别是武公子献公即位后,灭桓、庄之族,诛杀群公子,逼杀太子申生,公子重耳、公子夷吾出奔,立骊姬之子奚齐为君,自此晋无同姓公族。由于晋国宗法制被严重破坏,甚至同姓公族不存,血缘关系已不为所重,"亲尊"观念大大动摇,孝道观受到强烈冲击,社会上弥漫着宗亲溃散的悲观气氛。像《杕杜》《有杕之杜》正是这一系列变故的真实反映。我们可以从"不如我同父""不如我同姓"这些留恋宗亲关系的言语中,看到的是公室宗亲关系受到严重削弱的基本状况,贵族孝道观正是经过如此异常阵痛之后逐渐开始淡化,公室贵族自然会放弃对同姓之"孝"的信任,而转向对异姓之"忠"的倚重了。

　　魏国的情形与晋国有所区别,其孝道观的沦丧主要表现在贵族与庶民之间。我们从《汾沮洳》中赞美"彼其之子""殊异乎公路""殊异乎公行""殊异乎公族"的言行,以及《园有桃》中"心之忧矣,其谁知之"的忧叹,似也可嗅到宗法制动摇的味道。宗法制动摇的大氛围,再加上生产发展导致的履亩税的实行,魏国贵族与同姓庶民之间的血亲关系也逐渐淡化,终于发展到水火不容的地步。像《伐檀》《硕鼠》尖锐地统治者的刻薄寡恩和对庶民的不亲,出现"适彼乐所""适彼乐国""适彼乐郊"的强烈愿望和实际行为自然是不可避免的。

　　可见,正是由于"尊尊""亲亲"观念的淡漠甚至丧失,贵族孝道不再限于"父子"之间的家庭伦理关系范畴,而是泛及"君臣"之间的政治伦理关系范畴,并成为政治人物评价体系的重要标准。正如晁福林《先秦社会形态研究》所言:"就本质而言,宗法制是两条线拧成的线索,一条线是氏族时代以来的血缘关系,一条线是自封建以来的政治需要。在宗法制发展的历史进程中,前一条线虽然始终未曾断绝,却逐渐削弱;后一条线逐渐增强,渐次处于主导的地位。"[①]

　　2. 庶民个体家庭孝道观在逆境中得以传承与强化

　　与贵族孝道观日渐淡化的情形不同,河汾地区的庶民孝道观则是在冲击之中坚守不弃,呈现出另外一番图景,这在《鸨羽》《陟岵》等诗中所见甚明。这些诗歌显示出鲜明而强烈的亲孝意识。为说明其原因,我们需要澄清庶民孝道观的礼制基础。

---

① 晁福林. 先秦社会形态研究[M]. 北京:北京师范大学出版社 2003:152.

首先，庶民阶层在政治、经济两方面的参与程度与贵族利害纷争的情况迥异，从而保证他们的家庭孝道观虽然备受冲击却基本稳定。政治上，庶民作为周代社会的基本阶层，被排斥在贵族权力体系之外，因而也无须参与贵族内部的政治角力。经济上，庶民是"隶属于诸贵族封建主的附庸之民，生活于贵族家族居地相分隔的各家族的封疆土田内"①。庶民家庭虽拥有自己的少量土地和生产资料，但无权参与土地分封，也无权享受卿大夫的食禄权力。他们除承担贵族征发的兵役、力役和缴纳税赋外，主要精力都投在农业生产和日常生活方面。春秋时晋国内外战争多发，即使国土狭小的魏国也常被大国胁迫而屡与争战，庶人服役势必频仍，孝行难以施行，养老礼难以为继，但是相对单纯的处境和生活抵销了来自贵族集团的压力，保证了庶民家庭孝道观的稳定。

其次，庶民宗法制的存在是其孝道观得以坚守的重要保障。晁福林《先秦社会形态研究》认为："在西周初年，宗法制首先在周天子和诸侯间施行，随后，随着封建制的发展和贵族等级的建立，宗法制也及于中、小贵族，以至于士与庶民之间。"②一方面，庶民宗法制的存在使得他们产生了远近亲疏之分。《左传·桓公二年》载春秋初年晋大夫师服曰："大夫有贰宗，士有隶子弟，庶人、工、商，各有分亲，皆有等衰"。《左传·襄公十四年》载春秋中期晋大夫师旷曰："大夫有贰宗，士有朋友，庶人、工、商、皂、隶牧、圉皆有亲昵。"另一方面，即使庶民社会的宗法制不像贵族一样严格，等而下之的"尊尊""亲亲"意识凝聚了同族的人心。有尊亲则有孝道，庶民孝道观的延续正得益于宗法制的完整。再次，春秋时期庶民聚族而居的基本居住格局，维持了庶民社会族群的稳定，从而保持了宗法制的稳定，进而保证了其孝道观的稳定。基于上述制度性因素，他们的孝道观在贵族孝道观堤崩防溃后的洪流冲刷下基本上得以保全。

总之，《魏风》《唐风》中"军礼""嘉礼"类诗歌，既反映了春秋时期河汾文化区礼仪制度规范层面礼制的发展趋势，又反映了伦理道德规范层面礼制的基本状况。这一文化区春秋时期的孝道观，是自尧、舜历夏、商、西周孝道观的延续和发展，具有深厚久远的经济与文化渊源。尤其是在以血缘关系为纽带的宗法制发生嬗变的大环境下，不同社会阶层孝道观呈现出极为相反的状态：一方面是贵族阶层氏族家庭内部大宗与小宗之间的权利之争，使得孝道观念逐渐淡化，并开始由宗亲之"孝"向君臣之"忠"转化；而另一方面是庶民阶层个体家庭内部成员

---

① 朱凤瀚. 商周家族形态研究(增订本)[M]. 天津：天津古籍出版社,2004：412.
② 晁福林. 先秦社会形态研究[M]. 北京：北京师范大学出版社,2003：148.

之间日常生活中的相互依存关系,使得孝道观念得以强化,且对父母双亲之"孝"逐渐成为一种社会责任。随着生产力的进一步发展所引发的经济基础的渐次变革,上层建筑领域内的"家""国"一体观念开始形成;于是,在礼仪制度规范层面礼制与伦理道德规范层面礼制共生互动进程中,不同社会阶层的孝道观逐步整合为一,逐渐形成以"孝"为体、以"忠"为本的"忠""孝"一体的孝道观,并逐渐成为华夏民族的一种社会风尚。

[《江海学刊》(CSSCI)2018年第4期,第191—196页,1.0万字。《中国古代、近代文学研究》(CSSCI)2018年第12期,第28—34页,全文转载]

作者简介:

郝建杰,男,1973年生,山西左权人,上海大学文学博士(2011年),国家社科基金重大项目"《诗经》与礼制研究"课题组核心成员(2016年);现为太原师范学院文学院副教授,硕士生导师,中国诗经学会理事,主要从事先秦两汉文学与文化研究。参与国家社科基金一般项目1项,教育部一般项目1项,全国高校古籍整理委员会资助项目1项,省级项目1项,主持省级项目1项。在《光明日报》(文学遗产版)《江海学刊》《河北师大学报》《古籍整理研究学刊》《诗经研究丛刊》《励耘学刊》等刊物发表论文10余篇,并有1篇论文被人大复印资料全文转载,曾出版《〈国语〉文系年注析》《资治通鉴译注》。

《周易》"丧马"为"反马"婚俗考论

杨秀礼

摘　要　《周易》时代已步入聘娶婚制阶段,其卦爻辞中常见的"匪寇婚媾"一语应是对聘娶仪式的载录。《睽》卦初九爻"丧马勿逐自复,见恶人,无咎",为女子出嫁"见恶人"的男女睽违,该女子和其送嫁车马一并"自复"至父母家,故得无咎,与九四"遇元夫"形成敌应卦象关系。《中孚》卦六四爻"月几望,马匹亡,无咎",则是在送嫁、哭嫁场景中,男子"得敌"(敌为匹偶),婚事圆满("月几望"),阴德(女德)盈盛不衰,(女方送嫁)车马在男方家走失(返回女家),宣示婚礼告成,故得无咎。《睽》《中孚》卦爻象及取义,是分别从嫁娶双方两种不同视角,对当时"反马"婚俗的一种展演。

关键词　《周易》　《睽》　《中孚》　婚俗　反马

《周易》在我国存世文献中,为成书定型最早的一部典籍,也是表现殷周"人文精神"与"社会现象"的重要著作。经文篇幅短小,文句简略,相关语言附加成分的缺失,造成了《周易》语义表述的含混性。这给《周易》研究的重要前提性工作,即卦爻辞所涉历史事实的爬梳考辨、还原增加不少难度。将先秦相关文献资料,含出土文物、文献等,与《周易》经文进行互文性、多学科性的释读应是一个有效的解决手段。

一、《周易》"匪寇婚媾"为聘娶婚制释读

《周易》为商末周初的产物,因"圣人有以见天下之赜,而拟诸其形容,象其物宜"①的"取象"方式,故而保存着先秦重要的可信史料。由于文本简略、时间相

---

① 孔颖达.周易正义[A]//十三经注疏.北京:中华书局,2009:163.

隔久远,《周易》卦爻辞相关事象,即相关史迹民俗,相关考定已显得比较困难。在文化人类学等西方现代性研究方法引入后,《周易》研究获得一次多方位拓展,产生了不少令新成果,但其中一些尚需做更深入的考辨。比如《周易》时代存在抢婚制的说法,主要是以"匪寇,婚媾"这一爻辞①为文献依据,而这一说法有脱离语境的局限性。

《屯》：元亨,利贞。勿用有攸往,利建侯。

初九,盘桓,利居贞,利建侯。

六二,屯如邅如,乘马班如。匪寇,婚媾,女子贞不字,十年乃字。

六三,即鹿无虞,惟入于林中；君子几,不如舍。往吝。

六四,乘马班如。求婚媾,往吉,无不利。

九五,屯其膏。小,贞吉；大,贞凶。

上六,乘马班如,泣血涟如。

《贲》：亨。小利有攸往。

初九,贲其趾,舍车而徒。

六二,贲其须。

九三,贲如濡如,永贞吉。

六四,贲如皤如,白马翰如；匪寇,婚媾。

六五,贲于丘园,束帛戋戋,吝,终吉。

上九,白贲无咎。

所谓脱离语境的局限,主要包括两种情况,其一是文化语境,其二为上下文语境。结合《仪礼·士婚礼》、甲骨文等文献资料,可见《屯》《贲》二卦②确实反映了《周易》时代的婚娶制度,这一点除了卦爻语词的提示,更有卦爻辞对婚娶程序的描绘,但其反映的应不是抢婚制,而是聘娶婚制,因为其中多有与《仪礼·士婚

---

① 将"匪寇婚媾"与抢劫婚制相联系者,近代当始于梁启超："夫寇与昏媾,截然二事,何至相混,得无古代昏媾所取之手段与寇无大异耶? 故闻马蹄蹴踏,有女啜泣,谓是遇寇,细审乃知其为昏媾也。"(饮冰室专集：卷86[M]//梁启超.饮冰室合集：第七册.北京：中华书局,1988：4.)。这一推断后来得到一些学者的推崇和补证,亦为当下多种版本古代文学史所采纳。

② 《周易》非出一人之手,但其成书,已有较成熟的语篇意识,故考察《周易》卦爻辞应置于各卦整体中,以联系、语境等手法进行综合考察。详见：杨秀礼.《周易》古歌语象组合方式[J]. 河南师范大学学报(哲学社会科学版),2018,45(05)：108-113.

礼》记载相合之处①。

《屯》卦的一、三、五三爻,看似与"婚媾"无关。其中六三爻出现在六二爻"婚媾,女子贞不字",即求婚被拒②,与六四爻"求婚媾,往吉,无不利"求婚成功之间,则其所载之事应是求婚转向成功的关键,"即鹿无虞",即男子在女子拒绝求婚之后,狩猎野鹿。无独有偶,《诗经·召南·野有死麇》有"野有死麇,白茅包之,有女怀春,吉士诱之"的记载,将男子引诱怀春之少女,与"麇",即一种鹿联系在一起。③ 马瑞辰认为:"《说文》丽字注云:'礼,䴠皮纳聘,皮盖鹿皮。'又庆字注:'行贺人,从心从夂。吉礼以鹿皮为贽,故从鹿省。'《白虎通》:'纳徵,玄纁、束帛、离皮。'又曰'离皮者,两皮也。'"并据此认为"野有死麇""野有死鹿",可能即为纳徵用丽皮之义。此诗只说"死麇""死鹿"者,盖为取用其皮之义。④ 其中《白虎通》"纳徵,玄纁、束帛、离皮"的记载同见于《仪礼·士婚礼》"纳徵,玄纁、束帛、俪皮。如纳吉礼"中,郑玄注:"俪,两也。""皮,鹿皮。"⑤据此,婚礼纳徵以鹿皮为贽礼。闻一多推论道:"古盖用全鹿,后世苟简,乃变用皮耳。"⑥由此,男子第一次求婚失败是因未完全按照婚娶礼制行事,才有九三爻"即鹿"以备纳徵(即鹿过程也具有一定的曲折性),并然后"乘马班如,求婚媾"得以"往吉,无不利"。

同理,《贲·六五》说"贲于丘园,束帛戋戋","束帛"应是当时求婚纳彩所需之聘礼。《周礼·媒氏》"凡嫁子取妻,入货纯帛无过五两"⑦,《礼记·杂记下》"纳货一束,束五两"⑧。"戋戋"⑨,义为极少,戋者小也,从戋之字多有小义,如

---

① 《仪礼》成书时代与作者,主要包括以古文经学家为主体的周公说,如崔灵恩、陆德明、贾公彦、郑樵、朱熹、胡培翚等;与以今文经学家为主体的孔子说,如司马迁、班固、邵戴辰、皮锡瑞、梁启超等;目前周公作《仪礼》一说已为学界主流所弃,但《仪礼》留存大量西周制度记载也是被广泛承认的事实。《仪礼》与商周文明的相合共通,是文化的继承与记忆留存。
② "字"有二义,一为怀孕,二为出嫁。六二爻如取孕育义,婚姻已结束,则《屯》卦意脉断绝;如取出嫁义,女子既拒绝出嫁,与后文的继续求婚直至出嫁连为一体。这一结构似也能说明六二爻所载并非抢婚,爻辞对女子的态度是十分尊重的。
③ 徐正英教授认为"野有死麇,白茅包之",很可能是男方依礼向女方求婚行纳征礼的描述,该诗在周公制作礼乐之前即已流传。参见:徐正英.《诗经·二南》对西周礼乐精神的传达——以出土文献为参照[J].中国人民大学学报,2015,29(3):108-121.可见《周易》时代已进入聘娶婚姻制阶段。
④ 马瑞辰.毛诗传笺通释[M].北京:中华书局,1989:96-97.
⑤ 郑玄,贾公彦.仪礼注疏[A]//十三经注疏.北京:中华书局,2009:2075.
⑥ 闻一多.诗经新义·麟[A]//闻一多全集:第二卷.北京:三联书店,1982:79.
⑦ 郑玄,贾公彦.周礼注疏[A]//十三经注疏.北京:中华书局,2009:1580.
⑧ 郑玄,贾公彦.仪礼注疏[A]//十三经注疏.北京:中华书局,2009:3403.
⑨ 戋戋,《经典释文》"马云'委积貌',薛虞云'礼之多也'黄云'猥积貌'。"(黄焯.经典释文汇校[M].北京:中华书局,2006:42.)可见马融、虞翻等"戋戋"均取众多之义,《周易正义》同,即形容彩礼丰厚。《贲》卦虽讲文饰,核心则在文质关系,初九"贲其趾,舍车而徒",不事文华;六二"贲其须",须为人体之次要部位;上九"白贲",以无文为文;可见《贲》卦在文质取舍方面,更偏重于质而非文。从相关《礼》书及疏解亦可见,婚娶"束帛"数量有相当严格控制,远不可能达到堆积、丰厚的程度。

笺、浅、钱、残、贱诸字。① 故菲薄的"束帛"是婚娶中必备的赘礼,但虽菲薄,并有可能致"吝",因其合乎礼仪故而"终吉"。

《周易》娶女之辞,使用的已是"取女""纳妇"这样高度文明化语词;又随着生产力发展,社会阶层不断分化,抢婚制应已不能满足商周社会各阶层,尤其是社会上层对婚娶方式等文明政治的需求。故《周易》时代,即商末周初时期的婚娶形式应已进入文明化阶段②。对甲骨文献相关记载的考察,可使这一判断更加确切可信。甲骨文献娶女之辞,也有用"取"字例。如:

> 辛卯卜,争,勿乎取奠女子。辛卯卜,争,乎取奠女子。[乎取]奠女子。(《合集释文》536)。③ (P39)

同时可见,殷商时期迎娶女子需进行贞卜,如此郑重其事,抢婚发生的概率应是极低的。在贞卜获吉之后,男方还要派遣人员前往议婚,其角色大概相当于"媒妁"。目前所见甲骨文中虽无"媒""妁"二字④,但存在取义与此相似之字词,如:

> □寅卜,叀,[贞]……使人……群……(《合集释文》12500)(P655)

可见,媒妁在商代业已产生,媒妁的产生与壮大,婚娶之间既有媒介,则抢婚

---

① 这种形声字字符声符兼具表义作用,即"右文说"。清代乾嘉学者发展为音近义通说,近人沈兼士有长文《右文说在训诂学上之沿革及其推阐》论述甚详。(沈兼士. 右文说在训诂学上之沿革及其推阐[M]. 太原:山西人民出版社,2014.)

② 关于殷商婚娶礼仪,宋镇豪综合商代墓葬形式、甲骨文及相关传世文献进行考论,得出如下结论:"大略说来,非婚生育在商代似较普遍,主要见之于平民阶层,构成社会演进过程中遗留的一大习俗,实乃经济发展形态所使然。商代贵族婚姻受崇神思想支配,求吉之卜贯穿终始,然婚嫁形式渐趋礼仪化,婚姻'中于人事'(《史记·龟策列传》)。议婚、订婚由当事男女双方家族基于各自的功利目的而合好,有使者为之媒妁,男女本人无选择对象之自由。请期诹吉日一般以择于二月某一丁日为多,日期大都由政治实力雄厚一方选定,不限专由男方家族。亲迎之礼,嫁女有媵,娶女有迎。媵由私臣或家族成员,'媵必娣侄'实乃后制。迎有等级规格之异,一般为'婿亲迎',男先于女,然殷商王室娶女,则以使者往逆。婚后又有长辈见新妇之礼。"(宋镇豪. 夏商社会生活史[M]. 北京:中国社会科学出版社. 1994:171.)本节在思路与资料均有借鉴该书《家族支配下的婚姻运作礼规·婚娶礼仪》一节(第164—171页)。

③ 胡厚宣. 甲骨文合集释文[M]. 北京:中国社会科学出版社,1999.

④ 《诗·豳风·伐柯》:"伐柯如何,匪斧不克。娶妻如何,匪媒不得。"已有"媒"字并承担"媒妁""婚介"之角色。该诗作于前1040年周公摄政三年(赵逵夫. 先秦文学编年史(第一卷)[M]. 北京:商务印书馆,2010:206),为商末周初时期。

制与其所依赖条件应一并逐渐走向消亡。除了进行贞占与派使人员议婚外,《周易》时代对女子嫁娶日期的选择,也要通过占卜决定,如:

贞女往。在正月,在自休。(《合集释文》24262)(P1211)
贞妹其至,在二月。(《合集释文》23673)(P1181)
丙午卜,今二月女至。(《合集释文》20801)(P1033)
王占曰:今夕其有至,惟女其于生二月㊣。(《合集释文》10964)(P584)

由此,单纯根据"匪寇,婚媾"爻辞便断定,《周易》反映了其文本形成时期存在抢婚制是有失武断的,不管是从卦爻辞语境,还是从甲骨文献所提供的社会语境①,都提示《周易》时代已进入婚聘制阶段。对于看似抢婚制的文字,应视为抢婚遗俗在当时,尤其是在贵族阶层婚娶礼俗的仪式化表现更为得当,这一仪式化在当代也尚有很多不同形式的遗存。

二、《睽》卦"丧马"为"反马"礼考论

根据《周易》经文,"马"在当时不仅和婚娶联系在一起,是当时重要的交通工具。甚至是人们跳脱险难的依赖,比如《明夷》卦六二爻"明夷,夷于左股,用拯马壮,吉",《涣》卦初六爻"用拯马壮,吉"。可见在有险难之初,如得壮马则能跳脱险难,从而获吉。同时《周易》还有一些卦爻辞,所言现象与马为当时重要依赖力量的认识有较大矛盾之处。其中最显著者,当为马这一力量的丧失的后果,如《大畜》卦九三"良马逐,利艰贞;曰闲舆卫,利有攸往"、《睽》卦初九"悔亡。丧马勿逐自复,见恶人,无咎"、《中孚》卦六四"月几望,马匹亡,无咎"等,除《大畜》卦九三爻"良马逐",因后有"曰闲舆卫"而具"亡羊补牢"的意味外。其他爻辞,似乎都在说明一个问题,即马这种依赖力量的丧失,并不带来灾咎。经学家和易占家从义理方面对此颇有高深委曲的解读,却有忽略卦爻辞首先是对商末周初社会生活真实反映这一基本事实的缺憾。

《睽》:小事吉。

---

① 甲骨卜辞与《易经》文本,因两者最初同为占卜、卜筮资料遗存,且均于当时贵族,可互相佐证。

初九,悔亡。丧马勿逐自复,见恶人,无咎。

九二,遇主于巷,无咎。

六三,见舆曳,其牛掣,其人天且劓。无初有终。

九四,睽孤,遇元夫,交孚,厉无咎。

六五,悔亡,厥宗噬肤,往何咎?

上九,睽孤,见豕负涂,载鬼一车,先张之弧后说之弧。匪寇婚媾,往遇雨则吉。

《序卦传》:"家道穷必乖,故受之以睽。睽者,乖也。"《睽》卦与《家人》卦互为综卦,则两者有一定的相关性,又《彖》辞曰:"天地睽而其事同也,男女睽而其志通也。万物睽而其事类也。睽之时用大矣哉!"认为正因为男女之睽,才有阴阳交感与人类的生育繁衍。《睽》卦取象与婚娶应有一定的关系①。现在讲先秦抢婚,也常常以《睽》卦上九爻为例。

如此则《睽》卦初九爻爻辞,与古代婚嫁礼俗的"反马礼"②有暗合之处。

---

① 在谈论《周易》保存着原始社会婚姻遗风时,李镜池、曹础基认为存在对偶婚与劫夺婚,"对偶婚的记载尤其详细,曾三记其事:见于《屯》卦的是求婚,见于《睽》卦的是订婚,《贲》卦则全卦记亲迎的过程……《屯》卦与《蒙》卦写到劫夺婚,被抢的女子悲伤哭泣,男子有时被抗拒,甚至丧了性命。还有《归妹》写姊妹共夫等,都可以看出古时婚俗。这是研究上古社会风俗不可少的资料"(李镜池,曹础基.周易通义[M].北京:中华书局.1981:4.)。黄玉顺在分析《屯》卦古歌的婚娶性质时,认为"关于'婚媾'的古歌,可另参见《贲》《睽》两卦",在解读《贲卦》"匪寇,婚媾"时,又强调"从歌辞及诗意来看,《屯》《贲》《睽》三首古歌题材一致,可能出自同一首古歌,或一套组诗"(黄玉顺.易经古歌考释[M].成都:巴蜀书社.1995:22,111.)。均视《睽》卦与婚娶有关。但在具体分析卦爻辞时,李镜池、曹础基将《睽》卦定位为"这是行旅专卦之一,描绘了旅人在路途的三见三遇,很像一篇旅行日记"(第77页);黄玉顺认为《睽》卦初九爻为占辞(第178、179页)。

② "反马"礼,见于《左传》,不见于《仪礼》,故何休作《膏肓》,认为古代贵族婚嫁礼俗中无反马礼法。郑玄著《箴膏肓》以作详尽回应,认为:(1)《仪礼·士昏礼》所论为士阶层婚姻礼俗,至于天子、诸侯、大夫等,其婚俗当有不同,惜《仪礼》并未详载;(2)《士昏礼》记载"主人爵弁,纁裳缁袘。乘墨车,从车二乘",故出嫁之女用车同此,应为夫婿所提供。据《诗·召南·鹊巢》"之子于归,百两御之""之子于归,百两将之","将"为送嫁之义,则天子诸侯婚娶,其妻乘坐的送嫁车马应为其父母所备。另《士昏礼》《记》:"若不亲迎,则妇人三月,然后婿见……主人请醴,及揖让入,醴一献之礼,主妇荐,奠酬,无币。郑玄《注》云:"主人,即女父也。"贾公彦《疏》曰:"上已言亲迎,自此已下至篇末,论婿不亲迎,过三月之婿往见妇父母事也。必亦待三月者,亦如三月妇庙见,一时天气变,妇道成,故见外舅姑。"(《春秋左传正义》孔颖达引、《十三经注疏》,第4065页)可见《士昏礼》若"不亲迎",也有女子出嫁三月后"婿见",即回妻子父母家之礼节,此近乎"反马"礼。

将"反马"礼与《周易》卦爻辞结合解读,较早见于李道平《周易集解纂疏》。在疏解《归妹》六三爻"归妹以须,反归以娣"虞翻注"娣谓初也,震谓反,反马归也"时,对虞氏尚未明确的"反马归"也,李氏阐明道:"《春秋》宣公五年'冬,齐高固及子叔姬来',《左传》'冬,来,反马也'。震为马,四反,不可仍象震兑,故象反马,而曰反马归也。"(李道平.周易集解纂疏[M].北京:中华书局.1994:475.)惜尚拘于义理性的解读。

秋,九月,齐高固来逆女,自为也。故书曰"逆叔姬",卿自逆也。冬,来,反马也。(宣公五年《左传》)

"冬,来,反马也。"礼,送女留其送马,谦不敢自安,三月庙见,遣使反马。高固遂与叔姬俱宁,故经、传具见以示讥。(杜预《注》)

礼,送女适于夫氏,留其所送之马,谦不敢自安于夫,若被出弃,则将乘之以归,故留之也。至三月庙见,夫妇之情既固,则夫家遣使,反其所留之马,以示与之偕老,不复归也。(孔颖达《疏》)①

可见,古代贵族女子出嫁,应乘坐父母家之车马去往男家,"三月庙见"之礼完毕,尚有"返马礼"。至于女方将父母家送嫁之车马暂留男方的原因,杜预认为这是女方表示"谦不敢自安",即这时的女方不敢自以为,一定能得男方即未来夫家的欢心,为其所接纳:如不被接纳,未及庙见则尚未克成妇礼,女子可乘其父母送嫁车马返回父母家;如被接纳,在行庙见克成妇礼之后,夫婿需遣人将送嫁车马,送返女方父母家,以"示与之偕老不复归也",标志着夫妇之礼克成,整个婚礼仪程到此才告完成。即无论婚娶最终成功与否,女方送嫁之车马终究是会由男方之处返回。

据此,则《睽》初九"丧马勿逐自复,见恶人,无咎",应该写的是主人嫁女之后,其送嫁之车马,与出嫁的女子一并离家不见,但不用着急追找,因为车马将会由人护送回来。如女子所见遇(出嫁)为恶人,她可随车马一起返回,故而不会得咎。对《睽》卦初九爻的这一解读,可置于《睽》卦中进行整体考察,《睽》卦的内外卦,如《象》所言,内卦为睽违,而外卦则睽而有应,即为合。那么初九之丧马自复,是因女子所见遇(出嫁)为恶人,故驾驭送嫁车马返回父母家,因未克成妇礼,亦得无咎。同时初九与九四有敌应关系,两者属性、地位相当,在《睽》卦之时,成了两者同德而求相互遇合的表达,九四爻辞为"睽孤,遇元夫,交孚,厉无咎。"虽然"睽孤",即情势乖违、孤立无援,但所见遇(出嫁)者为"元夫",即阳刚的大丈夫,与初九"恶人"形成对比关系,两者通过"交孚"即以诚相待相处的方式,最终"遇合",有危厉,却终无咎害。《春秋》笔法,礼仪简约者为遇,故九四爻辞所言之礼仪并无初九周备,这呼应了"敌"之关系。而由初九"见恶人"的"丧马""自复",而走向与"元夫"以"交孚"遇合,是"应"的关系。与"无初有终"(《睽》六三)、"先

---

① 孔颖达.春秋左传正义[A]//十三经注疏.北京:中华书局,2009:4065.

张之弧,后说之弧。匪寇婚媾,往遇雨则吉"(《睽》上九)的爻辞之义亦暗合。

三、《中孚》卦"马匹亡"为"反马"礼考论

如果说对于反马礼的描述,《睽》卦是由女子出嫁这一视角考察,《中孚》卦则是从男子娶妻的角度展开。关于《中孚》卦卦旨为诚信可致无虞乃至获吉,各家的观点比较一致,但对于此卦卦爻辞的取象,说法则显得比较杂乱。李镜池、曹础基先生甚至认为"爻辞分说五礼:丧礼(虞礼)、宾礼(燕礼)、嘉礼(婚礼)、军礼、吉礼(祭礼)。"①《中孚》六四"月几望,马匹亡,无咎",与"反马"婚娶礼俗之关系的解决,前提在此卦以婚姻家庭之事取象能否成立。

《中孚》:豚鱼吉。利涉大川,利贞。

初九,虞吉,有它不燕。

九二,鸣鹤在阴,其子和之;我有好爵,吾与尔靡之。

六三,得敌,或鼓或罢,或泣或歌。

六四,月几望,马匹亡,无咎。

九五,有孚挛如,无咎。

上九,翰音登于天,贞凶。

卦辞所讲"豚鱼吉",荀爽曰:"豚鱼谓四三也。四为山陆,豚所处。三为兑泽,鱼所在。豚者卑贱,鱼者幽隐,中信之道,皆及之矣。"②所言谓卑贱幽隐如豚鱼者,因孚信所至,也能触及。更有甚者,将"豚鱼"解释为"河豚",如来知德《周易集注》:"本卦上风下泽,豚鱼生于泽知风,故象之。鹤知秋,鸡知旦,三物皆信,故卦爻皆象之。"③《周易集解纂疏》李道平曰:"《尔雅翼》:鯸,今之河豚,冬至日輒至,应中孚十一月卦,信及豚鱼,河豚也。又《山海经》'鮄鮄之鱼',即河豚鱼也。或曰:豚鱼生泽中,而性好风,向东则东风,向西则西风,舟人以之候风焉。当其什百为群,一浮一没,谓之拜风。拜风之时,见其背而不见其鼻,鼻出于水,

---

① 李镜池,曹础基.周易通义[M].北京:中华书局,1981:122.
② 李道平.周易集解纂疏[M].北京:中华书局,1994:516.
③ 来知德.周易集注[M].北京:九州出版社,2004:580.

则风至立矣。"①按照语言文字发展的一般规律,《周易》时代产生"豚鱼"这一双音节词的可能性不大。而荀爽的说法,又太为婉曲附会。王引之说:"豚鱼者,士庶人之礼也。《士昏礼》:'特豚合升去蹄,鱼十有四。'《士丧礼》:'豚合升,鱼鱄鲋九,朔月奠用特豚鱼腊。'《楚语》:'士有豚犬之奠,庶人有鱼炙之荐。'《王制》:'庶人夏荐麦,秋荐黍。麦以鱼黍以豚。'豚鱼,乃礼之薄者,然苟有中信之德,则人感其诚而神降之福。故曰'豚鱼吉',言虽豚鱼之荐亦吉利。"②可见,"豚鱼"二物在先秦是各礼通用之物,亦不限于祭祀,与士庶人。但据此尚不能完全确定,《中孚》即是讲婚礼的。

《中孚》六三"得敌,或鼓或罢,或泣或歌"所叙当为婚娶礼俗。历代主流解读以之为取军事之象,"得敌"取意战胜敌人,即"敌"取敌人之义。《中孚》卦旨所言为诚信可致无虞乃至获吉,则六三爻与卦旨的取向如何发生关系,即战胜敌人与诚信之联系,目前解说多有牵强附会者,此不作详细考辩。考之《周易》本文,其取敌人义的用语,主要有"寇",如《蒙》上九"不利为寇,利御寇",《需》九三、《解》六三"致寇至",《渐》九三"利御寇"等,皆为"敌寇"之义,"寇"亦作动词用,如"匪寇婚媾"等。同时"战胜"用语,考之《周易》文本,也多用"克"字,如《同人》九四"弗克攻"、九五"大师克相遇",《复》上六"至于十年不克征",《既济》九三"高宗伐鬼方,三年克之"等;"俘获"之用语,考之《周易》文本,则多用"获",如《离》上九"获匪其丑",《解》九二"田获三狐"、上六"公用射隼于高墉之上,获之",《巽》六四"田获三品"等;均不用"得"一词。又按"敌"有"敌匹"(配偶)之义。《左传·桓公三年》:"齐侯送姜氏,非礼也。凡公女嫁于敌国:姊妹,则上卿送之,以礼于先君;公子,则下卿送之。"(P3792-3793)其中的"敌国"之"敌"即是匹配之义。故《中孚》六三"得敌",指男女双方相互得到配偶之义为妥。程《传》"'敌',对敌也,谓所交孚者",所言"敌"也取匹敌、配偶义。

"得敌"即为娶得配偶,六三之"或鼓或罢,或泣或歌"应为载歌载舞的迎亲哭嫁现场,《屯》上六"乘马班如,泣血涟如"与此同义。可以想象,在迎娶仪式中,有停停歇歇敲锣打鼓的、有唱送嫁歌的、更有新娘子的哭嫁等,是好不热闹的婚礼场面。

由此延展,《中孚》九二以鸣叫的鹤在树荫下,它的伴偶应声和鸣,表达"气同

---

① 李道平.周易集解纂疏[M].北京:中华书局,1994:516.
② 王引之.经义述闻[A]//杨家骆.读书札记丛刊:第二辑.台北:台湾世界书局,1978:31.

则会,声比则应",即至诚相交,互相感应之义;"爵",《左传》桓公二年"舍爵策勋焉"注:"爵,饮酒器也。"此处代指酒,即"自己有美酒"之意,"靡"为"共",即希望与对方一起共饮,为"与子偕老"之约。李镜池、曹础基先生认为"这是一首男唱的婚歌,表现了男女欢聚,与《诗·关雎》相似。开头也是用一对鸟起兴。在当时大概是十分流行的,所以作者用来代说婚礼。"①《诗·关雎》为男子追求女子尚未成功时"求之不得"式的吟唱,则李、曹当也赞成九二应是求爱,而非婚礼之描述。

《中孚》初九取象,关键为"虞"的解读,"虞"字在《屯》卦尚有一见,《屯》六三"即鹿无虞,惟入于林中","虞"取"向导"之义,似与此爻无关。程《传》:"九当中孚之初,故戒在审其所信。虞,度也,度其可信而后从也。虽有至信,苟不得其所,则有悔咎。故虞度而后信则吉也。"②而"有它不燕"争议不大,即有其他(变故),则不得安裕。由此可知,初九与婚娶之准备有一定的联系,即在求婚,议婚之前,应能自我揣度,并有向导,如果情况有变,则会不得安裕。

由此,《中孚》的前三爻取象为婚娶之事,六四爻"月几望,马匹亡,无咎","月几望"在《小畜》上九"既雨既处,尚德载。妇贞厉,月几望,君子征凶",《归妹》六五"帝乙归妹,其君之袂,不如其娣之袂良。月几望,吉"中尚有二见。由这两则爻辞,可见"月几望"与婚娶、夫妇之道等的关系。虞翻理解为"日月相对,故'月几望'"③,王弼则认为"阴之盈盛莫盛于此,故曰'月几望'也。满而又进,必失其道,阴疑于阳,必见战伐,虽复君子,以征必凶,故曰'君子征凶'。"故《中孚》六四德盛不衰,美盛不盈,与杜预的初嫁女子"谦不敢自安"构成了互文关系。即《中孚》六三所载仪式完成后,女子嫁入男方,虽其德盛不衰,却美盛不盈,尤"谦不敢自安"。至行三月庙见克成妇礼后,夫婿遣人将女方父母送嫁所用车马,送返女方父母。

《中孚》九五"有孚挛如,无咎"之"挛",《说文》"挛,牵系也,从手繺声",《释文》"马云'连也'",取义为"牵系、连接",即夫妇家庭生活应以诚信之德互相牵系,共信共处,生活自然无咎无害。《中孚》上六"翰音登于天,贞凶","翰音,即鸡,《礼记·曲礼》:'鸡曰翰音',《尔雅·释鸟》:'翰,天鸡'……《说文》:'鶾,雉

---

① 李镜池,曹础基.周易通义[M].北京:中华书局,1981:121.
② 梁韦弦.程氏易传导读[M].济南:齐鲁书社,2003:342.
③ 李道平.周易集解纂疏[M].北京:中华书局,1994:154.

(应作鸡)肥,翰音者也。鲁郊以丹鸡祝曰:以斯翰音赤羽,去鲁侯之咎。'翰即翰。"①《尚书·牧誓》"牝鸡司晨,惟家之索",即商纣帝辛听用妇言,是其大罪状之一。《周易》关于女子的叙述,也略同于此,如"窥观,利女贞"(《观》六二),即女子目光短浅②,故应"无攸遂,在中馈,贞吉"(《家人》六二),即主中馈的女人只管做家务,凡事不要自作主张,其结果自然是"贞吉"的。而一旦女子掌握家庭主导权,"翰音登于天",则将有祸咎。

当置《周易》与礼制关系这一话题于《周易》文本及其自身所处时代语境,所获认识应更贴近历史情境。在重写中国古代学术史的呼声中,应可依据考古学等所获文献文物,以厘清相关礼俗的质性认定、时代判断等问题,同时以应如陈寅恪先生所言"以外来之思想,与吾国固有之材料相结合",通过方法与材料的共同创新,推动《周易》考证与研究的开展。

[《郑州大学学报》(CSSCI)2018 年第 2 期,第 94—98 页,1.0 万字]

作者简介:

  杨秀礼,男,1977 年 10 月生,江西省上饶市玉山县人,南昌大学文学学士(2000 年),上海大学文学硕士(2007 年),华东师范大学文学博士(2011 年),国家社科基金重大项目"《诗经》与礼制研究"课题组核心成员(2016 年)。现任教于上海大学中文系,硕士研究生导师,主现要从事先秦两汉典籍与文献研究。在《光明日报》《中国社会科学报》《宗教学研究》《郑州大学学报》《河南师范大学学报》《海南大学学报》等核心报刊发表论文 10 余篇,并有多篇论文被人大复印资料全文转载。

---

① 李镜池,曹础基.周易通义[M].北京:中华书局,1981:122.
② 关于"窥观,利女贞",古今解释大致相同。如虞翻解释为:"临兑为女,窥观称窥。"(《周易集解》卷五,95 页),王弼解释为:"处在于内,无所鉴见。体性柔弱,从顺而已。犹有应焉,不为全蒙,所见者狭,故曰'窥观'。"(《周易正义》,《十三经注疏》,第 73 页)他们都认为"窥观"是女子的观察。从"窃观"和"处在于内"来看,"窥观"取象于女人躲在门后往外窥视的行为。即女子虽然是成年人,不像童子那样蒙昧无知,但采取这样的方式来观察事物当然不能全面彻底,故而眼光狭窄,见识浅薄,是"无所鉴见"的。

《诗经》"吉礼"类农祭乐歌的叙事结构形态发微

吕树明

摘 要 《诗经》"吉礼"类农祭乐歌作为《诗经》叙事诗的重要组成部分,与社会变迁、祭祀对象、民间信仰等因素绾合在一起,承担着沟通与协调天人关系的社会功能。故其叙事结构形态的生成自然与祭祀仪式时空的流动性,仪式的搬演性密切相关,由此决定了农祭乐歌思想内容的情感基调与艺术形式的基本架构,从而促使农祭诗叙事结构形态呈现出丰富景致。具体分为以线性时间贯穿的循环型结构,以祭祀仪式统摄的封闭型结构,以外部叙事元素介入的混合型结构,以外部叙事因素占主导的开放型结构形态。这四种叙事结构的基本形态,折射出农祭乐歌叙事形态的嬗变轨迹。

关键词 《诗经》 吉礼 农祭乐歌 叙事结构 形态特征

《诗经》中的吉礼类乐歌,是一种以祀天神、祭地祇、享人鬼为基本形式,以协调天人关系为基本功能的乐歌。农祭乐歌作为吉礼类乐歌的重要组成部分,主要包括郊祭天帝以配后稷礼、禘祫尝烝时祀礼、冬藏蜡祭礼、禳旱祷雨礼与籍田礼等礼。本文拟以《诗·豳风·七月》《小雅·楚茨》《信南山》《莆田》《大田》《大雅·生民》《云汉》《周颂·思文》《噫嘻》《臣工》《丰年》《载芟》《良耜》等13篇代表性农祭乐歌为研究对象[①],来研究农祭乐歌的叙事结构形态特征及其演变规律,以请教于方家。

---

① 关于农祭诗的解释及具体篇目,郭沫若《青铜时代·由周代农事诗到周代社会》《〈诗〉〈书〉时代的社会变革与思想上之反映·奴隶制的完成》,孙作云《诗经与周代社会研究》,马积高《中国古代文学史》(全三册),褚斌杰《诗经与楚辞》,罗宗强主编《中国古代文学发展史》(全三册)以及袁行霈主编的《中国文学史》(全四卷)等专著中均有论述,兹不列举。

一、以线性时间贯穿的圆形循环结构

所谓"线性时间",即以年份、季节、月份、时令、物候等为标识的流动性叙事时间。所谓"圆形循环结构",是一种线性时间标识在作品中反复出现,且每个时间域都会与固定性农业生产事件和差异化农业劳作方式贯通链接,周而复始,年复一年,在特定的时间场域内完成叙事的结构形态。

比如,《七月》是周人居豳时的早期农业歌谣,但其应是经历漫长的口耳相传以后,在宣王时代才被写定的①。全诗以下层农奴的口吻来叙说整个年岁豳地的生产劳动情况,以历时性月令为线索贯穿作品脉络,是对豳国风俗的集中书写,是农祭诗中典型的圆形循环结构。

作品如下:

> 七月流火,九月授衣。一之日觱发。二之日栗烈。无衣无褐,何以卒岁?三之日于耜,四之日举趾。同我妇子,馌彼南亩;田畯至喜。
> 七月流火,九月授衣。春日载阳,有鸣仓庚。女执懿筐,遵彼微行,爰求柔桑。春日迟迟,采蘩祁祁。女心伤悲,殆及公子同归。
> 七月流火,八月萑苇。蚕月条桑,取彼斧斨,以伐远扬,猗彼女桑。七月鸣䴗,八月载绩。载玄载黄,我朱孔阳,为公子裳。
> ……
> 二之日凿冰冲冲,三之日纳于凌阴。四之日其蚤,献羔祭韭。九月肃霜,十月涤场。朋酒斯飨,曰杀羔羊,跻彼公堂,称彼兕觥,万寿无疆!②

诗中所谓"一之日"为周正月,"二之日"为殷正月,"三之日"为夏正月,"四之日"为周四月;"七月""八月""九月""十月"者,皆为"夏正"。足见诗人将"夏正""商正""周正"交替使用,而以"周正"为主;亦即民间历法(夏正、商正)与官方历法(周正)交替出现,而以官方历法为宗。此正所谓"既言三正事终,更复从周为说"(《七月》孔《疏》)者。可见,"三正"时间线索区分较明显,共同链接起叙事的

---

① 马银琴.两周诗史[M].北京:社会科学文献出版社,2006:289-290.
② 本文所引《毛诗正义》《周礼注疏》,俱见:阮元.十三经注疏[M].影印清嘉庆二十至二十一年(1815—1816)江西南昌府学刊刻本.北京:中华书局,2009.不再逐一标注。

基本构架。从叙事时间维度看,开头顺序是先夏历,后周历,而章尾顺序是先周历,后夏历,每个月中都有固定的农业生产活动,完整严密。而时序编排彰显方式,则是以人们从事农业生产活动为中心进行安排,充分考量男耕女织的小农生产因素,与男主外女主内的性别分工,在周年范围内完成线性时间的规束动作,形成圆形循环叙事,这是叙事结构的第一次分级。故清陈继揆《读风臆补》卷下评曰:"以时令为经,以衣食为纬,以民风景物为绚染。"①贺贻孙《诗触》卷二亦评曰:"篇中皆以月纪事,或略言之,或详言之,或重复言之,或颠倒错综言之。"②

同时,叙事结构第一次分级下面,形成叙事结构的第二次分级,即每一项农业生产活动再次按照固定特有时间顺序进行编排。从修理农具开始,到凿冰纳冰结束;从播谷种瓜开始,到筑场丰收入仓收尾;从种桑育桑发始,到织染作裳完工;再从斯螽动股发声暗示,到塞向墐户御寒为始。每一章主线之外,"各以月令中细事别生波澜"③。正由于各项农事活动线索齐头并进,毫无呆板滞闷之感,小范围内的叙事得以完成,由此形成了大循环中的小循环,即圆形嵌套结构。小结构中夫妇、慈幼、敬老、奉上、祭祀等人伦情节点缀于各章,加之草木鸟兽昆虫等物之趣味,看似封闭单调枯燥的结构,汇聚融入了如此多质素,着实显得立体灵动,婀娜多姿。故清牛运震《诗志》赞叹道"此诗以编纪月令为章法,以蚕衣农食为节目,以预备储蓄为筋骨,以上下交相忠爱为血脉,以男女室家之情为渲染,以谷、蔬、虫、鸟之属为点缀,平平常常,痴痴钝钝,自然、充悦、和厚、典则、古雅,此一诗而备三体,又一诗中而藏无数小诗,真绝大结构也。"④

乐歌最后一章通过写饮酒乐、祝寿情节,来展现"国祭蜡,则吹《豳》颂,击土鼓,以息老物"(《周礼·春官宗伯·龠章》)之场面,足见此为周正十月,即夏正十二月(腊月)举行蜡祭仪式上所唱之乐歌,以飨先啬(神农)、司啬(后稷)、农(田畯)、邮表畷(田畯督约百姓之处)、猫虎(食田鼠与田豕)、坊(蓄水之处)、水庸(受水与泄水之处)、昆虫(螟虫之属)等农事八神。这种蜡祭仪式,往往以乐歌的形式回顾一年中各时令的农事活动,顺时而作。其所表达的情感诉求恰恰契合四季月令"春生,夏长,秋收,冬藏"的周息更迭规律,也是文本叙事结构为圆形循环

---

① 戴君恩,陈继揆.读风臆补[M].上海古籍出版社续修四库全书 2002 年影印光绪庚辰(1880)拜经馆刊本,第 58 册: 222.
② 贺贻孙.诗触[M].上海:上海古籍出版社,续修四库全书 2002 年影印清咸丰二年(1852)敕书楼刻本,第 61 册: 563.
③ 扬之水.诗经别裁[M].南昌.江西教育出版社,2000: 136-137.
④ 牛运震.诗志[M]//诗经集校集注集评.北京: 中华书局 现代出版社.2016: 3327.

的有力佐证。

二、以祭祀仪式统摄的封闭性结构

所谓"祭祀仪式",是指祀天神、祭地祇、享人鬼活动的具体仪节与程式。所谓"程序化封闭性结构",是指现实生活中的祭祀仪节与程式内化成为支撑诗歌叙事文本的基本结构,并统摄着整个作品叙事流程与情节编排顺序,从而形成的一种更显精致化与视觉化的叙事结构形态。这是由于祭祀程序仪式逐渐高雅化、丰满化、现场化情境,与祭祀乐歌逐渐风雅化、诗意化、文学化情景,在内容与形式两方面上完美"姻缘"的艺术化展现,更符合艺术搬演与乐歌演唱的实际需要。这种叙事结构与籍田礼仪式的联系最为紧密,像《楚茨》《思文》《丰年》等皆属于此类结构形态。当然,像《思文》《丰年》这些西周早期作品,仅仅是祭祀仪式片段的描写,缺少具有流动性特征的仪式过程,其封闭性结构自然显得较为松散简单;而像宣王时期的《楚茨》,祭祀物品、祭祀程式的流动性较强,链条严密,过程清晰,其封闭性叙事结构则显得更加成熟。《楚茨》如下:

> 楚楚者茨,言抽其棘。自昔何为?我艺黍稷。我黍与与,我稷翼翼。我仓既盈,我庾维亿。以为酒食,以享以祀。以妥以侑,以介景福。
> ……
> 礼仪既备,钟鼓既戒。孝孙徂位,工祝致告:"神具醉止。"皇尸载起,钟鼓送尸,神保聿归,诸宰君妇,废彻不迟。诸父兄弟,备言燕私。
> 乐具入奏,以绥后禄。尔肴既将,莫怨具庆。既醉既饱,小大稽首。"神嗜饮食,使君寿考。孔惠孔时,维其尽之。子子孙孙,勿替引之。"

首章言民除草以种黍稷,收之而盈仓庾,王者得为酒食,献之宗庙,总言祭祀之事,其享妥侑,皆主人身之所行;二章言助祭者各供其职,爰及执爨有俯仰之容,君妇有清浊之德,俎豆肥美,献酬得法,以事鬼神,鬼神安之,报以多福;四章言孝子恭敬无愆,尸嘏以福;五章祭事既毕,告尸利成;卒章言於祭之末,与同族燕饮。足见此从"我""孝孙"的视角,观看并参与到整个祭祀仪式活动中来,每章节都有固定的祭祀仪式场面。如此,祭祀程序一一展现链接的过程,便是文本叙事结构逐渐生成的过程。正是在封闭的线性时间与空间场域内,将祭祀场面按照时空顺次进行剪辑、切换、过渡,从而凸显出祭祀程序仪式的场面化和即时性特征;祝嘏词的串联改变,推动着祭祀仪式进入高潮,结构的时间性特征极其明显,透露着祭祀仪式的庄重肃穆,恭敬诚孝,堪称是神灵交感仪式的狂欢。

该诗尸受祝告、送尸、撤馔、燕私等核心环节,四者皆毕祭时礼节,一句接一句极有次第①。整个祭祀过程布置从容,有条不紊,无拖泥带水之感,虽然是单一的线性安排,仍然能感受到叙事节奏的波澜起伏,时快时慢,展示出祭祀仪式的方方面面。诗礼之间紧密的映照互动关系,由此可窥一斑。故清姚际恒《诗经通论》卷十一评之曰:"煌煌大篇,备极典制。其中自始至终一一可按,虽繁不乱。"②

要之,这一类农祭乐歌中,祭祀仪式在叙事结构中占据着绝对压倒性的位置。这是由于籍田流程的完整性、严密性与历时性,需要一种相对封闭的叙事结构借以静态完成;而在封闭性叙事结构中,籍田礼的具体节仪与程式并可以面面俱到,对每个环节的都可以进行细部描摹,显得祭祀仪式完备周详,祭祀场面庄重肃穆,祭祀享品繁多丰盛,从而使祭祀仪式的程式化与立体化展示的更加充分,能够在狭小的空间视域内寻求最大限度的现场感与即时感,使祭祀者的虔诚恭敬之态与期盼诉求之情彰显得更加充分,将祭祀仪式的神圣信仰与政治效果发挥得淋漓尽致。

三、以外部叙事元素介入的混合型结构

所谓"外部叙事元素",是指祭祀仪式场域之外的叙事元素,包括农业生产劳动环节、作物成长收获过程、劝诫农官、巡查田事、重大人物事件、神话记忆等历史片段,以及求雨禳旱、弥灾消祸、恻怛恤民的情感线索等叙事要素。这些外部叙事元素往往是在祭祀仪式结构框架下,作为一个独立因素率先编排进入祭祀仪式叙事之中,参与、引导、推动着祭祀仪式的逐步实现。正是这些外部叙事元素与祭祀仪式活动编排在一起,两者之间互相碰撞,呈现出一种"你中有我""我中有你"的情景,形成一种半开放性、半封闭性的混合型结构。具体篇目包括《信

---

① 陆化熙.诗通[M].上海:上海古籍出版社,续修四库全书 2002 年影印明书林李少泉刻本,第 61 册:70.
② 姚际恒.诗经通论[M].北京:中华书局.1958:231.

南山》《甫田》《生民》《臣工》《噫嘻》等。《小雅·信南山》如下：

信彼南山，维禹甸之。畇畇原隰，曾孙田之。我疆我理，南东其亩。
上天同云，雨雪雰雰。益之以霢霂，既优既渥，既霑既足，生我百谷。
疆场翼翼，黍稷彧彧。曾孙之穑，以为酒食。畀我尸宾，寿考万年。
中田有庐，疆场有瓜。是剥是菹，献之皇祖。曾孙寿考，受天之祜。
祭以清酒，从以骍牡。享于祖考。执其鸾刀，以启其毛，取其血膋。
是烝是享，苾苾芬芬。祀事孔明，先祖是皇。报以介福，万寿无疆！

此诗从选择农业耕作地点南山肇始，叙述其耕地状况和田间治理方式，紧接着书写此地的气候降水等景致，冬雪春雨渐沥，百谷丰收宜人，叙事自主性十足；接着场面切换到农祭仪式的线性叙事，从而在叙事结构上显示出一种敞开逐渐过渡收拢的文本形态；最后衔接至黍稷、瓜、酒等祭祀物品组成独立叙事单元，将其与祭祀仪式叙事线索并置，交叉汇合，通过流动化、特征化描写，来逐步凸显其功能价值，以推动整个祭祀仪式完成。正所谓"粢盛、瓜菹、牺牲，俱一时奉祭之物，每段各发一义耳"①。同时，此诗用一种从当下追述往昔的逆时间观，形成一种"远从田事而来"的时间情境，对天空云密、下雪雰雰、春雨霢霂这些田间叙事情景摄入，给全诗增添一种律动与质感，盘活了叙事结构。相较属于封闭型结构《楚茨》而言，两者在结构美感的差异比较明显："上篇铺叙闳整，叙事详密；此篇则稍略而加以跌宕，多闲情别致，格调又自不同"②。

农业生产劳动、作物成长收获过程、季节月令变化、告诫农官、戒命之语，重大事件、神话记忆等历史片段，以及求雨禳旱、恻怛恤民的情感线索等外部叙事质素，以某种方式介入祭祀仪式，是对封闭性结构的冲击与突破。外部叙事元素与祭祀仪式融合碰撞时，逐渐打破祭祀仪式之桎梏，结构得以张合敞开。众多叙事性因素也随之改变，叙事时间从现在移动至过去、将来，时间线索开始曲折灵活，多条线索显现；叙事空间从祭祀之处投射至田间郊野，趋于开阔；叙事节奏也陡然加快，成为叙事层次的转捩点。众多叙事质素，尤其是闲笔景致之处的镶嵌，使得内涵生成意义更具复合性，篇幅平衡协调，脉搏灵动生气，颂体诗也减少

---

① 顾梦麟.诗经说约[M],上海：上海古籍出版社续修四库全书 2002 年影印明崇祯织簾居刊本，第 60 册：602.
② 姚际恒.诗经通论[M],北京：中华书局.1958：233.

了空洞缥缈神秘气息,诗歌艺术价值明显提高。

四、以外部叙事元素占主导的开放性结构

所谓"外部叙事因素主导",是指当外部叙事元素达到一定规模,在封闭性结构内部便获得了充足的博弈资本,以此与祭祀仪式相抗衡,于是外部叙事元素按照自己的叙事逻辑进行组织编排,逐渐占据了主导地位,封闭性束缚得以冲破,文本结构彻底敞开。当然,在这种文本叙事开放性结构中,尽管外部叙事因素处于主导地位,但祭祀仪式依然发挥着不可替代的叙事主线作用。这种叙事文本结构的开放性,让文本所包纳的叙事元素愈加丰富,有效地弥补了祭祀仪式单线主导所带来的弊端,形成多重线索并进的叙事态势,使得历时性线性链条逐渐变得模糊破碎,而叙事事件与主旨却变得愈加丰富,促使文学层面上的叙事艺术得以进一步发展。同时,来自底层民间的话语力量在叙事结构中也得以重视与展现,官方层面意义上的叙事话语体系建构也主动吸纳,求雨禳旱、弭灾消祸、恻怛恤民的情感力量生发,两者在社会根源层面上形成了一种良性互动。西周晚期宣王时代的《大田》《云汉》《载芟》《良耜》等农祭乐歌,大多属于此种开放型叙事结构。《小雅·大田》如下:

> 大田多稼,既种既戒,既备乃事。以我覃耜,俶载南亩,播厥百谷,既庭且硕,曾孙是若。
> 既方既皂,既坚既好,不稂不莠。去其螟螣,及其蟊贼,无害我田稚。田祖有神,秉畀炎火。
> 有渰萋萋,兴雨祁祁。雨我公田,遂及我私。彼有不获稚,此有不敛穧。彼有遗秉,此有滞穗,伊寡妇之利。
> 曾孙来止,以其妇子,馌彼南亩,田畯至喜。来方禋祀,以其骍黑,与其黍稷。以享以祀,以介景福。

此诗的叙事重心是农业生产中基本环节的一一呈现,以作物生长、成熟、收获过程来进行串联画面,从选种育种,修理农械,清除杂草,消灭害虫,收获庄稼等具体田间管理环节进行切入,过渡到农事中公田与私田的阶级关系、气候自然条件、田间劳动人物形象的细微刻画,最后才是丰年报祈、祭祀礼节场景的展现。

农业生产劳作已经在通篇叙事结构中获得主导性的位置,结构的开放性使得众多的叙事质素纳入到文本中来,农业中的民间信仰、阶级关系等已经在叙事中成为一个独立单元,叙事场景的衔接更加自由流畅,农业生产的叙事比重已经远远大于丰年报祭的叙事比重,成为支撑文本叙事进展的重要部分。丰年报祭潜伏到隐蔽角落的位置,发挥结构框架的主线作用,文本形态上的影响力已经弱化。程俊英先生认为此诗虽为写祭祀乐歌,但其内容主要是描写农业生产中的选种、修械、播种、除草、去虫,描摹云雨景致,渲染丰收景象,纯用白描手法,生动地刻画了公田生产场面。

再如《云汉》为宣王禳旱祈雨雩祭之乐歌①。此诗虽写雩祭之礼,然通篇均是哀号痛呼、疾诉惨怛之语。而这些"反复呼天呼祖宗之词",使乐歌显现出"缠绵恺恻,沉郁顿挫"②的感情基调。在叙事文本中,其言辞贯穿敬天、恭神、恤民的内容顺序,着重渲染旱灾给心理造成的无助感与脆弱感,给社稷苍生、国祚基业造成的沉重打击。足见此诗的雩祭仪式已经不是叙事重点,已经退隐至嚎啕言语之外;叙事中心则从仪式本身,转移到仪式所带来的心理投射。这是因为叙事结构虽肇始于仪式,但更跳脱游离于仪式之外,语言心理的反复申告,既呼叹旱灾情状,又陈诉祈神祐助,层层递进强化,章法井然。于是,叙事语言在反复申诉呼告之中,显现的感情则更加精微细腻,具有极强的感染力,达到了"善咏之妙,不可不知也"③的艺术境界,从而成功地塑造了宣王引咎自责、恻然为民的艺术形象,更加强化了诗歌纾解抚慰人心的社会作用。

五、结　　语

农祭诗是《诗经》中叙事诗的重要组成部分,对研究中国诗歌叙事传统具有肇始意义。《诗经》农祭诗的叙事结构与祭祀仪式关系甚密,是从更大范围的礼乐文化角度来窥探中国古典诗歌叙事传统的生成因素。周王朝时代变迁对乐歌的创作、采集、加工与定型产生的重大影响,风雅颂之体对于籍田礼仪进展程序的捕捉与表达,农祭乐歌所诉诸的农业神祇、祖先崇拜的不同,都可能成为导致

---

① 苏舆.春秋繁露义证[M].北京：中华书局,1992：408.
② 方宗诚.说诗章义[M].上海：上海古籍出版社,续修四库全书 2002 年影印光绪八年(1882)刊本,第73 册：521.
③ 刘玉汝.诗缵绪[M].影印文渊阁四库全书,台北：台北商务印书馆.1986 年.第 77 册.749.

叙事结构差异性的原因。农祭之事的艺术书写,叙事结构上虽有圆形循环、封闭型、混合型、开放型等不同类型,然农祭诗整体叙事结构的相似性特征,祭祀崇拜始终作为一条主线潜伏在文本之中,与始祖神话的记忆孑遗,与对农业立国之本的重视,与国人对丰穰之年的期盼、民间信仰绾合在一起的。

[《中州学刊》(CSSCI)2018年第4期,第147—151页,0.6万字]

作者简介:

吕树明,男,1990年1月生,山东省青岛人,国家社科基金重大项目"《诗经》与礼制研究"(16ZDA172)课题组核心成员(2016年),现为上海大学诗礼文化研究院中国古代文学专业博士研究生,研究方向为先秦文学与诗礼文化,在《中州学刊》《民俗研究》《山西农业大学学报》《中北大学学报》《衡水学院学报》等发表论文10余篇。

《诗经·鄘风·定之方中》春秋城建礼制管窥

叶铸漩

摘 要 《诗经·鄘风·定之方中》一诗对卫文公营建楚丘过程中的施工时间、施工规划、土地的利用以及施工方案的确定都有较为细致的描述,故通过细读该诗中相关内容就可以大致勾勒出春秋时期城市建设中诸如冬季施工、"日基"规划、土地效用、筮卜而定等一些礼制性规定,这些城建礼制不仅延续了周室建立以来的惯例,更从礼法层面规范和维系着当时的国家和社会。

关键词 《诗经·鄘风·定之方中》 城建 施工规划 施工方案 礼制

《诗经·鄘风·定之方中》小序曰"美卫文公也。卫为狄所灭,东徙渡河,野处漕邑。齐桓公攘夷狄而封之。文公徙居楚丘,始建城市而营宫室,得其时制,百姓说之,国家殷富焉"。是《小序》以为是诗当卫文公徙居重建城池而作。考《左传·闵公二年》"二月,狄人伐卫……及狄人,战于荥泽。卫师败绩。遂灭卫……文公为卫之多患也,先适齐,及败,宋桓公逆诸河宵济。卫之遗民,男女七百有三十人,益之以共滕之民,为五千人。立戴公以庐于曹",后《左传·僖公二年》传文虽言"二年,春,诸侯城楚丘而封卫焉。"然,经文"二年。春,王正月,城楚丘"后有孔疏云"先城楚丘,将以封卫。言城楚丘不言城卫,卫未迁也"。[1] 按,《书·咸有一德》有"仲丁迁于嚣"孔颖达疏"发其旧都谓之迁",故《左传》孔疏云"卫未迁也"言卫未移徙其都,因此可以判断卫在遭狄人灭亡后,在楚丘兴建的并非都城,而只是普通的城池而已,那么其中所涉及的城建礼制也当属于普通城池的建设礼制。

按,该诗首章首句"定之方中,作于楚宫"。毛传云"定,营室也;方中,昏正四

---

① 孔颖达. 春秋左传正义: 卷 12[M]//阮元. 十三经注疏. 北京: 中华书局, 1980: 1788, 1791.

方;楚宫,楚丘之宫也。仲梁子曰'初立楚宫也'"。毛云"定,营室也","营室"当为一词。考《尔雅·释天》"营室谓之定"后有郭璞注"定,正也。作宫室皆以营室中为正"。① 又,《国语·周语中》"营室之中"韦昭注"定谓之营室",是春秋时以营室正中为正。《史记·天官书》:"营室为清庙,曰离宫、阁道。"司马贞索隐引《元命包》云:"营室十星,埏陶精类,始立纪纲,包物为室。"② 考《甘石星经》"室宿"条云"营室二星,主军粮;离宫上六星主隐藏……一名宫,二名室,明国昌、动摇、兵出起……离宫……以时占之,……土星守,主阴造宫室,起土功,将军益封"。《开元占经》引甘氏曰:"营室动,有土功事。"又引郗萌氏言曰:"将有土功之事,则占于营室。"又引《圣洽符》曰"营室主土,天子庙"③。是"营室"于地而言当土功之星。毛传"方中"云"昏正四方",是当依"营室"为土功之星而言。按,《左传·庄公二十九年》:"冬,十二月。城诸及防。书时也。凡土功……水昏正而栽。"杜预注云:"谓今十月,定星昏而中,于是树板干而兴作。"孔颖达疏:"五行北方水,故北方之宿为水星。言水昏正者夜之初昏,水星有正中者耳。非北方七宿皆正中也……水昏正,谓十月定星昏而正中时也。郑玄诗笺云'定星昏中而正谓小雪时。'小雪,十月之中气。《月令》仲冬之月,昏东壁中室十六度,日行一度。是十月半而室中,十一月初而壁中。"④杜预以夏历十月对释《左传》周历十二月,故孔颖达疏以郑玄诗笺小雪之释,明冬季营室昏时当出现在天空正中。《吕氏春秋·孟冬纪》引文亦言"是月也……命司徒……坿城郭",后高诱注:"坿,益也。令高固也。"则是句当明言孟冬之月(夏历十月)可以修筑加固城池,而此时营室星也确实正当昏时星空的正中。这说明,营室星(定星)的空间位置对人们土功城建活动的开展是间接地通过"孟冬之月"这一时间信息完成的,这可以理解为人们因为冬天的到来而需要一定的土功城建活动。然考《尚书·洛诰》"予惟乙卯,朝至于洛师。我卜河朔黎水,我乃卜涧水东、瀍水西,惟洛食;我又卜瀍水东,亦惟洛食。伻来以图及献卜"⑤,又《诗经·大雅·绵》"周原膴膴,堇荼如饴。爰始爰谋,爰契我龟。曰止曰时,筑室于兹",是西周时营建城池,并未有以"营室星(定星)"昏时正中为动工时间标准的礼法制度,故可以判断,以营室星(定星)的星空位置来确定土功城建时间的原则当出自春秋时代,而这一基本的原则也成

---

① 郭璞,刑昺.尔雅注疏:卷6[M]//阮元.十三经注疏.北京:中华书局,1980:2609.
② 司马迁.史记:卷27[M].北京:中华书局,1959:1309.
③ 瞿昙悉达.开元占经:卷61[M].北京:中央编译出版社,2006:623.
④ 孔颖达.春秋左传正义:卷10[M]//阮元.十三经注疏.北京:中华书局,1980:1782.
⑤ 孔颖达.尚书正义:卷15[M]//阮元.十三经注疏.北京:中华书局,1980:214.

为春秋时代城建活动的首要制度。

其后"揆之以日,作于楚室"句,毛传曰:"揆,度也。度日出日入以知东西,南视定,北准极,以正南北。室犹宫也。"毛以"日"定东西,"定星"定南北。然前句郑笺有云"定星昏中而正,于是可以营制宫室,故谓之营室。定昏中而正,谓小雪时,其体与东壁连正四方",明定星只是确定土功城建的时间,这与上文的考论是完全相同的。但毛氏以定星为土木工程确定南北方向的天文依据,以现有文献来看,并未有足够的证据证明这一点。按,《诗经·大雅·公刘》:"笃公刘,既溥既长,既景乃冈,相其阴阳,观其流泉"。毛传云:"'既景乃冈'考于日景,参之高冈。"郑笺释曰:"厚乎公刘之居豳也。既广其地之东西,又长其南北;既以日景定其经界于山之脊,观相其阴阳寒暖所宜,流泉浸润所及,皆为利民富国。"是公刘营豳当是以日影确定东西南北。又《周礼·冬官·考工纪》"匠人"条曰:"匠人建国……置槷以县,视以景。为规,识日出之景与日入之景。昼参诸日中之景,夜考之极星,以正朝夕。"郑玄注曰"槷,古文臬,假借字。于所平之地中央树八尺之臬以县正之,视之以其景,将以正四方也"。①按,"槷""臬"上古皆月部、疑母、入声②,是音全同,可假借。《谷梁传·昭公八年》"以葛覆质以为槷",范宁注曰"槷,门中臬";是郑训得之,而建国营城以日定东西南北则明矣。后贾公彦疏更有云"前经已正东西南北,恐其不审,犹更以此二者("日中之景"和"极星")以正南北",则以"日"为测量地面城建东西南北的依据就更加明确了。因此,可以认定,春秋时代人们在土功城建作业时是延续着西周以来的制度以"日"为测量城市、宫室基建方位的基准,虽然《周礼·冬官·考工纪》有言"夜考之极星",但那只是对白天依据"日"测量结果的复核,同时可以确定的是,春秋时期城建时基建方位的确定与营室星(定星)无任何关系。然而,这里的考证只是说明了营室星(定星)和日(太阳)在土功城建过程中城池规划、季节选择及方位确定层面的决定性作用,但诗句中"作于楚宫""作于楚室"却无法得到通过营室星(定星)与日(太阳)的直接测量以施工的事实。考《周礼·冬官·考工纪》:"攻木之工,轮、舆、弓、庐、匠、车、梓。"《礼记·曲礼下》"曰土工金工石工木工",郑玄注云:"木工,轮、舆、弓、庐、匠、车、梓也。"其后孔颖达疏云"匠,能作宫室之属"③,是兴作宫室者当为"匠",其自为百工之一。《墨子·法仪》:"百工为方以矩,为圆以规,

---

① 郑玄,陆德明,贾公彦.周礼注疏:卷41[M]//阮元.十三经注疏.北京:中华书局,1980:927.
② 唐作藩.上古音手册(增订本)[M].北京:中华书局,2013:108.
③ 陆德明 释文,孔颖达 等疏.礼记注疏:卷4[M]//阮元.十三经注疏.北京:中华书局,1980:1261.

直以绳，正以县。无巧工不巧工，皆以此五者为法。巧者能中之，不巧者虽不能中，放依以从事，犹逾已。故百工从事，皆有法所度。"①则可以明确"匠"作为百工之一，在营造宫室时是以"矩""规""绳"等符合个体建筑原理的工具为标准的，而与前文所讨论的营室星（定星）及日（太阳）并无关系。那么，"定之方中，作于楚宫；揆之以日，作于楚室"中"定之方中"与"揆之以日"二句与后面"作于楚宫"和"作于楚室"二句就不能构成直接的因果联系，而这两句也只能解释为"规划城池，而后去兴建楚丘的宫室"。由此，作为当时的城建礼制，我们可以认定，"通过营室星（定星）以确定施工时间'冬季'"和"以日（太阳）为客观标准进行城建规划"是一定的，而其中"施工时间"则是具有文化意义的规定性。

"树之榛栗，椅桐梓漆，爰伐琴瑟"。郑玄对此笺注云："树此六木于宫者，日其长大可伐以为琴瑟。言豫备也。"毛传郑笺皆无"伐"字独训，而郑笺述义概明其义曰"其长大可伐以为琴瑟"。按，伐，《诗经·召南·甘棠》"勿翦勿伐"毛传曰"击也"，又《小雅·采芑》"钲人伐鼓"毛传亦云"击也"。考《说文》，义亦"击也"。然而，《左传·庄公二十九年》"凡师有钟鼓曰伐"，孔颖达疏"击鼓斩木俱名为伐"；《吕氏春秋·上农》"山不敢伐材下木"，高诱注"伐，斫也"；《春秋·隐公二年》"郑人伐卫"，范宁注引传例云"斩树木，坏宫室曰伐"，而遍考先秦两汉"伐"义，皆关本义或有由本义引申者，无可与琴瑟合用义②。毛以"击"义释它篇"伐"字，以毛氏传注体例，是句"伐"字亦当训"击"或至少与"击"义相近之义如"斩木"者，但"伐"字对象不当为琴瑟，而只能为前句所述"榛、栗、椅、桐、梓、漆"六种树木，故郑笺为是。然观前文，楚宫、楚室既作，而后文又有登高考察之举，则这里自当为营建城池中的树木抑或称之为疆理的环节。考《诗经·大雅·公刘》"止基乃理，爰众爰有。夹其皇涧，遡其过涧"，郑笺云："作宫室之功止，而后疆理其田野，校其夫家人数，日益多矣，器物有足矣。皆布居涧水之旁。"是公刘营建宫室之后当继以对田野垦荒疆理的工作，但是这一工作的内容却是始终指向有利器用民生的目的。这在《诗经·大雅·绵》中有着更为明确地表达："曰止曰时，筑室于兹。乃慰乃止，乃左乃右，乃疆乃理，乃宣乃亩。"郑玄笺曰："民心定，乃安隐其居，乃左右而处之，乃疆理其经界，乃时耕其田亩。"古公亶父确定周原作为城建对象并完成了"筑室"以后，就立刻展开对民众有利的土地利用活动。按《周礼·冬官·考工纪》"匠人"条云："匠人营国，方九里，旁三门。国中九经，九纬，

---

① 孙诒让.墨子闲诂：卷1[M].孙启治，点校.北京：中华书局，2001：20-21.
② 宗福邦，陈世铙，萧海波.故训汇纂：人部[M].北京：商务印书馆，2003：93.

经涂九轨。""旁三门"后,郑玄注云:"营,谓丈尺其大小。"又贾公彦疏引郑氏云:"国家谓城方。公之城盖方九里……"①合而观之,则所言"方九里"当是已经完成了上文所谈的城建土功在方位层面的测量。"国中九经,九维,经涂九轨"后郑玄注曰:"国中,城内也;经纬谓涂也。经纬之涂皆容方九轨。"此表明周时匠人营国的顺序当是先规划城建对象,再有效整合城中土地使之有利可用(即,兴修道路)。考,《吴越春秋·吴太伯传》云:"太伯起城,周三里二百步,外郭三百余里,在西北隅,名故吴。人民皆耕田其中。"《阖闾内传》又云:"子胥乃使相土尝水,象天法地,造筑大城,周回四十七里……城郭以成,仓库以具……"②,此表明至少春秋时期"有效整合城中土地并利用之"确为城建规划之后的首要工作。合以前面所引述的城建规划完成后的史实,该诗中植木以为琴瑟之准备也自然地可以被纳入"有效利用土地"的表现形式内。按,《诗经·郑风·女曰鸡鸣》:"琴瑟在御,莫不静好。"毛传云"君子无故不彻琴瑟";《礼记·乐记》:"丝声哀,哀以立廉,廉以立志。君子听琴瑟之声,则思知义之臣。"孔颖达疏"言丝声含志不可犯,故闻丝声而思其事也"。《左传·昭公元年》"君子之近琴瑟,以仪节也,非以慆心也",杜预注"为心之节仪,使动不过度";《荀子·乐论》"君子以钟鼓道志,以琴瑟乐心",是"琴瑟"当为君子仪节立志之载体,其所传达出的道德层面价值观在当时是有纯粹道德和严格礼法的积极作用的,故"爰伐琴瑟"在前述的"有利器用民生"方面则更多的是倾向于营造楚丘后的礼法重建活动。虽然"礼法"的重建工作在城建中属于精神层面的营构,但其前期植树工作则明显地使土地得到了有效地利用。这里,我们可以将前文提到的耕种、开荒、修路与重建礼法进行比较,可以发现,在周代(春秋时期以大的历史时期来说亦是周代)的社会现实中,这四个方面于城池的统治者而言都是同等重要的,故在城建规划完成之后,这四个方面中的任何一个,理论上都是可以首先实施的。然不论首先实施哪一个方面,却都可以归结为"对土地快速有效的基础利用"。

"升彼虚矣,以望楚矣。望楚与堂,景山与京。降观于桑。卜云其吉,终然允臧。"毛传"虚,漕虚也,楚丘有堂邑者。景山,大山;京,高丘也",郑笺则云:"自河以东,夹于济水。文公将徙,登漕之丘,以望楚丘。观其旁邑及其丘山,审其高下所倚,乃后建国焉。慎之所至也。"毛氏似以"虚"为漕虚并楚丘有堂邑者,言漕及楚丘并为故墟,而郑氏则依诗句分释为"漕之丘"和"楚丘",是郑氏以"漕"为虚,

---

① 郑玄,陆德明,贾公彦.周礼注疏:卷41[M]//阮元校刻.十三经注疏.北京:中华书局,1980:927.
② 赵晔,徐天祐.吴越春秋:卷1、卷4[M].南京:江苏古籍出版社,1999:4,31.

而楚丘尚未开发以待建城。孔颖达疏"传虚漕至高丘"条后云"知墟漕墟者以文公自漕而徙楚丘,故知升漕墟。盖地有故墟,高可登之以望……升墟而并望楚堂,明其相近,故言楚丘有堂邑。楚丘本亦邑也,但今以为都,故以堂系楚丘而言之"。孔氏亦从郑说分释"漕墟"与"楚丘"而以两地相近圆合毛传。然孔以"楚丘亦邑,今以为都",则未安。按《左传·僖公二年》"二年,春,诸侯城楚丘而封卫焉",又《左传·闵公二年》"僖之元年,齐桓公迁邢于夷仪,封卫于楚丘"①,是楚丘时未城,而考诸"邑"义,《史记·五帝本纪》"二年成邑",张守节正义曰"四井为邑",《周礼·地官·小司徒》"四井为邑",郑玄注"四井为邑,方二里";《管子·小匡》云"六轨为邑";《周礼·春官·家宗人》"家宗人",贾公彦疏"诸侯之卿大夫同姓,邑有先君之主则曰都,无曰邑;天子之臣同姓,大夫虽有先君之主亦曰邑也"②,则"邑"之为义,必先有城郭,而后可成。然考先秦文献,唯《左传·僖公二年》诸侯共城"楚丘"时为"楚丘"城建之首次。又,《诗地理考》"东徙渡河漕邑"条,王应麟引陈氏言"齐桓公存三亡国。必若救卫,庶几于公矣。《春秋》'狄入卫',不言灭,'庐于曹',不言迁。'齐侯使公子无亏戍曹',不言救"③,是卫时未亡国,故不当言"以楚丘为都",况楚丘在鲁僖公二年诸侯"城楚丘"前并非"邑",是以当从郑笺分之以释"漕墟"及"楚丘"。那么,"升彼虚矣,以望楚矣。望楚与堂,景山与京"全句义就当完全依从郑笺了。然而"卜云其吉,终然允臧"毛传曰"建国必卜之。故建邦能命龟,田能施命,作器能铭……"则是当对前文所选之"楚丘"作吉凶的判断。这里,毛以"建邦能命龟"释"卜",故以毛氏之训而论"卜云其吉"之"卜"当为"以龟甲占卜"。按《史记·龟策列传》:"自古圣王将建国受命,兴动事业,何尝不宝卜筮以助善!唐虞以上,不可记已。自三代之兴,各据祯祥。涂山之兆从而夏启世,飞燕之卜顺故殷兴,百谷之筮吉故周王。王者决定诸疑,参以卜筮,断以蓍龟,不易之道也。"又言:"周室之卜官,常宝藏蓍龟;又其大小先后,各有所尚,要其归等耳。"④考《左传·僖公二十五年》"胡偃言于晋侯曰'求诸侯莫如勤王。诸侯信之,且大义也,继文之业。而信宣于诸侯,今为可矣。'使卜偃卜之,曰'吉。遇黄帝战于阪泉之兆。'公曰'吾不堪也',对曰'周礼为改。今之王,古之帝也'。公曰'蓍之'。蓍之,遇大有之睽,曰'吉。遇公用享于天子

---

① 孔颖达. 春秋左传正义:卷12、卷11[M]//阮元 校刻:十三经注疏. 北京:中华书局,1980:1791;1789.
② 宗福邦,陈世铙,萧海波. 故训汇纂:邑部[M]. 北京:商务印书馆,2003:2318.
③ 王应麟. 诗地理考:卷1[M]. 王京州,江合友 点校. 北京:中华书局,2011:211-212.
④ 司马迁. 史记:卷128[M]. 北京:中华书局,1959:3223-3224.

之卦也……'"①《左传·僖公四年》亦有云："初,晋献公欲以骊姬为夫人,卜之不吉,筮之吉。公曰'从筮',卜人曰'筮短龟长,不如从长'。"②此表明至少春秋时龟、蓍两种占卜方式是并存的,且同为人所常用。考《周礼·春官·大卜》："大卜,掌三兆之法……掌三易之法……掌三梦之法。以邦事作龟之八命……以八命者,赞三兆三易三梦之占。以观国家之吉凶,以诏救政。"③是大卜所用占卜之术当有"三兆之法""三易之法""三梦之法"。而"以八命者,赞三兆三易三梦之占"句郑玄引郑众注曰"以此八事命卜筮蓍龟参之以梦",可明大卜在对具体事件占卜时是需要将"蓍""龟""梦"三者互相参考以得到最终结果。其后又对"龟"法作了较为详细地说明"凡国大贞,卜立君、卜大封,则视高作龟。大祭祀,则视高命龟。凡小事,莅卜。国大迁,大师则贞龟"。按,"凡小事,莅卜"句后贾公彦疏："凡大事卜,小事筮。若事小,当入九筮,不合入此大卜。大卜云小事者,此谓就大事中差小者,非谓筮人之小事也。小事既大卜莅卜,则其余仍有陈龟。"④按,"卜",《说文》"灼剥龟也";《书·洪范》"择建立卜筮人"孔安国传"龟曰卜";《易·系辞上》"以卜筮者尚其占",李鼎祚集解引虞氏曰"龟称卜"⑤,故这里所说的"卜"只是"龟"法。是以,可以明确,这里只是说明"龟"法的一些具体操作,并未涉及"龟"法的唯一适用场合。又《占人》中经文明言"凡国之大事,先筮而后卜"。郑玄注："当用卜者先筮之,即事有渐也。于筮之凶则止不卜。"以此结合《大卜》经文及郑玄注文可见经文中的"大事""小事"并没有极为明显的分界,而被经文的作者处理为"大事"范畴内部的要素,那么贾疏以"大事卜,小事筮"明确分别"筮"与"龟"的使用场合就是不合《周礼》原文义的了。由此,国之大事在从占卜的层面来说,皆是先"筮"后"卜(龟法)",上文所引史料也印证了这一结论。而所谓"大事",贾公彦在疏释《占人》"凡国之大事"时指出"大事者,即大卜之八命及大贞、大祭祀之事。大卜所掌者皆是大事。"《大卜》经文言："以邦事作龟之八命,一曰征、二曰象、三曰与、四曰谋、五曰果、六曰至、七曰雨、八曰瘳。"郑玄注云："征亦云行巡守也;象谓有所造立也,《易》曰'以制器者尚其象';与谓所与共事也;果谓以勇决为之。若吴伐楚,楚司马子鱼卜战,令龟曰'鲂也以其属死之,楚

---

① 孔颖达.春秋左传正义:卷16[M]//阮元 校刻.十三经注疏.北京:中华书局,1980:1820.
② 孔颖达.春秋左传正义:卷16[M]//阮元 校刻.十三经注疏.北京:中华书局,1980:1793.
③ 郑玄,陆德明,贾公彦.周礼注疏:卷24[M]//阮元 校刻.十三经注疏.北京:中华书局,1980:802-803.
④ 郑玄,陆德明,贾公彦.周礼注疏:卷24[M]//阮元 校刻.十三经注疏.北京:中华书局,1980:804.
⑤ 宗福邦,陈世铙,萧海波.故训汇纂:卜部[M].北京:商务印书馆,2003:281.

师继之',尚大克之吉是也。"①由此,前文所讨论的"建邦"或"开展城建工程"之前的占卜活动就应当属于"邦事八命"之"象"而进一步属于"国之大事"。那么,《定之方中》"卜云其吉,终然允臧"句,毛传"建邦能命龟"在符合"卜"字训诂的同时也暗示了"命龟"之前"筮"环节的存在。而在现实的操作中却已经无法看到"命龟"环节中"筮"的痕迹了。考《诗经·大雅·绵》:"周原膴膴,堇荼如饴。爰始爰谋,爰契我龟,曰止曰时。";《尚书·召诰》:"太保朝至于洛,卜宅。厥既得卜,则经营。"②《尚书洛诰》:"予惟乙卯,朝至于洛师。我卜河朔黎水,我乃卜涧水东、瀍水西,惟洛食;我又卜瀍水东,亦惟洛食。伻来以图及献卜。"皆证明了这一点,由此来看《定之方中》"卜云其吉,终然允臧"一句,亦当省略了"龟法(卜)"之前"筮"的过程。这样,我们就可以知道,在《定之方中》中,"楚丘"城建的中最终方案的确定,是先考察地形以形成决策者的想法,而后通过由"筮"到"卜"的过程最终确定,这是与当时礼法程序完全一致的。

至此,我们可以将上述通过《鄘风·定之方中》一诗得出的春秋时期城建的规则作一条分缕析的梳理:一、土功城建的时间选择在冬季;二、以日(太阳)为基准作出城建的总体规划;三、需要对目标城建内的土地给予有效且基础的利用;四、考察目标城建地后通过筮、卜最终确定计划。这四个规则,依据上文的考察,则可以发现在当时都是必须遵循而不可违背的。《左传·昭公二十五年》"礼,天之经也,地之义也,民之行也";《国语·周语上》"昭明物则,礼也";又《荀子·劝学》"礼者,法之大分,类之纲纪也";《礼记·曲礼上》"必告之以其制"郑玄注曰"制,法度也";《吕氏春秋·节丧》"以军制立之"高诱注"制,法也"③,故以上文所考察的结论来说,这四个春秋时期城建的规则,也就不得不从规则而上升为礼制以从礼法的层面规范和维系着国家社会了。

[《人文论丛》(CSSCI)2018 年第 1 期,第 114—120 页,0.8 万字]

作者简介:

叶铸漩,男,1986 年 1 月生,安徽蚌埠人,武汉大学文学院在读博士研究生(2015 级),国家社科基金重大项目"《诗经》与礼制研究"课题组核心成员(2016

---

① 郑玄,陆德明,贾公彦. 周礼注疏:卷 24[M]//阮元 校刻:十三经注疏. 北京:中华书局,1980:803.
② 孔颖达. 尚书正义:卷 15[M]//阮元 校刻:十三经注疏. 北京:中华书局,1980:211.
③ 宗福邦,陈世铙,萧海波. 故训汇纂:示部、刀部[M]. 北京:商务印书馆,2003:1613,228.

年),中国诗经学会会员,主要研究先秦两汉文学及汉代《诗经》文献。自 2015 年进入武汉大学攻读博士学位以来,在《古籍整理研究学刊》《人文论丛》《诗经研究丛刊》等期刊发表学术论文 3 篇。又曾出版个人学术专著《秦之声——〈诗〉秦风研究》(2010 年)1 部。

下编
"诗礼文化"的生成、流传与当代传承

从《诗经》与礼制的共生互动关系看诗礼文化的生成

邵炳军

摘 要 "五礼"与"五伦"为"周礼"的核心元素,在"五礼""五伦"定型化过程中,《诗》与礼之间存在共生互动关系。于是,周人通过建构"诗教""礼教""乐教"体系而逐渐形成了"诗礼文化"。这种"诗礼文化",经由周代王族宗子、公族宗子与家族宗子的大力倡导而不断完善,进而经由历代上自庙堂下自民间的创新性传承与创造性转化,逐渐成为华夏礼乐文明与中华优秀传统文化的精神内核。

关键词 诗经 礼制 诗礼文化 生成机制

所谓"诗礼文化",是通过诗教、礼教、乐教体系所建构的一种独特的文化现象与文明形态,是华夏礼乐文明与中华优秀传统文化的核心元素,是建设社会主义物质文明、政治文明和精神文明的文化基础。本文拟以《诗经》与礼制的共生互动关系为切入点,来探讨"诗礼文化"的生成路径,以求教于方家。

一、"五礼"与周代的礼仪制度规范

周礼既包含制度层面的国家制度规范、政教典章与礼仪制度规范,又包含仪式层面的在贵族阶层中施行的典礼、在一般民众中流行的礼俗与社会行为规范。西周立国初年,周人对前代礼制进行了重大改造。他们在继承殷商宗法制的基础上,融入了更加浓厚的宗法封建制内涵与"亲亲""尊尊"之义,即以血缘关系为纽带,以嫡长子继承制为核心,建立起行辈年齿、大宗小宗、封建身份、爵位等级等一系列别尊卑贵贱的制度,从而成功地实现了由血缘关系的"亲亲"向政治关系的"尊尊"转化。尤其是周公旦主持"制礼作乐"时,在"损益"夏礼与殷礼的基础上,创立了以"德"为根基、以"五礼"——"吉礼""凶礼""宾礼""军礼""嘉礼"为核心的礼仪制度规范。

"吉礼"属"事邦国之鬼、神、示"(《周礼·春官宗伯·大宗伯》)①礼,核心为致敬,主要包括祀天神、祭地祇、享人鬼与籍田等四种类型;"凶礼"属"哀邦国之忧"(《大宗伯》)礼,核心为致哀,主要包括丧礼、荒礼、吊礼、襘礼、恤礼等五种类型;"宾礼"属"亲邦国"(《大宗伯》)礼,核心为致亲(邦国),主要包括朝觐礼、会同礼、聘问礼、相见礼(含赘见礼)、锡命礼等五种类型;"军礼"属"同邦国"(《大宗伯》)礼,核心为致同(实现天下大同),主要包括大师礼、大均礼、大田礼、大役礼、大封礼等五种类型;"嘉礼"属"亲万民"(《大宗伯》)礼,核心为致亲(万民),主要包括饮食礼(宴饮)、昏冠礼(含笄礼)、宾射礼、飨燕(享宴)礼、脤膰礼、贺庆礼、乡饮酒礼、养老礼、优老礼、尊亲礼、巡狩礼等十一种类型。

就其主要功能而言,"吉礼"与"凶礼"以协调天与人之间关系,反映的是周人的天道观;"宾礼""军礼"与"嘉礼"以协调人与人之间的关系,反映的是周人的人道观。于是,"五礼"便成为"周礼"的核心元素,是构成"礼教"与"乐教"的核心内容,并成为贵族与平民都必须遵循的礼仪制度规范。故《礼记·乐记》曰:"礼以道其志,乐以和其声,政以一其行,刑以防其奸。礼、乐、刑、政,其极一也。所以同民心而出治道也。"当然,自西周后期开始,随着社会生产力的发展,政治生态环境开始发生巨大变迁,"五礼之制"亦随之嬗变。

春秋前期(前770—前682)的政治生态环境依然是"天下有道,礼乐征伐自天子出"(《论语·季氏篇》)②,政治格局依然是以王权为中心,但由于天道观由"敬天畏神"向"怨天尤王"转变,人们更注重祖先神而开始轻视天地神,故尽管"吉礼"中祀天神、祭地祇、籍田之礼依然未废,但开始向以享人鬼为主嬗变;由于战争频发,社会动乱,民不聊生,故尽管"凶礼"中"哀祸灾"之吊礼与"哀围败"之襘礼依然未废,但"哀凶札"之荒礼与"哀寇乱"之恤礼已名存实亡,开始向以"哀死亡"(《大宗伯》)之丧礼为主嬗变;"军礼"中的大役礼时常有"书不时"(隐七年《左传》)之讥。

至春秋中期(前681—前547),政治生态环境由"天下有道,礼乐征伐自天

---

① 本文所引《尚书正义》《毛诗正义》《周礼注疏》《礼记正义》《春秋左传正义》《论语注疏》《孟子注疏》原文,皆据:阮元.十三经注疏[M].北京:中华书局,2009.不再逐一标注。
② 关于春秋时期"四阶段"说,详见:邵炳军.春秋文学系年辑证·绪论[M].北京:高等教育出版社,2013:9-11.

子出"向"天下无道,礼乐征伐自诸侯出"(《季氏篇》)转变,政治格局以霸权(君权)为中心,但由于王权式微,尽管"宾礼"中的朝觐、锡命、会同诸礼依然未废,但其主要功能不再是协调天子与诸侯之间的关系,而是协调诸侯与诸侯之间的关系,诸侯朝觐天子之礼已形同虚设,而霸主与盟国之间的朝聘之礼逐渐频繁起来,从而产生了新形态——赋《诗》以观其志;由于诸侯交相侵伐,"军礼"中则以征战礼、田猎礼、马政礼为主;甚至"吉礼"中的祀天神礼时常有"非礼"(僖三十一年《左传》)之讽,享人鬼礼亦时常有"书不时"(文二年《左传》)之刺。

至春秋后期(前546—前506),政治生态环境由"天下无道,礼乐征伐自诸侯出"向"自大夫出"(《季氏篇》)转变,政治格局以族权(卿大夫之家)为中心,但由于君权微弱而大夫专权,故在"吉礼"中,卿大夫时常僭天子礼乐,像鲁执政卿季孙意如甚至调用公室舞队以"八佾舞于庭",孟孙氏、叔孙氏、季孙氏"三家者以《雍》彻"(《八佾篇》);"宾礼"的功能不再是协调诸侯之间的关系,而是协调卿大夫之间的关系,故尽管朝聘之礼的主角名义上是国君,实际上多为卿大夫,甚至出现了卿大夫之间燕享赋《诗》现象;特别是人们逐渐开始认识到"天道远,人道迩"(昭十八年《左传》),传统"天道"观念开始动摇,新型"人道"观念逐步出现,重人道而轻天道逐渐成为一种社会思潮,故人们更加注重协调人与人之间关系的"宾礼""军礼""嘉礼",而往往会忽视协调天与人之间关系的"吉礼"与"凶礼",甚至连"吉礼"中的祀天神礼时常有"鼷鼠食郊牛,牛死,改卜牛"(定十五年《左传》)诡异之事发生。

至春秋晚期(前505年—前453),由礼乐征伐"自大夫出"向"陪臣执国命"(《季氏篇》)转变,政治格局以庶人为中心,"宾礼"的功能不再是协调卿大夫之间的关系,而是协调卿士、大夫、士甚至庶人之间的关系,故以相见礼为主;诸侯之间在朝聘之礼上燕享赋《诗》风气开始消亡,出现了家主为家臣燕享赋《诗》的奇特文化景观。

这些变化表明,以协调天与人关系为基本功能的"吉礼"与"凶礼"逐步趋向于简约化变革,而以协调人与人关系为基本功能的"宾礼""军礼""嘉礼"则逐步趋向于世俗化转变。当然,虽然"五礼"的具体内容与基本形式发生了变化,但其"经国家,定社稷,序民人,利后嗣"(隐十一年《左传》)的基本功能依然没有改变,故周人依然可以通过礼制来维护王权、君权、族权,从而构建和谐稳定的社会秩序,以促进生产力发展,进而推动社会繁荣。

二、"五伦"与周代伦理道德规范

人伦道德规范的确立,是人类从野蛮走向文明的重要标志。春秋晚期,孔丘倡导"克己复礼"时,在继承先哲时贤众多人伦关系学说的基础上,创立了以"仁"为根基、以"五伦"——"君(王)臣""夫妇(男女)""父(母)子""兄弟""朋友"为核心的礼仪道德规范。其主要功能是协调人与人之间的伦理关系,反映的是伦理观。

根据现存传世文献记载,自人文始祖太昊伏羲氏"画八卦"时就确立了"父母""子女""兄弟""姐妹"的卦象,"制嫁娶"时就确立了"夫妇"的名分;炎帝神农氏"教人日中为市"(唐司马贞《三皇本纪》及其注引三国蜀谯周《古史考》)[①]时,就发生了"朋友""乡党"的交际;黄帝缙云氏"得六相"(《管子·五行篇》)[②]时,就出现了"君臣"的名分;殷契"敬敷五教"(伪《古文尚书·舜典》)"教以人伦"(《孟子·滕文公上》)时,就产生了"人伦"观念。当然,此时的"人伦"基本上还局限于调节以血缘关系为纽带家庭内部的人际关系,"五伦"道德规范,可能与后世有简与繁、文与野的差异。

自西周实行分封制后,周人按照"亲亲"与"尊尊"基本原则,在对前代"礼制"进行重大改造的同时,对前代"人伦"也进行了重大改造。一方面,他们继承了传自前代的"人伦"道德规范;另一方面,以"尊尊"与"亲亲"为核心、以新型礼制"五礼"为基础,以建构一种新型人伦关系为指归,并将之进一步定型化、体系化和制度化。于是,"人伦"关系才开始真正由"大夫之家"拓展到"诸侯之国""天子之天下"了;"人伦"范畴开始由血缘性家庭中"父子""兄弟"关系,衍生为宗法制国家政治结构中的"君臣""上下"关系,"人伦"观念自然实现了由"亲亲"向"尊尊"的转化。这种使得"人伦明于上,小民亲于下"(《滕文公上》),以实现国治而天下平的社会理想,便是构建"人伦"道德规范的内在机制。

至春秋中期,经由以晋士蒍、羊舌肸、齐管夷吾、周叔过、鲁季孙行父等为代表的不同阶层社会精英的不懈努力,"君(王)臣""夫妇(男女)""父(母)子""兄弟"等四种重要的人伦关系已经出现,形成了与之相应的"义""信""忠""仁""别""礼""孝""敬""友""共"等十个道德规范及其行为标准,并将人伦视为"礼"——

---

① 司马迁.史记[M].上海:上海古籍出版社,1997:2530-2531.
② 黎翔凤.管子校注[M].北京:中华书局,2004:865.

构成礼制的要素之一;春秋后期,经由以卫北宫佗、郑游吉、楚观射父、齐晏婴等为代表不同阶层社会精英的不懈努力,新出现了"姑姊""甥舅""昏(妻父)媾(妾父)""姻(壻父)亚(连襟)"等四种人伦关系,新增加了"威仪""顺""卑让""令""慈""爱""和""柔""听"九个道德规范及其行为标准,并将其上升到"礼之善物"(昭二十五年《左传》)的高度。值得注意的是,前孔子时代社会精英所倡导的处理"五伦"的基本行为标准是双向性的,即所谓"父义、母慈、兄友、弟共、子孝"(文十八年《左传》)者,亦即所谓"君令、臣共,父慈、子孝,兄爱、弟敬,夫和、妻柔"(昭二十六年《左传》)者。

春秋晚期,在"陪臣执国命"而"庶人议政"的政治环境中,以鲁孔丘及其弟子晋卜商等为代表的士大夫阶层的社会精英,在继承前贤基础上,更加注重协调人伦关系的政治功能。比如,鲁孔丘所谓"君君、臣臣、父父、子子"(《论语·颜渊篇》),将协调"君臣""父子"两种人伦关系上升到政治制度规范层面;卜商所谓"贤贤易色,事父母能竭其力,事君能致其身,与朋友交言而有信"(《学而篇》),不仅将"夫妇""父(母)子""君臣""朋友"作为人之"大伦"(《微子篇》)者,而且提出了协调此四伦关系的道德准则。可见,正是经过他们师徒的不懈努力,终于在众多的人伦关系中,选择了"君臣""父子""兄弟""夫妇""朋友"等五种人伦关系作为"大伦",逐渐形成了以"忠""孝""悌""忍""善"为准则的人际关系,形成了以"仁""义""礼""智""信"为内核的人世美学,为后世孟子的"五伦"道德规范奠定了坚实基础。于是"五伦"与"五礼"一样成为道德建设层面的礼仪制度与政治制度,成为"周礼"的核心元素,并成为贵族与平民都必须遵循的伦理道德规范。值得注意的是,他们所倡导的处理"五伦"的基本行为标准不仅强调其双向性,而且强调其相对性,即孟轲所谓"父子有亲,君臣有义,夫妇有别,长幼有序,朋友有信"(《孟子·滕文公上》)者①。

三、"五礼""五伦"定型化过程中
《诗》与礼的共生互动关系

"五礼"为礼仪规范层面的礼制,是一种维护社会秩序和谐稳定的有效手段;"五伦"是人伦道德层面的礼制,是建构和谐社会的终极目标。这两者是构成周

---

① 后世汉儒由此推衍出来的所谓"三纲五常""三从四德"等处理"五伦"的单向性行为标准,无疑是在皇权政治生态环境下对先秦儒家伦理道德学说的一种反动,是一种历史的倒退。

礼的核心元素,形成了盛极一时的新型礼乐文明形态。

周人立国初期,在以周公旦为代表的一批政治家与文学家的领导及参与下,王室设置了专门官署,配备了"乐师(下大夫)""舞师(下士)"等管理人员,并有许多"府""史""胥""徒"等负责具体事务,开始制礼作乐,创制诗篇,创造性地将诗歌(歌辞)、音乐、舞蹈结合,将徒歌转化为乐歌,即所谓"乐及遍舞"(庄二十年《左传》)"乐有歌舞"(昭二十五年《左传》)者;并在各种礼仪场合进行艺术搬演,即所谓"硕人俣俣,公庭万舞"(《邶风·简兮》)"坎坎鼓我,蹲蹲舞我"(《小雅·伐木》)"矢诗不多,维以遂歌"(《大雅·卷阿》)者。足见诗歌自西周初期开始,既是礼乐文明的重要载体,更是礼乐文明的重要内容。

据笔者初步统计,在传世《诗经》305篇(不包括6篇笙诗)中,诗歌内容涉及"吉礼""凶礼""宾礼""军礼""嘉礼"等"五礼之制"者282篇。比如,就"五礼"而论,《周南·关雎》涉及"嘉礼"中的婚冠礼,《卫风·木瓜》涉及"宾礼"中的相见礼,《小雅·鸿雁》涉及"凶礼"中的荒礼,《周颂·维天之命》涉及"吉礼"中的享人鬼礼,《鲁颂·駉》涉及"军礼"中的马政礼,等等。再如,就"五伦"而言,《诗经》中的早期诗篇,已经出现了作为人伦道德规范范畴的"兄弟""朋友",如《小雅·棠棣》"凡今之人,莫如兄弟",《大雅·既醉》"朋友攸摄,摄以威仪";尽管"君臣""夫妇""父子"等三种范畴没有明确出现,但却隐含其中,如《邶风·谷风》"德音莫违,及尔同死"就包含了"夫妇"人伦观念,《小雅·北山》"偕偕士子,朝夕从事。王事靡盬,忧我父母。溥天之下,莫非王土。率土之滨,莫非王臣"就包含了"父子"与"王(君)臣"两种人伦观念,等等。

正是"诗""乐""舞"三位一体地承载着礼乐精神的深刻内涵,进入政治、宗教、外交、文化、人生等广泛的社会领域,全面走进不同社会阶层的日常生活。这正好说明,"五礼""五伦"定型化过程,就是使生活仪式化、神圣化的过程,也是生活诗意化、风雅化的过程①;而礼制的建构促进了诗歌的创作,诗歌的参与则提升了礼制的效用。如果我们再从哲学思想根源和社会文化制度方面详加考察,《诗经》也的确与礼制密切相关。在先秦"俗"——"礼"——"礼制"的政教制度建构、流变过程中,《诗经》进入礼乐文明,参与到这一制度建构中来,《诗经》与礼制相融互渗。所以,《诗》与礼之间是一种相辅相成、相融互动的关系:《诗》不是脱离礼而孤立存在的诗歌文本,其依托于礼以介入日常生活;礼也不是没有诗乐艺

---

① 参见:傅道彬.五礼制度与《诗经》时代社会生活·序[M]//战学成.五礼制度与《诗经》时代社会生活.北京:中国社会科学出版社,2014:1-2.

术形式的抽象说教,其依托于《诗》实现了艺术化,成为充满诗学精神和生命风韵的文化景观。从这个意义上来看,《诗经》是礼乐文明的一种艺术形态。自西周后期开始,诗歌与礼制二者略有疏离,但它们在原有礼乐文明形态中形成的共生互动关系,却一直在不断延续着。

特别值得注意的是,周人在继承前代"五礼"制度与"五伦"观念的基础上,通过接近性或相关性诠释,将诗篇赋予了"德""义""礼"内涵,创造性地将诗歌乐舞与"德""义""礼"结合,使之成为承载和传播"德""义"的重要工具,成为承载"礼义"与"礼仪"的重要载体。故"志之所至,诗亦至焉;诗之所至,礼亦至焉;礼之所至,乐亦至焉;乐之所至,哀亦至焉"(《礼记·孔子闲居》)。这种情形,自西周后期以后,尽管行为实践有所变异,但理论探讨则得以强化,且赋予了"仁""义""忠""信"内涵。比如,鲁君子所谓"酒以成礼,不继以淫,义也;以君成礼,弗纳于淫,仁也"(庄二十二年《左传》);周叔过所谓"非精不和,非忠不立(苙),非礼不顺(训),非信不行"(《国语·周语上》)①;晋赵衰所谓"《诗》《书》,义之府也;礼、乐,德之则也;德、义,利之本也"(僖二十七年《左传》);等等。都是非常经典而深刻的理论表述。

可见,自西周初期一直到春秋时期,在周人心目中,《诗》为礼的艺术表现形态,礼为《诗》的主观精神内核。于是,《诗》是作为一种艺术化的综合文化资源出现的——不仅具有仪式乐歌与礼乐文饰的重要作用,而且具有修身养性的诗教功能,其目的自然首先是为建设礼制与推行礼治服务的。所以,《诗》自然便具有了"可以兴,可以观,可以群,可以怨。迩之事父,远之事君"(《论语·阳货篇》)的社会功能,成为立身之基、人伦之要、治国之本。

与此同时,王室设立专门机构,配备"大行人(中大夫)""大师(下大夫)"等专职管理人员,并有许多"府""史""胥""徒"等负责具体事务。他们除了广泛收集前代与当代王朝诗人创作的诗篇之外,还通过"使公卿至于列士献诗"(《国语·周语上》)②与"行人振木铎徇于路,以采诗"(《汉书·食货志上》)③等多种方式,收集遗存于诸侯国中的前代与当代诗人创作的诗歌文本,经过王室乐官的整理加工,有选择性地陆续编纂成各种诗歌文本选集。于是,《诗》才得以在贵族间乃至平民间以书面文本方式开始广泛传播,为后世"赋《诗》观志""《诗》以言志"(襄

---

① 国语[M].上海:上海古籍出版社,1998:35.
② 国语[M].上海:上海古籍出版社,1998:9.
③ 班固.汉书[M],北京:中华书局,1962:1123.

二十七年《左传》)、"赋《诗》断章"(襄二十八年《左传》)、"赋《诗》知志"(昭十六年《左传》)等多种用《诗》方式奠定了文献基础。可见,《诗经》的创作、结集、传播与先秦礼制成型、流变的时间进程大致相当,而无论是作《诗》、用《诗》,还是《诗》的采集、编订、结集并应用于教化民人,既是礼制建设统一于礼乐文明建设的内容与成果,又是礼制建设的方式与途径。

要之,《诗经》便成为礼制建设和礼乐文明建设的重要内容与有机组成部分,也成为实现礼制建设与礼乐文明建设的重要途径。这便是"诗"与"礼"这两个异质元素,在"五礼""五伦"定型化过程中融合为有机统一整体的内在机制。

四、"诗教""礼教""乐教"体系与"诗礼文化"的生成

《诗经》是先秦诗性文化的总结,礼制是先秦制度文明的核心。而"礼"与"乐"相依、"乐"与"诗"一体的关系,"诗"缘于仪式化艺术搬演需求,进入礼制建构和运作;而"诗"与"乐"共同参与礼制,构筑礼乐文明。这是一种最明显、最典型的共生互动模式,并日益转化为政治理想和文化思想领域的"诗礼文化"。

由"诗""乐""舞"融合所生成之"诗教"体系,作为上古礼制的有机组成部分,在周代实现了革命性转变,在内在机制上融入礼乐文明。礼制建设的根本目的,在于构建与时代社会生活及政治生活相适应的雍容典雅、温婉和谐、秩序井然的礼乐文明社会。从这个意义上来看,《诗》不仅是艺术化的礼,更是礼制建设的艺术途径。于是,《诗》自然成为历代礼仪典章和社会教化的重要依据,"诗教"便成为"礼教"与"乐教"的核心内容。故自西周初期开始,周人开始将"诗"与"礼""乐"结合,在对贵族子弟的教育过程中,自觉建构了"诗教""礼教""乐教"结合的教育体系,使得"诗"与"礼"在"乐"的中介作用下,日益密切联系,交融发展,形成宗周礼乐文明中诗礼相成的特殊现象——"诗礼文化"。当然,西周时期的"诗礼文化"仅仅局限于贵族阶层之中,具有浓郁的贵族化色彩,而缺乏广泛的社会性特质。

自春秋中期开始,由于政治生态环境由霸权取代了王权,"亲有礼,因重固,间携贰,覆昏乱"成为挟天子以令诸侯的"霸王之器"(闵元年《左传》),礼制自然成为维护霸权的政治工具。尽管如此,以齐仲孙湫、晋筮史、楚申叔时为代表的不同阶层社会精英,他们认识到"礼以行义,信以守礼,刑以正邪"(僖二十八年

《左传》)"信以守礼,礼以庇身"(成十五年《左传》),于是贵族阶层开始把"知礼"作为国家选贤授能与个人修身养性的重要标准。同时,在朝聘、飨燕典礼上规定"歌《诗》必类"(襄十六年《左传》),国君与卿大夫赋《诗》显"礼"、引《诗》论"礼"成为一种时代风尚,表明"诗礼相依""诗礼相成"观念开始在世族阶层出现。特别是像王室与公室世族数代人,都能够引《诗》论"礼"、以《诗》明礼,表明"诗礼传家"社会风气开始形成。

春秋后期,在族权取代君权的政治环境中,尽管礼制逐渐成为维护族权的政治工具,但由于"《诗》以言志"(襄二十七年《左传》),卿大夫朝聘飨燕典礼上赋《诗》观志与观乐论《诗》成为一种普遍文化现象;以晋赵武、羊舌肸、楚观射父、鲁闵马(闵马父)为代表的不同阶层的社会精英,他们强调"知礼"方可"近德"(昭二年《左传》),主张通过实行礼制以达到"上下有序,则民不慢"(《国语·楚语下》)①的理想境界,故继续把"知礼"作为修身养性与选贤授能的重要标准;出现了"文辞以行礼"(昭二十六年《左传》)的思想观念,主张将学《诗》之文辞与习礼之节仪结合,开始具有将"诗教"与"礼教"结合的理论自觉;卿大夫引《诗》论"礼"依然是一种社会风尚,特别是许多卿士世族数代人,都能够引《诗》论"礼"、以《诗》明"礼",表明"诗礼传家"社会风气已经形成。

春秋晚期,在"陪臣执国命"而"庶人议政"的政治环境中,以鲁孔丘及孔门诸子为代表的士大夫与平民阶层社会精英,开始将《诗》与"礼"结合进行理论探究,尤其是孔丘不仅以"克己复礼"(《论语·颜渊篇》)为己任,认识到"殷因于夏礼"而"周因于殷礼"(《为政篇》)这一礼制演变规律,不仅关注三代礼制的继承与发展问题,而且对周代礼制进行深入的理论探究,将"仁"与"礼"结合,将"孝"与"礼"结合,建构起礼学新体系;他从《诗》的基本社会功能出发,认识到"不学《诗》,无以言""不学礼,无以立"(《季氏篇》)的深刻哲理,为"诗礼文化"的生成奠定了坚实的理论基石;他要求其弟子"闻《诗》"与"闻礼"(《季氏篇》)并重,以求达到"非礼勿视,非礼勿听,非礼勿言,非礼勿动"(《颜渊篇》)的理想境界,开启在私学中将"诗教"与"礼教"结合的风气。就是像以鲁敬姜为代表的贵族妇女,也能够以《诗》论"礼",表明"诗礼传家"已经蔚然成风。

尤其是以郑邓析、鲁孔丘为代表的一些教育家开始兴办私学,实行"有教无类"(《卫灵公篇》),使庶民子弟也逐步有接受"诗教""礼教"与"乐教"的机会;而

---

① 国语[M]. 上海:上海古籍出版社,1998:565.

随着教育对象下移，以言偃、端木赐、高柴等孔门弟子为代表的文士阶层开始形成，他们不仅是"诗礼传家"的实践者，而且是"诗礼文化"的倡导者，正是他们将"诗礼文化"传播到社会底层，源自民间的"诗""礼""乐"，逐渐开始从庙堂又回归到民间。于是，"诗""礼"结合已经成为一种普遍存在的文化现象，"诗礼传家"不再是以王族宗子、公族宗子与家族宗子为代表的贵族们的特权，也成为庶民的一种文化传承的重要途径，并逐渐成为一种全社会的普遍风尚与优良传统。正由于社会结构的重组和文化的转型，"诗""礼""乐"三位一体才具有广泛的社会基础。《诗》与"礼"二者，才有可能在"诗礼相成，哀乐相生"（《孔子家语·论礼篇》）[①]的双向动态运动中，从原有的在礼乐文明中涵容共生的形态，日益转化为政治理想和文化思想领域联系紧密的"诗礼文化"，构成华夏文明进程中的一种独特的文化现象，并流传后世而衣被千秋！

要之，尽管自西周中期开始，人们逐渐开始变革礼制，使礼制节仪实现了由繁而简的变革，但这种经过变革的礼制，其维护社会秩序的本质——"天之经也，地之义也，民之行也""上下之纪、天地之经纬也"（昭二十五年《左传》）依然未变，治国安邦利民的功能——"守其国，行其政令，无失其民者也"（昭五年《左传》）依然未变，构建社会和谐稳定的效果——"家施不及国，民不迁，农不移，工贾不变，士不滥，官不滔，大夫不收公利"（昭二十六年《左传》）更加显著。所以，在"诗"与"礼"都发生广泛而深刻嬗变的过程中，贯穿始终的则是"诗"与"礼"在制度、仪式、文本上的互动性、互文性，及其"诗礼文化"在政治理想和文化思想领域的交融性、相通性。故"诗礼文化"作为华夏民族精神文化的内核，对增强中华民族的凝聚力和向心力起到了重要作用。

总之，"五礼"与"五伦"为"周礼"的核心元素，在"五礼""五伦"定型化过程中，《诗》与礼之间存在共生互动关系。于是，周人通过建构"诗教""礼教""乐教"体系而逐渐形成了"诗礼文化"。这种"诗礼文化"，经由周代王族宗子、公族宗子与家族宗子的大力倡导而不断完善，进而经由历代上自庙堂下自民间的创造性传承与创造性转化，逐渐成为华夏礼乐文明与中华优秀传统文化的精神内核。因此，以传统"诗礼文化"来涵养社会主义核心价值观，促进当代礼乐文化与精神文明建设，是实现中华民族文化复兴的必然选择。所以，创立"诗礼文化"研究的话语系统，建构"诗礼文化"研究的理论体系，客观地、准确地、科学地把握"诗礼

---

① 陈士珂.孔子家语疏证[M].北京：中华书局,1985：177.

文化"的科学内涵、生成机制、传播方式、流变规律及其当代创新性传承与创造性转化,具有重要的学术价值与现实意义。

[《江海学刊》(CSSCI)2018年第4期,第184—190页,1.0万字;《中国社会科学文摘》(CSSCI)2018年第11期,第55—56页,文摘]

由清华简《子仪》秦穆之歌
诗说秦文化之"文"

宁镇疆　龚　伟

摘　要　清华简《子仪》篇秦穆公歌诗温婉敦厚,颇类《诗》之《风》《雅》,此与文献中记载的早期秦文化斯文之盛恰相印证。秦自立国时起便积极向代表华夏正统的周文化靠拢,迁居周地后,又全盘接受周文化,故其斯文之盛较之中原诸国亦不稍逊。从族属上看,秦本出东方,与戎狄不同。秦虽居西陲,但"世作周卫",是周人倚重的西方守备力量。中原诸国亦视秦为华夏的一员,并未以戎狄目之。战国时期东方六国之所以视其为戎狄,其实源于对强秦实力的恐惧和歧视,本无关其族属。

关键词　子仪　秦文化　秦风　石鼓文

一、清华简《子仪》所见秦穆之斯文

清华简最新公布的第六辑中有《子仪》一篇,主要内容是秦穆公面对崤之战后不利的国内外形势,意欲放归楚人子仪,达到与楚修好,共同对抗晋国的目的。值得注意的是,为了放归子仪,篇中记载秦穆公还专门为子仪举行了隆重的宾射礼,并"升琴奏镛",歌诗以咏,其词如:"迟迟兮,委委兮,徒会所游又步里謱言雁也……""泞兮弥弥,渭兮滔滔,杨柳之依依"(和歌)①,无论是写景还是状物,都可谓温婉敦厚,颇有《诗》三百之风。其中词句多能与《诗经》相证。如所谓"迟迟""委委",实当即《小雅·四牡》之"周道倭迟"之"倭迟",亦即今之"逶迤",指道路绵延长远。"泞兮瀰瀰",可参《诗·卫风·新台》"河水瀰瀰","瀰瀰"乃水流貌,字又可作"沔沔",秦人石鼓之《汧殹殹》云"汧殹殹沔沔,丞皮淖渊",所谓"沔

---

① 李学勤. 清华大学藏战国竹简:六[M]. 上海:中西书局,2016:128.

沔"即"弥弥"。另外,从语法上说,《小雅·沔水》"沔彼流水"之"沔彼"实亦"沔沔",此为《诗经》常见表达方式。《小雅·沔水》同篇还云"鴥彼飞隼"(《小雅·采芑》亦见),"鴥彼"实即"鴥鴥",形容鸟疾飞之貌。类似辞例还有《秦风·晨风》之"鴥彼晨风",实亦"鴥鴥晨风"。同理,下句的"郁彼北林"也当理解为"郁郁北林"。而且,石鼓文的"沔沔"亦是描述汧水,因此清华简《子仪》所谓"汧兮弥弥"与石鼓文之"汧殹㳽㳽沔沔"可以说几乎全同。其中之"杨柳之依依",更是与著名的《小雅·采薇》之"昔我往矣,杨柳依依"几同。前人曾谓《秦风》颇与小雅相类①,于《子仪》篇可以说又得一佳证。而整体上秦穆公"张大侯",以行宾射之礼,此亦可与《周礼》《仪礼》等文献相参。所谓"张侯"即布设箭靶,此为射礼之前的准备工作。《周礼》服不氏所掌有"射则赞张侯"的记载,射人之职亦云:"若王大射,则以貍步张三侯"。《诗·小雅·宾之初筵》亦云"大侯既抗",毛《传》:"抗,举也",亦是此义。另外,《仪礼·乡射礼》《大射仪》两篇亦屡言为射礼所需准备的"张侯"。虽然二书所载或言"大射",或言"乡射",但作为射礼的通则,其于射礼之前需要张侯则是一致的。关于宾射之礼,虽然《仪礼》之书无专篇及之,但《周礼》一书又多次提到。如《周礼·春官·大宗伯》提到:"以宾射之礼亲故旧、朋友",其"眡瞭"之职也提到:"宾射,皆奏其钟鼓",明显为掌乐之官,而清华简《子仪》篇亦云"升琴奏镛","钟鼓"与"镛",虽有差异,但就其奏乐而言,又明有相通之处。顺便说一句,据《周礼·射人》记载,古代行射礼时,天子、诸侯、大夫、士还依等级以不同的音乐节之,如天子以《驺虞》,诸侯以《貍首》,大夫以《采蘋》,士以《采蘩》,等等。其中除《貍首》佚失不见外,其他俱见于《召南》。从《诗经》学史上说,"二南"虽属风诗,但又是其中至雅正者②,学者或认为"二南"近雅,不知这是否能解释前面所述《子仪》篇歌诗的温柔敦厚。但无论如何,从歌诗到行宾射之礼,可以说整个过程诚可谓周文郁郁,其礼彬彬。虽然《诗经》中有《秦风》,而且还多云"未见君子""既见君子""言念君子""君子至止",屡称"君子"(而且还"温其如玉");兼有"并坐鼓簧""锦衣狐裘""黻衣绣裳"这样的礼乐华服之盛,但长期以来,秦文化给人的主流印象却是孔武强悍、粗犷少文。该篇的问世,则给我们这样的提示:即从很早的时候起,秦的礼乐斯文之盛,丝毫不逊于正统的华夏诸国如晋卫齐鲁等,此尤须明者;而后人对秦文化尚功利、强悍粗犷的印象,则

---

① 傅斯年.《诗经》讲义稿[M].上海:上海古籍出版社,2011:87.
② 《论语·阳货》篇载孔子于风诗独推二南:"人而不为《周南》《召南》,其犹正墙面而立舆?"《诗大序》亦谓二南是"正始之道,王化之基"。

缘于战国之世秦文化的转向。而这种转型的彻底和成功，又往往误导学者"以后当先"，以为秦文化本就如此，这其实是很大的误会。

二、秦文化早期斯文之盛的文献证据

关于秦人的斯文之盛，《秦风·车邻》小序云："美秦仲也。秦仲始大，有车马礼乐侍御之好焉。"据此，西周厉宣时期的秦仲之世（前845—前822），秦人即已有"车马礼乐侍御之好"，所以郑玄《诗谱·秦谱》云："至曾孙秦仲，宣王又命作大夫，始有车马礼乐侍御之好。国人美之，秦之变风始作。"不其簋据信为最早之秦器，器主不其即秦仲嫡长子庄公。铭文记载不其为周王讨伐猃狁，"伯氏"赐不其弓、矢、臣、田。（《集成》4328、4329）据学者考证，此"伯氏"即著名的秦仲[1]。他能赐不其弓、矢、臣、田，反过来说明《车邻》小序所谓秦仲时"始有车马礼乐侍御之好"还是可信的。这说明，至迟在周厉王、宣王时代，秦人已开启礼乐文明之路。其后，襄公护送平王东迁有功，《史记·秦本纪》记载："平王封襄公为诸侯，赐之岐以西之地……襄公於是始国，与诸侯通使聘享之礼……"襄公不仅自己有"车马礼乐侍御之好"，而且被封为诸侯，与他国"通使聘享之礼"。在"平王"封赏的背景下，这里的"他国"也应该多系华夏之国。秦人与他们互通"聘享之礼"，必将进一步濡染礼乐斯文之风。《诗经·秦风》多篇诗歌据小序应与襄公有关，如《驷驖》，小序云："美襄公也。始命，有田狩之事，园囿之乐焉。"《小戎》小序云："美襄公也。备其兵甲，以讨西戎。"《终南》小序云："戒襄公也。能取周地，始为诸侯，受显服，大夫美之，故作是诗以戒之。"其中《驷驖》小序称"始命"、《终南》小序称"始为诸侯，受显服"，均有明显的受命立国之背景，尤其是《终南》之诗称"锦衣狐裘""黻衣绣裳，佩玉将将……"，这表明此时秦人的礼文华服之盛，已经丝毫不亚于中原华夏诸国了。这里需要特别提到的是《秦风·蒹葭》，该篇长期以来被认为是爱情诗，尤其是其中的"所谓伊人，在水一方"最易惑人。因此，历来对《蒹葭》小序所谓"刺襄公也。未能用周礼，将无以固其国焉"不当回事。其实，《小雅·伐木》云"矧伊人矣，不求友生"、《小雅·白驹》云"所谓伊人，于焉逍遥""所谓伊人，于焉嘉客"，俱称"伊人"而无关爱情诗。《魏风·汾沮洳》云"彼汾一方"、秦人石鼓文之"霝雨"章云"极深以，□于水一方"[2]，甚至毛公鼎亦有"命如

---

[1] 王辉. 商周金文[M]. 北京：文物出版社，2006：247.
[2] 徐宝贵. 石鼓文整理研究[M]. 北京：中华书局，2008：775.

洫一方"(《集成》2841),俱言"一方"或"水一方",而同样无关爱情诗。这说明《蒹葭》小序的说法还是值得重视的。近代林义光先生独具只眼:"按诗中伊人以比所欲求之事,其下则以违礼而求与循礼而求分言之……诗中虽似怀念故人之语,然章末以溯回、溯游分,言则必非漫无所指矣。"①论者或曰"未能用周礼"不是秦人濡染礼乐文化的反证吗?非也。我们可以设想,自秦仲开始有"车马礼乐侍御之好",这些物质层面的变化并不可能一下子就影响其精神、行为方式。换言之,秦人通向礼乐文明之路也是渐进、长期的过程,"未能用周礼"因此也只能视为秦人周礼化过程中阶段性的未尽完善处。

另外,需要特别指出的是,关于秦仲始有"车马礼乐侍御之好",我们看无论是《秦风》还是秦人的石鼓文,对车制马饰之类的歌咏占了很大的篇幅。如《车邻》云"有车邻邻,有马白颠";《驷驖》云"驷驖孔阜,六辔在手……游于北园,四马既闲。輶车鸾镳,载猃歇骄";《小戎》云:"小戎俴收,五楘梁辀。游环胁驱,阴靷鋈续……四牡孔阜,六辔在手。骐駵是中,騧骊是骖"。石鼓文亦有云:"弓矢孔庶"(《而师》)、"骄骄马荐"(《马荐》)、"左骖䮧䮧,右[骖]□□"(《吾水》)、"田车孔安,鋚勒冯冯,四介既简。左骖旛旛,右骖騝騝"(《田车》)、"吾车既工,吾马既同。吾车既好,吾马既駈……㣫㣫角弓,弓兹以寺"(《车工》)、"□□銮车,秾□□□。□弓孔硕,彤矢□□。四马其写,六辔骜箬"(《銮车》)②如此等等,不一而足。《石鼓文》年代,现在据学者研究,其刻写当春秋中晚期之交的秦景公,而石鼓诗的内容则反映的是秦襄公时事,郭沫若定其为襄公八年③,时代是非常早的。这种对车马弓矢的津津乐道、不厌其烦地夸耀,应该反映了秦仲当初文化上之"第一桶金"对秦人的深远影响。还应该提到的是,《秦风》《石鼓文》这种对车制马饰的歌咏和夸耀有时又与《小雅》中个别篇目绝类,如《石鼓文》之《车工》云"吾车既工,吾马既同。吾车既好,吾马既駈……㣫㣫角弓",《小雅》亦有《车功》,其云"我车既功,我马既同……田车既好",所以当初傅斯年曾说"《秦风》词句每有似《小雅》处"④,郭沫若也说"石鼓诸诗颇为雅训"⑤。看来确非虚言。秦人诗歌从很早的时候起便向王畿之《雅》诗看齐,这是秦人之"文"的又一有力证据。

---

① 林义光.诗经通解[M].上海:中西书局,2012:138.
② 徐宝贵.石鼓文整理研究·石鼓文字考释[M].北京:中华书局.2008:760-850.
③ 徐宝贵.石鼓文整理研究[M].北京:中华书局,2008:654.
④ 傅斯年.《诗经》讲义稿[M].上海:上海古籍出版社,2011:87.
⑤ 徐宝贵.石鼓文整理研究[M].北京:中华书局,2008:729.

当然,秦文化之所以很早时候就向周文化看齐,其后来掩有周之旧地是个不容忽视的因素。《史记·秦本纪》记载:"十六年,文公以兵伐戎,戎败走。于是文公遂收周余民有之,地至岐,岐以东献之周。"郑玄《诗谱·秦谱》亦云"秦仲之孙襄公,平王之初,兴兵讨西戎以救周。平王东迁王城,乃以岐丰之地赐之,始列为诸侯,遂横有周西都宗周畿内八百里之地"。《正义》于《秦谱》还专门提到,很多小国之诗不录,为何专门录曾为附庸的秦?正义认为其后来掩有周地是很大的原因,是有道理的。实际上,掩有周之故地,不光使秦拥有更大的发展平台,更重要的是宗周本系周人腹地,为华夏正宗,尤其是"收周余民有之",必然导致秦全方位接受正统的周文化。周室可以东迁,但很多遗民留了下来,这些人是文化,特别是周文化的载体。他们摇身一变成为"新秦人",必然给秦文化打上强烈的周文化烙印。像郭沫若就说:"……周室东迁徙之后,有一部分的太史作策之类的人员留下了,又做了秦人的官,替秦襄公司笔札,故而做出了同西周王朝格调相同的诗。"①而早期秦系文字如石鼓文之类与西周彝铭之间的近缘关系,已得到学界公认。另外,《左传·襄公二十九年》季札观周乐,对于《秦风》,他评价道:"此之谓夏声。夫能夏则大,大之至也,其周之旧乎?"何谓"夏声"?《正义》引服虔谓"《车邻》《驷驖》《小戎》之歌,与诸夏同风,故曰夏声""与诸夏同风",可谓一语中的。关于掩有周之旧地对秦人之"文"的"提升",学者评价说:"我们读《诗经·秦风》中五首颂扬襄公的诗歌……已经沐于温文风雅的境界,试看中原各国,谁有秦人那样得天独厚的文化基础?"②这里"得天独厚的文化基础",无疑是指秦拥有周之旧地,并因此在文化上全盘接受宗周礼乐文化。因此,如果说秦仲"始有车马礼乐侍御之好"是秦人之"文"的"第一桶金"的话,那掩有周之旧地,则是秦人之文的"第二桶金"。

另外,清华简《子仪》篇记载的是穆公放归子仪并因此歌诗,而传世文献中记载的关于穆公这位春秋五霸之一的"文"也是很多的。最突出的例子,秦人虽然僻处西戎,但我们不要忘记,《尚书》中即收有《秦誓》一篇。《尚书》中内容,均是上古帝王谋议诰令之辞,其文典雅可训,向为文化渊薮。该书于尧、舜、周公等古帝先贤之辞外,更收有秦穆的《秦誓》,应该说正反映了编者(或是孔子)对秦穆之"文"的认同。此外,与清华简《子仪》类似,《国语》中也记载有一秦穆公赋诗的例子。《晋语四》记载重耳流亡到秦国时,穆公"享公子",筵席上宾主各赋诗言志,

---

① 徐宝贵.石鼓文整理研究[M].北京:中华书局,2008:729.
② 此为台湾张光远先生说,参见:徐宝贵.石鼓文整理研究[M].北京:中华书局,2008:729.

秦穆公赋《小雅·采菽》,此乃天子赐诸侯命服之乐,重耳"降拜"以谦让,并赋《小雅·黍苗》,取"重耳之仰君,若黍苗之仰阴雨也"。秦穆公又赋《鸠飞》,即今《小雅·小宛》之首章:"宛彼鸣鸠,翰飞戾天。我心忧伤,念昔先人。明发不寐,有怀二人。"据韦《注》这是穆公"念晋先君洎穆姬不寐,以思安集晋之君臣也";重耳又赋《河水》,实即今之《小雅·沔水》,取诗"沔彼流水,朝宗于海",暗示自己回国后也当朝事于秦。穆公又赋《小雅·六月》取诗意"王于出征,以匡王国",寄望重耳将来也能扶匡王室。从这则事例看,秦穆公对《诗》非常谙熟,朝会燕享之时,运用自如,这一点丝毫不逊于正统的华夏之国、畿内诸侯晋国。关于秦穆的《诗》学修养,《左传·文公元年》秦穆反思殽之战之败时说:"是孤之罪也。周芮良夫之诗曰:'大风有隧,贪人败类。听言则对,诵言如醉。匪用其良,覆俾我悖。'是贪故也,孤之谓矣。孤实贪以祸夫子,夫子何罪?"其诗见今《大雅·桑柔》,穆公脱口而出,而且说"周芮良夫之诗",此亦合于小序"芮伯刺厉王也",说明对其诗非常熟稔。二雅均为周王畿之诗,穆公对其熟稔,可见其所受周代斯文教育之深。因此,上文引傅斯年、郭沫若等学者所说《秦风》及石鼓文诗近周代雅诗也就很好理解了。这也说明秦人自秦仲始有"车马礼乐侍御之好",中间再经过掩有周之旧地,全盘接受周文化这样一个过程,到秦穆公这里已经是温柔敦厚、彬彬多君子之风了。

另外一个值得注意的现象是,《左传》不少地方还以"君子曰"的口吻,对秦穆倍加称颂,而且这种称颂很多时候还就是引《诗》以为证,显示在作者看来,穆公之行事做派很类诗之儒雅敦厚,如《左传·文公三年》王官之战,秦人一雪殽之战耻辱,"封殽尸而还"。《左传》评价说:"君子是以知秦穆公之为君也,举人之周也,与人之壹也;孟明之臣也,其不解也,能惧思也;子桑之忠也,其知人也,能举善也。《诗》曰:'于以采蘩,于沼于沚,于以用之公侯之事',秦穆有焉。'夙夜匪解,以事一人',孟明有焉。'诒厥孙谋,以燕翼子',子桑有焉。"这是把秦之君臣共事直接比附《诗经》之《召南·采蘩》《大雅·烝民》等篇。又如《左传·文公四年》楚人灭江,因江国嬴姓,属秦之同族,所以左传记载穆公的反映是"秦伯为之降服、出次、不举、过数",举丧致哀可谓至矣,当"大夫谏",穆公曰回答说:"同盟灭,虽不能救,敢不矜乎!吾自惧也。"君子于此评价说:"《诗》云:'惟彼二国,其政不获,惟此四国,爰究爰度。'其秦穆之谓矣。"这又是以《大雅·皇矣》直接比附秦穆公。这些事例提醒我们,秦穆公作为春秋五霸之一,自然少不了开疆拓土独霸西戎的武功,但恐怕其礼乐修养及治国理政上的知人善任也是不可忽视的因素。《说苑·尊贤》曾记载:"齐景公问于孔子曰:'秦穆公其国小,处僻而霸,何也?'对曰:'其国小而志大,虽处僻而其政中,其举果,其谋和,其令不偷;亲举五羖大夫于系缧之中,与之语三日而授之政,以此取之,虽王可也,霸则小矣……'"从这里来看,孔子作为笃守礼乐文化的儒家一代宗师,对秦穆公评价甚高,如果秦穆仅系孔武有力的西戎诸族,显然是无法获致夫子这么高的评价的。关于文献中对秦穆的偏爱和特殊处理,《左传·文公二年》还记载:"冬,晋先且居、宋公子成、陈辕选、郑公子归生伐秦,取汪,及彭衙而还,以报彭衙之役。卿不书,为穆公故,尊秦也,谓之崇德。"这条是解释《春秋》"冬,晋人、宋人、陈人、郑人伐秦"的。列国讨伐例当书卿,此何为"卿不书"?即所谓"尊秦"也,已经非常明确地点出对秦的特殊处理了,而这里的"崇德",显然也是崇穆公之"德"。

三、何以文为?——说秦人的族群与文化认同

传统上,学者之所以对秦文化有粗犷少文的印象,一个不容忽视的原因是对秦的族属误解,那就是指秦为戎狄,则粗犷少文自然是题中应有之义。晚近以来,相关新材料的发现对于澄清秦的族属问题大有助益。像清华简《系年》就以非常清晰的笔触讲到秦人的族属来源:

> "成王伐商盖(奄),杀飞廉,西迁商盖(奄)之民于邾圉,以御奴虘又之戎,是秦之先人,世作周卫。平王东迁,止于成周,秦仲焉东居周地①,以守周之坟墓,秦以始大。"②

从这里看,秦人本系东方的"商奄"之民,广义上属于东夷的一支,只是在商周鼎革之际被迁到西方。西周铜器如询簋、师酉簋中多次出现的"秦夷",更是秦人属于"夷"而非"戎"的有力证明。事实上,直到春秋中期的秦穆公时,我们从一件小事仍可以看出秦人的族源。如《左传·文公四年》记载"楚人灭江",结果为这个被灭的小小的江国,秦穆公的反映是"为之降服、出次、不举、过数",用今天的话

---

① 本襄公护送平王东迁,而此仍称秦仲者,《郑诗谱·秦谱》正义曾举《郑语》幽王时郑桓公问史伯亦称"秦仲",考秦仲已于宣王六年卒于戎祸,此仍称其名者,正义解释云:"所以仍言秦仲者,秦仲之后遂为大国,以秦仲有德,故系而言之。"这一点与赵国因为崇尊先祖,多可称"赵孟"同。
② 李学勤. 清华大学藏战国竹简:二[M]. 上海:中西书局,2011:141.

说,简直是要披麻戴孝了。小小的江国被灭,秦穆何至于此? 因为江国嬴姓,与秦系同族,同属东夷的一支,故而穆公自己也解释说:"同盟灭,虽不能救,敢不矜乎!",这里的"同盟",即源出同族之义,而非盟誓、会盟之"同盟"。学者并指马王堆帛书《战国纵横家书》"苏秦谓燕王"章说如果安于现状、不思进取的话,"秦将不出商奄",同样表明秦之先出自"商奄",也是很有道理的。而且,秦人被迁到西方的目的是"以御奴之戎",明与"戎"相对,其与戎狄有别是显而易见的①。甘肃毛家坪作为早期秦文化遗址,学者注意到:"其使用的考古学文化面貌上亦与分布于其西部地区的古代文化极少相似之处。""……已知的早期秦文化遗存,尤其是西周时期秦文化的整体面貌,与位于其东方的以农业经济为主的西周文化有着极大的相似性,甚至可以称为西周文化的地方类型,而找不到可以确认其为戎人一支或其经济生活以游牧为主的证据"②。这可以说是对秦人的族属问题最有力的考古学证明。

既辨明秦人非"戎",实乃"夷"属,那是否意味着与后世的"夷狄"一样,周人对他们大加排斥,缺乏认同呢? 非也。从清华简"御奴虘又之戎""世作周卫"这些信息看,这批西迁的商奄之民,一方面是被征服者(成王践奄之役),另一方面,他们又是周人倚重的边境守备力量。像不其簋铭提到:"朔方狎狁广伐西隅,王令我羞追于西……汝以我车宕伐猃狁于高陶。汝多折首执讯……汝及戎大敦搏。"(《集成》4329)所谓"汝以我车宕伐玁狁""汝及戎大敦搏"都说明秦人为周成边是很卖力的。因此,如果说齐鲁等东方大国是周人在东方的战略布点的话,而西迁商奄之民,正体现了周人在西方的战略布点和考量。学者最近称秦乃周人的战略后院③,也是很准确的。既然是"战略布点"和"后院",这也说明秦的先人虽然有"被征服"的"屈辱史",但看来西迁之后他们已经完全接受了周人的统治——由周的敌人一变而为周人西边的拱卫力量。我们不要忘了,师酉簋、询簋中,与"秦夷"并提的,还有"西门夷""京夷"等诸夷,而且他们多充任周的"虎臣",这再次说明他们与周非同一般的关系。学者并举西周中期的荣有司甬鼎,认为"荣有司"为嬴姓,且为监国,"可见嬴姓在西周是深得周王信赖的"④,秦人作为

---

① 1973年湖北当阳季家湖楚城遗址出土有铭铜钟,其铭文称"救秦戎",似乎能支持"秦"本为"戎"的观点。但其实据学者研究,"秦戎"实当理解为"秦地之戎",同样不能证明秦人"戎"的出身(参:董珊. 救秦戎铜器群的解释[EB/OL]. [2011-11-16]. http://www.gwz.fudan.edu.cn/Web/Show/1711.)
② 滕铭予. 秦文化:从封国到帝国的考古学观察[M]. 北京:学苑出版社,2002:56.
③ 李零. 西周的后院和邻居[C]. 北京大学"金文与青铜器研讨会". 2016-05-28,29.
④ 辛怡华. 西周时期关中西部的"秦夷"及相关问题[C]//秦文化论丛:第十辑. 西安:三秦出版社 2003:137.

嬴姓的一支，其与周王室的关系亦可想见。尤其是，秦国公室与周王室及晋、鲁等华夏之国甚至还多有姻亲关系①。周人自称华夏，他们对诸夷的倚重和亲附，也说明华夷的融和是很早的事。因此，秦夷与周的亲近关系，显然非屡次骚扰周室，甚至最终攻破镐京的西戎可比，我们不能以后世笼统的"夷狄"或"蛮夷"观念来看待彼时秦人与周的关系②。

另外，考虑到秦襄公的立国受惠于护送平王东迁这样的大事，所以我们还应该充分估计"勤王"一事在秦人心目中的地位，可以说秦人是有浓厚的"勤王"传统的。我们看秦人直到入春秋的很长一段时间，都是拥护周室或与其站在一条战线上的。《左传·桓公四年》："冬，王师、秦师围魏，执芮伯以归。"这是讲秦人与王师联合执芮伯。《左传·僖公十一年》："夏，扬、拒、泉、皋、伊、洛之戎同伐京师……秦、晋伐戎以救周""秦、晋伐戎以救周"这依稀又让我们看到两周之际秦襄公、晋文侯护送平王东迁之举。甚至如前举《国语·晋语四》秦穆公宴重耳时，重耳为了激励穆公帮助自己，也是拿当初秦襄公匡扶王室的义举说事："君若昭先君之荣，东行济河，整师以复强周室，重耳之望也。"其中的"先君之荣""复强周室"，其历史所指是很明显的。这里还要顺便提到《秦风·无衣》的"王于兴师，修我戈矛"。长期以来不少学者将其中的"王"指为秦人称其君③，这是有问题的。与楚不同，秦君称王其实很晚，要到战国之世。不唯如此，我们从近年发现的"秦子"器来看，秦襄公受封为诸侯之后秦君才能称"公"，此前甚至只能称"子"④，并无僭越一事。所以毛传对《无衣》这两句解释为"天下有道，则礼乐征伐自天子出"，我们还是应该重视。其实，清人胡承珙于此疏解最洽诗义："以为衰周之世，列国无有奉王命征伐者耳。不知庄公、襄公之奉王命伐西戎，皆以敌王所忾；穆公会晋纳王，事见史记，亦勤王之事。"⑤所以，这两句诗的意思无非是说当周天子要兴师讨伐的时候，秦人也磨刀霍霍准备参战，这很形象地说明了秦人之于周室的"守卫"角色。秦人这种对周室的拥护和认同，我们从石鼓文里的一些词句同样也可以看出来。如《而师》云："□□而师，弓矢孔庶。□□来乐，天子□来。

---

① 参：史党社．日出西山——秦人历史新探[M]．西安：陕西人民出版社，2013：274．不过，史先生认为目前所见青铜器中的"秦夷"还无法确认与后来秦人的关系，与本文看法不同。
② 《左传》《国语》未见"夷狄"一词，仅或以"蛮夷"一词与"戎狄"并称。实际上，夷非一支，他们融入华夏族的过程也非一时，秦人显然是其中较早者，他们与春秋时华夏诸国盛称的"蛮夷"显然不是一回事。
③ 程俊英，蒋见元．诗经注析[M]．北京：中华书局，1991：357．高亨．诗经今注[M]．上海：上海古籍出版社，2009：173．
④ 李学勤．"秦子"新释[M]//文物中的古文明．北京：商务印书馆，2008：203．
⑤ 胡承珙．毛诗后笺[M]．合肥：黄山书社，1999：592．

嗣王始□,故我来□。"其中提到"天子""嗣王";《吾水》篇云:"□(吾)水既瀞(清),□(吾)道既平……嘉树则里,天子永宁。"又称"天子",故郭沫若、裘锡圭等学者认为其所歌颂的正是襄公护送平王事①。学者因此认为"周天子在当时的秦人的心目中居有很重要的地位,秦是爱戴周天子的,秦与周的关系是极其密切的。"②我们认为是很有道理的。

总体来看,西迁的秦人通过"世作周卫",很早就成为周室政治版图的一部分,因此很早就开启了融入正统华夏族群的过程,所以在文化认同上即使是周人,都不视其为"异类"。正是有鉴于此,学者才指出:"虽然地处偏远,杂处戎狄,但作为秦人自身的心理认同与文化取向,是以'中国'自居的……而秦则一直遵循着受封之制称公,直到战国晚期惠文王时始称王,这表明在当时秦人心目中,仍将自己置于周王室与分封诸侯间所建立的秩序中……秦不仅与'中国'文化间有着非常密切的关系,甚至本身就属于'中国'文化"③。此确为至论。其实,近代钱穆先生早已指出,中原目秦为野蛮戎狄,乃是战国以来的事,盖由秦的兼并野心,本无关其种族、血统④。实际上,晚近学者同样注意到"在春秋时代的东方诸侯心目中并没有视秦为戎狄,而是自然地视之为华夏诸国的一员。战国策士和六国统治者所说的'秦与戎狄同俗',是'虎狼之国'、'有虎狼之心'不过是对商鞅变法后秦国军事上的恐惧和政治、文化上的歧视反映而已"⑤。我们不能"以后当先"地将秦人混同为戎狄。既然秦人本"世作周卫",很早就开启了融入华夏族的过程,并最终成为华夏族的一员,那么对于其文化上所表现出的斯文之文也就没什么可奇怪的了。

[《中州学刊》(CSSCI)2018年第4期,第136—141页,1.0万字]

作者简介:

龚伟,男,1990年11月生,安徽巢湖人,国家社科基金重大项目"《诗经》与礼制研究"课题组核心成员(2016年),上海大学先秦史方向博士研究生,研究方向为先秦史、巴蜀史。在《四川师范大学学报》《古籍整理研究学刊》《理论月刊》《中华文化论坛》等刊物上发表学术论文8篇。

---

① 徐宝贵.石鼓文整理研究[M].北京:中华书局,2008:653.
② 徐宝贵.石鼓文整理研究[M].北京:中华书局,2008:653.
③ 滕铭予.秦文化:从封国到帝国的考古学观察[M].北京:学苑出版社,2002:109.
④ 滕铭予.秦文化:从封国到帝国的考古学观察[M].北京:学苑出版社,2002:109.
⑤ 臧知非.周秦风俗的认同与冲突[M]//秦文化论丛:第十辑.西安:三秦出版社,2003:1.

论朱熹哲学中的"公共性"思想

朱 承

摘 要 朱熹的"理一分殊"的思想,强调天理的普遍性,为社会交往的公共性原则提供了形而上依据,成为其公共性思想的逻辑前提。朱熹注意区分公私之别,将天理人欲之辩看作是公私之辩,认为"公"是仁爱思想的逻辑前提和重要内容。与先儒一致,朱熹认为公共性价值的具体落实,依赖于由己而人,由"明德"而后"亲民",强调个体修养向公共空间的推衍。朱熹对"絜矩之道"或"礼"的重视,也为公共性原则落实提供了规则性的保障。朱熹公共性思想对个体的挤压,需要在现代价值观视域中予以扬弃。

关键词 朱熹 公共性 理一分殊 天理人欲 絜矩之道

所谓"公共性",在概念限定上往往是与"私人性"相对应的,不同的思想家对于"公共性"的认识有所不同,但在公私之辩的视域下,有一点共通之处可以确认,那就是"公共性"承认并尊重人与人之间的共在事实,在私人或者个体独特的观念、利益面前,强调人与人之间共同分有的价值观念与现实利益以及共同遵守和维护的规则、秩序等。与"私人性""个体性"概念相对待,"公共性"可以作为人与人之间(或者是部分人之间)所共有的价值、规则、利益、秩序等的一个宽泛性指代概念。

在汉语表达中,作为哲学概念的"公共性"无疑是一个现代哲学话语,但作为一种思想观念,却是一种历史性存在。一般认为,中国古代社会生活中,"公共性"价值有所缺失,比如即使在儒家传统中所珍视的道德领域,人们更加注重的是"私德",而非"公共性"价值,梁启超就曾在《论公德》一文中就指出:"我国民所最缺者,公德其一端也。公德者何?人群之所以为群,国家之所以为国,赖此德焉以成立者也。"① 又如费孝通在《乡土中国》中曾指出,国外乡村工作者常常认

---

① 梁启超. 梁启超文集[M]. 北京:中国广播电视出版社,1997:109.

为中国乡村社会中最大的毛病在于"私"。①梁漱溟在《中国文化要义》中也认为"中国人缺乏集团生活""缺乏公德""缺乏公共观念"②,马克斯·韦伯曾认为中国古代社会中缺少真正意义上的公共社团,即使有,也是围绕某个个人的亲缘关系所形成的,在本质上还是私人生活,他指出,"在中国,真正的社团并不存在(尤其是在城市里),因为没有纯粹以经营为目的的经济社会化形式与经济企业形式,这些经济组织形式几乎没有一个是纯粹中国土生土长的。中国所有的共同行为都受纯粹个人的关系尤其是亲缘关系的包围与制约。"③在针对中国古代社会生活所开展的研究成果中,诸如此类的观念,不一而足。

在具体的社会生活传统中,或许在一定程度上存在上述"公共性"缺失的问题。但在中国哲学思想传统里,关于"公共性"观念的思考,实际上还是有着较为悠久的传统,并不缺少主张"公共性"的思想资源。最为经典和接受度最广的一个观念是《礼记·礼运》里的"大同"说,所谓"大道之行也,天下为公"。在这里,儒家认为治理天下的权力应该具有公共性,非一家一人能私之,这是中国古代比较早的从政治层面强调"公共性"意义的一个经典表述。类似的关于"公共性"的思考,在中国传统哲学思想里也还有不少内容。朱熹哲学是儒家思想发展阶段的一座新高峰,对中国南宋以后的思想影响深远,具有典范意义的价值,对朱熹哲学中关于"公共性"问题作一引申性的发掘和思考,对于我们认识传统和分析现实具有一定的启发意义。

一、"道"的"公共性":理一分殊

从根本上来说,普遍性是公共性的一个逻辑前提。没有普遍性的确证,在一定意义上,公共性就缺失了共同分有某种观念的可能性。本体论层面的一致性对于普遍性来说是一个有效的保证,如果万事万物在本体层面上是统一的话,那么就存在一个普遍的实在,这种普遍的实在又进而能确证万事万物中能分有共同的东西④。在朱熹哲学中,太极、道、理就是这样一种具有普遍意义的实在,由

---

① 费孝通.乡土中国[M].北京:人民出版社,2008:25.
② 梁漱溟.梁漱溟全集:第三卷[M].济南:山东人民出版社,2005:68.
③ 马克斯·韦伯.儒教与道教[M].南京:江苏人民出版社,2005:190.
④ 当然,在现实中,也可能存在一种具体交往中所形成的现实"公共性",这种"公共性"或许不具有最广泛的普遍意义,只是少数人或群体之间的"公共性"。但即使是这样,也存在着一种人与人之间普遍存在的交往理性,或者说有一种普遍性的欲望存在,为了实现这种欲望而达成的某种公共性认识。如一伙盗贼,实行共同作案,在一定时间内达成一定了一定的共识,其出发点也是有一种普遍性的欲望之存在。

于其具有普遍性,万事万物都因而能分有这个共同的实在,也反映和体现这个共同的实在,所谓"理一分殊"。

在理学家中,朱熹之前的程颐提出:"《西铭》明理一分殊,墨氏则二本而无分。"①程颐以此对张载"民胞物与"思想和墨家兼爱思想作了区分,强调儒家既能保证伦理原则的普遍性,又能照顾到个体在落实伦理原则时的差异性。后来,朱熹进一步将"理一分殊"观念推至本体论层面,在本体论层面作了充分的发挥,并以此强调"理"的普遍性,他说:"太极只是天地万物之理。在天地言,则天地中有太极;在万物言,则万物中各有太极。"②天地万物有一个共同之理,此"理"具有普遍的公共性,而万物则是分有了这种公共普遍性而能得其所哉。朱熹认为:"二气五行,天之所以赋授万物而生之者也。自其末以缘本,则五行之异,本二气之实,二气之实,又本一理之极。是合万物而言之,为一太极而已也。自其本而之末,则一理之实,而万物分之以为体,故万物之中各有一太极,而小大之物,莫不各有一定之分也。"③所有"小大之物",都是对于普遍的"太极"有了"一定之分",万物秉"太极"为普遍之体,又各自体现了"太极"的公共特性,所以万物虽然千差万别,但又具备公共之"理","自下推而上去,五行只是二气,二气只是一理。自上推而下来,只是此一个理,万物分之以为体,万物之中又各具一'理'。所谓'乾道变化,各正性命',然总又只是一个理"。④自其异者观之,万物各有性命变化;而自其同者观之,万物同具一"理"。如同天上明月,"理"实现了万物的同一性,"本只是一太极,而万物各有秉受,又自各全具一太极尔。如月在天,只一而已,及散在江湖,则随处可见,不可谓月已分也"。⑤由此可见,就本体之"一"和"多"的逻辑预设上,朱熹强调本体上的一元性,这种一元本体是万物之公共具有,"月印万川",往古来今千差万别之河川都能映射"共同"之月。万川奔流,人世变幻,而"共同"之月则穿越时空,正如张若虚在《春江花月夜》里所述:"人生代代无穷已,江月年年望相似。"时间、空间的变化,不能改变本体意义上的共同普遍性。因此,万事万物虽然各有其殊,但都反映了"公共性"的本体。从这个意义上,"公共性"的优先位置就具有了本体意义。

本体意义上的"理"因为具有普遍性,也就逻辑的可以成为优先的"公共之

---

① 程颢,程颐. 二程集[M]. 北京:中华书局,1981:609.
② 朱熹. 朱子语类:第1册[M]. 北京:中华书局,1986:1.
③ 朱熹. 朱子全书:第13册[M]. 上海:上海古籍出版社,2010:117.
④ 朱熹. 朱子语类:第6册[M]. 北京:中华书局,1986:2374.
⑤ 朱熹. 朱子语类:第6册[M]. 北京:中华书局,1986:2409.

理",朱熹提出,"是有天下公共之理,未有一物所具之理"。① 万物各有其特点,但究其根本,是共同秉受了一个普遍之"理",只是表现为"万殊"而已,"或问理一分殊。曰:圣人未尝言理一,多只言分殊。盖能于分殊中事事物物,头头项项,理会得其当然,然后方知理本一贯。不知万殊各有一个,而徒言理,不知理一去何处? 圣人千言万语教人,学者终身从事,只是理会这个。要得事事物物、头头件件各知其所当然,而得其所当然,只此便是理一矣"。② 朱熹强调"理一""公共之理",也即在万殊之中能够寻找得到普遍的"公共性"。万物之中、万事之上,有一个具有普遍性的"理"在,因此万事万物之间,既有千差万别的区分,但同时也依然蕴含着共同的本质。朱熹将"太极"与"万物"的关系看作是"一"和"殊"的关系,万物各有其殊,这是个体性或者私人性,而万物也共有"一",这是普遍的,也因而是公共的。从公共性与个体性、私人性关系角度看,"理一分殊"为"公共性"的存在提供了宇宙论、本体论的依据,也就是说,即使世界变化无穷,个体性各种各样、私人化的东西千奇百怪,但溯根求源,总有一个"公共性"的"太极"或者"理"存在,万物"都是同一普遍原理的表现"③,这个"公共性"的存在是普适的。

"理一分殊"的原则广泛应用在朱熹的其他观念里,并以此强调"公共性"的存在与优先。他说:"道者,古今共由之理,如父之慈,子之孝,君仁,臣忠,是一个公共底道理。德,便是得此道于身,则为君必仁,为臣必忠之类,皆是自有得于己,方解恁地。尧所以修此道而成尧之德,舜所以修此道而成舜之德,自天地以先,羲黄以降,都即是这一个道理,亘古今未常有异,只是代代有一个人出来作主。作主,便即是得此道理于己,不是尧自有一个道理,舜又是一个道理,文王周公孔子又别是一个道理。"④朱熹认为,"公共性"道理是超越时空的,从尧舜到文武周公孔子都遵此"理"而行。也就是说,"理"是恒常普遍的,不因人而异,"吾儒说只是一个物事。以其古今公共是这一个,不著人身上说,谓之道"。⑤ 普遍恒常之"理"具有超越时空的普遍性,这是根本,是"体",在具体事务的"用"上有所不同,只是在具体职分上的不同,如君臣、父子对于"理"的使用不同,"问:'万物粲然,还同不同?'曰:'理只是这一个。道理则同,其分不同,君臣有君臣之理,

---

① 朱熹. 朱子语类:第6册[M]. 北京:中华书局,1986:2372.
② 朱熹. 朱子语类:第2册[M]. 北京:中华书局,1986:677-678.
③ 陈来. 宋明理学[M]. 沈阳:辽宁教育出版社,1991:171.
④ 朱熹. 朱子语类:第1册[M]. 北京:中华书局,1986:231.
⑤ 朱熹. 朱子语类:第1册[M]. 北京:中华书局,1986:231-232.

父子有父子之理"。① 或者公共性的"理"表现在不同的具体事务上,如"古人学校、教养、德行、道艺、选举、爵禄、宿卫、征伐、师旅、田猎,皆只是一项事,皆一理也"。② 古往今来,天下事务纷繁复杂,但其中有着可以公共遵循的东西,这就是"理",亘古亘今而不灭,历经三代、汉唐而不分,"若论道之常存,却又初非人所能预。只是此个自是亘古亘今常在不灭之物,虽千五百年被人作坏,终殄灭他不得耳"。③ "夫人只是这个人,道只是这个道,岂有三代、汉唐之别?"④ 可见,朱熹在讨论具体事务的时候,都是将公共性之"理"放在本体论的优先地位,由此来强调宇宙人生社会中必有一个共同的价值原则作为普遍遵循,如此,宇宙之大、品类之盛都能得到根本性的理解,类似于庄子在《齐物论》里讨论的"道通为一",万殊的背后总有一个一致性的"道理"存在,这就为从本源上总体性理解世界提供了一个可能。

总体来看,朱熹强调"道""天理"的普遍性,为公共性的存在提供了本体论上的论证,其中也蕴含了公共性之存在并优先于个体性的根本原则。在这个意义上,可以逻辑的延伸到天理与人欲的关系,天理是公共的,人欲是私人的,公共性的天理要压倒私人性的人欲自然就在逻辑上得到了确证。当然,我们知道普遍性并不完全等于公共性,公共性更多是人们在现实交往中形成的,而普遍性则更多具有本体论意义。本体意义上的普遍性只是保证了公共性优先的逻辑前提,而公共性原则、公共性价值等却主要表现在公共生活中,或者说人的交往活动中,在人与我的交往活动中,公共性与私人性的矛盾呈现出来。

二、公私之辩:"公共性"原则的伦理表现

朱熹在宇宙论、本体论上论证了万事万物均共有一"公共性"根据,又通过公私之辩、天理人欲之辩等讨论,强调将"公共性"原则的优先性落实在具体的伦理观念中。在朱熹的话头中,多将公与私对立起来,以"天理"为公,以"人欲"为私,扬公抑私,肯定"公共性"的天理,抑制个体性的人欲,在公共性与个体性的关系与伦理实践中,强调"公共性"优先的伦理原则。

---

① 朱熹.朱子语类:第1册[M].北京:中华书局,1986:99.
② 朱熹.朱子语类:第7册[M].北京:中华书局,1986:2691.
③ 朱熹.朱子全书:第21册[M].上海:上海古籍出版社,2010:1583.
④ 朱熹.朱子全书:第21册[M].上海:上海古籍出版社,2010:1588.

朱熹将公私的对立看成是非、正邪的对立,他说:"凡一事便有两端,是底即天理之公,非底乃人欲之私。"①"人只有一个公私,天下只有一个邪正"。② 在朱熹看来,天理因为具有"公共性"的普适意味,按照天理行事就是具有正当性的,而人欲因为是满足一己之私,被人欲牵着鼻子走,就是不正当的。可见,朱熹的天理人欲之辩在一定意义上就转化为了公私之辩。何谓"公"? 朱熹认为,"将天下正大底道理去处置事,便公;以自家私意去处之,便私"。③"己者,人欲之私也;礼者,天理之公也"。④ 以共同普遍的"理"来对待和处置事务,便是"公",与之相反,从自己的私欲与情感出发便是"私"。由此足见,在朱熹这里,"公共性"原则优先便是"公",个体性原则优先就是"私"。在公私之辩中,朱熹坚持"公"的绝对优先性,更将"公而无私"作为"仁"之前提来看待,他说:"无私,是仁之前事;与天地万物为一体,是仁之后事。惟无私,然后仁;惟仁,然后与天地万物为一体。"⑤ "无私"的公共性价值原则是具有本体意义的,"仁"是将这个本体转化为自己的情感意志,这种"仁"的情感意志在生活中落实了,便能实现"天地万物一体"的效果。可见,这里的逻辑次序是:无私(公)——仁——天地万物一体,真正理解了"无私",才能做到"仁",而后才有实践表现上的"万物一体"。因此,朱熹提出,"公"而后能"仁","问:'公便是仁否?'曰:非公便是仁,尽得公道所以为仁耳。求仁处,圣人说了:'克己复礼为仁。'须是克尽己私,以复乎礼,方是公;公,所以能仁"。⑥ 在这里,"公"甚至比"仁"更具有逻辑上的优先性,换句话说,如果没有"公共性"作为前提,也就没有了"仁"的确证与挺立,"仁"的原则内在的就包含了"公共性"之价值于其中,只有这样,"仁"才能真正成为有效的伦理原则,否则,"仁"就只会具有工具性价值,如朱熹批评唐太宗道:"唐太宗一切假仁借义以行其私。"⑦"太宗之心,则吾恐其无一念之不出于人欲也"。⑧ 在"天理人欲"之辩中,如果没有确立"公共性"优先的原则,那么所谓的"仁"就可能会被利用为实现自己私欲的工具,这就是孟子所说的"行仁义",而不是"由仁义行",也就是将"仁义"当成口号与工具。

---

① 朱熹.朱子语类:第1册[M].北京:中华书局,1986:225.
②③ 朱熹.朱子语类:第1册[M].北京:中华书局,1986:228.
④ 朱熹.朱子全书:第6册[M].上海:上海古籍出版社,2010:799.
⑤ 朱熹.朱子语类:第1册[M].北京:中华书局,1986:117.
⑥ 朱熹.朱子语类:第3册[M].北京:中华书局,1986:1067.
⑦ 朱熹.朱子语类:第8册[M].北京:中华书局,1986:3219.
⑧ 朱熹.朱子全书:第21册[M].上海:上海古籍出版社,2010:1583.

考察朱熹的"公共性"原则,天理人欲之辩是核心要义。朱熹所讨论的公私之辩,主要是天理人欲之辩,他认为天理是"公共性"的体现,对于个体的私欲有着绝对的优先性。抽象的来看,天理优先于人欲,其根源在于天理具有本体论上的优先性,故而公共性优先于私人性。在包括朱熹在内的传统儒家那里,大多主张遏制个人欲望,甚至主张限制个体权利,以服从某种共同利益或既定的权力与伦理秩序。他们倾向于把"公"理解成对于"私"的克服,而这与现代价值观念中,往往将"公"作为保护"私"或者促进"私"更好实现的前提,显然存在一定的张力。因此,如果天理优先于人欲的这种主张被推至极端,就会抹杀了公与私的边界,也会导致对于个人正当欲望的压制,使得人们对"公共性"产生质疑。抽象的来看,在伦理领域,过分推崇公共性的天理、否定私人性的人欲,就是选择一种伦理行为的利他性原则。然而,利他性原则并不意味着完全否定私人性利益,也不会彻底否定私人性价值原则的合理性。将公共利益、规则全面侵蚀到私人生活领域,突破公私边界,将会导致私人生活的破坏,"公"还可能成为压制私人权利的借口,这其实同样不利于建设一种和谐的共同体。从这一点上来看,朱熹在公私之辩中对于公共性优先的强判断,特别是后世人简单理解的诸如"存天理、灭人欲"的口号类话语,如果不作仔细分疏而简单接受的话,可能会导致对于私人生活、个人权利的完全干涉或彻底否定,而这同样也是将破坏正常的共同体生活,在这个意义上,梁漱溟先生的"互以对方为重"[①]的伦理原则,较之简单否定个人利益的口号,在共同体的人际交往中更加具有现实意义。当然,我们知道,朱熹主张的"存天理、灭人欲",并不是要否定个人正当的欲望或者利益,而是要约束人们过分的欲求,我们要警惕的是简单化的利用"存天理、灭人欲"作为压制个体利益的口号和工具。

"公共性"落实在伦理价值领域,具体到朱熹那里,就是"天理人欲"之辩。"天理人欲"之辩是和"公私之辩"联系在一起的,只有明确了朱熹所强调的"公"优先于"私","天理人欲"之辩才能得到合理的解释。在朱熹哲学中,天理意味着"公共性",人欲意味着"私人性",人们要用"仁"的原则来保证天理战胜人欲,由于"公共性"又是"仁"的逻辑前提,故而,"公共性"的原则在伦理领域中具有"应该"意义上的优先性。

---

① 梁漱溟.梁漱溟全集:第3卷[M].济南:山东人民出版社,2005:738.

三、推己及人：个体修养工夫的公共化路径

在伦理原则上，朱熹主张"公共性"优先于"私人性"。但他同传统儒家一样，在修养途径上，主张先"为己"优先于"为人"，即修己而后安人、修己而后安百姓。这里看上去似乎有一点矛盾，即伦理原则是公共性优先于私人性，修养功夫路径是个体性先于公共性。但其实二者是一致的，因为在伦理意义上，是坚持先别人利益而后自己利益的原则，这是一种对个体的约束；在修养路径上，坚持个体修养在先而后推至公共空间，这其实也是要求把对个体的约束放在前面。二者都出于对自己的约束，是对私人欲望的约束，因而也是相通的。同时，修养功夫的目的指向"公共性"，公私之辨中的伦理主张也是指向"公共性"，二者并不矛盾。

和先儒一样，朱熹认为，修养之学是为己之学，应该走的路线是先明德而后亲民，也即将自己的道德修养提高，而后才能发挥其在公共领域中的效益。这里可以看出，朱熹哲学的修养论并不是满足个体心性，也不是停留于个体的道德修养，而是推己及人，"仁及一家""仁及一国""仁及天下"[①]，最终要实现公共性价值，博施济众，也即对公共性的教化怀有理想与追求。朱熹说："学者须是为己。圣人教人，只在《大学》第一句'明明德'上，以此立心，则如今端己敛容，亦为己也；读书穷理，亦为己也；做得一件事是实，亦为己也。"[②]又说："然不曾先去自家身己上做得功夫，非惟是为那人不得，末后和己也丢了。"[③]可见，伦理修养是个"推致"的工夫，应首先在自己身上做工夫，而后推而广之，实现从个人到公共的拓展。如果说，"明德"是个体的修养，那么"新民"则是实现公共性的效用，实现公共性效用的前提是完善个人的修养，"或问：'明德新民，还须自家德十分明后，方可去新民？'曰：'不是自家德未明，便都不管着别人，又不是硬要去新他。若大段新民，须是德十分明，方能如此。若小小效验，自是自家这里如此，他人便自观感。''一家仁，一国与仁；一家让，一国与让'，自然如此。"[④]又明确说道："'己欲立而立人，己欲达而达人'，是以己及人，仁之体也。'能近取譬'，是推己及人，仁之方也。"[⑤]在这里，朱熹清晰地解释了个体修养和群体良善的关系、私

---

① 朱熹.朱子语类：第3册[M].北京：中华书局，1986：847.
② 朱熹.朱子语类：第1册[M].北京：中华书局，1986：261.
③ 朱熹.朱子语类：第3册[M].北京：中华书局，1986：1133.
④ 朱熹.朱子语类：第1册[M].北京：中华书局，1986：267.
⑤ 朱熹.朱子语类：第3册[M].北京：中华书局，1986：846.

人品德与公共秩序的关系,只有个体认真地彰显了自己的德性,而后才能对公共社会有所效用,否则就会本末倒置。特别是对统治者来说,如果只对公共社会提出要求,而不完善自己的德性,不把约束自己放在优先位置,那么想达到治理的效果无异于缘木求鱼,"大凡治国禁人为恶,而欲人为善,便求诸人,非诸人。然须是在己有善无恶,方可求人、非人也"。① 换句话说,对于为政者来说,要求公共社会能履行和遵守的德性与规则,首先必须自己做到。

为己之学是儒家修养论、功夫论的重要传统,儒家希望由个体的修养进而能实现对公共社会的良好影响,朱熹继承了这一传统,希望通过个体的格物穷理等修养功夫提升道德能力,进而影响到社会。朱熹认为,个体的细微之处可以影响到公共的至大领域,"《中庸》说细处,只是谨独,谨言,谨行;大处是武王周公达孝,经纶天下,无不载。小者便是大者之验。须是要谨行,谨言,从细处做起,方能克得如此大"。② 在小大之间,无个体之小不能成就公共之大,因而在"格致诚正修齐治平"的逻辑链条中,个体的格物致知是治国平天下的出发点,"格物、致知,比治国、平天下,其事似小。然打不透,则病痛却大,无进步处"。③ 因此,要将个体的修养转化为公共的效果,必须时刻完善自己的德性,进而影响他人,"上之人既有以自其明德,时时提撕警策,则下之人观瞻感发,各有以兴起同然之善心,而不能已耳"。④ 很显然,朱熹的理想是按照从己及人、从私人到公共的路径,从而落实儒家的公共性优先的价值目的。

当然,这种由己而人的公共性价值实现的路径理想,也常常会陷入一种由"个体性"与"公共性"关系的吊诡:从本体上而言,"公共性"的天理在先;在修养论上,又强调个体的明德在先。这就要求个体之德必须符合公共之理,而外在的公共之理如何有效地成为内在的个体之德?这也就成为后来王阳明质疑朱熹之所在。王阳明认为,在外的天理虽然具有"公共性",但其难以成为个人的"明德",人们向外追求"公共性"的天理,最终却可能忽视自己内在的德性,从而在道德修养的道路上迷失方向,所谓"世儒惟不知此,舍心逐物,将格物之学错看了,终日驰求于外,只做得个义袭而取,终身行不著,习不察"⑤。王阳明的解决方案是,人人都有良知,内在之德即良知本身就具有"公共性",良知本身就是"公共

---

① 朱熹.朱子语类:第2册[M].北京:中华书局,1986:358.
② 朱熹.朱子语类:第1册[M].北京:中华书局,1986:131.
③ 朱熹.朱子语类:第7册[M].北京:中华书局,1986:312.
④ 朱熹.朱子语类:第2册[M].北京:中华书局,1986:319.
⑤ 王守仁.王阳明全集[M].上海:上海古籍出版社,2011:34.

性"的"理","良知是天理之昭明灵觉处,故良知即是天理"。① 只不过良知在内,而朱熹所指的"天理"在外,在外的天理虽然具有"公共性",然而难以成为个人的"明德",而在内的良知是人人皆有,"良知之在人心,无间于圣愚,天下古今之所同也"。② 良知是普遍的,超越时空和人的社会能力。这样,王阳明确证了每个个体都具有"公共性"的理,使得"公共性"的理与个体性、私人性的心合二为一,人心具有公共性的理,因此私人性的"心"就具有了公共性的意味,从而只要我们发明自己人人具有的良知并在生活实践中实现知行合一,那么,这一原本是私人性的"心"便因为良知的落实而具有了"公共性",潜在的公共性天理也从而有了现实性。

从王阳明心学的角度来看,修养功夫论当然也是从个体推至公共空间中去,所不同的是,朱熹的功夫论之前提是去探求在外的"公共性"天理,然后再以此丰富自己内在的德性,接着才是安人、安百姓的效用。而王阳明的功夫论则是直接面对内心,因为"公共性"天理就在人的本心中,展现自己本心中的良知,就是功夫,就能够实现安人、安百姓。从这一点来看,朱熹从己到人的修养路径中多了一个环节,那就是向外寻求天理而后才能"明德",而王阳明的方法就显得更加简易。但无论二者在方法上有如何差别,其修养功夫都不是个体的心性满足,而是指向现实的公共生活。

四、絜矩之道:公共生活的规则

在儒家看来,"公共性"生活是人们日常生活的主要形式之一,儒家经典里反复出现的所谓"家""乡里"(往往指的是家族)、"国""天下"等,都是公共生活的一种场域。在公共生活中,"礼"是保证公共秩序的主要依托。在公共生活中,"礼"无处不在,在协调人际关系、参与利益分配、保证等级秩序等之中,"礼"都发挥着不可替代的作用。朱熹是礼治主义的传承者,他同样主张在公共生活中要有一定的礼仪规则,这个规则就是所谓"絜矩之道"。絜矩之道或者"礼",是保证"公共性"价值优先的具体规则。

朱熹认为,作为规则的"絜矩之道"是圣人为公共社会制定的基本规则。在

---

① 王守仁. 王阳明全集[M]. 上海:上海古籍出版社,2011:81.
② 王守仁. 王阳明全集[M]. 上海:上海古籍出版社,2011:90.

回答何为"絜矩之道"时,朱熹提出:"所谓絜矩者,如以诸侯言之,上有天子,下有大夫。天子扰我,使我不得行其孝悌,我亦当察此,不可有以扰其大夫,使大夫不得行其孝悌。且如自家有一丈地,左家有一丈地,右家有一丈地。左家侵着我五尺地,是不矩;我必去讼他取我五尺。我若侵着右家五尺地,亦是不矩,合当还右家。只是我上也方,下也方,左也方,右也方,不相侵越。"①在这里可见,朱熹形象的用"诸侯与天子、大夫"关系和"争地"为喻。如果天子侵犯了诸侯的正常生活,以上凌下,那么诸侯虽然不能去反抗天子,但是可以做到不以同样的方式去侵害比他地位低的大夫;如果别人抢了自己的地盘,自己也不能以同样的方式去抢夺别人的地盘,这就是所谓"己所不欲勿施于人"。这两个比喻实际上是在说,在公共生活中,有一个边界,逾越了这个边界,就是损害了公共生活的规则。这个"边界",在传统儒家的话语体系里,就是"礼","礼"确定了每个人的生活边界。公共性、普遍性优先的立场并不意味着不需要规则,某种意义上,规则就是公共性原则的具体体现。朱熹认为在公共生活中,人们如果都能遵守规则,互不侵犯他人利益,"不相侵越"就是一个基本的"絜矩之道",可以保障公共生活有序的开展。

在朱熹的世界里,"礼"就是这个保障公共生活秩序的"絜矩之道"。为落实礼制精神,实现其心目中良好的生活秩序,朱熹曾花了很大的精力来制定《家礼》,对乡村公共生活的方方面面的礼仪予以损益。在古礼的基础上,朱熹对于日用常礼的通礼以及冠礼、婚礼、丧礼、祭礼等多作了一定的改进。宗族内部的冠婚丧祭等活动,是宗族共同体公共生活的主要载体,承载了宗族内部的权力秩序与生活秩序,对这些活动礼仪的确定,就是确立了以宗族为单位的公共生活的公共性规则。虽然《朱子家礼》不言国家礼仪,专事家族之礼,但其对后世宗族内部进而传统乡村的公共生活影响极大。

以婚礼为例。在朱熹看来,婚姻不单单是私人的事情,也是公共事务,应该有所规范。朱熹在同安的时候,专门做过一份《申严婚礼状》,在这篇文献里,朱熹指出:"窃惟礼律之文,婚姻为重,所以别男女、经夫妇、正风俗而防祸乱之原也。访闻本县自旧相承,无婚姻之礼,里巷之贫民不能聘,或至奔诱,则谓之引伴为妻,习以成风。其流及于士子富室,亦或为之,无复忌惮。其弊非特乖违礼典、渎乱国章而已,至于妒媢相形,稔成祸衅,则或以此杀身而不悔。习俗昏愚,深可

---

① 朱熹.朱子语类:第2册[M].北京:中华书局,1986:363-364.

悲悯。欲乞检坐见行条法,晓谕禁止。仍其备申使州,检会《政和五礼》士庶婚娶仪式行下,以凭遵守,约束施行。"①朱熹认为,婚姻乃关涉风俗、祸乱的大事,具有"公共性"意味,是礼仪中非常重要的内容,不能私之,更不能废除或者简化其必要的礼仪形式,要把婚姻作为一个公共事务来对待,并用公共之礼仪让人们遵守之,而且还通过强制性的手段来约束人们遵守婚礼的仪式,以此来保证社会风俗的良善。可见,朱熹将私人的婚姻生活看作是具有"公共性"意义的事务,而非自由个体之间的结合,他认为此事关乎社会风俗与治乱,将人们的日常生活上升到政治层面予以理解,因此,他坚持婚姻生活的"公共性"原则,动用公共权力来推行婚姻礼仪,把"公共性"的规则推行到私人生活中去,使得私人生活不能脱离公共的"絜矩之道"。

为了广泛地使人们在公共生活中都能知晓礼仪规则,朱熹特别重视利用公共空间来公告其主张。例如,他多次主张在公共场合布告作为"絜矩之道"的礼,他说:"《周礼》岁时属民读法,其当时所读者,不知云何?今若将孝悌忠信等事撰一文字,或半岁,或三月,或于城市,或于乡村聚民而读之,就为解说,令其通晓,及所在立粉壁书写,亦须有益。"②不仅要广而告之,还要在城市、乡村的公共空间里,通过周期性的时间安排,聚民讲礼,通过解说或者记诵,使得礼仪规则深入人心。诸如此类,都是朱熹为推行公共生活规则、落实"公共性"所作出的一些努力。

朱熹所强调的"公共性"原则,不仅仅是流于理论或者口头的,他本人通过制定具体礼仪规则、利用公共权力推行生活礼仪、广泛宣传公共生活规则等途径,将公共生活的"絜矩之道"努力落实开来。当然,虽然我们对朱熹落实"絜矩之道"的具体功效不得而知,但可以看出的是,朱熹不仅是强调公共性原则的思想家,同时也是行动者。

五、结 语

人离不开公共生活,公共生活秩序要求"公共性"原则具有一定意义的优先性。在现代社会的伦理生活领域,公私界限趋向分明,个体化、私人化的主张大行其道,当然我们应该尊重并保障私人利益、私人生活,但是缺乏了"公共性"价

---

① 朱熹.朱子全书:第 21 册[M].上海:上海古籍出版社,2010:896.
② 朱熹.朱子语类:第 6 册[M].北京:中华书局,1986:2177-2178.

值与规则的过度私人化,其结果必然导致走向极端个人主义,损害公共利益、破坏公共生活,从而也最终会损害私人生活;而在政治生活领域,"公共性"价值的优先性,更应该成为政府在治国理政中的首要原则,政府如果只是为某个人、某一集团或者家族谋利的话,那么就在实质上破坏了"公共性"原则,也就丧失了其合法性。

反观儒家传统,如朱熹所主张的"理一分殊",为公共性原则的确立提供了本体论意义上的根据;而在公私之辨、天理人欲之辨中,朱熹表现出了对于"公""天理"的推崇,这也是公共性优先地位在其哲学思想中的体现。朱熹所传承的"由己及人"的儒家思想,是个体德性在公共生活中实现的基本路径,保证了个体修养最终落实到公共空间。在具体的公共生活中,朱熹强调"絜矩之道",推行《家礼》等礼仪准则,为公共伦理生活提供规则性保障,这也是公共性原则的具体落实。当然,朱熹哲学的公共性思想,特别是在"天理人欲"之辨中强调公共性原则的绝对优先性,甚至将天理与人欲对立,要求个体一味克己奉公并将此作为普遍德性推向社会,这在一定程度上是对个体权利的忽视和挤压,为以公为由压制私人权利提供了一定的理论依据,是今天我们需要在现代价值视域中予以反思和扬弃的。

[《哲学研究》(CSSCI)2017年第5期,第70—77页,1.2万字]

作者简介:

朱承,1977年生,安徽安庆人。哲学博士,上海大学哲学系教授,博士生导师,国家社科基金重大项目"《诗经》与礼制研究"子课题负责人(2016年),兼任中国社会科学院-上海市人民政府上海研究院研究员,华东师范大学中国现代思想文化研究所研究员。中国哲学史学会、中华孔子学会、朱子学会、阳明学研究会等理事,上海市曙光学者。主要从事中国哲学与思想的研究,著有《治心与治世——王阳明哲学的政治向度》(上海人民出版社,2008年);《中国伦理十二讲》(合著,重庆出版集团,2008年);《儒家的如何是好》(广西师范大学出版社,2016年);《信念与教化——阳明后学的政治哲学》(上海人民出版社,2018年)等,另有多篇论文发表于各类学术刊物。主持国家社科基金项目2项、省部级项目多项;曾获上海市育才奖、上海市哲学社会科学优秀成果奖等。

"君子"观念的理论反思

朱 承

摘 要 "君子"作为一种观念,在历史发展过程中形成了一定的理论体系。就人性论基础而言,君子观念既可以建基于人性善论,也可以从人性恶论出发。以人性善论为前提,成为"君子"意味着"由君子之道行",而以人性恶论为前提,成为"君子"则意味着"行君子之道"。无论是"由君子之道行"还是"行君子之道",都离不开具体的行动功夫,二者的区别在于,"由君子之道行"偏向的是人们发掘自己的"君子之端"并在实际生活中表现出来,君子是由内而外的"推致"而成;"行君子之道"更加强调要人们只有遵守了社会礼法的规矩,才能够成为"君子",这是一种"约束"意义上而造就的"君子"。作为一种"符号","君子"的本质意义在于人格理想的信念,这一信念,既是对于优良品性的信念,也是对于现世人生的乐观信念。在一定的政治社会里,"君子"是共同体优秀而杰出的成员,既能担负引领社会前进的职责,也是共同体成员的楷模与榜样,"君子"也因而具有了政治哲学的意义。

关键词 君子 人性论 功夫论 信念论 政治哲学

"君子"一词广见于中国传统典籍与社会生活中,为人所熟知,以此概念为中心,在中国文化传统里逐渐形成了一套君子文化。君子文化以理想人格追求为理论内核,溯及境界论、修养论、教育论、治国论乃至文学艺术等诸多方面,形成了一个庞杂的文化观念系统,为人们不断演绎。众所周知,在汉语中,"君子"一词,从早期的身份地位指称转变成道德人格指称,从具体阶层身份概念变成抽象的人格概念,一般主要指的是具有优良道德品质的人。历史的来看,在中国文化传统特别是儒家传统中,自孔子赋予君子以抽象的道德人格意义并明确其诸多德性标示之后,随着儒家的大力推崇和建构,"君子"观念包含着丰富的哲学意蕴。一定意义上说,"君子"观念不是某一单独的概念,而是一套有着丰富内容的哲学理论体系。

一、人性论基础

徐复观先生曾说:"人性论,乃由追求人之本性究系如何而成立的。"[①]哲学意义上的人性论主要关注的是人在本质上具有什么特性,人的本性或者本质是讨论诸多哲学问题的基础。当我们使用人的"本质"一词的时候,意味着每个人都将分有这一本质,换句话说,虽然人们的生活各异,但在本质上是相同的,都有着共同的最为内在也最为根本的人之特性。这是所有人性论的一个基本信念。

在中国哲学传统里,论及理想人格,往往都要涉及人性论,理想人格是以人性假定或者信仰为基础所设想的一个关于人的应然范式。根据对于人性的不同判断,哲学家们往往还要设计出一套修养及功夫理论,并认为这套修养功夫论能保证人们实现理想人格。如孟子言性善,则希望人们能够在日常生活中发挥和扩充善的本性,进而成为"圣人""大丈夫""君子"等理想人格;荀子正视人的欲求本性,希望人们有一套严密的礼法来约束自身与生俱来的欲念,成为礼法所能接受的人;董仲舒主张"性三品"论,将人从本性上区分为不同的等级,"圣人之性,不可以名性;斗筲之性,又不可以名性。名性者,中民之性。中民之性如茧如卵……性待渐于教训而后能为善"(《春秋繁露·实性》)。董仲舒所说的"圣人之性"与"斗筲之性"因为不可更改,被其置于一般的人性讨论之外。因而,董仲舒主张的人性主要指的是"中民之性",具有"中民之性"的人通过王道教化可以日趋向善,从而成为理想形态的人。其后,宋明理学家大多接受孟子的性善理论,认为通过修养或者扩充善性就能实现圣人、君子的人格理想,如朱熹强调格物功夫去体认天理进而完善自我之善性,王阳明强调致良知功夫去落实内在心体的良善进而实现自我之善性。儒家的人性理论大多是为其修养功夫理论、政治哲学观念提供理论根据,以形而上的人性观念为现实的修养、治理提供必要性和可能性意义上的前提预设。

现存的儒家五经阐扬"君子",孔子更是多个角度的给予了"君子"以美好德性的塑形,故而,"君子"成为儒家观念中的理想性人格之指称,虽然在不同的哲学家那里,关于"君子"的具体规定不同,但其作为德性标杆的意义大致是共同

---

① 徐复观. 中国人性史论·先秦篇[M]. 北京:九州出版社,2014:54.

的。因此,孔子之后的儒家,所讨论的理想人格大致上都和"君子"有一定的关系。"君子"观念在中国哲学传统里具有理想人格意味,因而人性问题同样是讨论"君子"观念的理论前提,为在现实中实现或达到"君子"的要求提供一种可能性或必要性的理论铺垫。

由于人性善恶问题不能通过科学实验乃至经验验证的方式予以证实或者证伪,因此,对于人性问题的讨论,虽有百般论证,但最终往往多落于对于基本假定的某种信念。这就意味着,当我们说人性善或者人性恶时,大多数时候是在说"我们对人性善或者恶具有某种信念"。在日常生活中,我们可以挑选人性观,在不同的人性观念中做出选择,甚至是以信仰的方式。讨论"君子"观念的人性论基础,其实也是在为人能否成为君子以及如何成为君子寻找人性论的信念或者前提。逻辑的来看,就儒家而言,不管是孟子的性善论,还是荀子的性恶论,都可以将其视为"君子"的人性论基础。换句话说,无论人们在人性善恶上还存在多大分歧,但这都不妨碍"君子"观念必须有一个人性论的基本假定或者信念作为前提。区别在于,人性善恶的不同假定或者信念,决定了哲学家们应该如何设计道德修养中的不同途径。

如果以人性善为前提,成为一种理想人格意义上的"君子",意味着人要将本性中的善在经验生活中展现并保持下去。也就是说,我们每个人从本性上来讲,都具有成为"君子"的可能性,具有先验的"君子之端",然而由于后天的习染,我们可能会遗忘或者丢弃这种根端,从而走向与"君子"相反的人生方向。但是一旦我们确立了人性善的信念,而且在生活中不断觉知这种善的本性,由此自我校正和调整自己的精神言动,就可能成为"君子"。按照孟子的话,就是"凡有四端于我者,知皆扩而充之矣,若火之始然,泉之始达。苟能充之,足以保四海;苟不充之,不足以事父母"(《孟子·公孙丑上》)。人要始终觉知自己的"善端",相信它终将如薪火无尽、泉水不竭,贯穿于人的一生,规定并保证自己成为理想形态的人。在这个不断"自我充之"的过程中,人的主体性就显得特别的重要。人成为"君子",不是他人或者社会要你成为"君子",而是由于自我本身就具有"君子之端",我们只是遵从自己先验的德性和良知而成为"君子",是顺性而为的。这就是说,之所以人能成为现实的"君子",是因为我们由着内在的"君子之端"而开展我们的人生,进而成为事实上的"君子",在这个过程中,人们是"由君子之道"而展开人生。所谓"由君子之道行",是指人因为有善的本性,因此可以自己为自己做主,为自己立法,发挥自己的善端或者良知,让自己成为君子,而这建基于人性善的逻辑前提或者道德信念。

　　如果以人性恶为前提,成为君子,意味着人要意识到自己的道德缺失并遵守后天的规范性约束,从而克服自己本性中的恶,并使自己的言行符合社会道德的要求。人认识到自己先天德性的不足,说明自我本身并没有成为"君子"的先天可能性,如荀子说:"人之生固小人,无师无法,则唯利之见耳。"(《荀子·荣辱》)在荀子看来,对于利欲的追求,是人之本性,但是对于一个好的社会来说,却不能放任人的本性,因而社会礼法对于形成良好社会来说就是非常必要的。反过来说,如果没有现实道德礼法的约束,人是完全会陷入欲求之恶而不能实现自我超越成为"君子"。荀子认为:"今人之化师法,积文学,道礼义者为君子;纵性情,安恣睢,而违礼义者为小人。"(《荀子·性恶》)如果顺着自己的本性,必然会成为"小人";而如果尊重礼义文明,顺从礼法要求,人将成为"君子"。从荀子的判断来看,是否接受教化、是否遵守礼义是"君子""小人"的根本标准。在荀子看来,人们认识到人性之恶不足以使人成为"君子",因此就不会按照人性的自然状态来展现人生,而是自觉接受教化、接受礼法从而逐渐成为"君子"。在这个接受教化、接受礼法的过程中,人要以共同体成员的身份要求自己克服过分的欲念,遵守礼法,被社会规范型塑成君子。以人性恶作为前提,说明"君子"正是认识到自己先天德性之不足,从而自觉的服从社会的礼法,社会为个人立法,人们按照社会礼法对"君子"的要求去做"君子"应该做的事情,在这个过程中,人们是"行君子之道"而开展人生。所谓"行君子之道",就是人们明确自己从本性上来说不具备"君子"的品质,而社会礼法对人们成为合格的成员有一套明确的要求,按照这些要求、遵守这些要求,践行社会规范,从而被这些具体的道德要求、规则要求塑造或者建构成为共同体需要的人格,就可以成为合格的"君子"。这种人性恶论前提下的"行君子之道",表现为人们正视自己的不足,从而按照"君子"的要求来安排人生,依照社会的要求而改造成为"君子"。

　　人性善恶的前提式假定,意味着我们要选择以何种方式成为"君子",也就是到底是由内而外的推致成为"君子",还是由外而内的约束成为"君子"? 甚至可以进一步说,是"由君子之道行"还是"行君子之道"? 前者意味着人意识到自己品质的高贵性,从而按照内心的明德行事,在日常生活中将君子之道自然而然的展现出来,具有一种理想型特质;而后者意味着人认识到自己在人性上的不足,并认识到社会规范的合理性与必要性,从而按照社会礼法规定的君子之道去约束自己,具有现实性,当然,这里存在的危险是,一个人从内心而言可能根本不是

"君子",但他完全可以按照社会上人们广泛认可的"君子之道"来表现成为一个"君子",而这与传统的表里如一的"君子"观念有所冲突。

从上可知,实际上关于"君子"观念的人性论假定,关系到选择哪一种如何成为"君子"的路径,因此,关于"君子"的人性论基础问题,不仅具有解释意义,还具有现实的行动意义。

二、功夫论意味

成为"君子",一定是要将"君子之道"落实在行动上,要表现为实践的功夫。当人们在讨论"君子"应该有什么样的德性与德行时,或者当人们说君子应该遵守哪些礼法时,其实同时就意味着成为"君子"就应该如此这般的去行动。在这个意义上,"君子"观念包含了"如何成为君子"的功夫路径言说。功夫论是君子观念中的重要内容,不管是"由君子之道行"还是"行君子之道",都离不开在日常生活中的功夫或者说实践。作为一种道德人格理想,"君子"不是现成物,即使是先天具有"君子之道",但也要靠后天的躬行实践才能将先天的"君子"德性表现出来,而遵从社会礼法而成为"君子",更是依赖具体的生活实践。"由君子之道行"的功夫途径往往表现为由内而外的"推致",而"行君子之道"则表现为在社会生活中"约束"自己的实践功夫,二者都要求在具体的行动中落实"成己"的功夫。

"推致",顾名思义就是"推而致之"的意思,放在"君子"观念的语境中,就是要把内在的"君子之端"推到社会生活中来,让内在的"君子之端"变成具体的"君子之实"。从"推致"的角度看,儒家哲学中强调内在德性的孟子与王阳明的心性思想中,由内而外的功夫论表现得较为明显。孟子主张要把仁义礼智等"四端"扩充开来,王阳明认为要将心体上的"良知"推致出来,二者一脉相传,从总体上来看,都是一种从内而外的推致功夫修养论,也就是要将内在的善端落实在现实生活中。"推致"不是一个自然而然的过程,而是一个需要磨炼努力的过程,这就是王阳明心学中强调的"知行合一"。成为"君子",要有道德行动,因此就需要有一个切切实实的功夫。儒家的性善论肯定了人人可以为善,有成为"君子"的道德基因,但这不是说人人都已经为善、已经是现成的"君子"了,要真正做到善,还需要经过一番修养功夫。在孟子那里,修养功夫首先是要从发挥仁、义、礼、智四端。仁、义、礼、智四种德性虽然是人的内在禀赋,但如果不能时时自觉并将其在现实生活中予以落实,还是不能实现儒家人之为人的道德理想。孟子认为,君子的道德修养既不能由别人代替,也不能抱怨他人,在道德修养过程中,要具有"行有不得,反求诸己"(《孟子·离娄上》)的道德自律意识。在反求于自身的时候能够"反身而诚"(《孟子·尽心上》),通过自反性的追索,使天赋的善性切切实实地体现在自己的言行思想中,只有自己的行为符合道德要求了,成为真正意义上的君子了,才能为天下人作出良好的榜样。

在王阳明的理论里,成为"君子"与良知的推致是联系在一起的,良知的存在赋予了人成为君子、圣人的可能性。王阳明认为,作为本体的良知有被私欲蒙蔽的可能,所谓"不能不昏蔽于物欲"①,因此,如果要成为君子,需要人们在日常生活中实现"致良知"的功夫。王阳明的所谓"致良知",一方面是指人应扩充自己的良知,直到极限;另一方面是指把良知所知的是非善恶,在行动中实在的体现出来,从而加强为善去恶的道德实践。由此足见,王阳明一方面强调道德意识的自觉性,要求人们在内在精神的反省上下功夫,一方面特别重视道德的实践性,指出人要在事上磨炼,要言行一致,"如知其为善也,致其知为善之知而必为之,则知至矣;如知其为善不善也,致其知为不善之知而必不为之,则知至矣"。② 王阳明认为,人要称自己知道"善",就一定会在行动中将"善"落实,如果没有将"善"在行动中体现出来的话,那么其实是不知道"善"的。由此,行动是"善"成为可能的必要条件,无之必不然。不论孟子还是从王阳明,在"君子"的"推致"过程中,特别重视个人自身的责任,也即是个人的修养功夫,"圣贤只是为己之学,重功夫不重效验"。③ 因此,所谓"由君子之道行"的过程,最重要的是落实在"行",即由着自己内在的"君子之端"出发,一步步向外推致出来,落实到人生的实践功夫中,在具体的道德行动中成为"君子"。

而从"约束"的角度看,成为"君子"是一种社会要求而非自我内在生发的要求。"行君子之道"或者成为"君子",就意味着人们要遵守社会(共同体)的一系列规范要求,接受社会规范对自己的"约束"。就具体的人而言,每个人都生活在一定的社会礼法或规范当中,社会礼法或规范往往已经是既定的,会对人们的行为进行"约束"。现实的来看,人们正是在遵守社会礼法或规范的过程中,逐渐养成为"君子"。在儒家的经典文献里,有着大量的关于"君子"该做什么、不该做什

---

① 王阳明.传习录[M]//吴光,钱明,董平等.王阳明全集.上海:上海古籍出版社,2011:71.
② 王阳明.书朱守谐卷(甲申)[M]//吴光,钱明,董平等.王阳明全集.上海:上海古籍出版社,2011:308.
③ 王阳明.传习录[M]//吴光,钱明,董平等.王阳明全集.上海:上海古籍出版社,2011:125.

么的规定,特别是礼乐文明的记载中,对人在特定场景的特定言行都有着明确而具体的规定,违反了这些规定,就是违背礼法,而违背礼法就不能成其为"君子",甚至会遭到惩罚而丧失共同体合格成员的身份。孔子曾称自己"七十而从心所欲,不逾矩"(《论语·为政》),孔子通过人生修养,对人世、天命均有了充分的理解,到了晚年的时候,已经将自己内心欲念完全控制在礼法规矩的范围之内,所以能够在一定意义上实现心灵的自由。这里特别要注意的是,孔子的从心所欲一定是以"规矩"为前提的,也就是说,孔子所说的欲求都是礼法所内接受的,或者说,他已经将自己的个人欲求与社会礼法的要求合二为一了,规矩的要求就是自己的欲求。从孔子的例子来看,成为理想中的人,或者说实现了人生的境界自由,其必要条件在于对于社会礼法规矩的遵守。在这个意义上,我们说要成为像"君子"那样的人,则要接受社会礼法的"约束",实现"规矩中的自在"。荀子进而认为:"故人无师无法而知则必为盗……故有师法者,人之大宝也;无师法者,人之大殃也。"(《荀子·儒效》)师法规矩的存在,是人成为合格的社会成员的前提,没有这样的规矩,人就可能沦为盗贼。如果人们能遵守礼法规矩并将其当作终生之志,就能成为"君子",所谓"好法而行,士也;笃志而体,君子也"(《荀子·修身》)。"约束"意义上的功夫论,由于认识到了人在本性上并没有朝向"君子"的必然性,因而特别重视规矩对于社会成员的"约束"。从这个角度来看,社会礼法等"约束"性力量的存在,为"君子之能以公义胜私欲也"(《荀子·修身》)提供了可能性,也为"君子"的养成提供了基本前提。

从"约束"功夫的角度来看,人在本质上并不具有"君子之端",社会上的"君子"并不是先天而成、本来如此的,而是在日常生活的道德践履中逐渐表现出来的。在这个道德践履的过程中,遵守礼法是最为重要的事情,礼法是道德践履过程中的规矩和尺度,"约束"人们朝向君子之道。在现实中,只有那些遵守礼法的人,在礼法面前能够自我约束、表现得体的人,才可以称为"君子"。而人们的遵守礼法,要表现在生活的方方面面,要在每一个具体的生活场景去落实,"道虽迩,不行不至;事虽小,不为不成"(《荀子·修身》)。由此可知,君子不是称谓而成,而是行动而成,是在日常的律己为人的功夫中形成的。

由上可见,无论是"推致"还是"约束"的功夫,都有一个基本的共同认识,那就是"君子"不是现成的。即使人们具有先天的"君子之端",也要在现实中体现"君子之端",才能成为现实意义上的"君子"。如果人的本性为利欲,则更要靠人们在行动中表现出对礼法规矩的遵守,才能逐渐成为"君子"。简单来说,作为一种道德人格的称谓,"君子"从来都不是现成,而是在行动中展现出来的,"君子"的形成,离不开实践行动的真切功夫。

三、信念论价值

虽然现实的"君子"要在行动中展现出来,但在中国的文化传统里,"君子"更重要的是表现为一种抽象的人格理想,其意义在于道德理想性,换句话来说,"君子"的意义首先在于提供了一种人格信念。这里的"人格",按照冯契先生的说法,"通常也只用来指有德性的主体"。① 对于有德性人的期望,使得"君子"观念具有了信念论的价值。

"君子"首先意味着一种人格,一种具有具象意义的"人",不管这个"人"究竟是否具有现实性,但他一定能够在此岸世界存在,这就是哲学意义上"君子"人格的属人性、此世性。哲学意义上的"君子"观念里,虽然没有像宗教那样有着具体的膜拜对象或者人格神,但"君子"形象还是可以通过语言描绘出来,通过这些语言,我们大致能知道,理想中的"君子"是个什么样。儒家哲学中的"君子"与宗教中的理想人格不一样,宗教中的理想人格往往都是生活在彼岸世界,儒家的"君子""圣人"都是属于此岸世界,而且儒家愿意相信,在历史上,"圣人""君子"曾经层出不穷,因此只要按照往圣先贤所确定的道德修养途径去做,"君子""圣人"的理想就会实现。

在中国文化传统中,人们不断往"君子"形象上填充内容,从道德品质、言语行动,到精神气质等方面,全方位的描绘君子的形象,逐渐形成了关于"君子"的具象。特别是孔子,对"君子"做了多方位的描绘,孔子不厌其烦的告诉人们,君子应该有哪些基本的品质、哪些恰当的表现、哪些不能实施的言行,如"君子有九思:视思明、听思聪、色思温、貌思恭、言思忠、事思敬、疑思问、忿思难、见得思义"(《论语·季氏》),"君子食无求饱,居无求安,敏于事而慎于言,就有道而正焉,可谓好学也已"(《论语·学而》)。"君子不器"(《论语·为政》)。"有君子之道四焉:其行己也恭,其事上也敬,其养民也惠,其使民也义"(《论语·公冶长》)。类似这样对于君子进行描述和规定的话语,在《论语》里俯拾皆是、举不胜举,可以说,孔子为后世留下了清晰而具体的君子形象,陈嘉映先生曾在《何为良

---

① 冯契.人的自由与真善美[M].上海:华东师范大学出版社,1996:9.

好生活》一书中指出:"孔子关于君子的刻画,可引来作为良好生活的图画。"[①]孔子对于"君子"的描述,在中国思想史上具有典范意义,当然,在思想史上,具体的"君子"形象也是随着时代变化而变化的,后人也会在孔子的基础上为损益"君子"的形象,就先秦而言,孟子、荀子就曾为这一形象做了很多补充和增益。但是无论有关"君子"的具体德性如何变化,"君子"作为一种"有德性的主体"的符号并没有发生变化。

关于"君子"的形象,儒家从语词上做了特别多的描绘和规定,我们这里不一一列举。从这种对于"君子"形象的规定里,我们大致可以看出,人们把对理想人的期待往往归结到少数几个具有代表性语词上,如"君子""圣人""大人""仁者"等,表达人们对于应该成为什么样的人、理想中的人应该是什么样这些问题的回答。语词在这里承担着指向的功能,谈到"君子",我们就会同时对"君子"所应该具有的德性有所认知,对于这个"称谓"背后的德性与德行有着一种期望和判断。就此而言,"君子"这一概念担负着理想德性、理想人格的符号功能,虽然在不同的思想家那里,对于"君子"有着各种不同的理解,但将"君子"作为一种理想人格符号,大致都是可以取得共识的。从先秦儒家树立"君子"的人格信念以来,关于"君子"的理想,渗透着历史传统、现实关怀等因素,已经成为一种传统的文化符号。人们总是容易对现实而具体的人(包括自己)有着不同程度的不满意,因此希望有一个令人满意的理想符号,在宗教的视域里,这一理想符号可能是人格神、圣徒,在非宗教的文化里,往往就是类似"君子"这样承载人们理想人格的符号。而且,符合这一符号要求的,在现实中还能找到具体的人,最起码是接近这一要求的人,以至于我们不至于对于理想太过气馁,从而对美好生活保持信念。

作为理想人格符号的"君子",从本质上来说,传递的是对于具有高尚德性的人的一种信念。"君子"作为一种信念,具有两个方面的意蕴,一是人们对于"什么是优良品性的人"或者"理想的人应该有哪些优良品性"有着确定的认识,并对此种认识坚定不移,如儒家对于"君子"各种德性的描述,在历史的长期发展中,或有损益,但其基本价值取向、精神风貌没有大的变化。儒家坚信,"君子"就是具有优良品性的人,人的优良品性也都集中的反映在"君子"身上。另一个方面的意义则在于,人们不管是通过"推致"还是"约束",最终都应该可以成为"君

[①] 陈嘉映.何为良好生活[M].上海:上海文艺出版社,2015:211.

子"。这种信念表达成充分条件的假言命题就是,"一个人只要努力的发挥其德性或者按照社会礼法严格要求自己,就能够成为'君子'或者被称为'君子'"。对这个逻辑的信念,表达了人们的一种乐观主义情绪,也就是说,只要我们努力,就能在现世实现人格理想,人生也就因而是有意义的。

概而言之,"君子"观念所传递的信念,一方面使得人们树立了"什么是好品性"的信念,另一方面也使得人们相信自己的人性能力能够在现世中实现这种"好品性"。"君子"的理想性和信念性特质,是君子观念中最为重要的内容和表现。如果人们都把"君子"人格奉为理想,说明社会对于什么是正义的人、什么是"好"人、什么是值得期待的人等问题,有着明确的共识,也就是说人们对于什么是"善"的有着共同的认识和追求,这个社会显然是可能朝向良善的。

四、政治哲学意蕴

作为有着"优良品性"的人,在任何时代,"君子"一定是优秀而杰出的共同体成员。既然"君子"作为卓越的共同体成员,就可能会被挑选出来成为共同体意志的代表,执掌公共权力;"君子"也有可能成为共同体成员的模范,供大家效仿。在这个意义上,君子不是仅仅关涉个人私德的问题,也不仅仅是个人修养的道德问题,同时还是一个社会政治问题。由于"君子"可能会被当作执掌公共权力的人或者作为公共楷模,因而"君子"具有了公共性价值,也可以作为一个政治哲学意义的观念来理解。

由于人与人之间存在着难以消除的隔阂,因而协调人与人之间利益分配的权力是任何社会的必备物,社会秩序在没有权力的情况下几乎无法维系。虽然无政府主义者往往宣称权力具有压迫性或者非道德性,人们可以凭借自发的善良本性和睦相处,但由于他们对于人性以及社会的判断不具有现实性,这种拒绝"公共权力"的无政府主义主张在历史上几乎从来没有实现过。历史地来看,进入文明社会以来的各种人群共同体,都依靠权力来维系社会秩序、安排利益分配。到目前为止,权力对于人类社会的生存和发展还是不可或缺的因素。既然权力因素对于社会不可避免,那么就需要掌握权力的人。谁来掌握权力?从思想史上来看,通过暴力手段取得政权的帝王们总是容易倾向于用"天命"来说明其掌握权力的合法性,换句话说,已经掌握权力的人会宣称他们之所以获得权力是因为"天命"的垂青。严格来讲,这种胜利者逻辑,不是回答"谁应该掌握权力"

的最佳路径。一般而言,儒家往往认为有德者应该掌握权力,有德者应该有位,所谓"德位相称"。所以,在儒家的立场上,理想的状况应该是既有德性、又有才智的人掌握权力,在这种情况下,人们能够过上好的生活,国家也会实现良性发展。儒家认为应该由"圣人"掌握国家最高权力,王者应该具有圣人的品性,是"圣王"。除了最高权力之外,其他各种权力也应该由有德性、有才干的人来掌握和运用,而"君子"是儒家心目中既有德性又有才智的人。儒家的"德治"具有两个方面的指向,既包含运用道德和礼义的手段来治理国家,也包含掌握治理权力的人应该是有德性的人。理想中的"君子",符合儒家德治的要求,所以往往被看作应该掌握权力的人,如汉代的"孝廉"以及后来通过修习儒家经典参加科举考试而进入政权体系的读书人,往往都被寄予了德性与才智兼备的期望。当然,如果我们把"君子"作为有德性、有才智之人的符号性指称的话,那么诸如"君子"之类的德才兼备的人,就应该是掌握权力的人。就此而言,"君子"不仅是一个德性指称,也具有了掌握政治权力的相关合法性。

除了掌握权力之外,"君子"的另外一方面政治哲学的意义在于,"君子"是共同体成员的楷模。在理想的共同体中,对共同体成员要求的目标是人人都成为"君子",如儒家的"大同"理想所描绘的那样。当然,更高的目标是"人皆可以为尧舜""涂之人可以为禹""满街都是圣人",或者"六亿神州尽舜尧"。在现实的共同体中,"君子"虽然是稀缺物,但依然会被发现或者塑造出来,成为共同体成员学习效仿进而成为共同体所期望的人格。社会上一部分人,由于其崇高的德性或者特殊的才能与贡献,会被挑选出来担当模范的角色,供其他成员学习、效仿。在一定的社会里,政权的拥有者往往希望人们成为既定的理想模型,为此,可能会通过教化等手段塑造这样的民众。既然是教化活动,仅有观念的灌输是不够的,还需要给出一个标准的模型,让人们有着直观的认识并能够有效的模范。因此,在各个政权里,都存在着各种各样的标准模范供人们效仿,虽然名称不一,或是"君子",或是"励烈""节烈",或者是模范、楷模、先进、标兵等,政权通过旌表、嘉奖、宣传等手段,将他们树立为整个共同体成员的表率。这种表彰杰出人物的政治行为,也是秉承了"君子"这样理想人格的理念,通过塑造一种道德上、品性上的模范,进而为全体成员提供一个具体的形象,以方便大家参照、模仿。在这个意义上,作为一种杰出代表或者楷模,"君子"就具有了政治哲学的定向性意涵,"君子"作为一种可供效仿的典型,范导着人们不断通过修养而具备社会所鼓励的品性与能力。

一般认为,"君子"仅仅具有伦理道德的意味,是讨论德性问题的概念,但如果我们把伦理道德与政治问题联系起来看,作为中国传统思想中一再倡导的理想人格,"君子"还可以解释为理想中掌握权力的人,也是社会共同体理想成员的标志性存在者,就此而言,"君子"观念也具有政治哲学的意义。

五、结　语

自先秦以来,"君子"观念不断深化发展,形成了一套理论系统,无论在人性论前提上,还是在功夫论、信念论乃至政治哲学维度,都有值得发掘的问题。换言之,"君子"观念不是孤立的概念,而是一套体系性的思想。抽象的来看,"君子"观念,既可能以人性善论为前提,也可能以人性恶论为前提,但不管如何,最重要的是作为理性型态的"人","君子"是在日常生活实践功夫中形成的。而且,"君子"作为一种信念,能够确保人们对"好的品性"以及如何实现"好的品性"保持信心。另外,人都不可避免的生活在政治共同体中,在政治共同体中,"君子"的存在为"谁掌握权力"以及"以什么样的人作为共同体的模范"等问题提供了一种可能性回答。以"君子"观念为核心,可以反思人性论、功夫论、信念论和政治哲学等多维度的相关问题,可以说,"君子"是一个内涵丰富的思想体系。

[《学术界》(CSSCI)2017年第1期,第125—134页,1.1万字]

儒家政治哲学的人格指向：
以君子人格为例

朱 承

摘 要 "理想的社会应该由什么样的人组成",是政治哲学的核心问题之一。在思想史上,儒家政治哲学对于这一问题的回答有着丰富的回答。以"君子"人格为例,"君子"不仅是个体的修养指向,更是公共生活中对人的要求,具有公共性、导向性、规范性和评价性等政治哲学意义。研究儒家政治哲学,有必要关注理想人格观念对于儒家式公共生活的意义。

关键词 儒家 政治哲学 理想人格 君子

近年来,学术界有一种观点,认为儒家哲学主要是从心性方面展开的,缺乏政治的维度。实际上,传统儒家哲学具有充分的政治哲学意蕴,如从自然天道角度论证儒家等级秩序的合理性,从通经致用的角度推动儒家经典参与政治现实,从王道霸道的争论中讨论哪一种政治治理方式更加具有合理性,从人性善恶的设定上寻找社会治理手段的有效性,从礼乐制度的制定中为社会生活提供规范和划定边界,从大同小康的社会设计中描绘理想社会的可能性,等等。除了体现在自然天道、通经致用、王道霸道、人性善恶、礼乐制度、大同小康等方面外,儒家哲学的政治哲学色彩还体现在对理想人格的追求上。在儒家看来,只有具备儒家理想人格的人越来越多,好的政治、好的社会才是可能的,"善人多,则朝廷正而天下治矣"。[①] 因而,往什么方向塑造人、以什么样的品质培养人,就不仅仅是道德心性的问题,更是一个社会政治的问题。在这个意义上,儒家的理想人格追求具有了政治哲学意义。

儒家政治哲学强调"内圣外王",认为道德人格的成就是政治社会理想实现

---

① 周敦颐. 周敦颐集[M]. 北京：中华书局,2009：20.

的前提,故而,在儒家哲学里,圣人、贤人、君子等人格话语都具有政治哲学的意味,而儒家政治哲学也在理想人格的设定、养成中得以展开。儒家认为,一个"理想"的社会,应该有"理想"的人组成,只有"人"能做到个体的善,公共之善才能实现,"故人不独亲其亲,不独子其子,使老有所终,壮有所用,幼有所长,鳏寡孤独废疾者皆有所养,男有分,女有归。货恶其弃于地也,不必藏于己;力恶其不出于身也,不必为己。是故谋闭而不兴,盗窃乱贼而不作,故外户而不闭。是谓大同"(《礼记·礼运》)。我们看到,在《礼记·礼运》篇里,大同理想社会的出现,其前提在于个体的"人"能落实"不独亲其亲、不独子其子"等要求,个体的"人"在理想社会的构建中发挥着前提性的作用。孔子提出,"修己以安人""修己以安百姓"(《论语·宪问》),同样将个体的"修养"作为社会安定的前提。类似的,诸如"行有不得者,皆反求诸己"(《孟子·离娄上》),"天下壹是皆以修身为本"《礼记·大学》,"成己,仁也;成物,知也"(《礼记·中庸》)等。在儒家的经典里,都倾向于将个体人格的修养作为良好公共生活的前提,将个体的道德修养作为社会政治治理的预设。由此足见,在儒家政治哲学思想里,人格追求是其重要内容,体现着儒家对于"理想的社会应该由什么样的人组成"这一政治哲学问题的回答。

关于儒家的理想人格,在思想史上,一般有圣人、贤人、君子等诸多概念来指称。由于儒家高度的历史主义特质,其中"圣贤"往往特别用来指称历史上具体的伟大人物,如尧舜禹汤、文武周公、孔孟朱王等,孟子还曾经对历史上的圣贤之特点还做个逐一的分析,"伯夷,圣之清者也;伊尹,圣之任者也;柳下惠,圣之和者也;孔子,圣之时者也"(《孟子·万章下》)。可见,在儒家思想史上,圣贤往往都是有所"具体特指"的人格形象,更多的具有历史意义,体现了对历史上伟大人物的追溯。为了更好的呈现儒家理想人格的现实性意义,本文将以"君子"这一更具有现实意义的儒家观念为例,从其公共性、导向性、规范性、评价性四个维度来理解儒家人格理论何以成为一种政治哲学观念,并在此基础上讨论儒家政治哲学在理想人格维度的体现。

一、人格观念的公共性维度

在儒家哲学话语体系里,人格观念不仅仅属于私人修养领域,更属于公共生活的论域。以"君子"人格为例,"君子"人格不是个人的偏好,而是公共生活对人的诉求。在中国传统儒家文化的语境中,"君子"往往指的是品德高尚、能力出众的个体。"君子",既是人们对于理想人格的一种指称,也是对人们对日常生活中德性和能力出众之人带有赞美性意义的评价。宽泛地看,在中国思想史上,"君子"已经成为具有符号性意味的概念,可以看作是理想人格的符号,同时也是公共生活中带有评价性意味的符号,也是日常人际交往中对某些具体人的指称符号。儒家经典文献中给予了"君子"概念以丰富的内容和意义,后世人们又以经典文献中"君子"概念的抽象规定性来评价、范型、约束现实生活中具体的、活生生的人,以此来验证和发展经典文献中对于"君子"的各种规定。在这样的过程中,"君子"逐渐成为既有抽象指导性又具有现实规范性的价值符号,具有了参与到公共生活的政治哲学意味。

作为价值符号的"君子"观念,其发挥效用的场域,既在个体的私人伦理生活中,又特别体现在政治活动、人际交往的公共生活中。众所周知,儒家道德规范和伦理原则比较多的体现在人际交往中,如"孝悌"体现在家庭成员的交往中,"忠信"体现在政治生活与社会生活中的人际关系中,礼乐制度更是主要是针对人际交往的等级、秩序而言的。从现代公私关系的视阈来看,儒家经典中提到的人际交往,既有私人性的领域,如父子、夫妻、兄弟等;也有公共性的领域,如君臣之间、乡党之间、同僚之间等。《中庸》里曾列举了国君修身、待人、治理国家天下的九个主要领域,"凡为天下国家有九经,曰:修身也,尊贤也,亲亲也,敬大臣也,体群臣也,子庶民也,来百工也,柔远人也,怀诸侯也"(《礼记·中庸》)。如上所引,除了修身、亲亲具有个体性、私人性、家庭性以外,其他七个方面都涉及公共生活、政治生活。上述这段话,从文字上看,主要是对国君说的,但在长期的思想史发展历程中,也逐渐具有了一般性的泛指意义,对于社会生活中从事社会活动的普通个体也有一定的针对性,个体在日常生活中要参与到各种各样的公共场域中,在公共生活中应对不同身份的人。个体在社会上生存,除了私人生活之外,还有更为广泛的公共生活,要在公共生活的各种场景中履行各种身份职责,与不同的人发生不同的伦理关系,承担不同的道德义务。儒家对个体生活规范的要求,很大一部分发生在公共交往、公共生活中,公共生活是儒家伦理原则和礼仪规范产生作用的主要场域。具体到"君子"观念上,"君子"不仅要"慎其独也"(《礼记·中庸》),更要在公共生活中以儒家的伦理原则和礼仪规范要求自己,"成为君子"既意味着以一种"慎独式"的方式对自己严格要求,也意味着要在公共生活中约束自己和将自己修养的成果展示出来,最终"成己成物",实现理想人格在公共生活中的示范和引导作用。换言之,"君子"人格既具有"个体性"意义,也具有"公共性"意义,"君子"应该具有公共关怀并且积极的参与公共生活。就"个体性"而言,"君子"观念主要涉及个体的道德修养,如何"克己复礼"、如何"格物致知正心诚意"而拥有"君子"的品行;就"公共性"而言,"君子"观念主要涉及人们在公共生活中如何恰当的待人接物、如何影响他人、如何参与构建更好的公共生活。在《论语》中,子路曾经问孔子何为"君子","子路问君子。子曰:修己以敬。曰:如斯而已乎?曰:修己以安人。曰:如斯而已乎?曰:修己以安百姓。修己以安百姓,尧舜其犹病诸"(《论语·宪问》)。在孔子与子路这段步步递进的对答中,可以看出,在孔子看来,"君子"不仅要修己,更为重要的是应该拥有强烈的公共关怀,要将"君子"之德在人际交往、公共政治生活中体现出来,实现社会和政治意义上的效果,只有这样,才是真正的"君子"品格之完成。可见,"君子"就不仅仅是个人德性的问题,还主要的涉及"如何落实自己的公共关怀以及如何在公共生活中发挥效用"的政治哲学问题。

正是因为"君子"人格不仅具有"个体性"意义,更具有"公共性"意味,而且,作为一种经"比较"(如"君子"之可贵,正是因为"小人"的广泛存在才衬托而出的)而指称出来的话语,更需要放在"公共"的政治视阈中来看待之。故而,我们在讨论儒家"君子"人格时,特别要注意"君子"人格对于公共政治生活的意义。换言之,理想人格参与公共生活的"公共性"维度,使得儒家理想人格学说具有政治哲学意义。在现代社会生活中,政府利用国家宣传舆论平台公开提倡的"模范""楷模""标兵"以及"向某个具体人物学习"的口号等,将"模范"们的品德成为公共模仿的对象,希望社会上更多的人成为"模范"们所代表的具体品德,从而有利于社会的进步与和谐,乃至政治上的安定与有序。这与儒家树立"君子"人格观念,在某种意义上具有共通性。

二、人格观念的导向性意义

公共生活所要求的"人格",意味人们应该要具有某种"人格"。具体到"君子"人格,其"导向性"意义就意味着"应该成为君子"。儒家的"君子"观念,其首要意义在于给人们的自我修养提供一种理想信念意义上的导向。这种"导向"作用,体现在公共生活中,就是让人们知道朝什么方向努力,知道何种人格是值得追求的,社会共同体对个体的人格期望是什么?政治社会对于个体的修养成就的总体性要求是什么?在儒家话语体系中,"君子"等理想人格观念,体现了这一公共生活的价值导向,也体现了儒家政治哲学所倡导的"理想共同体成员"的具体样式。我们常常说"学以成人","君子"人格就最为基础的体现了"理想人"的内涵。

在儒家经典文献里,早期的"君子"观念是具有身份性质的,在《诗经》里的"君子",很多时候都是指贵族男子,如"窈窕淑女,君子好逑"(《诗经·国风·关雎》),这里的"君子"就是一种贵族男子的代称,更多地具有社会地位的意义而较少的具有道德品质意味。到了孔子那里,"君子"逐渐具有了道德品质的蕴含,而且成为具备儒家道德品质的人格代名词,"子贡问君子。子曰:先行其言而后从之"(《论语·为政》)。在这里,"先行其言而后从之"是一种品行,意味着言行一致、行胜于言等优良品质,孔子认为,拥有这样的品行的人才能称为"君子",显然,"君子"就不再是一种身份,而是指拥有某种品行的人,具有了强烈的道德指称意味。儒家赋予"君子"以道德意味并进行阐扬,通过反复阐扬来强调"君子"品德的重要性,其最大的意图在于要求人们"成为君子",也就是把"君子"作为值得追求的理想人格。孔子说:"圣人,吾不得而见之矣;得见君子者,斯可也。"(《论语·述而》)进一步把"君子"作为现实的人格、能够实现的理想来对待之,这就更加增强了"君子"观念的现实典范意义。质言之,孔子认为,圣人可能只存在历史叙事中,如早期儒家心目中的尧舜禹汤、文武周公,而"君子"则现实的存在于生活世界,是那些我们能接触到的修养自我、服务公众的品行高洁之人。在公共生活中,人与人在各种生活场景中进行广泛的交往,为了引导人们朝向一种好的秩序,需要在共同体内部树立一种人格典范,使得大家有所效法,而"君子"就因为其品行高尚、能力出众,而成为公共生活中的典范,引导着其他人向其学习。

在公共生活中,"君子"为什么会值得共同体成员去效仿?在儒家看来,最重要的是因为"君子"品德高尚,孟子说:"君子所以异于人者,以其存心也。君子以仁存心,以礼存心。仁者爱人,有礼者敬人。爱人者人恒爱之,敬人者人恒敬之。"(《孟子·离娄上》)在孟子看来,"君子"作为一种人格,之所以异于常人,是因为能够将"仁""礼"的观念长存于心。"君子"因心存"敬爱"也能被人们所"敬爱",故而值得人们效仿。另外,"君子"不同于众人,还是因为他有出众的能力,如《中庸》里说,"故君子尊德性而道问学,致广大而尽精微,极高明而道中庸。"(《礼记·中庸》),君子在德性修养、生活智慧上都显示了超出众人的能力,具有典范性的意义,故而也值得效仿。君子在品德上、能力上的出众,使得君子具有了被"效仿"的资质,"是故君子动而世为天下道,行而世为天下法,言而世为天下则"(《礼记·中庸》),"君子"的言行举止为人们所效仿,就此而言,"君子"是具有典型导向性意义的人格指称。成为"君子",就不再仅仅是个人的事情,而是关系到共同体集体生活的问题。因为君子品德高尚、能力出众,值得人们学习和模仿,故而在公共生活中要引导大众都成为"君子",这样,优秀的个人道德品质、良好的公共生活秩序、大同的社会理想都可能得以实现。出于这种政治和伦理关怀,儒家文献里不厌其烦的以"成为君子"作为人们德性修养的指向。"君子"观念与"成为君子"的追求始终是联系在一起的,当儒家提到对"君子"的各种要求或者"君子"的各种德性的时候,其"潜台词"是说,"君子"是值得追求的人格,人们都要努力的成为"君子"。正是在这个意义上,我们说,"君子"人格具有"导向性意义"。在公共生活特别是政治活动、社会交往活动中,树立和弘扬"君子"观念,有益于人们明确那些德性、能力是人们值得追求和效仿的,便于人们明确言行的指南,从而以此指南引导自己的德性修养与言行举止。任何社会都需要并且建构"导向性"意义的人格品质,这种人格可能体现在"领袖""英雄"身上,也可能体现在"模范"身上,甚至可能体现在"文艺体育明星"身上,主流的舆论会推动"导向性"人格的宣传,放大"导向"效应,从而通过改造社会成员的品格来引导政治社会的走向。

从一般意义上来讲,政治哲学具有定向和导向的作用,为社会和人的发展提供方向。政治哲学往往是通过思想实验,为未来筹划一定的方向。正是在这个意义上,我们认为,儒家经典和儒家学者不断强调"君子"人格的重要性,实际上是在落实儒家政治哲学的"成己""修己"指向,并希望以自己个人的完善来实现公共之善。理想人格的设定,为共同体成员描绘可以模仿的对象,为成员们的价值同质性、行为一律性提供保证,有利于共同体的治理和秩序的稳定,因而具有了政治意蕴。当然,对这种一律性人格的追求,往往可能会损害社会多样性的原则,也是值得注意的。

三、人格观念的规范性意义

儒家的人格观念不仅是一种"导向",在公共生活中,它还代表着一种"规范"。当我们在描述和赞美"君子"人格时,还同时将"君子"的人格要求当做一种"规范"。"君子"人格的相关观念还内在的包含了"如何成为君子"的问题,而"如何成为君子"直接关涉着"成为君子要遵守哪些要求和规范""成为君子须要满足哪些必要条件"等具体问题。这也就是说,儒家的"君子"观念,不仅仅是描述和导向的,而且还可以成为共同体对个人的具体言行要求,可以成为一种无形的社会生活规范为人们所遵守。当我们在描述"什么样的品质才是君子的品质"的时候,实际上,已经内在的蕴含了如何利用规范来约束人们"成为君子"。在这个意义上,"君子"人格的描述已经起到了"以言行事"的现实效果。

儒家对"君子"的言论、行动做了多重方面的规定,有的是从正面来讲君子应该如何,如"天行健,君子以自强不息""地势坤,君子以厚德载物"(《周易》),"君子务本,本立而道生"(《论语·学而》),又如"君子食无求饱,居无求安,敏于事而慎于言,就有道而正焉,可谓好学也已"(《论语·学而》)。"君子之道者三,我无能焉。仁者不忧、知者不惑、勇者不惧"(《论语·宪问》)。"君子有三畏:畏天命,畏大人,畏圣人之言"(《论语·季氏》)。这样从正面予以引导的话语,都告诉我们"成为君子"应该具有何种德性与品质。也有从否定角度来讲君子不应该如何,如"君子不器"(《论语·为政》),又如"君子不忧不惧"(《论语·颜渊》),"君子不以言举人,不以人废言"(《论语·卫灵公》)。"君子有三戒:少之时,血气未定,戒之在色;及其壮也,血气方刚,戒之在斗;及其老也,血气既衰,戒之在得"(《论语·季氏》)。类似这些反面的禁止性话语,告诉人们"成为君子"不应该做什么事。儒家经典从多个维度规定了"君子"的德性应该包括哪些方面、应该遵守何种原则。除此之外,儒家还在日常具体的生活规范中对"君子"有所要求,如孔子说"君子不以绀緅饰,红紫不以为亵服"(《论语·乡党》),孟子说"君子远庖厨"(《孟子·梁惠王上》),这些话语甚至"规定"了人们最细微的日常行止。类似这样从正面或者反面以及日常生活规范中来要求"君子"应该做什么、不该做什么的话语,在儒家经典文献里十分多见。这就说明了,在儒家的"君子"观念里,特别是在公共性人际交往中的"君子"言行的描述中,已经内在地承担了对于行为的规范功能。提到"君子",就意味着人们有必要遵守关于"君子"的规范,因此,在儒家的经典里,"君子"观念所呈现的不仅仅是描述"君子是什么",而且还通过"君子"形象的刻画来告诉人们应该如何去做,在那些对"君子是什么"的描述中内在地含有"应当作什么"的要求,因而具有了规范性意义。个体在自己的私人生活中,可能不能明确地、公开地向外界展示如何落实"应该做什么"的情况,但在公共生活中,人们在公共交往中,将会清楚地展示如何落实"应该做什么"的情况。因而,在公共生活中,"君子"的规范性意义将体现的更为明显,人们往往以"君子"的标准规范和约束人们在公共活动中的行为,以此实现有秩序的公共生活。

  规范的存在是社会之所以延续的重要保障。在一个社会中,有的规范是以制度、法律的成文形式出现,有的规范是以道德自律和他律的隐形形式出现。"君子"人格观念更多的因道德自律和他律的形式而具有规范意义,以对"君子"人格的理性认知和认同作为保障。当人们对"君子"人格有了理性认知,并且实现认同之后,就有可能依照"君子"的标准来要求自己,从而实现自我的"规范"。王阳明努力提醒人们发现自己的良知,正是希望人们以良知的要求来实现自己的道德自律。这是儒家"理想人格"理论所希望实现的效果,也是儒家政治哲学对于个体自我约束的期待。如果说,政治哲学要承担一定的"规范性"功能的话,那么儒家的理想人格理论在描述"理想人"的时候,也同时承担了提醒"人应该做什么"的"规范"功能。这对现代社会生活也具有启发意义,现代社会生活中,对于因为身份带来的人际分层、职业差异,也要特别强调,在对某种身份进行"描述"的时候,其实同时也是一种"规范"。

四、人格观念的评价性意义

  人格观念在公共生活中,除了引导、规范之外,还能成为对公共生活中人进行评价的工具。因此,当我们在运用"君子"人格的时候,也内在的包含了"如何在日常生活中运用君子观念来调节人们的品行"的问题。在传统儒家文化里,"君子"人格还具有评价性意义,可以作为对于人的德性、德行的评价性话语,参与道德评判并用来引导人的行为。在公共生活中,"慎独"是一种崇高的理想,真正发挥作用的还是人际交往中的道德评价。道德评价特别是从人格上对人进行评价,在很大程度上参与了社会秩序的建构与维护。

  在公共生活中,当人们称"某种行为"是"君子之行",或者称"某个人"是"君子"的时候,实际上是在嘉许这种行为,称赞这个人,并通过肯定这种行为、肯定这个人来引导公众向其学习,从而知道哪些行为、哪种人是公共生活中需要的。《论语》首章里就说:"人不知而不愠,不亦君子乎?"(《论语·学而》)如果能做到"人不知而不愠",在公共交往中展现个体的宽容与自信,就是"君子",显然,"君子"在这里指的是对人具有宽容自信这种美德的褒扬。再如曾子曰:"可以托六尺之孤,可以寄百里之命,临大节而不可夺也,君子人与?君子人也。"(《论语·泰伯》)对人的道义担当与否,也会做出是否是"君子"的评价,也就是说,在人际交往中,那些敢于担当、忠于所托、在生死存亡面前不屈服的人,就可以称之为"君子",这种表彰和语词,显然也是一种道德的赞美,可以鼓动人们去勇敢担当。另外,在儒家经典文献里,还有很多地方以"君子""小人"对举,以对比性描述来彰显具有"评价"意义的"君子"观念,如"君子怀德,小人怀土;君子怀刑,小人怀惠"(《论语·里仁》)。"君子喻于义,小人喻于利"(《论语·里仁》)。"女为君子儒,无为小人儒"(《论语·雍也》)。"君子坦荡荡,小人长戚戚"(《论语·述而》)。"君子之德风,小人之德草"(《论语·颜渊》)。"君子中庸,小人反中庸"(《礼记·中庸》)。诸如此类的描述,都明显是在进行一种道德评判。在儒家的这些描述里,"君子"意味着具有高尚品行的人,小人则反之。不过,儒家将"君子""小人"对举的时候,其实也是一种对相关言行的道德评价,符合儒家道德标准的就是"君子",不符合的就是"小人"。在后世的传习中,关于"君子""小人"的这些描述就变成了具有"评价性"意义的话语,具有了评价的功能。当某人有某种言行时,人们往往会搬出经典话语,进行"君子"或者"小人"的判别和评价。这种评价是具有现实效力的,"君子"会获得道德荣誉,而"小人"则会舆论谴责。在公共生活中,这些关乎"君子""小人"的道德评价,深刻的影响着人们的言行,不管人们是否在心里具备某种"君子式"美德,由于公共道德评价的存在,大多数心智健全的人都会按照"君子"之道去行事,即使某些人仅仅是在"表演"君子之道,也会由于"君子""小人"的道德评价存在,而有所收敛。毋庸赘言,在儒家话语体系里,"君子""小人"是一种道德判断,是对于人格属性的道德评定,当然,这种评定也具有前文所说的"导向性"和"规范性"意义,也即用道德荣誉、道德积极评价来引导"人们应该成为君子",并具体指导"成为君子应该如何"。因此,就"君子"观念的"评价性"而言,还内在的包含了"导向"和"规范"的意义。由此可知,在儒家式的公共生活里,人格评判是秩序建构和维护的重要环节,通过人格评判,可以引导和规约人们遵守共同体所倡导的价值。正是在这个意义上,我们认为,人格评判具有了政治哲学的意蕴。

　　社会评价是维持公共生活秩序的重要途径之一,人们之所以能够在公共生活中遵守秩序,按照公序良俗安排自己的行动,社会评价在其中起到了非常重要的作用。儒家伦理道德的有效性,在实际生活中,都集中的体现在它们能够禁得起公共生活领域内的评价。儒家心目中理想的公共生活,是共同体成员内部互相进行道德约束,而人格评价就是其中约束的机制之一。在当前的政治文明建设中,对社会成员特别是对政府公务人员进行人格评价,也多次在各类政府文件、通报中经常出现,在一定意义上,也是对儒家政治哲学中的人格理论的某种回应。不过,对于公共生活中与私人生活中的人格品质如何划分界限并进行评判,这依然是儒家和当代政治哲学的重要问题之一。

五、结　语

贝淡宁曾指出,"贤能政治"是中国政治文化的核心[①],他对中国政治中的"尚贤"传统多有发挥。实际上,中国政治上的"尚贤"传统,就包含有儒家理想人格理论的因素在其中,是儒家人格理论在政治实践中的运用。当然,传统儒家理想人格理论不仅仅是对少数"圣贤"的期待,而是更多的是对共同体成员普遍性人格的期望,现实中的人不一定都能达到"圣贤"的政治地位,但可以成为具有"圣贤"品质的"君子",也就是说,不需要每个人都具有"圣贤"的地位,但可以使得每个人都具有"圣贤"的品质,如此,整个社会的道德风气、道德品质就会得到根本性改善和提高,于是,类似于"三代之治"的大同理想政治社会就会实现,这是儒家政治哲学在人格理论上的突出特点。儒家政治哲学对于人的"理想"就在于希望人们具备某种人格品格,在社会上造就一大批具备理想人格的"贤能",如此,我们就能理解儒家心学里所讨论的"满大街都是圣人"的社会期望。在心学视域里,"满大街都是圣人",意味着人们都能按照自己的良知塑造自己,成为理想中的人,由这样一些发觉良知、践行良知的人组成的社会,自然就是理想的社会。个体通过"立德立功立言"的现实努力,以成圣、成贤、成为君子,超越自己的有限性,为良善的公共生活贡献自己,这正是儒家政治哲学在人格上的指向所在。

正是从这个意义上,我们认为,理想人格理论是儒家政治哲学的重要组成部分。政治社会、公共生活由一个个具体的人组成,正是个体之善才汇聚成公共之善。在儒家政治哲学思想里,"君子"人格正是这种个体之善的象征和符号。"君子"人格的"公共性"意义,使得"君子"人格不单是个人的心性修养追求,而成为公共生活中的重要内容;在公共生活中,"君子"人格的"导向性"意义具体体现为人们要在公共生活中规约自己的言行,努力成为公共生活所需要和期待的"君子";其"规范性"意义体现为,人们在公共生活中知道如何去做是符合"君子"标

---

① 参见:贝淡宁.贤能政治[M].北京:中信出版社,2016.

准的,明确了"哪些事该做""哪些事不该做",也就是明确了公共生活的规范;而其"评价性"意义则在于,在公共生活中,如何运用"君子"这一评价工具来影响社会的伦理道德建设,明确了人们行为是否合乎"君子"标准,通过道德褒奖和道德批判等评价行为来约束和引导人们的行为,将有利于共同体成员的大同团结和互相协作。"君子"在公共生活中的多重意义,显示了"君子"不单是个心性修养的问题,更是政治建设所关注的问题。

传统儒家所讨论的理想人格,主要是以是否合乎儒家道德伦理原则作为最终标准,其诉求是在公共生活中塑造符合儒家要求的"合乎道德的人"。随着现代社会的到来和现代性价值的滥觞,以道德作为轴心的传统公共生活方式不断变化,而以制度、法律作为公共生活基本准绳的现代公共生活逐渐形成。如果说儒家的人格符号还将继续发挥作用,政治社会还对理想人格有所期待,类似于"君子"等人格观念还可以作为共同体优秀成员的指称,那么在现代性背景下,我们对儒家理想人格理论就应该具有批判性反思的意识,反思儒家人格观点中的"泛道德主义"倾向,将现代法律、制度意识充实到传统人格理论中去,塑造现代性人格①。具体来说,就是儒家人格观念中所包含的内容就应该随着时代的变革而变化,除了包含传统的道德因素以外,还要增加现代性的精神与价值因素,如民主、科学、自由、平等、公正、法治等现代性观念,这些现代性观念应该作为现代理想人格或者现代合格公民所应该拥有的基本价值。这样,作为公共生活中的人格符号,儒家的人格追求,将会依然有效的发挥公共性、导向性、规范性、评价性等多重功能。从这个意义上讲,儒家理想人格在其价值内容随着时代变化而变化的前提下,具有某种"超越时空"的符号性特质,可以为"理想的社会应该由什么样的人组成"这一政治哲学问题提供思想资源。

[《探索与争鸣》(CSSCI)2018 年第 5 期,第 132—137 页,1.1 万字]

---

① 如冯契先生所提出的"平民化的自由人格",就是这种现代性人格诉求的一种哲学表达,参见冯契.人的自由和真善美[M].上海:华东师范大学出版社,2015.

王族宗子：文学创作的行为主体与诗礼传家的责任主体
——以春秋时期周王室诸王作家群体为中心

罗 姝

摘 要 春秋时期，出身于世族尤其是作为王族宗子的诸王作家，依然为文学创作的主体；同时，他们继承西周的诗礼文化传统，以政治生活与日常生活为活动场域，以自身的行为实践，尤其是以文学创作为主要载体，在王族乃至整个社会传播诗礼文化，自然也是诗礼传家的主体。

关键词 春秋时期 周王室 诸王作家群体 诗礼传家

本文拟通过考证春秋时期（前770—前453）姬周王族世系暨有传世文学作品的平王宜臼、僖王胡齐、惠王阆、襄王郑、定王瑜、灵王泄心、景王贵、敬王匄、元王任九位作家的文学创作活动，特别是通过他们在"诗礼文化"传承与重建过程中，对"诗礼文化"的行为实践与理论阐释两方面所作出的重要贡献，说明当时的王族宗子依然为王室文学创作的行为主体与诗礼传家的责任主体①，从一个侧面揭示出诗礼传家的内在机制。

一、春秋前期平王的文学创作与王室诗礼文化状态

春秋前期（前770—前682），历平、桓、庄三王（前770—前682在位），凡八十八年。这一时期，尽管王权受到严峻挑战，但政治格局依然是"天子守在四夷"（昭二十三年《左传》），政治生态依然是"天下有道，则礼乐征伐自天子出"（《论

---

① 西周春秋时期所谓"诗礼传家"之"家"，狭义指大夫之"家"——以大夫为宗子的氏族；广义包括公室之"家"——以国君为宗子的公族与王室之"家"——以天子为宗子的王族。这些王族、公族、氏族之"家"，世代繁衍生息，皆可统称为"世族"。

语·季氏篇》),即政治思想、政治制度、政治格局、政治风气和社会风气综合状态与环境依然是以王权为中心。故王室依然维持着相对安定之政治格局,社会政治、经济、文化生活进入了一个长达近 90 年之稳定期。

周平王(前? —前 720),姓姬,名宜臼,谥平,在位凡五十一年(前 771—前 720),传世有《襄公之命》(见《史记·秦本纪》)、《文侯之命》(见宣公十二年《左传》)、《裳裳者华》(见《诗·小雅》)、《文侯之命》(见《书·周书》)诸诗文。其中,《襄公之命》为平王元年(前 770)赐封秦襄公为诸侯之作①;《文侯之命》(一)为元年(前 770)命晋文侯与卫武公夹辅周室之作;《裳裳者华》为三年(前 768 年)美同姓诸侯郑武公夹辅周室功勋之作;《文侯之命》(二)为十一年(前 760)命晋文侯为方伯之作。

就诗礼文化状态而言,"吉礼"中的郊祀天神礼、社祭地祇礼、庙享人鬼礼等,"凶礼"中的天子助丧诸侯礼、诸侯助丧天子礼、天子丧葬礼等,"宾礼"中的天子锡命册封诸侯礼、天子策命诸侯卿士礼、诸侯朝觐天子礼、天子遣使聘问诸侯礼等,"军礼"中的王室卿士以王师征战诸侯礼(大师礼)等,"嘉礼"中的天子卿士为天子亲迎王后礼、天子之女下嫁诸侯礼、天子巡狩诸侯礼等,皆依然未废。

比如"吉礼",尽管我们难以找到一手文献,但可从礼制规范中找到线索。据《小雅·天保》《大雅·云汉》、桓五年、庄八年、闵二年、襄九年《左传》,天子作为王族宗子主持祀天神、祭地祇、享人鬼等仪式,乃常祀时享之礼。再如"凶礼",平王四十九年(前 722),王室宰夫咺赴鲁馈赠惠公及其夫人仲子之赗(助丧之车马)②。又如"宾礼",平王元年(前 770),赐命秦襄公以封其国。尽管这与其祖父宣王分封其元舅为申伯时"因是谢人,以作尔庸""彻申伯土田""迁其私人"(《大雅·崧高》)③这样的赐土授民大不相同,但表明当时天子锡命分封诸侯礼依然存在。又如"军礼",平王四十九年(前 722),郑人以王师、虢师伐卫南鄙。尽管这与平王祖父宣王命其卿士召伯虎(穆公)"式辟四方,彻我疆土。匪疚匪棘,王国来极。于疆于理,至于南海"(《大雅·江汉》)。这样以"王命"讨伐淮夷时的情景大相径庭,但表明当时王师以"王命"征伐"不臣"诸侯礼依然存在。又如"嘉礼",庄王十四年(前 683),齐桓公小白赴鲁逆平王孙女共姬(王姬)。《召南·何

---

① 本文所涉诗文创作年代、历史背景、主旨等,俱参邵炳军《春秋文学系年辑证》,高等教育出版社 2013 年,不再逐一标注。
② 本文列举史实,除特别标注者外,凡出自《春秋》《左传》《国语》《史记》者,不再逐一标注出处。
③ 本文所引《毛诗正义》《礼记正义》《春秋左传正义》《论语注疏》文,俱见阮元.十三经注疏[M].北京:中华书局,1980.不再逐一标注。

彼秾矣》即为周大夫美王姬下嫁齐桓公小白之作。

另外,传世《王风》10篇大多为东都王畿之诗歌。其中,这一时期创作的就有9篇。《黍离》为王室大夫闵宗周颠覆之作,涉及享人鬼之礼;《君子于役》为王室戍守南申士卒妇人思夫之作,涉及大役礼与婚礼;《扬之水》为王室戍守南申士卒刺平王之作,涉及征战礼;《中谷有蓷》为王室大夫闵周平王时民人夫妇遭遇凶年饥馑而室家相离弃之作,涉及婚礼;《兔爰》为王室大夫闵王室之作,涉及征战礼;《葛藟》为王室大夫刺平王东迁雒邑时弃其九族之作,涉及婚礼;《采葛》为王室大夫惧谗之作,涉及享人鬼之礼;《丘中有麻》为王室大夫写留邑女子与子嗟定情之作,涉及相见礼、饮食礼与婚礼。足见这些诗歌直接或间接地透露出王室当时的礼制信息。

还有《小雅》《大雅》中的东都之雅,亦直接或间接地透露出王室当时的礼制信息。其中,《小雅·节南山》为王室宰夫家伯父(家父)刺古以鉴今之作,涉及马政礼与饮食礼;《十月之交》为王室大夫刺幽王宠信褒姒以致灭国之作,涉及大役礼与马政礼;《雨无正》为王室大夫表达自己面对"二王并立"政治格局的怨忧情绪之作,涉及荒礼与朝觐礼;《瞻彼洛矣》为王室大夫祈祝平王迁雒会诸侯作六师以修御备之作,涉及会同礼、锡命礼与征战礼;《宾之初筵》为王室公卿卫武公和歌颂平王收复镐京之作,涉及飨燕礼、宾射礼与乡饮酒礼;《大雅·抑》为武公诫勉平王之作,涉及享人鬼之礼、相见礼、征战礼、马政礼与饮食礼;《瞻卬》为王室卿士凡伯刺幽王听信谗言以灭国之作,涉及祀天神之礼;等等。

特别值得注意的是,《裳裳者华》作为平王写天子会诸侯于东都既毕而举行燕饮典礼之乐歌,更是对"宾礼"之天子会同诸侯礼、诸侯朝觐天子礼、"军礼"之诸侯马政礼与"嘉礼"之天子飨燕诸侯礼等礼仪制度规范,以及"王臣/君臣"人伦关系之伦理道德规范的艺术再现。故宋朱熹《诗集传》卷十三评之曰:"言其车马威仪之盛。"①明梁寅《诗演义》卷十三亦评之曰:"言有声誉而安处,美其德之辞也。"②

要之,这一时期,尽管王权渐次衰微,王族宗子亦有一些不合于传统礼制的行为,但王族宗子对王室乃至于天下诗礼文化传承与重建行为依然如故。特别是"吉礼"与"宾礼"中一些象征王权的仪礼更是如此。如禘郊天帝之礼,乃天子垄断之特权,所谓"不王不禘"(《礼记·大传》)者。故诸侯国君中除鲁君之外,其

---

① 朱熹.诗集传[M].长沙:岳麓书社,1989:182.
② 梁寅.诗演义[M].上海:上海古籍出版社,1987:78-173.

他人绝不可觊觎,皆不得僭越;《鲁颂·閟宫》即为颂僖公以天子礼乐郊祭后帝以配祀后稷典礼之盛。这从一个侧面表明,王族宗子依然为天下诸侯真正的"共主",诸侯依然"以王命讨不庭""以劳王爵"(隐十年《左传》载鲁君子语)。

二、春秋中期僖王、惠王、襄王、定王、灵王的
文学创作与王室诗礼文化状态

春秋中期(前681—前547),历僖、惠、襄、顷、匡、定、简、灵八王(前681—前545在位),凡一百三十四年。这一时期,奴隶主贵族内部矛盾加剧,霸主代替天子成为天下诸侯事实上的"共主",政治格局由"天子守在四夷"转变为"诸侯守在四邻",政治生态由"天下有道,则礼乐征伐自天子出"转变为"天下无道,则礼乐征伐自诸侯出",即由以王权为中心转变为以霸权为中心。

周僖王(前?—前677),姓姬,名胡齐,谥僖,在位凡五年(前681—前677),传世有《武公之命》(事见庄十六年《左传》,文失载)。周惠王(前?—前653),姓姬,名阆,谥惠,在位凡二十四年(前676—前653),传世有《成王之命》(见《史记·楚世家》)、《桓公之命》(事见庄二十七年《左传》,文失载)诸文。周襄王(前?—前619),姓姬,名郑,谥襄,在位凡三十四年(前652—前619),传世有《桓公之命》(见僖九年《左传》)、《管夷吾之命》(见僖十二年《左传》)、《告难书》(见僖二十四年《左传》)、《隧葬之礼论》(见《国语·周语中》)、《文公之命》(见僖二十八年《左传》)、《上下无怨为政论》(见《国语·周语中》)诸文。周定王(前?—前586),姓姬,名瑜,谥定,在位凡二十一年(前606—前586),传世有《飧礼论》(见《国语·周语中》)、《献捷之礼论》(见成二年《左传》)诸文。周灵王(前?—前545),姓姬,名泄心,谥灵,在位凡二十七年(前571—前545)。其传世有《灵公之命》(见襄十四年《左传》)一文。

其中,《武公之命》为僖王四年(前678)锡命武公称以一军为晋侯之作;《成王之命》为惠王六年(前671)锡命楚成王熊恽为南国"侯伯"之作,《桓公之命》为十年(前667)锡命齐桓公小白为中原"侯伯"之作;《桓公之命》为襄王二年(前651)锡命齐桓公为诸侯"共主"之作,《管夷吾之命》为四年(前649)命齐下卿管夷吾受上卿飧礼之作,《告难书》为十七年(前636)使赴鲁告其出奔于汜(郑邑,在今荥阳市西北)之作,《隧葬之礼论》为十八年(前635)诫晋文公重耳"请隧(阙地通路)"之作,《文公之命》为二十一年(前632)锡命晋文公为中原"侯伯"之作,

《上下无怨为政论》为二十一年(前632)戒晋文公请杀卫成公郑之作;《飨礼论》为定王十四年(前593)以飨礼仪节戒晋士会之作;《献捷之礼论》为十八年(前589)辞见晋大夫巩朔献齐捷于周之作;《灵公之命》为灵王十三年(前559)锡命齐灵公环之作。

就诗礼文化状态而言,"吉礼"中的天子郊禘天帝礼、天子卿士社祭地祇礼、天子庙祭鬼神礼等,"凶礼"中的天子会丧诸侯礼、天子助丧诸侯礼等,"宾礼"中的天子锡命诸侯礼、天子策命诸侯礼、天子策命诸侯卿士礼、天子赐胙(祭肉)诸侯礼、天子赐服诸侯礼、天子赐诸侯弓矢礼、天子赐诸侯秬(黑黍)鬯(香酒)礼、天子赐诸虎贲(天子卫士)礼、诸侯朝觐天子礼、天子聘问诸侯礼、王室卿士会同诸侯礼等,"军礼"中的诸侯征战礼、诸侯献捷(俘)天子礼、戎献捷天子礼、天子郊劳(主人以饔饩劳宾于郊)诸侯礼、天子大役礼等,"嘉礼"中的天子飨燕诸侯卿大夫礼、天子享醴(甜酒)诸侯礼、天子命宥(赐币货以助酒)诸侯礼、诸侯告庆天子礼、天子卿大夫代天子亲迎礼、天子巡狩诸侯礼、天子赐田礼等,依然未废。比如:僖王二年(前680),僖王使虢公命武公以一军为晋侯;惠王四年(前673),惠王自王城赴西虢(时都下阳,地在今山西省运城市平陆县东北三十五里)"巡守";十一年(前666),齐桓公以"王命"伐卫;襄王元年(前652),王人赴鲁告丧;简王八年(578),王室卿士成肃公会晋厉公伐秦时受脤(祭肉)于社。又,《唐风·无衣》为僖王时期晋大夫美曲沃武公请命于天子之使为诸侯之作,涉及锡命礼;《王风·君子阳阳》为僖王时期王室乐工刺王子颓享五大夫乐及遍舞之作,涉及飨燕礼;《鲁颂·閟宫》为惠王时期鲁大夫公子鱼颂僖公兴祖业、复疆土、建新庙之功德,涉及祀天神、祭地祇、享人鬼之礼;《邶风·定之方中》为襄王时期卫大夫美齐桓公助文公中兴之作,涉及禬礼;《陈风·衡门》为定王时期陈大夫美陈国贵族男子甘于娶姬姓衰败氏族少女为妻之作,涉及婚礼。

上述天子锡命诸侯之"宾礼"中,僖王命武公,尽管属于天子策命诸侯礼的一种变异行为,但表明即使诸侯公室"小宗"取代"大宗"而有其国,依然需要王权对其君臣的认可,才能名正言顺地取得"合礼"而"合法"的正统君位。特别值得强调的是,无论是像齐桓公、晋文公这样的中原霸主,还是像楚成王、秦穆公这样的区域性霸主,依然要通过策命认可其诸侯"共主"地位,依然要通过天子策命以立威。尽管这种策命已蜕变为事后追命,但表明霸权依然需要王权的认可。正是他们认识到天子这面正统"大旗"不能倒,故桓公小白要奉行"隐武事,行文道,帅诸侯而朝天子"(《国语·齐语》)之策①,晋文公要奉行"勤王"以"求诸侯"(僖二十五年《左传》)之策,就是连以"蛮夷"自居的楚成王也要使人献宝惠王以求赐胙策命。于是,霸主伐诸侯以"王命",表明实际上的"共主"在征伐诸侯时,依然要扛着名义上"共主"这面旗子,才能够名正而言顺。当然,像齐桓公、晋文公与秦穆公都是在拥戴天子的名义下进行争霸的,都不敢抛开天子自诩为天下诸侯"共主";就是楚庄王观兵周疆以问鼎,虽有觊觎周室王位之心,亦不敢公开挑战王权。足见天子依然保留着天子"共主"之名,君权与霸权依然要借重王权以立威。

另外值得注意的是,"嘉礼"中的天子巡守(亦称"巡狩""巡功")诸侯礼,即天子每五年定期赴诸侯国祀四岳而会诸侯,通过"考礼义、正法度、同律历、计时月"等方式,以昭明天子"为天下循行守牧民"(汉班固《白虎通义》卷六《巡狩》)之旨②。在齐桓公称霸(前681)八年后,尽管天子难以做到"五岁一巡狩",亦不能巡守所有诸侯国,但周王毕竟依然行巡守诸侯之礼。这正是天子对诸侯行使王权的一种象征。

这一时期,周王对诗礼文化传承与重建的理论阐释非常富有特色。其主要有四:一是强调西周以来所建立的传统礼制以维护王权。比如,襄王《隧葬之礼论》首先从"甸服""侯服"等畿服之制入手,强调"隧"为天子特有之葬礼,即所谓"王章也",亦即《大雅·假乐》所谓"不愆不忘,率由旧章"之"旧章",乃先王之礼乐政刑之典章;故若"未有代德",则不能"有二王"(僖二十五年《左传》载襄王语)。正是由于前有虢太子元之葬礼"用大牢七鼎"③、齐桓公之公堂设"庭燎之百"(《礼记·郊特牲》)等僭越天子礼制的行为,故襄王对文公通过"请隧"——僭越天子之礼以觊觎神器的政治野心自然就非常敏感而警觉。再如,襄王《文公之命》则从强调"王臣"道德伦理规范角度,告诫晋文公要"敬服王命,以绥四国,纠逖王慝"。此即宣王命仲山甫"出纳王命,王之喉舌。赋(敷)政于外,四方爰发"之意。实际上,正是霸权与王权在新的政治生态环境之中,需要一种新的权力平衡,故王室卿士王子虎遂盟诸侯于王庭。于是,天子能以"王命"命霸主,霸主能以"德攻"来教民。

二是强调以"德"为礼仪制度规范之根基。比如,襄王《管夷吾之命》称赞齐

---

① 本文所引《国语》文,俱见上海古籍出版社1998年校点清嘉庆二十三年黄丕烈刻士礼居仿宋刻明道本,不再逐一标注。
② 陈立.白虎通疏证[M].北京:中华书局,1994:289.
③ 中国科学院考古研究所编.上村岭虢国墓地[M].北京:科学出版社,1959:28-30.

管仲虽位卑（下卿）而职尊（执政卿），其"功勋"与"懿德"都非常出色，故应该"往践乃职，无逆朕命"！而其《告难书》则自责母弟王子带之乱使其出奔氾，乃其"不德"所致。此褒他人之"懿德"，责自己之"不德"，即"昏德"，两者形成明显对比，以强调"德"之于"礼"的重要作用。再如，襄王《上下无怨为政论》从霸主"作政"与"君臣""父子""上下"人伦道德规范关系角度，指出"有德"的外在表现与"不德"的具体行为。

这里值得注意的是，襄王所谓"懿德"，即"上下有礼，而谗慝黜远，由不争也"（襄十三年《左传》载鲁君子语）；亦即《大雅·烝民》"民之秉彝，好是懿德"之"懿德"，亦即《周颂·时迈》"我求懿德，肆于时夏"之"懿德"。由此看来，自西周立国以来，就社会个体而言，倡导以追求自身美德之质为正；就社会整体而论，倡导以追求实行美德之政为正。这是因为，只有"勤用明德"（《周书·梓材》），才能够"敷大德于天下"（《毕命》），故应该摒弃"私德""昏德""小德"之类的"凶德"，而倡导"公德""懿德""大德"之类的"吉德"；也正是因为"礼，乐，德之则也"（僖二十七年《左传》载晋卿士赵衰语），"成礼义，德之则也"（《国语·周语上》载周内史叔兴语），故无论是个人还是国家，"德"不仅是"上下有礼"的外在表现，更是礼制规范的根基所在。足见"德"为构成"诗礼文化"的核心元素之一。

三是阐述具体仪节以传承与重建礼制。比如，定王《飨礼论》系统地论述了烝（脀，即将牲体放入俎中）祭之礼有"全烝""房烝""肴烝"三种类别，其依次具有"禘郊之事""王公立饫""亲戚宴飨"三大功能。同时，提出"五义纪宜"说，即以"父义，母慈，兄友，弟恭，子孝"（《国语·周语中》韦《注》）作为家庭和睦的纲纪。足见此强调处理"父子""兄弟"人伦关系道德行为规范的双向互动性，即"父义，母慈"与"子孝"之间、"兄友"与"弟恭"之间是互为因果、相辅相成的。再如，定王《献捷之礼论》主要论述"献捷礼"与"告事礼"之别："献捷礼"仅限于以"王命"征伐"蛮夷戎狄"时，其目的为"惩不敬、劝有功"；"告事礼"则实用于以"王命"征伐"兄弟甥舅"之国时，其目的为"敬亲昵、禁淫慝"。郭沫若《两周金文辞大系》上编著录康王钊时器小盂鼎载，盂奉王命伐鬼方凯旋后举行献捷天子礼；刘体智《小校经阁金文》卷九著录宣王静时器虢季子白盘载，虢季子白奉王命伐猃狁凯旋后亦举行献捷天子礼。足见"诸侯有四夷之功"（庄三十一年《左传》）而献捷于天子，乃西周"军礼"定制，亦即定王所谓"先王之礼"。

由此可见，尽管这一时期的政治生态环境为"礼乐征伐自诸侯出"，但王族宗子依然为天下诸侯名义上的"共主"。故不仅王族宗子在王室诗礼文化传承与重建方面的行为实践依然如故,而且对诗礼文化的理论阐释非常具有特色。

三、春秋后、晚期景王、敬王、元王的文学创作与王室诗礼文化状态

春秋后、晚期(前546—前453),历景、悼、敬、元、贞定五王(前544—前441在位),凡九十三年。这一时期,政治格局由"诸侯守在四邻"转变为"守在四竟(境)",政治生态由"天下无道,则礼乐征伐自诸侯出"向"自大夫出"转变、再向"陪臣执国命"转变,即由以霸权为中心转变为以族权为中心、再转变为以庶民为中心。

周景王(前? —前520),姓姬,名贵,谥景,在位凡二十五年(前544—前520)。其传世有《襄公之命》(见昭七年《左传》)、《让晋率戎伐颖书》(见昭九年《左传》)、《福祚论》(见昭十五年《左传》)诸文。周敬王(前?—前476),姓姬,名匄,谥敬,在位凡四十四年(前519—前476)。其传世有《城成周之命》(见昭三十二年《左传》)、《答夫差书》(见《国语·吴语》)、《蒯聩之命》(见哀十六年《左传》)诸文。周元王,姓姬,名仁,在位凡八年(前474—前469)。其传世有《句践之命》(事见《史记·越世家》,文失载)一文。其中,《襄公之命》为景王十年(前535)使其卿士郕简公追命襄公恶之作,《让晋率戎伐颖书》为十二年(前533)使其大夫詹桓伯责让晋率戎伐颖之作,《福祚论》为十八年(前527)戒晋使荀跞副史籍谈之作;《城成周之命》为敬王十年(前510)使其大夫富辛与石张如晋请城成周之作,《答夫差书》为三十八年(前482)答吴王夫差《呈周王书》之作,《蒯聩之命》为四十一年(前479)策命卫庄公蒯聩为君之作;《句践之命》为元王三年(前473)策命越王勾践为侯伯之作。

就诗礼文化状态而言,"吉礼"中的天子郊祀上帝礼、天子社祀社稷礼、天子享鬼神礼等,"凶礼"中的天子丧葬礼、天子卿大夫助丧诸侯礼、天子致襚(死者所穿之衣)诸侯礼、天子卿大夫吊唁诸侯礼、诸侯卿士助丧天子礼等,"宾礼"中的天子赐命诸侯礼、诸侯卿士请天子锡命礼、天子赐胙诸侯之礼、诸侯朝贡天子礼、天子卿大夫郊劳诸侯卿士礼等,"军礼"的天子命诸侯大役礼等,"嘉礼"中的天子归脤诸侯礼、天子宴享诸侯礼等,都依然未废。比如:景王元年(前544),郑少卿印段赴周助丧;敬王十年(前510),晋执政卿魏舒"从王命"会诸侯城成周;二十四年(前496),使其士石尚赴鲁"归脤";元王三年(前473),赐越王勾践胙,命其为

"伯"。又,《郑风·丰》为景王时期郑大夫悔恨男亲迎时以父母变志而己不得行之作,涉及婚礼;《曹风·下泉》为敬王时期为曹国人美晋荀跞纳周敬王之作,涉及朝觐礼。值得强调指出的是:此时诸侯"坚事"霸主之目的,依然是"蕃王室",必须要使"王事无旷"(襄二十九年《左传》)。故诸侯卿士助丧天子礼依然存在。特别是诸侯大夫会同礼,是以"谋王室"而"同恤王室"以"纳王"(昭二十五年《左传》)——平息内乱而安定王室为目的,表明诸侯大夫专权依然要扛着"尊王"的大旗。

一是凸显"王室"以维护"王权"。比如,景王《襄公之命》犹汉魏以来之"哀策",从维护"王臣"道德伦理关系视角,强调诸侯要尊崇"王室"以维护"王权":诸侯"忠"于"王"就是"佐事上帝",即"尊天子"就是"敬天命"。其所强调的正是《大雅·文王》"文王陟降,在帝左右""上帝既命,侯于周服""仪刑文王,万邦作孚"之旨。故清徐廷垣《春秋管窥》卷二评之曰:"卫之告丧请命,固知尊天子矣! ……王使卿士往吊,且追命,亦优礼于卫矣!"[①]再如,景王《让晋率戎伐颍书》主要表达了三层意思:一是周立国之初,就拥有了以"中土"为核心文化区、以"西土""东土""南土""北土"为文化辐射区之广大封疆。此不仅为诗礼文化地域性特色奠定了理论基础,也为天下诸侯以"王室"为中心提供了理论依据。二是"文、武、成、康之建母弟"的根本目的就是为了"蕃屏周,亦其废队(坠)是为"。此从同姓诸侯分封制功能角度,强调同姓诸侯尊崇王室的法理依据。三是同姓诸侯不能"裂冠毁冕,拔本塞原,专弃谋主"。其所申述的正是《小雅·頍弁》"有頍者弁,实维伊何""岂伊异人? 兄弟匪他。茑与女萝,施于松柏"之旨。故晋大夫羊舌肸(叔向)美之曰"王辞直"(昭九年《左传》)。

二是陈述"礼制"以抨击"非礼"。比如,景王《福祚论》先陈述晋始封君成王母弟唐叔虞受封立国、文公重耳受封为伯史实,然后指出:"夫有勋而不废,有绩而载,奉之以土田,抚之以彝器,旌之以车服,明之以文章,子孙不忘,所谓福也。"此所强调的是天子分封诸侯制与天子锡命诸侯礼,又涉及"王臣/君臣"与"父子"人伦关系。则此所谓"子孙不忘,所谓福也"者,即《大雅·假乐》"干禄百福,子孙千亿。穆穆皇皇,宜君宜王。不愆不忘,率由旧章"之义,亦即《周颂·烈文》"烈文辟公! 锡兹祉福,惠我无疆,子孙保之"之义。故据此以批评籍谈"忘"天子"福祚"之行为。

[①] 徐廷垣.春秋管窥[M].上海:上海古籍出版社,1987.

三是倡导诸侯"秉德"以"驰周室之忧"。比如,敬王《城成周之命》指出诸侯应该"肆大惠,复二文之业,驰周室之忧,徼文、武之福,以固盟主,宣昭令名"以"崇文德",以"驰周室之忧"。此正与《曹风·下泉》"四国有王,郇伯劳之"同旨。再如,敬王《答夫差书》则强调诸侯应该与王室"勠力同德",方可称之为"秉德已侈大"。同时,此又涉及"王臣"人伦关系,强调处理"王臣"关系的行为准则是"同德"。此即《周南·兔罝》"赳赳武夫,公侯腹心"之旨,亦与《大雅·抑》"有觉德行,四国顺之"同调。这里需要特别强调的是:天子要求诸侯不能只有"武功"而无"文德",故必须要像先王一样"勤用明德"(《周书·梓材》);而"成礼义,德之则也"(《国语·周语上》)"五声昭德"(《周语中》)"敬慎威仪,以近有德"(《大雅·民劳》),则"德"以"诗""乐""礼"为载体。故诸侯要推行"德政"的主要途径之一,就是要推行"诗教""乐教"与"礼教"。特别是天子依然反对诸侯"征怨于百姓",要求诸侯共同来"镇抚王室"(昭十五年《左传》)以维护礼制;诸侯大夫依然认为诸侯霸主应该"翼戴天子,而加之以共(恭)",而不能"暴蔑宗周"(昭九年《左传》)。要之,这一时期,尽管王纲开始解纽而宗法制度渐趋崩坏,甚至周王往往"一动而失二礼"(昭十六年《左传》载晋大夫羊舌肸语),但王族宗子依然为天下诸侯名义上的"共主",故其不仅在王室乃至于天下诗礼文化传承与重建的行为实践方面依然如故,而且在诗礼文化传承与重建的理论阐释方面富于时代特色。

最后需要说明的是,正是由于平王宜臼以降九位王族宗子在"诗礼文化"的行为实践与理论阐释两方面所作出的重要贡献,对于当时与后世诸侯国诗礼文化传承与重建都直接或间接地产生了重要影响。比如,襄王十八年(前634),晋文公就针对当时"民未知礼,未生其共(恭)"的现状,举行"大蒐以示之礼,作执秩以正其官"(僖二十七年《左传》),晋于是遂有了所谓"被庐之法"。再如,定王十四年(前593),晋士会听了定王《飨礼论》后,"遂不敢对而退,归乃讲聚三代之典礼,于是乎修执秩以为晋法"(《国语·周语中》);直至简王十三年(前573)悼公即位后,依然"使士渥浊为大傅,使修范武子之法"(成十八年《左传》)。又如,匡王四年(前609),鲁执政卿季孙行父所谓"父义、母慈、兄友、弟共、子孝,内平外成"(文十八年《左传》)之言;敬王四年(前516),齐大夫晏婴所谓"父慈而教,子孝而箴;兄爱而友,弟敬而顺"(昭二十六年《左传》)之说,基本上承袭了定王"五义纪宜"说。

综上所述,春秋时期,随着文化教育的渐次下移,下层贵族、都邑平民的文化水平逐步提高,作家群体逐渐由上层贵族扩大到士阶层,甚至家臣、舆人、野人、筑者等社会下层人物也参与文学创作活动,但出身于世族尤其是作为王族宗子的诸王作家依然为文学创作的行为主体;同时,他们继承西周的诗礼文化传统,以政治生活与日常生活为活动场域,以自身的行为实践,尤其是以文学创作为主要载体,在王族乃至整个社会传播诗礼文化,自然也是诗礼传家的责任主体。足见这些王族,既是诗礼文化的创造者,又是诗礼文化的传播者。尤其是在"天子以天下为家"(《盐铁论》卷六《散不足篇》)[①]的社会环境中,天下即天子之"家";正是诸王的这种特殊身份与社会地位,他们通过诗礼传"家"方式,对诗礼文化建构的引领作用,更是不可忽视的。

[《广东社会科学·诗礼文化研究》(CSSCI)2018年第2期,第160—167页,1.0万字]

---

① 王利器.盐铁论校注[M].北京:中华书局,1992:355.

公族宗子在诗礼文化生成与传播过程中的主体性
——以春秋时期齐公室诸君的文学创作为中心

罗 姝

摘 要 春秋时期,出身于世族尤其是作为公族宗子的诸君,依然为文学创作的主体。同时,他们继承西周的诗礼文化传统,以政治生活与日常生活为活动场域,以自身的行为实践,尤其是文学创作为主要载体,在公族乃至整个社会传播诗礼文化,自然也是诗礼传家的主体。特别是自春秋中期霸主逐渐取代天子成为事实上的天下"共主"之后,君权渐次取代了王权,这种主体角色所发挥的功能就显得越来越重要。

关键词 春秋时期 齐公室 诸君文学创作 诗礼传家

本文拟通过考证春秋时期齐公室宗子中有传世文学作品的桓公小白、惠公元、顷公无野、庄公光、景公杵臼、悼公阳生六位作家的事略与文学创作活动,特别是通过他们在"诗礼文化"传承与重建过程中①,对"诗礼文化"的行为实践与理论阐释两方面所作出的重要贡献,说明当时的王族宗子依然为王室文学创作的行为主体与诗礼传家的责任主体②,从一个侧面揭示出诗礼传家的内在机制。

一、春秋前期及中期前段桓公的文学创作与公室诗礼文化状态

春秋前期(前770—前682)及中期(前681—前547)前段,历庄公购(赎)、僖

---

① 笔者所谓"诗礼文化",是通过诗教、礼教、乐教体系所建构的一种独特的文化现象与文明形态,是华夏礼乐文明与中华优秀传统文化的核心元素,是社会主义物质文明、政治文明和精神文明的文化基础。
② 西周春秋时期所谓"诗礼传家"之"家",狭义指大夫之"家"——以大夫为宗子的氏族;广义包括公室之"家"——以国君为宗子的公族与王室之"家"——以天子为宗子的王族。这些王族、公族、氏族之"家",世代繁衍生息,皆可统称为"世族"。

公禄父、襄公诸儿、桓公小白三世四君(前795—前643在位),凡一百二十七年。这一时期,王权受到严峻挑战,奴隶主贵族内部矛盾加剧,政治格局由"天子守在四夷"转变为"诸侯守在四邻"(昭二十三年《左传》)①,政治生态由"天下有道,则礼乐征伐自天子出"转变为"天下无道,则礼乐征伐自诸侯出"(《论语·季氏篇》),即政治思想、政治制度、政治格局、政治风气和社会风气综合状态与环境,由以王权为中心转变为以霸权为中心。

1. 桓公小白事略及其文学创作

桓公小白(前?—前643),姓姜,氏吕,名小白,谥桓,爵侯,僭称公,庄公购之孙,僖公禄父庶子,公子无亏、惠公元、孝公昭、昭公潘、懿公商人、公子雍之父,在位凡四十二年(前685—前643),传世有《遗鲁书》(见庄九年《左传》)、《群臣令》(见《韩非子·外储说左下》)、《嫁娶令》(见《韩非子·外储说右下》)、《禁厚葬令》(见《韩非子·内储说上》)、《遇上令》(见《管子·霸形篇》)、《答楚王书》(见僖四年《左传》)诸文。

其中,《遗鲁书》为桓公元年(前685)桓公要求鲁国诛杀其庶兄公子纠而拘押交还公子纠之傅管夷吾、召忽之国书②,《群臣令》为同年桓公立管夷吾为仲父治外以相参之作,《嫁娶令》为二年(前684)发布的令民尊圣王之法及时嫁娶之法令,《禁厚葬令》为同年(前684)发布的禁民厚葬之法令,《遇上令》为三十年(前656)为以霸主身份令楚成王之作,《答楚王书》为同年答楚成王诸侯伐楚缘由之国书。

2. 春秋前期公室宗子对诗礼文化传承与重建

就"五礼"状态而言,"凶礼"中荒礼(灾变礼)、诸侯丧葬礼、诸侯告丧礼、诸侯服丧礼等,"宾礼"中的诸侯会同礼(含会礼、盟礼、遇礼)、诸侯聘问(诸侯使大夫问于诸侯)礼、诸侯朝(诸侯西面而见天子)觐(诸侯北面而见天子)天子礼、诸侯锡命从子礼、诸侯致饔(熟食)饩(生食)礼等,"军礼"中的诸侯征战礼(大师礼)、诸侯献捷礼、诸侯乞师礼、诸侯田猎礼(大田礼)等,"嘉礼"中的诸侯卿士亲迎国君夫人礼、天子之女下嫁诸侯夫人礼等,皆依然存在。

比如"吉礼",尽管我们难以找到一手文献,但可从礼制规范中找到线索。据

---

① 本文所引《春秋左传正义》《论语注疏》《孟子注疏》《周礼注疏》文,俱见阮元.十三经注疏[M].北京:中华书局,影印清嘉庆二十至二十一年(1815—1816)江西南昌府学刊刻.2009.不再逐一标注。
② 本文所涉诗文创作年代、历史背景、主旨等,俱参:邵炳军.春秋文学系年辑证[M].北京:高等教育出版社,2013.不再逐一标注。

桓五年、庄八年、闵二年、襄九年《左传》，国君作为公族宗子，除了圜丘祭天乃天子特权之外，主持祀地祇、享人鬼为常祀之礼。

再如"凶礼"，襄公八年（前690）三月，鲁惠公之女、纪靖侯夫人纪伯姬卒；六月乙丑（二十三日），齐襄公葬纪伯姬①。去年（前691），纪靖侯之弟纪季以酅（纪邑，在今山东省淄博市东）入于齐；八年，纪靖侯大去其国。故齐襄公为之葬纪伯姬。

又如"宾礼"，僖公十一年（前720），齐僖公、郑庄公盟（莅牲）于石门（齐地，在今济南市长清区西南约七十里），以寻卢（齐地，在今长清区西南二十五里）之盟。此诸侯不尊王室，不守信义，而私相盟誓之始。

又如"军礼"，僖公十八年（前713），鲁卿士公子翬（羽父）以"王命"帅师会齐、郑伐宋，齐僖公、郑庄公入郕（姬姓国，地即今河南省濮阳市范县濮城镇东南之郕乡）以讨其"违王命"。

又如"嘉礼"，襄公五年（前693），王室卿士单伯送平王孙女王姬于鲁，鲁筑王姬之馆舍于城外，王姬归于齐。

这一时期齐之"五礼"状况，《诗·齐风》亦透露出相关信息：《东方未明》为齐女刺襄公无常之作，涉及"宾礼"中的朝觐礼；《还》为齐大夫在都邑近郊田猎者相互赞美之作，《卢令》为齐国人美襄公出猎之作，皆涉及"军礼"中的田猎礼与马政礼；《鸡鸣》为齐大夫妇人戒其夫勿留恋床笫而违礼之作，《著》为齐国妇人美其夫婿华丽冠饰至女家亲迎之作，《东方之日》为齐大夫刺文姜往齐会襄公之作，《南山》为齐大夫刺襄公诸儿与其妹桓公允夫人文姜私通之作，《甫田》为齐大夫刺襄公不修德而求诸侯之作，《敝笱》为齐大夫刺鲁文姜与其兄襄公淫乱之作，《猗嗟》为齐大夫写鲁庄公朝齐狩禚时仪容美、射仪巧，皆涉及"嘉礼"中的婚冠礼与宾射礼；而《载驱》为齐大夫刺襄公与文姜淫乱之作，则涉及"军礼"中的马政礼与"嘉礼"中的婚冠礼。

同时，就"五伦"而言，《东方未明》，涉及"君臣"人伦关系；《还》，涉及"朋友"人伦关系；《鸡鸣》《著》《东方之日》《南山》《甫田》《敝笱》《猗嗟》《载驱》，皆涉及"夫妇"人伦关系。

足见这一时期，齐公室宗子僖公作为当时的区域性"小伯"，虽然擅自与诸侯相盟，开诸侯僭越天子主盟礼仪风气之先，且有送其女鲁桓公夫人姜氏于鲁之谨

---

① 本文列举史实，除特别标注者外，凡出自《春秋》《左传》《国语》《史记》者，不再逐一标注出处。

邑(在今泰安市宁阳县西北三十余里)等"非礼"之行,然就总体而论,其不仅能够尊王室而朝天子,会诸侯以"讨违王命";而且与郑、鲁、宋、卫、陈、南燕、蔡等中原诸侯会盟修好,与郑庄公一样同为当时诸侯雄主,故鲁大夫众仲美其"明德"曰:"君释三国之图,以鸠其民,君之惠也。"(隐八年《左传》)而齐宗子襄公则不然。其对外,虽曾与鲁、纪、宋会盟修好,但伐郑、卫,战鲁,分纪,降郕,且与鲁桓公夫人文姜私通而谋杀桓公,与诸侯结怨;对内,"襄公立,无常"(庄八年《左传》):"诛杀数不当,淫于妇人,数欺大臣"(《史记·齐世家》)[①],终致乱作而身死。

要之,这一时期,齐公室宗子以"凶礼"来"哀邦国之忧"、以"宾礼"来"亲邦国"、以"军礼"来"同邦国"、以"嘉礼"来"亲万民"(《周礼·春官宗伯·大宗伯》)的基本功能依然存在。

3. 春秋中期前段齐桓公对诗礼文化传承与重建

齐桓公在位期间,"修齐国政,连五家之兵,设轻重鱼盐之利,以赡贫穷,禄贤能"(《齐世家》),遂富国强兵,始霸诸侯。他作为天下诸侯事实上的"共主",开创了春秋中期霸权取代王权的政治生态环境,但由于他担心先君襄公的"非礼"行为,必将导致"宗庙之不扫除,社稷之不血食"(《国语·齐语》)这一严重后果。故尽管"庙有二主"(《礼记·曾子问》)"庭燎之百"(《郊特牲》)皆自桓公始,亦有"来献戎捷"(庄三十一年《春秋》)之类的"非礼"行为,但他基本上是能够修德进贤而恪守礼制的。

就"五礼"而言,"凶礼"中的丧葬礼、荒礼、禬礼等,"宾礼"中的天子赐命诸侯礼、天子赐胙(祭肉)诸侯礼、诸侯朝觐天子礼、诸侯朝觐霸主礼、诸侯会同礼、诸侯酬宾礼等,"军礼"中的诸侯请师天子礼、诸侯奉王命征战礼、诸侯献捷礼、诸侯大封礼等,"嘉礼"中的诸侯亲迎王姬礼、诸侯夫人大归礼、天子飨燕诸侯卿士礼、乡饮酒礼等,依然未废。

比如"吉礼",桓公十五年(前671),齐祭社以蒐军实,故鲁庄公往齐观之。

再如"凶礼",桓公二十年(前666),鲁饥(穀不熟),鲁卿士臧孙辰告籴于齐,齐人归其玉而与之籴。

又如"宾礼",桓公五年(前681),齐桓公会诸侯(宋、陈、蔡、邾)于北杏(齐地,在今聊城市东阿县境),以平宋弑君之乱而修霸业;十九年(前667),周惠王使其卿士召伯廖赐齐桓公命(锡命其为侯伯),且请伐卫。

---

① 本文所引《史记》文,俱见:司马迁. 史记[M]. 宋黄善夫刊刻三家注本. 上海:上海古籍出版社,1997. 不再逐一标注。

又如"军礼",桓公二十年(前666),齐伐卫,卫人败绩,数之以"王命",取赂而还。

又如"嘉礼",桓公三年(前683),桓公赴鲁逆共姬(王姬),王姬归于齐。

当时齐国的"五礼"状况,传世《诗经》中也有所反映。比如,《召南·鹊巢》《何彼襛矣》即为召南国人与大夫美周平王孙女共姬嫁于齐桓公之作。

同时,他采纳管夷吾"为君不君,为臣不臣,乱之本也"(《齐语》)的建议,除了推行以"五礼"为核心的礼仪制度规范层面的礼制之外,还注重推行以"五伦"为核心的人伦道德规范层面的礼制。比如,反对"不慈孝于父母""不长悌于乡里""不用上令"(《齐语》)[1]等"非礼"行为,并责令乡大夫、五属大夫主其事,以确保社会各阶层都具有和谐的人伦关系。

此外,作为首霸雄主,他采纳管夷吾"招携以礼,怀远以德,德礼不易,无人不怀"(僖七年《左传》)的建议,往往会把自己的礼仪思想与主张,写进像《葵丘盟书》之类的盟书、载书之中,以促使同盟国共同恪守礼制。比如,三十五年(前651)所作《葵丘盟书》中"尊贤育才,以彰有德"(《孟子·告子下》),此乃恪守敬贤之礼;其在《遇上令》中与楚成王约定"无擅废适子,无置妾以为妻",与《葵丘盟书》中"诛不孝,无易树子,无以妾为妻"(《孟子·告子下》)基本一致,此乃维护周礼基本前提——宗法制的核心嫡长子继承制;其在《答楚王书》中所谓"尔贡苞茅不入,王祭不共,无以缩酒",虽然是"寡人是征"之托辞,但表面他依然是维护周礼象征——天子的"共主"名分的,是打着"尊王"的旗子来"攘夷"的。这无疑对诸侯国诗礼文化传承具有很大的推动作用:"齐侯修礼于诸侯,诸侯官受方物"(僖七年《左传》)。也正是他"隐武事,行文道,帅诸侯而朝天子",对诸侯"轻其币而重其礼""教大成,定三革,隐五刃"(《齐语》),才能够团结广大华夏国家,打击北方、西方戎狄族侵扰,阻止楚国势力北进,维持了中原三十余年的稳定局面。其对诗礼文化的传承与创新,不仅功在当代,而且衣被后世:"陈穆公请修好于诸侯,以无忘齐桓之德"(僖十九年《左传》);甚至晋筮史谏文公"非礼"之行时亦曰:"齐桓公为会而封异姓,今君为会而灭同姓"(僖二十八年《左传》)。

当然,出于维护霸权政治的现实需要,他采纳管夷吾"修旧法,择其善于者而业(创)用之"(《齐语》)的建议,在有选择性继承"旧法"的基础上,更加注重对其"业"而"用之",即对西周以来的礼仪制度规范与伦理道德规范进行创造性转化

---

[1] 本文所引《国语》文,俱见:国语[M].清嘉庆二十三年黄丕烈刻士礼居仿宋刻明道本.上海:上海古籍出版社,1998.不再逐一标注。

与革新：比如，当他微服以巡民家，发现人有年老而自养者，宫中有怨女而民无妻者，不仅谕宫中妇人而嫁之，并且发布法令于举国之民，令"丈夫二十而室，妇人十五而嫁"（《韩非子·外储说右下》）①。这一婚制改革，虽违背了周人"男三十而娶，女二十而嫁"（《周礼·地官司徒·媒氏》）之婚姻礼制，但正与《墨子·节用上》所谓"圣王为法"相合。足见此乃尊圣王之法所进行的婚制改革。又如，齐国有好厚葬之恶习，以至于布帛尽于衣衾，材木尽于棺椁，故桓公采纳管夷吾建议，发布举国禁止厚葬的法令："棺椁过度者，戮其尸，罪夫当丧者。"（《韩非子·内储说上》）实际上，按照周礼，丧具称家之有无，贫而厚葬，不合礼仪。故后世孔丘就批评门人厚葬颜渊。足见桓公改革齐人丧制恶习，实际上是对违背周礼行为的一种纠正。

要之，齐桓公在诗礼文化传承的过程中的创造性转化与重建，其以"凶礼"来"致哀"、以"宾礼"来"致亲（邦国）"、以"军礼"来"致同"、以"嘉礼"来"致亲（万民）"（《大宗伯》）的核心宗旨自然未变，自然能够较好地协调霸主与天子、霸主与诸侯、霸主与其卿大夫之间的关系，保持社会秩序的相对稳定。故鲁孔丘美之曰："齐桓公正而不谲"（《论语·宪问篇》）。

二、春秋中期后段惠公、顷公、庄公的文学创作与王室诗礼文化状态

春秋中期（前681—前547）后段，历孝公昭、昭公潘、太子舍（立五月被弑，故无谥）懿公商人、惠公元、顷公无野、灵公环、庄公光四世八君（前642—前548在位），凡九十四年。这一时期，就王室与诸侯整体状况而言，霸主代替天子成为天下诸侯事实上的"共主"，政治格局为"诸侯守在四邻"，政治生态为"天下无道，则礼乐征伐自诸侯出"，即以霸权为中心；然就齐国而论，桓公薨后，六子争立，内乱不止，首霸之势将去，无力继续中原霸业。

1. 惠公元、顷公无野、庄公光事略及其文学创作

齐惠公，姓姜，氏吕，名元，谥惠，爵侯，僭称公，僖公禄父之孙，桓公小白庶子，顷公无野、公子栾、公子高之父，在位凡十年（前608—前599），传世有《辞让君位书》（见文十四年《左传》）一文。

---

① 王先慎.韩非子集解[M].上海：上海书店，1986：260.

齐顷公(前？—前582),姓姜,氏吕,其后别为子工氏、子乾氏、雍门氏,名无野,谥顷,爵侯,僭称公,桓公小白之孙,惠公元之子,灵公环、公子固、公子铸、公子角、公子胜之父,在位凡十七年(前598—前582),传世有《请战书》《致晋求和书》(俱见成二年《左传》)诸文。

齐庄公(前？—前548),姓姜,氏吕,名光,谥庄,爵侯,僭称公,顷公无野之孙,灵公环太子,在位凡六年(前553—前548),传世有《轻则失众论》(见襄十八年《左传》)一文。

其中,《辞让君位书》为昭公二十年(前613)公子元(惠公)辞让君位之作;《请战书》为顷公十年(前589)向晋师请战之国书,《致晋求和书》为同年致晋求和之国书;《轻则失众论》为灵公二十七年(前555)谏其父灵公环欲临阵脱逃之作。

2. 春秋中期后段公室宗子对诗礼文化的传承与重建

这一时期,庶子争立,内乱不止,公室宗子的"非礼"行为时常发生。比如,孝公昭以霸主自居,不以他国盟会为然,竟以为讨;懿公商人则"以乱取国""多行无礼""而讨于有礼者"(文十五年《左传》);灵公环"怙恃其险,负其众庶,弃好背盟,陵虐神主"(襄十八年《左传》),数行不义,故诸侯从晋同心俱围之;庄公光"恃勇力以伐盟主""不德而有功"(襄二十三年《左传》)等。

尽管如此,但就总体状况而言,"吉礼"中的诸侯祭地祇、享人鬼与籍田等,"凶礼"中的诸侯丧葬礼、诸侯助丧礼、诸侯奔丧礼、诸侯大夫哭丧诸侯礼、诸侯大夫为旧君反服礼、诸侯卿士助丧诸侯礼、诸侯卿士会丧诸侯礼、诸侯吊大夫礼、荒礼、禬礼、恤礼、问疾礼等,"宾礼"中的诸侯会同礼、诸侯朝聘礼、诸侯聘问礼、诸侯相见礼、诸侯盟其卿大夫礼等,"军礼"中的诸侯征战礼、诸侯搜军实礼、诸侯乞师礼、诸侯告师期礼、诸侯出师礼、诸侯请战礼、诸侯大役礼、诸侯献捷礼、诸侯封尸礼等,"嘉礼"中的天子求后于诸侯礼、王室大夫代天子请婚礼、王室大夫代天子结言礼、王室卿士代天子亲迎礼、诸侯卿士代君纳币礼、诸侯卿士代君亲迎礼、诸侯卿士亲迎礼、诸侯卿大夫娶妇留车反马礼、诸侯之女归宁父母礼、诸侯飨燕礼、诸侯献礼、诸侯卿士馈食礼、诸侯媵妾礼、诸侯勇爵礼等,依然未废。

比如"吉礼",庄公五年(前549),齐社(军社),蒐军实(大检阅),使客(楚使薳启彊)观之。

再如"凶礼",庄公六年(前548),齐右相崔杼弑其君庄公,晏婴以公尸枕己股,仆地而哭,哭毕而起,三踊而出;崔氏之乱,庄公近臣申鲜虞出奔鲁,仆赁于野,以丧庄公(服丧)。

又如"宾礼",昭公六年(前627),齐昭公使其卿士国归父聘鲁;鲁僖公如齐,朝,且吊有狄师。

又如,"军礼",庄公五年(前549),鲁师侵齐,庄公使其大夫陈无宇从薳启彊如楚乞师,齐师伐莒,楚伐郑以救齐,齐人城郏(即"郑鄏",又曰"王城",地即今洛阳市)。

又如"嘉礼",惠公五年(前604),鲁宣公如齐,齐卿士高固使惠公止宣公,以请(求婚)子叔姬;齐高固赴鲁自逆子叔姬;齐高固及子叔姬赴鲁反马。

由此可见,尽管孝公昭之弟昭公潘因卫公子开方弑孝公子而立,属兄弟相及,然其在位期间,以"国子(国归父)为政",故"齐犹有礼"(僖三十三年《左传》),终致孝公时期的"非礼"局面有所改变。这里特别值得注意的是:从公子元(惠公)《辞让君位书》所谓"尔求之久矣"之语可知,公子元对公子商人(懿公)弑兄之子舍而自立为君的政治野心了然于心,对其假意让其君位自然辞之。尽管作为庶子,他无力遏制当时懿公以臣弑君、以庶篡嫡的政治局面,但他以自己独特的方式来维护嫡长子继承制与"君臣""兄弟"的人伦关系。

顷公亦为庶子,其在鞌之战大败后,"弛苑囿,薄赋敛,振孤问疾,虚积聚以救民,民亦大说。厚礼诸侯"(《齐世家》);故"国家内得行义,声问震乎诸侯"(《说苑·敬慎篇》)①。比如,鞌之战次年(前588),顷公自齐聘于晋时,献之以得殒命之礼——致飨献笾豆之数,如征伐所获国君之献礼。在内则主动实行荒礼、吊礼、禬礼、恤礼及问疾礼等"凶礼",以"哀邦国之忧"(《大宗伯》),通过"致哀"来协调人与人之间的关系,以促使社会和谐发展。

灵公太子光即位后,因与其卿士崔杼之妻私通而被杼所弑,但其为太子时所作《轻则失众论》认为:国君乃"社稷之主",百姓之望,应与社稷、宗庙共存亡;故"不可以轻,轻则失众"。此论公室大宗宗主与社稷、宗庙相互依存之关系,强调公室大宗宗主化解国家危难之重要性,则是值得肯定的。特别是他为太子时的子扣父马行为,实际上反映出当时"君臣"与"父子"这两种人伦关系——"君令"而"臣共"(昭二十六年《左传》),"父义"而"子孝"(文十八年《左传》),足见这正是从人伦关系角度维护道德规范层面的礼制——臣事君之礼与子事父之礼的一种行为。

---

① 向宗鲁.说苑校证[M].北京:中华书局,1987:249.

三、春秋后晚期景公、悼公的文学创作与公室诗礼文化状态

春秋后、晚期(前546—前453),历景公杵臼、安孺子荼、悼公阳生、简公壬、平公敖、宣公积四世六君(前547—前404在位),凡九十三年。这一时期,政治格局由"诸侯守在四邻"转变为"守在四竟(境)",政治生态由"天下无道,则礼乐征伐自诸侯出"向"自大夫出"转变、再向"陪臣执国命"转变,即由以霸权为中心转变为以族权为中心、再转变为以庶民为中心。

1. 景公杵臼、悼公阳生事略及其文学创作

齐景公(前?—前490),姓姜,氏吕,名杵臼,谥景,爵侯,僭称公,顷公无野之孙,灵公环之子,安孺子荼、悼公阳生、公子嘉、公子驹、公子黔、公子鉏之父,在位凡五十八年(前547—前490),传世有《请继室于晋书》(见昭三年《左传》)、《鬻德惠民论》(见《韩非子·外储说右上》)、《投壶歌》(见昭十二年《左传》)、《唁鲁公书》(见昭二十五年《左传》)、《赐昭公书》(事见昭二十九年《左传》,文佚)、《妻阖庐论》(见《说苑·权谋篇》)、《令左右》(见《说苑·正谏篇》)、《吊晏婴文》(见《晏子春秋·外篇八》)诸诗文。

齐悼公(前?—前485),姓姜,氏吕,名阳生,谥悼,爵侯,僭称公,灵公环之孙,景公杵臼庶子,简公壬、平公骜之父,在位凡四年(前488—前485),传世有《废兴无以乱论》《君不可以二论》(俱见哀六年《左传》)、《居潞之命》(见哀八年《左传》)诸文。

其中,《请继室于晋书》为景公九年(前539)使晏婴请继室于晋之国书,《鬻德惠民论》为十二年(前536)在晋问政师旷而归齐后的自儆之作,《投壶歌》为十八年(前530)行宴享投壶礼之乐歌,《唁鲁公书》为三十一年(前517)唁鲁昭公于野井(齐邑,在今德州市齐河县东南,位于济水东岸,今黄河东岸)之国书,《再唁鲁公书》为三十五年(前513)使高张唁鲁昭公之国书,《妻阖庐论》为四十二年(前506)以其女嫁于吴王阖庐送诸郊时之作,《令左右》为四十七年(前501)游于海上六月不归时禁止谏言之作,《吊晏婴文》为四十八年(前500)晏婴卒后吊晏婴之作;《废兴无以乱论》为安孺子荼元年(前489)告诫诸大夫之作,《君不可以二论》为同年使朱毛告于陈乞之作,《居潞之命》为二年(前487)令鲍牧出居潞邑(位于齐都邑临淄郊外)之命书。

2. 春秋后晚期公室宗子对诗礼文化的传承与重建

这一时期，齐公室宗子中出现了一些"非礼"行为，像齐景公继嗣不定，废长立幼，"君臣""父子"之间皆失人伦之道，启陈氏弑君篡国之祸；悼公杀其庶母胡姬，弑安孺子荼，去荼之母鬻姒；等等。尽管如此，"吉礼"中的诸侯禳祭星宿、稽首礼等，"凶礼"中的诸侯丧葬礼、诸侯告丧礼、诸侯吊丧礼、诸侯会丧礼、诸侯相临礼、诸侯丧其大夫礼、诸侯唁礼、诸侯致社礼、荒礼、恤礼等，"宾礼"中的诸侯会同礼、诸侯卿大夫会同礼、诸侯聘问礼、诸侯相见礼、诸侯卿士相见礼等，"军礼"中的诸侯田猎礼、征战礼、诸侯请师礼、诸侯辞师礼等，"嘉礼"中的诸侯继室以备内官(妃嫔之列)礼、诸侯备嫔嫱(妇官)礼、诸侯成婚(订婚)礼、诸侯卿大夫遣嫁(送)礼、诸侯卿大夫送诣(致)礼、诸侯卿士代诸侯亲迎礼、诸侯飨燕礼、诸侯卿士飧聘客礼、诸侯投壶礼、诸侯养老礼等，皆依然未废。

比如"凶礼"，景公四十七年（前501），齐伐晋之役，齐人敝无存战死，景公求得其尸，三襚（为死者穿衣）之，与之犀轩（以犀牛皮为饰之车）与直盖（高盖之伞），而先归之；出丧时，以师哭临，挽丧车者跪行，景公亲推丧车三次。

再如"宾礼"，悼公二年（前487），鲁大夫臧宾如赴齐莅盟，齐大夫闾丘明赴鲁莅盟。

又如"军礼"，景公二十六年（前522），齐景公田于沛（泽名，在今滨州市博兴县南）。

又如"嘉礼"，景公元年（前547），齐景公、郑简公为卫献公被晋所囚之故如晋，晋平公兼享之；平公赋《嘉乐》；国弱相景公，赋《蓼萧》；公孙舍之相简公，赋《缁衣》；国弱赋《辔之柔矣》，公孙舍之赋《将仲子兮》，平公乃许归献公。

由此可见，景公在位期间，主张"鬻德惠民"，并付诸实践：发廪粟以赋众贫，散府余财以赐孤寡，仓无陈粟，府无余财，宫妇不御者出嫁之，七十受禄米，通过"惠民"而"鬻德"，正好抓住了西周以来礼仪制度的根基——"德"，故公子尾与公子夏二弟与公室争民的图谋不攻自破。同时，其尊重贤才而"终日问礼"（《晏子春秋·内篇·谏下》），由"繁于刑"到"省于刑"（昭三年《左传》）而重礼仪；关注道德伦理规范层面的礼制"五伦"，尤其是"贤君之治国"与"忠臣之事君"（《晏子春秋·内篇·问上》）[①]这一"君臣"关系问题；孔子所谓"君君，臣臣，父父，子子"之言，乃人道之大经，政事之根本，其虽善之而不能用，然依然反对当时"君不君，臣

---

① 吴则虞.晏子春秋集释[M].北京：中华书局，1962：220、223.

不臣,父不父,子不子"(《论语·颜渊篇》)等"不伦"现象。这些都是难能可贵的。悼公主张"废兴无以乱",倡导"奉义而行",告诫陈乞"君异于器,不可以二"(哀六年《左传》),极力在"家族"欲取代"公族"而立国的政治生态环境中,打压族权而维护君权,从维护"君臣"之间的道德伦理规范入手,进而来维护宗法礼制,这些都是值得肯定的。

综上,春秋时期,随着文化教育的渐次下移,下层贵族、都邑平民的文化水平逐步提高,作家群体逐渐由上层贵族扩大到士阶层,甚至家臣、舆人、野人、筑者等社会下层人物也参与文学创作活动,但出身于世族尤其是作为公族宗子的诸君作家依然为文学创作的主体;同时,他们继承西周的诗礼文化传统,以政治生活与日常生活为活动场域,以自身的行为实践,尤其是以文学创作作为主要载体,在公族乃至整个社会传播诗礼文化,自然也是诗礼传家的主体。这些公族,他们与王族、家族一样,既是诗礼文化的创造者,又是诗礼文化的传播者。如果说"天子以天下为家"(《盐铁论》卷六《散不足篇》)①的话,那么,诸侯自然是以邦国为"家"。因此,这些作为公族宗子的诸侯国君,因其特殊身份与社会地位,他们对诗礼文化建构的引领作用,更是不可忽视的。特别是自春秋中期霸主逐渐取代天子成为事实上的天下"共主"之后,君权渐次取代了王权,这种主体角色所发挥的功能就显得越来越重要。

[《郑州大学学报》(CSSCI)2018 年第 6 期,第 103—107 页,1.0 万字]

---

① 王利器.盐铁论校注[M].北京:中华书局,1992:355.

《孟子》对虞舜孝行的书写与"忠""孝"一体的理论构设

梁 奇

摘 要 在早期典籍中,舜为乐官、贤臣和圣君。孟子着力宣扬舜的孝道与孝迹,突出其"父子有亲"的人伦道德规范,从而将舜塑造成"孝""贤""圣"三者兼具的典型形象。孟子之所以选择舜,因为他既是天子,又有孝行见载于先前文献,具有典型的代表性。但是,当"孝"和"忠"产生冲突而不得不取舍时,孟子和孔子、曾子等先哲一样,主张取"孝"舍"忠"。孟子凸显舜的孝行孝迹,倡导崇孝与治国密不可分,解决了个体家庭形成后"孝"与"忠""家"与"国"之间的矛盾,从而使"孝"与"忠"相契合以构设"忠""孝"合一的理论体系。

关键词 《孟子》 虞舜 孝道 孝治 忠孝合一 学理构设

孟子在继承西周春秋时期先哲理论遗产的同时,创造性地将"五伦"作为"人之大伦",并进行理论归总与学理建构。本文拟从《孟子》凸显舜孝行孝迹的角度切入,尝试探究他对"父子""君臣"这两对人伦道德规范的阐释以及对"忠""孝"一体的理论构设,从而展示其从"五伦"道德规范层面对礼制的重建历程,以求教于方家。

一、虞舜身份的衍变

据文献记载,舜先为乐官、圣贤,《孟子》中则孝子、圣贤兼具,后来又变为圣人。不同的时代,舜的形象不同,尤其是"《论语》之后,尧舜的事迹编造得完备了"[①]。至于个中原委,当因古史传说多为世代累积,"文籍越无征,知道的古史

---

① 顾颉刚. 古史辨1·与钱玄同先生论古史书[M]. 上海:上海古籍出版社,1982:64.

越多"①。舜为乐官的记载多见诸典籍,如《尚书·益稷》"《箫韶》九成,凤凰来仪"②、《左传·襄公二十九年》载季札观乐时所见"舞《韶箾》者"③、《论语·八佾》"子谓《韶》"④、《述而》孔子"在齐闻《韶》"⑤等等。《韶箾》,杜《注》:"舜乐。"孔《疏》:"'箾',即'箫'也。"⑥杨伯峻认为:"'箾',同'箫',《韶箾》亦作《箫韶》"⑦。可见,《左传》之《韶箾》,即《尚书》之《箫韶》。箫是乐器,为舜所制作,《太平御览》卷五百八十一引《风俗通》:"舜做箫,其形参差象凤翼,十管,长尺二寸。"⑧《箫韶》盖为箫奏出的乐曲,又简称为《韶》。古代的圣贤多为全能者,如农师后稷稼穑耕耘、发明农具,工匠鲁班发明木工器具,而舜也不例外。纵使他做了天子后,依然让大臣制作乐器,注重乐教。如《尚书·尧典》载帝舜与乐官夔论乐,《礼记·明堂位》郑《注》引《世本·作篇》载其使"垂作钟"⑨,《初学记》卷十五引《世本·作篇》载舜使"夔作乐"⑩,《太平御览》卷三百三十八引《吕氏春秋》有"倕作鞞鼓"⑪。可见舜是注重音乐与乐教的天子。

实际上,舜的音乐天赋与艺能,当受父亲瞽瞍的熏渍陶然。据《吕氏春秋·古乐》篇记载,瞽瞍为尧时乐官,他曾"拌五弦之瑟,作以为十五弦之瑟。命之曰《大章》,以祭上帝"⑫。瞽瞍次子象亦精通音乐,当象赶走舜,侵占了其财产和二妃,其中就有琴;象霸占了舜的宫室,并在其中鼓琴作乐。瞽瞍的音乐天赋遗传给儿子,其职业艺能潜移默化地影响着儿子,以致乐官与音乐在其父子间传承。事实上,不惟音乐一门技艺,它如巫、史、医、祝、射、御、术等但凡有点技术含量的活计,均需要父子相承、自小训练,故有"凡执技以事上者,不贰事,不移官"之说⑬。其目的是"维持这些特殊技能的技术水平"⑭。

当然,舜更是人们心中勤政、贤能的君王。如《尚书·舜典》载其把所有部落

---

① 顾颉刚.古史辨1·与钱玄同先生论古史书[M].上海:上海古籍出版社,1982:64.
② 阮元.十三经注疏1·尚书正义.北京:中华书局[M],2009:302.
③⑥ 阮元.十三经注疏4·春秋左传正义[M].北京:中华书局,2009:4360.
④ 阮元.十三经注疏5·论语注疏[M].北京:中华书局,2009:5362.
⑤ 阮元.十三经注疏5·论语注疏[M].北京:中华书局,2009:5391.
⑦ 杨伯峻.春秋左传注[M].北京:中华书局,1981:1165.
⑧ 李昉.太平御览[M].北京:中华书局,1960:2620.
⑨ 阮元.十三经注疏3·礼记正义[M].北京:中华书局,2009:3230.
⑩ 徐坚.初学记[M].北京:中华书局,2004:365.
⑪ 李昉.太平御览[M].北京:中华书局,1960:1552.
⑫ 陈奇猷.吕氏春秋校释[M].上海:学林出版社,1984:304.
⑬ 阮元.十三经注疏3·礼记正义[M].北京:中华书局,2009:2908.
⑭ 许兆昌.虞舜乐文化零证[J].史学集刊,2007(5):5.

事务总理得井井有条,在太庙接受禅让,祭拜岱宗和山川诸神,确定时令,统一音律和度量衡,制定礼仪,巡守四方,举皋陶、契、垂、益、夔,放共工、驩兜,逐三苗和鲧,警龙母伪言,对官员三年考核一次,罢黜昏庸,擢升贤明,直至把政权传递给禹。又如《左传·僖公三十三年》《国语·晋语五》载舜做天子后殛鲧兴禹,《文公十八年》载舜举八恺八元、内外兼治,《昭公元年》载舜征三苗,《昭公八年》载舜之德行施及于遂,《昭公二十九年》载董父驯龙以服侍帝舜,《国语·鲁语上》谓舜勤政事而死于野,等等。在此,舜为勤于政事、善于任能、勇于革新、内外兼治的圣君贤主,且这一形象为后世所继承。

德治是《论语》所强调的核心之一,故而书中多载尧、舜、禹等古代贤君的治世之道。其中与舜相关的记载多达九条,此与上述《尚书》《左传》《国语》等文献在舜的身份认同方面一致,亦多赞其选贤任能、勤政善政。比如,《泰伯》"巍巍乎,舜禹之有天下也而不与焉"①美其勤政;《泰伯》"舜有臣五人而天下治""孔子曰:'才难,不其然乎?唐虞之际,于斯为盛。'"②《颜渊》"舜有天下,选于众,举皋陶,不仁者远矣。汤有天下,选于众,举伊尹,不仁者远矣"③,《尧曰》"舜亦以命禹"④等,皆美其善于选贤任能;《宪问》"修己以安百姓,尧舜其犹病诸"⑤颂其贤德;《八佾》《述而》《卫灵公》诸篇载孔子借《韶》颂舜之盛德。总体看来,《论语》彰显舜勤政贤德、选才任能的政绩,意在强调其"无为而治"的圣君形象,从而为自己的德治理想找到合理的依据。之后的典籍如《墨子》《荀子》《韩非子》《楚辞》等记载舜时多宣其任贤使能的君王形象,当为《尚书》《论语》的阐发。这样,舜的事迹较口传时代发生了变化,在《尚书》《左传》等所塑造的贤君圣主的基础上,经过《论语》《墨子》的宣阐,其圣贤形象得以确立,并为后世所认可。如果说以前仅是口耳相传的故事,那么,在春秋战国被著之于简帛之后,虞舜传说"也就逐渐地被信史化了"⑥。在此过程中,儒、墨、法、道、阴阳诸家,甚至《楚辞》是功不可没的。他们之所以不遗余力地推崇虞舜,实为"讴歌禅让,讴歌选贤与能了"⑦。

孟子之前,仅有《尚书》《礼记》等典籍少量记载虞舜之孝道。如《尚书·尧

---

①② 阮元.十三经注疏5·论语注疏[M].北京:中华书局,2009:5402.
③ 阮元.十三经注疏5·论语注疏[M].北京:中华书局,2009:5440.
④ 阮元.十三经注疏5·论语注疏[M].北京:中华书局,2009:5508.
⑤ 阮元.十三经注疏5·论语注疏[M].北京:中华书局,2009:5461.
⑥⑦ 郭沫若.十批判书[M].北京:东方出版社,1996:92.

典》载"岳曰：'瞽子。父顽、母嚚、象傲。克谐以孝，烝烝乂，不格奸。'帝曰：'我其试哉。'"①《舜典》有"帝曰：'格汝舜，询事考言，乃言底可绩，三载。汝陟帝位。'舜让于德，弗嗣。正月上日，受终于文祖。"②《礼记·中庸》载孔子称赞"舜其大孝也与"③。但这三条重在论述舜应受命于天而被"尊为天子，富有四海之内"，亦即"德"与"位""禄"间的关系而非真正凸显舜之孝行。此外，《孟子》之前的典籍却鲜有其孝道的记载。那么，《论语》《墨子》等早于《孟子》的典籍为何多宣扬舜的勤政、任贤而少摹其孝子形象呢？顾颉刚先生已发现这一问题："《论语》上门人问孝的很多，舜既'克协以孝'，为何孔子不举他做例？"④遗憾的是顾先生只为证明《尚书》《论语》的成书次序，而无暇顾及舜圣君与孝子的关联。徐复观先生在《论语》论"孝"的基础上，分析孟子对孝的重视、扩大与完善，认为孟子用孝贯通德实为将"孝扩大为德性的最高表现，因而有以孝来贯通德性全体的趋向"⑤，所以选择舜作为孝德的代表而着力增设其"大孝"故事。显然，徐先生重在强调孟子之孝为"德性的最高表现"，从而造成"后来许多人只知有家庭而忽略了社会国家的不良"恶果⑥。在顺延《尚书·尧典》《礼记·中庸》《论语》论述"德""孝"的关系的基础上，徐先生侧重于揭露孟子载舜重孝的弊端。刘洋博士结合具体的文献，考索"虞舜行孝"故事的生成背景，认为孟子将舜置于险恶的境地当"受到了《周易》神秘主义倾向的影响"⑦。顾颉刚、徐复观和刘洋等先生关注《孟子》对孝的理解与深化，强调释孝时对前人继承与创新，这为我们正确解读孟子对舜孝子形象的刻画起到指引作用。的确，孟子在前人的基础上，弥补舜孝的一面，凸显其孝行与孝迹，从而将舜形塑为贤君、孝子兼具的完美形象。之所以这样，与孟子时期个体家庭的成熟密不可分。

二、《孟子》对舜孝子形象的书写

《孟子》推崇古代圣贤，数举尧、舜、禹、伊尹、武王和孔子等贤哲事迹来论证

---

① 阮元.十三经注疏1·尚书正义[M].北京：中华书局，2009：258.
② 阮元.十三经注疏1·尚书正义[M].北京：中华书局，2009：264-265.
③ 阮元.十三经注疏3·礼记正义[M].北京：中华书局，2009：3533.
④ 顾颉刚.古史辨1·与钱玄同先生论古史书[M].上海：上海古籍出版社，1982：65.
⑤ 徐复观.中国思想史论集[M].上海：上海书店，2004：138.
⑥ 徐复观.中国思想史论集[M].上海：上海书店，2004：139.
⑦ 刘洋.《孟子》"虞舜行孝"故事生成及其文化内蕴[J].中国文化研究，2016(2)：125.

自己的观点。据郑杰文先生统计,《孟子》为证成观点列举242则事例,其中"历史人物和历史事件128则,当代事例和事物通理50则,引经典及前贤语50则"①。有关历史人物和前贤记载的第一类、第三类共178则,约占74%。杨伯峻先生对《孟子》中各人物出现情况进行统计,兹以他们出现的频次为序抄录于下:舜97次,孔子87次,尧58次,禹30次,伊尹19次,武王10次②。由两位先生的统计得知,《孟子》大量引用历史人物、历史事件以及先前圣贤的经典语录来帮助说理,其中舜出现最多,孔子其次,尧再次,我们从中可窥知孟子对舜与孔子的尊崇。孟子是"孔子之道"的捍卫者和继承者,尊孔理所应当。事实上,就书中记载而言,孟子更尊崇虞舜,在其所列举的二百四十二则事例中,舜出现的频次竟然多达97次,约占40%;在《孟子》"七章"中,平均每章近14次之多,真可谓"言必称舜"。与《尚书》《国语》《左传》《论语》等典籍突出舜"无为而治"圣君形象不同的是,《孟子》主要集中于舜"孝子"形象的书写——赞其孝道,颂其孝迹,美其孝治。

《孟子·万章上》是记载舜最集中的部分。此章共九条,其中前七条均载虞舜故事,依次胪列于下:

其一,万章与孟子谈论舜躬耕历山号泣于田中。孟子认为:"大孝终身慕父母。五十而慕者,予于大舜见之矣。"③此谓舜摄政时五十,乃"知天命"之年,依然哀怨自己不得其亲而思慕之、怀恋之,堪称至孝之人。

其二,万章与孟子讨论舜"不告而娶"。万章先引《诗·齐风·南山》"娶妻如之何?必告父母"发难④,因为"娶妻之礼必告父母,舜合信此《诗》之言"⑤,故而他对舜"之不告而娶"的责备理所应当。而孟子却认为:"告则不得娶……如告,则废人之大伦,以怼父母,是以不告也。"⑥此谓尧将女儿嫁给舜时,舜不告诉父母而娶之,是为了使父母免遭怨恨,从而不至于"废人之大伦";即使舜父顽、母嚚,二老常欲害舜而将其置于险境之中,他三次脱险后依然对父母充满孝心,可知孟子设法为舜开脱。

其三,万章与孟子讨论舜做天子后对象的处置。万章认为"象日以杀舜为

---

① 郑杰文. 由谶纬说"神守文化""社稷守文化"对先秦文学的影响[J]. 文学评论,2016(3):191.
② 杨伯峻. 孟子译注[M]. 北京:中华书局,2005:441.
③ 阮元. 十三经注疏 5·孟子注疏[M]. 北京:中华书局,2009:5946.
④⑤⑥ 阮元. 十三经注疏 5·孟子注疏[M]. 北京:中华书局,2009:5947.

事"①,以致舜做天子后将象流放。而孟子则认为舜"封之也"而非"放焉",因为"仁人之于弟也,不藏怒焉,不宿怨焉,亲爱之而已矣。亲之欲其贵也,爱之欲其富也。封之有庳,富贵之也。身为天子,弟为匹夫,可谓亲爱之乎?"②此谓舜为天子,象为匹夫,因舜有仁人之心而不藏匿其怒、不留蓄其怨,即"圣人不以公义废私恩,亦不以私恩害公义"③。孟子意在美兄舜之于弟象乃仁之至而义之尽,是以兄弟之"亲爱"来尽父母之"孝道"。

其四,咸丘蒙与孟子讨论舜做天子后如何对待瞽瞍。咸丘蒙问舜做天子后,瞽瞍即为臣民,也要"北面而朝之"。孟子认为此"非君子之言,齐东野人之语也"④,舜不以父为臣,原因是"孝子之至,莫大乎尊亲;尊亲之至,莫大乎以天下养。为天子父,尊之至也;以天下养,养之至也"⑤,并告知《北山》实为作者"劳于王事而不得养父母也"⑥,此美舜为尊亲养亲之至,"能长言孝思而不忘,自然可以为天下之法则"⑦。显然,此将舜之治国与孝父既区别对待,又紧密关联。

其五,万章问"尧以天下与舜"事,孟子认为:"天与之……使之主祭而百神享之,是天受之;使之主事而事治,百姓安之,是民受之也。"⑧正由于舜之孝德大,故得到天神、地祇和人民的认可,其继承帝位是一种历史选择的必然结果。

其六,万章问禹"不传于贤而传于子",孟子将尧传舜与之类比:"昔者舜荐禹于天,十有七年,舜崩。三年之丧毕,禹避舜之子于阳城。天下之民从之,若尧崩之后,不从尧之子而从舜也……丹朱之不肖,舜之子亦不肖。"⑨因丹朱不肖,故舜传位于禹。可见舜不传于子而传于贤,乃"无一毫私意也"⑩。

其七,万章谈到"伊尹以割烹要汤"时,孟子认为:"伊尹耕于有莘之野,而乐尧舜之道焉……吾闻其以尧舜之道要汤,未闻以割烹也。"⑪孟子反复强调伊尹行"尧舜之道",那么,何为"尧舜之道"呢?"尧舜之道,孝悌而已矣"⑫。所谓"尧舜之道",即尧舜以"孝悌"为人伦之至,实际上就是恪守孝敬父母、敬爱兄长的人伦道德规范。

由上述分析可知,《万章上》"七条"多选舜孝敬父母、友爱弟象的事迹,尤其

---

①② 阮元. 十三经注疏5·孟子注疏[M]. 北京:中华书局,2009:5949.
③⑩ 朱熹. 四书章句集注·孟子集注[M]. 北京:中华书局,1983:305.
④⑤⑥ 阮元. 十三经注疏5·孟子注疏[M]. 北京:中华书局,2009:5950.
⑦ 朱熹. 四书章句集注·孟子集注[M]. 北京:中华书局,1983:307.
⑧ 阮元. 十三经注疏5·孟子注疏[M]. 北京:中华书局,2009:5954.
⑨ 阮元. 十三经注疏5·孟子注疏[M]. 北京:中华书局,2009:5955.
⑪ 阮元. 十三经注疏5·孟子注疏[M]. 北京:中华书局,2009:5956-5957.
⑫ 阮元. 十三经注疏5·孟子注疏[M]. 北京:中华书局,2009:5996.

是牵涉到舜孝父母、爱兄弟但弟子时人有不同的看法时,孟子为其开脱,认为"不告而娶"可使父母免遭抱怨,是孝的表现;对待象,孟子解释成封其为诸侯而非流放。当然,在突显舜之孝行的同时,又刻画其父瞽瞍和继母的偏心,弟象的贪婪与凶狠,并设置他们合谋构陷的情节,以此作为反衬,使舜的孝子形象更显完美、丰满。至于书中他处,亦多载舜的孝行,我们可依相关记载推知,在前人已经塑造的圣君、贤主的基础上,孟子突出其孝的一面,并极力宣传舜的孝行、孝迹,把他当作孝治的典范。如此一来,舜成为圣君与孝子兼具的形象,这就自然而然地将孝行与治国勾连在一起了。

三、个体家庭的成熟与"忠""孝"一体的理论构设

就文献记载而言,《尚书》是较为系统地记载早期人伦道德规范及其行为准则的典籍。如《尧典》《君陈》之"孝",《舜典》之"五典""五品""五教",《泰誓下》之"五常",《康诰》《君陈》之"友",等等。可见早期先民已注重从道德伦理层面处理"父子""兄弟"等家庭成员之间的人伦关系。值得注意的是,这些多从子孝、弟顺的单向规制论述。

春秋时期,人们不再仅仅停留在"子孝"之类的单向静止的人伦规制方面,而是强调一种双向互动的行为准则,并将其提升到"礼"的高度,以规范人的行为与人伦关系。比如,《左传·文公十八年》:"见有礼于其君者,事之,如孝子之养父母也……父义、母慈、兄友、弟共、子孝。"①《正义》曰:"一家之内,父母兄弟子尊卑有五品,父不义,母不慈,兄不友,弟不共,子不孝,是五品不逊顺也。"②《昭公二十六年》:"礼之可以为国也久矣,与天地并。君令、臣共、父慈、子孝、兄爱、弟敬,夫和、妻柔、姑慈、妇听,礼也。君令而不违,臣共而不贰;父慈而教,子孝而箴;兄爱而友,弟敬而顺。"③《正义》曰:"是言有天地即有人民,有人民即有父子、君臣。父子相爱,君臣相敬。敬爱为礼之本,是与天地并生。"④这些都强调在处理"君臣""父(母)子""兄弟""夫妻""姑妇(婆媳)"之间的人伦关系时,需要双向互动式地来处理不同人群的行为规范。也就是说,"臣恭"与"君令""父慈"与"子孝"是互为前提与因果的,并将其全部纳入"礼"的范畴。至战国时期,孟子在继

---

① 阮元.十三经注疏4·春秋左传正义[M].北京:中华书局,2009:4041-4043.
② 阮元.十三经注疏4·春秋左传正义[M].北京:中华书局,2009:4043.
③④ 阮元.十三经注疏4·春秋左传正义[M].北京:中华书局,2009:4594.

承孔子、曾子和子思等先哲的基础上,将属于政治伦理范畴的"君臣"关系,与属于家庭伦理范畴的"父子"勾连在一起;将处理政治伦理行为规范之"忠",与处理家庭伦理行为规范之"孝"整合在一起,完成了"忠""孝"一体的理论建构①。

首先,孟子强调"君臣""父子"伦理关系与"忠""孝"行为规范之间的辩证关系。如《孟子·公孙丑上》曰:"恻隐之心,仁之端也;羞恶之心,义之端也;辞让之心,礼之端也;是非之心,智之端也……凡有四端于我者,知皆扩而充之矣,若火之始然,泉之始达。苟能充之,足以保四海;苟不充之,不足以事父母。"②此谓在掌握"仁""义""礼""智"为"性"之"四端"的前提下,"保四海"是"事父母"的前提,而"事父母"又是"保四海"的基础。也就是说,"父子"伦理关系是"君臣"伦理关系的基础,即孝为安天下的基础;而"君臣"关系又是"父子"间人伦孝道施行的前提与保障。于是,"孝亲"之行为规范则是"忠君"行为规范的基础,而"忠君"又是"孝亲"的前提。

其次,孟子强调"孝亲齐家"与"忠君治平"之间的辩证关系。如《离娄上》提出:"人人亲其亲,长其长,而天下平。"③此谓"孝亲"是"天下平"的基本前提,而"天下平"则是"孝亲"的根本目的。故《公孙丑下》载"君子不以天下俭其亲"④,《万章上》有"孝子之至,莫大乎尊亲;尊亲之至,莫大乎以天下养"⑤。足见"孝亲""尊亲""敬亲""养亲"与"天下平"是辩证统一的。

于是,他完成了以"修""齐""治""平"四条目为基本内容的"忠""孝"一体的理论建构,"修其孝悌忠信,入以事其父兄,出以事其长上"⑥,将"孝悌"与"忠信"结合;"入其疆,土地辟,田野治,养老尊贤,俊杰在位,则有庆,庆以地"⑦,将"养老"与"尊贤"联系;"老吾老,以及人之老;幼吾幼,以及人之幼。天下可运于掌"⑧,将"养老"与"天下"关联。也就是说,他将政治伦理范畴与家庭伦理范畴融合为一,而使"忠""孝"一体成为一种普世理念⑨。这样就完成了"内则父子,外则君臣"的"天下国家"之理论构设。当然,孟子"忠""孝"一体理论建构的完

---

① 刘洋.《孟子》"虞舜行孝"故事生成及其文化内蕴[J].中国文化研究,2016(2):126.
② 阮元.十三经注疏5·孟子注疏[M].北京:中华书局,2009:5852.
③ 阮元.十三经注疏5·孟子注疏[M].北京:中华书局,2009:5918.
④ 阮元.十三经注疏5·孟子注疏[M].北京:中华书局,2009:5866.
⑤ 阮元.十三经注疏5·孟子注疏[M].北京:中华书局,2009:5950.
⑥ 阮元.十三经注疏5·孟子注疏[M].北京:中华书局,2009:5800.
⑦ 阮元.十三经注疏5·孟子注疏[M].北京:中华书局,2009:6004.
⑧ 阮元.十三经注疏5·孟子注疏[M].北京:中华书局,2009:5808.
⑨ 郭沫若.十批判书[M].北京:东方出版社,1996:127.

成,是建立在其"家""国"一体理论基础之上的:"天下国家"——"天下之本在国,国之本在家,家之本在身。"①于是,就形成了以个体为基点,家庭为单元,国与天下为顶端的四级模式:个体→家→国→天下。其中,个体在家庭中以"孝亲""尊亲""敬亲""养亲"为核心任务,于社会则以治国、安天下为终极目标。可见"家""国"一体理论是以个体家庭的形成为社会基础的。

恩格斯认为,氏族纽带解体后,各种家庭形式发展起来②。就中国而言,"氏族制解体后,由于聚族而居,又进入了宗族制社会,个体家庭依附于宗族"③而产生了"宗族之家"。"家"经历了由氏族之"家"到宗族之"家",再到个体家庭的漫长演变过程。春秋至战国时期,铁质器具的广泛使用,极大地提高了社会生产力,进而引起生产方式和生产关系的改变,加快了土地私有化进程,促使富商大贾日益增多。这自然为个体家庭摆脱对宗族组织的依附而成为独立的经济单元提供了前提条件,使"原来淹没在宗族共同体中的个体家庭独立出来"④。

个体家庭从氏族之"家"与宗族之"家"中独立出来,家庭成员自然减少,主要是父母、子女和夫妻等至亲人员组成。这必然会促使家庭结构与成员之间的关系发生变化,从而导致家庭成员彼此之间的关系更加密切,互相担负着应有的责任与义务⑤。比如,《孟子·梁惠王上》有"百亩之田,勿夺其时,八口之家,可以无饥矣"⑥,可知当时的"八口之家"比较普遍。据《战国策·韩策二》记载,韩国严遂与其相侠累有隙,便邀请侠士聂政刺之。而聂政以"臣幸有老母……不敢当仲子之赐"婉言拒绝。当母亲去世后,聂政为严遂报仇未遂而暴尸于市时,其姊聂荣说:"今死而无名,父母既殁矣,兄弟无有,此为我故也。"⑦足见聂政之家由其父母与兄妹等至亲组成。《秦策一》载苏秦"说秦王书十上而说不行",狼狈归家,"妻不下纴,嫂不为炊。父母不与言。苏秦喟叹曰:'妻不以我为夫,嫂不以我为叔,父母不以我为子。'"⑧足见苏秦之家由父母、哥嫂、夫妻等成员组成。《史记·刺客列传》:"荆轲……乃遂私见樊於期曰:'秦之遇将军可谓深矣,父

---

① 阮元.十三经注疏5·孟子注疏[M].北京:中华书局,2009:5913.
② 中央编译局.马克思恩格斯全集:第23卷[M].北京:人民文学出版社,1972:389-390.
③ 王玉波.家的生产和历史分期探讨[J].社会学研究,1991(4):108.
④ 李恒全.从家族公社私有制到个体家庭私有制的嬗变——先秦秦汉土地所有制变化的轨迹[J].学海,2005(4):113.
⑤ 王利华.中国家庭史:第1卷[M].广州:广东人民出版社,2007:142-143.
⑥ 阮元.十三经注疏5·孟子注疏[M].北京:中华书局,2009:5810.
⑦ 缪文远.战国策新校注[M].成都:巴蜀书社,1998:862-865.
⑧ 缪文远.战国策新校注[M].成都:巴蜀书社,1998:68.

母、宗族皆为戮没。'"① 荆轲将樊於期之父母、宗族并称,此时以父母为主体的个体家庭与宗族之"家"分界明晰。由上推知,孟子生活的时代,家庭结构中以父母兄妹所组成的个体家庭已经成熟且占据社会结构的主体。因此,当个体之"家"从氏族之"家"、宗族之"家"中分化出来以后,"家"便由以氏族、宗族为独立单元转变成以个体为独立单元②,"家"自然由一层级,细化为二层级了。于是,便形成了"家"与"国"既相互对立又相互依存的关系,从而致使"孝"与"忠""家"与"国"之间的矛盾较以前更加凸显。所以,孟子在游说君王时,自然要以解决主要矛盾为要务而力倡"忠""孝"一体之说,宣扬"家""国"一体的理论。

当然,此时的"孝"依然是"父子"之间的道德伦理规范,表现在个体家庭内部;"忠"为"君臣""上下"之间的政治伦理规范,表现在个体家庭外部。为消解二者的张力,孟子塑造了一批以舜、子思等为代表的"孝""忠"兼具、"家""国"同构的孝子忠臣形象。他们既是"孝"的典范,又是"忠"的楷模。于是,孟子便从"孝""忠"与"家""国"之间的互通性方面,将道德伦理范畴与政治伦理范畴结合,来探讨个人与社会、国家之间的辩证关系,从而为中国古代社会"家""国"一体理论的构建提供坚实的学理依据。可见,在前人所勾摹的舜之治国贤君形象的基础上,《孟子》对其孝道进行衍化、宣阐,将其塑造成忠孝兼具的圣贤,其用意显而易见。

四、余 论

《左传》《国语》《论语》甚至《郭店楚墓竹简》等典籍对西周以后"孝"与"忠"的事例均有零星的涉及,但当时"孝"的范畴尚与祭祀、婚姻等概念含混不分,其主要原因是当时尚处于世家宗亲阶段,往往是族长与家长集于一体,所以"孝"与"忠"的畛域还不够明显。孟子时期,随着个体家庭成为社会结构的主体,人们对家的关注较以往增多,子女与父母的关系愈见重要,而"孝"与"忠""家"与"国"之间的矛盾也日益凸显。孟子注重"孝亲""养老"与治国理政的关联,将"家""国"对举,把"孝亲"提升到安天下的理论高度,劝诫君主践行"老吾老,以及人之老"的普世理念,并制定了切实可行的养老措施,从而将养老与治国紧密结合,有效地解决了社会矛盾。孟子之所以选择舜,因为他既是天子,又有孝行见载于之前

---

① 司马迁.史记[M]页.北京:中华书局,1982:2532.
② 梁奇,韩丽冰.子思的孝道思想及其文化意蕴——以出土文献为参照[J].河南师范大学学报,2018,45(1):20.

典籍，具有很强的代表性。孟子力倡舜的孝迹以突出其孝道的一面，凸显其"孝""贤""圣"三者兼具的典型形象，以表明崇孝与治国是密不可分的。但是，当"孝"和"忠"发生冲突而不得不取舍时，孟子与孔子、曾子、子思等先贤相通，仍然主张取"孝"舍"忠"——"舜视弃天下，犹弃敝屣也。窃负而逃，遵海滨而处，终身欣然，乐而忘天下"①。

以批判的眼光来看，孟子的孝道思想与孝治理念会有诸多局限或不足。但是，作为个体家庭成熟的初期，孟子力推"父子有亲"的家庭伦理哲学，并使之与"君臣有义"的国家政治哲学相结合，以解构"孝""忠"间的矛盾，具有一定的理论价值和时代意义。同时，孟子采用文学性的手法重塑先贤故事，实则将"孝""忠"并举，为"家""国"一体的理论构建提供了学理依据，对后世影响甚大。

（《中国人民大学学报》2018年第6期，第145—151页，1.0万字）

作者简介：

梁奇，男，1980年7月生，上海大学文学院副教授，上海大学文学博士（2012年），山东大学博士后（2016年），国家社科基金重大项目"《诗经》与礼制研究"课题组核心成员（2016年），主要研究先秦两汉文学与诗礼文化。近五年来，主持完成或在研部级项目2项（教育部人文社会科学研究规划项目《唐前社会嬗变与文献中神人形象演化》，批准号：15YJA751016），在《中国人民大学学报》《郑州大学学报》《河南师范大学学报》《广西社会科学》《中国社会科学报》等刊物、报纸发表学术论文10余篇。

---

① 阮元.十三经注疏5·孟子注疏[M].北京：中华书局，2009：6027.

诗礼相成

杨秀礼

摘　要　《左传》引《诗》主要通过《诗经》《左传》辞、喻、人、事四种取义相类关联方式，以进行礼学意义建构，是春秋时期"诗礼相成"双向动态运动的新形态之一。

关键词　《左传》　引《诗》　礼学　建构类型

孔子所谓"诗礼相成，哀乐相生"（《孔子家语·论礼篇》），不仅指明了作《诗》过程中诗礼相互依存的关系，也指明了用《诗》过程中诗礼相互依存的关系。本文从《左传》引《诗》意义建构方法视角，来谈谈在"诗""乐""舞"三要素分离而"诗"逐步独立进程中，春秋时期（前770—前453）"诗礼相成"演化历程。就《左传》引《诗》释义的用义方式而言，可以归纳为以下四种主要类型：

一是以辞相类，即借助词语的语义关联性特征，将《诗》中词语的本义转化为语义相关联的引申义。比如，惠王十六年（前661），在面对北狄侵伐中原姬姓邢国时，齐大夫管夷吾（管仲）认为："戎狄豺狼，不可厌也；诸夏亲暱，不可弃也；宴安酖毒，不可怀也。"（闵元年《左传》）其下遂引《小雅·出车》四章"岂不怀归？畏此简书"两句。此诗本为宣王中兴功臣司徒南仲记叙自己统帅大军北征猃狁凯旋之作，透露出"宾礼"中的锡命礼与"军礼"中的大师礼（征战礼）等信息，且涉及"君臣"人伦关系。此所谓"简书"者，本指诫命之书，即用于国家畏难时刻相告求救之国书；而管仲则解释为"同恶相恤"，即同恤所恶，借此以劝说桓公"请救邢以从简书"。又如，灵王十四年（前558），楚康王熊昭即位次年，选择公族中一批贤能者担任重要官员以靖国人，鲁君子认为："楚于是乎能官人。官人，国之急也。能官人，则民无觊心。"（襄十五年《左传》）其下遂引《周南·卷耳》首章"嗟我怀人，寘彼周行"两句。此诗本为周南大夫妻思念远行丈夫之作，透露出"军礼"中的马政礼与"嘉礼"中的饮食礼、婚冠礼、飨燕礼等信息，且涉及"君臣""兄弟""夫妇"人伦关系。此所谓"周行",即大道;而鲁君子则解释为"王及公、侯、伯、子、男,甸、采、卫、大夫,各居其列",以美其使贤能者各就其位。

　　二是以喻相类,即借助词语的喻义关联性特征,将《诗》中词语的本义转化为语义相关联的比喻义。比如,襄王十三年(前640),随(姬姓国,地在今湖北省随州市随县南)以汉东诸侯叛楚,楚令尹斗穀于菟(子文)帅师伐随,取成而还;鲁君子认为:"随之见伐,不量力也。量力而动,其过鲜矣。善败出己,而由人乎哉?"(僖二十年《左传》)其下遂引《召南·行露》首章"岂不夙夜,谓行多露"两句。此诗本为召南女子拒绝已婚男子骗婚之作,透露出"嘉礼"中的婚冠礼信息,且涉及"夫妇"人伦关系。"谓行多露"本为女子借仲春二月嫁娶成婚时节道路上多露水这一自然现象,表示自己有所忌畏而不行以婉拒骗婚者;鲁君子引之以隐喻违礼而行者必自取败亡,故自然不能轻举妄动,而必须要"量力而动"。又如,襄王二十五年(前628),晋司空胥臣(季子)举荐郤缺(成子)为下军大夫,文公以"其父有罪"质疑之,胥臣曰:"舜之罪也殛鲧,其举也兴禹;管敬仲,桓之贼也,实相以济。"(僖三十三年《左传》)其下遂引《邶风·谷风》首章"采葑采菲,无以下体"两句。此诗本为卫弃妇诉离绝苦闷之作,透露出"凶礼"中的丧礼与"嘉礼"中的婚冠礼等信息,涉及"夫妇"人伦关系。"采葑采菲,无以下体"两句,本以采摘大头菜与萝卜时要叶不要根,以喻恋新人之色而弃旧人之德;而胥臣引之喻不以其恶而弃其善,以强调其君应取臣以善节之旨。

　　三是以人相类,即借助人物的行为关联性特征,以《诗》中词语本指之人转化为他指之人。比如,平王四十九年(前722),在郑大夫颍考叔成功劝说庄公寤生与其母武姜(夫人姜氏)和好如初后,鲁君子指出:"颍考叔,纯孝也,爱其母,施及庄公。"(隐元年《左传》)其下遂引《大雅·既醉》五章"孝子不匮,永锡尔类"两句。此诗本为周人祭祀祖先时工祝代表神尸对主祭之周王所致之祝词,实际上是"吉礼"中宗庙享人鬼之乐歌,同时透露出"嘉礼"中的饮食礼信息,且涉及广义的"父子"人伦关系。此所谓"孝子",本指主祭之周天子;而鲁君子则以"其是之谓乎"一语,来借指颍考叔。随着指称对象的转换,于是便将"吉礼"中的祭祖礼转化为"嘉礼"中的养老礼,将"父子"人伦关系拓展为"母子"人伦关系。又如,襄王十七年(前636),郑文公世子华(子华)之弟公子臧(子臧)出奔宋国后,癖好戴鹬冠,文公便派人诱杀了他;鲁君子认为:"服之不衷,身之灾也。"(僖二十四年《左传》)其下即引《曹风·候人》次章"彼己之子,不称其服"两句。此诗本为曹大夫刺共公不用僖负羁而乘轩者三百人之作,涉及服制等广义的礼制,亦透露出"嘉礼"中的婚冠礼信息,且涉及"君臣"人伦关系。此所谓"子",本指"非礼"之曹共公襄;而鲁君子则以"子臧之服,不称也夫"之语,来借指"非礼"之公子臧,且将讥讽完全聚焦于违背服制方面,且将"君臣"人伦关系转换为"父子"人伦关系。

四是以事相类,即借助事件的类别关联性特征,以《诗》中词语本指之事转化为他指之事。桓王二十年(前700),鲁及郑师伐宋;鲁君子认为:"苟信不继,盟无益也。"(桓十二年《左传》)其下遂引《小雅·巧言》三章"君子屡盟,乱是用长"两句。此诗本为周大夫刺幽王听信谗言而放任谗人误国之作,透露出"吉礼"中的享人鬼与"宾礼"中的会同礼等信息,涉及"君臣"人伦关系。所谓"君子屡盟,乱是用长",本指幽王违背与诸侯间的会同盟约而致乱之事;鲁君子则借指鲁与宋两盟两会而违背盟约之事,以强调其"无信也"之旨,且将"君臣"之间的"上下"关系转换为"诸侯"之间的"同盟"关系。又如,景王三年(前542),卫卿士北宫佗(文子)对襄公"何谓威仪"问时,指出:"有威而可畏谓之威,有仪而可象谓之仪。君有君之威仪,其臣畏而爱之,则而象之,故能有其国家,令闻长世。臣有臣之威仪,其下畏而爱之,故能守其官职,保族宜家。顺是以下皆如是,是以上下能相固也。"(襄三十一年《左传》)其下遂引《邶风·柏舟》三章"威仪棣棣,不可选也"两句。此诗本为卫宣夫人自誓其贞壹之志之作,透露出"嘉礼"中饮食礼、婚冠礼等信息,涉及"夫妇"人伦关系。所谓"威仪棣棣,不可选也",本卫宣夫人自言其礼容威仪不可侵犯而贞壹不改嫁之事;北宫佗则借以泛指"君臣、上下、父子、兄弟、内外、大小皆有威仪"之事,从而将"夫妇"人伦关系拓展为"君臣""上下""父子""兄弟""内外""大小"人伦关系,进而强调保持威仪对于推行礼制的重要性。

春秋时期一些贵族精英们采取上述多种类型的引《诗》用义方式——《诗》与礼新的纽结方式,是由于他们认识到:"礼"依然具有"经国家,定社稷,序民人,利后嗣"(隐十一年《左传》)之社会功能,便借引《诗》来阐释礼仪制度规范和伦理道德规范,意在重新建构以"五礼"为核心的礼仪制度规范与以"五伦"为核心的伦理道德规范,以便在全社会推行"君令、臣共、父慈、子孝、兄爱、弟敬、夫和、妻柔、姑慈、妇听"(昭二十六年《左传》)这种双向互动的人伦关系行为标准,从而保持社会秩序稳定,促使社会和谐发展。

由此可见,正是他们采用引《诗》取义方式,实现了以"声"为用向以"义"为用的转变,创造出新的社会环境与文化背景下"诗礼相成"双向动态运动的新形态,使得西周时期形成的华夏礼乐文明的核心元素——"诗礼文化",内涵更加丰富而外延更加广阔。实际上,这是他们对《诗》及其"诗礼文化"遗产,在价值认同前提下的一种创新转化。这无疑对当下弘扬中华优秀文化传统,并将之转化为一种文化软实力,大有可资借鉴之处。

(《光明日报·文学遗产》2017 年 10 月 9 日第 13 版,0.3 万字)

跋

2016年7月15日,国家哲学社会科学规划办公室发布了"2016年度国家社会科学基金重大项目招标公告"。本年度共发布246个招标选题研究方向,涵盖26个学科领域。其中就有"《诗经》与礼制研究"这一选题。当时看到这个题目心里着实有点小激动。

因为这正是我心仪已久的一个研究领域:1997年9月,西北师范大学赵逵夫师给我们首届博士生讲授"专书研究"学位课程时提出,深化《诗经》研究的三大主攻方向之一就是:继续发掘整理文献资料与夏商周三代断代工程研究成果,借鉴先秦文化史、礼乐史等不同学科领域的研究成果,开展三《颂》与礼乐关系研究。2010年6月,在我主编的《诗经文献研读》第六章《〈诗经〉研究方法论——从诗经学研究的三个阶段看〈诗经〉研究方法论的历史发展》中,从《诗经》研究的理论与实践两个层面,进一步系统阐释并强调了赵逵夫师的学术理念。

实际上,将《诗》与礼结合进行研究,一直贯穿于我的《诗经》研究乃至整个先秦文学研究的实践中。比如,2000年6月通过答辩的博士学位论文《周"二王并立"时期诗歌创作时世考论》,2002年6月完成的博士后出站报告《春秋时期政治兴变与诗歌创作演化——以两周之际"二王并立"政治格局为起点》,2013年12月出版的《春秋文学系年辑证》,重点研究了春秋时期传世《诗经》作品凡183篇,与本选题直接相关的研究内容主要有五:一是考订了诗歌作品的创作年代,二是清理了诗歌作品所蕴含的"五礼"信息,三是辑录了"宾礼"发展的新形态——赋《诗》活动,四是辑录了《诗》与"礼"及其关系的理论表述,五是辑录了"五伦"道德规范的生成及其理论表述。同时,还在29种海内外学术期刊、辑刊、集刊与论文集,发表了与该选题直接相关的学术论文37篇。

也正是因为如此,在招标选题公布的第一时间,上海大学文科处、文学院有关领导就动员我出面领衔竞标。当时,我自己心里虽有点小激动,但又非常犹豫。主要原因有三:一是2015年已承接了一个上海市社科规划重大项目,2016

年上半年新立项了一个国家社科基金一般项目,如果再去竞标国家社科基金重大项目,担心精力不济;二是这个选题是学术界其他先生推荐的,自己跑去竞标,感觉有点不太厚道,怕引起同行非议;三是这个题目涉及文史哲三大学科门类,交叉性非常强,可以参与竞标的学者强手如林,担心名落孙山。故我就委婉地回绝了各位领导。

至 8 月初,相关领导依然做工作让我领衔竞标。这些年轻有为的领导,他们的工作韧性感染了我。于是,我决定去试试。当然,面临的第一件事情就是组建竞标团队,但由于动手晚了半个月,许多非常有实力的学者已经被其他竞标团队拉走了。故如何组建一个有特色、有实力的研究团队,是最伤脑筋的事。当然,后来在我组建的竞标团队里,既有《诗经》研究领域的专家,如中国人民大学徐正英教授、郑州大学罗家湘教授、清华大学马银琴教授等;又有礼学研究领域的专家,如西北大学张懋镕教授、南京师范大学王锷教授、安徽大学陆建华教授、井冈山大学邓声国教授等;还有先秦秦汉史与中国哲学研究领域的专家,如上海大学宁镇疆教授、朱承教授等。这应该说是一个学科结构、年龄结构都搭配比较合理的学术研究团队。

同时,我们特邀复旦大学蒋凡教授、台湾中正大学庄雅州教授、上海大学董乃斌教授、湖南大学陈戍国教授、上海大学谢维扬教授等 5 人担任学术顾问,聘请中国语言大学韩经太教授、日本宫城学院女子大学田中和夫教授、西北大学张懋镕教授、复旦大学徐志啸教授、美国伊利诺伊大学周启荣教授、加拿大麦基尔大学方秀洁教授、上海财经大学李笑野教授、台湾师范大学林素英教授、新加坡国立大学劳悦强教授、上海大学周锋教授、香港浸会大学陈致教授、马来西亚马来亚大学潘碧华教授、上海大学罗立刚教授等 15 人为学术委员会委员,由韩经太教授任学术委员会主任委员,周启荣教授任副主任委员。在这些海内外著名学者中,不仅有《诗经》学与礼学研究的专家,而且有整个中国诗歌史、文化史研究领域的专家。正因为有了这样一批智囊型学者的支持,使我们的竞标团队更加有底气了。

8 月 31 日,正式提交标书;11 月 7 日,立项名单公示;11 月 16 日,立项名单正式公布;2017 年 3 月 27—30 日,召开了开题报告会。参加开题的评议组专家有南开大学陈洪教授、北京语言大学韩经太教授、华东师范大学谭帆教授、中山大学吴承学教授、安徽大学丁放教授、西华师范大学伏俊琏教授、清华大学刘石教授等,由陈洪教授担任组长。出席会议的专家对该项目提出了许多指导性意见与建议。开题报告会后,由我主持召开课题组全体成员会议,在充分吸收专家的意见与建议的基础上,对项目具体实施方案作进一步调整和优化。同时,制定了《阶段性研究成果奖励方案》(试行稿)等相关规范性文件。

开题报告会之前,上海大学为了给重大项目团队搭建更好的学术平台,特批准将原"上海大学中国古代文学与文化研究中心",更名为"上海大学诗礼文化研究中心";2018年6月23日,学校批准将该中心升格为"上海大学诗礼文化研究院"。该研究院的成立,为本重大项目的顺利推进,提供了一个更加良好的实体性学术平台。

2018年3月23日,本项目被上海市哲学社会科学规划办公室列为"上海市在研国家社科基金重大项目宣传推介项目"。其中一项内容就是建设"诗礼文化研究"微信公众号。自4月28日始,共推送各类信息79条,总用户数1 161人。其中,阶段性研究成果67篇,平均阅读量为700人次,最高阅读量为3 723人次。该平台有效地发挥了项目信息发布、成果交流和文化传播功能。

2018年6月1—4日,本项目中期预评估暨项目推进会在上海大学召开。应邀参加预评估的专家组成员有:浙江工业大学梅新林教授、中国社科院刘跃进研究员、哈尔滨师范大学傅道彬教授、广东职业技术师范大学郭杰教授、西华师范大学伏俊琏教授、河南省社科院郑志强研究员、广东省社科院韩冷研究员,由刘跃进研究员担任召集人。评估专家一致认为:本重大项目课题研究,基础扎实,视野开阔,成果丰硕,操作规范,创新性与影响力强;同时,对后续研究工作进行具体指导,提出了许多建设性的意见和建议。最后,重大项目课题组召开了项目推进会,就已有研究进展情况进行汇报交流,对下一步研究工作做出了具体部署与要求。

截至目前,本项目组成员已推出了一批优质的阶段性研究成果:出版学术著作1部,发表学术论文50篇。其中,在《哲学研究》《历史研究》《学术月刊》《清华大学学报》《中国人民大学学报》《郑州大学学报》等CSSCI核心期刊、集刊、辑刊及《光明日报》发表30篇,被《中国社会科学文摘》《高等学校文科学术文摘》《文学研究文摘》文摘3篇,《新华文摘》《学术界》摘要2篇,人大复印资料《中国古代近代文学》全文转载2篇,《先秦、秦汉史》全文转载1篇。

经研究,为了更好地宣传推介本项目的阶段性研究成果,扩大国家社科基金重大项目辐射面,增强国家社科基金重大项目的影响力,本项目组拟将阶段性研究成果编撰为《诗经与礼制研究》专书,陆续由上海大学出版社出版。其中,第一辑共收录了14位项目组成员的25篇代表作,按照项目既设研究内容分为三大板块:上编"中国传统礼制的生成、定型及流变",收录了4位作者的6篇文章;中编"《诗经》与'五礼''五伦'的共生互动",收录了9位作者的10篇文章;下编"'诗礼文化'的生成、流传与当代传承",收录了7位作者的9篇文章。

该书由中国诗经学会会长王长华教授赐序,由清华大学人文学院副院长刘石教授题签;在编辑出版过程中,上海大学出版社副总编邹西礼先生颇多辛劳,责任编辑贾素慧认真负责,执行编辑刘加锋同学负责具体编务。谨代表课题组全体成员对他们表示衷心感谢!

邵炳军

己亥年仲春廿六吉日于申城德音斋